KB119446

시로부터의 초대

시로부터의 초대

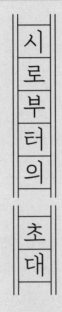

박진임 평론집

문학수첩

어린 시절부터 오랫동안 시를 읽어 왔다. 그러나 문득 시가 무엇일까 하고 자신에게 물어보면 답하기 어려웠다. 필자와 시의 인연은 초등학교 2학년 때부터 시작되었다. 1972년 한산대첩기념제전 백일장에서 처음으로 「연필」이란 제목의 시를 썼는데 "길가에서 주운 연필/팽이처럼 짧아져"라고 시작되는 짧은 시였다. '차하次下'라고 적힌 상장을 받던 날, 육백 명 가까운 어린 학생들이 모여 서 있는 운동장에서 선생님이 이름을 부를 때, 조회대로 달려 나가 그 상장을 받으면서 얼마나 긴장되었던지 앞이 보이지 않는다고 느꼈다. 그날 이후 시는 내게 설렘과 긴장 또는 부끄럼을 가져다주기도 하는, 조금은 두렵고도 모호한 그러나 언제나 소중한 대상이 되었다. 시는 삶의 고비마다 소박한 기쁨과 함께 큰 위로를 안겨 주기도 했다. 대학에서 국문학을 전공한 이후 영문학과 비교 문학을 공부하면서 배움의 범위를 확대해 나가는 동안 필자는 시에서 멀어진 적이 없었다. 시는 정체를 분명히 알기는 어려우나 삶과 분리될 수 없는 중요한 대상이라고 늘 생각했다.

어린 시절 읽었던 동시들, 중·고등학교 시절 필자를 사로잡았던 김소월의 시들 그리고 유학 시절 접하게 된 윌리엄 예이츠William Yeats의 시들은 필자의 삶을 윤택하게 만들어 준 보배로운 것들이었다. 영문학 공부를 시작한 지 얼마 되지 않아 영어가 익숙하지 못한 상태에서도 예이츠의 「떠도는 정령의 노래The Song of Wandering Aengus」에 매혹된 것은 신기한 경험이었다. '시란 무엇이기에 외국어로 이루어진 시조차 독자의 가슴에 이토록 큰 울림을 가져다주는 것일까?' 하고 의아해했다. 그 신비한 느낌은 지금도 중단 없이 계속되고 있다. 최근에는 프랑스의 시인 샤를 보들레르Charles Baudelaire가 쓴 「여행으로의 초대L'invitation au Voyage」에 깊이 감동해 프랑스어 공부를 열심히 하고 있다. 번역을 통해서는 감지할 수 없는 프랑스어 특유의 뉘앙스를 직접 가슴으로 느끼고 싶어서이다. 보들레르의 텍스트가 여행하면서 영향을 주어 창작된, 다양하고 복합적인 텍스트들을 알게 된 점도 프랑스어를 공부하는 또 하나의 이유이기도 하다. 이를테면 델핀 드 비강Delphine de Vigan의 『내 어머니의 모든 것Rien ne s'oppose à la nuit』을 읽으며 프랑스 문화에 관심이 더욱 많아졌다. 그 소설 속의 여성 인물은 보들레르의 시를 붙든 채 나날이 빛이 바래 가는 자신의 삶을 지켜 나간다. 보들레르는 "아이야, 누이야(Mon enfant, ma soeur)"로 시작하여 "광휘와 정숙과 관능(Luxe, Calme et Volupté)"이라는 후렴구를 거쳐 결국 시 읽는 독자를 꿈속의 먼 나라로 데려간다. 그는 영혼이 서로에게 말을 걸고, 항구를 떠났던 배가 돌아와 순하게 정박하는, 그런 나라로 우리를 데려간다. 그런 한 편의 시가 아직 필자의 곁에 고스란히 남아 있다니, 얼마나 가슴 벅찬 일인가.

번역본으로 읽어도 가슴이 부푸는 보들레르의 시를 프랑스어로 직접 읽으며 그의 꿈을 속속들이 이해할 날이 올 것을 생각하면 하루하루가 새롭고 또 새롭다. 소중하고 더욱 소중하다.

시에 있어서 시적 언어가 지닌 고유의 결은 참으로 값진 것이다. 시적 언어는 의사를 전달하는 수단 이상의 기능을 맡고 있기에 시는 번역을 통해서는 충분히 감상하기 어렵다고 알려져 있다. 그럼에도 불구하고 시의 본질에는 언어의 장벽을 가볍게 뛰어넘을 수 있는 무언가가 들어 있다고 볼 수밖에 없다. 많이 에둘러 왔지만 이제 시에 대해 공부하면서 배우고 느낀 바를 서툴게나마 정리할 필요를 느껴 이 책에 실린 글들을 썼다. 필자는 비교 문학자로서 국가의 경계를 넘어서는 문학 연구를 도모해 왔다. 시를 대할 때에도 마찬가지였다. 시는 언어의 한계를 뛰어넘어 모든 독자에게 다가갈 수 있다고 믿으며 텍스트 읽기를 시도하였다. 작품을 직접 번역하면서 텍스트가 지닌 고유한 의미와 언어의 음악성을 최대한 살리는 방향으로 번역하고자 노력하였다.

요즘 우리 사회에서 다시 인문학의 중요성, 특히 인문학적 상상력을 강조하는 모습을 보게 된다. 인문학적 상상력에 대한 경외심이 사라져 가는 점에 대해 많은 이들이 불안을 느끼게 된 탓인 듯하다. 문학, 그중에서도 시는 인류와 가장 오랫동안 함께해 온 장르이며 인문학적 상상력의 핵심에 해당한다.

인류 보편의 주제에 대해 시인들이 노래해 온 바를 살펴보면 거기에는 공통적인 요소가 참으로 많다. 물론 시 양식이나 감수성의 문제에 있어 약간의 차이는 있다. 또한 동양과 서양, 옛날과 지금, 여성과 남성의 차이 역시 시 텍스트에 반영되어 있다. 그러나 전 인류가 공유하는 바에 비하면 그 차이는 사소해 보일 때가 많다. 동서양의 시를 넘나들면서 삶의 다양한 주제들을 검토하고자 2021년, 국가평생교육진흥원의 'K-MOOC' 강의를 개설하였다. '시와 상상력: 동서양의 명시를 통해 본 인문학적 상상력'이란 이름으로 일반인에게 공개되어 있는 강의이다. 그 강의를 준비하면서 썼던 글들을 새로이 정리하여 책으로 펴낸다. 강의를 수강하는 분들은 물론이고 시를 사랑하는 많은 분들이 이 책을 통해 시와 좀 더 가까워질 수 있기를 바란다. 그리하여 이 책이 우리 문화가 전통적으로 지녀 왔던 품격을 회복하는 데 일조하기를 바라는 마음이다.

문학수첩의 강봉자 사장님께 다시 한번 감사드린다. 문학과 예술을 향한 그 열정을 접하면서 필자는 시를 더욱 사랑하게 되었다. 부족한 원고를 전하면 멋진 책으로 탈바꿈해 주는 문학수첩 편집진에도 감사를 표한다. 영혼의 순결을 지키면서 예술가의 길을 가는 모든 분들, 또 음으로 양으로 그 길을 함께 닦아 가는 모든 분들의 노고를 생각하면 필자는 오직 겸손해질 뿐이다.

2023년 1월 박진임

일러두기
시를 수록할 때 원전과 번역 텍스트를 함께 싣는 것을 원칙으로 삼았으나 영어 외의 외국어로 쓰인 텍스트 중,
필자가 영어 번역본만을 읽은 경우에는 원전을 생략하였음을 밝힌다.

시란 무엇인가?

시의 정의:

시는 무엇인가?

시는 문학의 한 하위 장르로서 우리에게 매우 친숙한 글이다. 어린 아기에게 엄마가 자장가를 불러 줄 때 아기는 음악에 노출되면서 동시에 자장가의 가사를 접하게 된다. 이러한 노래의 가사 또한 시의 일종이라고 볼 수 있다. 그러나 시가 무엇인가 하는 문제, 즉 시의 정의에 대해서는 답하기가 쉽지 않다. 혹자는 짧게 축약된 말로 자신의 생각을 드러내는 것이 시라고 본다. 그러나 그렇게 시를 보게 된다면 다음과 같은 반문이 가능해진다.

'사람은 말과 글을 통하여 자신의 생각을 드러내는데 말을 통한 생각의 표현은 대화와 연설이고, 글을 통한 생각의 표현은 설명문과 창의적 글이 된다. 말과 글을 줄여서 짧게 만든다면 그것이 바로 시가 된다고 볼 수 있을까?'

이 물음에 답하자면 '그렇지는 않다'는 것이다. 가능하면 언어를 축약해서 사용하는 게 시의 한 구성 요소라고 볼 수는 있다. 그러나 시는 그

보다 복합적인 요소들을 종합하여 이루어진다.

　이 장에서는 시의 정의와 특징, 시의 구성 요소, 시의 종류, 시와 다른 예술 장르와의 관계 그리고 시를 감상하는 방법 등을 살펴본다. 먼저 시란 무엇인가 하는 시의 정의를 살펴보자. 시가 무엇인지 이해하게 되면 시를 읽으며 감상하고 더 나아가 시를 공부해야 하는 이유를 파악할 수 있다.

　시가 사람이 사용하는 언어를 소재로 삼아, 시 쓰는 사람의 생각과 감정을 표현한 글이라는 점에는 쉽게 동의할 수 있다. 그러나 그렇게 시를 쓸 때 그 시가 누구를 위해 쓰는 것인지에 대해서는 쉽게 답하기 어렵다. 일반적으로는 다른 사람들, 즉 시를 읽는 독자를 위해 쓴다고 볼 수 있겠으나 이 문제는 그렇게 단순하지는 않다. 신문 기사나 사설, 설명문, 안내문 등의 실용적인 산문은 독자로 지칭되는 타자를 위한 글임이 분명하다. 그러나 시의 경우엔 독자의 문제에 관한 한 양가적이며 모순적인 성격을 지녔다고 볼 수 있다.

　시는 먼저 사람이 자신을 표현하여 다른 사람의 이해와 공감을 추구하는 예술의 한 장르라고 생각해 볼 수 있다. 영국의 낭만주의 시인인 윌리엄 워즈워스William Wordsworth는 "시는 인간이 다른 인간에게 하는 말"이라고 하였다. 물론 자기 자신에게 이르는 말을 시로 표현할 수도 있지만, 자신을 향한 말은 일기의 형식을 취하는 게 더욱 적합할 것이다. 시는 사람들 사이의 소통을 궁극적인 목표로 삼는다고 볼 수 있다.

　그럼에도 불구하고 시는 타자, 즉 독자나 청자를 의식하면서 그들에게 자신의 생각과 감정을 이해시키려는 장치를 주로 취하지는 않는다. 모순적으로 보일 수도 있을 터인데 시는 일차적으로는 자기 자신을 향한 언술 행위라 할 수 있다. 즉, 시는 시를 쓰는 사람이 자신의 사상과 감정을 구체적인 청자나 독자에게 친절하게 들려주는 타자 지향적인 문학 장르가 아니다. 오히려 시 쓰는 사람 자신을 청자나 독자로 삼는다. 즉, 시는 궁극적으로는 타자가 자신에게 동의하거나 공감하게 만들려는 목적을 지니고 쓰는 것이지만, 창작자가 자기 자신에게 들려주는 말 혹은 글처럼 보이는 특징이 있다. 그래서 오세영은 시를 "1인칭 현재 시제의 함축적 자기 독백체 진술"이라고 언급했다. 시는 '나'라는 시 창작의 주체가 현재의 상태에서 무엇인가를 말하는 것인데, 그 말하기 방식은 상대를 의식한 대화적인 진술이 아니라 자기 자신의 혼잣말과도 같은 독백체라는 것이다.

시가 독백과 같은 외양을 취한다면 그런 독백체의 진술을 읽는 독자 그리고 시 읽기라는 독서 행위의 본질은 무엇일까? 많은 이들이 합의한 바는 시를 읽는 것은 '엿듣기 행위'라는 견해이다. 다시 말해 시를 쓰는 사람은 혼잣말을 하듯이 자신의 생각과 감정을 밝히는 것이고 독자는 그 혼잣말을 엿듣듯이 듣는다고 볼 수 있다. 특히 서정시^{lyric}가 그러하다. 그래서 헬렌 벤들러^{Helen Vendler}는 서정시를 '사적인 삶의 장르'라고 지칭한다.

Lyric is the genre of private life: it is what we say to ourselves when we are alone. There may be an addressee in lyric (God, of a beloved), but the addressee is always absent.

서정시는 사적인 삶의 장르이다. 서정시는 우리가 혼자 있을 때 우리 자신에게 이르는 말이다. 서정시에도 신이나 사랑하는 사람같이 발화의 대상이 존재할 수는 있다. 그러나 그 대상은 언제나 부재중인 그런 대상이다.[1]

　시를 읽는 사람은 시를 쓴 사람이 만들어 준 원고 혹은 대본을 가져다가 그것을 바탕으로 하여 극을 연출하는 것과 마찬가지 역할을 한다. 시를 읽는 일은 시에 내포된 시인의 의도를 되살려 내고 잠재적 요소를 실현하는 일이라 할 수 있다. 다시 말해 시를 읽는 사람은 시인이 쓴 시를 마치 자신의 시인 것처럼 만든다고 할 수 있다. 여기서 다시, 벤들러가 언급한 바를 상기해 보자.

　The diary is the nearest prose equivalent to the lyric, but a diary is seen by a reader as the words of another person, whereas a lyric is meant to be spoken by its reader as if the reader were the one uttering the words. A lyric poem is a script for performance by its reader.

　서정시에 가장 근접한 산문은 일기라고 할 수 있다. 그러나 일기는 다른 사람의 말이라고 받아들여지는 반면에 서정시는 독자가 그 말을 직접 하는 것처럼 받아들여지게 되어 있다. 즉, 서정시는 독자가 구현해 내

1　Vendler, Helen, 「About Poets and Poetry」, *Poems, Poets, Poetry: An Introduction and Anthology*(Bedford/St. Martin's, 2010), p.11.

어야 할 대본이라 할 수 있다.[2]

이처럼 시는 사람이 일인칭의 입장에서 자신을 시적 화자poetic persona로 삼아 독백하듯이 자신의 생각과 감정을 밝히는 문학 장르라고 정리할 수 있다. 그러나 독백하듯 쓰인 시는 독백의 상태에 머무르지 않는다. 창조된 시가 독자들에게 이르게 되면 시는 독자를 통해 마치 독자가 시의 주체인 것처럼 새로이 되살아난다. 독자가 시를 읽을 때에 시는 새로운 존재 양식을 얻게 되는데, 그럴 때 시는 독자로 하여금 해석하여 구현할 질료를 제공하는 어떤 것이다. 즉, 시는 독자의 행연行演, performance을 위한 일종의 대본이라고도 볼 수 있다.

그렇다면 시를 쓰는 시인에게 있어서 독자가 갖게 되는 의미는 무엇일까? 시가 시인의 일인칭 독백과도 같은 것이라면 시를 쓸 때에 시인은 독자를 어떻게 인식하게 되는 것일까? 시인이 생각하는 잠재적 독자, 미래의 독자에 대해서 미국의 여성 시인 캐시 박 홍Cathy Park Hong은 다음과 같이 언급한다.

시인들이 청중이라는 문제를 대하는 태도는 아무리 잘해 봐야 애증이 엇갈리는 양가감정이며 더 흔하게 내보이는 태도는 경멸이다. 로버트 그레이브스는 말했다. "'청중'이라는 단어를 절대로 쓰지 말라. 시인이 돈 벌려고 시를 쓰는 것이 아니라면 청중이라는 관념 자체가 내게는 옳지 않아 보인다."[3]

---

2 같은 책, 같은 면

캐시 박 홍이 인용한 바를 통해 알 수 있듯 로버트 그레이브스Robert Graves의 말에서 드러나는 바는 시인은 독자를 의식하면서 시를 쓰는 것이 아니라는 점이다. 시인은 청중을 의식하여 시를 쓰는 게 아니라 독백하듯 시를 쓴다. 즉, 시인은 청중이 아니라 시인 자신에게 들려주고자 하는 것을 시로 표현하는 셈이다. 그렇게 독백하듯 표현한 것을 결과적으로는 독자 혹은 청중이 공유하게 되겠지만, 그레이브스는 시인이 창작에 임할 때 독자를 염두에 두는 것은 옳지 않다는 점을 말하고 있는 것이다. 일부 시인들은 대중적 인기를 도모하거나 그 대중의 취향에 영합하는 작품을 펴내어 개인적 이익을 추구하기도 한다. 그러나 올바른 시인의 자세는 청중 혹은 독자를 의식하면서 창작하지 않는 것이다. 캐시 박 홍 또한 그레이브스와 마찬가지의 입장을 취한다. 그리고 더 나아가 시인이라면 청중을 경멸하는 태도를 갖게 된다고 지적한다. 그가 지적한 바와 같이 시인이 독자에 대해서 양가감정을 갖게 된다는 점은 시인의 내부에 독자의 반응을 존중하는 마음과 독자를 배제하고자 는 마음이 공존하고 있음을 말해 준다. 시인은 언어를 통하여 자신의 내면세계를 시라는 텍스트로 재현해 내는 존재일 뿐이다. 그러므로 시인에게 가장 중요한 것은 자기 자신, 즉 자아라는 점을 확인할 수 있다.

이제 종합적으로 시를 정의하기 위하여 먼저 일반적으로 알려진 문학의 정의를 생각해 보자.

---

3 캐시 박 홍, 노시내 역, 『마이너 필링스』, 마티, 2021, 65면에서 인용. 더불어 캐시 박 홍은 이 책에서 문화계의 수상 제도에 대해 다음과 같이 풍자하기도 한다. "사실 시인의 청중은 제도다. 우리는 학계, 심사 위원단, 펠로십 제도라는 고등한 관람권에 의존하여 사회적 자본을 획득한다. 수상 제도를 거치는 것은 시인이 주류적 성공에 이르는 소중한 길이며 수상 결과는 심사 위원단이 공들여 이루어 낸 타협에 의해 결정된다. 이 타협은 미학적으로나 정치적으로 수상작에 아무 위험성이 없음을 보장한다."(66면)

문학은 사람이 언어를 사용하여 감정과 사상 그리고 자연과 사회를 표현하는 예술의 한 장르이다.

이 한 문장에는 먼저 문학이 예술의 한 하위 장르라는 사실이 밝혀져 있다. 그리고 문학의 주체, 소재, 내용 등이 담겨 있다. 즉, 문학의 주체는 사람이다. 창작과 향유, 혹은 생산과 소비의 주체가 모두 사람인 것이다. 사람이 아닌 다른 식물이나 동물은 창작의 주체가 될 수 없고, 문학은 그들이 향유하거나 소비하는 게 아니다. 문학의 도구는 사람의 몸짓이나 표정, 혹은 목소리 등이 아니고 물감이나 옷감 등도 아닌, 사람이 사용하는 언어이다. 그리고 문학의 내용은 사람의 감정과 사상이 될 수 있고 자연에 대한 묘사가 될 수도 있으며 인간이 이룬 사회의 여러가지 양상이 될 수도 있다.

문학에 대해 이렇게 정의한다면 시의 정의에 있어서도 유사한 방식을 취할 수 있다.

시는 사람이 언어의 청각적·시각적 효과를 활용하여 언어를 은유적·축약적으로 사용하면서 감정과 사상 그리고 자연과 사회를 표현하는 문학의 한 장르이다.

먼저 위 문장에서 문학이 예술의 한 하위 장르이듯이 시는 문학의 한 하위 장르라는 점을 확인할 수 있다. 그리고 시가 문학의 하위 장르인 까닭에 시는 언어를 소재로 삼는 예술이라는 점을 문학과 공유한다. 그러나 하위 장르인 시는 그 상위 장르인 문학과 달라지는 부분을 두 가지 갖고 있다. 바로 '언어의 청각적·시각적 효과를 활용'한다는 점과 '언어를 은유적·축약적으로 사용한다'는 점이다. 먼저 시는 소설이나 수필과 같은 산문 장르와는 달리 언어를 축약적으로 사용한다. 축약적이라는 말은 '경제적'이라는 말로 대체할 수도 있는데, 시에서는 자세히 설명하기보다는 꼭 필요한 핵심적인 언어만 골라서 사용한다는 의미이다. 또한 은유적이라는 말은 직접적으로 설명하거나 묘사하기보다는 적절한 이미지나 상징 등을 사용하여 암시한다는 뜻이다. 시에 포함된 말의 숨은 의미나 진정한 뜻을 찾는 일은 독자의 몫으로 남겨 두는 것이다.

그와 같은 효과를 거두기 위하여 시가 필요로 하는 바는 언어의 청각적·시각적 효과를 활용하는 것이다. 먼저 언어의 시각적 효과에는 이미지가 중요한 역할을 하게 된다. "내 사랑은 사랑스러운 오월의 장미와 같다"라는 유명한 시구를 떠올려 보자. 자신이 지닌 사랑의 감정이 아름답다고 설명하는 대신에 시인은 '오월의 장미'라는 이미지를 제시하고 있다. 장미는 아름다운 꽃이며 특히 오월에 피는 장미는 더욱 아름답다. 그래서 장미라는 시각적 이미지를 통하여 사랑의 아름다움을 효과적으로 독자에게 전달할 수 있는 것이다.

그리고 언어의 청각적 효과는 소리의 특성을 활용하여 창작자의 의도를 잘 표현한다는 뜻이다. 청각적 효과를 위해 사용하는 가장 쉬운 장치는 동일한 말의 반복이라고 할 수 있다. 이를테면 우리 전통 시가詩歌의 "사랑, 사랑, 내 사랑이야" 같은 구절을 떠올릴 수 있다. 또한 로버트 프로스트Robert Frost 시의 한 구절, "그리고 나는 잠들기 전에 수 마일을 더 가야만 한다, 잠들기 전에 수 마일을 더 가야만 한다(And miles to go before I sleep, miles to go before I sleep)"를 생각해 볼 수 있다.

　"내 사랑이야"라는 문장만으로도 창작자가 의도한 사랑의 감정을 표현할 수 있다. 그러나 "사랑, 사랑, 내 사랑이야"이야 하고 '사랑'이란 어휘를 반복하게 될 때 그 말이 지니는 음악성은 말의 즐거움을 독자에게 전달한다. 그리하여 그 청각적 효과가 시를 다른 글과는 구별되게 만든다. 요컨대 이미지나 상징 등을 통한 언어의 시각적 효과와 음절 혹은 구절의 반복이나 생략 등을 통해 발휘되는 청각적 효과는 시를 구성하는 중요한 요소라 할 수 있다. 물론 이와 같은 시각적·청각적 요소가 풍부하다고 해서 그것이 바로 시를 시답게 만드는 것은 아니다. 시에서는 시의 내용에 해당하는 전언에서 드러나는 독창적인 사유와 감정의 표현이 마찬가지로 중요하다. 혹은 후자가 더욱 중요하다고 볼 수도 있다. 청각적·시각적 효과를 노린 어휘와 표현들을 나열한 채 주제가 불분명하거나 전언이 선명하지 않아 보이는 시 역시 많이 발견할 수 있다. 그것은 시를 형성하는 요소들이 결코 단순한 몇 가지에 한정되지 않는다는 점을 보여 준다. 시는 다양한 요소들을 필요로 한다. 더 나아가 그 모든 요소가 유기적이면서도 조화롭게 결합될 때에 좋은 시가 탄생하는 것이다.

　여기에서 시의 청각적 효과를 드높이기 위해서는 언어를 경제적이고 압축적으로 사용해야 한다는 점을 강조할 필요가 있다. 시는 대체적으로 사용하는 언어의 수가 많지 않고 그래서 길이가 짧다. 물론 산문시에서 볼 수 있듯 산문과 구별하기 어려울 정도로 길이가 긴 시도 있을 수 있으나 대체적으로 시는 산문보다는 짧다. 앞서 음절이나 구절의 반복 혹은 생략 등을 통해 청각적 효과를 거둘 수 있다고 언급한 바 있다.

특히 시에서는 길게 설명하거나 지나치게 자세히 묘사하지 않은 채 가장 핵심적인 요소만 남기고 나머지 부분은 생략하는 기술이 필요하다. 그처럼 생략을 덕목으로 삼는 언어의 경제적 사용이 시의 요건이 된다. 그 점에 주목하면서 윌리엄 틴들William Tindall은 시는 언어를 매체로 사용하면서도 동시에 그 언어를 가능한 적게 사용하려는 모순적인 성격을 지녔다고 지적한다.

> 표현 모체로서 언어를 사용하면서도 시는 일종의 우수한 벙어리 담화a kind of excellent dumb discourse로서 본능적으로 언어를 보다 적게 사용하려는 모순을 지니고 있다.[4]

틴들의 말과 같이 시의 언어는 넘치는 것을 경계한다. 시의 언어는 자세히 설명하는 언어가 아니라 모자라는 언어를 지향한다. 그래서 시의 언어는 어눌한 듯 부족하게 보이는 언어라고 볼 수 있다. '벙어리 담화'라기보다는 '모자라는 언어'로 번역할 때 의미 파악이 더 용이할 듯하다. 즉, 지나치게 친절히 묘사하거나 설명하지 않고 언어를 아껴서 사용하는 것이 시의 특징이라 할 수 있다. 그러므로 달변을 지향하기보다는 어수룩하고 모자라는 것처럼 보이게 언어를 덜 사용할 때 그 시를 좋은 시라 할 수 있는 셈이다. 요컨대 부족하게 보이게 하는 것이 시적 언어의 성격이라 할 수 있다.

이상에서 살펴본 바를 종합해 보면 오세영의 시론이 매우 유용하다

---

4 Tindall, W.Y., *The Literary Symbol*(Indiana University, 1955), p.7(김준오, 『시론』 도서출판 문장, 1984년, 79면에서 재인용).

는 결론에 이른다. 오세영은 시를 정의하면서 그 정의의 바탕이 되는 조건들을 여섯 가지로 요약하고 있다.

시란 한마디로 총체적 진실을 이미지, 은유, 상징 등과 언어의 음악성 및 회화성으로 형상화시킨 1인칭 현재 시제의 함축적 자기 독백체 진술이다. 따라서 이상의 정의에는 기본적으로 여섯 가지 조건이 전제되어 있다. 1. 총체적 진실을 담아야 한다는 것, 2. 언어의 음악성이 반영되어야 한다는 것, 3. 이미지, 은유, 상징 등으로 형상화(시각 혹은 감각화)되어야 한다는 것, 4. 1인칭 시점의 자기 고백체로 쓰인다는 것, 5. 현재 시제(순간성의 포착)라는 것, 6. 짧게 함축된 진술이라는 것 등이다. 그래서 우리는 이를 시의 여섯 가지 요소라 한다.(오세영, 『진실과 사실 사이』, 푸른사상, 2020, 13면.)

시를 읽을 때에 위의 여섯 가지 요소를 기억한다면 시 텍스트를 더욱 효과적으로 이해할 수 있다. 즉, 내용에 있어서의 진실성, 언어의 음악성, 시각적 요소들, 자기 고백적 성격, 현재성의 시간성, 함축성 등의 요소를 중심으로 시를 이해할 수 있다.

시의 특징:

비논리성과 만연성

이상에서 시의 정의에 대해 살펴보았다. 그렇다면 시의 특징은 무엇이라 할 수 있을까? 먼저 시는 청각적·시각적 효과에 의하여 독자에게 직접 전달되는 문학 장르라고 볼 수 있다. 즉, 시의 언어가 지니는 음악적 요소와 이미지 그리고 상징 등의 시각적 요소는 독자의 감각에 직접 전달된다. 일차적으로 언어는 소통의 도구이기에 의사 전달이라는 목적에 봉사해야 한다. 그러나 시에 사용되는 언어는 그와 같은 기본적인 언어의 역할에서 벗어난 다른 역할을 담당한다. 즉, 독자의 감각에 작용하여 정서적 효과를 가져다주는 것이다. 그 점에서 시는 다른 서사 장르와 구별된다. 서사 장르가 대체로 의미 전달을 목표로 하며 설득이나 사상의 전파를 의도하는 것과는 달리 시 장르는 독자에게 정서적 영향을 끼치는 것을 목표로 삼아 그 목적을 이루기에 적합하도록 언어를 활용한다.

조리 그레이엄Jorie Graham은 시의 특징을 다음과 같이 설명한다.

시는 독자에게 직접 전달된다. 시의 언어는 직접 독자에게 말한다. 시는 다른 서사가 줄 수 없는 것을 준다. 서사에서 나타나는 논리logic, 지속성continuity, 설명expositional의 투명성을 시는 요구하지 않는다. 꿈의 구조와도 유사한, 비논리성이 시의 본질이다. 역설paradox, 유추analogy, 비약적 연상leaping association이 음악적 긴장musical tension과 함께 사용된다. 시는 복합적 의미multiple meanings를 지닌다.[5]

그레이엄이 이해하는 바와 같이 시는 논리성이나 명료한 설명을 요구하지 않는다. 오히려 시의 특징은 그와 같은 논리적 정합성의 대척점에 놓인다. 시는 오히려 비논리적이며 비약적인 연상을 미덕으로 여기는 장르이다. 그러므로 논리적으로 설득력 있게 설명하기보다는 역설적인 표현을 의도적으로 동원하여, 독자로 하여금 이를 스스로 시인의 의도에 접속하게 만드는 장치로 삼는다. 그레이엄이 시의 비논리성이라는 특성을 지적하면서 "꿈의 구조와도 유사"하다고 본 것은 매우 적절한 설명이다. 꿈이 해석을 필요로 하는 점과 마찬가지로 시도 해석을 요구한다. 꿈에서는 여러 가지 사건이나 인물, 말과 행동들이 파편적으로 등장하면서 꿈꾸는 자가 강렬한 암시를 받게 된다. 그처럼 시에도 다양한 소재와 이미지들이 복합적이고 중층적으로 등장하여, 시의 독자는 강렬한 인상을 받고 감각적으로 시의 언어에 반응하게 된다. 그리고 시의 텍스트는 다양하게 해석될 수 있으므로, 독자는 자신이 처해 있는 시간적 공간적 특수성과 다양한 경험을 통해 시를 이해하고 파악하게 된다.

---

5 조리 그레이엄과 마이클 실버블랫(Michael Silverblatt)과의 인터뷰에서 참고. 보다 자세한 논의는 YouTube 검색을 통해 확인하길 바란다.

시가 비논리적인 방법으로 언어를 사용하는 예술 장르라는 점은 마이클 리파테르Michael Riffaterre도 동의한 바이다. 리파테르는 '비적접성 indirection'이라는 개념어를 사용하면서 시적 언어의 특수성을 설명한다. 즉, 시적 언어는 시인의 의도를 직접 드러내지 않으며 의도와는 무관한 듯한 대상을 통해 간접적으로 드러낸다고 본다.

But whichever of the two trends prevails, one factor remains constant: poetry expresses concepts and things by indirection. To put it simply, a poem says one thing and means another.

두 경향 중 어느 것이 우세하든 간에 하나의 사실은 변치 않는다. 시는 사상과 사물을 간접성을 통해 표현한다는 사실 말이다. 간단히 말하자면 시는 하나의 사실을 말하면서 그 말해진 것과는 다른 어떤 것을 의미한다.[6]

시의 또 다른 특징으로는 만연성漫然性을 들 수 있다. 낸시 비커스Nancy Vickers는 시는 그 형태는 달라질지라도 우리 주변 어디에서나 쉽게 발견할 수 있다고 지적한 바 있다. 광고 문구나 안내문 혹은 노래 가사뿐만 아니라 표어나 구호조차 한 편의 시라고 볼 수 있다는 말이다. 물론 그 시가 잘 만들어진 시인지 그렇지 않은지는 별개의 문제이다. 그렇듯 시가 우리 주변에서 흔히 찾아볼 수 있는 친숙한 것이라면, '우리가 시라고 알고 있는 작품과 시라고 받아들이지 않는 글을 어떻게 구별할 것인

---

6 Riffaterre, Michael., *Semiotics of Poetry*(Indiana University Press, 1955), p.1.

가' 하는 새로운 문제를 제기할 수 있다. 다시 말해서 '시라고 명명된 것과 그렇지 않은 것 사이의 경계가 어디에 있는가'라는 의문에 관해 말해 볼 수 있다는 점이다. 일상에서 발견하는 설명문이나 표어, 노래 가사 또한 보기에 따라서는 한 편의 시라고 볼 수도 있다. 예를 들어 소설가 알랭 드 보통^(Alain de Botton)은 "음식 메뉴판이 한 편의 시일 수 있다"고 언급한다. 드 보통은 자신이 우연히 마주치게 된 음식 메뉴판의 글귀들이 자신에게는 일본의 시인 마쓰오 바쇼^(松尾芭蕉)의 '하이쿠^(俳句)'보다 인상적인 시로 보였다고 한다. 드 보통의 책에서 작가가 칭찬한 메뉴판의 음식 묘사문을 인용해 보자.

햇볕에 말린 크랜베리를 곁들인 연한 채소

삶은 배, 고르곤졸라 치즈

진판델 비네그레트 소스로 무친 설탕 절임 호두(알랭 드 보통, 정영목 역, 『공항에서 일주일을: 히드로 다이어리』, 청미래, 2009, 27면.)

채소와 호두 등으로 만들어진 음식에서 그 음식이 만들어진 과정이나 놓인 상태 등을 묘사하는 어휘들이 매우 인상적이었기에 그는 그 메뉴판을 한 편의 시와 같다고 보았다. 그렇다면 메뉴판의 비교 대상이 된 바쇼의 하이쿠도 함께 살펴볼 필요가 있겠다.

가을 돌풍이

아사마 산 위

돌들을 따라 불어 간다.[7]

"가을", "돌풍", "아사마 산", "돌" 등이 바쇼의 시의 소재로 등장한다. 그리고 바쇼는 그 소재들이 만들어 내는 정경을 있는 그대로 묘사하고 있다. 물론 그러한 묘사를 통하여 시인 바쇼는 자신의 심경, 즉 내면에 일고 있는 변화를 표현하고자 했을 것이다. 갑자기 나타난 바람, 즉 돌풍이 산 위의 돌들을 따라 불어 가는 장면을 묘사하면서 그런 바람 앞에서 인생의 무상함이나 예측 불가능성을 느꼈을 수도 있다. 바람이 방랑하는 시인의 고독감을 일깨웠을 수도 있다. 혹은 가을 돌풍이 불어 간 다음 닥쳐올 겨울을 예감하면서 계절의 변화를 통해 자신의 삶을 새로이 해석했을 수도 있다. 그러나 드 보통에게는 바쇼의 시가 별다른 감흥을 일으키지 못했다는 것을 알 수 있다.[8] 예사롭게 스쳐 지나갈 수 있는 문장이나 구절들이 어떤 독자에게는 한 편의 시처럼 다가오기도 한다. 반면 많은 독자들에게 호응을 받아 오던 시도 어떤 독자에게는 의미나 감흥을 가져다주지 못할 수도 있다.

요컨대 '시가 무엇인가' 하는 논제는 단순하지 않다. 시의 정의란 완결되고 고정된 것이 아니라 가변적이고 유동적이기 때문이다. 어느 정도 합의에 이르렀다고 볼 수 있는 시적 정의의 구성 요소들도 확정적인 것은 아니다. 더 정교하게 정의해 가는 과정에서 수정되고 보완될 수 있다.

---

7 Basho, Matsuo, *Basho: The Complete Haiku* (Kodansha International, 2013), p. 27.
8 이에 대한 보다 자세한 논의는 졸고, 「참대 갈대 베어 낸 길을 맨발로 가는 시인: 알랭 드 보통과 이남순 시인의 대화」 『세이렌의 항해』(문학수첩, 2020), 331~333면을 참고할 것.

시의
구성 요소

시를 만들기 위해 필요한 것은 무엇일까? 먼저 시는 주제와 소재를 필요로 한다. 모든 예술 장르에는 그 예술을 가능하게 하는 소재가 있다. 음악은 소리, 미술은 물감과 종이, 무용은 사람의 몸을 필요로 한다. 시의 경우, 그러니까 시의 소재는 사람의 언어이다. 즉흥시의 경우 사람의 말이 소재가 될 수도 있다. 그러나 일반적으로 시의 소재는 사람의 언어 중 글로 표현된 것이라고 볼 수 있다. 구전된 시가 예외적으로 남아 있을 수는 있으나 말로 표현된 시는 보존되기 어렵기 때문에 글로 기록된 시가 주를 이룬다.

시의 주제는 매우 다양하다. 인류의 모든 것이 시의 주제라고 할 수 있다. 즉, 사람이 지니고 있는 모든 사상과 감정이 시의 주제가 될 수 있는 것이다. 그리고 자연과 사회도 시의 주제로 삼을 수 있다. 자연의 아름다움을 언어로 묘사하는 시, 사회의 변화를 재현하는 시 등도 생각해 볼 수 있다.

그러나 소재와 주제가 갖추어졌다고 해서 바로 시가 되는 것은 아니다. 시가 산문과 구별되는 이유는 시만이 고유하게 지닌 특징들이 있기 때문이다. 그렇다면 그 구체적인 특징들은 무엇일까? 시를 구성하는 요소들, 즉 시로 하여금 시가 될 수 있게 만드는 특징들은 다음과 같이 요약할 수 있다.

(1) 리듬rhythm, 즉 음악성
(2) 통사 구문의 활용momentum of syntax
(3) 이미지imagery, 즉 시각성
(4) 감동pathos
(5) 은유metaphor[9]

먼저 시의 언어는 음악성을 지닌 언어라 할 수 있다. 즉, 생각이나 감정을 언어로 표현할 때 그 언어가 서로 어울려 음악성을 발생시킬 수 있는 방향으로 언어를 배치하는 것이 시의 특징이다. 음악성은 리듬이라고도 표현할 수 있다. 시는 언어를 사용함에 있어서 언어의 리듬감을 탐구하여 그 리듬감이 발휘되도록 하는 특징이 있다. 전통적인 형식을 갖춘 시들, 즉 소네트sonnet, 절구絕句, 시조 등에서는 리듬감을 쉽게 발견할 수 있다. 현대에 이르러 자유시나 산문시 등이 늘어나면서 형식을 통해 리듬감을 유지하던 경향은 약해졌다. 그러나 자유시 또한 언어의 음악성을 포기했다고는 볼 수 없다. 내재적인 리듬감은 자유시는 물론,

---

9 이에 대해서는 벤들러의 강연을 참고할 수 있다(Vendler, Helen., "Teaching Poetry: Helen Vendler at Harvard University", YouTube 참고).

외형상 산문과의 차이를 발견하기 어려운 산문시에서도 여전히 유지되고 있다고 볼 수 있다.

다음으로 통사 구문의 활용을 살펴보자. 시에 있어서 통사 구문을 구현할 때에는 산문의 경우와는 그 성격이 달라진다. 영어의 'syntax'는 통사 구조, 구문 등의 의미를 지니며 'momentum'은 운동량, 가속도, 탄력 등으로 번역된다.[10] 또 영어의 momentum은 기본적으로 물리학의 용어로서 운동량 혹은 에너지 등으로 번역될 수 있는 말이다.[11] 따라서 'momentum of syntax'는 '통사 구문의 가속도', '통사 구문의 탄력', '통사 구문의 운동량', '통사 구문의 활용' 등으로 번역할 수 있다. 그렇게 명명함으로써 통사 구문은 그 나름대로의 고유한 방식이 있다는 것을 설명할 수 있을 것이다. 시에 있어서는 시인의 의도를 효과적으로 드러내기 위하여 때로는 운동량을 늘리는 방향으로 또 때로는 줄이는 방향으로 통사 구문을 활용할 수 있다. 어휘들이 적절히 배치되어 '구phrase', '절clause', '문장sentence'을 형성한다. 문장들이 모여서 '문단paragraph' 혹은 '단락'을 구성하게 되며 경우에 따라서는 하나의 문장이 하나의 문단을 구성할 수도 있다.

산문과 대비하여 시를 설명하자면 산문은 문장이 시의 '행line'이라고 할 수 있다. 마찬가지로 산문의 문단이 시에 있어서는 '연stanza'이라고 할 수 있다. 전술한 바와 같이 시에서 어휘를 배치하여 구문을 형성하는 방식은 산문의 경우와는 다르다. 산문의 구문은 의미를 분명하게 드

---

10 고려대 한국어대사전은 'syntax'를 "단어 결합으로 이루어지는 문장의 구조나 구문 요소를 분석함으로써 각 문장 성분이 구성되는 규칙을 연구하는 분야"라고 정의한다.

11 예를 들어 물리학자 아이작 뉴턴(Isaac Newton)의 'Conservation of Momentum' 이론은 '운동량 불변의 법칙'으로 번역된다.

러내기 위하여 쉼표, 마침표, 느낌표 등의 문장 부호들을 사용하기도 하고 접속사 등을 삽입하기도 한다. 예를 들어 전자의 경우, 쉼표는 하나의 의미가 일정 수준 완결되었다는 점과 후속 의미가 등장할 것임을 알리는 신호가 된다. 후자의 경우, '왜냐하면', '그리고' 혹은 '그러나' 등의 접속사가 문장과 문장, 절과 절을 이어줄 때에 글쓴이의 의도가 더욱 선명하게 드러나게 된다. 그러나 시에서는 그렇지 않다.

통사 구문의 활용에 대해서는 찰스 하트만Charles Hartman이 설명한 바를 참고할 수 있다.[12] 하트만은 구체적인 텍스트를 예로 들어 가면서 통사 구문을 정교하고 복합적으로 구현한 시와 삭제와 단축을 통하여 통사 구문의 운동량을 감소하게 만든 시를 대조적으로 보여 준다. 더 구체적으로 하트만은 시인 엘리자베스 비숍Elizabeth Bishop의 시 두 편을 예로 들어 통사 구문이 어떻게 다르게 구현되고 있는지 드러낸다. 하트만이 설명한 바를 다음에 요약한다. 하트만은 먼저 비숍이 1947년에 발표한 「어부의 집에서At the Fishhouses」의 첫 행들을 예시로 들어 '시의 움직임movement of poem'을 설명한다.

Although it is a cold evening,
down by one of the fishhouses
an old man sits netting.

비록 날씨가 차가운 저녁이지만

---

12 Hartman, Charles O., *Verse: An Introduction to Prosody*(Wiley-Blackwell, 2015), p.175.

저 아래 어부의 집 옆에서

노인이 그물을 다듬고 있다.

— 엘리자베스 비숍, 「어부의 집에서」 부분, 졸역

하트만은 시인 비숍이 이 시의 시작 부분에서 'Although'라는 접속사와 쉼표를 활용하여 그 행이 문장의 종속절에 해당하고 있다는 점을 분명히 보여 준다고 지적한다. 그리하여 그다음에 오는 구절에서는 무엇인가 독자의 예상을 벗어나는 놀랄 만한 일이 나타날 것임을 알리고 있다고 본다. 그래서 독자로 하여금 첫 행 이후에 전개될 바를 준비하게 만든다고 해석하는 것이다. 독자가 어떠한 방식으로 시를 읽어 나가야 할지 또 무엇을 기대하면서 각 행을 읽어 나갈지를 통사 구문 자체가 지시한다고 볼 수 있다. 다시 말해 독자가 기대해야 할 바는 첫 행의 시작 부분의 '통사적 배치^{syntactical regimen}'에서 이미 드러나는 것이다. 이 시에서 보이는 바와 같은, 이처럼 통사 구문의 활용은 궁극적으로는 이 시 전체의 주제를 효과적으로 드러낼 수 있게 한다. 즉, 시인이 깨달아 표현하고자 하는 바는 텍스트의 마지막 부분에서 나타나는데 그것은 바로 '안다는 것^{knowledge}'의 본질이 과연 무엇인가 하는 철학적 질문이다. 다시 말해 '우리가 진리라고 하는 것의 정체가 무엇인가?' 하는 문제가 이 텍스트의 전체적인 주제이며 그 주제를 효과적으로 드러내기 위하여 시인은 통사 구문을 위의 예처럼 활용하고 있는 것이다.

비숍의 또 다른 시 한 편은 위의 경우와는 다소 달라진 통사 구문 활용의 예를 보여 준다. 이 시에서는 필요하다고 볼 수도 있는 어휘를 생략함으로써 통사 구문의 운동량을 줄이는 것을 볼 수 있다. 비숍이

1946년에 발표한 「물고기The fish」의 도입 부분을 보자.

I caught a tremendous fish

엄청나게 큰 물고기를 잡았다.

— 엘리자베스 비숍, 「물고기」 부분, 졸역

하트만은 이 첫 행을 언급하며 비록 쉼표나 마침표 등이 없지만 그런 부호 없이도 이 행은 하나의 완결된 문장이 될 수 있다고 본다. 일반적인 통사 구문에서는 문장 부호를 활용하거나 접속사 등을 사용하지만 이 시에서 시인은 그러한 것들을 생략한 것이다. 그 결과 텍스트의 '통사 구문 운동량momentum of syntax'이 감소하게 된다. 다시 말해 텍스트는 보다 직접적이고 간결한 시행을 갖게 된 것이다. 하트만은 이러한 통사 구문의 활용은 결과적으로 이 시의 구조를 드러내 보여 주는 구실을 한다고 해석한다. 시를 전반적으로 살펴보자면 시적 화자는 첫 행에서 물고기를 잡았다는 사실을 언급한 다음 더 이상 아무런 행동을 취하지 않는다는 것을 알 수 있다. 오랫동안 물고기를 지켜볼 뿐이다. 그리고 마지막 행에 이르러서야 시적 화자가 취한 두 번째 행동이 등장한다.

And I let the fish go.

그리고 나는 그 물고기를 놓아주었다.

— 엘리자베스 비숍, 「물고기」 부분, 졸역

하트만의 해석처럼 이 시에서의 통사 구문을 활용하는 방식은 이 시의 구조를 잘 드러낸다. 앞의 시 「어부의 집에서」와는 달리 시인은 통사 구문의 운동량을 감소하는 방법을 취하면서 시적 화자가 물고기를 잡았다가 결국 그냥 놓아주게 된 에피소드를 효과적으로 나타내게 되는 것이다. '물고기를 잡았다'에서 시작하여 '놓아주었다'에 이르기까지 시적 화자가 보고 느낀 것이 이 시의 주제를 이룬다. 그 주제가 지니는 철학적 의미가 이 시에 활용된 통사 구문과 적절히 상응한다고 볼 수 있다. 즉, 상동성相同性을 지닌다고도 주장할 수 있다. 시의 전편을 통해 물고기가 경험했을 고통과 상처를 감지하게 하는 시행들이 전개된다. 그러나 텍스트의 처음과 끝에 물고기를 잡았다가 놓아주는 단순한 행동만을 배치함으로써 시인은 시적 효과를 극대화한다. 그리고 그 과정에서 그 효과를 증폭하는 방식으로 통사 구문이 활용되고 있는 것이다.

시를 구성하는 데 있어서 필수적인 또 하나의 요소는 '이미지'이다. 이미지, 즉 시각성은 은유와도 긴밀히 관련된다고 볼 수 있다. 시적 언어는 독자의 상상력을 자극하여 독자로 하여금 각자 나름대로 텍스트에 사용된 언어가 추동하는 이미지를 떠올려 볼 수 있어야 한다. 모호한 시적 언어에서는 그 언어가 의도한 이미지가 상상력을 통해 발현되기 어렵다. 양가성兩價性을 지닌 언어라면 두 가지 이미지를 함께 생성되게 할 수도 있다. 이미지는 시적 텍스트를 생산하는 데에 있어서 매우 중요한 요소이다.

시는 또한 '페이소스pathos'라고 불리는 감동적 표현을 중요한 요소로 삼는다. 페이소스는 청중을 감동시키는 수단을 다루는 고대 수사학의 한 분야이다. 감동을 주는 어휘나 표현 등을 구사함으로써 독자의 정서에 직접적이고 효과적으로 접근하는 시의 특징 중 하나라고 볼 수 있다. 독자의 감정에 변화를 일으키지 못하는 시적인 어휘를 나열하게 되면 시라고 보기 어렵다. 따라서 단순히 사실을 설명한다거나 특정한 사상만을 주장하는 글은 비록 시의 외형을 갖추었다 할지라도 시가 되기에는 부족하다고 볼 수 있다.

마지막으로 은유는 매우 중요한 시의 요소이다. 은유에 대해서는 별도의 상세한 논의가 필요한데, 왜냐하면 은유는 시의 언어가 복합적이며 중층적인 의미를 지니게 만드는 가장 핵심적인 요소이기 때문이다. 흔히 시에서는 한 가지를 의미하거나 지칭하면서 다른 대상을 끌어들여 그 의미하거나 지칭하는 바를 대신하게 하는 모습을 발견할 수 있는데, 그럴 때 은유의 역할을 확인할 수 있다. 은유에 대한 구체적 서술은 다음 장에서 이어 가도록 하겠다.

이처럼 시를 구성하는 데에는 음악성, 통사 구문의 활용, 시각성, 감동, 은유 등의 요소가 필요하다. 그러나 이러한 요소들을 모두 함유하고 있다고 해서 곧바로 시가 탄생하는 것은 아니다. 최소한 좋은 시라고 불릴 수 있는 시는 그 요소들이 잘 결합되어 '정합성coherence'을 보여 주는 시이다. 그러므로 좋은 시의 조건은 위에 든 음악성, 시각성, 감동적 표현 등이 효과적이고 유기적으로 통합된 시라고 할 수 있다. 시를 구성하는 요소들이 유기적으로 통합되어야 좋은 시가 탄생한다는 점에 대하여 김준오는 다음과 같이 언급한다.

시의 언어는 모든 언어 가운데에서 매우 신중히 선택된 언어다. 뿐만 아니라 시는 이미지, 리듬, 토운 등으로써 음향적·조소적, 미적 의장에

의하여 최대의 효과를 내도록 그 선택된 세부들이 긴밀히 조직되어야 하므로 시의 언어는 또 신중히 배열되어야 하는 것이다.(김준오, 『시론』, 도서출판 문장, 1984년, 79면.)

시의 구성 요소들을 직관적으로 파악한 다음, 그 요소들 중 자신의 의도를 잘 나타내는 데 도움이 되리라고 판단되는 것들을 골라내야 한다. 그다음으로는 그 요소들을 적절하고 효과적으로 배치하게 될 때 성공적인 한 편의 시가 탄생한다고 볼 수 있다.

은유와 '친밀성의 공동체':
시의 언어는 어떻게 독자에게 전달되는가?

앞서 은유는 시적 언어의 핵심에 해당한다고 언급하였다. 김준오 교수는 시의 본질을 은유의 일종인 의인화擬人化에서 찾고 있다. 그는 『시론』에서 원시인들은 사물에 불과한 대상도 사람과 같이 인격적인 것으로 받아들였고 그런 까닭에 그들은 언어를 사용함에 있어서도 언어는 주술적인 힘을 지닌 실재라고 생각했다고 지적한다. 대상을 사람으로 여기는 의인화 경향에서 시가 싹트게 되었다고 보는 것이다. 다시 말해 인류가 지내 온 역사의 초기에 인간은 대상을 이인칭, 즉 너로 인식하는 태도를 갖고 있었다. 그런 인간의 의인관이 시의 모태가 된 것이다. 『시론』에 언급된 바를 자세히 살펴보자.

더구나 원초 지각은 대상을 '그것es'으로가 아니라 '너du'로 인식하고 있었기 때문에 원시인의 언어는 바로 실재 그 자체였다. 언어는 신이나 자연과 같은 비인간적 대상과 공감적으로 연결되었다. 가령 파도가 운다 하면 실제로 파도가 울고 신에게 구원의 기적을 말하면 실제로 구원이 이루어진다고 원시인은 믿었다. 대상을 너로 인식하는 이런 의인관적 태도가 시의 본질이며 시의 미학은 최초로 여기서 탄생한다.(김준오, 『시론』, 도서출판 문장, 1984년, 62면.)

그러므로 역사의 초기에 인간이 사용하던 언어는 모두 시적인 성격을 지닌 것이었다고 볼 수 있다. 그때의 언어는 단순히 사실을 설명하거나 의미를 전달하는 기능만을 수행하는 데 그치지 않고 그 자체의 고유한 힘을 지닌 대상으로 간주되었다. 그러나 이후 문명이 발달하고 인간의 의식이 진보하게 됨에 따라 언어의 마술적 힘에 대한 신뢰는 무너지게 되었다. 그리하여 언어는 의미를 표출하는 기능만 지니게 되었다. 즉, 은유로 언어를 사용하던 시대가 끝나면서 언어는 두 종류로 분화되었다고 볼 수 있다. 다시 말해 의사소통이라는 기술적 기능을 수행하는 언어와 여전히 은유의 성격을 지니고 있는 문학적 언어가 분리된 것이다.

그렇다면 이제 은유의 속성에 대해 좀 더 자세히 살펴보자. 은유는 무엇이며 은유가 시에서 중요한 역할을 맡는 것은 또 무엇 때문인가? 철학자 테드 코언Ted Cohen은 "은유는 특이한 결정체로 이루어진 예술품이다(metaphors are peculiarly crystalized works of art)"라고 주장한다. 코언에 따르면 언어의 속성과 기능에 대한 기존 철학자들의 주장은 인지적 측면cognitivity과 미학적 특징aesthetical character이라는 두 가지 요소에 집중되어 왔다. 전자의 대표는 영국의 철학자 토머스 홉스Thomas Hobbes라고 볼 수 있고 후자는 존 로크John Locke라 할 수 있다. 먼저 홉스는 '은

유는 어떤 종류의 언어인가?'라는 질문에 대한 답을 마련해 준다. 그는
『리바이어던Leviathan』에서 언어를 두 종류로 설명한다. 언어는 일반적으
로 사용되는 경우와 특수하게 사용되는 경우로 나눌 수 있기에 두 종류
의 언어가 있다고 본 것이다. 먼저 일반적으로 사용되는 경우에 대한
홉스의 견해를 살펴보자면 다음과 같다.

> 언어의 일반적인 사용은 정신적인 담론을 언어적 담론으로 전환시키
> 는 것이다. 달리 말해 생각의 고리들을 말의 고리들로 바꾸는 것이다.
> (중략) 특수한 언어 사용이라 할 때에는 다음과 같은 네 가지 경우에 해
> 당하는 것을 이른다. 첫째, 과거나 현재의 어떤 것의 원인이 되었거나 혹
> 은 과거나 현재가 원인이 되어 어떤 결과를 낳을 수 있는 것을 기록하는
> 것이다. 둘째, 우리가 습득한 지식을 다른 사람들에게 알려 조언하고 가르
> 쳐 주는 것이다. 셋째, 우리의 의지나 목적을 타인들에게 알려 상호 협력
> 할 수 있게 하는 것이다. 넷째, 언어로 유희함으로써 우리 자신이나 다른
> 사람들을 즐겁게 해 주는 쾌락 혹은 장식의 기능을 언어는 갖고 있다.[13]

덧붙여 홉스는 언어를 사용함에 있어서 만약 잘못될 경우 자신과 타
인들을 속이게 되는 결과를 낳는다고 경고한다. 그러나 두 번째의 언어
사용처럼 특수한 사용의 경우, 즉 은유metaphor나 비유전의轉義, trope의 경
우, 언어의 구사자가 일관성을 주장하지 않기 때문에 그와 같이 언어

---

13 Hobbes, Thomas., *Leviathan*, 1651[Cohen, Ted, 「Metaphor and the Cultivation of Intimacy」Sacks,
Sheldon ed, *On Metaphor(A Critical Inquiry Book)*, University of Chicago Press, 1979, pp.1~2에
서 재인용].

를 사용하는 것은 오히려 덜 위험하다고 주장한다. 시의 정체를 궁구하는 데에 도움이 되는 것은 바로 홉스가 지적한 바의 은유나 비유의 개념이다.

　홉스가 은유를 이해하는 방식에는 플라톤의 '이데아^{Idea}'와 진리 개념이 저변에 깔려 있다고 볼 수 있다. 익히 알려져 있는 바와 같이 플라톤은 예술은 진리에서 멀어진 것이라 주장하면서 예술의 가치를 크게 인정하지 않는다. 물상은 진리에서 한 단계 멀어져 있고 그 물상을 재현하는 예술은 물상보다도 더 진리에서 멀어져 있다는 것이 플라톤의 주장이다. 진리에서 더 멀어졌으므로 플라톤은 예술의 가치를 긍정하지 않은 것이다. 플라톤이 진리를 강조하면서 예술에 대해 부정적으로 본 것처럼 홉스 또한 인간이 사용하는 언어도 진리로부터 멀어져 있다고 본다. 홉스는 언어가 인간을 현혹하고 기만할 수 있으며, 진리에서 멀어지게 할 수 있음을 지적한 것에서 한 걸음 더 나아간다. 그는 인간이란 근원적으로 진리로부터 멀리 떨어져 있다고 주장한다.

　홉스만이 아니라 로크 또한 인간이 진리와 멀어져 있는 존재라고 보는 견해를 견지한다. 로크는 수사학이 그렇게 보편화된 것을 보면 인간이 얼마나 속이고 속는 것을 즐기는가를 알 수 있다고 설명한다. 로크가 언급한 수사학, 즉 '말을 꾸미는 기술'은 시의 속성을 설명하는 데에 있어서 유용하게 사용할 수 있다. 다시 말해 수사학, 혹은 '유려한 말^{eloquence}'이 의미하는 바는 분명 시의 본질과 관련된다고 볼 수 있다. 유려한 말이 의미하는 영역과 시의 영역은 공통되는 부분을 많이 갖고 있기 때문이다. 드러난 바가 아름답다는 점 그리고 그 결과가 즐거움을 느끼게 한다는 것이 두 영역이 공유하는 점이다. 로크의 견해를 살펴보자.

유려한 말은 마치 여성과도 같이 너무나 압도적인 아름다움을 지니고 있으므로 비난받기 어렵다. 그러므로 "기만의 예술arts of deceiving"에 대해서 흠을 잡는다는 것은 무의미하다. 사람들이 기꺼이 속으면서 즐거움을 느끼기 때문이다.[14]

장식된 말, 혹은 수사학은 드러난 아름다움으로 인하여 거부하고 비판하기 쉽지 않을 것이다. 비록 장식을 벗기고 나면 그 안에 감추어졌던 바가 드러나게 되고 그것이 진리에 반한다고 할지라도 그 장식이 주는 즐거움을 외면하기는 어려운 것이다. 그렇다면 시에 사용되는 은유의 언어는 진실성보다는 쾌락성에 밀접하게 관련된 언어라고 볼 수 있다. 독자가 시의 은유를 수용함에 있어서는 그 은유가 내포하는 바가 옳고 그른가 하는 점, 즉 정보나 전언의 정확성이 중요한 것이 아니다. 얼마나 아름답게 드러나 있고 따라서 쾌감을 주는가 하는 감각적 호소력이 중요해지는 것이다.

은유는 언어 사용의 한 경우이므로 일정한 부분은 언어의 본질적 속성을 지니고 있다. 그러므로 한편으로는 홉스가 주장한 대로 진리를 추구하는 데 필요한 효용적 가치를 지닐 수밖에 없다. 그럼에도 불구하고 은유는 다른 한편으로는 언어의 기본적 성격에서 어느 정도 벗어나 있다. 은유의 경우에는 일상의 의미를 전달하는 수단으로서의 언어보다는 일관성의 부담이 적다고 할 수 있다. 또 은유는 로크가 옹호하는 바와 같이 미학적·쾌락적 기능을 수행한다.

---

14 Locke, John. Essay bk. 3 ch. 10. Ibid. pp. 2~3에서 재인용.

위에서 살펴본 바와 같이 철학자들이 언어를 어떻게 보았는가 그리고 은유로 대표되는 언어의 특수한 사용을 어떻게 이해했는가 하는 점을 종합하여 은유의 특징을 설명할 수 있다. 그리고 철학자 코언은 홉스와 로크의 주장을 종합하여 은유를 설명한다. 그는 은유가 홉스와 로크가 언급한 언어의 기능들을 아우르면서 동시에 넘어서는 속성을 지닌다는 견해를 제시한다. 더 나아가 코언은 은유의 언어는 일종의 암묵적 계약에 기반을 두고 이루어진다고 주장한다. 말하는 자와 듣는 자, 혹은 창작자와 독자 사이에 일종의 계약이 전제되어 있을 때에만 은유를 통한 양자 사이의 소통이 적절하게 이루어질 수 있다고 보는 것이다. 코언에 따르면 은유는 언어의 발화자와 수신자 사이에 형성되는 계약에 의해 성립되고 존재하며, 그 계약은 해석을 향한 계약이라 할 수 있다. 발화자가 암묵적 계약을 전제로 하여 전언을 발신하면 수신자는 그 계약의 규칙에 따라 그 전달된 바를 수용하고 이해하는 것이다. 그리고 그 계약의 수행을 통해 발화자와 수신자 사이에는 '친밀성의 공동체community of intimacy'가 형성된다는 것이 코엔의 주장이다. 친밀성의 공동체가 이루어지지 않은 상태에서 은유는 의미가 없어진다. 오히려 그러한 친밀성의 공동체를 벗어난 곳에서 은유를 사용하게 되면 그 은유는 오해를 불러일으키기 쉽다.

부연하거니와 시의 필수 불가결한 요소 중 하나가 은유, 다시 말해 '메타포metaphor'인데 그 은유를 생산하고 소비하는 것은 닫혀 있는 공동체 안에서만 가능하다. 시 창작에 있어서 시인이 은유의 속성에 대해 치열하게 탐구하고 독자들에게 호소력 강한 은유를 제시하는 것은 매우 중요하다. 그리고 은유를 존재하게 하고 힘을 발휘하게 하는 데에는 친밀성의 공동체를 창출하는 것이 포함된다. 다시 한번 은유를 만들어 내고 그 은유를 받아들이는 일은 그 발화와 수신 과정에 계약이 내재되어 있을 때에만 가능해진다. 공동체 내부의 암묵적 계약이 필요한 것이다.

언어를 매개로 한 의사소통은 기본적으로 발화자와 수신자를 지니며 그들이 소통의 공동체를 이룬다는 것을 전제로 한다. 일상적인 의사소통의 경우에 있어서는 신호의 출발과 도착이 광범하게 이루어진다. 그러나 은유의 경우에는 그 과정이 다소 다르다. 코언은 구체적으로 은유의 유통 과정을 다음과 같이 세 단계로 설명한다.[15]

Three aspects are involved: (1) the speaker issues a kind of concealed invitation; (2) the hearer expends a special effort to accept the invitation; (3) this transaction constitutes the acknowledgment of a community.

(1) 발화자가 감추어진 형태로 (수신자를) 초대한다.
(2) 듣는 이(수신자)가 그 초대를 받아들이기 위해 노력을 기울인다.
(3) 위의 두 행위로 이루어진 계약에 기반을 둔 공동체가 형성된다.

은유가 은유로 성립되기 위해서는 동시에 두 가지가 전제되어야 한다. 첫째, 수신자는 그 표현이 은유라는 것을 인지해야만 한다. 그리고

---

15 Hobbes, Thomas., *Leviathan*, 1651[Cohen, Ted, 「Metaphor and the Cultivation of Intimacy」Sacks, Sheldon ed, *On Metaphor(A Critical Inquiry Book)*, University of Chicago Press, 1979, p.6에서 재인용].

둘째, 그 은유의 요점을 파악해야 한다.[16] 은유를 파악한다는 것은 신호의 수신자, 혹은 시의 독자가 문자 그대로의 의미를 중심에 둔 채, 다양한 추측assumption, 가설hypotheses, 유추inferences의 네트워크 속을 움직여 나아가는 것이다. 그러므로 은유가 묻혀 있는 곳이 깊으면 깊을수록 독자가 그 은유를 독해해 내기 위해 동원해야 하는 것들도 그 깊이에 정비례하여 많아지기 마련이다. 그러므로 은유는 'inverse correlation'을 속성으로 지니게 된다. 영어의 inverse correlation은 우리말로는 '역상관법칙' 혹은 '음의 상관법칙'이라고 번역해 볼 수 있다. 그 법칙하에서는, 한 변량이 양의 방향으로 변할 때 대응되는 다른 변량은 음의 방향으로 비례하여 변화한다. 은유에 동원된 해독의 요소, 즉 암호적 요소가 많아지면 그 은유의 해석은 어려워진다. 즉, 해석의 가능성은 마이너스 쪽으로 늘어나는 것이다. 다시 말해 은유의 변량이 플러스 축에서 나아가면 해석의 변량은 그에 비례하여 마이너스 축에서 나아가게 된다. 따라서 독자가 은유를 적절히 이해하기 위해서는 일정한 수준의 해석 훈련이 필요하다. 그것은 바로 위와 같은 은유의 속성, 즉 적절한 해석을 통해서만 전달되고 이해될 수 있다는 특징 때문이다.

지금까지의 논의를 요약해 보자. 시를 이해하고 공유하기 위해서는 또 하나의 요건이 갖추어져야 한다. 그 요건은 앞서 언급한 친밀성의 공동체라고 할 수 있다. 시가 충분히 독자의 공감을 일으키기 위해서는 독자가 시인과 함께 친밀성의 공동체를 이루어야 한다. 시는 언어를 정

---

16 영화 〈일 포스티노(Il Postino)〉(1994)에서 등장인물들이 은유를 은유로 파악하지 못하고 사실로 받아들이며 벌이는 소동을 상기해 볼 수 있다. 영화 속 여주인공의 숙모나 가톨릭 사제는 '벌거숭이(nuda)' 시에 표현된 나체의 묘사 등이 은유일 뿐이며 현실에서는 존재하지 않는 사건을 형상화한 것임을 이해하지 못한다. 은유와 현실을 구별하지 못하는 것이다.

확하게 사용하지 않고 기교를 통해 일상어와는 다르게 사용하기 때문이다. 시에는 역설과 풍자의 경우처럼 언어를 원래의 의미에서 벗어나는 방향으로 비틀어 말하는 기법이 흔히 사용된다. 직접 지시하기보다는 간접적으로 제시하는 방법도 활용된다. 하나의 공동체, 동일한 언어에 대한 해석의 공동체가 아닌 곳에서 언어를 그처럼 사용하게 되면 독자의 오해를 낳을 수밖에 없다. 창작자가 의도한 바와는 전혀 무관하게 독자가 시를 이해하게 될 수 있기 때문이다.

이제 논의를 종합해 보자. 시가 언어 예술임을 상기할 때 언어의 선택과 배치의 역할이 중요함은 부연할 필요가 없다. 은유는 시적 언어의 사용에 있어서 핵심적 요소라 할 수 있다. 또한 '특이한 결정체의 예술'이라 할 수 있다. 새로운 은유는 독자에게 발견과 깨달음의 즐거움을 준다. 그러나 창작자가 시로 구현한 은유가 독자에게 온전히 전달되기 위해서는 창작자와 수용자, 즉 시인과 독자가 동일한 언어 공동체에 속해 있어야만 한다. 즉, 은유의 공동체 내에서만 은유가 제 가치를 발휘하면서 공유될 수 있는 것이다. 은유에 대한 논의를 종합하여 볼 때 성공적인 시는 다음의 절차를 효과적으로 수행하는 텍스트라고 볼 수 있다.

(1) 새로운 은유를 도입하여 독자로 하여금 그 은유를 공유하도록 초대하고

(2) 독자는 기꺼이 그 초대에 응하여

(3) 시인과 그 은유를 공유함으로써 쾌락을 선물받는다.

위의 단계를 거쳐서 시인과 독자가 친밀성의 공동체 형성에 성공한

경우 좋은 시의 탄생을 기대할 수 있을 것이다.

코언이 제기하는 친밀성의 공동체 개념을 통해 시의 은유에 접근하면 난해시와 번역시 또한 새로운 시각에서 이해할 수 있다. 번역시나 난해시는 독자가 충분히 이해하고 공감하기에는 일정한 한계를 지니고 있는 시라고 알려져 있다. 그 한계는 친밀성의 공동체가 충분하게 형성되기 어렵다는 데에서 온다고 볼 수 있다.

흔히 시는 번역이 불가능하다고 한다. 그 말은 번역시라는 존재가 무의미하다는 말이 아니다. 번역을 통하여서는 원래의 시가 제대로 독자에게 전달되기 어렵다는 점을 지적하는 말이다. 그리고 시가 번역되기 어려운 이유는 번역된 언어, 즉 번역의 '도착어' 혹은 '목적어'를 사용하는 언어권의 독자들은 번역 이전의 언어, 다시 말해 번역의 '출발어' 혹은 '바탕어'를 사용하는 언어권 독자들과 서로 다른 공동체에 속해 있기 때문이다. 동일한 은유의 공동체에 속하지 않은 독자가 번역을 통해 원래 모습의 시에 구현된 은유를 수용하고 소화하기는 어려운 것이다.

난해시의 경우에도 마찬가지이다. 모더니즘시, 그중에서도 난해하다고 알려진 시들은 대체로 언어를 실험적으로 사용한 시일 때가 많다. 시인이 일반 독자에게 친숙한 방식으로 언어를 사용하지 않고, 통사 구문을 파괴하거나 문맥상 이해하기 어려운 어휘를 나열하는 방식으로 시 텍스트를 형성하게 되는 경우 난해시라는 이름을 얻게 된다. 우리 시에서 이상의 「오감도」 등을 난해시의 좋은 예로 들 수 있다. 앞서 언급했듯이 김준오는 『시학』에서 시의 본질을 설명하기 위해 자아의 개념을 도입한 바 있다. 그리하여 그는 난해시, 모더니즘시의 본질에 대해 고트프리트 벤Gottfried Benn의 개념을 빌어 "돌파된 자아ein durchbrochenes

Ich", 즉 일체의 논리적 관련을 파괴한 자아를 보여 준다고 설명했다. 논리적이고 질서 정연하며 통합적인 자아가 파괴되었을 때 파편화된 자아의 발현이 난해시 혹은 극단적인 모더니즘시의 형태로 이루어진다고 본 것이다. 그러나 그러한 난해시를 코언의 개념을 따르면서 설명한다면 난해시는 친밀성의 공동체의 기초가 되는 시인과 독자 사이의 계약 부재 혹은 파기로 인해 발생한다고 파악할 수 있다. 비록 창작자와 독자 사이의 계약이 암묵적으로 이루어진 것이라 할지라도 창작자가 독자와의 계약을 지킬 때 발화와 수용이 적절하고 의미 있게 이루어질 수 있는 것이다. 그런데 창작자가 그 계약을 파괴하고 자신에게만 정당한 조건으로 언어를 사용한 경우, 결과적으로는 그것이 난해시가 된다고 볼 수 있다.

그러나 번역시도 난해시도 영원히 독자와의 소통이 어려운 상태로 남는다고 볼 수는 없다. 독자의 감성이 변화하고 독자가 언어를 사용하는 방식이 새로운 어휘나 통사 구문에 익숙해져 간다면 친밀성의 공동체에도 성격상의 변화가 일어날 수 있다. 발화자 혹은 창작자의 일방적인 계약 조건도 독자가 그것을 수용하게 되면 상호 계약의 모습으로 변화될 수 있다. 번역시나 난해시도 생경한 면모를 차츰 잃어 가면서 자연스럽게 수용될 수 있는 것이다. 그러므로 특정 문화권에 어떤 친밀성의 공동체가 형성되어 있는가 하는 점을 살피는 일도 시를 연구하는 데에 필요한 방법론이 될 수 있다.[17]

---

17 언어로 의사 교환을 하는 행위는 언제나 일정 수준의 친밀성의 공동체를 전제한 채로 이루어진다고 볼 수 있다. 성별, 세대, 지역적 차이 등에서 발생하는 소통 과정의 오해 문제도 이와 같은 친밀성 개념을 중심으로 다시 살펴볼 수 있다. 특히 농담의 경우, 그 농담이 오해 없이 수용되기 위해서는 발신자와 수신자가 친밀성의 공동체를 이루어야 한다는 것이 더욱 분명해진다.

시의 효용

인류는 오랫동안 시를 창작하고 향유해 왔다. 그런데 시는 어떤 효용성을 지니고 있는 것일까? 사람들이 시를 사랑하고 읽으며 외는 것은 무슨 이유에서일까? 왜 시를 읽는가, 시는 어떤 목적을 이루는 데에 기여하는가, 시를 읽으면 어떤 유익함이 있는가 하는 질문은 모두 시의 효용성에 대한 질문이다. 해럴드 블룸Harold Bloom은 시의 효용은 바로 '시가 아무런 효용도 없다'는 바로 그 점에 있다고 말한다. 비효용성이 시의 효용이라는 이 역설적인 말은 무슨 뜻일까? '효용效用'이라는 말은 '실용實用'이라는 말로 바꾸어 쓸 수 있다. 우리의 삶에 직접적인 유익을 가져다주는 것을 효용성이 높다거나 실용적이라고 이른다. 시는 그런 실용성의 면에서는 가치가 거의 없다. 시를 쓰고 읽는 것은 현실적인 삶에는 거의 도움이 되지 않기 때문이다. 시를 모르고 살아도 의식주를 해결하는 데에는 아무런 불편이 없다. 그러므로 효용성을 따질 때에는 시처럼 무용한 것을 달리 찾아보기 어렵다. 그러나 그처럼 실용적 가치가 적음에도 불구하고 시는 중요하다. 실용성을 우선하고 실질과 능률을 숭상하는 사회적 분위기 속에서는 문화가 발달하기 어렵다. 실용성은 부족하나 실용성과는 다른 가치를 지닌 것을 추구할 때 인류의 문화가 발전하고 사람들의 영혼이 고양된다고 볼 수 있다. 그렇다면 실용성이 없는 것 또한 부단히 추구해야 하는데 시야말로 실용성을 찾아보기 어려운 것 중 대표적인 대상이다. 효용성을 거의 지니지 못했다는 점, 바로 그것이 시의 효용이라는 말은 이러한 맥락에서 파악할 수 있다.

궁극적으로는 비효용성의 효용이 시의 본질이라 할지라도 시의 효용성을 전혀(?) 찾을 수 없는 것은 아니다. 시의 효용을 열거하자면 다음과 같다.

1. 정서 순화
2. 지혜 향상, 새로운 시각에서 사물을 이해할 수 있는 능력 함양
3. 사상 심화
4. 사회 정화
5. 언어 순화

시가 지니는 직접적이고 즉각적인 효용으로 들 수 있는 것은 무엇보다 먼저 '정서 순화', '지혜 향상', '사상 심화', '사회 정화' 등이다. 먼저 시는 우리의 정서를 순화시키는 데 기여한다. 시의 언어는 고도로 정화된 언어이며 사람들이 그처럼 미학적 가치가 높은 언어의 결정체인 시를 접하게 되면 정서가 순화된다. 정서 순화의 효과는 모든 예술 장르가 공통적으로 지녔다고 할 수 있다. 음악과 미술 그리고 연극 모두 그

러하다. 그러나 음악, 미술, 연극 등의 다른 장르와는 달리 시는 언어만으로 이루어지는 까닭에 우리가 쉽게 접할 수 있는 예술 장르이다. 악기나 전시회 혹은 극장 등 여타 사물이나 공간을 필요로 하지 않으며 오직 언어만으로 정서 순화의 효과를 가져다주는 장르가 바로 시인 것이다.

시를 읽으면 정서가 순화되는 이유는 시가 독자에게 즐거움을 주기 때문이라 할 수 있다. 시를 통해 익숙하지 않은 새로운 정경을 발견하기도 하고, 경험한 바는 있었으나 구체적으로 표현하기 어려웠던 정서나 감정을 시에서 다시 체험할 수도 있다. 새로운 감정을 느끼고 무엇인가를 간접적으로 체험한다는 것은 즐거운 일이며, 그런 즐거움의 경험이 늘어나면 자연스럽게 정서는 순화된다고 할 수 있다. 그래서 영국의 낭만주의 시인인 윌리엄 워즈워스William Wordsworth는 "시는 '즐거움 pleasure'을 독자에게 주어야 한다"고 말한 바 있다. 워즈워스의 말을 직접 인용해 보자.

The first Volume of these Poems has already been submitted to general perusal. It was published, as an experiment, which, I hoped, might be of some use to ascertain, how far, by fitting to metrical arrangement a selection of the real language of men in a state of vivid sensation, that sort of pleasure and that quantity of pleasure may be imparted, which a Poet may rationally endeavour to impart.

이 책의 1권은 이미 일반인들이 읽어 본 것이다. 이미 출판된 그 시들은 일종의 실험처럼 독자에게 선보인 것이다. 즉, 생생한 감각을 경험한 사람의 실제 언어들을 리듬감 있게 직조하여 독자들이 일종의 즐거움을 느끼도록 하는데 도움이 될지도 모른다는 희망을 갖고 출간한 것이다. 즐거움, 그 충분한 즐거움이 독자에게 전달될 수 있으리라는 희망. 시인이라면 당연하게 독자에게 전달할 수 있도록 애써야 하는 그런 즐거움을.[18]

워즈워스는 시인이라면 자신이 경험한 바를 리듬감 있게 표현하여 독자들이 즐거움을 함께 경험토록 할 임무를 지닌다고 보았다. 좋은 시란 시를 읽는 것에서 즐거움을 느끼는 독자가 늘어나게 만드는 시이다. 시 읽는 독자가 늘어날수록 사람들의 정서는 순화되고 그들이 속한 사회의 문화는 더욱 풍성해질 것이다.

동양 문화권에서는 공자가 바로 시가 지니는 정서 순화의 효과에 주목한 인물이다. '시삼백 사무사詩三百 思無邪'라는 공자의 말은 시가 인류의 정서와 사상에 가져다주는 긍정적인 효과를 지적한 것이다. 시 삼백 편을 공부하여 알게 되면 생각에서 사악함이 사라진다고 했으니 시를 충분히 많이 접하게 되면 정서가 순화되고 고양된 정신을 갖게 된다고 이른 것이다.

시는 정서적 효과만을 지닌 것이 아니라 생각하는 힘을 길러 지혜를 향상시키는 데에도 기여한다. 시는 시인의 상상력을 통해 만들어지는

---

18 Wordsworth, William., 「Preface」 *Poems by William Wordsworth : Including Lyrical Ballads, and the Miscellaneous Pieces of the Author. Volume 2*(PaternoSter-Row, 1815). 워즈워스는 다음과 같이 언급하기도 했다. "시인은 단지 한 가지 전제하에서 시를 쓴다. 즉각적인 즐거움을 줄 필요성이 바로 그 전제가 되는 것이다.(The poet writes under one restriction only, namely, the necessity of giving immediate pleasure.)". Wordsworth, William., 「Preface」 *Lyrical Ballads:2nd edition.*(Routledge, 1802).

것이므로 시를 읽는다는 것은 시인의 상상력이 제공하는 새로운 세계를 경험하는 일이라 할 수 있다. 다시 말해 시인의 상상력을 통하여 새로운 시각에서 사물을 이해할 수 있게 되는 셈이다. 헬렌 벤들러Helen Vendler가 언급한 바를 살펴보자.

"Writers often see the imagination, as Stevens saw it, as a "third planet." Just as a given scene looks one way in sunlight, another way in moonlight, so it looks yet a third way in the light of the imagination. (⋯) you will see things in a new light, the light of their construction of the world."

글을 쓰는 사람은 스티븐스가 파악한 것처럼 상상력을 제삼의 세계로 여긴다. 동일한 경치도 낮에 보느냐 밤에 보느냐에 따라 달라지듯이 상상력의 빛 속에서는 그 경치가 또 다르게 보인다. (중략) 시를 통해서 시인이 창조한 세계, 새로운 세상을 볼 수 있다.[19]

위에 등장한 스티븐스는 미국의 시인 월리스 스티븐스Wallace Stevens를 이른다. 스티븐스는 상상력을 통하여 하나의 새로운 세계가 구성된다고 생각하며, 어떤 사물을 인식하는 것은 가치 중립적이고 객관적이지 않다고 본다. 더불어 인식 주체의 시각을 벗어나 존재하는 사물이 있다고 볼 수 없으며 사물은 보는 주체가 어떤 식으로 그 사물을 보느냐에

---

19 Vendler, Helen, *Poems, Poets, Poetry: An Introduction and Anthology*(Bedford/St. Martin's, 2010), p.39.

54

따라 다양하게 달라진 모습으로 존재한다고 주장한다. 그의 말을 인용하자면 "사물은 어떤 식으로 보느냐에 따라 달라진다(Things seen are things as seen)." 어떤 식으로 보는가 하는 것은 기본적으로 시각의 문제이다. 그러나 상상력은 아주 새로운 시각을 보는 이에게 제공한다. 그러므로 상상력은 제삼의 세계를 열어 가는 매체라 할 수 있다. 지혜는 다양한 경험과 사유를 통하여 길러지는 것이다. 그리고 시를 읽는 일은 독자로 하여금 다양한 시각을 확보하고 상상력을 통한 또 다른 세계를 경험하게 한다. 시를 읽음으로써 독자는 더욱 지혜롭게 된다고 볼 수 있다. 시가 제공하는 새로운 세계를 경험함으로써 독자가 지닌 사유의 폭과 깊이가 확장되고 심화되는 것이다.

이제 구체적으로 시를 통해서 지혜를 얻는다는 것이 어떤 뜻인지 살펴보자. 벤들러는 시를 통해 삶의 지혜를 얻을 수 있다는 점을 보여 주는 한 예로서 아일랜드의 시인 윌리엄 예이츠William Yeats가 쓴 시 한 편을 언급한다. 그는 예이츠의 「학교 학생들 중에서Among School Children」라는 시가 삶에 대하여 예이츠가 느낀 바를 잘 드러내고 있다고 본다. 벤들러의 해석에 따르면 그 텍스트에는 시적 화자의 과거와 현재가 함께 등장하며 아울리면서 텍스트 속 타자의 과거와 현재 또한 병치된다. 그러므로 예이츠의 시는 대상을 지켜보면서 시간의 흐름 속에서 변화해 가는 삶을 반추하는 모습을 보여 준다. 그러므로 예이츠의 시를 읽음으로써 독자는 시인의 연상 작용을 통해 전개되는 삶의 다양한 면모들을 간접적으로 살펴볼 수 있게 되는 것이다.[20]

---

20 Vendler, Helen, "Teaching Poetry: Helen Vendler at Harvard University", YouTube 참고.

독자는 시를 읽고 난 후에 구체적으로 어떤 지혜를 얻을 수 있는 것일까? 벤들러는 이 시를 통해서 노년의 삶에 대한 지혜를 얻을 수 있다고 설명한다. 나이가 들어서 경험하게 되는 삶, 아직 답이 없는 상태인 인생 여정에 대한 지혜를 발견할 수 있다고 보는 것이다. 노년에 해당하는 60세 이후의 삶에 대해 벤들러가 결론적으로 도출한 삶의 지혜는 다음과 같이 요약된다. "이사도라 덩컨처럼 자신만의 춤을 고안하라. 주어진 음악에 따라 안무가가 만들어 준 대로 춤추는 것이 아니라 창조적 춤을 추어라(Create your own choreography they way Isadora Duncan, the dancer did according to the given music)."[21]

벤들러가 표현한 바, 음악과 춤의 관계에서 전자인 음악은 불변의 운명적 요소를 지칭하고 후자인 안무choreography는 가변적 요소를 이르는 것이다. 벤들러가 예로 든 바와 같이 무용의 세계에서는 이사도라 덩컨 Isadora Duncan이 춤의 새로운 역사를 창조하였다고 볼 수 있다. 즉, 이전의 무용수들이 안무가가 정해 준 몸짓을 구현하기만 했던 것에 반하여 덩컨은 주어진 춤의 틀이 없이도 음악에 즉흥적으로 반응하면서 그 음악을 따라 춤의 몸짓들을 스스로 창조해 나갔다. 인류 문명이 발달하면서 향상된 의학의 힘을 통해 사람들은 옛날에 비해 훨씬 장수하게 되었다. 그러나 인류 역사상 60세 이후의 삶을 누린 시대는 극히 짧아서 노년의 삶에 대한 지혜는 매우 부족한 편이라 할 수 있다. 현대에 이르러서야 사람들이 60세 이후의 삶에 관심을 갖게 되었다. 마치 무용계에서 덩컨이 안무 없이도 춤출 수 있는 시대를 열었던 것처럼 이제 사람

---

21 앞의 영상.

들은 새로운 인생의 지혜를 찾고 노년의 삶을 혼자 창조해 나가야 하는 것이다. 60세 이후의 삶, 그 전례가 많지 않기에 그 나이대의 바람직한 삶의 모습도 아직 형태를 갖추지 못했다고 볼 수 있다. 새로운 음악이 주어지면 그에 맞추어 새로운 춤을 추게 된 것처럼 사람들은 새롭게 상상하고 꿈꾸어야 하며 그것을 실천함으로써 스스로의 고유한 삶을 영위해야 한다는 교훈을 얻을 수 있다.

그 밖의 시의 효용으로는 사회 정화의 기능 그리고 사상과 감정의 전파 수단으로의 역할을 들 수 있다. 먼저 시는 사회 정화의 기능을 지닌다. 시의 언어는 소통을 위한 일상어의 속성도 지니고 있지만 그런 실용적 기능에 더하여 예술적인 차원으로 승화된 미학적 언어라고 볼 수 있다. 언어를 사용하여 시를 창조할 때 시인은 단지 사상과 감정을 표현하는 수단으로서만 언어를 사용하는 것이 아니다. 독자에게 전달될 수 있는 언어를 사용하면서도 음악성이 느껴질 수 있는 방향으로 어휘와 표현을 선택하고 배치한다. 또한 적절한 이미지를 동원하여 시적 언어를 통해 시각적 효과를 거둘 수 있도록 한다. 그러므로 시의 언어는 가장 정화되고 고양된 언어라고 할 수 있다. 시를 읽음으로써 독자는 시어의 예술성을 습득하게 된다. 시의 언어를 학습함으로써 자신이 사용하는 언어 또한 세련되고 우아하게 사용할 수 있게 된다. 시가 지닌 언어 정화의 효과는 독자 개인에게만 한정되지 않고 그가 속한 공동체 전체에도 적용된다. 사용하는 언어가 정화되고 격조를 지니게 될 때 그 언어의 사용자들이 모여서 구성하는 사회가 한결 정화된 사회가 될 것이라는 점은 쉽게 짐작할 수 있다. 그러므로 문학 창작자들이나 문화 영역 종사자가 사회 정화의 목적을 위해서 시를 숭상하는 사회를 만들자고 주장하는 것은 당연한 일이라 할 수 있다.

　정치인 중에서도 시의 언어의 중요성을 강조한 이가 있다. 미국의 존 F. 케네디John F. Kennedy 대통령이 그중의 한 명이다. 케네디 대통령은 1963년 미국의 밴더빌트Vanderbilt 대학에서 연설하면서 "언어가 중요하다(language matters)"고 피력한 바 있다.[22] 또한 1963년 10월, 애머스트 Amherst 대학에서의 연설에서는 "권력이 부패할 때 시가 정화한다(When Power corrupts, Poetry cleanses)"고 역설하였다.[23] 언어는 사람들의 삶에서 매우 중요한 역할을 차지하는 것이고 삶에 밀접하게 관련되어 있다. 정치권력이 사회에서 발휘하는 역할이 큰 것과 마찬가지로 언어는 그 사회 구성원의 삶에 직접적으로 관여한다. 권력이 부패하게 될 때 사회는 타락하게 되는데 시는 사회 정화의 기능을 갖고 있으므로 부패에 저항하는 항체 역할을 맡는 것이다. 시를 즐기는 사람들이 많은 사회는 문화적으로 고양된 사회라 할 수 있고 그런 사회에서는 권력의 부패도 줄어들 수밖에 없을 것이다. 또한 케네디 대통령은 예술가는 자신이 믿는 진리만을 바라보고 어떠한 기존의 사회적 체제와도 영합하지 않아야 한다고 주장하였다. 예술가가 지닌, 미래를 향한 비전과 신념이야말로 그 사회가 번성할 수 있게 하는 뿌리를 이룬다고 본 것이다.[24]

　케네디 대통령은 프로스트가 한 말, "시인은 세상에 대항하면서 사랑 싸움을 벌이는 존재이다"를 인용하기도 했다. 시인은 세상에서 일어나는 일들에 대하여 비판적인 의견을 제시하는 존재이다. 그러나 시인의

---

22 "May 18, 1963- President John F. Kennedy's remarks at Vanderbilt University, Nashville, TN."

23 "October 26th, 1963- President John F. Kennedy Speech at Amherst College."

24 앞의 영상.

비판은 결국 사회 전체의 이익을 해치지 않고 오히려 사회가 더 발전하게 한다. 연인 간의 가벼운 다툼이 그들이 서로 근원적으로 미워해서 생겨나는 것이 아니며, 사랑싸움을 통해서 서로를 잘 이해하고 더 사랑할 수 있게 되는 것과 같은 이치에서 그러하다. 또한 그는 국가 발전에 문화가 기여하는 바가 크다는 점을 잘 인지하고 있었다. 다음의 인용구는 케네디 대통령이 지니고 있던 문화의 힘에 대한 신념을 보여 준다. "하나의 국가는 어떤 인물을 탄생시켰느냐는 문제만이 아니라 누구를 존중하고 어떤 인물을 기억하는가 하는 문제로 그 성격이 결정된다(A nation reveals itself not only by the men it produces but also by the men it honors, the men it remembers)."[25]

시는 인용에 적합하며 영감의 원천이 되기도 한다. 시가 인용하기에 좋은 까닭에 환영사나 고별사 등 공적 행사에서 시를 인용하는 경우를 찾아보는 일은 어렵지 않다. 시는 짤막하고도 선명한 언어 사용을 통하여 전달하고자 하는 바를 효과적으로 드러낼 수 있는 도구인 것이다. 그러므로 시의 효용 중 하나로 시가 사상과 감정을 전파하는 적절한 매체가 될 수 있다는 점을 들 수 있다. 시를 읽고 낭송하게 될 때 독자나 청중은 그 시가 담고 있는 사상이나 감정에 동의하고 공감할 수 있다. 공적 행사 등 사람들이 모인 곳에서 시를 낭송하는 모습을 더러 발견할 수 있는데 그것은 시가 사상과 감정을 전파하는 적절한 매체이기 때문이다. 특히 정치적 모임에 시 낭송이 활용되는 것을 볼 수 있다. 전통적으로 미국에서는 대통령 취임식에 시 낭송 순서가 포함되어 있다. 당대

---

25 Kennedy, John F., 「Poetry and Power」 *The Atlantic* (February, 1964).

미국을 대표하는 시인들 중 대통령의 정치적 전망을 대변할 수 있다고 보이는 시인들이 주로 취임식에서 시를 낭송하곤 한다. 케네디 대통령 취임식에 참여했던 프로스트, 빌 클린턴Bill Clinton 대통령 취임식에 참가했던 마이아 앤절로Maya Angelou, 조 바이든Joe Biden 대통령을 위해 시를 낭송한 어맨다 고먼Amanda Gorman 그리고 버락 오바마Barack Obama 대통령 취임식의 엘리자베스 알렉산더Elizabeth Alexander가 그중 대표적인 시인들이다. 그들이 낭송하는 시를 통해 대통령의 정치적 포부는 물론이고 그 시대를 주도하는 시대 의식도 확인할 수 있다.

케네디 대통령의 경우에는 더 나아가 시 구절을 정치에 활용하기도 했다. 그는 동생인 로버트 F. 케네디Robert F. Kennedy가 회고한 바와 같이 자신의 정치적 견해를 밝히는 데에 있어서 프로스트를 즐겨 인용한 것으로 알려져 있다. 그는 프로스트의 「Stopping by the Lake on a Snowy night」라는 시에서 "내겐 지켜야 할 약속이 있고/나는 잠들기 전에 몇 마일을 더 가야만 한다(I have promises to keep, and miles to go before I sleep, miles to go before I sleep)"라는 유명한 시 구절을 자주 인용한 것으로 알려져 있다. 정치적 구호의 내용을 시 구절로 대체하면서 국민들이 자신에게 투표하도록 독려한 것이다. 그는 잠들기 전에 몇 마일을 더 걸어 두어야 한다고 다짐하는 시적 화자를 인용하면서 대통령으로서 자신은 아직 하던 일을 중단할 수 없다는 점을 대중으로 하여금 인지하게 하였다. 인용한 시구와 마찬가지로 대통령 자신도 임기 내에 반드시 이루어야만 하는 일, 즉 자신만의 고유한 사명이 있다고 역설한 것이다. 그 연설은 청중에게 효과적으로 전달되었다고 볼 수 있다. 케네디 대통령이 선거에서 승리한 것은 물론 여러 가지 요인들이 복합적으로 작용한 결과일 것이다. 그러나 시를 활용하여 정치적 전언을 전달하는 것도 그 요인 중의 하나였다고 볼 수 있다. 케네디 대통령이 시인 프로스트에 대해 지니고 있었던 존경과 시인 프로스트가 케네디 대통령에게 걸었던 기대는 케네디 대통령 취임식에서 프로스트가 축시를 낭송했다는 장면을 통해 선명히 알 수 있다.[26]

한국의 경우, 전 통영 시장이 통영시의 공식 행사에서 유치환의 시 「향수」를 낭송한 적이 있다. 통영 출신의 시인이 지은 시, 그것도 시인의 고향인 통영의 아름다움이 시각성과 음악성 속에서 충분히 드러나면서 고향에 대한 절절한 그리움이 드러나는 시를 낭송한 것이다. 이를 통해 그는 시민들의 애향심을 고취하고 지역 사회에 대한 자부심을 향상하는 데에 기여하였다. 다시 한번 시는 사상과 감정을 전파하는 데에 매우 효과적인 장치임을 확인할 수 있다.

이상에서 살펴본 바와 같이 시는 다양한 효용을 가진다. 직접적인 실용성의 측면에서 살피자면 시는 실용성이 거의 없다고도 볼 수 있다. 실생활에 직접 기여하는 바를 찾기 어렵기 때문이다. 그러나 일차적으로는 실용성이 부족하다고 볼 수 있는 시가 궁극적으로는 사람들의 정서를 순화시키고 지혜가 향상되게 하며 더 나아가 사회를 정화하는 기능까지 맡고 있음을 알 수 있다. 더구나 간명하고도 효과적으로 전언을 전달할 수 있다는 까닭에 정치적 전언이나 사상의 전파를 위한 도구로도 충분히 활용되고 있음을 볼 수 있다. 벤들러가 언급했듯 궁극적으로

---

26 Burnside, John., 「We Didn't Always Pair Poets to Presidents: How Robert Frost Ended Up at JFK's Inauguration」 Literary Hub Via Pricneton University Press. February 10, 2020. 케네디 대통령과 프로스트의 밀접한 교신 기록은 케네디 도서관 및 박물관(John F. Kennedy Presidnetial Library and Museum) 사이트에서도 확인할 수 있다.

시는 인류 문화의 진화에 기여한다. 위에서 살핀 것처럼 시는 궁극적으로 인류의 삶을 윤택하게 만드는 것이다.

시
의
이
해
와
감
상

시적 언어의 복합성과
그 의미

        우리는 시를 이해하고 즐기며 공부하는 것을 통하여 어떤 효과를 기대할 수 있을까? 이 질문은 '왜 시를 공부해야 하는가?' 하는 문제라고 보아도 좋을 것이다. 앞서 시의 효용을 살펴보면서 시는 독자의 정서를 순화하고 지혜를 향상되게 한다는 효용성을 지닌다고 밝혔다. 시를 읽음으로써 거둘 수 있는 또 다른 효과로 언어 순화를 들 수 있다는 점도 언급했다. 이를 좀 더 구체적으로 알아보자. 우선 시가 주는 즐거움을 통하여 독자가 정서적으로 고양된다는 점을 살펴보자. 먼저 시가 지닌 음악성과 시각성은 독자의 심정에 직접 작용하면서 쾌감을 주게 된다. 그리고 시 읽는 즐거움을 통하여 독자가 정서적으로 고양되는 느낌을 자주 갖게 되면, 결과적으로 독자의 정서가 순화되는 효과에 이르게 된다. 두 번째로 시를 읽으면 독자가 사용하는 언어가 순화된다. 시의 언어가 미학적 가치를 지닌 순화되고 선별되었기에 그런 시적 언어를 자주 접하게 되면 독자의 언어도 순화되는 것이다.

시가 독자를 지혜롭게 한다는 언술은 독자가 시를 읽고 이해함으로써 삶의 복합성을 잘 이해할 수 있다는 말과 같다. 시가 주는 정서적·언어적 순화 효과를 충분히 경험해 보지 못한 경우에도 시를 통해 삶의 복합성을 보다 잘 이해하게 된다는 점은 부인하기 어렵다. 자세히 살펴보면 우리는 자주 시를 접하고 있다. 시가 지닌 만연성의 특징 때문에 일상 속에서도 시와 자주 조우하기 때문이다. 사실상 우리는 어린 시절부터 성장 과정을 통하여 언어 학습을 받으면서 시에 노출되어 왔다고 볼 수 있다. 국어 수업과 같은 언어 교육 과정에서 '다음 지문의 숨은 뜻은 무엇인가?' 하는 질문에 답해 본 경험은 무수히 많을 것이다. 언어가 지닌 '복합성複合性'과 '다층성多層性'으로 인하여 표면상으로 드러난 말의 의미와 그 말이 함축하거나 내포하는 의미가 일치하지 않는 경우가 많다. 서술 이론에서 자주 다루는 것이 서술에 '드러난 것the said'과 '감추어진 것the unsaid' 사이의 관계 문제이다. 표층적으로 드러난 것, 명시적으로 언급된 것이 반드시 발화자의 의도와 정확히 일치하지 않는 경우가 많다. 그것은 언어의 특성이 그러하기 때문이다. 언어는 함축, 은유, 상징 등을 통하여 구체적으로 지시하는 바와 암묵적으로 의도된 바가 서로 불일치하게 만들 수 있다. "내 눈에는 네가 광산 명월로 보이는데"라는 이병주 소설가의 소설 한 구절을 예로 들어 보자. 언급된 광산 명월은 일차적으로는 그 구절의 표면적 의미인 달의 모양을 언급한 것이다.

그러나 그 구절에 담겨 있는 뜻, 즉 표현의 숨은 의미는 달에 한정되는 것이라고 볼 수 없다. 달의 상징성 중의 하나인 밝고 환해서 보기에 좋다는 점, 즉 달의 특징을 발화자가 그 표현을 통해 드러내고자 했다고 볼 수 있다. 그처럼 표층적 의미와 심층적 의미가 달라지는 것이 문학적 언어의 특징이다. 그중에서도 언어가 지니는 이중적 특징이 가장 두드러지게 보이는 것이 시 장르라고 볼 수 있다. 지시하는 바와 의도된 바가 서로 달라서 복합적인 의미를 지니게 되는 그런 시적 언어의 특징은 '애매성ambiguity'이라는 명칭으로 표현되기도 한다. 그러나 애매성이라는 번역보다는 복합성 혹은 '중층성中層性'으로 번역할 때 'ambiguity'의 의미가 더 분명히 드러난다고 볼 수 있다. 한가지로 의미가 고정되기 어렵다는 점을 강조하면서 의미가 모호하다거나 애매하다고 ambiguity를 설명해도 크게 문제가 되지는 않는다. 그러나 의미가 단순하지 않고 복합적이라고 설명하는 것이 ambiguity라는 개념어에 내포된 시적 언어의 특징을 더 분명히 한다.

그렇다면 이와 같은 언어의 복합성을 이용함으로써 시는 궁극적으로 우리 삶에 어떤 영향을 미치게 되는 것일까? 범박하게 이르자면 시에 사용되는 언어의 중층성과 복합성은 우리의 삶을 보다 문화적으로 윤택하게 만든다고 할 수 있다. 우리 삶에는 직접적이고 명쾌한 의사 전달이 필요한 분야도 많이 있으며, 그 영역에서는 명료하고 논리적인 글쓰기가 필요하다. 그러나 동시에 정확하게 분절되기 어려운, 복합적이고 미묘한 요소 또한 우리 삶을 구성하고 있다. 시는 후자의 경우에 적합한 장르로서, 복합적이고 불분명한 그러나 그럼으로 하여 더욱 다양하고 풍부한 해석의 가능성을 지니게 되는 삶의 요소들을 효과적으로 재현할 수 있다. 조리 그레이엄Jorie Graham은 시를 꿈과 비교한 바 있다. 상호 모순적인 듯 보이는 요소들이 중첩되고 혼재하여 구현되는 것이 꿈의 공간이라 할 수 있는데, 시는 마치 그런 꿈과 같이 애매하고 복합적이며 일관되지 않고 정합적이지 못한 요소들의 통합체라고 볼 수 있다.

문화의 영역에서 예술 작품에 대한 묘사나 설명 속에서 '시적poetic'이라는 형용사가 자주 사용되는 것을 볼 수 있다. '한 편의 시 같은 영화'라거나 '이 미술 작품은 색채의 조화가 빼어나 시적이다' 같은 표현들 말이다. 그 경우 시적이라는 표현은 예술적 완성도가 높다는 뜻이다. 시적이라는 표현은 고도로 정교하게 만들어진 작품에 바쳐진다. 단순하고 거칠게 형상화한 것이 아니라 다양한 뉘앙스를 지닌 복합적이고 함축적인 상태로 보이는 대상에 대해 시적이라고 표현하는 것이다.

시의 종류:

언어의 아름다움을 일깨우는 시,
독자의 정서를 고양되게 만드는 시 그리고
삶의 철학을 일깨우는 시

시가 지닌 특징과 시의 효용성을 살펴보면서 시는 독자
의 정서 순화, 지혜 향상, 언어 순화 등에 기여한다는 점을 확인하였다.
그렇다면 시의 종류에 있어서도 정서 순화에 기여하는 시와 삶의 지혜
를 향상시키는 시 그리고 언어를 순화하는 데 도움이 되는 시 등이 있
다는 사실을 알 수 있다. 사람과 사람이 맺는 관계를 살펴보면 크게 세
가지 층위에서 그 관계가 이루어진다고 한다. 생물적인 것, 화학적인
것, 정신적인 것이 그 세 가지이다. 먼저 사람이 생물인 까닭에 생물적
욕구나 요구가 다른 생물, 즉 타자에 대한 관계로 나아가도록 추동하는
요인이 될 수 있다. 이성에게 매력을 느끼게 되어 인간관계를 형성하게
되는 경우를 생각해 볼 수 있다. 이성의 인격에 대한 이해나 공유한 체
험 등이 배제된 상태에서도 타자와의 관계가 만들어 질 수 있으므로 이
를 생물적 층위의 관계라 불러도 될 것이다. 그다음, 본연의 생물적 요
인이 그대로 작용하는 것이 아니라 다른 대상이 지닌 타자 고유의 생물

적 요인과 화학적으로 상호 작용하여 형성되는 관계를 생각해 볼 수 있다. 유사한 요인들끼리 결합하기도 하고 상호 충돌하며 또 배제하기도 하면서 제삼의 요소들이 생성될 때, 그것을 화학적 원리의 작용이라고 볼 수 있다. 사람들 간의 관계에 있어서도 개체로 존재할 때와는 달리 타자와의 접촉과 상호 작용에 의하여 예측하지 못했던 제삼의 상황이 발생할 수도 있다. 또한 정신적인 것이라고 볼 수 있는 관계도 있다. 주체와 타자가 지닌 생물적·화학적 요인과는 무관하게 오로지 정신적인 요소들만으로 형성되는 관계가 있을 수 있다. 각자가 지니는 정신적인 면에서 동질성을 발견하게 될 때 그 또한 관계를 이루는 요소가 된다. 물론 관계를 이루는 이러한 요소들은 상호 배타적으로 존재한다기보다는 함께 조화를 이루면서 공존하게 되는 경우도 많다. 어쩌면 모든 요소들이 뚜렷이 분별하기 어려울 만큼 복합적으로 작용하여 관계를 형성하게 되는 경우가 더 많을지도 모른다. 생물적이면서 정신적인 관계, 화학적이면서 정신적인 관계 등이 존재할 것이다.

시와 독자의 관계도 이와 유사하다. 생물적·화학적·정신적 관계라는 틀을 그대로 빌어 와 그 틀에 대입해 보자면 시 또한 다음과 같이 분류할 수 있다. 즉, 언어의 아름다움을 일깨우는 시, 독자의 정서를 고양시키는 시 그리고 삶의 철학을 일깨우는 시가 있다고 말할 수 있는 것이다. 먼저 언어는 시의 소재이며 시를 이루는 핵심적 요소이다. 그러므로 언어는 사람에 비하자면 사람의 생물적 특성에 해당한다고 볼 수 있다. 생물적 요인만으로 타자에게 이끌려 관계를 형성할 수 있는 것처럼 언어 본연의 아름다움을 충분히 구현하고 있는 시가 있고 그런 시를 많은 독자가 애송하고 있기도 하다. 김영랑의 시나 조지훈을 위시한 청록파 시인의 시에서 일차적으로 눈에 띄는 것이 시 텍스트가 언어 본연의 아름다움을 잘 살리고 있다는 점이다. 예를 들어 조지훈의 「승무」에 등장하는 "고이 접어서 나빌레라"라는 문구를 보자. '일레라'라는 종결 어미는 1960년대경까지 사용되다가 이제는 거의 사라져 버렸다. 'ㄹ'음의 음가가 겹쳐지면서 그 구절은 낭랑하고 청아한 느낌을 독자에게 주게 된다. 조지훈 이후에도 이영도나 이호우의 시에서도 '일레라' 표현을 찾아볼 수 있다. 이영도의 「해녀」 중장에서는 "먼 갈매기 울음에/부풀은 청㮣일레라"라는 구절을 살펴볼 수 있고 이호우의 「휴화산」 종장에는 "언젠가 있을 그날을 믿어/함부로 ㅎ지 못함일레"라는 문구가 등장한다. 그러나 현재는 더 이상 '일레라'라는 종결 어미가 사용되지 않으니 한국 문학계는 소중한 표현을 잃어버린 셈이다. 그처럼 낭독할 때 낭랑한 음가를 잘 드러내는 시적 표현들은 소중히 간직할 필요가 있고, 더불어 잃어버린 경우에도 복원할 가치가 충분할 것이다. 요컨대 그처럼 언어의 아름다움 자체를 탐구하고 아름다운 말을 골라 시어로 활용하여 보존하는 것은 시인의 임무 중 매우 중요한 역할이다.

다음으로는 독자의 정서에 작용하여 정서적 고양을 돕는 시를 생각해 볼 수 있다. 앞서 설명한 바와 같이, 언어의 아름다움을 구현하는 시도 정서적 고양을 돕는 시의 일종이라고도 볼 수 있다. 언어의 아름다움 속에서 독자가 정서적 고양감을 느낄 수 있기 때문이다. 그러나 시적 언어 고유의 아름다움을 뛰어 넘어 언어들이 서로 어울려 조화를 이루게 될 때 독자의 정서를 고양하고 순화하기도 한다. 언어의 결합이 빚어내는 청각적·시각적 효과가 독자의 정서에 직접 작용하게 되어 그런 결과를 낳는다. 언어, 그 자체만으로는 특별할 것이 없다고 할지라도 그 언어가 상호 작용하면서 만들어 내는 제삼의 효과가 존재할 수 있는 것이다. 언어의 특성을 살린 시적 내부 요소들의 유기적 결합을 통해 기대하지 못했던 정서적 고양의 효과를 발견할 수도 있는 것이다.

마지막으로 독자에게 정신적으로 영향을 주는 시를 생각해 볼 수 있다. 시적 언어가 지니는 미감은 부족하거나, 시적 내부 요소들의 유기적 결합이라는 면에서는 미학적 완성도가 떨어진다고 볼 수 있는 시 중에서도, 독자에게 정신적 영향을 크게 미치는 시가 있을 수 있다. 그런 시를 통해 독자는 새로운 사상을 접하기도 하고 삶의 철학을 얻을 수도 있다. 시를 통해 미처 갖지 못했던 지혜를 얻을 수도 있다. 정신적으로 독자를 고양시키는 시 중에서 가장 대표적인 것은 종교시라고 볼 수 있을 것이다. 별다른 시각적 · 청각적 효과에 의지하지 않으면서도 종교적 교훈을 일깨우는 시가 있다. 만해 한용운의 불교 철학을 담은 시나 김남조 시인의 기독교 정신이 구현된 시는 이와 같은 정신적 시의 대표적인 것이라 할 수 있다. 한국의 1980년대, 민중 문학의 시대에 다수 창작되었던 민중시 또한 넓게 보아 정신적으로 영향을 주는 시라고 볼 수 있다. 시어의 미학적 완성도를 논할 때에 다소 부정적인 평가를 받기도 했으나 선명한 이념적 지향성을 드러내는 시들이기 때문이다. 그런 정신적 시에서 가장 현저하게 드러나는 요소는 주제 의식이라 할 수 있다. 그 시들은 공동체 의식을 강조하고 자유와 민주의 가치를 옹호하는 것을 기본적인 창작 의도이자 목적으로 삼는다. 그런 까닭에 그 시에서는 주제 의식이 가장 중요한 역할을 맡게 되는 것이다.

여행하는 텍스트:

상호 텍스트성, 시와 기타 예술 장르의 관계

하나의 예술 텍스트를 충분히 이해한 경우 다른 텍스트를 적절히 수용할 수 있는 경우가 있다. 어떤 텍스트에 구현된 바를 직접 인용하거나 혹은 삽입하거나 또는 적절히 변환하거나 풍자하면서 또 하나의 새로운 텍스트를 형성하게 될 때가 그런 경우이다. 둘 이상의 텍스트가 밀접하게 관련되어 있어 하나를 이해하지 못하면 다른 하나를 충분히 이해하는 게 불가능할 경우 그 점을 '상호 텍스트성 Intertextuality'이라는 용어로 설명할 수 있다. 상호 텍스트성은 영향이나 수용 관계와는 성격이 다르다. 영향과 수용이라는 것은 한 텍스트가 영감의 원천이 되어 또 하나의 텍스트가 생성될 수 있게 하는 경우를 이르는 것이다. 상호 텍스트성의 경우와는 달리 영향 관계에 놓이는 텍스트들 사이에서는 엄격한 의미의 공통 요소는 찾아보기 어렵다고 할 수 있다. 달리 말해 상호 텍스트성이 개재된 텍스트의 경우, 하나의 텍스트 없이는 다른 텍스트를 충분히 이해할 수 없으나 영향 관계를 이루는 텍스트들의 경우에는 그렇지 않은 것이다.

시는 다른 예술 장르와 접촉하면서 영향 관계를 형성하는 경우가 많다. 앞서 언급한 바와 같이 시는 영감의 원천으로 작용하는 경우가 많기 때문에, 특정한 시에서 받은 영감으로 음악이나 미술 작품을 탄생시키는 경우를 자주 발견할 수 있다. 시가 영감을 주어 탄생한 다른 예술 장르의 텍스트들은 무수히 많다.

먼저 시에서 받은 영감으로 인해 탄생한 대중가요와 미술 작품을 살펴보자. 김광섭의 시 「저녁에」는 대중가요 그룹 '유심초'가 가사로 삼아 가요로 만들어 부르기도 했고 화가 김환기가 그림으로 변용하기도 한 시이다.

저렇게 많은 중에서
별 하나가 나를 내려다본다
이렇게 많은 사람 중에서
그 별 하나를 쳐다본다

밤이 깊을수록
별은 밝음 속에서 사라지고
나는 어둠 속에 사라진다

이렇게 정다운
너 하나 나 하나는
어디서 무엇이 되어

다시 만나랴

- 김광섭, 「저녁에」 전문

  시의 한 구절인 "어디서 무엇이 되어/다시 만나랴"를 취하여 김환기는 그림의 제목으로 삼았다. 시에서 감지되는 정서와 주제, 즉 운명적 만남과 헤어짐에 대한 명상이 김환기 화가의 그림에서는 색채로 재현된 것이다. 시에서 발생한 영감이 여행하여 미술 장르로 이동하고 그 결과물로 탄생한 것이 김환기의 그림이라고 할 수 있다.

  시가 다른 예술 장르를 위한 영감을 제공하는가 하면 다른 예술 장르에서 받은 영감이 시로 다시 태어나기도 한다. 그림이나 음악에서 영감을 받아 시인이 시를 쓰게 되는 경우가 그런 때이다. 화가 빈센트 반 고흐Vincent van Gogh가 그린 그림 「감자 먹는 사람들」은 정진규 시인에게 영감을 주어 그로 하여금 「추억: 감자 먹는 사람들, 빈센트 반 고흐」라는 시를 창작하게 했다. 신경숙 소설가의 소설 제목 『감자 먹는 사람들』 또한 동일하게 고흐의 그림에서 받은 영감의 결과물이라 할 수 있다. 고흐의 그림과 마찬가지로 구스타프 클림트Gustav Klimt의 그림 역시 여행을 통해 한 편의 시를 만들어 내기에 이른 텍스트라고 볼 수 있다. 그레이엄은 미술 작품에서 영감을 받아 시를 쓴 적이 많다. 그레이엄의 시, 「구스타프 클림트의 두 그림Two Paintings by Gustav Klimt」은 그 제목에서 알 수 있듯이 클림트의 그림을 시 텍스트로 재구성해 본 작품이다. 클림트의 그림에서 받은 영감을 바탕으로 하여 시인의 상상력이 작동한 결과물이 「구스타프 클림트의 두 그림」인 것이다. 그 시의 첫 연과 마지막 연을 살펴보자.

Although what glitters
                on the trees,
row after perfect row,
                is merely
the injustice
                of the world,

(중략)

the finished painting
                the argument
has something to do
                with pleasure.

한 줄,
  또 한 줄
나무에 반짝이고 있는 것들이
  단지 이 세상의 불의에 불과하다 할지라도

(중략)

완성된 그림은,
  그리고 그 그림이 말하고 있는 것은

쾌락과 관련된 어떤 것이다.

—조리 그레이엄, 「구스타프 클림트의 두 그림」부분

음악 장르에 있어서도 시는 중요한 역할을 담당한다. 음악 또한 시가 창조한 세계를 활용하기도 하는 것이다. 시에서 받은 영감으로 음악을 작곡하게 되는 경우를 찾아보는 것도 어렵지 않다. 예를 들어 괴테의 시는 작곡가 프란츠 슈베르트Franz Schubert에게 영감을 주어 슈베르트는 「마왕」을 작곡하였다. 마찬가지로 프리드리히 실러Friedrich Schiller의 시는 베토벤으로 하여금 「환희의 송가」를 작곡하게 하는 영감의 원천이 되었다. 시는 음악이나 미술만이 아니라 영화와 같은 장르에도 활용된다. 시가 영화에 영감을 주거나 시 구절이 영화 장면에 등장하는 경우는 매우 빈번하다. 한 예로 영화 《노인을 위한 나라는 없다There is no County for Old Man》(2007)는 아일랜드의 시인 윌리엄 예이츠William Yeats의 시 「비잔티움으로의 항해Sailing to Byzantium」의 한 구절을 따서 제목으로 삼았다. '노인을 위한 나라는 없다'는 문장은 예이츠 시의 첫 구절이다.

시의 구절은 영화의 제목으로 사용되기도 하지만 종종 영화 장면에 삽입되기도 하고 영화 속 인물들의 대사에 등장하기도 한다. 예를 들어 영화 《파리로 가는 길Paris can wait》(2016)에는 여주인공이 일본의 하이쿠라는 시 한 편을 읊는 장면을 찾아볼 수 있다. 영화에서는 여행의 끝에 해가 지고 저녁 어스름이 내리면서 초승달이 떠오른다. 그리고 두 주인공이 그 초승달을 함께 보게 되는 장면이 등장한다. 그 달을 보면서 여주인공은 짧은 시 한 편을 읊는다. 영화 속 시의 원문과 필자가 직접 번역해 본 바는 다음과 같다.

6

When I see the new first moon

faint in the twilight,

I think of the moth eyebrow

Of a girl I saw only once.

이내에 잠기는 초승달을 보네

딱 한 번 보았던 소녀의 아미蛾眉가 생각나네

이는 8세기 일본 시인, 오토모노 야카모치大伴家持의 시로 알려진 작품이다. 누군가가 쓴 시가 영화 텍스트로 옮겨져 와 영화 속으로 녹아 들어 있음을 볼 수 있다. 시 텍스트에 제시된 달의 이미지는 시가 불러일으키는 정서적 효과와 잘 어울리면서 영화 속 주인공들이 경험하게 되는 정서를 효과적으로 드러낸다. 즉, 시의 소재가 된 초승달이 영화 속 모티프로 다시 등장하여 시와 영화는 동일한 모티프를 공유하고 있다는 점이 부각된다. 그 결과 시의 내용 혹은 주제 또한 영화의 주제와도 더욱 적절히 맞물리게 되는 것이다. 시 텍스트가 초승달이 환기하는 추억의 의미를 재현하고 있다면 영화에서 또한 주인공들은 동일한 추억을 만들어 가고 있는 것이다. 먼 훗날의 추억이 될 사건과 느낌들을 형성하는 데에 저녁 하늘의 초승달이 요긴하게 사용되고 있으며 시 한 편은 그러한 정황 속에서 중요한 연결고리를 만드는 역할을 담당하고 있다.

그처럼 시는 다른 예술 장르를 향해 여행하기도 하지만 문학의 하위 장르 중의 하나인 소설의 영역으로 여행하기도 한다. 시에 형상화된 바가 소설의 소재나 주제를 구성하게 되는 경우도 있고 시 텍스트 자체가 소설에 흡수되어 소설의 일부를 구성하기도 한다. 예를 들어 홍난파가 작곡한 가곡 〈성불사의 밤〉의 가사를 생각해 볼 수 있다. 이 가곡의 가사는 이은상의 「성불사」라는 시를 가져온 것이다. 그리고 이 시는 구효서 소설가의 「풍경소리」라는 소설을 탄생하게 한 시이다. 더 나아가 시 텍스트의 구절들이 그대로 소설 텍스트의 구성에 참여하기도 하며, 시의 구성 요소들이 소설의 일부로 수용된 경우도 있다. 마치 모자이크 미술품이 이질적인 요소들을 재구성하여 이루어지듯 시 구절들이 소설속의 정황에 효과적으로 개입하고 있는 것을 보여 주기도 한다. 예를들어 김수영의 시 「봄밤」의 구절들은 권여선 소설가의 「봄밤」에 삽입되어 소설의 효과를 드높이고 있다. 김수영이 봄밤에 느꼈던 정서가 그의 시 텍스트에 고스란히 담겨 있는데 권여선 소설가는 그 정서에 그대로 김수영의 정서를 소설 「봄밤」에 재현하고 있다. 소설 속 주인공들의 상태를 묘사하는 과정에서 김수영 시구들을 적절히 활용하고 있는 것이다. 따옴표가 없이 서사 속에 삽입된 상태로 등장하는 까닭에 김수영 시구들은 마치 주인공의 독백처럼 읽힌다. 그 결과 소설의 정조를 더욱 효과적으로 독자에게 전달한다.

　한국계 미국 작가 이창래 소설가의 소설에서도 소설가가 시를 활용하여 소설 텍스트를 더욱 풍부하게 만들 수 있다는 사실을 재확인할 수있다. 이창래의 『생존자The Surrendered』에는 아일랜드 민요의 가사가 삽입되어 있다. 민요의 가사도 한 편의 시라고 볼 수 있기 때문에 시가 여행하여 소설의 일부를 구성하면서 소설의 효과를 드높이는 경우라고 볼 수 있다. 『생존자』의 경우, 소설의 서사에서 등장인물이 비참한 상황에 이르게 되었을 때 다른 주인공이 자신이 어린 시절 들었던 자장가,

아일랜드 민요를 그에게 들려준다. 그 노래를 불러 주면서 그를 위로하는데, 그 노래 가사는 소설 속의 정황과 어우러져 인물들이 느끼는 슬픔의 정서가 독자들에게 더욱 효과적으로 전달되게 만든다.

시의 구절들은 그 밖에 학문의 영역에서도 활용된다. 시 구절을 인용하게 되면 논문이나 저서에서 주장하고자 하는 바를 요약해 제시하기 좋다. 시 구절은 강한 상징성을 갖고 있는 경우가 많은 까닭이다. 다음과 같은 미국 대중가요의 가사 일부가 일부 변용되어 학술 논문의 제목으로 사용된 경우를 생각해 볼 수 있다.

꽃들은 모두 어디로 갔을까? - 긴 세월이 흘렀네
꽃들은 모두 어디로 갔을까? - 아주 오래전에
꽃들은 모두 어디로 갔을까?
- 소녀들이 그들을 모두 다 따버렸네
그들은 언제쯤 깨닫게 될까? 언제쯤 깨달을까?

어린 소녀들은 모두 어디로 갔을까? - 긴 세월이 흘렀네
어린 소녀들은 모두 어디로 갔을까? - 아주 오래전에
어린 소녀들은 모두 어디로 갔을까?
- 모두 남자를 만나 결혼해 떠났네
그들은 언제쯤 깨닫게 될까? 언제쯤 깨달을까?
젊은 남자들은 모두 어디로 갔을까? - 긴 세월이 흘렀네
젊은 남자들은 모두 어디로 갔을까? - 아주 오래전에
젊은 남자들은 모두 어디로 갔을까?

– 모두 전쟁에 나갔네

그들은 언제쯤 깨닫게 될까? 언제쯤 깨달을까?

군인들은 모두 어디로 갔을까? – 긴 세월이 흘렀네

군인들은 모두 어디로 갔을까? – 아주 오래전에

군인들은 모두 어디로 갔을까?

– 모두 무덤에 묻혀 있네

그들은 언제쯤 깨닫게 될까? 언제쯤 깨달을까?

무덤들은 모두 어디로 갔을까? – 긴 세월이 흘렀네

무덤들은 모두 어디로 갔을까? – 아주 오래전에

무덤들은 모두 어디로 갔을까?

– 모두 꽃이 되었네

그들은 언제쯤 깨닫게 될까? 언제쯤 깨달을까?[1]

위의 가사는 미국의 가수 피트 시거Pete Seeger가 1955년에 작사한 것이다. 시거는 위의 가사가 1965년에 노벨 문학상을 받은 미하일 숄로호프Михаил Шолохов의 소설, 『조용한 돈강And Quiet Flows the Don』에 등장하는 카자크Cossack 지방의 민요에서 따왔다고 밝혔다. 문학 이론가 가야트리 스피바크Gayatri Spivak는 가사의 한 구절인 "꽃들은 모두 어디로 갔을까?(Where have all the flowers gone?)"를 취하면서 '꽃들'의 자리에

---

1 "Where have all the flowers gone - The kingston trio(lyrics)", YouTube 참고.

'원주민들'을 대신 넣어 논문의 제목으로 삼았다. 그리하여 「원주민들은 어디로 다 가 버렸는가?Where have all the natives gone?」라는 제목을 얻게 되었다. 원래의 가사에서는 꽃들이 사라져 버린 현실을 통해 베트남 전쟁의 종식을 촉구하는 전언을 발견할 수 있었다. 그러나 스피바크는 논문을 통하여 원주민들의 고유한 문화가 재현되지 못하는 현실을 비판한다. 전쟁 시기에 꽃들이 사라져 버린 것처럼, 인류 문명 속에서 원주민들의 고유한 문화가 재현의 장에서 사라지고만 현실을 분석하는 것이다.

이상에서 살펴본 바와 같이 시는 예술의 영역에서 독자적으로 고립된 채 존재하는 것이 아니라 주변의 다른 장르들과 접촉하며 교류하고 주제나 소재를 공유하면서 상호 영향을 주고받는다. 더 나아가 시는 다른 예술 장르와의 영향 관계를 넘어서서 텍스트 자체들 사이의 공유항共有項을 갖게 되기도 한다. 상호 텍스트성이라고 불리는 밀접한 관계를 형성하면서 다른 예술 장르의 범위를 확대하기도 하고 역으로 시 또한 더욱 풍부한 텍스트성을 지니게 되기도 한다. 시의 만연성 때문에 그리고 다른 문학 장르에 비해 상대적으로 간결하다는 시의 특성으로 인하여 시는 다른 예술 장르들과 활발하게 교류하게 된다고 볼 수 있다.

시를 이해하고
감상하는 법

이제 시를 어떻게 이해하고 감상할 수 있는지 알아보자. 시를 읽는다는 것은 다른 예술 장르에 접촉하는 것과 마찬가지로 직접적인 예술 체험이다. 즉, 시라는 객체와 그 시를 대하는 주체 사이에 제삼자가 매개하지 않는 것이다. 시와 마주쳐서, 다시 말해 시를 만나면서 시 읽는 주체의 사상과 감정에 생겨나는 변화가 가장 중요하다고 볼 수 있다. 시를 접하면서 생성되는 반응이 일정해야 하는 것은 결코 아니다. 독자의 반응은 다양하게 나타날 수밖에 없고 따라서 일정할 수 없다. 각각의 독자가 갖게 되는 고유한 반응들은 모두 정당하고 가치 있는 것이라 볼 수 있다. 시 텍스트를 창조한 사람, 즉 시인이 의미했거나 의도했던 바와 독자가 이해한 바가 다르다 할지라도 문제가 되지 않는다. 그러므로 시를 접하는 일은 무엇보다도 먼저 텍스트와의 직접적이고 지향성 없는 소요rambling라 할 수 있다. 뚜렷한 목적의식 없이 방향도 정처도 없이 이리저리 걸어 다니는 것처럼 시를 읽는 것은 자유로운 작업이다. 시를 이해함에 있어서는 뚜렷한 규칙도 없고 전형적인 틀도 없다. 시 읽기의 주체가 처해 있는 시간적 · 공간적 특수성 속에서 자유롭게 수용하고 이해하고 감상하면 되는 것이다. 더구나 시를 소비하는 주체, 즉 시의 독자도 고정적인 상태에 머물러 있는 것이 아니라 언제나 변화한다고 볼 수 있다. 시간과 공간의 변화 속에서 그리고 자신의 경험이 축적되어 감에 따라 동일한 시 텍스트에 대해서도 독자, 즉 시 읽기의 주체가 반응하는 양상은 다양하게 된다.

그렇다면 결국 시의 이해와 감상을 위해서는 독자가 시를 접하면서 갖게 되는 일차적인 반응이 가장 소중하다고 할 수 있다. 주체가 지니고 있는 모든 사상적이고 정서적이며 경험적인 특징들이 시에 대한 반응 양상을 결정하게 되는 것이다. 헬렌 벤들러Helen Vendler는 시를 이해한다는 문제에 대해 다음과 같이 언급하였다. "시에 미학적으로 반응하라. 역사적 맥락을 파악하거나 내용을 분석하려 하는 것보다 시의 아름다움에 반응하는 것이 중요하다. 타고난 재능을 활용하여 시를 이해하라."[2] 벤들러가 주장하는 바는 시가 주는 예술적 효과를 자유롭게 받아들이라는 것이다. 시의 배경이 되는 역사적 사실을 의식하고는 그런 역사적 특수성이 시의 텍스트에 내재해 있을 것이라고 보면서, 그 틀에 맞추어 이해할 필요는 전혀 없다고 벤들러는 말한다. 또한 텍스트의 구조나 텍스트에 구현된 어휘 혹은 구문 등을 분석하면서 정확하게 그 내용과 의미를 이해하려는 태도에 대해서도 부정적이다. 그것은 선입견 없이 텍스트를 접하면서 텍스트에 반응하는 독자 내부의 능동적 요소

---

2 "Aesthetic response to the poem: not historical, textual analysis.", "Use your gifts to understand poetry"(Helen Vendler).

들을 소중히 여기라는 견해이기도 하다. 독자가 지닌 재능이란 별도의 매개체 없이도 독자가 시를 충분히 이해하고 감상할 수 있는 능력을 지니고 있다는 뜻이다. 벤들러는 독자가 시를 접하면서 느끼는 직접적이고 일차적인 감정, 혹은 시를 읽고 갖게 되는 생각이 충분히 가치 있고도 중요한 것이라는 점을 강조한다고 볼 수 있다. 벤들러의 그러한 주장은 에이드리엔 리치Adrienne Rich도 동의하면서 부연하는 바이다. 리치는 미국의 여성 시인이며 문학 이론가이다. 리치는 "우리의 재능이 우리를 목적지로 데려간다"고 역설했다.[3] 리치 또한 시를 받아들이는 데 있어서 시 텍스트에 대한 별도의 분석 작업이나 텍스트의 맥락에 대한 이해가 달리 필요하지 않다고 주장한다. 시를 접하게 되면 그러한 텍스트 외부의 도움 없이도 독자는 그가 지닌 다양한 재능들이 복합적으로 작용하여 시의 이해와 감상을 가능하게 한다는 주장이다.

그처럼 시를 접하는 독자의 직접적 반응은 소중하고 의미 있는 것이다. 그러나 독자의 일차적 반응이 중요하다고 해서 시를 이해하고자 하는 독자의 노력이 전혀 필요하지 않다거나 소용없다는 것은 아니다. 시를 많이 접하고 다양한 시에 반응하는 경험이 쌓여 가면 갈수록 독자가 시를 이해하는 수준과 감상하는 깊이는 높아지고 깊어질 수밖에 없다. 시 중에서는 대중들이 애호하는 쉽고도 평이한 시도 있고 시를 이해하는 수준이 높은 고급 독자들이 칭송하는 시도 있다. 더러 대중의 애호를 받으면서도 전문가들이 높이 평가하는 시가 없는 것은 아니다. 대표적으로 로버트 프로스트Robert Frost의 시가 그러하다. 그러나 대중적 인

---

3 "Our talents compels us to our destinations."

기를 누리는 시와 소수의 고급 독자가 선호하는 시는 매우 다를 때가
더 많다. 그것은 다른 예술 장르의 경우에도 마찬가지라 할 수 있다. 대
중이 선호하는 음악과 음악적 감수성이 세련된 사람들이 즐기는 음악
이 서로 다를 수 있다. 우리 전통 미술의 경우에도 민화와 문인화는 서
로 다른 성격을 지니고 있었으며 각각의 소비자가 달랐을 것이 분명하
다. 많은 시를 접하고 시적인 감수성을 향상시키는 일은 좋은 시를 이
해하고 감상하는 데에 있어서 필수적이라 할 수 있다. 경험하는 시의
수가 늘어나고 보다 정교하고 세련된 시를 향한 감수성을 발달시키게
되면 독자는 시를 더욱 풍요롭게 이해하고 감상할 수 있다.

그래서 그레이엄은 시를 대하는 방법에 대하여 다음과 같이 언급한
바 있다. "시 읽기 훈련을 어느 정도 해야 한다. 훈련 과정apprenticeship이
필요하다. 특정 시인이 지닌 고유의 언어 사용법은 그의 시 한두 편만
을 읽어서는 파악하기 어렵다. 그러므로 그런 고유한 특징에 익숙해지
는 것이 필요하다."[4] 한 편의 시를 읽고 특정 시인의 시 세계를 파악하
기는 매우 어렵다고 볼 수 있다. 시인마다 추구하는 바가 다르고 각 시
인이 시어를 사용하는 방법도 시인의 개성에 따라 다양하다. 그러므로
어떤 시인의 특정한 작품 한 편을 이해하려고 하더라도 여러 편의 다른
작품을 읽어 보아야 할 수도 있다. 그의 다른 작품들도 함께 읽는 경우
에는 읽기 전과 후, 독자가 한 편의 시에 반응하는 양상이 달라질 수도
있기 때문이다.

종합하자면 시를 이해하고 감상하는 방법이 별도로 정해져 있는 것

---

4 "The Poet Jorie Graham in conversation with the famed host of Bookworm, Michael Silverblatt.",
   YouTube 참고.

은 아니다. 가장 중요한 것은 시를 만나면서 갖게 되는 독자의 반응이다. 독자의 내면에는 지적이고 감정적인 요소들이 다양하게 축적되어 있기 때문에 한 편의 시를 접할 때 그 요소들이 총체적이면서 종합적으로 작동하게 된다. 개별 독자의 경험과 감성이 다양한 만큼 동일한 시를 대하면서 나타나는 독자의 반응도 다양할 수밖에 없다. 다시 한번 강조하지만 시의 이해와 감상법은 결코 단일하지 않고 다양하다. 시를 이해하는 유일하고도 정확한 방법은 존재하지 않는다. 시에 대한 직접적인 자신의 반응을 존중하면서 더 폭넓고 다양한 시를 꾸준히 접하도록 해야 할 것이다. 시 읽기 경험이 축적될수록 독자가 시를 이해하고 감상하는 방법은 더욱 개발되고 정교해질 것이다.

문학의
모호성과 자유

생각해 보면 시의 창조자인 시인도 시의 향유자인 독자도 시 텍스트를 통하여 일종의 자유를 경험하게 된다는 걸 알 수 있다. 시인이 시를 창작할 때 시인은 그 과정에서 현실의 제약을 벗어난 자유를 누리게 된다. 시라는 텍스트에 형성되는 하나의 세계는 시인이 현실적으로 속해 있는 곳과는 다른 시간과 공간을 점유한다고 볼 수 있다. 현실의 고통이나 구속 그리고 트라우마 등을 극복하는 방법으로서 시 쓰기나 시 읽기와 같은 문학 치료 방식이 적용될 수 있는 이유도 그 점 때문이다. 비록 그것이 가상의 세계라 할지라도 시인은 시를 쓰면서 현실과는 다른 또 하나의 세계를 창조함으로써, 자신이 처한 현실로부터 일시적이고 잠정적으로나마 벗어날 수 있는 셈이다. 마찬가지로 독자 또한 그러한 시인의 마음과 자세가 반영된 텍스트를 소비하고 향유하면서 시인이 창조한 세계에 속할 수 있게 된다. 만약 시인과 독자 모두에게 시가 모종의 해방감과 자유를 선사하지 않는다면 시가 존재하는 의미를 찾기가 어려울지도 모른다. 시 텍스트가 그처럼 시인과 독자 모두에게 정신적 자유를 선사할 수 있는 이유는 그 텍스트의 의미가 고정되어 있지 않고 유동적이라는 점 때문일 것이다. 다시 말해 시 텍스트는 중성적이거나 중립적인 것이고 따라서 텍스트의 의미는 모호성을 특징으로 지닌다고 할 수 있다. 시 텍스트에서 시인의 정체성을 추구하거나 대상의 특징을 규명하려는 노력이 종종 무의미하게 되는 것은 그런 이유에서이다. 앞서 시는 마치 꿈과도 같이 비논리적이면서 비정합적이고, 파편적이며 비약적 요소를 다분히 지닌다는 점을 밝혔다. 시 텍스트는 그처럼 고정되거나 불변하는 것이 아니라 유동적이고 가변적인 것으로서 다양한 해석을 향해 열려 있다고 볼 수 있다.

시가 현실의 제약을 벗어나 상상 속의 다른 세계로 이동할 수 있게 한다는 점을 가장 잘 보여 주는 시로서 샤를 보들레르Charles Baudelaire의 「여행으로의 초대L'invitation au voyage」를 들 수 있을 것이다. 이 시에 대해서는 다음 장에서 더 자세히 살펴보기로 하자. 시인 캐시 박 홍Cathy Park Hong 또한 자신이 시인이 된 이유를 설명하면서 시가 선사하는 자유를 강조한 바 있다.

그 시절 나는 심하게 외로웠고 별로 활기도 없었다. 나는 미술을 할 때, 나중에는 시를 짓기 시작하면서 비로소 생기를 되찾았고 그 속에서 자유를 발견했다. 왜냐하면 내 육체가 비물질화 되고 내 정체성이 떨구어지고 내가 다른 삶을 사는 것을 상상할 수 있었기 때문이다. 내가 읽은 모든 글이 이 자유를 인증했다. 존 키츠John Keats에 따르면 시인은 '정체성이 없다.— 시인은 끊임없이 어떤 사람을 대신하고 그 사람의 역할을 한다.'

롤랑 바르트^{Roland Barthes}에 따르면 '문학은 모든 주체가 피해 가는 그 중립
자, 그 합성물, 그 모호성이며 글을 쓰는 사람의 정체성을 비롯하여 모든
정체성이 실종되는 덫이다.'(캐시 박 홍, 『마이너 필링스』, 마티, 2021, 67면.)

위의 인용에서 핵심어는 자유와 모호성이라 할 수 있고 그 모호성은
다시 정체성의 실종이라는 말로 바꾸어 쓸 수 있다. 먼저 시가 자유를
준다는 점을 살펴보자. 앞서 언급한 바와 같이 시인은 시를 쓰면서 상
상 속의 세계로 도피하여 자유를 누릴 수 있게 된다. 독자가 그 시를 읽
으면서 시인이 겪은 자유와 유사한 경험을 하게 된다면 독자는 시 읽기
를 통해 자유를 느낀다고 할 수 있다. 현실의 조건이나 상황들은 한 개
인이 변화시킬 수 없는 경우가 많다. 현실에 당면하여 무력감, 좌절, 고
통 등을 느낄 때 시인은 시를 통해 상상력의 세계로 이동할 수 있게 된
다. 그와 같은 상상력의 세계 속에서 현실의 부정적 요소들을 극복하게
되는 것이다.
　그런데 이처럼 정신적 자유를 누릴 수 있게 되는 이유 중의 하나는
시 텍스트가 하나의 고정된 의미를 요구하는 것이 아니라 유연한 텍스
트성을 지니고 있다는 점이다. 하나의 시 텍스트가 하나의 의미와 주
제, 혹은 느낌만을 갖게 만드는 그런 텍스트라면 그 시의 독자는 한정
적일 것이다. 고정된 의미의 텍스트라면 오랜 시간에 걸쳐 다양한 지역
의 독자들이 그 텍스트를 공유하고 감상하기 어려울 수도 있다. 그러나
문학, 그중에서도 시는 모호성을 지닌 합성물이며 중립적인 텍스트이
다. 그러므로 독자는 그가 처해 있는 다양한 시간적·공간적·사회적·
문화적 맥락 속에서 자신에게 알맞은 고유한 방식으로 동일한 텍스트

에 접근하고 그 텍스트를 해석할 수 있는 것이다. 앞서 언급한 보들레르의 시 「여행으로의 초대」를 상기해 보자. 그 시의 시적 화자는 현실에서 벗어나 어느 이상향으로 여행을 떠나자고 권유한다. 현실에서의 삶이 고통과 갈등 그리고 궁핍 등으로 채워져 있는 반면 그 이상향은 모든 것이 꿈속같이 아름다우며 비현실적으로 풍족한 공간이다. 시적 화자는 그곳은 '화려함과 고요함 그리고 관능적 쾌락'이 가득하며 부드러운 영혼들 간의 대화가 가능하다고 그린다.

시는 현실을 벗어나 누릴 수 있는 자유를 시인에게도 또 독자에게도 선사할 수 있다. 현실 속의 삶을 사느라 각박해진 마음과 지친 영혼을 치유할 기회를 갖지 못한다면 우리 삶의 고통은 배가될 것이다. 그것은 결과적으로 개인의 영혼을 피폐하게 만들 수도 있다. 그러나 시를 통해 자유를 누리는 삶은 그토록 궁핍해지지는 않을 것이다. 시를 새롭게 접하고 읽으며 향유하는 일은 일종의 종교적 제의를 실천하는 것과 마찬가지로 개인을 정신적으로 윤택하고 풍요롭게 만들 것이다.

실존과 고독의 시

철학자 마르틴 하이데거Martin Heidegger는 인간은 세계에 내던져진 외로운 존재이며 어디에서 와서 어디로 가는지 알 수 없다고 보았다. 하이데거의 그러한 생각은 실존론적 유아론으로 알려져 있다. 또한 하이데거는 '멜랑콜리melancholy'로 불리는 기분의 문제를 철학적 사유의 틀 속에서 설명한 바가 있다. 궁극적으로 하이데거 철학의 핵심부에 멜랑콜리가 자리 잡고 있다고도 볼 수 있다. 하이데거가 말하는 철학적 사유의 흔적들은 다양한 시 텍스트에도 구현되어 있다. 동서양의 시인들은 실존론적 유아론이라는 하이데거의 사유가 그리는 궤적과 일치하거나 유사한 양상을 드러내는 텍스트들을 무수히 보여 준다. 또한 세상에 던져진 고독한 존재로서 필연적으로 자주 갖게 되는 우울의 정서, 즉 멜랑콜리를 시 작품의 주된 정조로 드러내기도 한다. 시인은 가장 예민하게 고독감을 느끼면서 실존의 문제를 깊이 있게 사유하는 존재라고도 볼 수 있다. 감수성이 예민한 사람일수록 자신과 주변을 더욱 유심히 관찰하고 그 감추어진 속성들을 발견할 수 있기 때문이다. 또 무심히 지나칠 수도 있을 법한 것들에 대해 민감하게 반응하면 할수록, 그 인식이나 감각의 주체는 우울한 기질을 지닐 경향이 강해진다고도 볼 수 있다.

아리스토텔레스는 다음과 같이 질문한 바 있다. "철학과 정치, 시 또는 예술 방면의 비범한 사람들이 왜 모두 명백히 '멜랑콜리커 melancholiker'였을까?" 철학자, 정치인, 시인, 예술가는 가장 예민한 감각을 지닌 채 자신의 존재와 자신을 둘러싸고 있는 세상을 성찰하는 존재들이라 할 수 있다. 그러므로 그들은 인간이 세상에 던져진, 하나밖에 없는 존재라는 부인할 수 없는 사실을 가장 선명하게 인식하게 된다. 그 점에 주목하여 아리스토텔레스는 예민한 감각을 지닌 존재들은 멜랑콜리로 불리는 우울한 감정을 가장 쉽게, 자주 느낄 수밖에 없다고 언급한 것이다.[1] 아리스토텔레스가 지적한 바에 동의하여 하이데거 또한 "자유롭게 세계를 형성하는 자, 특히 창조적인 철학자는 멜랑콜리할 수밖에 없다"고 진술하기도 하였다.[2] 하이데거가 언급한 '철학자'라는 어휘는 '시인'으로 바꾸어도 무방할 것이다. 철학자는 논리적 언어를 통하여 자신이 체득한 바를 표현하는 자이고, 시인은 시적 언어를 통하여 자신이 느낀 바와 생각한 바를 재현하는 존재이기 때문이다. 양자는 사실상 동일한 대상에 대하여 유사하게 반응한다고 볼 수 있다. 에밀리 디킨슨Emily Dickinson, T. S. 엘리엇Thomas Eliot, 김수영, 박명숙 시인 등의 텍스트를 통하여 개인이 지닌 실존적 문제에 대한 고찰의 흔적들을 살

---

1   김동규, 「하이데거 철학의 멜랑콜리: 『존재와 시간』에 등장하는 실존론적 유아론의 멜랑콜리」, 『하이데거 연구』 제19집, 한국하이데거학회, 84~85면.
2   위의 책, 86면.

퍼보자. 앞 장에서 이해한 바와 같이 시의 독자는 자신이 지닌 고유한
감성과 재능으로 텍스트들을 해석하고 이해할 수 있다.

에밀리 디킨슨의 시

    미국의 여성 시인 디킨슨은 19세기에 활동했던 시인이다. 그가 생전에 발표한 작품은 극소수에 불과하다. 사후 미발표 수고手稿들이 세상에 알려지면서 미국 시인을 대표하는 인물이 되었으니 매우 예외적인 시인이라 할 수 있다. 디킨슨은 평생 독신으로 지내면서 자신이 태어나고 자란 미국 매사추세츠주의 애머스트 지역을 벗어난 적이 없다. 그러나 그의 텍스트들은 인간 실존의 문제와 죽음의 문제 그리고 여성 주체의 경험과 주체성 문제 등을 깊이 있게 다루고 있다. 다음에 소개하는 시는 R. W. 프랭클린R. W. Franklin이 편집한 『에밀리 디킨슨 시집The Poems of Emily Dickinson』에 수록된 것이다. 디킨슨의 이 시는 다양한 역자들이 서로 다른 번역본을 제시하였으나 여기에서는 졸역을 통해 이해하기로 한다.

There's a certain Slant of light,

Winter Afternoons,

That oppresses, like the Heft

Of Cathedral Tunes.

Heavenly Hurt, it gives us –

We can find no scar,

But internal difference

Where the Meanings are.

None may teach it Any –

'Tis the seal Despair –

An imperial affliction

Sent us of the Air –

When it comes, the Landscape listens –

Shadows – hold their breath –

When it goes, 'tis like the Distance

On the look of Death.

한 줄기 비스듬한 빛을 본다

겨울날의 오후엔.

그 빛은 중압적이다.

마치 성당의 음악 소리처럼 둔중하여.

천상의 상처를, 그 빛은 우리에게 준다.

상처의 흔적은 보이지 않지만

내면의 차이, 의미가 존재하는 곳에 차이가 생긴다.

그 누구도 가르쳐 주지 않으리라, 아무도.

봉인된…

위력적인 고뇌,

하늘로부터 우리에게로 온.

내려올 때에는 풍경이 귀 기울여 듣는다.

그림자들은 숨을 멈춘다.

떠나갈 때에는,

죽음까지의

먼 거리 같다

— 에밀리 디킨슨, 『There's a certain Slant of light』 부분, 졸역[3]

이 시를 읽으면 어느 겨울 오후 잠시 따뜻한 햇볕이 내리쬘 때 우리
가 느끼게 되는, 피할 수 없는 실존적 고뇌 또는 사람으로 태어났기 때
문에 반드시 경험하게 되는 고독감을 확인하게 된다. 먼저, "그 누구도
가르쳐 주지 않"는 것이라는 표현에 주의해 보자. 햇볕 속에서 시적 화
자는 이전에 경험한 적이 없거나 누군가로부터 배운 적이 없는 특이한

---

3 디킨슨의 시는 대부분 제목이 없어서 첫 행을 제목 대신으로 사용하며, 작품 번호를 통해 소개되기도 한다.

감정을 느끼고 있다는 것다. 시적 화자의 감각에 와 닿은 햇볕은 새로운 이미지들을 연속적으로 추동시킨다. 시적 화자는 겨울날 오후 한 줄기 빛이 자신에게 다가온 것을 무심히 여기지 않고 그 빛을 통하여 자신의 존재 자체에 대해 명상하고 있는 것을 볼 수 있다.

그 시간적 소재로 하필이면 "Winter Afternoons", 즉 겨울 오후가 등장하고 있음에 주목하여 보자. 햇볕이 어디서나 강하게 내리쬐는 여름이 아니고 겨울이라는 계절이 시간적 배경으로 자리 잡고 있다. 겨울의 햇볕은 여름의 햇볕처럼 직접적이고 주변에 만연한 햇볕이 아니다. 겨울의 햇볕은 여름의 햇볕에 비하여 짧은 시간 머물기에 더욱 소중하기도 하고 한편으로는 신비롭게도 느껴질 수 있다. 시적 화자는 그 겨울의 햇볕을 통해 마치 성당에서 울려 나오는 음악 소리를 듣는 듯한 느낌을 갖게 된다. 단순한 음악 소리라면 그 함의가 이 시에 사용된 "성당의 음악"보다는 훨씬 덜 깊을 것이다. 성당에서 울려 퍼지는 음악은 인간의 영성을 드높이는 데에 사용되는 것이므로 초월적 사유를 매개하는 소재라 할 수 있다. 그 음악을 통하여 시적 화자는 무겁고도 둔중한 기운을 느끼고 있음을 알 수 있다.

그런데 시인는 그 겨울의 햇살을 접하면서 발견하게 되는 것이 "Heavenly Hurt", 즉 "천상의 상처"라고 밝히면서 상처를 받은 느낌을 받았다고 토로한다. 그러나 그 상처 받은 느낌은 세상살이의 고통으로부터 온다고 보기 어렵다. 어떤 영적인 것을 느낌으로써 시적 화자의 내면에 변화가 생기고 있다고 볼 수 있다. 그 상처는 정신적인 것이기에 구체적인 흔적을 남기거나 흉터로 마무리되는 육체적 상처와는 다른 것이다. 시적 화자가 겨울날 문득 햇볕을 쬐게 되면서 내면에 변화가, 그것도 상처라고 부를 만한 커다란 변화가 생겨나게 되었다는 점을 알 수 있다. 더 나아가 시적 화자는 보다 구체적으로 자신의 내면에 변화가 생겼음을 밝힌다. "상처의 흔적은 보이지 않지만/내면의 차이(We can find no scar,/But Internal difference), 의미가 존재하는 곳에 차이가 생긴다."라는 구절에서 보듯이 말이다.

또한 "의미가 존재하는 곳에 차이가 생긴다(Where the Meanings, are)"라고 독백하고 있으므로 그 차이는 사소한 것이 아니라 삶의 의미와 관련된 것임을 확인할 수 있다. 사람의 삶에 있어서 의미를 느끼는 곳에서 내면의 차이가 생겨난다면, 그 차이를 경험한 주체의 사유 방식은 이전과 같을 수 없을 것이다. 이는 사유의 전환과 인생관의 변화가 생겨날 수 있음을 암시하고 있는 셈이다. 결국 비스듬히 내리쬐는 겨울의 햇볕 줄기가 시적 화자로 하여금 영적인 변화를 경험하게 하는 것을 볼 수 있다.

하지만 시적 화자가 언급하는 의미와 차이, 그 정체는 분명하지 않다. 그는 그 차이가 아무도 다른 사람에게 가르쳐 줄 수 있는 것이 아니라고 이른다. "그 누구도 가르쳐 주지 않으리라, 아무도.(None may teach it, Any.)"라는 구절에서 보듯 그런 변화의 느낌은 어떤 매개자를 통하여 전달될 수 있는 성격이 아니라 직접적이고 즉각적인 것임을 알 수 있다. 그처럼 타인들과 공유할 수도 없는 독특한 느낌을 경험하게 되면 그 느낌은 존재론적 고독을 강조하게 될 뿐이다. 혼자서 오롯이 감당해야만 하는 그런 절망감, 그 고독감은 "봉인된…/위력적인 고뇌(Tis the seal Despair)"라는 구절 속에 집약되어 있다. 절망이라는 추상어, 영어로는 "Despair"인 그 어휘는 이 텍스트의 주제를 보여 주는 중요한 말이다. 시는 기본적으로 언어의 음악성과 이미지의 힘으로 시적 주체의 감정이나 사상을 드러내는 장르이다. 따라서 서정시에서 추상어의 사용은 가능한 제한하는 것이 일반적인 미덕이다. 그러나 다양한 이미지의 전개를 통하여 이미 시인이 드러내고자 한 감정이 충분히 구현되면서 동시에 등장하는 한두 마디의 추상어는 오히려 시적 효과를 드높이기도 한다.

그다음 구절에 이르면 시적 화자가 체험하는 절망감이 보다 구체화되어 나타난다. "위력적인 고뇌,/하늘로부터 우리에게로 온(An imperial affliction/Sent us of the Air)"이라는 구절을 보자. 그동안 시적 화자가 경험한 내면적 변화와, 정체가 분명하지 않은 절망감의 근원이 일상의 삶에서 오는 사소한 것이 아니라, 보다 근원적인 것임을 보게 된다. 시적 화자는 하늘에서 공기를 통해서 우리에게 내려 보내진 어떤 강렬한 느낌을 경험하고 있음을 볼 수 있다. 내면의 상처와 고통을 느끼면서 시적 화자는 자신의 존재, 그 자체에 대하여 성찰하게 되는 것이다. 그와 같은 천상의 전언이 시적 화자에게 주어진다면 그 순간만큼은 시적 화자를 포함한 온 세상이 침묵한 채 경건함을 보여야 할 것이다. 초월적인 공간으로부터 전달되는 것이기에 그 전언을 수용하는 자세도, 그 전언의 성격에 부합하는 성격을 지닌 것이어야 마땅하다. 매우 소중하고 영적이기 때문에 조용히 귀 기울여야 하는 것이다. 시적 화자는 "내려올 때에는 풍경이 귀 기울여 듣는다.(When it comes, the Landscape listens -)"라고 노래한다. 풍경이 숨죽여서 그 소리를 들으려고 애를 쓰고 있다고 표현한 것이다. 풍경은 기본적으로 고요한 것이다. 그러나 그 풍경을 의인화하여 "귀 기울여 듣는다"고 표현함으로써 시적 화자는 자신과 풍경이 하나임을 보여 준다. 시인이 외부의 풍경에 자신의 감정을 이입하고 있는 것이다. 그리하여 풍경을 이루는 자연과 주체가 혼연일체를 이룬 채 하늘로부터 오는 것을 받드는 자세를 강조하게 된다. 풍경을 의인화하는 데 이어 시인은 그림자 또한 의인화한다. "그림자들은 숨을 멈춘다.(Shadows - hold their breath -)"라고 말하는 모습은 어떤 중요한 깨달음의 순간을 준비하는 합당한 자세를 그린 것이다. 풍경에 이어 그림자도 침묵하면서 숙연한 자세를 보여 주게 된다.

하지만 다음 구절에 이르면 그러한 예외적이며 초월적인 순간이 계속 지속되는 것이 아니라 사라져 버리게 된다는 점을 알 수 있다. 햇볕을 매개로 하여 시적 화자를 찾아왔던 천상의 전언이 떠나가게 되는 순간을 묘사한 부분은, 그 떠나감으로 인하여 시적 화자가 더욱 큰 절망감을 경험하게 된다는 것을 보여 준다. 햇볕이 시적 화자에게 다가오는 것도 한순간이며, 그 햇볕으로 인하여 내면의 변화를 경험하는 것도 한순간이지만, 그 순간이 강렬한 의미를 지니는 까닭에 시적 화자는 그 순간 이후, 죽음의 이미지를 떠올리게 되는 것이다.

"When it goes, 'tis like the Distance/On the look of Death."에서 보듯 마치 그 빛이 시적 화자로부터 떠나갈 때에는 죽음을 흘낏 본 것과 같은 절망감을 느끼게 된다는 사실을 알 수 있다. 계절은 이미 겨울로 묘사되고 있어 생성의 기운보다는 절망과 하락의 기운이 텍스트 전반을 지배하고 있다. 그와 같은 구도 속에서 겨울 햇볕이 등장하고 사라지는 순간, 시적 화자가 발견한 깨달음이 시의 주제라고 볼 수 있다. 시는 애매성 혹은 복합성을 기조로 삼는 언어 미학이다. 그 깨달음의 정체를 구체적으로 설명하지 않는 게 시적 텍스트의 특징이다. 또 그 점이 시를 서사 장르와 구분하는 것이기도 하다. 그 정체를 탐구하는 일은 독자의 몫이다. 텍스트에 구현된 시어들과 이미지를 분석하는 작업은 시인이 텍스트에 제기한 주제의 정체성을 탐구하는 과정에서 효과적이다. 그 분석의 결과가 시인이 의도한 바와 달라지더라도 무관하다. 텍스트는 독자적인 생명력을 부여받고 있기 때문이다.

　디킨슨의 이 시는 매우 함축적이어서 다양하게 해석할 수 있다. 시인이 겨울 햇볕 아래에서 무엇을 느꼈을지 디킨슨의 시를 읽고 다시 읽으면서 상상해 보자. 그리고 그 시인이 느꼈던 것에 얼마만큼 가까이 다가갈 수 있을지 생각해 보자. 삶의 어느 순간, 어느 나이, 또 어떤 시대에 이 시를 읽게 되느냐에 따라서 이 시가 함축하고 있는 의미는 매우 다양한 형태로 해석이 될 수 있을 것이다.

T. S. 엘리엇의 시

엘리엇의 시 「황무지The Waste Land」는 일반 독자에게도 매우 잘 알려져 있다. 「황무지」는 1922년에 발표되었고 1948년 엘리엇은 노벨 문학상을 수상한 바 있다. 이 시는 제1차 세계 대전 이후 현대인이 경험하게 된 황폐한 정신세계를 재현하는 시로 평가받고 있다. 엘리엇은 미국인으로 태어났으면서도 영국에서 상당히 오랫동안 생활하다가 영국으로 귀화하였다. 「황무지」는 5부 433행으로 구성된 장시인데 여기에서는 그중 일부인 도입 부분만을 살펴보기로 한다.

FOR EZRA POUND

IL MIGLIOR FABBRO

I. The Burial of the Dead

April is the cruellest month, breeding

Lilacs out of the dead land, mixing

Memory and desire, stirring

Dull roots with spring rain.

Winter kept us warm, covering

Earth in forgetful snow, feeding

A little life with dried tubers.

Summer surprised us, coming over the Starnbergersee

With a shower of rain; we stopped in the colonnade,

And went on in sunlight, into the Hofgarten,

And drank coffee, and talked for an hour.

Bin gar keine Russin, stamm' aus Litauen, echt deutsch.

And when we were children, staying at the arch—duke's,

My cousin's, he took me out on a sled,

And I was frightened. He said, Marie,

Marie, hold on tight. And down we went.

In the mountains, there you feel free.

I read, much of the night, and go south in the winter.

더 훌륭한 예술가,

에즈라 파운드에게

I. 망자의 매장

사월은 가장 잔인한 달,
죽은 땅에서 라일락을 싹트게 하고
기억과 욕망을 뒤섞으며
무디어진 뿌리를 봄비로 휘젓는 달.
겨울은 우리를 따뜻하게 지켜 주었다.
대지는 망각의 눈으로 덮여 버린 채
말라버린 구근으로 생명을 조금씩만 떠 넣어 주면서.
여름은 우리를 놀라게 했다.
스탄베르게시에 소나기를 거느리고 찾아와서.
우리는 콜로네이드에 멈추어 섰다가
해가 나면 호프가르텐으로 옮겨 갔다.
그리고 커피를 마시면서 한동안 얘기를 나누었다.
난 러시아인이 아니에요, 리투아니아에서 왔어요. 독일인이에요.
어린 시절, 사촌 집, 공작의 저택에 머물고 있을 때.
그는 나를 데리고 썰매를 타러 가곤 했지.
마리, 마리, 꼭 잡아. 그리고 우린 아래를 향해 달려갔지.
산속에서는 자유를 느꼈지.
밤에는 주로 책을 읽고 겨울에는 남녘으로 떠났지.

—T. S. 엘리엇, 「황무지」 부분, 졸역

엘리엇은 텍스트를 시작하기에 앞서 에즈라 파운드Ezra Pound에게 헌정하는 시라는 표현을 먼저 제시한다. 그 말에서 알 수 있듯 「황무지」는 엘리엇이 자신의 스승인 파운드에게 헌정한 시이다. 전편을 살펴보자면 텍스트에는 라틴어 구절을 비롯하여 외국어로 표현된 부분이 많이 삽입되어 있고 그래서 이 시는 상당히 난해한 시로 알려져 있다. 또 "IL MIGLIOR FABBRO"처럼 헌정사도 라틴어로 표현하고 있음을 볼 수 있다.

텍스트가 난해하지만 첫 연인 '망자의 매장(The Burial of the Dead)'은 많이 알려진 편이다. 특히 첫 행은 인구에 회자되는 유명한 구절이다. 시 텍스트를 분석하기 전에 먼저 텍스트에 나타난 말들의 의미를 살펴볼 필요가 있다. 먼저 '콜로네이드Colonnade'는 '지붕을 떠받치도록 일렬로 세운 돌기둥'으로 서구 건축물에서 주로 찾아볼 수 있다. 돌기둥은 지붕을 받치고 있으므로, 콜로네이드 사이에 가 있으면 비를 맞지 않을 수 있다. 앞 행에서 여름철 소나기가 갑자기 쏟아지곤 했기에 우산을 준비하지 못한 상태에서는 지붕 아래로 뛰어 들어가 소나기가 지나가기를 기다리곤 했음을 알 수 있다. 시적 화자의 기억 속에 머문 풍경을 그려 낸 장면이다.

텍스트 해석을 위해 시를 살펴보면 첫 행은 매우 잘 알려진 구절임을 알 수 있다. 해마다 사월의 첫날이면 라디오나 텔레비전에서 "사월은 가장 잔인한 달"이라는 말을 듣게 되곤 한다. 「황무지」의 한 구절을 인용하면서 방송인들이 사월이 도래한 것을 알리곤 한다. 시인은 왜 사월이 잔인한 달이라고 노래했을까? 사월이면 봄기운이 완연해지면서 곳곳에 꽃이 피어나게 되는데 그런 사월을 잔인하다고 했으니 참으로 남다른 시각을 갖고 있음을 볼 수 있다. 이 구절에서 엘리엇이 구현해 보이는 일종의 상상력의 혁신을 발견할 수 있다. 기존의 익숙한 상상력의 발현을 다시 보는 것이 아니라 매우 참신하고 색다른, 혁명에 해당하는 상상력을 볼 수 있다. 기존의 시인들은 겨울은 가혹하고 그래서 겨울이면 사람들이 위축된 모습으로 살아간다고 주로 표현하곤 했다. 반면 봄이면 새로 싹이 트는 나뭇잎들과 피어나는 꽃송이 사이에서 희망에 부풀고 약동하는 삶을 체험하게 된다고 흔히 노래해 왔다. 그래서 무수한 시인들이 사월을 형상화할 때면 아름답고 생명력을 느낄 수 있는 달이라고 묘사하곤 했다. 그런데 엘리엇은 그처럼 라일락이 피고 나무들이 새싹을 내는 사월이 가장 잔인하다고 얘기하고 있는 것이다. 그다음 구절에서는 보다 구체적으로 사월에 찾아볼 수 있는 세상의 변화를 묘사하고 있다. "죽은 땅에서 라일락을 싹트게 하고(breeding/Lilacs out of the dead land)"라고 노래하면서 말이다. 우리는 겨울을 흔히 '동토凍土'라고 표현하곤 한다. 이는 죽은 땅, 얼어 있는 땅을 이르는 말이다. 겨울에는 라일락이 싹을 틔우지 못하고 구근의 형태로 땅 밑에 죽은 듯이 묻혀 있기 마련이다. 그러다가 사월이 되면 비로소 싹을 틔우게 되는 것이다. 그래서 죽어 있는 땅으로부터 라일락을 피어나게 만드는 게 사월이라는 진술에서는 그다지 새로움을 발견할 수 없다. 잘 알려진 사실을 평이하게 진술하고 있으니 말이다.

그러나 그 뒤를 이어 중요한 구절이 등장한다. "기억과 욕망을 뒤섞으며(mixing/Memory and desire)"이라는 구절이다. 기억 그리고 욕망이라는 추상어를 내세우면서 그 두 시어를 통해 앞에서 왜 사월이 잔인한 달이라고 일렀는지 이해할 수 있는 단서를 제공한다. 우리말의 기억과 욕망도, 영어의 'memory'와 'desire'도 풍부한 함의를 지닌 말이다. 시인은 우리 삶에서 중요한 역할을 맡는 기억과 욕망, 그 두 가지가 사월이면 함께 섞여 우리 앞에 나타난다는 것을 노래한다. 우리 삶에 있어서 지나간 것은 기억memory을 이룬다. 지나간 시간들, 삶에서 경험한 많은 것들이 기억의 이름으로 현재의 우리 삶에 영향을 끼치게 된다. 그리고 사람이 생명을 갖고 있는 한 삶을 위한 욕망desire을 버릴 수가 없다. 그래서 인간의 삶에 있어 가장 중요한 두 요소가 바로 이 기억과 욕망이라 할 수 있다. 앞의 구절에서 보듯 겨울이라는 계절은 모든 것이 얼어붙어 있는 까닭에 사람들은 동요를 덜 느낄 수 있다. 자신이 갖고 있는 기억과 욕망에 대해서 조금은 무심할 수 있는 것이다. 하지만 봄이 찾아와 그 사월의 봄바람 속에 피어나는 라일락을 보자면 누구든지 자신의 기억 그리고 자기 내부의 욕망을 다시금 자각하게 될 수밖에 없다.

사월이 시인의 마음에 불러 오는 변화는 그처럼 기억과 욕망이 머리를 들고 일어선다는 것으로 요약된다. 다음 구절에서 시인은 사월이 초래한 그러한 변화를 보다 구체화한다. "무디어진 뿌리를 봄비로 휘젓는(stirring/Dull roots with spring rain)"이라고 표현하면서, 부드러운 봄비가 내려 겨울 동안 건조하고 무덤덤한 상태로 머물렀던 구근에 변화를 불러일으킨다는 것을 보여 준다. 또 이를 라일락의 뿌리를 '휘저어 놓는다'라고 표현하고 있는데, 비단 구근만이 봄비에 싹을 내게 되는 것은 아닐 것이다. 구근이건 침엽수이건 활엽수이건 그 나무의 뿌리를 봄비가 적셔 주게 되면 그 나무들은 자신이 가지고 있는 생명력을 한껏 발산하면서 뿜어내기 시작할 것이다. 이렇게 약동하는 계절, 생명력이 분출되는 그런 계절이 사월인데 그 계절을 희망과 기쁨으로 바라보는 것이 아니라는 데에 시인의 독창성이 있다. 엘리엇 시인에게는 오히려

108

사월의 그런 변화가 잔인하게 느껴지는 것이다.

다음 구절에 이르면 왜 시인이 사월을 잔인하다고 느끼게 되는지를 파악할 수 있다. "겨울은 우리를 따뜻하게 지켜 주었다(Winter kept us warm)"라는 구절을 보자. 오히려 겨울에 시인은 마음의 동요를 느끼지도 않고 따뜻한 상태로 머물러 있었다고 토로한다. 그리고 "대지는 망각의 눈으로 덮여 버린 채(covering/Earth in forgetful snow)"라고 노래하는 화자의 모습을 통해, 그가 어째서 겨울이 덜 잔인한 계절이라고 말하는지를 이해할 수 있다. 눈으로 땅을 덮어 버리고 있었던 계절이 겨울이기 때문에 겨울은 오히려 따뜻한 편이었다고 이르는 것이다. 눈이 내리면 모든 사물은 그 눈에 덮인 채 침묵하면서 고요히 머무는 모습을 볼 수 있다. 눈이 내린 세상에서 세상 만물은 각자의 개성을 드러내기보다는 한결같아진다. 모두 자신의 모습을 그 눈 때문에 감추게 되는 것이다. 나무 위에도 지붕 위에도 눈은 똑같이 하얗게 내려서 다양한 물상들이 서로 구별되기 어려운 것이다. 그런 까닭에 눈을 "망각의 눈(forgetful snow)"이라고 부를 수가 있는 것이다. 그리고 시적 화자는 그 눈이 만물을 덮어 버리고 모두 망각하게 만들기 때문에 오히려 겨울에는 편안하고 따뜻했다라고 노래하고 있는 것이다.

겨울은 그처럼 눈이 불러온 망각의 계절로 묘사되고 있다. 그렇다고 해서 생명이 완전히 멈추거나 사라진 때를 겨울이라고 보지는 않는다. "말라버린 구근으로 생명을 조금씩만 떠 넣어 주면서(feeding/A little life with dried tubers)"라는 구절을 보자. 겨울이라고 해서 생명이나 생명의 힘 또는 생명의 기운이 완전히 제거된 것은 아님을 볼 수 있다. 겨울이 모든 생명체의 생명력을 억압하고 제거해 버렸더라면 사월이 돌아와도 라일락은 다시 꽃필 수가 없을 것이다. 겨울은 아주 작은 생명의 기운을 그 말라버린 구근 속에 간직하고 유지해 왔던 것이다. 그처럼 엘리엇은 봄이 불러온 세상의 변화를 이전의 시적 전통과는 사뭇 다른 모습으로 표현하고 그 봄과 대비되는 겨울을 묘사하면서 봄의 변화를 더욱 부각되게 만든다.

그런 다음 텍스트의 시간은 여름으로 옮아간다. 여름은 어떠했던가 하고 여름의 기억을 노래하는 것이다. "여름은 우리를 놀라게 했다(Summer surprised us)"라고 여름을 소개하면서 여름에만 경험할 수 있었던 것들을 나열할 준비를 한다. 여름의 기억으로 시상을 전환하는 셈이다. "스탄베르게시에 소나기를 거느리고 찾아와서(coming over the Starnbergersee)"라는 구절에서 보듯 여름의 추억은 독일의 어느 마을에서 보낸 기억이다. 그리고 그중에서도 여름에 종종 쏟아지곤 하던 소나기의 기억임을 알 수 있다. 그래서 시인의 기억 속 여름은 그 동네의 "소나기를 거느리고 찾아(With a shower of rain)"온 여름인 것이다. 햇볕이 쨍쨍 내리쬐다가 갑자기 소나기가 내리는 그런 여름날은 많은 독자들이 공유할 수 있는 기억의 한 장면일 것이다. 시인의 개인적 경험이면서도 공유할 수 있는 기억이 제시되어 텍스트의 전언이 보다 효과적으로 살아난다. 그처럼 갑자기 여름날 소나기를 맞게 된 상황에서 "우리는 콜로네이드에 멈추어 섰다(we stopped in the colonnade)"는 구절도 참으로 자연스럽게 독자에게 다가온다. 시적 화자는 그 기둥 아래에 멈추어 서 있다가 그다음에 다시 "해가 나면 호프가르텐으로 옮겨갔다(And went on in sunlight, into the Hofgarten)". 그렇게 비를 피한 다음 해가 다시 날 때 커피를 마시게 되면 시적 화자가 지닌 여름날의 기억은 보다 복합적이고 다양한 조각들로 구성되게 된다. "커피를 마시면서(And drank coffee)" 그리고 "한동안 얘기를 나누었다(and talked for an hour)"라는 구절에서 여름의 기억은 완성된다. 여름의 추억을 재현한 다음 시인은 겨울의 기억으로 옮겨 간다. 사촌 집에서 눈썰매를 타고 언덕을 질주해서 내려가던 기억을 이야기하고 있는 것이다. 여름에 경험했던 소나기와 다시 뜬 해와 커피의 기억, 또 겨울에 썰매를 탄 기억, 밤이면 책을 읽고 추워지면 남쪽으로 휴양을 떠나던 기억… 그 모든 기억의 조각들을 지닌 채 시적 화자는 다시 라일락이 피는 봄을 맞고 있는데, 이후 텍스트에 전개되는 심상들은 어린 시절의 기억과는 그 결이 사뭇 달라진다. 황량한 세상의 모습, 그 편린들을 묘사하면서 시적 화자는 자신의 현재를 재현한다.

  엘리엇은 시 텍스트의 제목을 「황무지」라고 붙였다. 엘리엇이 자각하는 바는 20세기에 제1차 세계 대전을 경험한 이후, 인류의 문명이 위기에 처해 있다는 사실이라 할 수 있다. 이전의 평화롭고 조화롭던 세계로부터 멀어져서 파편화되고 중심을 잃어버린 채 방황하는 존재가 현대의 개인들이라고 본 것이다. 현대인의 삶의 공간이 하나의 황무지로 시인에게 다가온 것이다. 기존의 가치관이 더 이상 유효하지 않은 시대, 현대의 개인이 경험하게 되는 것은 마음의 평온과 조화로움과는 거리가 멀다. 그처럼 고독한 개인의 모습을 효과적으로 드러내기 위하여 엘리엇이 시상을 배치한 바에 다시 한번 주목할 필요가 있다. 엘리엇은 이 텍스트의 시작에서 겨울과 봄을 대조시키면서 화려한 계절인 봄에 개인이 경험하는 내면적 방황이 오히려 강조되는 것을 보였다. 겨울 동안에는 만물이 눈에 덮인 채 조용히 숨죽이고 살 때에는 자신의 기억과 욕망에 상대적으로 무관심할 수가 있었는데 사월이 되어 곳곳에, 주변에, 꽃이 피고 새가 울게 되자 그 내적인 기억과 그 욕망이 다시 고개를 들고 일어나서 개인의 고독감을 더욱 강조하게 된 것이다.

사족으로 「황무지」 텍스트는 엘리엇의 스승인 파운드의 기여로 탄생하였다고 해도 과언이 아니다. 처음 엘리엇이 원고를 완성하였을 때에는 그 텍스트의 길이가 현재 「황무지」의 두 배 정도로 길었다. 파운드가 그 원고를 읽고서 그중의 절반 가까운 분량을 모두 삭제하였다. 내용이 반으로 줄어든 다음에 「황무지」는 20세기를 대표하는 문학 텍스트, 인류 문명의 위대한 유산으로 남게 된 것이다.

김수영의 「봄밤」과
권여선의 「봄밤」

세상에 던져진 존재임을 자각하면서 개인이 느끼게 되는 고독감과 존재론적 성찰을 주제로 삼은 시는 무수히 찾아볼 수 있다. 동서고금을 막론하고 그 주제는 다양한 방식으로 드러난다. 세상에 태어나 살아가면서 삶의 의미를 생각해 보는 행동은 필연적으로 개인이 지닌 고독감을 강조하게 될 것이다. 앞서 살펴본 바와 같이 디킨슨은 겨울 오후에 자신에게 다가온 햇볕으로 말미암아 자신이 느끼게 된 바를 시적 언어로 표현하였다. 또한 엘리엇은 꽃이 피어나는 계절인 봄, 그중에서도 사월에 선명하게 자각하게 된 내면의 기억과 욕망을 노래하면서 유사한 주제의 텍스트를 보여 주었다. 이 단락에서 다룰 김수영의 텍스트 「봄밤」은 1957년 발표작이다. 1950년대의 한국인들은 한국전쟁이 끝나고 전쟁이 남긴 상처 속에서 새로운 삶을 모색하는 과정 중에 있었다. 그 시대 한국인의 자화상을 김수영의 시에서 발견할 수 있다. 김수영은 봄날의 어느 밤을 시적 소재로 삼아 봄밤의 정경을 묘사

하면서, 그것을 배경으로 삼아 현대인이 경험하는 내면적 혼란을 그려
내었다. 봄밤이 갖는 특징을 텍스트에 녹여 내면서 실존과 고독의 문제
를 노래한 것이다.

애타도록 마음에 서둘지 말라
강물 위에 떨어진 불빛처럼
혁혁한 업적을 바라지 말라
개가 울고 종이 들리고 달이 떠도
너는 조금도 당황하지 말라
술에서 깨어난 무거운 몸이여
오오 봄이여

한없이 풀어지는 피곤한 마음에도
너는 결코 서둘지 말라
너의 꿈이 달의 행로와 비슷한 회전을 하더라도
개가 울고 종이 들리고
기적소리가 과연 슬프다 하더라도
너는 결코 서둘지 말라
서둘지 말라 나의 빛이여
오오 인생이여

재앙과 불행과 격투와 청춘과 천만 인의 생활과
그러한 모든 것이 보이는 밤

눈을 뜨지 않은 땅속의 벌레같이

아둔하고 가난한 마음은 서둘지 말라

애타도록 마음에 서둘지 말라

절제여

나의 귀여운 아들이여

오오 나의 영감靈感이여

―김수영, 「봄밤」 전문

김수영이 노래하고자 하는 바는 첫 행, "애타도록 마음에 서둘지 말라"에 집약되어 나타난다고 볼 수 있다. 이는 늘 무엇인가를 이루어 냄으로써 자신의 존재 의미를 확인할 수 있다고 믿는 현대인의 불안감에 대한 지적이며, 그러느라 언제나 서둘고 마음이 바쁜 현대인에게 주는 위로의 말이라고도 볼 수 있다. 현대인의 갈급한 마음에 대한 묘사는 다시 한번 텍스트의 중간에 요약되어 나타난다. "재앙과 불행과 격투와 청춘과 천만 인의 생활과"라는 구절에서 보듯 김수영의 시대, 현대인들은 자신들이 경험한 재앙의 기억과 그에 따른 불행의 경험으로 인하여 마음의 여유를 갖지 못한 채 살아간다. 특히 살아온 날들보다 살아가야 할 날이 더욱 많은 청춘들은 더욱 애타는 마음을 지니게 될 것이다.

흔히 봄밤은 서정성의 시간대라고 생각하기 쉽다. 조선 시대 이조년이 시조로 노래했듯 "이화에 월백하고 은한이 삼경일제"가 봄밤의 정취를 대표하곤 했다. 봄밤은 "다정도 병인 양하여 잠 못 들어 하노라"의 종장처럼 마음은 한껏 봄의 정취에 젖어 들며 잠에 들기에 아까운 그런 시간으로 이해되었다. 그러나 현대인에게는 그러한 봄밤이 마냥 아름답고 정답게 느껴질 수 없다. 김수영은 봄밤의 낭만성과 대척점에 놓인 현대인의 그와 같은 불안을 그리고 있는 것이다. "개가 울고 종이 들리고/기적소리가 과연 슬프다 하더라도"라는 구절을 살펴보자. 봄밤의 풍경을 이루는 전형적인 소재들로 김수영 시인이 들고 있는 것은 '달', '개 짖는 소리', '종소리' 그리고 '기적 소리'이다. 달이 하늘에 휘영청 솟아오르면 그 달을 보고 개가 짖는 것이 전형적인 봄밤의 정경이다. 어디선가 종소리가 울려 퍼지기도 한다. 그리고 더욱 먼 곳에서는 기차가 기적 소리를 울리며 달려가고 있을 것이다. 그처럼 낭만적인 봄밤의 풍경과는 어울리지 않게 현대인의 마음은 여유롭지 못하다. 전후의 황폐한 분위기 속에서 살아가야 하는 존재들은 "눈을 뜨지 않은 땅속의 벌레같이/아둔하고 가난한 마음"의 소유자들인 것이다. 청춘들의 마음은 더욱 그리하여 그들은 자립과 성취의 문제로 인하여 더욱 심한 내적 갈등을 겪고 있다고 볼 수 있다.

텍스트는 특정 시간과 공간에 고정되어 있지 않기에 그 텍스트가 생산된 시기나 장소에 속한 독자들만이 향유하는 것이 아니다. 그러므로 시간에 구애되지 않고 수백 년, 수천 년의 시간을 경과하면서도 살아남아 후세의 독자를 거느리게 되기도 한다. 또한 동일한 언어를 사용하는 지역의 독자라면 텍스트는 그대로 국경을 넘어 소비되기도 한다. 심지어 언어가 서로 다른 경우에도 번역을 매개로 하게 되면 다른 언어 구사자인 독자들도 그 텍스트를 이해하고 텍스트에 반응할 수 있게 된다. 따라서 은유적으로 표현하자면 '텍스트는 여행한다'고 말할 수 있다. 김수영의 시 「봄밤」은 한국의 소설가 권여선에게 영감을 주어서 권여선 소설가는 동일한 제목의 「봄밤」이라는 단편소설을 썼다. 그 소설의 일부를 살펴보자.

영경은 컵라면과 소주 한 병을 샀다. 컵라면에 물을 부으며 그녀는 이제 시작일 뿐이라고, 서둘지 말라고 스스로에게 타일렀다. **애타도록 마음에 서둘지 말라.** 영경은 작게 읊조렸다. **강물 위에 떨어진 불빛처럼 혁혁한 업적을 바라지 말라 개가 울고 종이 울리고 달이 떠도 너는 조금도 당황하지 말라.** 영경은 자신의 중얼거리는 목소리가 점점 커지는 것을 알지 못했다. (중략)

영경은 컵라면과 소주 한 병을 비우고 과자 한 봉지와 페트 소주와 생수를 사 가지고 편의점을 나왔다. **눈을 뜨지 않은 땅속의 벌레같이!** 영경은 큰 소리로 외치며 걸었다. **아둔하고 가난한 마음은 서둘지 말라! 애타도록 마음에 서둘지 말라!** 영경은 작은 모텔 앞에 멈춰 섰다. **절제여! 나의 귀여운 아들이여! 오오 나의 영감이여!** 갑자기 수환이 보고 싶었다.(권여선,「봄밤」,『2014년 올해의 문제소설』, 푸른사상, 2014, 34면.)

위의 인용에서 김수영의 텍스트 「봄밤」에서 따온 바에 밑줄을 그어 권여선의 텍스트가 김수영의 텍스트와 겹치는 부분을 확인할 수 있게 했다. 문학적 용어로는 이처럼 한 텍스트를 이해할 때에만 다른 하나의 텍스트를 이해할 수 있을 때 상호 텍스트성이라는 이름을 붙여 그 특징을 나타낸다. 즉, 두 개의 상이한 텍스트 사이에 직접적이고 구체적인 공통부분이 있을 때 두 텍스트 사이에는 상호 텍스트성이 존재한다고 일컫는 것이다. 가끔 두 텍스트 사이에 영향 관계가 존재할 때 이를 상호 텍스트성이라고 주장하는 경우가 없지 않으나 상호 텍스트성은 영향 관계와는 차이가 있는 용어이다. 영향이라 함은 간접적인 상관관계라는 함의를 지닌 말이다. 그러나 상호 텍스트성을 지닌 텍스트들 사이에서는 그 관련성은 단순한 영향 관계에 머무르지 않는다. 한 텍스트를 충분히 이해하고서야 다른 텍스트가 은유하거나 지시하는 바를 온전히 이해할 수 있게 된다. 하나의 텍스트에 대한 적절한 이해가 다른 텍스트의 이해에 필수적인 경우, 상호 텍스트성이 발휘되는 것이다.

권여선 소설가는 김수영 텍스트가 환기하는 주제 혹은 시적 정조가 자신의 소설의 주제 혹은 정조와 긴밀히 연결되어 있다는 것을 보여 준다. 제목을 「봄밤」으로 정한 것에서 볼 수 있는 바와 같이 권여선 소설가는 어쩌면 김수영 시인이 「봄밤」을 쓰면서 느꼈을 법한 감정을 소설 서사를 통해 재구성하고자 한 것일 수도 있다. 또는 소설 속 주인공들의 상황과 심리 상태를 서술하면서 시 「봄밤」의 구절들이 압축적이면서도 효과적으로 그 서사에 작용할 수 있다고 판단하여 시의 구절들을 도입했을 수도 있다. 결과적으로 권여선 소설가의 「봄밤」과 김수영 시인의 「봄밤」은 상호 텍스트성을 지닌 채 서로의 가치를 드높이게 된다고 볼 수 있다. 권여선 소설가의 「봄밤」은 김수영 시를 융해시키고 있어 시적 아취雅趣를 간직한 서사가 된다. 동시에 김수영 시인의 「봄밤」은 권여선 소설가의 텍스트로 인하여 몇십 년이란 세월의 경과를 두고서도 새로 부활하게 된 셈이며 그 문학적 가치를 재평가받게 되었다고 볼 수 있다.

이제 상호 텍스트성의 긍정적 기능을 살펴보았으므로 이어서 두 텍스트를 비교하면서 텍스트들의 차이를 살펴보기로 한다. 먼저 김수영 시의 주관적이면서 독백적인 발화의 장면들이 권여선의 소설에서는 사건과 주인공의 감정 묘사를 동반하게 되면서 독자가 쉽게 공감할 수 있게 됨을 볼 수 있다. 김수영이 봄밤에 느꼈던 고유한 정서가 권여선의

118

서사에서는 보다 구체성을 띤 채 드러나고 있기 때문이다. 예를 들어 김수영 시에서 "절제여/나의 귀여운 아들이여"라는 구절이 권여선 텍스트에 수용된 경우를 살펴보자. 김수영 텍스트에서는 '나의 아들'이 과연 구체적으로 누구를 지칭하는지 이해하기 어렵다. 당연히 시적 화자의 아들을 호명하는 것이겠으나 왜 그 구절에서 시적 화자가 아들을 부르게 되는 것인지 파악할 수 있는 맥락이 텍스트에 제공되지 않는다. 구체적으로 왜 "나의 귀여운 아들이여" 하고 시적 화자가 외치게 되는지 알 길이 없는 것이다. 따라서 독자는 상상력을 동원하여 그 시인의 심경을 그려 볼 수 있을 뿐이다.

하지만 권여선 소설가의 「봄밤」에서는 "나의 귀여운 아들이여"라고 소환하는 아들은 소설 텍스트의 현실 속에 놓인 구체적인 인물로 특정된다. 소설의 여성 주인공은 알코올 중독자이면서 매우 불운한 삶을 살아온 인물이다. 삶의 도정에서 좌초한 배처럼 이제 절망에 빠져 있다. 결혼 생활은 파경을 맞게 되었고 그에 더하여 전남편에게 자신의 아들도 무력하게 빼앗긴 것으로 드러난다. 그녀는 결국 술을 마시며 삶의 위안을 찾다가 알코올 중독자들을 수용하는 요양원에서 삶을 이어간다. 그러한 절망적인 현실이 소설의 배경을 이루고 있기에 봄밤의 정서를 묘사한 시가 큰 공응력共應力을 지닌 채 소설 서사 속에 녹아들게 되는 것이다. 주인공은 어느 봄밤, 술을 마시고 자신이 속해 있는 요양원으로 걸어가면서 아들을 그리워한다. 소설 속에서는 '수환'이라는 이름으로 등장하는 아들을 그리는 장면에 김수영 텍스트의 한 구절이 나오면서 주인공의 심경을 대신 재현한다. "나의 귀여운 아들이여/오오 나의 영감靈感이여"라는 김수영의 시구에 드러난 "아들"은 권여선 텍스트에서는 구체적인 인물, 즉 아들 수환으로 바뀌게 됨을 볼 수 있다. 김수영 시의 막연한 아들이 권여선 소설에서 구체화된 것처럼 소설 속 주인공이 경험하는 심리 상태는 김수영 시구들과 적절하게 맞물리고 있다. 주인공 '영경'이 컵라면과 소주 한 병을 산 다음 "컵라면에 물을 부으며 그녀는 이제 시작일 뿐이라고, 서둘지 말자고 스스로에게 타일렀다"는 부분을 보자. 그 서사에 이어서 등장하는 김수영의 시구, "애타도록 마음에 서둘지 말라"는 효과적으로 주인공의 마음을 재현한다. 그 구절은 앞으로 경험하게 될 무수한 좌절감을 예감하면서 불안이 엄습함을 느끼고 자신의 마음을 다잡는 주인공의 모습을 부각되게 만든다. "영경은 작게 읊조렸다" 부분에서도 그러하다. 다시 등장한 김수영 시구, "강물 위에 떨어진 불빛처럼/혁혁한 업적을 바라지 말라/개가 울고 종이 들리고 달이 떠도/너는 조금도 당황하지 말라"는 오히려 점점 더 불안감을 느끼며 당황해하고 있을 주인공을 묘사하게 된다. 컵라면과 소주를 사고 편의점을 나오면서 요양원으로 돌아가는 주인공은 벌써 또 하나의 불운이 자신에게 다가오고 있음을 충분히 예감하고 있는 것이다. 권여선 소설의 주인공이 닥쳐올 불운을 예감하면서 느끼는 불안감은 이어서 다시 등장하는 김수영의 시구에 의해 또 한 번 강조된다. 그처럼 김수영의 시 구절을 활용하면서 권여선 소설가가 주인공의 심리 상태를 재현한 부분을 다시 읽어 보자. "눈을 뜨지 않은 땅속의 벌레같이! 영경은 큰 소리로 외치며 걸었다. 아둔하고 가난한 마음은 서둘지 말라! 애타도록 마음에 서둘지 말라!"

이처럼 권여선의 소설은 김수영 시의 구절들을 적절하게 서사의 과정에 재배치하여 효과적으로 사용하고 있다. 그 겹치고 맞물리는 부분들이 우연이라기에는 너무나 정교하다. 하나의 텍스트를 구현할 때에 또 하나의 텍스트가 그 위에 겹쳐져 있어 작가가 재현하고자 하는 바가 매우 효과적으로 드러남을 볼 수 있다. 이처럼 텍스트와 텍스트 사이, 말과 말 사이의 미묘한 긴장 관계 혹은 결합 관계가 보여 주는 것은 단순히 '말의 놀이'라고 부르기에는 시사하는 바가 상당히 풍부하다. 이처럼 두 개의 텍스트가 겹치어 만들어 내는 의미의 복합성은 매우 독창적이다. 시 텍스트에서 시적 언어가 지니는 다층적 의미가 중요한 역할을 하는 것을 살펴보았거나와 이처럼 기존 텍스트를 통하여 새로운 텍스트를 빚어내는 일, 다시 말해 하나의 텍스트를 상상력의 원천으로 삼아 새로운 텍스트를 생산하는 일은 주목에 값한다. 권여선 소설가는 상호 텍스트성을 발휘하여 일종의 '넘나드는' 텍스트를 만들어 내고 있는 것이다. 이는 한국 현대 문학사의 한 장에 반드시 포함될 만한 창조이며 변화라고 할 수 있다.

박명숙의
「신발이거나 아니거나」

김수영의 시 「봄밤」을 통하여 1950년대, 한국 전쟁이 끝나고 재건의 시대에 들어선 때의 한국인 남성의 실존적 고독을 찾아볼 수 있다. 반면 박명숙 시인은 21세기 한국인 여성의 내면세계를 묘사하고 있다.

저것은 구름이라, 한 켤레 먹구름이라
허둥지둥 달아나다 벗겨진 시간이라
흐르는 만경창파에 사로잡힌 나막신이라

혼비백산 내던져진, 다시는 신지 못할
문수도 잴 수 없는 헌신짝 같은 섬이라
누구도 닿을 수 없는 한 켤레 먹구름이라

─박명숙, 「신발이거나 아니거나」 전문

박명숙 시인의 텍스트는 암시적인 요소를 매우 많이 포함하고 있다. 그러므로 독자가 그 텍스트를 이해하는 방식은 매우 다양할 수 있다. 이 텍스트에 드러나 있는 소재들을 통해서 그려 볼 수 있는 모습은 갑자기 나타난 먹구름을 바라보면서 시적 화자가 자신의 삶을 생각하고 있다는 사실에 불과하다.

먼저 이 텍스트의 특징이라고 볼 수 있는 점은 이미지의 전개와 변주이다. 명확한 대상을 지칭하면서 거기에 자신의 정서를 투영하는 대신에 시인은 이미지를 부단히 연결하면서 그 이미지들을 통해 독자가 시인의 의도를 구성해 보게 한다. 그 이미지의 전개가 매우 자연스럽게 이루어지고 있음을 확인할 수 있다. 제목이 지칭하는 바처럼 시인이 구름을 보면서 제일 먼저 연상하는 것은 한 켤레의 신발이다. 그래서 "저것은 구름이라, 한 켤레 먹구름이라"라는 구절로 텍스트를 전개하기 시작한다. '한 켤레'에서 '켤레'는 신발을 세는 단위의 말이다. '한 켤레 신발', '한 켤레 구두'라고 칭하는 것이 자연스러운 한국어 활용이다. 그런데 이 텍스트에 시인은 "저것은 구름이라"라고 언급하면서 곧바로 한 켤레 신발의 이미지를 도입하고 있다. 구름은 먹구름인데 그 먹구름을 "한 켤레 먹구름"이라고 부르는 것이다. 그러면 "구름"이 등장하는 구절에서 독자는 신발의 이미지를 동시에 부여받게 된다. 그다음 구절에 이르면 그 신발은 '벗겨진 신발'로 등장한다. 그런데 여기서도 신발이라는 어휘는 드러나지 않는다. 오히려 신발 대신에 시인은 "시간"이라는 새로운 시어를 텍스트에 도입한다. 그런데 앞부분, "시간"을 선행하는 구절에서 "허둥지둥 달아나다 벗겨진"이라는 표현이 이미 등장하였기 때문에 독자는 벗겨진 신발을 연상할 수밖에 없다. '벗겨진 신발'이 다시금 신발이 아닌 시간으로 등장하면서 일종의 유예가 다시 한번 이루어지고 있는 셈이다. 그것이 어떤 사연 때문인지는 알지 못하지만, 시적 화자는 허둥지둥 달아나다가 신발을 벗어 버리게 된다. 그렇게 신발을 잃어버리게 된 때, 시인은 지나간 시간대의 어느 한 지점을 지금 회상하고 있는 것이다. 이를 통해 시적 화자가 어느 순간 달아나다가 신발을 잃어버릴 정도로 황망한 경험을 과거에 갖게 되었던 것을 알 수 있다. 문득 하늘에 나타난 먹구름을 보면서 그 벗겨진 신발 같은 시간을 먹구름을 통해 다시 떠올리게 된 것이다.

마지막 구절에 이르면 그 신발은 드디어 모습을 드러내게 된다. "흐르는 만경창파에 사로잡힌 나막신이라"라는 구절이 바로 그것이다. 신발은 이제 보다 구체적으로 "나막신"으로 등장한다. 그런데 그 나막신은 "만경창파" 이미지와 더불어 나타난다. "만경창파"라는 표현을 동반하기 때문에 독자들은 그 신발이 물결에 떠내려가 버린 신발, 벗겨져서 잃어버린 신발이라는 것을 알 수 있게 된다. 그렇다면 도대체 무슨 사건이 있었던 것일까? 어찌하여 시적 화자는 자신의 나막신을 잃어버리게 된 것일까? 그와 같은 질문을 품은 채 뒤따르는 구절들을 살펴보자. 우선 "혼비백산 내던져진, 다시는 신지 못할/문수도 잴 수 없는 헌신짝 같은 섬이라"라는 구절을 보자. 여기서도 새로운 이미지의 등장이 거듭됨을 볼 수가 있다. "혼비백산"은 '혼비백산 달아나다'라는 말에서 보듯, '달아나다'와 자연스럽게 어울리는 부사어이다. 시적 화자는 어떤 사연에서인지 혼비백산 도망치듯 달려가야 했던 일이 있었던 모양이다. 그리고 그 과정에서 신발을 잃어버린 듯하다. 사건의 정체는 분명히 알 수 없지만 시적 화자에게는 감당하기 어려울 만큼의 큰 시련이

124

있었던 것임이 분명해진다. 그리고 시적 화자는 그 시련을 겪는 과정에서 정체 모를 상실감을 강하게 지니게 된 것임을 알 수 있다. 또한 사건은 과거의 일이 되어 시간의 흐름과 함께 기억 속에서 조금씩 뒤로 물러서게 되었다고 볼 수 있다. 충분한 시간의 경과를 거쳐 이제 시적 화자는 과거를 응시할 수 있는 상태에 이르렀다고 말할 수 있다. 이제는 다시는 신지 못할 신발을 생각할 수 있게 된 것이다. 그 신발은 이제 "문수도 잴 수"가 없는 신발로 기억되고 있다. 그 정체가 분명하지 않다는 뜻이다.

'문수'는 이제는 더 이상 사용하지 않는 한국어 어휘이다. 지금은 밀리미터로 신발의 사이즈를 표기하지만, 1960년대와 1970년대경에는 문수로 신발의 크기를 표시하였다. 시인은 의도적으로 그 문수라는 어휘를 발굴하여 사용하고 있다. 이제는 통용되지 않고 사장되어 버린 한국어를 찾아내어 텍스트에 부림으로써 그 말을 시어로 격상시키고 있다. 텍스트에서 문수는 말의 리듬감을 살리는 데에도 기여하고 있고 시의 주제를 더 명료하게 만드는 구실도 한다. 주제가 구름이 매개하는, 과거에 대한 기억이라 할 수 있는데 문수라는 어휘 또한 이제는 더 이상 사용하지 않는 과거의 말이기 때문이다. 이렇듯 시인이 시어를 부리는 방법론을 통해 하늘의 먹구름에서 그 신발과도 같은 기억의 조각을 다시금 발견하는 시적 화자의 모습이 더욱 선명해진다. 그처럼 구름의 이미지가 신발, 그것도 잃어버린 신발의 이미지로 변화하는 데에서 멈추는 것이 아니라 그 신발의 이미지는 다시금 '섬'의 이미지로 바뀐다. 구름이 신발로, 벗겨져 물에 떠내려간 신발로 변화한 다음, 다시 섬으로 바뀐 것이다. 섬의 이미지는 물의 이미지와 자연스럽게 연결되기 때문에 그런 일련의 변화들은 순조롭게 진행되고 있다.

　마침내 마지막 구절에 이르면 "누구도 닿을 수 없는 한 켤레 먹구름이라"는 종결을 보게 된다. "누구도 닿을 수 없는" 구절 다음에 독자가 연상하게 될 말은 당연히 '섬'이 될 것이다. 섬은 홀로 떨어져 있으므로 누구도 닿을 수 없는 것을 섬이라고 말하는 일은 자연스럽다. 그러나 텍스트에서 그동안 연쇄적으로 이루어지던 이미지의 변화들은 이 구절에서도 중단 없이 계속된다. 이미지의 변주가 계속 진행되는 것이다. "한 켤레"라고 함으로써 섬 대신 신발을 연상하게 하고 그 "한 켤레" 다음에 다시금 나막신 혹은 신발이라고 언급하는 대신 "먹구름"을 제시한다. 즉, "섬"이라는 시어의 출현이 한 차례 연기되고 "한 켤레" 다음에 등장해야 할 "신발"의 등장 또한 유예가 된다. 그리고 연기된 섬과 신발의 이미지를 대신하면서 먹구름이 다시 등장하는 것을 보게 된다.

　그처럼 이미지의 즉각적인 등장을 유예하고 꼬리에 꼬리를 문 채 하나의 이미지가 다음 이미지로 연결되게 만드는 시적 장치는 어떤 기능을 수행하게 되는 것일까? 박명숙 시인은 사건이라는 것의 구체적인 정체성 자체를 의심하게 만드는 효과를 도모하고 있다고 볼 수 있다. 독자로 하여금 거듭되어 등장하는 이미지들 속에서 상상력을 통하여 사건을 재구성할 수 있게 만들면서도 동시에 무언가 구체적인 사건이나 경험으로 그것을 특정하거나 한정하는 것을 막고 있는 셈이다. 철학자 질 들뢰즈Gilles Deleuze와 펠릭스 가타리Félix Guattari가 언급한 바 있듯이 사건이란 '부드러운 공간에서 이루어지는, 분절하기 어려운 그런 정체성을 지닌 것'이다. 시간의 경과 뒤에 드러난 결과를 통하여 대체적이면서도 막연하게 재구성해 볼 수 있을 뿐인 것이 우리가 사건이라고 부르는 것의 실체이다.

그러므로 박명숙 시인의 시에서 분명하게 알 수 있는 것은 박명숙 시인이 하늘에 나타난 먹구름을 보면서 과거의 어떤 일을 회상하고 있다는 사실뿐이다. 잃어버린 신발과 헐레벌떡 신발을 벗어 버리게 되는 인생의 어떤 큰 변화, 그 경험을 기억하면서 회상하고 있다는 점뿐이다. 사실상 텍스트 전체를 채우고 있는 것은 서로서로 연결된 이미지들이다. 누구도 닿을 수 없는 섬, 잃어버린 신발 그리고 하늘의 먹구름처럼 암담하고 절망적인 이미지들이 텍스트의 본질에 해당한다. 그 이미지들을 통하여 선명하게 드러나는 것은 오로지 개인이 혼자 감당할 수밖에 없는 실존의 무게라 할 수 있다. 삶이 지속되는 한 벗어날 수 없는 고독감도 그 실존의 속성에 포함되어 있다. 텍스트에 드러나듯 "누구도 닿을 수 없는" 섬의 이미지가 실존의 표상이 된다. 또한 '잃어버린 한 켤레 신발'은 자신에게 상처로 남아 있는 어떤 기억의 상징이다. 하늘에 난데없이 나타난 먹구름 한 조각이 신발의 이미지, 또 섬의 이미지를 추동하게 되면서 시인은 그 이미지들을 통해 자신이 지니고 있는 과거의 기억과 한때 가졌을 법한 욕망들을 노래하고 있는 것이다.

정수자의
「어느새」

정수자 시인의 텍스트에서도 실존적 고독이라는 주제를 쉽게 찾아볼 수 있다. 정수자 시인은 절망을 넘어서면서 삶을 지속하는 개인들의 몸부림을 서정적인 시어를 통하여 재현하고 있다. 정수자 시인의 시적 주제는 암흑 너머의 어슴푸레한 빛을 찾는 데에 있다고 볼 수 있다. 한 마리 새를 통하여 시인이 암흑 너머의 빛을 그리는 방식을 보자.

그 새의 꽁지에는 탄내가 묻어 있다

화들짝 터치는 탄식의 입술 너머

두고 온 별을 부르듯

지는 꽃을 더듬듯

―정수자, 「어느새」 전문

　시적 화자의 삶의 자세는 새의 모습에 투영되어 있다. 새 한 마리의 삶에 투영된 암흑과 은밀한 빛을 살펴보자. 꽃가지에 올라 앉아 먼 데의 산을 바라보는 새는 언제나 외로워 보인다. 꽃이 피었기로 꽃을 찾아 새가 가지에 앉아 있는 모습을 상상해 본다. 그러나 그 자리가 오래 머물 수 없는 곳임을 새가 이미 알아서일까? 조금은 위태로워 보인다. 가지 위의 삶이 새가 지닌 실존의 양상이라 할 수 있다. 가지 위라는 좁은 공간은 새 한 마리가 감내해야 하는 생존의 고달픔을 드러낸다. 별은 새의 기억 속에 남아 있고 지금 앉은 가지 위의 꽃도 결국은 지고 말 것이다. 꽃이 지면 새가 앉았던 자국은 새로운 기억이 되어 새의 가슴에 남을 것이다.

　'어느새'라는 말이 지닌 두 겹의 의미를 동시에 포착하며 시인은 우리의 삶을 그처럼 두 겹으로 노래한다. '어느새'는 잠시 혹은 잠깐을 뜻하기도 한다. 눈 깜짝하는 사이에 한 생이 흘렀다면 어느새는 우리 삶의 속성을 드러내기에 매우 적절한 말이겠다. 어느새는 또한 '어느 새'를 지칭하는 것일 수도 있겠다. 무슨 사연일까? 탄내를 거느리고 탄식하는 입술을 지닌 채 시인의 상상력이 뻗친 여린 가지에 올라앉은 그 새, 혹은 어느 새의 삶은 과연 어떤 것일까? 새의 꽁지에 묻은 탄내는 그 새의 트라우마trauma를 상징할 것이고 탄내는 탄식으로 이어지고 있다. 꽁지의 탄내는 산불을 연상하게 한다. 아마 둥지를 틀었던 나무가 사라졌으리라. 함께 하늘 높이 날아오르며 자유를 노래하던 다른 새들이 모두 어디론가 가 버렸으리라. 그 입술에서 흘러나오는 노래는 "화들짝 터치는 탄식"으로 변해 있다. 어느 새는 어느새 그런 새가 되어 가지 위에 앉아 있다. 초장에서는 탄내가 등장하고 중장에서는 탄식이 개입한다. 초장의 탄내는 어느 새가 통과해 온 트라우마를 제시하고 중장의 탄식은 그 새의 '트라우마 후 외상 증후군Post Traumatic Stress Disorder'을 그린다. 그러나 종장에 이르면 암흑 너머의 빛을 느낄 수 있다. 상처와 고통을 처절하게 경험해 본 존재만이 절절히 느낄 수 있는 은밀한 빛, 그 암흑 너머의 빛은 별과 꽃의 이미지를 통해 제시되어 있다. 별은 과거의 별이며 두고 온 별이다. 그 별이 지금 여기에서 바라볼 수 있는 산뜻한 샛별이라면 그 별은 탄내와 탄식 없이 등장해도 좋으리라. 두고 온 별이라서 멀고도 희미하다. 입술로 더듬어 보는 꽃 또한 지는 꽃이다. 불타 버린 산등성이 어딘가에서 마지막 숨을 거두며 지쳐 쓰러질 때까지 피는 일을 중단하지 않는 꽃이다. 어느 새는 머나먼 별과 지는 꽃을 기억하며 울다가 노래하다가 가끔 날아올라 볼 것이다. 생명이 허락하는 작은 것들을 하나하나 다시 짚어 보면서 말이다. 그러다가 어느 순간 스스로 노래를 중단하고 날갯짓을 멈추고는, 지는 꽃과 더불어 조용히 흙으로 돌아갈 것이다.

이처럼 「어느새」는 우리 삶이 언젠가는 조우하게 될 어떤 장면을 그려 낸 화폭을 연상하게 하면서 선명하게 주제를 부각시키는 단시조이다. 우리 모두의 삶이 벗어날 수 없는 암흑이지만 그 암흑 속에서도 혹은 그 암흑을 통해서만 자신을 드러내는 은밀한 빛을 정수자 시인은 이와 같이 노래하고 있는 것이다. 두고 온 별과 지는 꽃 그리고 암흑 너머의 빛을 말이다.

정수자 시인의 텍스트에 등장하는 생명체와 물상들은 프랑스의 시인 샤를 보들레르Charles Baudelaire가 노래한 '먼 나라'를 새로운 방식으로 그려 내는 메타포metaphor로도 볼 수 있다. 정수자 시인은 독자로 하여금 먼 나라로의 여행을 꿈꾸게 한다. 한 생의 바닥을 업어 주느라 닳아진 빗자루로 부질없는 삶의 캄캄한 절망감을 그리기도 하고, 그러다가 추억 속의 아름다움을 다시 노래하기도 한다. 또 감당할 수 없는 도전 앞에서 탄식하다가도 돌이켜 다시 삶의 오묘함을 노래한다. 그리고 먼 나라를 꿈꾸는 일을 거듭하여 삶의 숨겨진 의미를 탐구한다. 단시조의 한정된 형식 속 우리 삶의 고통과 절망, 비감과 동경을 모두 담으며 실존과 고독을 새롭게 노래하는 방식을 찾고 있는 것이다.

샤를 보들레르의
「여행으로의 초대」

　　보들레르의 「여행으로의 초대L'Invitation au Voyage」는 다양한 시각에서 접근할 수 있고 그 주제 또한 매우 복합적인 텍스트이다. 그러나 텍스트의 근저에 놓인 것은 개인이 경험하는 실존적 고뇌와 고독의 문제라고 볼 수 있다. 텍스트는 세상과 조화를 이루지 못한 까닭에 좌절하면서 자신의 내면으로 침잠하는 시적 화자의 모습을 보여 준다. 이 세상과는 다른 먼 나라를 꿈꾸는 그러한 시적 화자의 모습은 시인 보들레르의 자화상이라고도 볼 수 있다. 그 항해 끝에 도달한 곳은 현실에서는 이루어지기 어려운 모든 것들이 허여되는 공간이다. 보들레르는 모두가 부드러운 모국어로 망자의 영혼들에게 말을 걸어 오는 그런 나라, 지는 해가 들판과 운하와 마을 전체에 히아신스와 황금의 옷을 입히는 그런 나라로 이 땅의 지친 영혼들을 초대한다. 필자가 번역한 샤를 보들레르의 「여행으로의 초대」를 읽어 보자.

Mon enfant, ma sœur,

Songe à la douceur

D'aller là—bas vivre ensemble !

Aimer à loisir,

Aimer et mourir

Au pays qui te ressemble !

Les soleils mouillés

De ces ciels brouillés

Pour mon esprit ont les charmes

Si mystérieux

De tes traîtres yeux,

Brillant à travers leurs larmes.

Là, tout n'est qu'ordre et beauté,

Luxe, calme et volupté.

Des meubles luisants,

Polis par les ans,

Décoreraient notre chambre ;

Les plus rares fleurs

Mêlant leurs odeurs

Aux vagues senteurs de l'ambre,

Les riches plafonds,

Les miroirs profonds,

La splendeur orientale,

Tout y parlerait

À l'âme en secret

Sa douce langue natale.

Là, tout n'est qu'ordre et beauté,

Luxe, calme et volupté.

Vois sur ces canaux

Dormir ces vaisseaux

Dont l'humeur est vagabonde ;

C'est pour assouvir

Ton moindre désir

Qu'ils viennent du bout du monde.

– Les soleils couchants

Revêtent les champs,

Les canaux, la ville entière,

D'hyacinthe et d'or ;

Le monde s'endort

Dans une chaude lumière.

Là, tout n'est qu'ordre et beauté,

Luxe, calme et volupté.

아이야, 누이야,
거기 가서 우리 함께 살아갈
달콤한 꿈을 꾸어라!
너를 닮은 그 나라에 가서
거기서 휴가를 보내고
사랑하다 죽을 그런 꿈을.
엉클어진 하늘 때문에 젖어 있는 해,
내 정신은 선명하지는 않더라도
그대 변덕스러운 눈의 매력을 지니고 있으니.
눈물을 밀어내며 빛을 발하는 그 눈.

그 나라, 거기엔 질서와 아름다움,
화려함, 고요, 즐거움만 있을 뿐.

세월로 인해 성숙해진
반짝이는 사물들이
우리 방을 장식할 거야.
진귀한 꽃들이
밀려드는 호박 향기 물결에
꽃향기를 섞으며…
엄청난 풍요와

깊고 깊은 거울들,
동양의 광휘…
거기선 모두가
부드러운 모국어로
몰래 영혼들에게 말을 걸고 있으리.

운하 위에서
방랑자의 기질을 지닌 배들이
잠드는 것을 보아라.
세상의 입구로부터
배들이 너의 작은 소망을 채워 주러 오느니…
지는 해는
들판과 운하와 마을 전체에
히아신스와 황금의 옷을 입히네.
그러면 세상은 따뜻한 햇살 속에 잠들지.

그 나라,
거기엔 질서와 아름다움과 풍요와 고요와 즐거움만이 있어라.

─샤를 보들레르, 「여행으로의 초대」 전문, 졸역

영혼과 육체 그리고 시

루이즈 글릭의
「갈림길」

영혼과 육체의 관계를 그린 시들을 읽어 보자. 영혼과 육체에 대한 명상은 동서고금의 많은 시가 공유하는 주제라 할 수 있다. 영혼과 육체의 관계는 과연 어떠한 것일까? 시인들은 영혼을 어떻게 받아들이고 또 육체는 어떠한 시각에서 이해해 왔을까? 삶은 육체가 있어야 가능한 것이다. 동시에 인간은 생각하는 능력을 가지고 있는 존재로서 영혼이 없는 삶은 상상할 수 없다. 계몽주의 시대의 철학자 르네 데카르트René Descartes는 "나는 생각한다, 고로 존재한다"라는 유명한 말을 남겼다. 하지만 현대에 이르러서는 그와 같은 데카르트식의 사유 방식은 더 이상 유효하지 않다고 보는 견해가 지배적이다. 인간의 존재에 대해 생각할 때 구체적인 물질성으로 구성된 육체가 한낱 도구에 불과하다는 것이 데카르트의 주장이라 할 수 있다. 데카르트는 육체가 있기 때문에 인간이 존재하게 되는 것이 아니라 인간이 존재할 수 있는 이유는 그가 생각하는 주체이기 때문이라고 보았다. 그러나 사람의 삶에 있어서 육체는 영혼만큼 혹은 영혼보다 더 중요할지도 모른다는 주장들이 나타나기 시작하였다. 육체는 단지 영혼의 지배를 받는 도구적인 대상이 아니라 오히려 육체적 요소들이 인간의 삶에 더욱 중요한 역할을 맡기도 한다는 사실을 보여 주는 이론들이 등장한 것이다. 인간의 감각과 정동 등에 대한 연구가 진행되면서 육체의 중요성이 더욱 강조되고 있다.

미국의 시인 루이즈 글릭Louise Glück은 노벨 문학상을 수상한 여성 시인이다. 글릭의 작품들은 한국에서 번역된 바가 적은 편이다. 글릭은 여성 주체의 문제, 개인이 지닌 기억의 문제, 사회적 편견과 상식에 반하는 사유와 발견들을 시로 주로 표현해 왔다. 그의 작품 중 「갈림길 Crossroads」은 육체와 영혼의 관계를 주제로 삼은 텍스트라 할 수 있다. 영혼이 육체를 바라보면서 그 육체에게 이야기를 들려주는 듯한 방식으로 텍스트가 구성되어 있다. 시적 화자는 자신의 육체가 마치 또 하나의 생명체, 자신이 마주 보고 앉아 있는 타자이기라도 하듯 이야기 한다. 그처럼 육체에게 말하고 있는 주체는 시적 화자의 영혼이다. 오랜 세월 동안 육체가 주체의 삶을 지탱해 주었다는 사실을 인지하면서, 그 육체에게 감사하면서도 미안하기도 한 감정을 표현한다. 그 말들은 마치 오랜 세월을 함께 한 삶의 동반자나 옛 친구에게 들려주는 말처럼 들린다. 한국에 알려진 번역본이 아직 존재하지 않기 때문에 졸역을 통해 텍스트를 살펴보자.

My body, now that we will not be traveling together much

longer

I begin to feel a new tenderness toward you, very raw and
unfamiliar,

like what I remember love when I was young –

love that was so often foolish in its objectives
but never in its choices, its intensities
Too much demanded in advance, too much that could not be
promised –

My soul has been so fearful, so violent:
forgive its brutality.
As though it were that soul, my hand moves over you
cautiously,

not wishing to give offense
But eager, finally, to achieve expression as substance:

It is not the earth I will miss,
it is you I will miss.

내 몸이여, 이제 우리가 함께 여행할 날이 얼마 남지 않았기에
그대를 향해 전에 없이 부드러운 마음이 드는구려.
다듬어지지 않고, 낯설기만 한.

마치 젊은 시절 사랑의 기억처럼.

목적에 있어서는 늘 그토록 어리석으면서도
대상을 고르고 집중하는 데에 있어서는 결코 그렇지 않았던 그런 사랑,
너무 많은 것을 미리 요구하던,
결코 실현을 약속할 수 없는, 그렇게 많은 것을…

내 영혼은 거칠고 험했었네.
그 광포함을 용서해 주게.
내 손은 마치 그렇게 말하는 영혼처럼 그대 위에 조심스레 움직이네.
그대 마음을 거스르지 않으면서도
마침내 분명하게 표현해 내려고 애를 쓰면서.

내가 그리워할 것은 이 세상이 아니네.
내가 그리워할 것은 바로 그대일세.

—루이즈 글릭, 「갈림길」 전문, 졸역

   텍스트의 중심에 놓인 것은 '나'와 '그대'이다. '나'와 '그대'는 각각 영
혼과 육체를 대신한다. 영혼이 '나'가 되어 '그대'로 호명된 육체에게 자
신의 마음을 고백하고 있는 것이다. 자신의 육체를 들여다보면서 영혼
이 육체에게 쓸쓸하면서도 다정한 동정의 마음을 갖고 그것을 표현하
고 있는 시라고 볼 수 있다. 오랜 세월이 흘러 노년에 이른 시적 화자가
그 세월 동안 자신의 영혼과 짝을 이루어 삶을 지탱해 온 육체를 비로

소 돌아보게 되었음을 알 수 있다. 텍스트에는 젊은 날의 건강한 몸과 죽음이 얼마 남지 않은 노년의 몸이 대조를 이루며 등장한다. 언제나 튼튼하고 영원히 건강하리라고 생각되었던 것, 그것이 젊은 날의 몸이리라. 그런 젊은 날, 이루어질 수 없는 불가능한 소망들을 우리의 영혼은 몸에게 주문하곤 했을 것이다. 젊었기 때문에 생명의 유한성을 예감하기 어려웠을 것이고 삶에 대한 의욕과 열정은 지나칠 만큼 강했을 법하다.

"내 영혼은 거칠고 험했었네./그 광포함을 용서해 주게."라는 구절을 보자. 영혼이 거칠고 험하며 광포하였다고 시적 화자는 회상하고 있다. 그리고 그처럼 조절되지 않은 욕망을 실현하느라 자신의 육체를 혹사했던 것을 동시에 떠올리며 육체에게 용서를 구하고 있다. 텍스트는 이제 세월의 경과를 통해 시적 화자가 노년에 이르고 나니 그 몸은 기운이 쇠하고 영혼은 철이 들게 되었음을 보여 준다. 그제야 비로소 오랜 세월 동안 자신을 지탱해 주었던 육체의 고마움을 분명하게 깨달으며, 동시에 그 육체에 대하여 연민의 정조차 느끼게 된 것이다. 영혼에게 있어서 육체는 자신의 가장 가까운 타자에 해당한다고 볼 수 있다. 세월과 함께 육체도 젊은 날의 모습과는 달라지고 쇠하였음에 분명하다. 영혼이 그 몸의 쇠함을 쓰다듬고 있는 부분을 볼 수 있다.

육체의 고마움을 인식하고 있는 시적 화자, 즉 주체의 영혼은 이미 자신이 죽음으로부터 그다지 멀지 않은 곳에 있음을 자각하고 있다. 그러기에 비로소 육체에게 감사의 말을 건네게 되는 것이다. 당연히 언제까지나 영혼을 동반해 주리라 믿었던 육체, 그 타자와의 분리가 일어나리라고 예감하고 있는 셈이다. 과연 언젠가, 멀지 않은 미래의 어느 시간에 몸과 영혼이 서로 작별할 날이 올 것이다. 기어이 누구에게나 죽음은 찾아오고야 말 것이다. 죽음이 다가와서 몸과 영혼을 분리할 것이다.

동양의 전통에서는 죽음에 이르면 영혼은 다시 혼魂과 백魄으로 나뉘어 하나는 지하로, 다른 하나는 천상으로 옮겨 간다고 본다. 서양의 전통에서는 혼과 백을 나누지는 않겠지만 영혼과 육체의 분리는 분명히 일어나게 될 것이다. 그러한 죽음의 순간, 영혼과 육체가 분리되면서 서로 이별하게 되는 순간의 모습은 어떠할까? 그때 영혼은 육체에게 어떤 말을 하게 될까? 시적 화자는 "내가 그리워할 것은 바로 그대일세"라고 말하고 있다. 우리 이제 작별하니 다시 만나거나 서로 연결될 수 없을 것이고, 재회할 수 없으니 단지 그리워하는 일만이 남으리라고 고백한다. "내가 그리워할 것은 바로 그대일세". 그것보다 더 슬프고 고마운 작별의 인사는 존재하기 어렵다. 누군가와 헤어지게 될 때 그 헤어지는 대상에 대한 기억이 아름다울 때에만 사람들은 그를 그리워하게 되는 것이다. 시적 화자, 즉 영혼은 자신 또한 이 세상을 떠나 알지 못하는 사후 세계로 이동할 것이지만, 거기에서 그동안 삶을 누려 왔던 이 땅을 그리워하지는 않으리라고 진술한다. 이 세상을 그리워하는 대신에 자신이 삶의 기간 동안 함께하였던 육체를 그리워할 것이라고 고백한다. 생명 그 자체보다도, 삶에서 이룬 그 어떤 기억보다도 자신의 육체가 소중하고 고맙다고 말하고 있는 셈이다. 그동안 자신과 함께하였던 대상, 즉 자신의 욕망이나 자신의 기억 혹은 자신의 모든 것을 공유하였던 육체를 떠나보낼 채비를 하는 마음이 그처럼 드러난 것이다. '그대를 그리워할 것이다'라는 언술은 다른 어떤 사랑의 고백보다도 더 강렬하다. 미래의 어느 순간을 상상하면서 현재 자신과 함께 머물고 있는 타자의 소중함을 표현하고 있기 때문이다.

　일반적으로 시는 시를 읽는 독자로 하여금 자신의 내면을 들여다보면서 관계를 성찰할 수 있게 해 준다. 이 시는 독자가 영혼과 육체의 관계를 보다 성숙한 눈길로 살펴볼 수 있게 한다. 영혼과 육체, 양자는 늘 함께하기 때문에 둘의 결합은 당연하게 받아들여지곤 한다. 영혼과 육체를 굳이 분리하여 생각하기는 쉽지 않다. 하지만 이 시를 통하여 영혼과 육체를 상이한 존재로 분리한 채 양자의 관계에 대해 명상해 볼 수 있다. 이 시에서는 영혼이 육체를 살펴보면서 육체의 수고에 감사하고 또 육체를 소중히 여기는 마음을 찾아볼 수 있다. 그 소중함의 마음과 감사 그리고 연민의 정을 마치 사랑시의 주인공이 사랑 고백을 하는 듯한 언어로 말이다. 언젠가 육체와 이별하게 될 날은 누구에게나 찾아올 것인데 이 시에서 그런 날, 아름답고도 따뜻한 작별의 인사를 나눌 수 있게 육체의 의미를 다시 생각하라는 전언을 발견할 수 있다. 독자는 글릭의 「갈림길」을 읽음으로써 육체라는 영혼의 타자를 소중히 여길 마음을 갖게 될 것이다.

이반 볼랜드의
「거식증」

　　인간의 삶을 생각하면서 육체의 의미를 살펴보는 일은
당연하다. 육체가 있어서 삶을 영위할 수 있는 것이다. 그러나 여성 주
체에게 있어서 육체가 지니는 의미는 한층 복합적이라 할 수 있다. 글
릭의 시에 나타난 영혼과 육체의 관계는 성별의 특징을 지니지 않은 무
성적 주체를 전제로 한 관계이다. 다시 말해 글릭이 쓴 텍스트의 시적
화자인 영혼의 목소리는 성별의 구별이 없어, 그것은 남성 주체의 목소
리일 수도 있고 여성 주체의 목소리일 수도 있다. 그러나 육체의 문제
에 대해 생각해 볼 때 인류 문화는 남성의 몸보다는 여성의 몸에 더욱
많은 사회 문화적 의미와 가치를 부여해 왔다. 보다 구체적으로는 여성
의 육체 위에 더욱 엄격한 사회적 요구와 검열이 시행되어 오곤 했다고
볼 수 있다. 여성의 몸은 인류의 재생산을 위한 소중한 질료이려니와
그에 더하여 여성의 몸에는 성적인 차이라는 상징성이 부여되어 왔다.
한층 적절한 비율을 지녀 균형이 잡힌 몸, 더 아름다운 몸 그리고 보다

성적인 매력을 발산하는 몸에 대한 사회적 요구는 오랜 인류 역사 속에서 강화되어 온 경향이 있다. 동서를 막론하고 남성이 사회적 지배 권력을 독점해 온 역사이기에 그처럼 여성의 몸이 타자화되고 대상화되어 온 것으로 볼 수 있다. 그와 같은 문화적 전통 속에서 여성 주체들은 남성의 시각에서 형성된 몸에 대한 사회적 기준에 자발적으로 동의하며 스스로 수용하는 양상을 자주 보여 왔다. 육체에 대한 과도한 관심과 지나친 가치 부여가 여성들 스스로에 의해 이루어져 온 것이다. 자발적으로 자신의 육체를 감시하고 때로 처벌하기도 하며 사회적 요구에 따른 바람직한 모습의 육체를 소유하고자 애써 온 것이다. 그 결과 여성 스스로 육체를 학대하여 '거식증拒食症'이라는 병에 이르는 여성들이 출현하기도 했다. 거식증은 여성 주체와 육체의 관계를 드러내는 중요한 징표 중의 하나라고 볼 수 있다.

여성의 몸에 투사된 왜곡된 사회적 가치에 대한 고발을 보여 주는 텍스트를 살펴보자. 다음은 아일랜드 출생의 미국 시인, 이반 볼랜드Eavan Boland의 「거식증Anorexic」이란 시이다.

Flesh is heretic.

My body is a witch.

I am burning it.

Yes I am torching

her curves and paps and wiles.

They scorch in my self denials.

How she meshed my head

in the half—truths

of her fevers!

till I renounced

milk and honey

and the taste of lunch.

I vomited

her hungers.

Now the bitch is burning.

I am starved and curveless.

I am skin and bone.

She has learned her lesson.

Thin as a rib

I turn in sleep.

My dreams probe

a claustrophobia

a sensuous enclosure.

How warm it was and wide

once by a warm drum,
once by the song of his breath
and in his sleeping side.

Only a little more,
only a few more days
sinless, foodless.

I will slip
back into him again
as if I had never been away.

Caged so
I will grow
angular and holy

past pain
keeping his heart
such company

as will make me forget
in a small space
the fall

into forked dark,

Into python needs

heaving to hips and breasts

and lips and heat

and sweat and fat and greed.

살은 이단자,

내 몸은 마녀,

나는 마녀를 화형에 처한다.

맞아,

나는 마녀의 곡선과 무가치한 것과 술책을 모두 불태운다.

나의 자기 부정 속에서 그 모든 것이 불탄다.

열병에서 오는 반쪽짜리 진실로

마녀는 얼마나 많은 혼란을 나에게 주었던가.

마침내 내가

젖과 꿀 그리고

점심밥 맛을 포기하게 된 그 순간에 이를 때까지.

나는 마녀의 허기를 토해 냈다.

이제 마녀는 불타고 있다.

나는 이제 굶주려 곡선 없는 몸이다.
가죽이며 뼈이다.
마녀는 이제 깨닫게 되었으리라.

갈비뼈만큼 가늘어져.
나는 자면서 돌아눕는다.
그리고 내 꿈은 더듬는다.

밀실에 갇힌 듯한 느낌,
그러나 육감적인 느낌의 갇힘.
얼마나 따뜻하고 넓었던가.

그때 그 따스했던 그의 옆자리,
그때 그의 숨결의 노래, 그 옆자리,
잠든 그이의 옆.

아주 조금만 더,
이제 며칠만 더,
죄도 없고 음식도 없이.

나는 스며들 것이다,
그의 몸속으로 다시.
한 번도 그의 몸에서 떠난 적 없었던 듯 완벽하게.

그의 몸 안에 갇힌 채
점점
말라가며 성스러워질 것이다.

고통을 통과하고,
그의 가슴을
지키면서.

추락을
잊어버리게 될 정도로 지키리라.
그 좁은 곳 안에서

날카로운 암흑으로의 추락도,
비단뱀의 요구에로의 추락도,
그리고 내 허리와 가슴,
입술과 체열,
땀과 지방 그리고 욕심까지
모두 멈추면서.

—이반 볼랜드, 「거식증」 전문, 졸역

　이 시는 크게 두 가지 주제를 중심으로 접근해 볼 수 있다. 먼저 여성
의 육체를 향한 사회적 요구에 대한 비판적 재현으로 이해할 수 있다.
거식증은 여성 주체들이 주로 경험하는 질환인데 시인은 그 병의 원인

을 개인이 아니라 여성 주체가 소속된 사회에서 찾고 있다. 두 번째 주제는 텍스트에 동원된 기독교 문화에 대한 비판이라 할 수 있다. 볼랜드는 텍스트의 배경으로 서구 사회의 오랜 문화적 전통인 기독교 문화의 요소들을 취하고 있다. 뒤에서 자세히 살펴볼 것이지만 기독교 문화 속에서 여성과 남성을 파악하는 원형적인 요소들이 텍스트 전반에 걸쳐 은유로 작동하고 있음을 볼 수 있다.

먼저 여성 육체와 사회와의 관련 양상에 대해 살펴보자. 영어의 'Anorexic', 즉 거식증은 여성들에게서 주로 찾아볼 수 있는 병이다. 마르고 아름다운 몸을 선호하는 사회 분위기 때문에 여성들은 날씬해지고자 하는 마음을 갖게 되고, 그 결과 일부 여성들은 그 목적을 이루기 위해 식사량을 줄이기도 한다. 그러나 때로는 식사량을 지나치게 조절하게 되어 균형이 잡힌 영양을 섭취하는 일이 어렵게 되는 것은 물론이고 극단적인 경우에는 음식 자체를 거부하기에 이르기도 한다. 음식을 줄여 나가다가 마침내 아무것도 먹을 수 없는 단계에 이르게 되는 것이다. 볼랜드는 이 텍스트에서 음식을 거부하는 여성의 심리를 그려 내고 있다. 우리 사회 속에서 어떤 문화적 요소가 그와 같은 거식증을 이야기하고 있는지를 드러내면서 그를 통해 여성에게 부과되는 사회적 기대에 대해 비판하고 있는 것이다. 물론 그와 같은 비판은 그처럼 이상적인 육체를 요구하는 사회의 분위기를 수동적으로 수용하고 있는 여성 주체에 대한 비판이기도 하다. 그러나 그것이 단지 개인적 문제일 수는 없고 보다 근원적으로는 사회에 그 원인이 있음을 지적하고 있다. 이 텍스트에서 시인은 음식을 거부하는 여성을 시적 화자로 삼는다. 그리하여 그녀가 왜 음식을 거부하고 있으며 무엇을 꿈꾸면서 그렇게 하고 있는지 스스로 말하게 하는 방식을 취한다.

두 번째로 기독교 문화와 텍스트의 관계를 살펴보자. 이 텍스트는 기독교 문화 전통의 요소들을 시적인 모티프로서 적극적으로 활용하고 있음을 볼 수 있다. 젖과 꿀, 마녀와 마녀 처형, '아담'의 갈비뼈와 '이브'의 탄생 등의 모티프들이 그것이다. 그 모티프들을 이해하기 위해서는 성경에 기록된 바들을 먼저 이해해야만 한다. 성경에 그려진 아담과 이브의 탄생, 낙원과 실낙원 그리고 창조주의 뜻을 거스르는 죄와 그 죄에 대한 징벌 등을 이해할 때 텍스트가 비로소 충분한 의미를 지니고 독자에게 다가오게 된다. 그 모티프들을 통하여 시인이 의도한 바가 더욱 효과적이고 선명하게 드러나는 것이다.

텍스트의 도입 부분을 먼저 살펴보자. 여성인 시적 화자는 음식을 거부하고 있다. 그리고 그처럼 음식을 거부하는 이유를 독백으로 드러내고 있다. 부연하거니와 그와 같은 시적 화자의 행동을 야기하는 욕망은 기본적으로는 서구의 문화 속에서 생겨난다고 볼 수 있다. 그 욕망의 근원에는 서구 문화 속에 뿌리 깊게 자리 잡고 있는 아담과 이브의 신화가 놓여 있는 것이다. 원래 성경에 기록된 바를 살펴보면 창조주는 진흙으로 아담이라는 이름의 남성을 먼저 창조하였다. 그런 다음 아담의 짝이 될 여성, 즉 이브는 아담의 갈비뼈를 취해서 만들었다고 기록되어 있다. 그렇기 때문에 성경에 기반을 둔 기독교 문화 전통 속에서 여성은 남성보다 덜 주체적이며 남성에게 의존적인 존재가 된다. 성경이 여성은 불가피하게 남성 몸의 일부 혹은 남성의 몸에 복속되는 존재라고 해석될 가능성을 열어 두고 있기 때문이다. 이천 년 넘게 지속된 서구의 문화 속에서 기독교는 매우 중요한 역할을 담당해 왔다. 남성과 여성 주체에게 부여되는 문화적 가치 또한 그런 기독교적 이해 방식과 분리되기 어렵다. 남성의 육체로부터 파생되어 여성이 탄생한 것으로 보는 그런 시각은 현대 사회에 이르러서도 크게 달라졌다고 보기는 어렵다. 남성 중심으로 형성된 문화적 분위기 속에서 남성 주체의, 남성적 시각에 따른 이상적인 여성상은 아직도 큰 변화 없이 유지되는 경향이 있다. 교통과 기술의 발달 등으로 인간들의 생활 반경이 확대되면서 삶의 양상이 보다 복잡다단해진 것이 현대 사회라 할 수 있다. 하지만 그런 현대 사회 속에서 여성의 육체에 부여되는 문화적 의미 또한 크게 변하지 않은 채 남아 있다고 볼 수 있다.

이 텍스트의 시적 화자는 마르고 아름다운 몸을 회복하고자 하는 욕망을 강하게 지닌 채 현재 상태의 육체에 징벌을 가하고 있다. 자신의 아담에 해당하는 남성의 사랑을 받으면서 그가 제공하는 모든 따뜻함과 행복감을 다시 한번 취하고자 하는 갈구를 보여 주고 있다. 한국어 번역본에서 "마녀"라고 번역된 "witch"라는 시어에 먼저 주목해 보자. 마르고 아름다운 몸을 선호하는 여성, 즉 시적 화자는 현재의 자신의 육체를 타자화하고 거부한다. 더 나아가 자신이 욕망하는 바와는 다른 자신의 몸을 마녀라고 지칭하면서 그 몸에 화형을 가하고 있다. 자신이 음식을 거부하고 며칠만 더 금식을 하여 마른 몸을 갖게 된다면 아담에게로 돌아갈 수 있다고 생각한다. 아담과 함께했던 낙원에서의 삶, 아담의 사랑을 받는 이브로 돌아가기 위해서는 자신의 현재를 부정해야만 하는 것이다. 마녀를 불태우는 행위는 아름답지 못한 현재의 육체를 거부하는 결단의 표현이 된다. 그리하여 그 마녀가 사라지게 되면 고유의 아름다운 이브의 모습을 회복하게 되리라고 믿고 있는 것이다.

이 시에서 마른 몸을 갖고자 하는 여성 주체의 문제는 한 개인에게 한정된다고 보기 어렵다. 마른 몸을 선호하고 동경하는 사회적·문화적 분위기를 고려할 때에 그 성격을 충분히 설명할 수 있다. 대중매체에서 반복적으로 등장하는 정형화된 여성미가 있고 그 이미지는 부단히 재생된다. 영화나 텔레비전의 광고에서 그리고 대중음악의 우상들의 모습을 통하여 현대인들은 자신도 의식하지 못한 채 그런 이미지에 노출된다. 자신을 충분히 성찰하고 비판적 시각을 유지할 수 있는 상태가 아니라면 자연스럽게 그 이미지들을 수용하기도 한다. 현실에서 가능할 것 같지 않을 만큼 키가 크고, 마르고, 아름다운 여성의 몸을 자주 지켜보게 되면서 그 과정에서 자연스럽게 사회가 아름다운 몸을 선호하고 있다는 점을 학습하게 되는 것이다. 그런 문화적 중압감 속에서 여성 주체들은 자신 또한 그처럼 아름다운 몸을 갖고자 하는 욕망을 지니게 되기에 이른다. 그와 같은 왜곡된 욕망이 가장 부정적인 양상으로 표현될 때 그것은 이 텍스트에 드러난 바와 같은 거식증의 형태를 띠게 된다. 결국은 아무것도 먹지 못해 죽음에 이를 수 있을 정도로 음식을 거부하는 극단적인 현상이 나타나게 되는 것이다. 여성 육체에 투사된 사회적·문화적 가치와 그를 내면화한 개인의 욕망의 문제가 결국은 거식증이라는 병리 현상으로 나타난다고 볼 수 있다.

그러나 여성 육체의 문제는 단지 육체에 국한된 것일 수 없다. 이는 여성 주체의 자의식과 연결된 부분이라고 보아야 한다. 여성이 자신의 육체를 대하는 자세의 문제는 근원적으로는 그 여성 주체의 '자아 존중감'의 문제에 닿아 있기 때문이다. 자신의 영혼을 담는 소중한 존재가 육체라는 점을 이해한다면 육체의 외양에 집착하기보다는 그 육체를 소중히 대하는 태도를 갖게 된다. 자신을 소중히 여기는 마음으로 자신의 육체를 존중할 수 있게 되는 것이다.

그와 같은 자아 존중감의 대척점에 놓인 것으로 '자기 소외self-alienation'를 생각해 볼 수 있다. 이 시에 드러난 바와 같이 자신의 육체를 마녀라고 칭하며 화형에 처하는 여성 주체의 모습은 그 주체가 사실상은 자기 자신을 철저히 소외시키는 것이라고 볼 수 있다. '소외alienation'는 원래 '마르크시즘Marxism'의 용어로서 생산자인 노동자가 자신이 생산한 것을 자기 자신은 사용할 수 없게 되는 상황을 칭하는 말이었다. 육체와 영혼이 서로 조화롭게 어울린 상태가 이상적일 것인데 이 텍스트에서 보듯 시적 화자인 여성 주체는 자신의 육체와 결합되기보다 그 육체를 배척하고자 하고 있으므로 자기 자신을 부정하고 소외시킨다고 볼 수 있다. 아름다운 몸을 향한 과도한 집착은 자아 존중감을 가진 주체가 보여 주기는 어려운 모습이다. 극단적으로는 거식증으로 드러날 수 있는 아름다운 몸에 대한 갈망은 여성이 자기 자신을 극단적으로 소외시키고 있는 모습인 것이다. 요컨대 거식증은 여성 개인의 문제라기보다는 그 여성 주체가 소속된 사회의 문화적 특징을 드러내는 문화 현상이라고 볼 수 있다. 즉, 사회가 요구하는 이상화된 여성의 이미지가 있고, 그 이미지에 부합하고자 하는 여성 내부의 욕망이 자신의 육체에 필요한 것들을 부정하게 만드는 셈이라고 볼 수 있다.

거식증이 미국의 문화 속에서 논란의 요소로 부상하게 되었던 계기는 1960년대 이후라고 볼 수 있다. 당대 대중문화의 우상이었던 미국의 듀엣 가수 카펜터즈Carpenters의 여성 가수가 거식증으로 인하여 사망하게 된 사건이 발생하였고, 그로 인해 거식증이 일반인에게도 알려지게 되었던 것이다. 이후 거식증을 다룬 독립 영화가 제작되고 발표될 정도로 거식증이 지닌 문화적 함의가 결코 가볍지 않음이 드러났다. 현대 사회에 이르러서도 거식증의 문제는 줄어들기는커녕 오히려 확대된 것으로 보인다. 볼랜드가 시적 소재로 선택할 만큼 거식증의 문제는 심각한 사회적 문제였다고 볼 수 있다. 거식증을 앓는 사람들 중 여성이 많다는 점을 고려한다면 더욱 그러하다. 이러한 현상은 사회 속에서의 성별의 문제를 생각할 때 간과하기 어렵다. 그 함의가 결코 가볍지 않으며 거식증이 여성들의 삶에 끼치는 영향력이 표면적으로 드러난 것보다 강하기 때문이다. 거식증의 영향을 받는 여성들의 수나 극단적으로 죽음에까지 이르게 되는 경우는 일반인에게 알려진 사실보다 많다고 한다. 또한 거식증을 경험하는 여성들이 대체로 나이가 어리고 경험이 부족한 성장 과정 중의 소녀들이라는 지적도 있다. 그러므로 거식증은 결코 단순하거나 간단한 문제는 아니어서 여성 주체와 관련하여 아직도 연구되어야 할 바가 많은 주제이다.

거식증을 경험하는 여성들의 내면세계는 매우 복합적인 것이어서 사회적 · 문화적 억압의 결과로만 볼 수 없다는 주장도 있다. 단지 자의식이 부족하여 자신의 육체를 학대하는 것이 아니라 오히려 자신의 육체를 통해 경험하게 되는, 일종의 중독 상태가 거식증의 본질이라는 주장도 제기되었다. 혹자는 외부의 타자들을 의식하여 그런 외부적 요소에 지배당하여 거식증에 이르는 것이 아니라 오히려 거식증은 굶음으로 인해 느끼는 마취 상태라고 설명한다. 일종의 마취 상태에 탐닉하게 되는 복합적인 심리 기제가 거식증을 낳는다고 보는 것이다. 즉, 영양이 부족한 상태에서만 주체가 경험할 수 있는 특이한 감각이 있어 그것이 거식증을 불러 온다는 말이다. 이는 주체의 내면에서 거식증의 원인을 찾고 있는 경우이다. 프랑스의 여성 소설가, 델핀 드 비강Delphine De Vigan의 소설 『내 어머니의 모든 것Rien ne s'oppose à la nuit』의 한 부분을 보자. 드 비강의 글에서는 거식증을 이해하는 기존의 방식에 대해 의문을 제기하고 저항하는 담론을 찾아볼 수 있다.

거식증은 여성 잡지들을 장악하고 있는 비쩍 마른 모델들을 닮고 싶은 젊은 여성들의 욕구와는 다르다. 굶는 상태는 강력한 마약이다. 돈도 들지 않는다. 사람들은 그 사실을 자주 잊어버리곤 한다. 영양실조 상태는 고통, 감정, 느낌을 마취시킨다. 그것이 처음에는 일종의 보호 장치처럼 작동한다. 먹는 것을 줄이는 거식증은 몸을 조종할 수 있다고 믿게 만드는 중독증이다. 그러나 실상은 몸을 파괴하고 만다. 나는 운 좋게도 그런 사실을 깨우쳐 준 의사를 만났다. 그때만 해도 거식증 환자들은 대부분 몸무게를 늘리는 단 하나의 목표만 가지고 사방이 막힌 텅 빈 방에 갇혀 지냈기 때문이다.(델핀 드 비강, 『내 어머니의 모든 것』, 문예중앙, 2013, 314~315면.)

볼랜드의 시 「거식증」에서 여성 주체의 욕망과 서구 문화의 중심에 놓이는 기독교 문화의 흔적들을 찾아볼 수 있었다면 드 비강의 소설은 볼랜드의 시각과는 사뭇 다른 관점을 제시한다. 음식을 거부하는 상태가 여성 주체에게 주는 왜곡된 믿음, 즉 자신의 육체를 스스로 조종하면서 보다 강력한 주체로 재탄생할 수 있다는 착각 상태에서 거식증의 원인을 찾고 있는 것이다. 전자가 여성 주체의 독립적 힘의 부재를 재현한다면 후자는 여성 주체가 추구하는 과잉된 조종 능력의 추구를 재현한다고 볼 수 있다. 충분한 과학적 근거를 지니지 못한 채로 여성 주체의 삶에 개입하게 되는 욕망이 거식증을 낳게 된다. 궁극적으로는 여성의 육체를 파괴하는 데 이르는 그 욕망의 문제는 앞으로 더 다양한 재현을 통해 드러나게 될 것이다. 다만 거식증의 희생자가 주로 여성 주체라는 사실을 상기하면 영혼과 육체의 문제가 여성 주체와 보다 밀접한 관계를 맺고 있음을 알 수 있다.

이제 거식증에 대한 사회적 · 문화적 그리고 심리학적 접근에 이어 「거식증」 텍스트의 중요한 소재 중의 하나인 기독교 문화 전통에 대해 살펴보자. 전술한 바와 같이 「거식증」에는 아담과 이브 그리고 마녀재판이라는 서구 문화 전통이 자리 잡고 있다. 낙원에서만 가능했던 지고한 행복의 시간 속에는 창조주의 형상을 닮은 아담과 그의 일부인 아름다운 이브의 상이 존재한다. 시적 화자는 그 낙원을 잃어버린 상태의 자신을 발견한 채 낙원으로 복귀하고자 하는 꿈을 가진 존재로 드러난다. 아담의 사랑을 갈망하는 이브가 되어 현재의 자아를 부정하고 있는 것이다. 그리하여 아름답지 못한 자신의 몸을 마녀라고 부르며 화형에 처하고 있다. 이 '마녀를 불태운다'라는 시적 메타포를 이해하기 위해서는 서구 문화 속의 마녀재판의 역사를 살펴볼 필요가 있다.

마녀재판은 기독교를 중심으로 한 서구 사회에서 상당수의 희생자를 배출한 역사적 사건이라 할 수 있다. 그것은 인간이 이성적 판단력을 잃어버린 상태로 특정 신념에 집착하게 될 때 어떤 비인간적인 행동들이 일어날 수 있는가를 보여 주는 경우라고 볼 수 있다. 유럽에서는 13세기에서부터 14세기에 마녀재판이 이루어 진 바 있고 16세기 종교 개혁의 시대에도 일어난 적이 있다. 18세기 계몽주의 시대에도 그 역사는 재연되기도 했다. 미국 문화에서는 1692년의 미국 매사추세츠 주 세일럼Salem의 마녀재판이 가장 잘 알려진 사건이다. 사회가 바람직하지 못한 방향으로 흘러가고 있을 때 그리고 인간이 스스로 감당하기 어려운 재앙에 처하였을 때 마녀재판의 역사는 반복되어 온 경향이 있다. 그 시대의 엄격한 기독교 문화가 불안한 사회적 분위기를 완화하기 위하여 마녀라는 존재를 창조하고, 그 마녀를 처벌함으로써 사회 안정을 도모하고자 했던 것이다. 다수가 위협을 느끼게 된 상황에서 합리적으로 상황을 극복하기보다는 특정인을 희생시킴으로써 사회적 불안을 잠재우고자 했다고 볼 수 있다. 만연한 불안감이 희생자를 필요로 했던 것이며, 누군가를 마녀라고 지칭하고 그 마녀를 화형해서 사회가 정상적인 상태로 복원될 수 있다고 그릇되게 믿었던 것이다.

그처럼 마녀재판이란 극단적으로 비이성적인 것이었으므로 마녀재판의 희생자들이 대체로 기득권에 속하지 못한 주변적 인물들이었던 점은 일견 당연하다고 할 수 있다. 기득권을 가진 사회의 핵심적 세력권의 인물들, 즉 남성들이 희생자가 되는 경우는 거의 없었다. 결혼하여 남성들의 보호하에 놓이지 못한 미혼 여성들과 재력이 부족한 인물들이 쉽사리 희생자가 되었다. 인류 문화의 참혹한 역사적 사건이 마녀재판이라 할 수 있는데, 그로 인하여 세계 문학에서 마녀재판을 소재로 한 작품을 많이 찾아볼 수 있다. 일례로 미국의 극작가인 아서 밀러Arthur Miller의 희곡 「크루서블Crucible」은 「실연」이라는 제목으로 번역된 바 있으며 동명의 영화로도 제작된 적이 있다. 또한 19세기 미국의 소설가 너새니얼 호손Nathaniel Hawthorne의 『주홍글씨The Scarlet Letter』도 그 배경이 마녀재판이라는 역사적 사건에 놓여 있다. 호손은 자신의 선조가 세일럼 마녀재판에서 판사 역할을 한 적이 있었다는 사실을 알고 그로 인한 죄의식에서 평생 동안 벗어나지 못한 작가였다. 호손의 단편, 「젊은 향사 브라운Young Goodman, Brown」에서도 인간이 지닌 죄의 문제에 대한 호손의 작가 의식을 발견할 수 있는데 『주홍글씨』는 그 주제를 심화한 소설이라고 볼 수 있다. 두 소설은 인간이 지닌 불완전성을 전제로 하여 죄와 정죄를 판단하는 것의 경계를 질문하고 있는 것으로 이해할 수 있다. 인간의 죄, 그 본질에 대해 평생 동안 고민해 온 바가 호손 소설의 주제로 드러난 것이다.

김선우의
「환절기」

한국의 여성 시인 김선우 시인의 작품 중에서 「환절기」를 살펴보자. 김선우 시인은 여성 주체를 주제로 삼은 다양한 텍스트를 선보인 시인이다.

계절이 바뀔 때 산에서는 새들의 냄새가 짙어진다.
어려선 늘 궁금했다. 하늘을 나는 새들의 마지막 모습이. 새들의 장례를 그려 보며 하늘을 바라보곤 했다.
거꾸로 흐르는 유성처럼 지구 대기 바깥으로 활공하는 새, 눈에 보이는 하늘보다 더 먼 하늘로 날아가는 새들을 상상했다.
우주로부터 와 지구에서 잠시 살다가
다시 우주로 가는 생명체들.

겨울에서 봄

봄에서 여름

가을에서 겨울

바람과 기온과 물의 성질이 바뀌는 때가 오면

아프거나 늙은 새들이 중얼거리는 소리 들려온다.

산속 골짜기마다 새들의 냄새 짙어진다.

환절기의 냄새를 맡게 되면서 알게 됐다.

하늘을 나는 새들도 결국 땅에서 죽는다는 것.

지구라는 우주의 품에서 마지막을 맞는다는 것.

지구 밖으로 날아가던 어린 날의 우주와

지구 안쪽으로 넓어지는 어리지 않은 날의 우주,

이 모든 우주가 다 좋은

환절기에 이르렀다.

—김선우, 「환절기」 전문

    환절기는 계절이 바뀌는 시기이다. 텍스트에 나타난 것처럼 겨울에서 봄, 봄에서 여름 등으로 계절이 변화하는 경계의 시기이다. 그런데 이 환절기는 단순히 계절의 변화만을 뜻하지 않는다. 환절기는 중의적인 시어로서 시인은 계절의 변화와 유사한 인생의 변화를 그 말을 통해 동시에 드러내고 있다. 계절이 변하는 것처럼 인생도 변화를 겪게 되는데 그와 같은 삶의 태도에서 발생하는 변화를 재현하고자 한 것이다. 그래서 문학 평론가, 마이클 리파테르^{Michael Riffaterre}가 "시는 본질적으로 이것을 말하면서 다른 것을 뜻하는 문학 장르이다"라고 언급한 바있다. 표면적으로 드러난 것만이 아니라 그 속에 감추어진 다른 의미가있어서 언급되지 않은 것을 동시에 함께 말하는 것이 시 텍스트의 특징이라는 말이다. 마치 리파테르의 그 말을 증명하듯 '환절기'는 한편으로는 계절의 변화를 지칭하고 다른 한편으로는 인생 단계의 변화를 말하고 있다. 특히 이 시에서는 인생이 청춘에서 성숙기로 전환하는 시기를의미한다.

텍스트에 나타나 있는 "어린 날의 우주" 그리고 "어리지 않은 날의 우주"를 대비시키는 데에서 그 점을 확인할 수 있다. 전자는 "지구 밖으로날아가"는 새의 이미지를 통해 드러난다. 반면 후자는 "지구 안쪽으로넓어지"는 것으로 표현되어 내면으로의 침잠을 의미하게 된다. 어린 시절에는 새가 하늘로 날아가는 것처럼 우주로 날아오르고, 성숙하여서는 자신의 내면으로 돌아오고 있다는 것을 보여 준다. 그런데 결론적으로 시적 화자는 "이 모든 우주가/다 좋은 환절기"라고 말하고 있다. 젊은 날의 기억들을 아름답게 회고하면서도 성숙한 인생 또한 긍정하고있는 것이다. 이 시를 통해 인생의 모든 과정들을 긍정하고 수용하고있는 모습을 확인할 수 있다.

텍스트의 도입부를 살펴보자. 제일 먼저 계절이 바뀔 때 산에서는"새들의 냄새가 짙어진다"라고 하여 환절기라는 제목에 걸맞게 새들의 이미지를 불러들인다. 환절기를 설명할 수 있는 유용한 소재로 새를 활용하고 있는데 그 새의 이미지는 텍스트 전편에 걸쳐 정합성과 통일성을 부여하게 된다. 다음 구절에 이르러 "어려선 늘 궁금했다. 하늘을 나는 새들의 마지막 모습이"라는 표현을 찾아볼 수가 있다. 대체로 새는 하늘로 날아오르는 모습만 주로 보여 준다. 시적 화자는 새는 죽음을 맞을 때는 어떤 모습으로 죽음에 이르는 것일까 하는 의문이 들었었다고 술회한다. 그래서 하늘을 나는 새를 보면서 새들의 장례를 상상해 보았다고 표현한 것이다. 뒤를 이어 날아가는 새의 모습에 대한 묘사가 등장한다. 그 표현을 통하여 시인의 창의성이 충분히 발휘되고 있음을 볼 수 있다. "거꾸로 흐르는 유성처럼 지구 대기 바깥으로 활공하는 새"라는 구절을 보자. 유성, 즉 별똥별은 하늘에서 땅으로 낙하한다. 그런데 시인은 우리가 새의 비상이라고 부르는 모습, 즉 활공하는 새의 모습은 그 유성이 거꾸로 흐르는 것과 같다고 표현하고 있다. 하강하는 유성의 이미지와 비상하는 새의 이미지를 병치하게 되어서 시적 효과를 북돋우고 있다. 텍스트를 읽어 가는 과정에서 독자는 떨어지는 유성의 이미지를 먼저 떠올리게 된다. 그런 다음 시인의 주문에 맞추어 거꾸로 흐르는 유성을 상상하게 된다. 그 위에 시인은 다시 그처럼 거꾸로 흐르는 유성의 이미지 위에 날아가는 새의 이미지를 덧입히라고 요구하는 형국이다. 시인이 제시하고 또 감추는 이미지들의 카드를 따라 독자는 놀이하듯 꼬리에 꼬리를 물고 전개되는 이미지들을 따라갈 수 있게 된다.

텍스트의 도입에서 등장한 새의 이미지는 텍스트의 정합성을 유지하는 데 기여한다. 텍스트의 후반부에 이르면 그 새의 이미지를 통해 죽음에 대해서 명상할 수 있게 된다. 시적 화자는 새의 죽음에 대하여 "눈에 보이는 하늘보다 더 먼 하늘로 날아가는 새들을 상상했다"고 노래한다. 살아 있는 동안 새는 독자가 눈으로 볼 수 있는 하늘에서 활공한다.

하지만 새가 죽음을 맞게 될 때 그 새는 "더 먼 하늘"로 날아가는 것이라고 시인은 상상한다. 새의 죽음이 추락이 아니라 새로운 하늘에로의 진입이라고 보는 것이다. 새의 죽음에 대한 그와 같은 해석은 텍스트의 앞부분에서 볼 수 있었던 바, 삶에 대한 시인의 긍정의 자세를 다시 확인하게 한다. 생명이란 우주 어딘가에서 와서 지구에서 잠시 머물다가 다시 우주의 다른 어딘가로 옮겨 가는 것이라고 시인은 보고 있다. 지구상에 머무는 동안 삶의 여러 고비들을 거치며 생명체는 변화를 경험한다. 그 변화들을 통하여 조금씩 죽음에 접근하는 것이라 볼 수 있다. 그 죽음 또한 삶의 끝이 아니라 또 하나의 시작이라면, 죽음에 가까워지는 것도 두려워 할 일이 아닐 수 있다. 다시 한번 계절의 변화가 삶의 변화와 중첩되면서, 환절기라는 말이 지니는 은유의 힘이 충분히 발휘되는 것을 볼 수 있다. 시인의 예민한 감수성은 환절기가 야기하는 변화들을 정확히 포착해 낸다. 환절기가 되면 바람, 기온, 물의 성질이 바뀌게 되는 점에 주목하면서 그런 변화를 우리 몸이 쇠퇴해 가는 것에 견주어 설명한다. 그 환절기에 "아프거나 늙은 새들이 중얼거리는 소리 들려온다"고 이른다. 계절의 변화에 반응하는 새들의 모습은 "중얼거리는 소리"에서 효과적으로 드러난다. 생명력으로 넘쳐 나는 계절이라면 새 울음소리는 맑고 활발할 것이다. 그러나 이제 그 계절이 다하고 새는 아프거나 늙은 새가 되었으므로 새 울음소리는 중얼거림으로 드러나는 것이 자연스럽다. 그 표현을 통해 시간의 흐름에 따라 조금씩 노래를 잃어 가는 새의 모습을 그려 볼 수 있다. 주어진 삶의 시간들이 소진될 즈음, 모든 생명체는 필사적으로 자신의 고유함을 드러내고자 할 것이다. "산속 골짜기마다 새들의 냄새 짙어진다"는 구절에서 보듯 시적 화자는 새가 경험하는 변화에 동참한다. 새를 통해 깨달음을 얻고 있는 것이다. "새들의 냄새"라는 구절에서 "냄새"는 새가 지닌 고유성을 드러내는 시어라고 볼 수 있다. 그 냄새는 반드시 감각으로 느낄 수 있는, 실체로서의 냄새일 이유가 없다. 새들의 존재에 각별히 주목하게 된 시적 화자를 그 구절에서 발견하는 걸로 충분할 것이다.

계절, 계절의 변화 그리고 새를 그리면서 시인은 가장 중요한 전언을 표현하는 것은 보류해 두었다고 볼 수 있다. "환절기의 냄새를 맡게 되면서 알게 됐다"는 구절에 이르게 되면 비로소 시인은 텍스트 내부에서 의미상의 전환을 시도한다. 환절기와 새의 죽음이라는 두 모티프를 연결한 다음, 그 모티프를 통해 삶의 의미를 되새기는 것이다. 하늘을 나는 새들도 결국 땅에서 죽는다는 것을 표현한 부분에서는 생명체의 유한성을 강조하고자 함을 볼 수 있다. 비록 한때는 하늘을 자유롭게 날아다니겠지만, 그처럼 자유로워 보이던 새도 삶이 다하는 순간에는 땅으로 돌아올 수밖에 없는 것이라는 점에 주목한다. 이러한 시선을 통해 삶과 죽음을 동시에 긍정하고 자연의 이치에 순응하는 모습을 예감할 수 있다. "지구라는 우주의 품에서 마지막을 맞는다는 것"이라는 구절에서 시적 화자는 선행 구, 즉 "하늘을 나는 새들도 결국 땅에서 죽는다는 것"의 시상을 다른 표현으로 반복한다.

새가 하늘로 날아오르는 이미지와 그 새가 땅으로 돌아와 죽음을 맞는 이미지를 배경으로 배치하면서 시인은 결국 자신의 삶에 있어서의 변화를 효과적으로 노래하게 된다. 호기심과 신기해하는 마음으로 세상을 바라보던 "어린 날"과 세월이 흘러 이제 내적인 성숙에 이른 "어리지 않은 날"의 대비가 선명해지기 때문이다. 환절기라는 경계의 계

절, 즉 두 계절이 서로 겹치고 맞물리는 계절은 양가성의 상징이 되기
에 적합하다. 두 계절의 속성들을 모두 지니기도 하면서 동시에 두 계
절과는 확연히 다른 과도기가 환절기이기 때문이다. 그 양가성은 긍정
과 순응의 삶을 지향하는 시적 화자의 인생관을 효과적으로 드러내는
도구이기도 하다. 계절에 환절기가 있는 것처럼, 지난날의 시적 화자와
현재의 시적 화자가 세상을 대하는 자세에서도 변화와 동일성을 동시
에 찾아볼 수 있다. "지구 밖으로 날아가던 어린 날의 우주와/지구 안쪽
으로 넓어지는 어리지 않은 날의 우주"라는 구절은 현재를 중심축으로
삼아 대조적으로 드러나는 시적 화자의 내면 풍경을 그린 것이다. "이
모든 우주가 다 좋은/환절기에 이르렀다"는 구절에 이르면 텍스트에
전개되어 오던 시상들이 결집하면서 하나의 매듭을 이루는 것을 볼 수
있다. 환절기는 두 우주를 공유하고 있는 독특한 시기인지라 먼저 가는
계절과 뒤따라오는 계절이 지닌 속성들이 모두 담겨 있다. 그처럼 지나
간 것도 그리고 그다음에 오는 것도 모두가 다 좋은 그런 인생의 환절
기에 이르렀다고 시적 화자는 노래하고 있는 것이다. 이 텍스트는 인생
의 전환기를 계절의 환절기를 통해 드러내고자 한 시인의 의도를 성공
적으로 구현하고 있다.

개인과 공동체
그리고 관계의 시

개인이 사회를 형성하지 못하고 혼자 살게 된다면 그 경우에도 시를 쓰게 될까? 아마 혼자 있더라도 글을 쓰지 않을까. 무인도에 사는 로빈슨 크루소가 그러하였듯 아마 자신의 삶을 하루하루 일기로 기록할 것이다. 그리고 일기를 쓸 수 있다면 시 또한 쓸 수 있겠다. 시는 혼자 남은 자신에게 이르는 말, 즉 독백과 유사한 글이므로 시를 쓰는 일도 어렵지 않을 것이다. 그러나 혼자 살아가는 삶에서 발견하고 느끼는 바는 사회를 이루고 살면서 개인이 느끼는 정서와는 매우 다를 수 있다. 개인이 속한 공동체는 때로 그 구성원에게 소속감과 위안을 주고 삶의 의지를 북돋우기도 한다. 또한 타인으로부터 인정받고자 하는 개인적 욕구를 충족시켜 주면서 그로 하여금 삶의 보람을 느끼게 한다. 그러나 때로는 경쟁과 질시를 경험하게 만들기도 한다. 그처럼 개인과 사회의 관계는 복합적이다. 시인들은 자신을 둘러싼 공동체와 개인이 빚어내는 관계의 다양한 모습을 시로 표현하여 왔다.

자신의 공동체를 생각하면서 그 공동체의 일원인 자신의 정체성에 대해 질문하는 시도 있고, 기성의 사회가 요구하는 질서를 내면화하면서 그 사회 속으로 진입하는 개인의 모습을 재현하는 텍스트로 있다. 또한 사회 속에서 개인이 느끼는 고독감과 소외감을 드러내는 텍스트와 자신의 공동체를 향해 주체가 갖게 되는 양가적 감정을 보여 주는 텍스트 역시 찾아볼 수 있다. 그리고 공동체의 일원이 되어 갖게 된 부정적인 기억으로부터 벗어나고자 새로운 경험을 찾아 나서지만 결국 새로운 현실 앞에서 좌절하고 자신이 부정했던 공동체에 대한 그리움을 표출한 시도 발견할 수 있다.

개인과 공동체 그리고 개인과 개인이 사회 속에서 맺는 관계의 양상을 구체적인 시 텍스트들을 통해 살펴보자. 개인과 개인이 만나 관계를 맺게 되면서 크고 작은 공동체가 탄생한다. 다양한 텍스트들에 드러난 개인과 공동체의 관계, 그 스펙트럼은 참으로 넓은 편이다. 공동체 중에는 학교와 고향처럼 개인에게 소속감을 확인하게 해 주는 공동체도 있다. 혹은 자신과 연대하거나 공감할 수 있는 관계를 이루지 못하여 절망하는 개인의 모습도 볼 수 있는데, 거기에서 공동체가 개인에게 제공할 수 있는 안정감을 체감하지 못하여 소외감을 깊이 느끼는 모습을 찾아볼 수 있다. 관계는 영구히 지속되는 것이 아니라 변화할 수밖에 없는 성격을 지녔다. 모든 개인은 다양한 관계망 속에서 공동체를 형성하기도 하고 그 관계를 자발적으로 단절하기도 한다. 더러는 개인이 바라는 바와는 달리 소중한 관계가 와해되기도 한다.

현대에 이르러 개인과 공동체의 관계는 더욱 복잡한 모습을 띠게 되었다. 현대 사회 속에서 개인이 공동체와 이루는 관계의 양상은 이전과는 비교할 수 없을 정도로 혼란스럽고 미묘해졌다고 볼 수 있다. 개인이 개성을 잃어버린 채 그리고 자의식도 갖지 못한 채 무리의 일부가 되어 있는 모습을 보기도 한다. 그 경우에는 개인과 공동체, 혹은 관계라는 이름이 '잘못된 명명misnomer'으로 보이기도 한다. 이를테면, 이수명의 「물류창고」를 통해 알 수 있듯, 공동체 속의 개인들이 물류창고 속에 배열된 물건들처럼 보이는 경우도 있다. 그 대상을 개인이라거나 공동체라고 부르기도 어렵고 물건들이 서로 근접하여 배치된 모습을 관계라고 이름 짓기도 어렵다. 그처럼 사물화된 개인과 그 개인의 군집 양상을 그려 낸 텍스트를 통하여 현대 사회의 특징을 확인할 수 있다. 공동체를 물류창고 그리고 개인들을 그 창고에 쌓인 물건에 비유한 텍스트가 주목받는 이유는 그 시가 개인과 공동체 간의 건강한 관계에 대한 현대인의 희구를 반영하기 때문이다. 이수명의 시에 나타나는, 물류창고 속에서 물건들을 배치하고 정리하는 단순한 작업은 단지 물류창고에서 일어나는 일에 그치지 않는다. 그 작업은 우리 사회와 그 속의 군상을 표현하는 것이다. 그 점이 많은 독자들의 공감을 불러일으킨다는 사실은 결국 현대인들이 자기 소외를 깊이 경험하고 있음을 말해 준다. 동시에 개인과 공동체가 그 본연의 모습을 회복하기를 바라는 한결같은 마음을 지니고 있음을 보여 주기도 한다.

관계 맺음에 실패하고 고독과 소외감을 토로하는 텍스트도 쉽게 발견할 수 있다. 그와 같은 텍스트에 반영된 바, 즉 탄식하는 개인의 모습도 현대 사회의 한 단면을 드러낸다. 그러한 텍스트가 생산되고 소비되면서 독자들의 공감을 얻게 되는 원인도 그처럼 공동체에의 소속감을 잃어버린 개인들이 늘어나고 있음을 드러내는 것이다. 건강한 공동체를 회복하고 그 공동체 속에서 개인들이 서로 의지하고 돌보아 주면서, 동시에 개성을 유지할 수 있는 상태가 바람직한 현대 사회의 모습일 것이다. 공동체와 개인의 관계를 주제로 한 시 텍스트들을 살펴보자. 그 텍스트들은 질서 속으로의 편입, 공동체를 향한 향수, 관계의 단절과 소외, 다양성의 존중 등 다양한 하위 주제를 거느리고 있다. 그리고 그 텍스트들의 저변에 놓인 것은 결국은 바람직한 공동체의 회복과 유지를 향한 시인의 염원이라고 볼 수 있다.

루이즈 글릭의
「학생들」

The children go forward with their little satchels.

And all morning the mothers have labored

to gather the late apples, red and gold,

like words of another language.

And on the other shore

are those who wait behind great desks

to receive these offerings.

How orderly they are—the nails

on which the children hang

their overcoats of blue or yellow wool.

And the teachers shall instruct them in silence

and the mothers shall scour the orchards for a way out,

drawing to themselves the gray limbs of the fruit trees

bearing so little ammunition.

어린이들은 작은 책가방을 들고 앞으로 나아간다.

오전 내내 어머니들은 애를 썼다.

다 익은 사과, 빨갛고 황금빛을 한 사과를 따느라고.

마치 외국어 단어들 같은 사과를.

저 건너편

큰 책상 뒤에서는 그 사과 선물을 기다리고 있는

사람들이 있다.

얼마나 질서 정연한가,

어린이들이 푸르거나 노란 모직 외투를 걸어 두는

그 못들은.

선생님들은 정숙 속에서 그들을 교육할 것이다.

그리고 어머니들은 출구를 찾아 과수원을 헤맬 것이다.

화약을 별로 달고 있지 않은 사과나무 잿빛 가지를

가슴 쪽으로 끌어당기면서.

—루이즈 글릭, 「학생들」 전문, 졸역

루이즈 글릭Louise Glück의 「학생들The School Children」은 학교의 학생들을 소재로 삼고 있어 윌리엄 예이츠William Yeats의 「학생들 사이에서Among School Children」와 나란히 읽어 볼 수 있다. 두 텍스트는 학생들이 교실에서 질서를 지키며 사회의 규범들을 익혀 나가는 과정을 시적 화자가 지켜보고 있음을 공통적으로 보여 준다. 두 시를 비교하면서 그 유사성과 차이를 살펴보자. 먼저 예이츠 시의 제1연과 2연을 읽어보자.

I

I walk through the long schoolroom questioning;
A kind old nun in a white hood replies;
The children learn to cipher and to sing,
To study reading—books and history,
To cut and sew, be neat in everything
In the best modern way—the children's eyes
In momentary wonder stare upon
A sixty—year—old smiling public man.

II

I dream of a Ledaean body, bent
Above a sinking fire. A tale that she
Told of a harsh reproof, or trivial event

That changed some childish day to tragedy—

Told, and it seemed that our two natures blent

Into a sphere from youthful sympathy,

Or else, to alter Plato's parable,

Into the yolk and white of the one shell.

I

나는 질문을 던지며 긴 교실을 걸어간다.

하얀 머릿수건을 쓴 연로하고 친절한 수녀님이 답해 준다.

학생들은 해독하는 법과 노래하는 법을 배운다.

책을 읽고 역사를 공부하는 법,

재단하고 재봉하는 법, 매사를 깔끔하게 하는 법을,

멋지고 현대적인 방법으로 배운다.

그리고 잠시 의아해하는 눈길로

미소 짓고 있는 육십 세 공무원을 지켜본다.

II

꺼져 가는 화로에 몸을 구부리는 레다의 육체를 몽상해 본다.

크게 야단맞았다고 그녀가 들려준 이야기,

혹은 어린 시절을 비극으로 바꾸어 버린 작은 사건 하나의 이야기,

그녀가 이야기를 들려줄 때 우리의 두 본성은 싱그러운 한마음으로

같은 공간 속에 섞여 들어가는 듯했었다.

아니면, 플라톤의 우화를 바꾸어 말하자면

한 껍질 속에 든 달걀노른자와 흰자로 변하는 듯했다.

—윌리엄 예이츠, 「학생들 사이에서」 부분, 졸역

예이츠와 글릭이 학교라는 공간에서 공통적으로 발견하는 것은 학생들이 학교가 요구하는 질서를 수용하고 내재화해 가는 모습이다. 학생들은 여러 교과목을 수업하면서 지혜를 얻는다. 동시에 그들은 학교라는 기관에 수용되면서 사회가 요구하는 질서 정연함을 배우고 실천하게 된다. 예이츠는 "매사를 깔끔하게 하는 법"이라는 표현을 통해 그점을 드러낸다. 또한 글릭은 교실에 코트를 걸기 위해 가지런히 박아 둔 못의 이미지를 통해 학생들이 배우는 질서를 드러낸다. "얼마나 질서 정연한가,/어린이들이 푸르거나 노란 모직 외투를 걸어 두는/그 못들은"이라는 구절은 교실 안의 질서를 표현하기에 적합하다. 벽에 못을 일렬로 박아 두면 그 못에 거는 외투도 단정하고 질서 정연해 보일 것이다. 그러나 그처럼 가지런한 못도 외투도 결국은 학생들이 훈육을 통해 습득해 가는 질서와 규율을 상징하기 위한 장치임을 알 수 있다. 더나아가 자유로운 개인이 사회라는 이름의 무리 속으로 진입해 갈 때 개인은 자신이 지녀 온 자유를 일정 부분 반납할 수밖에 없다. 그 변모를 가능하게 하는 곳이 바로 학교이기도 하다. 그런 변화가 대가 없이 자연스럽고도 즐겁게 이루어질 수 있을까? 예이츠의 시를 통해 독자는 연약하고 순수했던 어린아이의 영혼이 별것 아닌 작은 사건이나 꾸지람 하나로 인해 훼손될 수 있음을 알 수 있다. 그의 텍스트는 그것이 예외적인 한 개인에게만 한정되어 일어나는 게 아니라 누구나 쉽게 공감할 수 있는 일이라는 점도 암시하고 있다.

글릭은 학교라는 훈육 기관 혹은 교육이라는 제도권의 공간에 어린 아이를 맡기는 어머니들의 모습에 관심을 기울인다. 그는 어머니들이 아이들을 학교에 보내면서 사과 밭을 헤매는 모습을 스케치한다. 사과를 선물로 받는 대상은 책상 뒤에 앉아서 기다리고 있으며 아이들은 책가방을 메고 그 공간에 진입한다. 한 알의 사과가 "화약"이라고 묘사되고 있는 점에 유의해 보자. 동서양의 시적 전통에서 사과가 화약의 이미지를 통해 드러나는 일은 거의 없다. 그것은 사과를 따는 어머니들의 마음이 결코 밝고 즐겁지 않다는 점을 말하고 있다. 가정 내부라는 사적인 공간에서 어머니와 아이가 맺고 있던 친밀한 관계가 멈추고, 예상하지 못했던 새로운 관계가 시작되리란 걸 말해 주는 것이기도 하다.

학교라는 기관은 사회의 변화와 함께 생겨난 근대적 제도의 일부이다. 근대 이전에는 조직적으로 구성된 교육 기관이 존재하지 않았고 교육은 가정과 지역을 중심으로 하여 사적인 공간에서 이루어져 왔다. 그러나 근대가 시작되면서 학교, 병원, 감옥, 군대 등의 기관들이 생겨나기 시작했다. 근대의 시작을 알리는 신호이자 근대적인 것의 상징이 된 그와 같은 기관들은 개인들로 하여금 '유순한 육체docile body'를 지닌 사회의 일부로 재탄생하게 만드는 역할을 담당하였다. 즉, 사회의 질서에 순응하면서 개인의 개성을 소멸시키게 된 것이 근대 사회의 특징이라 할 수 있고, 그러한 근대 사회는 근대적 기관들의 탄생과 함께 형성되기 시작하였다.

프랑스의 역사 학자인 미셸 푸코Michel Foucault는 기관의 탄생과 근대의 형성에 대해 구체적으로 연구하여 밝힌 바 있다. 푸코는 18세기 프랑스 역사를 점검하는 과정에서 제러미 벤담Jeremy Bentham이라는 건축가가 새로운 구조를 지닌 감옥을 설계했다는 사실에 주목하였다. '파놉티콘panopticon'이라는 이름으로 잘 알려진 원형 감옥의 탄생은 새로운 시대, 즉 근대의 탄생을 알리게 되었다. 근대 이전의 감옥은 수감된 죄수 한 명을 감시할 한 명의 보초가 필요한 구조로 지어졌다. 그러나 원형 감옥에서는 한 명의 보초가 수많은 죄수들을 한꺼번에 감시할 수 있게 되었다. 즉, 원형 감옥의 탄생으로 인하여 동시에 다수의 죄수들을 효과적이면서도 체계적으로 감시할 수 있는 시대가 시작된 것이다. 그러므로 파놉티콘이 나타내는 것은 개인의 분리, 감시, 훈련을 통한 유순한 육체 만들기라고 할 수 있다. 단지 감옥만이 아니라 다른 근대적 기관들도 유사한 형태의 변화 과정을 보여 주게 되었다. 병원에서는 환자들을 격리하며 수용하고 분류하면서 한꺼번에 다수의 환자들을 소수의 의료진이 효율적으로 관리할 수 있게 되었다. 마찬가지로 학교에서도 이전과는 달리 학생들을 줄 맞추어 배열하는 방식으로 수용하게 되었다. 근대 이전의 교육이 개인과 개인의 접촉으로 이루어졌던 것에 반하여 근대적 학교에서는 소수의 교수가 다수의 학생들을 지도할 수 있게 되었다. 근대적 학교에서는 질서와 통제 그리고 규율을 바탕으로 하여 다수를 향한 효과적인 교육이 가능하게 된 것이다.

학교가 조직적이고 효과적으로 학생들을 관리할 수 있게 된 근대적 기관이라는 점을 염두에 두면서 글릭의 시를 다시 읽어 보자. 사적 영역인 가정으로부터 벗어나 공적 영역인 학교로 진입하는 어린 학생들을 앞에 둔, 불안한 어머니의 모습이 등장한다. 과수원의 사과를 찾아 헤매고 있는 모습은 사적 영역과 공적 영역의 경계에 선 어머니의 심리를 잘 그려 낸다. 어린이의 훈육을 담당할 권위가 어머니에게서 학교의 선생님으로 이동하고 있고, 그동안 어린이의 보호자이며 관리자였던 어머니는 이제 그 임무를 다하고 무력해진 상태에 놓인 것으로 보인다. 새로이 권위를 갖게 된 선생님을 향해 어머니가 할 수 있는 행동은 사과를 따서 선물하는 것 외엔 달리 없다. 학교가 상징하는 바는 "질서 정연", "못", "정숙" 등의 어휘를 통해 드러나고 있다. 반면 과수원은 그처럼 질서 정연하고 정숙한 학교와는 대조를 이룬다. 과수원은 "외국어 단어" 같은 사과를 달고 있는 나무들로 가득 차 있다. 그리고 과일들은 "화약"이라는 은유를 통해 드러난다. 과수원과 학교가 이루는 대비는 어머니의 공간과 선생님의 공간을 대조하는 것이기도 하다. 어머니들이 그 과수원의 출구에 잘 도달할 수 있을까? 텍스트는 그 점을 선명하게 드러내지 않은 채 마감하고 있다. 그것은 근대적 기관 중의 하나인 학교라는 새로운 공간으로 진입한 어린이들이 자신의 길을 모색하면서 주체적 개인으로 자립하는 일이 남아 있음을 예고하는 것이기도 하다.

유치환의
「향수」

　　유치환은 자신이 나고 자란 고향을 그리워하는 심정을
시로 표현하였다. 유치환은 경상남도 통영에서 출생하여 부산·경남 지
역에서 생애의 대부분을 보냈다. 통영은 '한려수도閑麗水道'라 불리는 풍
광이 수려한 지역에 위치해 있으며 겨울에도 기온이 따뜻한 편이다. 유
치환은 일본 제국주의 강제 점령기에 한때 만주 지역으로 이주하여 산
적이 있다. 유치환의 「향수鄕愁」에 등장하는 "이향異鄕의 치운 가로수 밑
에"라는 구절의 '이향'은 바로 만주를 언급한 것이다. "설한雪寒의 거리"
를 "창랑히" 가는 나그네의 모습도, 곧 만주 지역을 떠돌고 있는 시인
자신의 모습이라 할 수 있다. 설한은 유치환의 고향인 통영, 즉 남쪽 바
닷가에서는 경험하기 어려운 것이다. 그러므로 그 시어는 고향을 떠나
온 시적 화자의 처량한 모습을 더욱 강조하는 구실을 하는 말이라고 볼
수 있다.

나는 영락零落한 고독의 가마귀

창랑히 설한雪寒의 거리를 가도

심사心思는 머언 고향의

푸른 하늘 새빨간 동백에 지치었어라

고향 사람들 나의 꿈을 비웃고

내 그를 증오하여 폐리같이 버리었나니

어찌 내 마음 독사 같지 못하여

그 불신不信한 미소와 인사를

꽃같이 그리는고

오오 나의 고향은 머언 남쪽 바닷가

반짝이는 물결 아득히 수평水平에 조을고

창파滄波에 씻긴 조약돌 같은 색시의 마음은

갈매기 울음에 수심져 있나니

희망은 떨어진 포켓트로 흘러가고

내 흑노黑奴같이 병들어

이향異鄕의 치운 가로수 밑에 죽지 않으려나니

오오 저녁 산새처럼 찾아갈 고향길은 어디메뇨

　　　　　　　　　　　　　　　　－유치환,「향수(鄕愁)」전문

이 시에서는 요즘은 자주 사용하지 않는 한자어를 다수 발견할 수 있다. '영락하다', '창랑하다', '폐리' 등이 그러하고 '창파'나 '흑노'도 다소 낯설게 느껴질 수 있는 어휘이다. 유치환이 창작 활동을 하던 1960년 대는 지식인들이 대체로 충분한 한문 교육을 받았던 시대이다. 당시에 는 한자어가 매우 광범하게 사용되었기 때문에 유치환의 시어들은 당 대 기준으로는 결코 낯설거나 예외적인 것이 아니었다. 이제 시대의 변 화와 함께 그러한 한자어의 사용이 많이 줄어들었기 때문에 이 텍스트 는 현대 독자로 하여금 고풍스러운 느낌을 갖게 만들 수도 있을 것이 다. 그처럼 현대인에게는 덜 친숙하게 느껴질 시어들은 오히려 그 점으 로 인하여 유치환의 시대, 그 문화를 증언한다고도 볼 수 있다. 변화하 는 언어 사용법으로 인하여 유실되었을 어휘들이 그의 시 텍스트에 보 존되어 있기 때문이다.

이제 텍스트의 의미를 살펴보자. 텍스트의 초입에서 시인은 자신을 "영락零落한 고독의 가마귀"라고 부르고 있다. '영락하다'는 단어의 뜻 은 '기세가 약화되어 볼품이 없어진 상태'를 이르는 것이기에 '영락한 까마귀'는 참으로 초라한 모습을 상상하게 한다. 그것도 무리에서 떨어 져 나온 '고독한 까마귀'이므로 더욱 그러할 것이다. 시적 화자는 자기 자신이 그처럼 처량한 까마귀 같다고 느끼며 북국北國의 길거리를 걸어 가고 있다. 눈이 쌓여 추운 북국의 거리를 창랑하게 걸어가고자 하지 만 그가 이미 그곳에는 정을 붙이지 못하고 있음은 분명하다. "심사心 思는" "지치었어라" 하고 노래하는 시적 화자의 모습은 그가 마음으로 는 오래도록 고향을 잊지 못하고 있었음을 보여 준다. 몸은 북국에 있 으나 마음은 고향에 가 있는 것이다. 먼저 등장한 "설한雪寒" 혹은 까마 귀와는 대조를 이루며 "푸른 하늘"과 "새빨간 동백"이 이어서 등장함을 볼 수 있다. 그리하여 그 하늘과 동백은 시인이 마음에 지치도록 그리고 있는 고향의 상징물이 된다. 그 선명하고 고운 푸른빛과 새빨간 빛은 설한이 드러내는 흰색 그리고 까마귀가 보여 주는 흑색과 대조를 이룬다. 시적 화자가 지닌 그리움이 색채 감각을 동반하게 되면서 시각적으로 드러나게 되는 것이다.

두고 온 고향과 그 고향에 대한 그리움이 이 시의 주제라고 볼 수 있는데 그 그리움, 즉 향수가 가장 선명하게 드러나는 부분은 종결 부분의 산새 이미지의 등장에서 찾을 수 있다. "오오 저녁 산새처럼 찾아갈 고향길은 어디메뇨" 하고 노래하는 데에서 시적 화자가 자신을 산새와 동일시하면서 "고향길"이 눈앞에 있지 않음을 탄식하고 있다고 볼 수 있다. 새들은 해가 지면 둥지를 찾아 돌아가야 한다. 산에 사는 산새라면 더욱 서둘러 둥지로 돌아가야 할 것이다. 산은 넓고 쉬이 어두워지기 때문이다. 그러므로 "저녁 산새"가 구현하는 것은 시적 화자의 서두르는 마음, 그 초조함이라 할 수 있다. 서둘러 "고향길"을 찾아가야 하는데 그 길이 어디 있는지 알 수 없다는 탄식의 소리를 찾아볼 수 있다. 그러한 탄식은 "오오"라는 감탄사를 동반하게 되면서 더욱 효과적으로 드러난다. "오오"라는 감탄사에 이르러 시인은 독자들로 하여금 이제 시적 종결poetic closure이 기다리고 있음을 예고한다. 그리하여 "고향길은 어디메뇨"라는 구절에서 드러날 낭패감과 절망감을 강조하게 된다. "고향길"을 찾지 못한 채 날이 저무는 시간에 도달한 산새와 같은 시적 화자의 모습이 효과적으로 드러나게 되는 것이다. 그러나 시적 화자의 절망감에 공감하게 만드는 장치는 그것만이 아니다. "내 흑노黑奴 같이 병들어/이향異鄕의 치운 가로수 밑에 죽지 않으려나니"라는 구절이 선행하고 있어 그 효과는 배가된다. 눈 내리고 추운 북국에서 나그네 신세가 되어 유랑하는 시적 화자의 모습은 가로수 밑에서 동사한 흑인 노예의 이미지를 빌어 그려져 있다. 고향이 아닌 곳에서 가로수 아래에 동사하는 경우라면 참으로 비참한 죽음이 될 것이다. 한국을 비롯한 동양 문화권에서는 집이 아닌 곳에서 맞는 죽음, 즉 '객사客死'를 가장 불운한 죽음으로 여긴다. 그러므로 집, 즉 고향이 아닌 곳에서 죽어가는 것은 이미 큰 불행일 터인데 그것도 집 안이 아닌 길거리에서, 가로수 아래에서 동사하게 된다면 참으로 비참하기 짝이 없는 일이다. 더나아가 사회적 신분이라는 측면에서 시적 상황을 살펴보자면 텍스트에는 독립적인 일반 시민이 아니라 노예, 그것도 흑인 노예의 모습이 제시되어 있음을 볼 수 있다. "이향異鄕"에서 느끼는 극단적인 절망감이 그와 같이 드러나 있는 까닭에 "저녁 산새"의 이미지가 전달하는 외로움과 당황스러움이 더욱 강조되는 것이다. "반짝이는 물결 아득히 수평水平에 조을고"라는 구절에서 보듯 선행하는 연에 등장한 고향의 모습이 낙원처럼 고요하고 평온한 것이기에 시적 종결의 효과는 더욱 강조되고 있다. 또 이러한 부분들이 고향에 대한 묘사와 선명한 대조를 이루고 있어 "설한雪寒", "흑노黑奴", "저녁 산새" 등의 이미지가 더욱 부각되는 것이다. 향수를 주제로 삼은 시는 매우 많지만 유치환의 「향수」는 그중에서도 특히 주목할 만한, 완성도 높은 텍스트로 볼 수 있다.

이수명의
「물류창고」

우리는 물류창고에서 만났지
창고에서 일하는 사람처럼 차려입고
느리고 섞이지 않는 말들을 하느라
호흡을 다 써버렸지

물건들은 널리 알려졌지
판매는 끊임없이 증가했지
창고 안에서 우리들은 어떤 물건들이 있는지 알아보기 위해
한쪽 끝에서 다른 쪽 끝으로 갔다가 거기서
다시 다른 방향으로 갔다가
돌아오곤 했지 갔던 곳을
또 가기도 했어

무얼 끌어 내리려는 건 아니었어
그냥 담당자처럼 걸어 다녔지
바지 주머니엔 볼펜과 폰이 꽂혀 있었고
전화를 받느라 구석에 서 있곤 했는데
그런 땐 꼼짝할 수 없는 것처럼 보였지

물건의 전개는 여러 모로 훌륭했는데
물건은 많은 종류가 있고 집합되어 있고
물건 찾는 방법을 몰라
닥치는 대로 물건에 손대는 우리의 전진도 훌륭하고
물류창고에서는 누구나 훌륭해 보였는데

창고를 빠져나가기 전에 아무 이유 없이
갑자기 누군가 울기 시작한다
누군가 토하기 시작한다
누군가 서서
등을 두드리기 시작한다
누군가 제자리에서 왔다 갔다 하고
몇몇은 그러한 누군가들을 따라 하기 시작한다

대화는 건물 밖에서 해주시기 바랍니다.

정숙이라 쓰여 있었고

그래도 한동안 우리는 웅성거렸는데
이쪽 끝에서 저쪽 끝까지 소란하기만 했는데

창고를 빠져나가기 전에 정숙을 떠올리고
누군가 입을 다물기 시작한다
누군가 그것을 따라 하기 시작한다
그리하여 조금씩 잠잠해지다가
더 계속 계속 잠잠해지다가
이윽고 우리는 어느 순간 완전히 잠잠해질 수 있었다

―이수명, 「물류창고」 전문

이수명이 텍스트의 소재로 삼은 물류창고는 생산된 상품들이 쌓여 있는 공간을 칭한다. 상품은 물류창고에 보관되었다가 소비자의 주문에 따라 배송되기 위해 창고를 떠난다. 상품이 생산되어 창고 속의 물류로 보관되어 있는 양상은 사회 속에서 무개성적으로 살아가는 개인들의 존재 양상과도 흡사하다. 물류창고를 설명하는 데에는 집합, 관리, 효과 등의 어휘를 적절하게 이용할 수 있다. "물건의 전개는 여러모로 훌륭했는데"라는 구절에서 볼 수 있듯 물건들은 효과적으로 관리될 수 있도록 진열되기 마련이다. 그 물건을 관리하는 사람이 누구인지는 분명하게 드러나지 않는다. 관리자의 정체는 파악해야 할 이유가 없기 때문일 것이다. 물류창고에서 물건을 관리하는 사람은 관리에 적합한 도구들을 사용하면서 자신에게 요구되는 업무들만 수행하면 된다. "그냥 담당자처럼 걸어 다녔지/바지 주머니엔 볼펜과 폰이 꽂혀 있었고/전화를 받느라 구석에 서 있곤 했는데"라는 구절이 물품 관리자가 필요로 하는 것들을 모두 드러내고 있다. 담당자는 바지 주머니에는 볼펜이라는 필기도구와 폰, 즉 휴대 전화를 넣은 채 걸어 다닌다. 전화가 오면 전화를 받느라 서 있는 것이 그 담당자의 모습이다.

물류창고에 쌓여 있는 물건들도, 그 물건들을 관리하는 담당자도 독립적인 사유나 판단을 하지 않고 고유한 감각 역시 지니지 있지 않은 듯하다. 관리되어야 할 대상인 사물이나 관리하는 관리자나 모두 객체일 뿐이며 따라서 그들은 모두 기계의 나사못과 같다. 담당자는 관리 지침을 수동적으로 따를 뿐이고 물건들도 그러하다. 또 물건을 찾는 방법이 명확하고 일관된 것 같지도 않다. 그럼에도 불구하고 물류창고에서 일하는 사람은 물건에 손을 대어야 한다. 그것은 물건을 다른 위치로 옮기기 위해서일 수도 있고 물건이 배열된 상태를 확인하는 과정에서 그러할 수도 있다. 물건을 찾는 방법을 모르면서도 닥치는 대로 물건에 손을 대고 있다면 그 이유는 무엇일까? 반드시 찾아야만 하는 물건이 있는 것도 아니고 찾아야 할 물건을 찾아내는 방법이 일목요연하게 정리되어 있는 것도 아니다. "물건은 많은 종류가 있고 집합되어 있고"라는 구절에서 알 수 있듯, 물건의 종류는 다양한 것이 미덕인 듯하다. 또 물건들은 집합되어 있는 게 자연스러워 보인다. 물류창고의 물건들이란 대량 생산과 대량 소비라는 원칙에 의해 유지되는 현대 자본주의 사회의 모습을 가장 핵심적으로 드러내고 있다. 닥치는 대로 물건에 손대는 것이 "우리"의 "전진"으로 해석된다. 더 나아가 그 전진은 "훌륭"한 전진이다. 쌓여 있는 물건들은 그대로 오래 방치해서는 안 된다. 그 물건에 누군가가 손을 대는 행동을 보여 줄 때 물류창고는 물류창고 본연의 의미를 구현하게 되는 것이다. 물건이 배열되어 있으나 손대는 사람이 없어서 그대로 먼지가 쌓인 채 머물러 있는 물류창고를 상상해 보자. 그 경우 물류창고는 물류창고일 수 있을까? 그렇지 않다. 그럴 경우 물류창고는 폐쇄된 창고로 파악될 것이다. 즉, 물류창고가 물류창고로서의 본질을 유지하기 위해서는 몇 가지 조건이 충족되어야 한다. 즉, 물건들의 입고, 이동, 출고 등의 과정이 순조롭게 이루어질 때 물류창고는 진정한 의미의 물류창고일 수 있는 것이다. 그러므로 중요한 것은 적절하게 손을 대어 맞는 물건을 찾아 이동시키는 일이 아니다. 손을 대는 행위 자체가 필요하고도 중요한 과정이 된다. 시인은 닥치는 대로 손을 대는 것조차 "전진"이며 그것도 "훌륭"한 "전진"이라고 정확하게 표현하고 있다. 정확한 목표도 없고 추구하는 바가 무엇인지도 모른 채 기능, 그 자체에 봉사하고 있는 모습이 물류창고에서 일하는 사람들의 모습이라 할 수 있다.

또한 물류창고는 군대의 막사에도 비교해 볼 수 있다. 군인들이 함께 거주하는 군대에서도 개인의 특징은 무화되고 포기되어야만 하는 요소이다. 군인들은 무리를 이루어 하나의 단위로 파악되고, 군인으로 통칭되는 개인들은 그 무리의 일부일 뿐이다. 물류창고의 물건들이 '바코드 bar code' 번호를 얻으면서 품목 번호를 부여받게 되듯이 군인들도 모두 군번을 부여받는다. 그처럼 집합, 군번, 명령과 복종, 개성의 소멸이라는 특징들은 물류창고와 군대에서 공통적으로 발현된다고 볼 수 있다.

고유한 자아 정체성을 갖지 못한 점은 현대인의 특징이라 할 수 있다. 그런 현대인들의 모습은 물류창고 속의 물류 같기도 하고 막사 속의 군인들 같기도 하다. 또한 현대인의 특징은 자의식 없이 익숙한 행위를 반복하거나 타자의 행동을 모방하는 것이라 할 수 있다. 이수명 시인은 방향성 없이, 목적의식도 지니지 못한 채 부유하는 모습을 보여 주는 현대인들을 "한쪽 끝에서 다른 쪽 끝으로 갔다가 거기서/다시 다른 방향으로 갔다가/돌아오곤 했지 갔던 곳을/또 가기도 했어"라고 표현한다. 그들은 어디론가 가기는 가야 하는 듯해서 끝까지 가 보지만 어차피 왜 가야 하는지 모르고 갔기에 쉽게 돌아오게 된다. 다른 방향을 선택하여 다시 가 보지만 그 경우에도 마찬가지이다. 한 번 가 보고 돌아와 버린 곳이라 할지라도 "갔던 곳을/또 가기도" 한다. 어딘가로 간다는 행위 자체가 목적이나 목표보다 더 강조되는 사회, 즉 과정과 움직임이 그 자체로서 더 큰 의미를 지니게 되어 버린 현대 사회의 모습이 그 구절에서도 드러나 있다. 이미 일어난 일에서 교훈을 배워 새로운 모색을 시도한다면 그것은 진정한 의미의 발전이고 진보일 것이다. 그러나 움직여야 하기에 움직이고 있는 개인들의 모습은 앞서 등장했던 구절에서처럼 "물건 찾는 방법을 몰라/닥치는 대로 물건에 손대는" 모습과도 유사하다. 그렇게 닥치는 대로 손대는 행동이 전진으로 받아들여지고 그 전진이 훌륭하다고 칭송받는 시대가 현대인 것이다.

그러한 무목적성의 시대, 인과 관계가 뒤엉켜 버린 채 과정이 더욱 중요해진 시대를 살아가는 현대인은 '대중추수大衆追隨'적인 모습을 일관되게 보여 준다. 어차피 현대인들은 목표도, 존재의 이유도 분명하지 않은 시대 속에 살아간다고 볼 수 있다. 그러므로 이유를 묻지도 않고 판단도 정지한 채 차이를 만들지 않는 것이 현대인들의 모습이다. 현대인들에게는 대중 사회의 일원으로서 남들의 행동을 따라 하면서 살아가는 것이 당연해 보인다. 물류창고에 조용히 놓인 물건들처럼 그리고 창고 속에 게시된 "정숙"이라는 표식처럼 고유의 목소리를 자발적으로 잃어버린 현대인의 모습은 다음 구절에서도 선명하게 드러난다. "누군가 입을 다물기 시작한다/누군가 그것을 따라 하기 시작한다/그리하여 조금씩 잠잠해지다가/더 계속 계속 잠잠해지다가".

「물류창고」 텍스트의 핵심적인 요소들은 다음과 같이 정리해 볼 수 있다.

    (1) 물류창고의 물건들과 물건 담당자들은 모두 현대인의 삶을 드러낸다.

    (2) 물류창고가 상징하는 현대 사회의 핵심은 군집과 개체 그리고 점검에 있다.

    (3) 창고의 이미지는 중요한 역할을 한다. 창고는 창문 없음, 소통 부재, 무자각성, 개성의 소멸 등을 상징한다.

    (4) 집합, 군번, 명령과 복종, 개성의 소멸이 나타난다는 점에서 군대의 막사와도 비견된다.

    (5) 고유의 감정이나 사상을 상실한 채 군중의 일부로만 개인이 존재한다.

이 텍스트는 표층적 층위에서는 물류창고의 묘사에 해당한다. 그러나 물류창고가 상징하는 바들은 현대인들의 삶, 그 특징적 양상들을 극명히 드러내고 있다. 따라서 이수명의 「물류창고」를 현대인과 현대 사회에 대한 풍자시로 읽을 수 있다.

정병기의 「무우, 무」와
김보람의 「한강이라는 밤」

정병기 시인은 개인과 개인이 만나 형성한 관계가 단절된 사연을 텍스트에 그린다. 또한 김보람 시인은 오늘날 한국의 서울이라는 도시에서 개인이 경험하는 고독과 절망감을 그린다. 먼저 정병기의 「무우, 무」를 보자.

다소곳 함께하다 무를 떠난 우는
다른 무 앞에 서서 찬 하늘로 굳어가고
옆구리 허전한 무는 오늘도
맵싸한 향길 품는다

자존심 강한 우는 무 뒤에 서기 싫어
맵싸한 향기 두고 미련없이 떠났다
이제는 다른 무 앞에 서

울지 않는 하늘이다.

※한천(寒天)에서 한(寒)은 '울지 않다'의 훈(訓)도 갖는다.

—정병기, 「무우, 무」 전문

위의 텍스트에는 소재와 주제의 선택에 있어서 기발한 착상이 작용하고 있는데, 시인은 둘이 결합하여 형성되었던 관계가 끊어진 사연을 그려 내고자 한다. 우리말의 역사에서 관계, 단절, 분리라는 주제를 보여 줄 소재를 찾고 있으며 우리말의 명사가 변모한 과정을 들어 관계의 변화를 설명하는 데에 활용하고 있는 것이다. 한글 맞춤법의 변화 과정에서 한때 '무우'로 표기되었던 것이 이제는 '무'로 바뀌어 표기되게 되었다. '무'라는 음절과 '우'라는 음절이 결합하여 한 단어를 구성하면서 명사로서의 기능을 담당하고 있었는데, '우' 음절이 탈락해 버린 채 '무' 음절만 홀로 남아 여전히 이전과 동일한 물상을 지칭하고 있는 것이다. '우'는 홀로 새로운 명사를 구성하지 못한 채 남아 있다. 그런 '무'와 '우'의 관계가 변화하는 양상에 주목하면서 시인은 가부장제의 억압에서 벗어난 여성 주체의 서사를 발견한다. '무'와 '우'가 독립된 음절이면서도 결합하여 한 단어를 이루고 있다가 '우'는 자발적으로 그 관계로부터 독립한 것이다. 즉, '무'는 부부 관계에서의 남편을, '우'는 아내를 대표하고 있었는데 '우'가 '무'에게서 벗어나 자유를 찾아간 것이다. '무' 음절로 상징된 남편이 가부장이라는 자신의 존재와 권위를 과도하게 사용하여 '우'로 하여금 견딜 수 없게 만들었다고 볼 수 있다. 첫 수의 "다소곳 함께하다"라는 구절에서는 가부장제 속에서도 전통적인 순종적 여성상을 구현해 온 아내의 모습을 발견할 수 있다. 그러나 둘째 수의 "자존심 강한 우는 무 뒤에 서기 싫어/맵싸한 향기 두고 미련없이 떠났다"라는 구절에 이르면 그런 아내가 태도의 변화를 겪게 된 것을 볼 수 있다. 자기 자신을 존중하는 마음, 즉 자존심이 강한 아내로서는 가부장의 권위를 남용하는 남편을 참고 견디기 어려웠을 것이다. 그리고 "미련없이 떠났다"라는 구절을 통해 스스로 독립을 선택한 것임을 확인할 수 있다. 그렇다면 이 텍스트는 한국 사회의 가정에서 일어난 변화를 그려 낸 것이 된다. 전통적인 가부장제를 비판 의식 없이 따르면서 아내에 대한 지배와 그의 복종을 당연하게 여기는 남편의 모습 그리고 그와 대조를 이루며 자신의 자존심을 유지하기 위해 저항하는 아내의 모습이 텍스트에 드러나 있다. 가정은 사회의 안정을 유지하는 데 필요한 기초 단위라 할 수 있는데, 가정의 모습이 달라지고 있는 것을 보면 한국 사회의 여러 부문에서 다양한 변화가 급격히 일어나고 있음을 알 수 있다.

부연하거니와 흥미로운 점은 시인이 우리말 맞춤법의 변화 양상과 가정의 변모 과정을 평행하게 그렸다는 점이다. 1960년대의 맞춤법에서는 두 음절의 결합이 당연하고도 자연스러웠다. 하지만 사회 구성원의 감각과 인식 양상이 그 시대와는 사뭇 달라진 현재, 이 시대의 한국인들은 '무우'라는 옛날의 표기법을 기억하지도 못한 채, 홑 글자 '무'를 자연스럽게 받아들인다. 맞춤법이 변화하였듯이 사람들이 관계를 대하는 자세 또한 달라진 게 당연할 것이다. 두 주체의 결합으로 이루어진 관계에서는 상대의 자존심을 존중하면서 공생의 방법들을 모색해야 한다. 그 점을 주장하기 위하여 시인이 소재를 선택해 텍스트를 형성하는 방식이 새롭게 보인다. 관계라는 주제에 대해 말하고자 하면서도 채소

무가 경험한 맞춤법 변화의 역사를 텍스트에 배치하고 있으니 정병기 시인은 시가 '간접적 발화indirection'의 텍스트임을 충분히 보여 주고 있다. 그러나 시인은 표기법의 변화에만 상상력의 발현을 한정하지 않는다. "맵싸한 향기"라는 겨울 무의 향기를 두 번 반복하여 재현한다. 그럼으로써 무의 표기법 변화라는 소재에 감각의 옷을 입히고 있다. 즉, 독자로 하여금 실물 무를 대하는 듯한 느낌을 갖게 만드는 것이다. 동시에 무의 향기가 맵싸하게 남아 있다는 묘사는 '우'가 떠난 후 '무'가 느끼는 싸늘하고 적적한 감정을 효과적으로 드러내게 된다. "옆구리 허전한 무"라고 이른 구절은 '우'가 떠나고 난 후 '무'가 경험하게 되는 상실감과 외로움, 즉 '우'의 빈자리가 주는 허전함을 적절히 표현하고 있다.

"한천寒天"이라는 한자어의 뜻을 풀어 쓰면서 그 뜻을 통하여 '우'가 울지 않는 사연을 거듭 강조하는 것도 기발한 상상력이 발현되는 장면이라 볼 수 있다. 무가 맵싸해지는 계절은 겨울이다. 겨울의 찬 하늘은 한자로 표기하면 '한천寒天'이다. 그러나 그 한천의 '한寒' 자가 '울지 않는다'는 뜻도 지니고 있다니, 겨울 하늘 아래에서 '우'가 울지 않는 사연을 드러내기에 적절하여 흥미롭다. 겨울 하늘 아래 무는 맵싸한데 그 맵싸한 향을 풍기는 '무' 또한 사람들이 그러하듯이 관계의 형성과 단절 그리고 분리를 겪어 왔다는 사실을 되새겨 보게 된다. 찬 하늘 아래 맵싸한 '무'의 향기를 둔 채 미련 없이 떠나게 된 '우'의 사연이나 결국 옆구리 허전한 채 더욱 맵싸해진 '무'의 이야기나 모두 관계에 대한 이야기라 할 수 있다. 찬 하늘과 맵싸한 무, 그것은 관계가 단절된 이후의 존재들을 드러낸다. 관계의 단절이라는 주제를 떠올리면서 겨울의 찬 하늘과 맵싸한 맛을 내는 무를 그려 볼 때 하늘과 '무'의 이미지는 더욱 뚜렷이 드러난다. 단절된 관계로 인해 고독이 강조되고 하늘과 '무'의 이미지는 그 고립의 느낌을 더욱 강렬하게 만들고 있는 것이다.

이제 김보람의 시를 살펴보자. 김보람 시인은 2000년대 이후 등단한 시인으로서, 우리 시대 한국의 청년 세대가 경험하는 고유한 것들을 동시대인의 감각으로 재현하고 있다. 오늘날 청춘들이 경험하는 고독과 좌절의 느낌을 재현함에 있어서도 그 접근 방식이 오래된 우리 시의 전통에서는 많이 벗어나 있음을 볼 수 있다. 새로운 세대의 감각을 그대로 전달하고 있는 것이다. 인용하는 시에서 보듯 서울의 한강은 거울 이미지를 지니고 있어, 의지할 데를 찾지 못한 채 방황하고 있는 젊은 이가 자신의 모습을 투사해 보는 곳으로 등장한다. 그리스·로마 신화에서 아름다운 청년 나르키소스Narcissos가 연못의 물에 자신의 모습을 비추어 보았던 것에 반하여 오늘날 서울의 젊은이는 한강을 앞에 둔 채 한강을 통해 자신의 존재를 생각한다.

한강을 앞에 두면
한강의 기억이

둘이 바라보다
혼자 서 있기도

한강이 드러눕는다
오늘은 비가 내린다

너는 뒤돌아본다
그만 실족할까요?

몸이 기우는 동안
빗소리가 넘친다

회전이 아름다워진다
투명으로 가득 찼다

애인이 지나가고
엄마가 지나갔다

밤과 안개가
불빛으로 흘러간다

눈앞엔 강하나 비었다
바라보며 울었다

                              —김보람, 「한강이라는 밤」 전문

　개인의 절망감은 궁극적으로는 관계의 부재나 단절에서 오는 것이
라 짐작할 수 있다. 개인으로 하여금 행복한 소속감을 느끼게 해 줄 관
계가 존재한다면 비 오는 날의 한강의 모습은 달라졌을 것이라고 볼 수
있다. 한강은 홀로 서 있는 젊은 존재의 기억을 품은 채 그의 과거와 현

재를 함께 생각나게 만드는 곳이다. 텍스트에 드러난 바와 같이 흐르는 강물은 투신하는 육체를 넉넉히 받아 주리라는 전언을 젊은이에게 들려주며 유혹하는 듯하다. 밤과 안개 그리고 불빛이 등장하는데 한강을 장식하고 있는 그 대상들은 한강이 지닌 망각과 부재에의 유혹을 더욱 부채질한다.

그러나 시적 화자가 증언하는 주체의 고독감은 사실상 관계의 문제에서 온다는 점을 알 수 있다. 한강에 홀로 선 서정적 주체의 앞에 뒤돌아보는 대상이 홀연히 나타난다. 그는 '너'라는 이름으로 존재한다. 빈 강을 바라보고 또 그 강을 바라보며 울고 있는 주체가 먼저 등장하지만 그 뒤를 이어 주체의 타자인 '너'가 등장한 것이다. "그만 실족할까요?"라는 어법에 맞지 않는 발화 또한 매우 새롭다. '클리셰cliché', 즉 상투어를 많이 벗어나 있다. "그만 실족할까요?"라는 문장에서 "그만"이라는 부사는 실족의 우연성, 비의도성, 비자발성을 지시한다. '실족'이라는 명사는 우연의 결과로 나타난 사건을 칭할 때 사용한다. 그러나 "할까요?"라는 청유형 종결 어미는 실족이라는 말이 뜻하는 바와는 대조적인 의미를 지닌다. 그 구절은 사건을 발생시키자고 유혹하고 요청하는 의미를 함유하고 있다. 실족이란 의도 없이 이루어진 실수를 의미함에도 불구하고 그런 행위를 요청할 수 있을까? 따라서 "그만 실족할까요?"라는 구절은 부정합적인 문장 구조를 지닌 채 아이러니를 생산하게 된다. 다시 한번, 한강에 이르러 한강 앞에서 고백하는 기억과 상실, 고독과 절망감의 근원에 관계의 문제가 놓여 있다는 사실을 알아차리기는 어렵지 않다. "둘이 바라보다/혼자 서 있기도"라는 구절을 통해 한강의 기억은 구체적으로는 그 강을 같이 바라보던 존재, 즉 주체가 맺었던 관계 속의 타자를 향한 기억이라는 것을 짐작할 수 있다. "너는 뒤돌아본다"는 구절에서 그 점은 더욱 분명해진다.

추락하고 실족한 것이 그 타자인지 아니면 시적 화자, 그러니까 서정적 주체 자신인지는 분명하지 않다. 주체와 대상 사이에 구별이 필요 없는 것인지도 모른다. 한강을 앞에 둔 한국의 젊은이들이 대부분 경험해 보는 일일 수도 있고 그들이 공유한 기억일 수도 있다. 한강에 비가 내리면 기억 속에 묻어 두었던 아픔들이 다시 살아나 한강을 앞에 둔 젊은이의 몸이 기울게 만들지도 모를 일이다. "회전", "투명", "빗소리"…. 그와 같은 명사들은 한강 앞에서 좌절감을 토로하는 젊은이들의 모습을 그려 내기에 적합한 이미지들이다. 한 젊음이 사라진 다음에도 한강의 강물은 다시 유유히 그리고 도도히 흐를 것이다. 그런 다음 한강은 다시금 빈 강이 되고 그러면 다시 누군가 와서 "눈앞엔 강하나 비었다" 하고 노래할지도 모를 일이다.

너와 나, 기억과 현실, 의도와 실수, 사건과 상상… 이 시 텍스트에서는 그러한 이항 대립적인 모든 요소들이 서로 융합되어 드러난다. 두 대립적 요소들 사이의 경계는 선명하지 않다. 그처럼 경계를 흐리면서 시인이 재현하고자 하는 바는 무엇일까? 시인은 어쩌면 궁극적으로는 명료하지 않은 점이 모든 사건의 본질일 터인데, 그 많은 함축된 요소들을 모두 제거하면서 사건들은 사실이라는 이름으로 보도되고 역사 또한 그렇게 기록되어 온다는 것을 말하고 있는 게 아닐까? 김보람 시인은 한강에서 발생하는 무수한 실족과 실종의 사건들에 다시금 주의를 환기시키면서 청춘이 경험하는 내면적 고뇌를 그려 내고 있다고 볼 수 있다.

제라드 홉킨스의
「얼룩덜룩한 것의 아름다움」

19세기 영국의 시인 제라드 홉킨스Gerard Hopkins가 쓴 시에서도 개인과 공동체의 관계에 대한 사유의 결과를 발견할 수 있다. 홉킨스가 쓴 시의 주제는 개인들이 지닌 다양한 개성, 즉 개인들의 독창성이라고 볼 수 있다. 그는 개인이 지닌 미덕들을 존중하는 것이 바람직한 공동체를 이루는 데에 있어서 중요하다는 점을 강조하였다. 공동체를 이룸에 있어서 중요한 것은 구성 요소들의 동일성이라기보다는 공동체 내의 개인들이 지닌 차이이며, 그 차이들이 빚어내는 조화를 통하여 진정한 아름다움이 드러난다고 본 것이다. 홉킨스는 신이 창조한 세상의 아름다움을 찾으면서 그 아름다움이 유일하고 순수한 어떤 것에 있지 않다고 강조한다. 오히려 아름다움은 얼룩덜룩한 무늬나 색깔을 지닌 것 그리고 변형되거나 서로 다른 모양을 보이는 게 지니고 있다고 본다. 또한 그와 같은 차이와 변형들이 서로 맞물리며 혼재할 때 변화하지 않는 진정한 아름다움이 구현된다고 노래한다. 얼룩덜룩한 것들이 함께할 때 바로 그 공존의 장에서 조물자가 세상에 창조한 아름다움을 찾을 수 있다고 본 셈이다. 「얼룩덜룩한 것의 아름다움^{Pied Beauty}」을 졸역을 통해 함께 읽어 보자.

Glory be to God for dappled things –
　　For skies of couple–colour as a brinded cow;
　　　　For rose–moles all in stipple upon trout that swim;
Fresh–firecoal chestnut–falls; finches' wings;
　　Landscape plotted and pieced – fold, fallow, and plough;
　　　　And áll trádes, their gear and tackle and trim.

All things counter, original, spare, strange;
　　Whatever is fickle, freckled (who knows how?)
　　　　With swift, slow; sweet, sour; adazzle, dim;
He fathers–forth whose beauty is past change:
　　Praise him.

얼룩덜룩한 것들을 보며 신을 찬미할지니
　　얼룩무늬 소처럼 두 색깔의 하늘,
　　　　헤엄치는 송어의 장밋빛 점들,
신선한 목탄같이 떨어지는 밤송이들, 부리 짧은 핀치 새의 날개들,
　　풀밭과 휴한지와 경작하는 땅들, 잘 구획되어 맞물린 땅의 모양새,
　　　　다양한 직업들과 그들의 장비와 도전과 장식,

반대되고, 고유하고, 드물고, 이상한 그 모든 것들,

　모양이 변하고 얼룩투성이인 모든 것들, (어쩌다 그리 되었는지 뉘라서
알리요?)

　빠르고 느리고, 달콤하고 시고, 빛나고 어두운 것 모두 지닌 채,

　신은 변하지 않을 아름다움을 창조하였으니,

　그를 찬미할지어다.

—제라드 홉킨스, 「얼룩덜룩한 것의 아름다움」 전문, 졸역

　문학 이론가 에드워드 사이드Edward Said는 1993년의 연설에서 홉킨스
를 인용한 바 있다. 그는 위 시의 한 구절인 "반대되고, 고유하고, 드물
고, 이상한 그 모든 것들"이란 행을 읊었는데 그 구절을 인용한 이유는
이러한 표현이 바로 지배적 단일 문화에 저항하는 소수자들의 특성을
지칭하는 것이라고 보았기 때문이다. 그 연설을 통하여 사이드는 모든
소수자들이 자신들의 경험과 자각을 발화함으로써 인류 공동체의 문화
가 다성성多聲性을 지닐 수 있도록 해야 한다고 주장하였다. 그렇지 않
으면 지배적 집단이 지닌 단일한 시각이 모든 인류의 것인 양 받아들여
지고 고착될 수 있다고 보았다. 19세기 후반부터 맹위를 떨치기 시작
하여 아직도 그치지 않고 진행되고 있는 서구의 제국주의적 태도 그리
고 거기서 파생되는 서구 중심의 문화에 저항해야 한다는 전언이 그 연
설의 핵심이었다. 그는 서구 문화의 우월성을 강조하고 그것으로 전 세
계를 지배하려는 제국주의 문화에 저항하는 방법은 자신의 문화를 지
키고 재현하는 일이라고 보았다. 또한 지구상의 모든 개인들이 자신들
만이 고유하게 지닌 주체성, 역사, 문화를 분명하게 드러낼 때에만 인

류 문화가 비로소 진정으로 복합적이며 풍부하게 될 수 있다고 주장하였다.

홉킨스는 이 세상이 한가지 색과 형태를 지닌 채 질서 정연해 보일 때, 그것이 진정으로 아름다운 상태라고 생각하지 않는다. 단일하고 통합적인 것에서 아름다움을 찾을 수 있다고 여기지 않기 때문이다. 반대로 하늘과 물고기와 새도 모두 다양한 빛깔을 지니고 있어 그 모든 요소들이 어울리면서 그들 고유의 아름다움을 발휘하게 된다고 보았다. 하늘도 한가지로 푸르지 않고 두 가지 색이 짝을 이루는 빛을 보일 때 진정 맑고 푸른 것이고, 송어 등에는 장밋빛 점들이 뿌려져 있어서 그 점들로 인하여 그 빛을 더욱 발휘한다고 본 것이다. 또 핀치 새의 경우에도 마찬가지이다. 알록달록한 날개들이 있어 그 새가 아름답다고 노래한다. 그리고 홉킨스는 그 각각의 아름다움을 섬세하게 재현한다.

그는 땅도 한결같지 않아서 아름답다고 본다. 풀밭도 있고 노는 땅도 있고 농사짓는 땅도 있는데 서로 다른 땅들이 잘 구획되고 함께 어울려 있어 아름다운 풍경이 완성된다고 노래한다. 사람들의 삶도 마찬가지여서 사람들도 모두 서로 다른 일을 하면서 각자 다른 옷을 입고 제각기 다른 연장을 사용하면서 조화미를 이루어 낸다고 볼 수 있다. 그러므로 우리가 흔히 아름답다고 여기어 온 모든 것은 조화를 전제로 한 아름다움이다. 중심부만이 아니라 주변부에 속해 있는 작고 이름 없는 것들이 협력하여 가능해진 것이다. 주류적인 것들에 '저항하고counter' 자기만의 고유함을 '지니고original', '별나고spare', '기이한strange' 모든 것들이 함께 모여 세상은 아름다운 것임을 알 수 있다. 신은 이 세상에 그렇게 이질적이고 충돌하는 것들을 모두 창조해 내었다. 그러므로 그 빠름과 느림, 달콤함과 시큼함, 눈부시게 빛나는 것과 어두침침한 것들이 모두 한결같이 소중한 것이다. 그 낱낱이 지닌 차이와 다양성들이야말로 '변하지 않을past change' 아름다움인 것이다.

시적 화자는 텍스트의 도입 부분에서 "얼룩덜룩한 것들을 보며 신을 찬미할지니"라고 주문한다. 그런 다음, 세상의 모든 얼룩덜룩한 것들을 찾아 묘사해 나간다. 한가지 색과 모양의 순수가 아니라, 그 대척점에 존재하는 불순한 모든 것들을 불러 모은다. 모양이 변형된 것들, 주근깨 같은 얼룩덜룩한 점들이 돋아난 점들에 주목한다. 그들이 왜 그리 되었는지 알 수 있는 이는 없다고 한다. 그것은 단지 신이 창조한 아름다움의 존재 양상일 뿐이다. 그리고 텍스트의 끝에서 '신을 찬미하라'라고 다시 반복하여 강조한다. 시작과 끝에 모두 신의 뜻에 순종하고 그가 만든 세상의 조화로움을 찬미하라는 전언을 배치하여 수미쌍관首尾雙關하는 통합적인 텍스트를 창조한 것이다.

홉킨스는 전통적인 '페트라르카 소네트petrarchan sonnet' 양식을 벗어나 변형, 축약된 소네트sonnet를 고안하여 그 형식으로 세 편의 시를 써서 세상에 남겼다. 위 텍스트는 그중의 하나이다. 페트라르카 소네트가 8행과 4행이 합쳐져 12행으로 전문을 이루는 데에 반하여 홉킨스는 10행과 1/2행으로 전문이 구성되는 시 텍스트를 선보인 것이다. 유사하거나 동등한 길이를 지닌 이전의 10행에 비하여 급격하게 짧아진 형태의 시행을 종결에 제시함으로써 일종의 극적 효과를 거두게 됨을 볼 수 있다. 짧게 "그를 찬미할지어다"라고 구호처럼 진술하며 텍스트를 마감하고 있어 그 전언의 효과를 증폭시키게 된다. 완만하게 연역적으로 전개되어 오던 시상을 마감하는 종결 부분에서 시적 화자가 명령체 구절을 사용하고 있는 것이다. 그와 같은 간명한 구절을 통해 시인은 직접적이고도 궁극적인 전언을 보다 선명하게 전달할 수 있게 된다.

죽음과 시

삶은 죽음과 불가분의 관계를 맺고 있다. 죽음을 전제하지 않은 삶은 존재하지 않는다. 생명이 유한한 까닭에 이 세상에 죽음을 피해갈 수 있는 사람은 없다. 주어진 생명이 다하는 날 누구나 어쩔 수 없이 죽음을 맞게 된다. 그러므로 철학자 마르틴 하이데거Martin Heidegger는 인간을 '죽음을 향한 존재'라고 정의하였다. 인간이 죽음을 벗어날 수 없는 존재라면 그런 유한성을 본질로 지닌 인간이 예술 활동을 하는 이유는 무엇일까? 예술은 바로 죽음에 대한 인식 때문에 존재하게 되었다고 볼 수 있다. 삶이 유한하다는 것을 자각하면서 피할 수 없는 죽음에 대해 생각하게 되면, 누구나 그 불가항력적인 죽음의 공포로부터 벗어날 길을 모색할 것이다. 상징적으로 혹은 상상 속에서 일시적으로나마 죽음으로부터 도피할 수 있기를 꿈꾸게 되는 셈이다. 그와 같은 죽음에 대한 예감 혹은 인식이 인간으로 하여금 예술 활동에 몰입하게 만든 요인일지도 모른다. 예술 활동을 통하여 그리고 그 활동의 결과물인 예술 작품을 통하여 인간은 상징적인 형태로나마 죽음을 극복할 수 있었다고 볼 수 있다. 현실에서의 삶은 죽음과 분리될 수 없는 것이지만 예술의 세계는 현실의 세계와 달라 거기에서는 잠깐이지만 죽음을 망각할 수 있다. 흔히 "인생은 짧고 예술은 길다"고 한다. 그 표현에 담긴 인생과 예술의 대조도 죽음을 전제로 한다. 인생은 죽음을 통하여 중단될 수밖에 없지만 예술은 죽음을 넘어서게 된다. 즉, 죽음이 소멸의 동의어라면 예술은 소멸하지 않는 어떤 것이다. 인간의 죽음과 무관하게 지속되는 불멸의 대상이 바로 예술인 것이다. 그러므로 유한자인 인간에게 있어서 예술은 죽음에 대한 항체와 같다고 볼 수 있다. 예술의 불멸성으로 인하여 인생의 유한성을 극복할 수 있다고 보았기 때문에 인간은 예술적 성취를 추구하게 되었던 것이다. 그렇다면 시인 또한 시를 창작하면서 예술의 불멸성을 통해 자신의 죽음을 망각하는 존재라고 볼 수 있다. 황훈성은 시인이 죽지 않을 것이라면 시는 탄생하지 못했으리라고 본다. 그는 인간에게 유한성이 없다면, 다시 말해 인간이 "이 지상에서 불멸을 누리고 있다면 예술, 철학 또는 종교가 이 세상에 존재할 수 없었다"라고 언급한 바 있다.[1] 동서고금을 막론하고 죽음을 주제로 삼은 시 텍스트는 무수히 많다. 죽음에 대해 명상하고 느끼고 깨달은 바를 시의 형식을 통해 재현한 시인들은 어느 시대, 어느 공간에서나 어렵지 않게 찾아볼 수 있다. 죽음을 소재와 주제로 삼은 시가 많다는 점은 삶이 죽음과 밀접히 관련되어 있다는 부분을 다시 한번 확인할 수 있게 하는 사실이기도 하다.

---

1 황훈성, 『서양문학에 나타난 죽음』, 서울대학교출판문화원, 2013. 261면.

Holbein, Hans, *Simolachri, Historie, e Figure de la Morte* (in Lyone Appresso Giovan Frellone, 1549).

에밀리 디킨슨의
「내가 죽음을 향해 멈추어 설 수 없어서」와
「마음이 청하는 것」

먼저 19세기 후반, 세기의 전환기라고 불리던 시절에 창작 활동을 했던 미국의 여성 시인, 에밀리 디킨슨Emily Dickinson의 시를 살펴보자. 디킨슨은 생전에 극소수의 작품만 발표하여 세상에 거의 알려지지 않았던 은둔의 시인이었다. 그러나 사후 약 천팔백여 편의 미발표 유고가 발견되었는데 작품들은 대부분 손으로 묶은 다발 형태fascicles였다. 그 유고를 기반으로 삼아 1890년 유고 시집이 발간되었다. 그리고 1955년에 이르러 토머스 존슨Thomas Johnson이 편집한 시 전집이 발간되면서 디킨슨 시의 전모를 살펴볼 수 있게 되었다. 1998년에는 R. W. 프랭클린R. W. Franklin이 새로이 디킨슨 시 전집을 발간하였는데 그 전집은 작품의 순서, 디킨슨 특유의 부호punctuation, 고유한 철자법 등을 육필 원고에 충실하게 재현한 전집으로 평가받아, 디킨슨이 쓴 육필 원고의 특징을 가장 잘 반영하였다고 알려져 있다. 디킨슨 시의 대부분이 제목 없이 본문만 기록된 형태로 남아 있기 때문에 디킨슨의 작품을 인용하거나 언급할 때에는 원문의 첫 행으로 제목을 대신하거나 작품명 대신 시집 편집자가 작품에 부여한 고유 번호를 밝히는 방식으로 텍스트를 표기하곤 한다. 「내가 죽음을 향해 멈출 수 없어서^{Because I could not stop for Death}」 혹은 475번 시라는 제목으로 알려진 텍스트를 살펴보자.

Because I could not stop for Death –
He kindly stopped for me –
The Carriage held but just Ourselves –
And Immortality.

We slowly drove – He knew no haste
And I had put away
My labor and my leisure too,
For His Civility –

We passed the School, where Children strove
At Recess – in the Ring –
We passed the Fields of Gazing Grain –
We passed the Setting Sun –

Or rather – He passed Us –
The Dews drew quivering and Chill –
For only Gossamer, my Gown –

My Tippet – only Tulle –

We paused before a House that seemed

A Swelling of the Ground –

The Roof was scarcely visible –

The Cornice – in the Ground –

Since then – 'tis Centuries – and yet

Feels shorter than the Day

I first surmised the Horses' Heads

Were toward Eternity –

내가 죽음을 향해 멈추어 설 수 없었기 때문에

그가 다정하게도 나를 위해 멈추어 서 주었다.

마차는 단지 우리들만을 태웠다.

그리고 불멸도.

우리는 천천히 달렸다. 그는 서두르는 법을 몰랐다.

나는 벌써 내려놓았다.

내 노동과 함께 내 여가도.

그가 매우 정중했으므로.

우리는 아이들이 원을 만들며 놀고 있는

학교를 지나갔다.
곡식이 무르익는 들판도 지나갔다.
저무는 해도 지나갔다.

아니, 오히려 해가 우리를 지나갔다.
이슬이 몸을 떨게 하고 한기를 불러왔다.
내 가운은 거미줄처럼 얇고
망토와 베일만 걸치고 있었기에.

땅이 부풀어 오른 것같이 보이는
집 앞에 멈추었다.
지붕은 거의 보이지 않았고
코니스[2]는 땅속에 있었다.

그때로부터 이제 수세기가 지났다. 하지만
그날 하루보다도 짧았던 것처럼 느껴진다.
말들이 영원 쪽으로 머리를 향하고 있다고
처음으로 헤아리게 되었던 그날.

—에밀리 디킨슨, 「내가 죽음을 향해 멈추어 설 수 없어서」 전문, 졸역

죽음으로의 여행을 경험해 본 사람은 없다. 직접 죽음을 맞아 망자가

---

2 코니스(cornice): 추녀 돌림띠. 서양의 고전 건축에서 보이는 수평 띠.

되기 전에는 결코 죽음을 경험할 수 없다. 망자의 증언을 듣는 것도 불가능하다. 한 번 죽음으로 이행하고 나면 삶으로 되돌아올 수 없기 때문이다. 죽음은 재현될 수 없는 경험인 것이다. 디킨슨은 죽음을 소재로 한 작품을 다수 발표한 예외적 시인이다. 평생 독신으로 살면서 자신이 나고 자란 곳을 벗어난 적이 거의 없었던, 고립된 삶의 주인공이었기에 디킨슨은 홀로 죽음에 대해 명상하는 시간을 많이 가졌던 것인지도 모른다. 디킨슨의 시들은 시인이 죽음의 문제에 대해 성찰한 바들을 담고 있는데, 죽음은 재현의 방식을 조금씩 달리하면서 거듭 등장하곤 한다. 인용한 텍스트는 죽음이 시적 화자를 방문하는 장면에서 시작된다. 디킨슨의 이 시에서 '나'로 불리는 시적 화자는 마차를 타고 길을 떠난다. 마차를 타고 가면서 시적 화자의 눈에 든 풍경과 모습들이 하나하나 등장한다. 그리고 마침내 시적 화자가 마지막에 도달한 곳이 묘사된다. 텍스트를 순차적으로 읽어 나가다가 시의 종결에 이르게 되면 그제야 독자는 시적 화자의 마차 여행이 죽음으로 가는 여행이었음을 짐작하게 된다. 시적 화자가 마차 여행을 나서면서 눈으로 보는 대상들이 독자로 하여금 삶의 다채로운 면모들을 조금씩 살펴볼 수 있게 해주는 반면, 종결 부분에 이르면 그가 마침내 무덤을 연상하게 하는 풍경 앞에 다다랐음을 알게 되는 것이다.

이처럼 죽음의 과정이 여행의 이미지를 통해 재현되고 있음에 주목해 보자. 과거 선인들은 죽음을 "귀부인을 파티장으로 모시고 가는 정중한 마부 신사"로 간주하였다.[3] 디킨슨의 시적 화자 또한 마차를 타고

---

3   황훈성, 『서양문학에 나타난 죽음』, 서울대학교출판문화원, 2013. 379면.

어딘가로 가고 있다. 당도하는 곳이 파티장은 아니지만 그가 길을 떠나 여러 풍경을 스쳐가며 바라보게 되었다는 것은 분명하다. 정체를 분명히 알 수 없는 누군가가 마차를 몰아 목적지를 향해 가고 있고 시적 화자는 그 마차에 동승한 것이다. 시적 화자가 스스로 죽음을 찾아 떠나 갈 수는 없는 일이다. 죽음이 그를 찾아와 줄 때에만 그 여행은 가능해진다. 시적 화자는 그 여행의 시작에 대해 "내가 죽음을 향해 멈추어 설 수 없었기 때문에/그가 다정하게도 나를 위해 멈추어 서 주었다"고 언급하고 있다. 죽음이 자신을 지나쳐 버리지 않고 "나를 위해" 멈추었다고 묘사하고 있는 것이다. 화자는 죽음의 방문에 저항하지 않고 순응하는 모습을 보인다. 그 모습은 귀부인이 정중한 마부 신사를 공손하게 맞으며 그의 손길에 이끌려 마차에 올라타는 모습과 그다지 다르지 않다.

이 시에서 갑자기 죽음이 마차를 몰고 시적 화자를 방문하는 장면과 그 마차를 타고 영원을 향해 가는 여행길에 나선 주인공의 모습을 자세히 살펴보자. 죽음을 위해 충분히 준비된 삶을 살아가기란 참으로 어려운 일이다. 마치 삶이란 중단되지 않고 영원히 지속되기라도 할 것인양 사람들은 생애의 시간들을 보내기 마련이다. 그러다가 갑자기 죽음이라는 이름의 마부가 방문하는 사건을 경험하게 된다. 영원을 향해 가는 먼 길을 떠날 준비가 전혀 되어 있지 않았기에 시적 화자는 옷도 충분히 갖추어 입지 못한 채 찬 이슬에 떨면서 여행을 계속한다. 얇은 망사 같은 옷을 입고 왔다고 했으므로 갑자기 여행을 떠나게 되었음을 확인할 수 있다. 한 공간에서 다른 공간으로 이동해 가는 동안, 아이들이 놀고 있는 학교도 지나고, 곡식이 익어 가는 들판도 지난다. 시적 화자에게 친숙했던 일상들이 천천히 눈앞에 펼쳐졌다가는 원경이 되어 멀어져 가는 것이다. "우리는 아이들이 원을 만들며 놀고 있는/학교를 지나갔다./곡식이 무르익는 들판도 지나갔다./저무는 해도 지나갔다." 이 구절에 보이는 학교, 학교에서 놀고 있는 아이들, 그 아이들이 만드는 원, 곡식이 익는 들판 그리고 저무는 해… 그 모든 것이 삶의 소중하고 보배로운 장면들이다. 아이들이 놀고 있는 학교 운동장은 약동하는 삶의 즐거움을 말해 주는 공간이다. 곡식이 익는 들판도 삶의 풍요로움을 상징한다고 볼 수 있다. 해 역시 아이들이나 곡식으로 충만한 들판만큼 삶에서 중요한 대상이다. 그리고 곡식이 익는 들판이 보여 주는 가을이라는 계절, 지는 해가 보여 주는 저녁이라는 시간대는 죽음을 향해 가는 시적 화자의 내면 풍경과 적절한 조화를 이루는 것으로 보인다. 새싹을 심는 봄이라거나 식물들이 무성하게 들판을 차지하는 여름이라면 그 계절은 약동하는 생명을 상징한다고 볼 수 있다. 그러나 알곡이 익는 들판으로 드러나는 가을은 성숙과 조락의 계절이다. 따라서 죽음과 동행하는 여행길에 볼 수 있는 풍경으로 등장하기에 적합하다. 마찬가지로 동쪽에서 떠오르는 해가 생명의 상징이라면 지는 해는 죽음의 이미지에 더욱 부합한다. 시인은 우리가 삶의 마지막 시간대에 도달하면 회상 속에서 소중했던 순간들을 조금씩 떠올리게 되리라고 그린다. 시에 등장하는 풍경들은 그처럼 잠시 떠올랐다가 사라져 가는 모습에 해당한다. 이를테면 극장에서 영화가 끝나고 엔딩 크레딧이 스크린에 등장하면서 지난 이야기의 장면들을 조금씩 회상처럼 보여 줄 때처럼, 이 시는 생이 다하고 죽음이 다가오는 순간도 그와 같으리라고 상상해 볼 수 있게 한다.

또한 죽음을 향한 여정은 고독하게 그려져 있다. 죽음이 누군가를 방문하여 그를 태운 다음 스스로 마부가 되어 여행길에 나서는데, 그가 모는 마차에 다른 존재들은 동승할 수 없다. 죽음과 시적 화자만이 그 마차를 타고 떠난다. 그러므로 영원을 향해 가는 여행은 배타적인 것임을 알 수 있다. 유일하게 그 마차에 함께 타는 존재는 불멸 혹은 영원이다. "마차는 단지 우리들만을 태웠다./그리고 불멸도"라는 구절에서 보듯이 말이다.

텍스트의 종결 부분에 이르면 그제야 시적 화자는 그 여행길이 죽음으로의 여행이었음을 자각하게 된다. 말의 머리가 "영원"을 향해 있다고 느끼게 되는 시점은 텍스트의 마지막에 이르러서이다. 그 마차 여행이 영원을 향해 가는 죽음으로의 여행이었음을 알려 주는 구절을 보자.

> 땅이 부풀어 오른 것같이 보이는
> 집 앞에 멈추었다.
> 지붕은 거의 보이지 않았고
> 코니스는 땅속에 있었다.
>
> ―에밀리 디킨슨, 「내가 죽음을 향해 멈추어 설 수 없어서」 부분, 졸역

마지막 당도한 곳, 그곳에서 시적 화자가 발견하는 사물들은 무덤을 암시한다. 먼저 땅이 부풀어 오른 것과 같은 집이 무덤을 연상하게 한다. 집이라면 지붕이 있고 굴뚝도 있어야 할 터인데 지붕이 보이지 않는다. 더 이상 삶이 요구하는 것들이 필요하지 않은 상태에 이르렀으므로 지붕이 필요하지 않고 지붕 아래에서 집을 장식하는 코니스조차 땅 위에 놓일 이유가 없다. 오히려 땅에 묻혀 영원과 불멸을 향해 갈 것이

라면, 그때의 육체를 위해서라면, 코니스는 땅속에 놓이는 게 더 적합할 것이다.

마지막 연, 즉 텍스트의 종결을 보자. 시적 화자는 오랜 시간이 흐른 뒤에 그날의 여행을 회상하고 있음을 보여 준다. 마지막 연과 그 이전의 연 사이에는 상당한 시간의 경과가 개입해 있다.

> 그때로부터 이제 수세기가 지났다. 하지만
> 그날 하루보다도 짧았던 것처럼 느껴진다.
> 말들이 영원 쪽으로 머리를 향하고 있다고
> 처음으로 헤아리게 되었던 그날.
>
> —에밀리 디킨슨, 「내가 죽음을 향해 멈추어 설 수 없어서」 부분, 졸역

마지막 연에서 시적 화자는 이제 망자가 된 채 수 세기, 그러니까 몇백 년의 세월을 이미 보냈다고 고백한다. 그러나 또한 그 긴 세월은 믿을 수 없으리만큼 짧았다고 독백한다. 죽음과 동행하여 무덤으로 보이는 목적지까지 여행하던 날, 그 하루보다도 짧았던 것 같다고 술회한다. 죽음 이후의 시간이란 현실의 시간과는 단위가 다르기 때문일까? 아니면 죽음 이후의 불멸과 영원의 세계는 단순하고 단조롭다는 의미일까? 현세의 삶처럼 다양하고 다채롭지 않고, 건조한 상태가 그 세계를 이루는 것일까? 죽음이 초대하여 떠나게 되는, 영원을 향해 가는 여행을 경험해 보지 않은 상태에서는 알 길이 없다. 우리는 대체로 죽음이 문득 찾아오게 될 어느 순간을 상상해 보지도 않는다. 죽음을 의식하지 않고 하루하루 살아간다. 디킨슨의 시는 독자로 하여금 삶 속에서

죽음에 대해 한번쯤 명상해 볼 필요가 있다는 점을 생각하게 한다. 죽음을 이해한다면 삶의 모든 순간에서 더 큰 의미를 발견할 수도 있을 것이다. 죽음의 불가피성을 자각하게 된다면 삶을 더욱 보람차게 만들겠다는 각오를 해 볼 수도 있을 것이다. 무엇보다도 죽음은 생명의 유한성을 인지하게 만드는 장치이다. 삶의 유한성을 생각하게 되면 예술의 가치를 더욱 강하게 인식하게 될 것이다.

디킨슨의 시 중 또 하나의 텍스트를 찾아 죽음이라는 주제를 다시 살펴보자. 전술한 바와 같이 디킨슨의 시 작품에는 제목이 없으나 졸역본에는 텍스트의 첫 행을 취하여 「마음이 청하는 것」이란 제목을 붙여 보았다.

The Heart asks Pleasure — first —
And then — Excuse from Pain —
And then — those little Anodynes
That deaden suffering —

And then — to go to sleep —
And then — if it should be
The will of its Inquisitor
The privilege to die —

마음은 처음엔 기쁨을 청한다.
그다음엔 고통이 없기를.

그리고 그다음엔 약한 진정제들을,

아픔을 마비시키는…

그다음에 마음은 잠을 청한다.

그리고 그다음엔,

만약 그것이 재판장의 뜻에 맞다면,

죽음이라는 특권을…

—에밀리 디킨슨, 「마음이 청하는 것」 전문, 졸역

이 텍스트에서 디킨슨은 삶의 전개 과정에 따라 시적 화자가 바라는
바가 변화해 가는 모습을 그리고 있다. 시적 화자는 마음, 영어로 'the
heart'라고 언급할 뿐이므로 그 마음이 구체적으로 누구의 마음인지 알
수는 없다. 사람들 모두의 마음일 수도 있고 시적 화자, 즉 주체의 마음
일 수도 있다. 그 마음은 처음엔 기쁨, 그다음엔 단지 고통에서부터 놓
여나기를 바란다. 그러나 그다음 단계에 이르면 고통을 느끼지 못하게
해 줄 진정제를 원한다. 1연에서는 그처럼 갖고자 하는 대상이 기쁨으
로부터 시작하여 고통 없음을 거쳐 마침내 진통제로 변모해 가는 것을
보게 된다. 삶이 전개되는 데 따라 기쁨으로 충만한 삶이라는 큰 기대
가 점점 소실되어 가는 양상을 볼 수 있다. 처음에는 기쁨을 적극적으
로 희망하지만 그다음에는 단지 고통에서 면제된 상태를 바라는 것이
다. 그렇다면 고통은 이미 시적 화자를 찾아와 버린 상태임을 알 수 있
다. 고통은 이미 피해갈 수 없는 것이 되어 시적 화자는 그 고통을 받아
들인 채 아픔의 정도만이 덜해지기를 소망하고 있는 셈이다.

두 번째 연에 이르면 보다 절망적이고 부정적인 표현이 등장한다. 시적 화자는 먼저 잠을 청하고 그런 다음 종국에 이르러서는 죽음이라는 특권을 갖고 싶다고 발화한다. 1연에서 먼저 기쁨을 포기하고 그 다음 고통을 받아들인 다음, 2연에서는 잠을 그리고 그다음엔 죽음을 요청하고 있다. 그러나 시적 화자가 죽음을 대하는 자세는 매우 신중하다. 시적 화자는 먼저 자신이 죽음을 희망하면서도 그것이 재판장의 의지에 부합할 경우에만 요청할 것임을 밝힌다. 재판장이란 모종의 사건을 심리한 다음 최종적인 판결을 내리는 권력을 지닌 자이다. 그러므로 "재판장의 뜻"이라는 구절은 신, 즉 절대자를 뜻한다고 해석할 수 있다. 삶과 죽음의 문제는 인간이 아니라 절대자에게 귀속되는 것이다. 시적 화자는 스스로 그 점을 명백히 인지하고 있음을 드러낸다. 또한 "죽음이라는 특권(the privilege to die)"이란 구절에도 유의해야 한다. 시적 화자는 죽음을 단순한 생명의 소멸로 보지 않는다. 죽을 수 있는 특별한 권리라는 말은 살아가는 것 또한 특권이라는 말이기도 하다. 삶이 소중하기에 삶을 부여받는 것도 인간의 특별한 권리가 되며 마찬가지로 죽음에 이르는 사건도 또 하나의 특권이라고 보는 것이다.

기쁜 일로만 가득 찬 것이 삶일 수는 없다. 삶은 고통을 수반하게 마련이고 기쁨과 고통을 경험하면서 전개된다. 기쁨보다는 고통의 경험이 늘어나게 될 때 그 고통을 견디고 다스리느라 삶은 소진되어 간다. 그리고 결국엔 고통을 느끼지 못하는 시간, 즉 잠의 시간을 소망하면서 서서히 죽음의 시간을 꿈꾸게 될 것이다. 이 시는 삶의 기쁨과 고통을 성찰하면서 그 과정에서 죽음이 지니는 의미가 무엇인지 생각해 보게 하는 텍스트라 할 수 있다. 부연하건대 디킨슨의 시 세계를 구성하는 중요한 주제 중의 하나는 죽음의 문제이다. 이 텍스트에 드러난 "기쁨", "고통", "잠", "죽음"과 같은 핵심적 시어들을 통하여 디킨슨이 삶과 죽음에 대해 명상한 바들을 분석해 볼 수 있다.

루이즈 글릭의
「빼앗긴 풍경」

      루이즈 글릭Louise Glück은 우리 사회가 형성해 둔 견고한 선입견에 회의를 표명하면서 기득권에 저항하는 시들을 보여 준 시인이다. 주변인이라고 부를 수 있는 소수자들의 존재에도 깊은 관심을 기울여 온 까닭에 글릭의 시에는 여성 주체의 문제와 인종적·사회적 권력의 문제도 드러나 있다. 이 장에서는 죽음을 주제로 한 시를 통하여 글릭의 독창적 시각을 살펴보기로 하자.

You're stepping on your father, my mother said,

and indeed I was standing exactly in the center

of a bed of grass, mown so neatly it could have been

my father's grave, although there was no stone saying so.

You're stepping on your father, she repeated,

louder this time, which began to be strange to me,

since she was dead herself; even the doctor had admitted it.

I moved slightly to the side, to where

my father ended and my mother began.

The cemetery was silent. Wind blew through the trees;

I could hear, very faintly, sounds of weeping several rows

away,

and beyond that, a dog wailing.

At length these sounds abated. It crossed my mind

I had no memory of being driven here,

to what now seemed a cemetery, though it could have been

a cemetery in my mind only; perhaps it was a park, or if not

a park,

a garden or bower, perfumed, I now realized, with the scent

of roses—

douceur de vivre filling the air, the sweetness of living,

as the saying goes. At some point,

it occurred to me I was alone.

Where had the others gone,

my cousins and sister, Caitlin and Abigail?

By now the light was fading. Where was the car
waiting to take us home?

I then began seeking for some alternative. I felt
an impatience growing in me, approaching, I would say,
anxiety.
    Finally, in the distance, I made out a small train,
    stopped, it seemed, behind some foliage, the conductor
    lingering against a doorframe, smoking a cigarette.

Do not forget me, I cried, running now
over many plots, many mothers and fathers—

Do not forget me, I cried, when at last I reached him.
Madam, he said, pointing to the tracks,
surely you realize this is the end, the tracks do not go further.
His words were harsh, and yet his eyes were kind;
this encouraged me to press my case harder.
But they go back, I said, and I remarked
their sturdiness, as though they had many such returns ahead
of them.

You know, he said, our work is difficult: we confront

much sorrow and disappointment.

He gazed at me with increasing frankness.

I was like you once, he added, in love with turbulence.

Now I spoke as to an old friend:

What of you, I said, since he was free to leave,

have you no wish to go home,

to see the city again?

This is my home, he said.

The city—the city is where I disappear.

"네 아버지를 밟고 서 있구나" 어머니가 말했다.

진짜로 나는 한 더미 풀밭 바로 한가운데 서 있었다.

너무나 잘 다듬어져 있어 아버지 묘소일 수도 있을 것 같은 풀밭,

비록 비석은 없었지만.

"네 아버지를 밟고 서 있구나" 어머니는 다시 한번 말했다.

이번엔 좀 더 큰 소리로. 그러자 갑자기 나는 이상한 생각이 들기 시
작했다.

어머니도 이미 돌아가셨기 때문에.

의사가 사망 확인까지 하지 않았던가.

나는 조금 옆으로 비켜섰다.

아버지 영역이 끝나고 어머니 영역이 시작되는 쪽으로.

공동묘지는 고요했다.

바람이 나무 사이로 불었다.

나는 아주 희미하게나마 들을 수 있었다.

몇 줄 떨어진 곳에서 흐느끼는 울음소리를.

그 너머엔 개 한 마리가 울부짖는 소리를.

마침내 소리는 잦아들었다.

그러자 문득 여기까지 차를 타고 온 기억이 없다는 걸 깨달았다.

이제 보니 공동묘지처럼 보이는 이곳.

어쩌면 이곳은 내 마음 속의 공동묘지에 불과할지도 모르지만.

어쩌면 이곳은 공원이거나

공원이 아니라면 장미 향이 가득한 정원이거나 숲속의 쉼터일 거라는

생각이 들었다.

'두쇠르 드 비브르^{douceur de vivre}', 그 말 뜻 그대로 삶의 달콤함이 공기를

가득 채우고 있는

　그런 곳. 어느 순간,

문득 내가 혼자 남았다는 생각이 들었다.

다른 사람들은 다 어디로 가 버렸을까?

사촌들과 언니, 케이틀린^{Caitlin}과 아비게일^{Abigail}은?

이제 햇빛이 약해지고 있었다.

우리를 집에 데려가려고 기다리던 차는 어디 있을까?

그제야 난 대안을 찾기 시작했다.

마음속에 조바심이 이는 것을 느꼈다.

이를테면 걱정 같은 것이 다가오는 것을 느꼈다.

마침내, 저 멀리 있는 작은 기차를 발견했다.

수풀 뒤에 정거해 있는 듯했다.

기차 검표원이 담배를 피우면서

문 앞에서 어슬렁거리고.

"나를 데려가세요" 나는 달려가면서 소리쳤다.

여러 개의 풀 더미 위를, 수많은 어머니들과 아버지들 위를 달려가면서

"나를 데려가세요" 나는 소리쳤다.

마침내 기차 검표원에게 다다랐을 때.

"부인"

선로를 가리키며 그가 말했다.

"여기가 끝이라는 걸 분명히 아시지요.

선로는 더 이상 없습니다."

그의 말은 비정했다. 하지만 그의 눈은 다정했다.

그래서 좀 더 매달릴 수 있었다.

"하지만 저 사람들은 돌아가 버리는걸요" 하고 말했다.

나는 그들이 얼마나 단호한지 그에게 설명했다.

그들은 앞으로도 무수히 그렇게 되돌아 갈 것 같다고 말했다.

"아시다시피 우리 업무는 쉽지 않습니다.

우리는 수없는 슬픔과 실망을 대합니다."

그가 말했다.

그는 점점 더 솔직함을 드러내며 나를 물끄러미 바라보더니

다시 말했다.

"나도 한때는 당신 같았지요.

가눌 수 없는 격동을 좋아했지요."

이제 나는 마치 오랜 친구를 대하듯 그에게 물었다.

"당신은 어떤가요?" 하고.

이제 그는 원하면 가 버려도 되므로.

"당신은 고향에 가고 싶지 않나요?

당신의 도시를 다시 보고 싶지 않나요?"

"여기가 내 고향입니다."

그가 답했다.

"고향 도시, 그 도시는 내가 사라지는 바로 그 지점이죠."

—루이즈 글릭, 「빼앗긴 풍경」 전문, 졸역

시인과 소설가들은 다양한 이미지로 죽음과 그 죽음이 수반하는 이

별을 표현해 왔다. 별똥별이 떨어지는 순간으로, '레테^{lethe}'라는 이름의 강을 건너는 것으로, 접동새의 울음소리로…. 글릭은 선로가 끝나는 지점에 서 있는 기차의 이미지로 이승과 저승의 접경지대를 그린다. 그 기차는 망자가 되어야만 탈 수 있는 기차이자, 이 땅에 남겨진 이들의 슬픔과 고통은 아랑곳하지 않고 떠나는 기차이다. 기차는 살아 있는 유족들을 남겨 둔 채 망자의 영혼만을 태운다. 죽은 자의 육체는 이 땅에서는 한 줌 재가 되고 흙이 된 채 풀밭의 풀로 돋아나게 될 것이다. 수풀의 나무와 더불어 남게 될 것이다.

「빼앗긴 풍경$^{Aboriginal\ Landscape}$」의 도입 부분에 해당하는 3연에서 글릭은 이 땅에 남아 있는 망자의 영토를 재현한다. 시적 화자는 풀밭에 혼자 서 있는 모습으로 등장하는데, 그 한두 평의 풀밭은 바로 세상을 떠난 아버지가 묻힌 곳일 수도 있다고 암시하면서 텍스트가 전개된다. 살아 있는 사람들이 걸어 다니고 바람을 쐬며 휴식을 취하는 숲이나 풀밭, 혹은 숲속의 쉼터 모두 사실상 오래전 누군가의 육체가 매장되어 썩고 삭아서 흙의 일부가 되어 버린 바로 그 공간일 수 있다. 시적 화자가 걸어 다니는 풀밭이 아버지가 묻힌 곳이기도 하고 바로 그 옆은 어머니가 사망하여 묻힌 곳일 수도 있다. 그 망자의 무덤, 공동묘지로 보일 수도 있는 공간은 한편으로는 공원이거나 정원 또는 쉼터가 되어 살아 있는 이들에게 삶의 향기를 제공하고 있는 것이다.

---

4 '빼앗긴 풍경(Aboriginal landscape)'은 원주민들이 소중하게 여기는 땅이나 지역을 말한다. 원주민들이 그 땅과 맺어 온 길고도 복합적인 관련 때문이다. 빼앗긴 풍경이라는 표현은 원주민들이 자신들이 속한 땅의 자연 환경 혹은 그 지역의 영적인 환경과 자신들의 삶 사이에 일정한 연결성을 유지하고 있다는 의미를 드러낸다. 그 말에는 원주민들이 전통적으로 받아들여 온 영성적 지식, 지역적 정보, 땅의 활용 체계 그리고 환경적 지식 등이 포함되어 있다. 보다 상세한 내용은 참고문헌을 참조하길 바란다.

살아 있는 사람들이 살고 있는 모든 공간, 모든 장소가 알고 보면 이전에 거기 살았던 모든 사람들의 삶의 자취를 간직하고 있는 곳일 수 있다. 마치 미국 대륙의 원주민들이 자신들의 영토를 뺏기면서 그 땅에 깃든 문화도 함께 유실해 버린 것과도 같다. 유럽 정복자들에게 자신들이 조상 대대로 물려받아 살아오던 땅을 뺏기게 되면서 원주민들은 그 땅에 깃들었던 영성과 전통, 환경과 지혜조차 모두 박탈당해 버렸다. 개발된 땅에서 이전의 기억과 그 기억에 깃든 지혜를 발견할 수 없게 된 것처럼, 지금 시적 화자가 삶의 향기를 맡고 있는 공간에서는 망자들에 대한 기억은 사라지고 없는 것이다.

시적 화자는 자신에게 소중했던 이들, 그러나 이제는 자신으로부터 떠나 저세상으로 가 버린 이들을 문득 회상한다. 그리고 삶과 죽음의 차이가 무엇인지 그 경계는 어디에 있는지 의문을 품는다. 시인 글릭은 이 세상과 저세상, 이승과 저승, 현세와 사후 세계를 분리하는 경계를 기차와 선로의 이미지를 통해 보여 준다.

기차는 선로가 끝나는 곳까지 왔다가는 되돌아가고 이 땅에 살아남은 자에게는 동승을 허락하지 않는다. 그 기차가 달려가 닿을 곳은 어떤 곳일까? 기차에 탄 영혼들은 자신들이 원래 태어나고 살았던 이 땅의 풍경을 그리워하지는 않을까? 그들은 남겨진 이들의 울부짖음과 비통한 탄식을 듣고 있을까? 우리의 슬픔도 비통함도 개의치 않은 채 결국 그들은 되돌아가고 만다. 동승하지 못한 이는 결코 알 수 없는 곳으로 가 버린다. 그곳은 어떤 곳일까? 그 기차의 종착역에도 이곳, 공기를 가득 채운 '생의 향기' 혹은 '두쇠르 드 비브르douceur de vivre' 같은 그런 향기가 있을까? 가벼운 바람이 불어 나뭇잎들을 속삭이게 할까? 어쩌자고 두 세계는 그리 분리되어 산 자와 죽은 자가 그 경계를 넘나들지 못하는 것일까? 우리도 이 땅을 떠나가서는 어딘가에 또 이르게 되는가 보다. 그렇다면 그리움은 반드시 우리가 살던 이 땅을 향하기만 하는 것은 아니겠다. 거기서 새로이 시작하는 삶이 또 있어 새로운 그리움도 다시 생겨나는가 보다.

그럼에도 불구하고 이 땅에 남겨진 사람들은 떠나간 대상을 향한 절절한 그리움에 어쩔 줄 몰라 한다. 누군가를 떠나보내고 남겨진 이의 그리움은 시간이 지나면 조금씩 엷어질지는 모르지만 결코 아주 사라지지는 않는다. 조금씩 무디어진다고 하더라도 계절이 돌아오면 해마다 새로울 것이다. 무엇보다도 망자들을 태운 기차가 자신을 버려둔 채 떠나려 할 때 시적 화자는 필사적으로 그 기차에 동승하고자 한다. 망자와의 이별은 받아들이기 어렵기에 피할 수만 있다면 피하려 든다. 기차에 동승하는 것을 허락하는 이가 역무원이라면 그에게 거칠게 항의하려 들기도 한다.

그렇다면 삶과 죽음의 경계에 선 채 양쪽을 드나드는 기차를 운행하는 검표원은 두 세계를 어떤 눈으로 바라보게 될까? 그는 "아시다시피 우리 업무는 쉽지 않습니다./우리는 수없는 슬픔과 실망을 대합니다" 하고 먼저 말한다. 그는 이별의 고통과 슬픔에 누구보다도 자주 노출되는 까닭에 그 깊이를 속속들이 가늠할 수 있는 사람이기 때문이다. 그런 까닭에 시적 화자와 검표원이 나누는 마지막 대화, 즉 시적 화자의 질문에 대한 검표원의 답은 예사롭지 않은 심각한 무게를 지닌 채 텍스트를 지배하게 된다. 그 검표원의 대답 속에 어쩌면 이 시의 주제가 담겨 있다고도 볼 수도 있다. 시적 화자가 이승과 저승을 모두 왕복하는 검표원의 고향 도시는 과연 어디인지 묻자, 그 질문에 검표원은 "여기가 내 고향입니다"라고 대답한다. 그의 고향은 시간상으로 과거에 속해 있지 않다. 공간상에 특정할 수도 없다. 바로 그가 서 있는 그 장소, 그 공간이 그의 고향인 것이다. 삶의 기원이라거나 익숙한 장소 혹은 친밀한 관계를 지녔던 사람들, 그 모든 것으로부터 놓여나 버린 자에게는 어디든지 고향이 될 수 있다. 언제든지 새로운 고향을 만들 수 있다. 또 누구와도 함께 친밀성을 형성할 수 있을 것이다. 스스로 시간과 공간을 벗어난 채 자유로워진 진정한 자유인이라면 그에게는 정든 고향 도시가 특정되어야 할 이유가 없는 것이다. 어디든지 발길 닿는 대로 방랑하다가 생명이 다하는 날, 그 자리에서 고스란히 조용히 소멸할 것을 예감하고 결심하는 모습을 그 검표원에게서 발견할 수 있다. 그래서 그는 말한다. "고향 도시, 그 도시는 내가 사라지는 바로 그 지점이죠."

고향이 과거의 어느 시간대와 연결되고 공간적으로는 멀어져 있는 어떤 곳이 아니라 주어진 생명이 다하는, 미래의 어느 시간대에 있는 아직 알려지지 않은 공간일 수 있다. 그리고 삶과 죽음에 대한 통찰은 결국은 고향이라는 이름으로 불리는 집착의 대상조차 무화시키는 결과를 낳을 수도 있다. 삶의 과정에서 통과하는 모든 공간이 고향의 영토이고 그 과정에서 조우하는 모든 인연이 고향 사람들처럼 소중하고 정든 이들이라면 삶이란 참으로 자유로워질 수도 있겠다. 그처럼 자유로운 삶을 산다면 그 삶 이후에 오는 죽음도 더욱 자연스럽고도 소중하게 여기게 될지도 모르겠다.

서정주의
「귀촉도」

눈물 아롱 아롱

피리 불고 가신 님의 밟으신 길은

진달래 꽃비 오는 서역^{西域} 삼만 리.

흰 옷깃 여며 여며 가옵신 님의

다시 오진 못하는 파촉^{巴蜀} 삼만 리.

신이나 삼어 줄걸 슬픈 사연의

올올이 아로새긴 육날 메투리.

은장도 푸른 날로 이냥 베어서

부질없는 이 머리털 엮어 드릴걸.

초롱에 불빛, 지친 밤하늘

굽이굽이 은핫물 목이 젖은 새,

차마 아니 솟는 가락 눈이 감겨서

제 피에 취한 새가 귀촉도 운다.

그대 하늘 끝 호올로 가신 님아

—서정주, 「귀촉도(歸蜀道)」 전문

　서정주의 「귀촉도歸蜀道」는 한국 현대 시사에서 간과할 수 없는 중요한 작품이며 광범한 독자들로부터 사랑받고 애송되는 텍스트이다. 이 시에는 사랑의 대상이 죽음을 맞게 되자 남겨진 자가 경험하는, 망자를 향한 사무치는 그리움이 절절하게 드러나 있다. 텍스트에서 영화의 '미장센Mise-en-scène'처럼 배치된 소재들을 유심히 살펴보면 이 시가 매우 서정성이 강한 시라는 점을 알 수 있다. 텍스트에는 "님"이 "삼만 리"로 표상된 머나먼 길을 떠나는 모습이 먼저 제시된다. 그 "님"은 단정하게 흰색의 옷을 입고 길을 떠나는데 바람이 불어 옷깃이 날리지 않도록 여며 가며 길을 간다. 그런데 그 "님"은 피리를 불면서 길을 떠나고 있다. 피리에서 울려 나는 음악 소리를 상상해 보자. 매우 서정성이 강한 선율이 피리에서 흘러나올 것이다. 그리고 그 길에는 진달래꽃이 무수히 비처럼 떨어지고 있다. 흰옷, 피리, 진달래, 꽃비… 시인이 텍스트에 부린 이러한 시어들을 통하여 독자는 처음부터 시인의 내면에 놓인 서정성에 자신을 동화시키게 된다.

　후경에 배치된 서정성이 텍스트 전체를 지배하게 되는 까닭에 시적 화자가 드러내는 안타까움과 슬픔이 더욱 강조된다. 시적 화자는 죽음을 맞은 대상을 향해 원망이 아닌 축원을 보낸다. 비록 자신은 혼자 남겨지게 되어 애통하기 그지없을 터이나 님이 가는 길이 아름다울 것임을 축원한다. "진달래 꽃비 오는 서역西域 삼만 리"라는 구절에서 그 점을 확인할 수 있다. 서역으로 가는 길이라 칭하고 있어 사랑하는 이가 저승을 향해 길을 떠났다는 사실을 먼저 알 수 있다. 또한 "흰 옷깃"을 여미며 떠난다 하였으므로 그 흰옷의 흰빛 이미지를 통하여 사랑하는 이의 죽음을 다시 한번 확인할 수 있다. 소복의 흰색은 장례에 사용되는 색이므로 그러하다. 시인은 그의 가는 길에 진달래가 비가 쏟아지듯 내린다는 이미지를 구현하고 있어 그 이미지를 통해 독자는 망자가 무수한 꽃송이의 배웅을 받게 됨을 알 수 있다.

시적 화자의 애절함은 그가 자신의 신체 일부인 머리털을 잘라서 "메투리"를 삼아 주었더라면 좋았을 것을 하고 탄식하는 데에서 극에 달한다. 화자는 "은장도 푸른 날로 이냥 베어서/부질없는 이 머리털 엮어 드릴걸" 하고 아쉬움을 토로한다. "메투리"는 짚으로 삼은 신발인데 먼 길을 가는 사람은 메투리가 많이 필요할 것이다. 길을 걷노라면 메투리가 닳아서 새것으로 바꾸어 주어야 하기 때문이다. "육날 메투리"는 메투리 중에서도 품질이 뛰어난 훌륭한 것이므로, 그 표현을 통해 님을 위해 소박한 메투리가 아니라 멋진 신을 삼아 주고자 하는 정성 어린 마음을 찾아볼 수 있다. 그런데 메투리를 삼는 소재로 사용하려 하는 것이 짚이 아니라 시적 화자 자신의 머리털이라는 점에 주의를 기울여야 한다. 머리털로 신을 삼으면 현실적으로 신을 수 있을지는 알 수 없다. 그러나 중요한 점은 여성의 목소리를 지닌 것으로 보이는 시적 화자가 여성에게 아주 중요한 신체의 일부인 머리털을 잘라 그것으로 신을 삼으려 한다는 점이다. 길고 윤기가 흐르며 풍성한 머리털은 여성의 신체적 아름다움을 구성하는 데에 있어서 매우 중요한 요소라 할 수 있다. 탐스러운 머리털은 곧 여성미의 상징이다. 그러나 이 텍스트의 시적 화자는 그처럼 소중한 머리털을 미련 없이 싹둑 잘라 내어 메투리로 삼고자 한다. 또한 "이냥 베어서"라는 구절의 "이냥"이라는 표현에서 망설임도 미련도 없이 단번에 잘라낼 수 있겠다는 시적 화자의 의지를 읽을 수 있다. 더불어 머리털을 베는 데에 사용하는 도구로 은장도가 등장하고 있다는 점도 유의해야 한다. 은장도는 여성이 정조를 지키기 위해 몸에 지니는 칼이다. 그래서 은장도는 시적 화자가 님을 향해 보여 주는 일편단심의 상징물이라 할 수 있다. 하필이면 그 은장도를 사용하여 머리털을 자르고 그것으로 신을 삼아 바쳤으면 하는 바람을 드러내고 있어, 이 구절은 오직 님의 존재만이 시적 화자에게 중요한 것이었음을 강조한다. 그 님이 길을 떠남으로 하여 그의 존재가 부재로 바뀌었으므로 이제 시적 화자에게는 삶을 지속할 이유가 없어졌다는 고백으로 들린다.

이 텍스트에서 동시에 주목해야 할 것은 '귀촉도'라는 새의 상징과 사후 세계를 칭하는 데에 동원된 "서역西域"이라는 공간이다. 텍스트의 초입에서 진달래 꽃비와 피리가 등장하였고 그 뒤를 이어 귀촉도라는 새의 울음이 등장하면서 죽음을 대하는 시적 화자의 서글픈 심경이 강조된다. "굽이굽이 은핫물 목이 젖은 새,/차마 아니 솟는 가락 눈이 감겨서/제 피에 취한 새가 귀촉도 운다"는 구절을 살펴보면 귀촉도는 곧 한의 대명사라는 점을 알 수 있다. 밤하늘에 은하수가 등장하고 그 은하의 물에 이미 그 새는 목이 젖어 있다고 한다. 한국의 설화, '견우와 직녀' 이야기에서 확인할 수 있듯이 은하수는 우리의 문화적 전통에서 이미 이별과 그리움의 상징물로 자리 잡고 있다. 칠월 칠석이면 이별한 견우와 직녀가 만나 눈물을 흘린다고 알려져 있다. 그처럼 이별이라는 모티프에 긴밀하게 연결된 은하수와 더불어 귀촉도라는 새가 등장한 것이다. 중국 설화에서는 촉나라의 황제가 고국에서 멀리 떨어진 곳에서 죽게 되어 그 불귀不歸의 넋이 귀촉도가 되었다고 이른다. 즉, 촉 황제의 넋이 그 새에게 스며들어 있기에 귀촉도라는 이름으로 불리게 되었다고 알려져 있다. 그리움으로 인하여 울고 또 울어 귀촉도의 목에는 피가 맺혔을 법도 하다. 그러나 피가 맺힌 목으로도 귀촉도는 울음을 멈추지 않는다. "제 피에 취한 새가 귀촉도 운다"는 구절에서는 무수한 이별과 그 이별로 인한 수많은 사람의 한없는 그리움을 볼 수 있다. 이별 이후 그치지 않고 다시금 솟아나는 간절한 그리움이 "제 피에 취한 새"의 울음으로 형상화된 것이다.

이제 서역으로 형상화된 공간에 대해 살펴보자. 귀촉도가 이별의 한을 집약적으로 보여 주는 매개체라면 서역은 이별로 인해 분리된 공간을 상징하기 위해 도입된 어휘이다. 시적 화자와 님이 함께하던 공간의 대척점에 님이 궁극적으로 도달할 지점이 존재한다고 볼 수 있다. 그곳은 매우 먼 곳이어야 한다. 그래야만 시적 화자가 뒤쫓아 갈 수 없어 재회의 기대를 버리게 될 것이다. 또한 친숙하지 않고 낯선, 이질적인 공간이어야 한다. 동양의 문화적 전통에서는 서역이 그런 이질적인 공간이 되기에 적합하다. 서역은 구체적으로는 '실크로드를 통해 이를 수 있는 유럽 지역'일 수도 있겠으나 텍스트 속의 서역은 다다를 수 없는 먼 곳, 즉 '저승'의 공간을 지칭하게 된다. 님이 홀로 서역을 향해 길을 떠났기에 시적 화자와 님 사이의 분리가 이루어진다.

죽음으로 인해 생겨나는 주체와 타자 사이의 분리는 서양 문학에서는 레테라는 이름의 강을 통해 주로 이루어진다. 레테는 '망각의 강'으로 번역해 볼 수 있다. 그 강은 한 번 건너가면 되돌아 올 수가 없다. 그래서 레테의 이편과 저편 사이에는 완전한 단절이 이루어지는 것이다. 서구의 문화적 전통 속에서는 뱃사공이 작대기를 쥐고 그 강에서 배를 띄운다. 우리 문화 속에서는 「공무도하가公無渡河歌」를 생각해 볼 수 있다. 「공무도하가」는 백수광부白首狂夫의 아내가 물속으로 걸어 들어가는 지아비를 향하여 물을 건너지 말라고 만류하는 노래이다. 레테와 「공무도하가」를 통해 물은 삶과 죽음의 분리가 일어나는 경계선의 상징임을 확인할 수 있다. 문화권에 따라 죽음을 대하는 태도에는 차이가 있기 마련이다. 이를테면 인도에서는 순장의 전통이 있어 산 자를 죽은 자와 함께 매장하여, 양자 사이의 분리를 상징적일 뿐만 아니라 현실적으로 넘어서고자 하였다. 그런 차이에도 불구하고 문화적 특수성과는 무관하게 나타나는 것은 사후 세계와 현세 사이에는 뚜렷한 분리 지대가 있다는 점이다. 그리고 그 경계는 은하수나 레테처럼 물의 이미지를 통해 주로 등장한다는 것이다. 미국의 소설가 조앤 디디온Joan Didion 또한 남편과 딸이 나란히 세상을 떠난 후 남겨진 이가 느끼는 비통함을 소설로 썼다. 『마술적 생각의 해The Year of Magical Thinking』의 한 구절을 보자.

"나는 전설 속의 강들을 건너간 것 같았다. 죽은 자와 산 자를 가르는 강… 최근에 사랑하는 사람들을 잃어 본 사람들의 눈에만 보이는 어떤 장소가 있을 것이다. 그런 장소에 들어간 것 같았다. 난생 처음으로 그 강들이 지니는 시각적 힘을 깨닫게 되었다. 스틱스Styx, 레테Lethe, 작대기를 쥔 채 망토를 등에 걸친 뱃사공… 난생 처음으로 순장suttee의 의미를 알게 되었다. (중략) 나는 하룻밤을 훨씬 넘는 기억과 한숨의 밤을 원했다. 나는 악을 쓰며 소리 지르고 싶었다. 남편을 되찾고 싶었다."[5]

위는 디디온이 쓴 자전적 소설의 일부이다. 뜻하지 않게 남편과 딸이 거의 동시에 죽음을 맞게 되자 홀로 남겨진 소설가가 자신의 상실감을 글쓰기를 통해 재현한 소설이다. 디디온은 남편과 딸의 죽음을 직접 경험하면서 비로소 자신이 알고 있었던 죽음에 관한 이미지와 담론들을 구체적으로 실감하게 된다. "난생 처음으로 순장suttee의 의미를 알게 되었다"는 부분에서 그 점이 분명히 드러난다. 순장이라거나 레테라거나 스틱스라거나 하는 모든 것들은 죽음을 설명하는 익숙한 소재들이다. 디디온은 자신이 알고 있었던 죽음의 모티프들을 소설 속에 상호 텍스트성의 방식으로 접목하고 있다. "나는 하룻밤을 훨씬 넘는 기억과 한숨의 밤을 원했다"는 구절이 특히 그러하다. 19세기 영국의 시인 월터 랜더Walter Landor는 「아일머 경Lord Aylmer」의 한 구절에서 "하룻밤 동안의 기억과 한숨의 시간!" 하고 절규한 바 있다. 이 세상에 남겨진 자는 기억과 한숨 속에서 소중한 이를 불러 보게 된다. 하루만이라도 더 함께 할 수 있는 시간이 주어진다면 모든 것을 바쳐서라도 그러고 싶었을 것이다. 스틱스라는 이름으로, 레테라는 이름으로 불리는 그 강에서 헤어지기 전 한 번만 더 만날 수 있다면 랜더도 디디온도 기꺼이 그 강으로 달려 나갔을 것이다. 그러나 그 강은 건널 수 없다. 스스로 사랑하는 이의 죽음을 직접 경험한 다음에야 디디온은 "나는 전설 속의 강들을 건

5 Didion, Joan, *The Year of Magical Thinking*, Random House, 2007, p.75.

너간 것 같았다"고 비로소 고백할 수 있게 된 것이다.

죽음과 그 죽음이 수반하는 이별 그리고 이별 뒤에 오는 망자에의 그리움. 그것은 미국 시인 글릭과 소설가 디디온, 한국 시인 서정주의 시에서 한결같이 발견되는 소재들이다. 그 외에도 무수한 시인과 소설가들이 죽음을 소재로 삼은 시를 쓴 바 있다. 조금씩 다른 시인들의 경험과 그들이 지닌 고유한 시각으로 인하여 죽음의 여러 면모가 재조명되고 있다.

이달균의
「늙은 사자」

죽음 곁에 몸을 누이고 주위를 돌아본다

평원은 한 마리 야수를 키웠지만

먼 하늘 마른번개처럼 눈빛은 덧없다

어깨를 짓누르던 제왕을 버리고 나니

노여운 생애가 한낮의 꿈만 같다

갈기에 나비가 노는 이 평화의 낯설음

태양의 주위를 도는 독수리 한 마리

이제 나를 드릴 고귀한 시간이 왔다

짓무른 발톱 사이로 벌써 개미가 찾아왔다

– 이달균, 「늙은 사자」 전문

  죽음은 남겨진 이들의 슬픔과 탄식을 통해 재현되는 경우가 많았다. 살아남은 자들의 상실감과 그리움이 시의 주제로 종종 등장하곤 했다. 이달균 시인의 경우 자신을 찾아온 죽음을 대하는 주체를 시의 소재로 삼는다. 자연 속에서 동물의 왕이라고 불리는 사자가 늙어서 죽음에 임하는 자태를 그리면서 그 사자의 목소리를 통해 죽음을 드러낸다. 늙은 사자는 다른 동물들을 위협하는 존재이기를 멈추고 자연의 질서를 존중하며 순명하는 자세를 드러내 보인다. 「늙은 사자」는 죽음 앞에 놓인 사자가 자신의 삶을 반추하면서 자연스럽게 삶을 마무리할 바람직한 모습을 찾고 있는 텍스트이다. 텍스트의 종결 부분에 등장하는 "이제 나를 드릴 고귀한 시간이 왔다"라는 구절이 죽음에 순응하는 모습을 집약적으로 보여 준다. 미국 원주민들은 죽음을 애도의 대상이 아니라 하나의 축제처럼 여겼다. 이는 "내가 죽는 날, 햇볕이 따뜻했으면…"으로 시작하는 원주민들의 구전 텍스트를 통해 상기해 볼 수 있다. 그 구절에서 죽음을 거부하지 않고 삶의 일부로 받아들이고자 하는 자세를 확인할 수 있다. 살아 있는 시간만이 축복이라고 여기지 않고 삶에서 죽음으로 이행하는 것도 자연스럽고 복된 삶의 마무리 과정으로 이해하며 그 역시 삶의 일부라고 보는 셈이다. 그 노래에서 보듯 원주민들은 죽음을 대하면서도 평정심을 잃지 않은 채 평온한 날씨 속에서 곱게 죽음의 순간을 맞이하고자 한다.

　이달균 시인의 텍스트에 나타난 사자가 죽음을 대하는 모습도 그 원주민들의 모습과 크게 다르지 않다. "이제 나를 드릴 고귀한 시간이 왔다"라는 구절에서 볼 수 있듯 사자는 죽음의 순간을 "고귀한 시간"이라고 이른다. 마치 오래 기다려 오던 일이 곧 이루어지기라도 하듯 그 순간에 저항하기는커녕 기대하며 맞는 것이다. 죽음이 임박했음을 보여주는 구절들로 "태양의 주위를 도는 독수리 한 마리"라는 구절과 "짓무른 발톱 사이로 벌써 개미가 찾아왔다"라는 부분을 들 수 있다. 생명이 다하고 난 다음에 육체는 분해되어 자연의 일부로 돌아가게 된다. 숨쉬는 것을 멈춘 사자의 육체는 다른 짐승들의 먹잇감에 불과하다. 독수리가 태양 주위를 도는 이유도, 개미가 이미 허물어지기 시작하는 사자의 몸을 파고드는 점도, 늙은 사자가 이미 그들의 먹잇감이 되었거나 곧 그리될 것임을 알기 때문이다. 특히 "짓무른 발톱 사이로 벌써 개미가 찾아왔다"는 종결 구절은 이미 삶과 죽음의 경계에 서 있는 사자의 모습을 그리고 있다. 숨 쉬기를 멈추게 되면 사자는 더 이상 사자가 아니다. 먹잇감에 불과하다. 벌써 개미가 찾아왔다는 부분은 그 순간이 임박했음을 알려 준다. 존재에서 부재로, 생명을 지닌 유기체에서 생명이 없는 무기체로 전환될 순간이 온 것이다.

　이제 늙은 사자는 사자가 더 이상 사자의 상징을 유지하지 않게 된 순간을 맞았다. 사자의 힘과 용맹은 주로 노여움이라는 감정에 의해 말미암고 추동되었을 것이다. 인간이 지닌 희로애락喜怒愛樂의 감정 중 강력한 힘을 불러일으킬 수 있는 마음은 아마도 분노일 것이다. 인간이 그러하듯 사자가 평생 발휘해 온 용맹함은 그의 삶이 분노에 기반을 두고 있었기 때문이라고 볼 수 있다. 사자에게 있어서는 스스로 사자다움을 발휘했던 시간들이 그 삶의 중심을 이룬다고 볼 수 있다. 사자는 동물의 왕으로서 군림하며 지배하고 약자들을 먹이로 취하면서 권력을 누린 존재이다. 이제 늙어서 죽음을 목전에 둔 사자는 비로소 평화의 시간을 맞이한다. "갈기에 나비가 노는 이 평화의 낯설음"이란 구절을 보자. 갈기에 나비가 노는 것도 젊고 용맹한 사자는 경험할 수 없었던 낯선 사건일 터이다. 젊고 용맹스러운 사자에게는 나비가 다가올 수 없었을 것임이 틀림없다. 나비에게 그런 사자는 위협적으로 느껴졌을 것이므로 나비는 한사코 사자로부터 멀리 떨어져 있고자 했을 것이다. 이제 늙어서 유순해진 사자에게서는 그런 위협이 느껴지지 않는다. 토끼나 사슴처럼 사자가 힘없고 순해진 까닭에 나비는 평화를 느끼면서 늙은 사자의 갈기에 다가가 놀 수 있게 되었다. 사자의 자리가 나비의 놀이터가 되는 변화는 대단한 사건이라 할 수 있다. 그러므로 늙은 사자는 자신이 사자답게 살던 때는 경험할 수 없었던 평화를 비로소 처음 누린다. 사자에게는 익숙하지 않은 경험이기에 이를 "평화의 낯설음"이라고 표현한다. 지난날의 용맹은 노여움을 필요로 하였을 것이다. 노여움이 힘을 낳고 그 힘으로 용맹을 떨칠 수 있었을 터이다. 그러나 그 권위와 권력의 시간도 결국은 "한낮의 꿈"만 같다고 이른다. 장자의 나비 꿈을 연상하게 만드는 표현이다. '한 생애가 일장춘몽'이라는 표현을 상기해 볼 수도 있다. 주어진 한 생애를 다 보내고 그 삶을 마무리하는 단계에 이르러 회고해 보니 사자에게는 "노여운 생애가 한낮의 꿈만 같다". 용맹도 권력도 모두 부질없었던 듯 느껴지고 잠시 낮잠을 들었다가 꾼 꿈처럼 느껴진다. 헛되고 무의미하게 받아들여진다는 말이다.

죽음을 생각한다면 삶의 자세도 달라질 수밖에 없을 것이다. 우리가 삶 속에서 죽음을 의식하고 삶과 죽음에 대해 성찰한다면 우리에게 주어진 일회성의 삶을 보다 의미 있게 구성해 나가도록 노력할 수 있을 것이다. 사자는 언제나 노여움과 함께했던 제왕의 삶을 살았다. 제왕이라는 지위를 유지하기 위해 한평생 용맹스러움을 과시해야만 하는 삶이 그 사자의 삶이었을 것이다. 무수한 타자들을 지배하면서 스스로 권위를 잃지 않아야 하는 것이 제왕의 역할이므로 젊은 사자는 고독했을 것이다. 마음속에는 분노가 가득하여 그것이 용맹스러움으로 드러나곤 했을 것이다. 그러나 이제 세월이 흐르고 사자는 늙어서 죽음을 준비한다. 평생 동안 짐처럼 지고 왔던, 즉 "어깨를 짓누르던" 제왕의 역할을 내려놓게 되는 때에 이르렀다. 한 생애를 돌아보는 그의 눈빛은 보람과 긍지에 가득한 것일까? 시인은 "먼 하늘 마른번개처럼 눈빛은 덧없다"는 묘사를 통해 그렇지 않다고 이른다. 마른번개는 비를 불러오지 못한다. 한때 지나가는 것에 불과하다. 그런 삶의 끝에서 "눈빛이 덧없"다는 표현은 참으로 자연스럽고도 당연할 것이다. 그리고 제왕의 권위를 버리고 자연의 일부로 돌아가야 하는 운명에 순응하는 건 결코 무의미한 일이 아니다. 제왕의 왕관을 내려놓은 듯한 늙은 사자의 갈기에는 비로소 나비가 찾아와 놀 수 있다. 늙어서 유순해졌기에 나비와 벗이 될 수 있는 것이다. 나비와 독수리 그리고 개미 모두 늙은 사자의 죽음을 지켜보며 그의 임종을 살피는 존재들이라 할 수 있다. 늙은 사자는 기개를 버리고, 또 용맹을 버리고 나서 비로소 평화의 삶을 누리게 되었다. 참으로 낯선 삶이 아닐 수 없다. 「늙은 사자」는 삶과 죽음을 동시에 생각하게 하는 시이다. 시인은 늙은 사자가 당면한 죽음의 순간을 재현하면서 그가 죽음에 임하는 자세를 통하여 독자로 하여금 우리 삶을 새로운 시각으로 바라볼 수 있게 해 준다.

종교와 시

종교는 문화의 정수라고 한다. 인류의 정신적인 모든 활동들이 문화로 발현된다고 볼 수 있고 종교는 거기에 영성spirituality이 더해진 것이다. 그러므로 종교는 지고의 가치를 지닌 문화의 일부라고 볼 수 있다. 종교는 인간으로 하여금 현실 속의 삶에 한정되지 않고 형이상학적인 것을 추구하도록 하여 삶을 승화시키는 역할을 담당한다. 독일의 시인 요한 볼프강 폰 괴테Johann Wolfgang von Goethe는 "문학과 예술을 사랑하는 자, 종교도 가진 것이다"라고 언급한 바 있다. 문학을 포함한 예술을 사랑하고 예술의 가치를 존중하는 사람의 삶은 종교인의 삶과도 같다는 뜻일 터이다. 문학, 예술, 종교 모두 인간 내면의 숭고한 가치를 추구한다. 현실적이고 물질적인 가치에 경도된 채 우리가 쉽게 망각할 수 있는 것이 그와 같은 내면적 가치라 할 수 있다.

이스라엘에 살고 있는 팔레스타인의 시인 타하 무함마드 알리Taha Muhammad Ali, 한국의 김남조, 김종철, 박재두 시인의 시를 통하여 종교의 의미를 되새겨 보기로 하자. 각 시인의 시를 본격적으로 살펴보기에 앞서 먼저 그 속에 담긴 간략한 주제 의식을 살펴보고자 한다.

먼저, 알리의 시 「복수Revenge」는 제목에서 예상할 수 있는 바와는 달리 복수가 아닌 용서의 의미를 생각하게 하는 시이다. 부조리한 현실 속에서 부당하게 억압과 피해를 받게 되면 우선 복수를 생각하게 되는 것은 자연스러운 현상이다. 그러나 폭력과 그에 대한 응징 그리고 복수는 끝없이 악순환의 고리를 이루게 된다. 시인 알리는 그 고리를 단절할 수 있는 기제로 '용서'를 제시한다. 타자에 대한 동정과 연민의 마음 그리고 절대자의 섭리에의 귀의를 노래하면서 복수보다 용서를 권유하는 것이다.

김남조의 「너를 위하여」는 타자에게 보내는 무한한 사랑과 축복 그리고 헌신을 보여 줌으로써 기독교적 사랑을 깨우치게 한다. 그 시에 구현된 이미지들을 통하여 타자를 향한 사랑의 마음이 클수록 사랑하는 자는 더욱 겸손하고 소박한 마음을 갖게 된다는 점을 알 수 있다.

그리고 김종철의 시 「고백성사: 못에 대한 명상 1」은 초월적인 것을 추구하면서도 현실 속의 삶을 이어 가야 하는 인간 실존의 문제를 주제로 삼는다. 현실의 삶에서 개인이 얻게 되는 상처의 문제를 생각하게 만드는 시로서, 텍스트의 시적 화자는 인간 삶의 절대적 가치로 영혼의 순수성을 상정하며 그를 추구하고 있다. 승화된 영혼, 그 정결성에 대한 동경을 지닌 까닭에 시적 화자는 자신의 존재 양태를 못의 이미지 속에서 그려 낸다. 시적 화자는 현실에서 자신이 입은 작은 상처들이 지워지지 않은 채 남아 있으며, 자신의 존재는 그 상처의 지배로부터 자유롭기 어렵다는 점을 자각한다. 텍스트에 등장하는 무수한 못 자국은 진정한 영혼의 순수성을 향하는 길을 제시하기 위해 시인이 도입한 시적 장치라 할 수 있다. 유미주의唯美主義나 낭만성만을 추구하는 것으로는 진정한 영혼의 순수성에 이를 수 없다는 사실을 드러내기 위하여 못의 상징에 주목한 것이다. 그리함으로써 진정한 초월에의 길은 결코 순탄할 수 없다는 점을 암시한다. 시인이 발견하는 못 자국들은 결국은 시인이 자신의 시력詩歷을 통해 추구해 온 바, 즉 영혼의 염결성廉潔性을 드러내는 징표가 된다.

알리의 시가 이슬람교의 정신적 지향성을 그리고 김남조, 김종철 시가 기독교적 사랑과 초월의 의미를 재현하고 있음에 반하여 박재두의 시는 불교적 세계를 소재를 취하고 있다. 그의 시 「때 아닌 구름」은 "이차돈에게"라는 부제에서도 확인할 수 있듯이 불교적 이상을 지향한다. 일상 속에서도 종교적 자세를 견지하면서 살고자 하는 영혼의 정결성이 그 텍스트에 구현되어 있다. 시적 화자는 자신의 종교적 신념을 통하여 고양된 영혼을 갖고자 하는 소망을 보여 준다. 박재두 시인은 우리의 문화 영토에 만연해 있는 민족 전통의 종교인 불교를 소재로 삼아 불교적 세계관을 노래한다. 시조라는 한민족 고유의 시적 형식 속에 불교의 세계를 부리고 있어 내용과 형식이 보다 효과적으로 결합되고 있음을 보여 준다.

타하 무함마드 알리의
「복수」

At times ⋯ I wish

I could meet in a duel

the man who killed my father

and razed our home,

expelling me

into

a narrow country.

And if he killed me,

I'd rest at last,

and if I were ready—

I would take my revenge!

*

But if it came to light,

when my rival appeared,

that he had a mother

waiting for him,

or a father who'd put

his right hand over

the heart's place in his chest

whenever his son was late

even by just a quarter—hour

for a meeting they'd set—

then I would not kill him,

even if I could.

*

Likewise ··· I

would not murder him

if it were soon made clear

that he had a brother or sisters

who loved him and constantly longed to see him.

Or if he had a wife to greet him

and children who

couldn't bear his absence

and whom his gifts would thrill.

Or if he had

friends or companions,

neighbors he knew

or allies from prison

or a hospital room,

or classmates from his school···

asking about him

and sending him regards.

*

But if he turned

out to be on his own—

cut off like a branch from a tree—

without a mother or father,

with neither a brother nor sister,

wifeless, without a child,

and without kin or neighbors or friends,

colleagues or companions,

then I'd add not a thing to his pain

within that aloneness—

not the torment of death,

and not the sorrow of passing away.
Instead I'd be content
to ignore him when I passed him by
on the street—as I
convinced myself
that paying him no attention
in itself was a kind of revenge.
(Nazareth, April 15, 2006)

때때로… 바라곤 한다.
내 아버지를 죽이고
우리 가정을 파괴하고
나를 궁핍한 나라로 추방한 그자를
결투에서 만나기를.
그래서 그가 나를 죽이게 되면
마침내 나는 안식에 들 터이다,
그러나 만약 내게 기회가 온다면
난 복수를 할 것이다!

*

그러나
내 원수가 내 앞에 나타났을 때

그 원수에게 그를 기다리는 어머니가 있다거나

혹은 자기 아들이 십오 분이라도 약속된 시간에

늦을 때 오른손을 가슴에 올릴

그런 아버지가 있다면,

그런 사실이

명백해진다면…

그러면 나는 그를 죽이지 않을 것이다.

충분히 죽일 수 있다 할지라도.

*

그렇듯… 나는

그 원수에게 그를 사랑하고 늘 그리워하는

형제나 자매가 있다는 것을 알게 된다면

그를 죽이지 않을 것이다.

또는 그를 반겨 맞아 줄 아내가 있고

아버지의 부재를 견디지 못할 아이들,

아버지가 가져다 줄 선물 앞에 기뻐할 아이들이 있다면.

또는 그에게

그의 안부를 묻거나

인사를 전할

친구나 동료,

알고 지내는 이웃들,

감옥이나 병실에서 사귄 동지들,

또는 학교 동창생들이 있을 때에도.

*

하지만

그가 고독한 자라고 판명된다면…

나무에서 잘려 나간 나뭇가지처럼…

어머니나 아버지도 없고

형제도 자매도 없고

아내도 없고 자식도 없고

친지도 이웃도 친구도 없고

동료도 동지도 없다면,

그러면 나는 그 고독의 내부에 자리 잡은 그의 고통에

아무것도 더 보태지 않을 것이다…

죽음의 고문도,

소천의 슬픔도.

대신 나는

길 가다 그를 스쳐 가게 되었을 때

그를 무시하는 데에서 만족을 찾을 터이다…

왜냐하면 나 자신에게 타일러 두었기에.

내 원수에게 관심조차 주지 않는,

바로 그것이

일종의 복수라는 사실을.

(2006년 4월 15일 나자렛에서)

　　　　　　　　　　　　　-타하 무함마드 알리, 「복수」 전문, 졸역

　이 시는 자신에게 고통을 준 타자에 대한 복수의 문제를 다루고 있다. 자신이 받은 고통을 그대로 상대에게 돌려주는 것이 복수이다. 부당한 피해를 입고 고통스러운 삶을 살게 되었을 때 자신에게 그런 고통을 준 상대가 똑같은 경험을 하게 만들고 싶은 감정은 어쩌면 매우 자연스럽다. 가해자가 피해자와 유사한 경험을 갖게 되고 그로 인해 그가 고통을 받게 된다면, 비로소 그 가해자는 자신이 한 일에 대해 반성할 수 있게 되리라고 믿는 마음이 복수를 생각하게 만드는 것이다. 그러나 알리는 그와 같은 복수가 바람직하지 않다는 점을 보여 준다. 시인은 먼저 서로 다른 두 가지 경우를 상정한다. 그리고 어느 경우에도 복수는 바람직하지 않다고 말한다. 먼저 시적 화자는 복수의 대상을 향하여 만약 그에게도 사랑하는 사람이 있다면 복수하지 않겠다고 다짐한다. 비록 자신은 사랑하는 아버지를 잃고 조국을 잃은 채 고통 속에 살고 있지만, 그와 유사한 아픔과 상처를 그 대상으로 하여금 경험하게 하지는 않겠다고 말하고 있다. 복수의 대상이 되는 가해자에게도 사랑하는 가족이 있다면 결국 복수를 포기하겠다고 이른다. 자신이 사랑하는 이를 잃는 아픔이 얼마나 큰 것인지 경험하여 잘 알고 있기에, 똑같은 고통을 다른 사람에게 주어서는 안 되겠다고 생각하는 것이다. 다음은 그 반대의 경우, 즉 자신의 원수가 사랑하는 이를 전혀 갖지 못한 존재로 살고 있다면 그때에도 복수하지 않겠다고 한다. 그 대상이 이 세상 누구로부터도 사랑을 받지 못한 채 홀로 살고 있는 외로운 인생이라면, 그는 이미 충분히 복수를 당한 것이 아니겠는가 하고 스스로 반문하는 것이다. 이미 비참한 삶을 살고 있는데 그 삶을 더욱 짓밟을 이유가 자신에게는 없다고 보는 것이다. 그 대상은 하늘이 준 벌을 이미 충분히 받았으므로 피해자인 자신이 다시 그를 심판하면서 그에게 고통을 더해 주지는 않으리라 다짐한다.

텍스트를 더욱 구체적으로 살펴보자. 첫 연에서는 결투를 통해 직접적인 복수를 하고 싶다는 심경이 드러나 있다. 자신과 원수가 결투를 벌이게 되면 그 결투에서는 승자와 패자만이 남게 된다고 이른다. 시적 화자는 자신이 패자가 된다면 순순히 패배를 인정하고는 안식에 들 것이라고 다짐하고 있다. 이미 충분한 고통을 받았기에 죽음도 순순히 받아들일 수 있는 준비가 되어 있음을 보여 준다. 그러나 그 결투에서 자신이 승자가 되는 기회를 갖게 되면 복수를 하겠다고 다짐하며, 상대에게 자신이 받은 고통과 피해에 값하는 응징을 내리겠다는 마음을 보여 준다. 그러나 다음 연에서 시적 화자는 달라진 태도를 드러낸다. 첫 번째 연에서 복수가 핵심이었다면 두 번째와 세 번째 연에서는 용서의 마음이 작동하고 있는 것을 볼 수 있다. 그는 그 원수에 대해서조차 휴머니즘적인 연민을 가질 수밖에 없음을 보여 준다. 첫 연에서 확인할 수 있듯이 시적 화자는 원수로 인하여 아버지와 가정을 잃고 조국에서 추방당하여 고달픈 삶을 살게 되었다. 시적 화자가 사랑하는 가족을 잃는 아픔을 스스로 경험해 본 까닭에 그는 자신이 겪은 그 아픔을 타자가 똑같이 겪게 되는 것은 원치 않는다. 자신에게 고통을 준 이는 자신에게는 원수이고 복수의 대상일 것이다. 그러나 그 사람도 자신과 마찬가지로 사랑하는 다른 이들과 관계를 이루고 있을 터이기에, 그를 사랑하는 이에게는 자신의 원수 또한 소중한 존재일 수밖에 없음을 안다. 그러므로 시적 화자는 무고한 그들이 사랑하는 이를 상실하는 아픔을 갖게 되는 상황을 원치 않는 것이다.

세 번째 부분에서는 새로운 주제가 다시 등장한다. 그것은 누가 진정한 복수의 주체가 되는가 하는 질문이다. 자신의 원수가 이미 복수를 충분히 당하였다고 생각된다면 직접적인 복수를 더 이상 그 대상에게 가해야 할 까닭이 없어진다. 시적 화자는 만약 자신의 원수가 이 세상에서 그를 사랑하고 그리워할 사람을 전혀 갖지 못한 채 홀로 고통속에 살고 있다면 복수를 않겠노라고 다짐한다. 그 원수는 앞서 자신이 저지른 죄의 값을 충분히 치렀다고 보면서 자신이 복수하기 전에 이미 그는 복수를 당한 것이라고 이해한다. 그러므로 자신의 원수가 겪고 있는 고통을 증폭시키지 않으리라고 다짐한다. 시인은 사랑하지 못하고 사랑받지 못하는 그런 삶이란 이미 더할 나위 없이 고통스러운 삶이며 절대자의 복수와 응징을 받고 있는 삶이라고 보는 것이다. 두 번째와 세 번째의 시상에서 공통적으로 확인되는 것은 삶에서 사랑이 차지하는 비중이 매우 크다는 점이다. 앞서 시적 화자는 사랑하는 이를 잃는다는 일이 얼마나 고통스러운지 충분히 밝혔다. 그 고통이 너무나 커서 이 세상의 어떤 이도 사랑하는 이를 잃고 가슴 아파하는 고통을 당할 이유가 없다는 점을 보여 주었다. 그러므로 자기 자신만큼은 타인들로 하여금 자신이 겪은 아픔, 즉 사랑하는 이를 잃어버리는 아픔을 겪게 만들지 않겠다고 다짐하였다. 그만큼 사랑이 소중한 가치를 지녔다는 점을 피력한 것이다.

고통을 당하면 아픔을 느끼고 복수를 생각하는 것은 자연스러운 일이라 할 수 있다. 그러나 아픔을 겪어 본 자, 가해자가 아닌 피해자는 자신의 경험으로 인해 그 아픔의 본질을 철저히 이해할 수밖에 없다. 시적 화자가 누군가에게 아픔을 주는 일에 대해 깊이 성찰하고 결국 복수를 포기하게 되는 것도 그가 스스로 상실의 아픔을 경험한 자이기 때문이다. 인간에 대해 느끼는 측은지심과 동병상련의 정이야말로 직접적이고 물리적인 복수를 넘어서서 용서로 나아가게 만드는 힘이다. 그리고 연민의 정이 그런 용서를 가능하게 한다고 볼 수 있다. 용서는 너그러운 마음에서 가능해지는 것이고 그 용서는 휴머니즘의 핵심에 놓이는 것이다. 어느 종교에서나 용서를 강조한다. 사랑과 용서 없이는 분쟁과 대결을 넘어설 수 없고 꼬리에 꼬리를 물고 복수가 반복될 수밖에 없기 때문이다. 알리는 「복수」라는 제목을 내세우며 독자에게 묻고 있다. '진정한 복수의 길은 사랑과 용서를 실천하는 주체가 되는 것'은 아닐까?

김남조의
「너를 위하여」

나의 밤 기도는
길고
한 가지 말만 되풀이한다

가만히 눈뜨는 건
믿을 수 없을 만치의
축원

갓 피어난 빛으로만
속속들이 채워 넘친 환한 영혼의
내 사람아.

쓸쓸히

검은 머리 풀고 누워도
이적지 못 가져본
너그러운 사랑.

너를 위하여
나 살거니
소중한 건 무엇이나 너에게 주마.
이미 준 것은
잊어버리고
못다 준 사랑만을 기억하리라
나의 사람아.

눈이 내리는
먼 하늘에
달무리 보듯 너를 본다.

오직
너를 위하여
모든 것에 이름이 있고
기쁨이 있단다
나의 사람아.

―김남조, 「너를 위하여」 전문

김남조 시인은 기독교적 사랑, 그 근원을 탐구하며 정화된 시어와 선명하고 효과적인 이미지를 통하여 주제를 시적 텍스트에 구현한다. 김남조 시인은 자유시의 형식을 취하여 창작하고 있으나 시어의 선택과 배열에 있어서 엄격한 편이어서 텍스트에서는 정합성이 뚜렷하게 드러나고 있다. 텍스트는 언어의 음악성을 잘 구현하고 있어 시를 읽으면 리듬이 자연스럽게 느껴진다. 시인이 구사하는, 선명한 이미지를 지닌 시어들로 인하여 텍스트 전체는 통일성을 이루며 주제를 드러내게 된다. 텍스트에 드러난 바는 기독교의 주요한 덕목인 희생과 사랑의 정신이라 할 수 있다. 궁극적으로는 사랑과 평화가 넘치는 세상을 이루기 위해 자신을 희생하고 타자를 존중하는 마음을 노래한 텍스트인 것이다. 그러나 좁은 의미에서 그 사랑은 현실 속의 연인들이 나누는 평범한 사랑이라고도 볼 수 있다. "나의 사람", 즉 "너"를 향한 축복과 그리움을 노래하고 있는 텍스트인데 그 "나의 사람"은 구체적 개인일 수도 있고 보다 광범위한 대상일 수도 있는 것이다.

김남조 시인은 "시는 어휘로 쓰는 게 아니라 뿌리까지 사유하는 힘으로 쓰는 일이며 문학적인 책임이 뒤따른다. 시인의 눈은 본질적인 것을 고민하고 포착하는 힘이다"라고 말한 바 있다. 덧붙여 그는 "제가 가능하다면 정말 좋은 신앙시를 쓰고 싶습니다. 정말 축복이 있어요. 사랑과 신앙은 섞이는 거예요"라고 언급하면서 종교를 통하여 영성에 이르는 것이 자신에게 매우 중요한 문제임을 밝힌 바 있다. 또한 시를 쓰는 일이 종교적 구도의 행동과도 다르지 않다는 점을 강조하였다.[1]

---

1 여성신문, 「김남조 시인 "정말 좋은 신앙시를 쓰고 싶습니다"」(2019.07.06.)

김남조 시인이 강조하는 사랑의 핵심적인 요소는 희생과 헌신이라고 볼 수 있다. 그 주제는 사랑은 언제나 부족하다고 느껴질 만큼 사랑을 실천하는 이의 마음이 소박하고 겸손해진다는 전언을 통해 드러난다. "너를 위하여/나 살거니/소중한 건 무엇이나 너에게 주마./이미 준 것은/잊어버리고/못다 준 사랑만을 기억하리라"라는 구절을 보자. 이 구절은 이 시의 주제를 잘 드러내고 있다. 또한 낭독해 보면 매우 유려하게 읽히는 구절이다. 그래서 따라 읽기에도 외우기에도 적합하다. 이 구절은 희생과 헌신이 사랑의 핵심에 놓인다는 점을 재확인한다. 시인은 사랑하는 대상을 위하여 소중한 것을 모두 주고 싶은 마음을 노래하고 있다. 대가를 바라지 않고 헌신과 희생 자체에서 기쁨을 찾는 것이 진정한 사랑임을 일깨우는 것이다. 또한 과거와 미래를 대비시키며 "이미 준 것"과 "못다 준 사랑"을 대조적으로 드러낸다. "잊어버리고"와 "기억하리라"라는 대조적인 구절이 그 뒤를 따름으로써 사랑의 속성을 더욱 강렬하게 표현하고 있다. "축원", "피어난 빛", "환한 영혼" 등의 표현들은 사랑하는 대상을 향해 주어진 말들이다. 그 시어들이 지닌 이미지들은 자연스럽게 맞물리며 연결되고 있어 마치 말의 물결을 느낄 수 있을 듯하게 들린다.

여기서 "축원"은 기도의 자세와 긍정의 마음을 잘 드러내고 사랑의 본질을 압축적으로 설명하는 결정적인 시어라고 할 수 있다. 축원과 영혼은 한자어로서 추상적인 관념어에 해당한다. 시 텍스트에서 관념어가 지나치게 많이 포함되어 있으면 이미지의 힘이 약해질 위험이 있다. 그러나 그 점을 상쇄해 주기라도 하듯 "피어난," "빛," "환한" 등의 어휘가 동시에 적절히 사용되고 있다. "피어난 빛"에서는 꽃과 빛의 이미

지가 동시에 겹쳐 드러난다. 피어나는 것은 꽃이어야 하는데 꽃이 피
듯 빛이 피어나고 있다는 심상을 발견할 수 있다. 꽃이 개화하듯 피어
나는 빛 그리고 그 빛으로 인하여 환하게 드러나는 타자의 존재에게 보
내는 탄사가 "환한 영혼"이라는 표현에 압축되어 있다. 시적 화자가 타
자를 향하여 느끼는 바, 그가 지닌 사랑의 마음은 그 표현을 통해 드러
난다. 그리고 그런 긍정적인 어휘들은 사랑받는 대상이 향유할 축복만
을 드러내는 것이 아니다. 궁극적으로는 사랑하는 이의 기쁨을 함께 드
러낸다. 반면 "쓸쓸히/검은 머리", "이적지 못 가져본", "눈이 내리는/먼
하늘" 등의 표현에서는 시적 화자의 안타까움이 드러난다. 이를 통해
그가 자신이 지향하는 궁극적인 사랑의 실현에 아직 이르지 못하고 있
다고 느끼고 있음을 알 수 있다. 그것은 시적 화자가 사랑을 통해 더욱
겸손해진 마음의 상태에 있음을 말해 주는 구절이다. 그러나 눈이 내리
는 먼 하늘에서도 달무리를 찾을 수 있고 그 달무리를 우러러 볼 수 있
다는 점, 그것은 시적 화자가 지닌 사랑으로 인하여 가능해지는 것임을
확인할 수 있다. 이처럼 사랑의 마음은 마침내 시적 화자로 하여금 삶
에 대한 무한한 긍정에 이르게 한다. 사랑이 가져다주는 겸손하고도 따
뜻한 마음으로 인하여 삶의 희망을 재확인하게 된다고 볼 수 있다.

김종철의
「고백성사: 못에 대한 명상 1」

못을 뽑습니다

휘어진 못을 뽑는 것은

여간 어렵지 않습니다

못이 뽑혀져 나온 자리는

여간 흉하지 않습니다

오늘도 성당에서

아내와 함께 고백성사를 하였습니다

못 자국이 유난히 많은 남편의 가슴을

아내는 못 본 체하였습니다

나는 더욱 부끄러웠습니다

아직도 뽑아내지 않은 못 하나가

정말 어쩔 수 없이 숨겨 둔 못대가리 하나가

쏘옥 고개를 내밀었기 때문입니다.

김종철 시인은 1968년 《한국일보》 신춘문예에 「재봉」이, 1970년 《서울신문》 신춘문예에 「바다 변주곡」이 각각 당선되어 시단에 등장했으며, 2014년 지병으로 작고하기까지 46년 동안 시작 활동을 보여 준 시인이다. 그는 생전에 간행한 일곱 권의 시집을 포함하여 유고시집 『절두산 부활의 집』, 형인 김종해 시인과 함께 간행한 형제 시인 시집 『어머니, 우리 어머니』 등을 상재한 바 있다.

허혜정이 지적한 바와 같이 김종철 시인의 시 세계는 아직 충분하고도 본격적인 조명을 받았다고 보기는 어렵다. 허혜정은 "시선집 등을 제외하고도 여덟 권에 이른 창작 시집들로 '제6회 윤동주문학상(1990)', '제13회 정지용문학상(2001)'을 수상하기도 했던 그의 문학적 발자취에 비하면 너무도 안타까운 연구의 공백을 시사"한다고 언급하면서 김종철 시 세계에 대한 이해의 필요성을 촉구한 바 있다.

김종철 시인은 가톨릭 정신을 시 세계의 근저에 두고 현실의 삶 속에서 그 정신을 실현하고자 한 시인이다. 그 과정에서 경험하게 되는 다양한 사유의 흔적과 감정들을 시적 언어로 재현하였다. 김재홍은 김종철 시인에 대해 "「가을의 기도」를 대표작으로 한 김현승의 기독교적 정신성이나 한국 전쟁의 참화를 열다섯 편의 연작시로 표현한 「초토의 시」에서 보여 준 구상의 기독교적 사랑의 세계를 잇는 시인임을 짐작게 하는 것이다"고 평가한다. 또한 그러한 시 세계는 김종철 시인의 시력 전반에 걸쳐 일관되게 드러나는 성격의 것이라고도 주장한다. 김종철 시인의 초기 시에 해당하는 「죽음의 둔주곡」과 「떠도는 섬」에서부터 가톨릭 세계관이 잘 드러나고 있으며 가톨릭 정신은 김종철 시 세계의 중심에 자리 잡고 있다는 점을 규명한 것이다. 그러나 김종철 시 세계의 특징이 선명하게 드러나기 시작한 시기는 1992년, 제4시집 『못에 관한 명상』의 발간 이후부터라고 볼 수 있다. 위에 든 「고백성사: 못에 대한 명상 1」에서 보듯 못의 상징성이 다양한 변주의 과정을 거치며 구체적으로 드러나기 시작하면서 시인이 지닌 가톨릭 정신을 대변하게 된 것이다. 그 못의 이미지는 죄의식을 강조하는 구실을 하면서 동시에 시인이 지닌 정신적 염결성을 보여 준다. 그러므로 김종철 시인의 텍스트들을 통합하고 있는 가장 강렬한 상징은 '못'이라고 할 수 있다. 시인이 선택한 못의 모티프는 기존의 기독교 시들에서는 찾아보기 어려운 시적 소재로서 김종철 시인의 독창성을 대변하는 것이기도 하다.

기독교 정신을 노래해 온 한국시의 전통 속에서는 앞서 살핀 바와 같이 축복과 기원, 아낌없는 사랑이라는 주제가 그 중심에 놓여 있다. 그리고 그 주제를 드러내기 위해 시인들이 선택한 시어들은 매우 강한 서정성을 드러내는 말들이었다. 김남조, 김현승, 구상 시에서 보듯 기독교 시의 전통에서는 빛, 백합, 눈, 푸른 들판 등의 이미지가 주도적이었다. 또한 순수와 정화를 상징하는 물의 이미지도 많이 활용되어 왔다. 시인들은 그러한 이미지를 통하여 사랑하는 대상에의 헌신, 대상을 향한 간절한 축원의 마음 그리고 시인이 추구하는 영혼의 순결성을 드러내는 경향이 현저하였다. 한 예로 김현승 시를 들어 보자.

가을에는
기도하게 하소서…

낙엽落葉들이 지는 때를 기다려 내게 주신
겸허謙虛한 모국어母國語로 나를 채우소서.

가을에는
사랑하게 하소서…
오직 한 사람을 택하게 하소서.
가장 아름다운 열매를 위하여 이 비옥肥沃한
시간時間을 가꾸게 하소서.

가을에는
호올로 있게 하소서…
나의 영혼,
굽이치는 바다와
백합百合의 골짜기를 지나,
마른 나뭇가지 위에 다다른 까마귀같이.

―김현승,「가을의 기도」전문

    김현승 시에서는 "나의 영혼,/굽이치는 바다와/백합百合의 골짜기를 지나,"라는 구절에 주목할 수 있다. 바다와 골짜기를 지나가는 시적 화자의 모습에서 정신적 초월을 향한 구도적 자세가 잘 드러나고 있다. 그러나 위 텍스트에서 가장 주목할 요소는 "까마귀"의 이미지이다. "마른 나뭇가지 위에 다다른 까마귀같이"에 드러나는 까마귀의 이미지는 우리 시적 전통과는 분리되는, 꽤 이질적인 시적 모티프이다. 우리 문화의 전통 속에서 까마귀는 까치와 대조를 이루는 흉조로 간주되곤 한다. 까치가 울면 반가운 손님이 찾아오리라 기대하게 되지만, 까마귀는 죽음을 연상하게 만드는 새이기 때문이다. 까마귀는 무덤가에 있는 제삿밥을 탐하는 존재로 가을이나 겨울의 건조한 하늘 위를 떠돌며 불길한 기운을 불러오는 새로 여겨져 왔다. 그러므로 김현승 시인이 마른 나뭇가지 위의 까마귀 같은 영혼을 노래하는 그 구절은 독자에게는 익숙하지 않은 시적 종결의 방식이라 할 수 있다. 독자의 상상력에 균열을 일으키는 전환의 힘을 지니고 있는 구절이다.

이제 다시 논의하던 바로 돌아와 김종철 시인의 시 세계를 살펴보도록 하자. 김종철 시인은 기독교 정신을 시적 주제로 삼으면서도 못의 이미지를 제시하여 기독교 시의 전통으로부터 벗어나고 있다. 그가 일관되고도 지속적으로 구현하는 못의 이미지는 김현승 시의 '까마귀'에서 한 걸음 더 나아간 것으로 이해할 수 있다. 순수와 초월과 영혼의 정화를 기원하면서도 김종철 시인은 모든 아름다운 시어를 거절하고 못을 선택하고 있다. 독자에게 놀라움을 주는, 쉽게 받아들이기 어려운 거칠고 날카로운 못의 이미지를 의도적으로 선택하고 있는 것이다. 못의 이미지는 부드럽고 아름다운 것과는 거리가 멀다. 많은 사람이 피하고 싶어 하는 것이 못이라고 볼 수 있다. 못에 걸리면 상처를 입게 되고 피를 흘리게 된다. 그러나 바로 그 점 때문에 못은 일상적이고 평온한 사랑의 노래를 넘어설 수 있는 가능성을 내포하고 있는 이미지이다. 무엇보다 먼저 못은 예수의 죽음과 부활을 직접 상징한다. 십자가에 못박혀 피 흘리면서 죽어 간 예수의 이미지를 떠올리게 만들기 때문이다. 그런 까닭에 못의 은유는 사실상 기독교 종교에서 중요한 역할을 맡는 것이다.

또한 못의 상징은 시인이 추구하는 종교적 염결성과 시인이 처해 있는 현실과의 거리를 드러내기 위해 활용되고 있다. 김종철 시인이 굳이 못의 이미지를 도입하여 표현해 내고자 하는 바는 무엇보다도 죄의 문제와 그에 대한 자괴감의 문제라 할 수 있다. 인간의 본성 중의 하나로 간주되는 죄의 문제를 직접 못의 이미지를 통해 다루고 있는 셈이다. 시인은 못이 박히는 일과 그 못을 뽑아내는 일이 지니는 의미를 질문하고 있다. 텍스트의 전반부에 놓인 휘어진 못과 못 자국의 은유에 주목해 보자. 못은 한 번 박히게 되면 쉽게 제거하기 어렵고, 박힌 자리에 남아 있는 동안 휘어져 더욱 뽑아내기 어렵게 되기 마련이다. 그리고 뽑아낸 이후에도 그 자국은 쉽게 사라지지 않는다. 못이 박혔던 자리에 구멍을 남긴 채 오래도록 그 흔적을 확인하게 만드는 것이다.

텍스트는 못을 뽑는 행위라는 비유를 통해 드러나는 회개의 문제 또한 제기하고 있다. '고백성사'라는 제의를 통하여 시적 화자가 스스로 무수히 가슴에 박힌 못을 뽑아내는 일을 거듭해 왔음을 알 수 있다. 그러나 그럼에도 불구하고 못은 완전히 사라지지 않고 여전히 남아 있어 시적 화자의 마음에 계속하여 상처를 남긴다. 시적 화자에게 죄의식과 부끄러움의 감정을 더해 주는 것은 그처럼 회개를 거듭하여도 못을 영원히 사라지게 만들기는 어렵다는 사실에 대한 자각이다. 즉, 시적 화자는 거듭되고, 결코 쉬이 멈출 것 같지 않은 죄, 그 죄의 근원에 대한 강한 자의식을 드러내고 있는 것이다. 시인은 누구보다도 예민하게 그 못의 존재를 인식하는 자이다. 단 하나 가슴에 남아 있는 못의 존재조차 용인하기 어려워하고 부끄럽게 여긴다. "아직도 뽑아내지 않은 못 하나가"라는 구절에서 아직도 자신을 완전히 떠나지 않는 죄, 그 죄의 일상성과 만연성에 대한 시인의 자의식을 엿볼 수 있다. 죄를 향한 인간 본성에 대한 자괴감과 개탄의 정 그리고 결국 인간이 지닌 생래적 한계를 넘어서 보고자 하는, 시적 화자의 순수와 초월에의 지향성을 다시금 확인할 수 있다.

"나는 더욱 부끄러웠습니다"라는 발언은 시적 화자의 심경을 가장 잘 대변하고 있는 고백임을 알 수 있다. "더욱 부끄러웠습니다"라는 구절은 '나는 부끄러웠습니다'라는 선행하는 구를 지니지 못한 채 제시되어 있다. 흔히 부끄러움을 느끼는 일이 선행할 때 더욱 부끄러움을 느낀다는 진술이 자연스럽다. 그러나 "더욱 부끄러웠습니다"라는 구절이 맥락을 제거된 채 등장하고 있다는 데에서 시적 화자가 부끄러움의 감정을 일관되게 느끼고 있음을 알 수 있다. 그리하여 텍스트의 "못"은 시인이 지닌 종교적 초월에로의 지향성에 비례하여 함께 깊어지는 부끄러움의 마음을 대변하게 된다. 김종철 시인은 이미 더 이상 평화롭고 아름답게 그려 내기에는 너무나 피폐해진 현대인의 삶에, 정직하게 대응하면서도 결코 포기할 수 없고 더욱 간절히 추구하게 되는 종교적 초월의 세계를, 못에 대한 명상을 통해 거듭 강조하고 있는 것이다. 전술한 바와 같이 김현승 시인과 구상 시인이 전개한 바, 기독교 정신의 문학적 구현 양상에 비추어 볼 때 김종철 시인의 위상이 뚜렷해진다. 김현승 시인의 까마귀와 구상 시인의 초토 이미지는 더 이상 낭만적으로 형상화하기 어려워진 우리 현실을 재현하면서, 그 현실 속에서 살아가는 구도자의 이미지를 제시하고 있다. 김종철 시인은 김현승 시인과 구상 시인의 계보를 이으면서도 더욱 모더니즘적인 방식으로 새로운 이미지의 영역을 개척해 나갔다고 볼 수 있다.

못은 우리 현대 시사에서 시인들이 흔히 시적 형상화의 영역에 초대하지 않았던 생경한 이미지를 지닌, 매우 구체적이고 비낭만적인 어휘이다. 김종철 시인은 누구보다도 구체적인 물질성을 지닌 말들을 자신의 시어로 채택하면서 그처럼 정제되기 어려운 시어를 통해 종교적 초월성이라는 주제에 다가가는 모험을 보여 주었다. 김종철 시 세계의 그와 같은 특수성은 시인의 개인적 경험과도 무관하지 않을 것이다. 시인은 한국 전쟁의 폐허 속에서 태어나 어린 시절 종교에 입문한 이후 청년기에는 베트남 전쟁에도 참전한 바 있다. 그리하여 첫 시집 『서울의 유서』에서 이미 낭만적으로 그려 내기에는 너무나 참혹한 삶의 현실 앞에서 새로운 감수성으로 자신이 경험한 현실에 대응하려는 자세를 드러내었다. 『서울의 유서』의 대표작 「죽음의 둔주곡」에서 김종철 시인은 김재홍의 지적처럼 "비극성을 강화하고 비장미를 심화시키는 방향으로 전개"되는 시를 보여 주고 있었던 것이다. 한국 현대사를 특징짓는 두 전쟁, 한국 전쟁과 베트남 전쟁의 경험과 긴밀히 닿아 있는 삶을 살면서 그 비극성을 직접 체험한 시인이면서도, 황폐한 현실 속에서 좌절하지 않고 오히려 종교적 갈망과 기원으로 그 삶을 승화해 온 시인이 김종철 시인이다. 그의 시 세계에 구현된 못의 이미지는 그 삶의 반영인 김종철 문학의 중심에 놓여 있다. 김종철 시의 못 이미지의 변주 양상을 보다 구체적으로 살펴보게 되면 한국 현대시의 정신사적 전통이 생성, 발전, 변화되어 온 과정을 함께 규명할 수 있을 것이다.

박재두의
「때 아닌 구름: 이차돈에게」

천 년

다시 천 년

살도 뼈도 삭았으리

그날

하얀 무지개

믿음의 서릿발은

때 아닌

구름을 몰아

안마당에 부린다.

언제던가

살갗 밑에
굳어 앉은 날개

새로 돋으려나
가려운 겨드랑이

떨그럭
끊어진 하늘
징검다리 놓는 구름

―박재두, 「때 아닌 구름: 이차돈에게」 전문

이 시는 제1회 이호우 · 이영도 시조문학상 수상작이다. 1991년 발표 당시에는 마지막 구절이 "하늘길/모셔갈 가마/대문 안에 앉힌다"였으나 이후 개작된 것이다. 박재두 시인은 대부분의 작품을 지면에 발표한 이후에도 수차례 수정하곤 했다. "한 알 보석을 깎듯"한 것이 시인의 시작 태도였는데 이는 시인 자신이 천명해 온 바이다. 다작多作하지 않는 과작寡作의 시인이어서 1965년 동아일보 신춘문예 시조부문에 당선되어 등단한 이후 32년간의 시력을 통하여 이백오십 편 내외의 시조 작품만을 발표하였다. 발표한 작품들은 『꽃, 그 달변의 유혹: 박재두 시전집』에 수록되어 있다.

시조는 3장의 짧은 형식 속에서 시적 전언과 적절한 은유를 실현해야 한다. 또한 시어의 배치를 통하여 언어의 음악성, 즉 운율도 느낄 수 있도록 해야 한다. 그러므로 시조는 압축적이고 함축성이 강한 시어와 시적 은유를 구사한다. 이 시조 텍스트는 거기에 종교적 사유라는 주제까지 아우르고 있어 난해하게 느껴질 수 있다.

1991년 12월, 이호우 · 이영도 시조문학상 수상작으로 이 작품이 결정되었을 때 당시 심사위원인 김상옥, 박철희, 정완영 등은 "'때 아닌/구름을 몰아/안마당에 부린다'와 같은 구절이 보여 주듯이 시적 체험을 상상적 절제로 응시하여 시조적 진술에 이르는 능력이 결코 범상치 않다"고 의견을 모았다. 시적 화자는 어느 날 안마당에서 맑은 하늘에 갑자기 나타난 구름을 보게 된다. 느닷없이 나타난 구름, 그 등장을 "때 아닌/구름을 몰아"라는 3음절, 5음절의 어휘로 재현하였는데 그리하여 언어를 압축적으로 사용하면서도 묘사하고자 하는 장면을 충분히 드러내고 있다는 것을 알 수 있다. 느닷없이 나타난 구름은 "하얀 무지개"를 떠올리게 하고 그 연상은 신라 시대의 불교 순교자인 이차돈의 넋으로 연결되게 된다. 시적 화자는 갑자기 나타난 구름을 응시하는 데에 그치지 않고 먼 옛날 이 땅에 살았던 종교인을 그 구름을 통해 연상하게 된 것이다. 그리고 그러한 종교적 믿음을 통해 갱생하고 부활하고자 하는 의지를 천명한다. "살도 뼈도 삭았으리"라고 텍스트를 전개하기 시작함으로써 육체의 유한성을 먼저 제시하고 그 유한성을 초월하는 신념의 영원성을 병치할 준비를 한다. 살과 뼈는 육체를 지칭하고 유한한 인간의 생명을 상징한다. 반면 하얀 무지개는 그 유한성에 맞서는 초월성과 영원성을 드러내는 데에 사용된다.

"천 년/다시 천 년/살도 뼈도 삭았으리"로 드러나는 첫 연의 초장은 시적 소재이자 주제가 된 이차돈과 시적 화자 사이의 시간적 거리를 표현한다. 천 년 전, 신라 시대에 이차돈의 순교가 있었음을 20세기 후반의 시인이 문득 생각하게 된 것이다. 물리적으로는 시적 대상인 이차돈과 시적 화자 사이에는 먼 거리가 존재한다. "살도 뼈도 삭았으리"라는 표현은 그 거리를 효과적으로 드러내고 있다. 비록 이차돈은 천 년 전 순교하였고 그의 살과 뼈는 이제는 삭아서 흙으로 돌아갔을 것이다. 그러나 그의 종교적 신념은 아직도 사라지지 않은 채 남아 있어 시인으로 하여금 하늘에 문득 나타난 구름을 보며 그를 생각하게 만드는 것이다.

"그날/하얀 무지개/믿음의 서릿발은" 구절은 이차돈이 상징하는 종교적 신념을 형상화한 것이다. 한반도에 불교를 정착시키기 위해 순교를 선택한 이차돈은 순교의 순간 흰 피를 흘렸다고 알려져 있다. 이차돈의 결연한 종교적 자세를 "믿음의 서릿발"이 대변하고 있다. "하얀 무지개"라는 표현도 중의적이다. 시인은 "하얀"이라는 빛깔의 어휘를 사용하여 이차돈의 순교를 상징적으로 드러내는 데에 성공한다. 그러나 동시에 단순히 '하얀 피'로 표현하지 않고 "하얀 무지개"로 표현을 바꾸고 있음에 주목할 수 있다. 하늘에 갑자기 나타난 구름을 보다가 이차돈의 믿음을 생각하게 되었으므로, 시인의 시적 상상력은 하늘과 구름을 매개로 하여 전개되고 있다. 무지개는 아름다움과 신비를 드러내는 은유이자 비 온 뒤 하늘에 뜨는 것이므로 초월의 이미지도 갖고 있다. 그런 무지개의 초월성을 도입하면서도 '오색 무지개'가 아닌 "하얀 무지개"라고 표현함으로써 그 무지개가 필연적으로 이차돈의 죽음과 연결되게 만든 것이다.

"새로 돋으려나/가려운 겨드랑이", "떨그럭/끊어진 하늘/징검다리 놓는 구름"은 그런 이차돈의 신념을 존중하는 시적 화자의 자세를 드러낸다. 날개와 징검다리는 각각 부활과 갱생의 의지를 표현한다고 볼 수 있다. '날개가 새로 돋으려고 겨드랑이가 가렵다'는 것은 부활의 가능성을 드러내는 표현이라 할 수 있다. 이는 이상의 단편소설 「날개」에서도 발견되는 이미지이다. '구름이 끊어진 하늘에 징검다리를 놓는다'는 표현 또한 단절을 넘어서는 재결합의 염원을 드러낸다. 즉, 시적 화자는 하늘에 별안간 나타난 한 조각의 구름을 보다가 그 구름을 통해 이차돈을 생각하게 되고, 그를 통해 자신이 지닌 종교적 초월에의 지향성을 확인한다고 볼 수 있다. 언급했듯이 마지막 구절은 처음 발표할 때에는 "하늘길/모셔갈 가마/대문 안에 앉힌다"로 표현되었다. 이는 하늘로부터 가마 한 채가 내려와서 시적 화자는 그 가마를 타고 이차돈을 만나는 꿈을 꾼다고 해석할 수 있다. 혹은 이차돈의 넋이 이 땅에 머물고 있다가 이제 그 가마를 타고 불교의 정토국淨土國으로 돌아가려고 한다는 의미로도 읽을 수 있다.

요컨대 단조로운 일상 속에서 시인은 어느 날 갑자기 나타난 구름을 보게 된다. 그런 때 아닌 구름으로 인하여 시인은 신비스러운 느낌을 갖게 된다. 그 순간은 불심의 현현顯現, 즉 에피파니epiphany의 순간이라 할 수 있다. 시적 화자가 종교적 체험에 이르게 되는 순간인 것이다. "때 아닌 구름"이라는 제목은 그처럼 뜻하지 않게 우연히 맞게 된 신비한 경험을 잘 드러내고 있다.

사랑과 그리움의 시

사랑은 우리 삶에 있어서 매우 중요한 요소이다. 사랑하고 사랑받는다는 것은 사람들로 하여금 자신의 존재 의미를 확인하게 해 준다. 사랑의 감정은 사람들에게 삶을 살아가는 힘과 용기를 부여하기도 한다. 현실적으로 어려워 보이거나 심지어 불가능하게 여겨지는 일도 사랑의 힘으로 이루어 내는 모습을 볼 수 있다. 사랑의 감정은 인류 문화의 발전 과정에 크게 기여하였다. 사랑을 주제로 삼은 음악, 미술, 문학, 영화 등 다양한 예술 장르들을 생각해 보자. 사랑만큼 풍부하고 다양한 예술의 소재는 달리 찾기가 어려울 정도이다. 또한 사랑은 아가페적 사랑과 에로스적 사랑 등 여러 가지 종류로 나누어 볼 수 있다. 이 장에서는 이성 간의 사랑과 그리움을 주제로 삼은 시들을 주로 살펴보기로 한다.

　인류 문화사에서 사랑을 이해해 온 바를 대략적으로 살펴보자. 사랑에 대한 담론은 플라톤과 아리스토텔레스의 시대에도 찾아볼 수 있다.

고대 철학자들은 인간이 자신의 분리된 반쪽을 찾아 통합적 주체를 이루고자 하는 욕망을 지녔다. 즉, 여성과 남성은 자아의 상대를 찾아내어 그와 결합함으로써 비로소 완전한 하나의 인간으로 재탄생할 수 있다고 본 것이다. 다시 말해, 인간은 근원적으로 불완전한 존재이지만 사랑을 통하여 그 불완전성을 어느 정도 극복할 수 있는 셈이다. 사랑의 대상을 찾는다고 해도 인간이 지닌 생래적인 불완전성이 완전히 사라지지는 않는다. 하지만 사랑이 인간의 근원적인 결핍감을 어느 정도 제어하는 데 기여한다는 점은 인정할 수 있다. 사랑을 주제로 삼은 이야기로는 그리스·로마 신화의 오르페우스와 에우리디케 이야기를 제일 먼저 들 수 있다. 신화 속에서 오르페우스와 에우리디케가 겪는 사랑, 이별, 그리움은 많은 예술가들에게 영감의 원천으로 작용하였으며 그 결과 수많은 예술 작품들이 그 주제를 다양한 방식으로 재현하였다. 연극, 가곡, 영화 등의 장르에서 직접 재현되기도 하였으며 또한 그 모티프를 변용한 예술 작품들도 무수히 찾아볼 수 있다. 그 밖에도 트로이의 헬레네 이야기, 오디세우스를 향한 페넬로페의 사랑과 세이렌의 유혹 이야기도 잘 알려져 있다. 그처럼 사랑을 중심으로 한 경쟁, 분쟁, 고독, 기다림 등의 이야기는 끊이지 않고 이어져 오면서 인류 문화사를 구성해 왔다.

프랑스의 소설가 빅토르 위고Victor Hugo는 "인생은 꽃이고 사랑은 그 꽃의 꿀이다(Life is the flower for which love is the honey)"라고 말한 바 있다. 사랑의 감정은 인생을 복되고 충만하게 만드는 매우 중요한 요소임을 강조한 말이다. 또한 사랑은 뜻하지 않게 별안간 찾아오는 운명적인 사건이라고 오랫동안 알려져 왔다. 그런 사랑을 기다리면서 사랑만이 삶의 유일한 목적이면서 의미인 것처럼 여기는 경향 또한 인류 문화의 오래된 전통이다. 사랑이 번개처럼 찾아오는 것이라는 은유가 오래도록 받아들여져 왔으며, 그와 같은 사랑에 대한 신화는 특히 여성 주체들의 삶에 더욱 강한 영향력을 지녀 왔다고 볼 수 있다. 루이즈 글릭 Louise Glück은 사랑이란 번개lightning처럼 찾아오는 것이라는 믿음에 저항하는 「프리즘Prism」이란 시를 쓰기도 했다. 하늘에서 별안간 번개가 치는 장면을 볼 수 있듯이 기대하지 못한 순간에 갑자기 운명처럼 사랑이 찾아온다는 오래된 신화가 여성 주체들의 삶에 끼치는 부정적 영향력을 비판한 것이다.

> It happened once. Being struck by lightning was like being
> vaccinated;
>> the rest of your life you were immune,
>> you were warm and dry.
>
> Unless the shock wasn't deep enough.
> Then you weren't vaccinated, you were addicted.

> 한순간의 일이다. 번개를 맞는 것은 예방 주사를 맞는 일.
> 한 번 제대로 맞으면 평생 면역,
> 평생 따뜻하게, 습하지 않게 지낼 수 있지.

> 번개의 충격이 너무 강하면.

면역은커녕 평생 중독자로 살지.

—루이즈 글릭, 「프리즘」 부분, 졸역

　위의 인용에서 보듯 글릭은 사랑의 운명적 요소를 지나치게 강조해 온 문화적 전통에 저항하는 모습을 보여 준다. 사랑, 그것도 운명적인 사랑을 얻는 것이 여성 삶의 가장 중요한 일이라고 가르치는 무수한 기존 담론들을 비판하면서 텍스트를 통해 그 점을 지적한다. "한 번 제대로 맞으면 평생 면역", "번개의 충격이 너무 강하면./면역은커녕 평생 중독자로 살지"라고 언급한 부분에 주목할 필요가 있다. 시적 화자는 진부하고 상투적인 사랑 담론이 지닌 부정적 요소에 더욱 주목하고 있다. 번개처럼 찾아오는 사랑을 갖게 되는 주체에게는 그 사랑이 행복한 삶을 보장해 주겠지만, 그렇지 못할 경우 사랑이라는 신화에 인생을 저당 잡히기라도 한 듯 사랑을 찾아 헤매게 된다고 비판하고 있는 것이다. 글릭은 그처럼 오래된 인류 문화의 일부로서 우리 사회에 만연해 있는 사랑의 통념을 비판한다. 면역과 중독의 대비를 보이면서 그를 통해 운명적 사랑이라는 잘못된 신화가 여성 주체의 삶에 미치는 지대한 영향력을 지적한다. 그리고 그 신화를 신랄하게 뒤집고 조롱하여 독자들로 하여금 비판적 자세를 취할 것을 주문하고 있다.

　글릭의 시에서 보듯 여성 주체들의 자의식이 분명해지면서 사랑을 바라보는 새로운 시각들이 등장하고 있음을 볼 수 있다. 그러나 사랑이라는 주제가 인류 문화사에서 가장 보편적이며 오랜 전통을 지닌 것임은 자명하다. 사랑에 관해서 그처럼 다양한 문화권에서 다채로운 예술적 재현이 이루어져 왔다는 사실은, 인류 역사에 있어서 사랑이 얼마나 중요한 역할을 담당해 왔는가 하는 점을 드러내 보여 주는 것이기도 하다. 사랑은 사랑의 주체로 하여금 숭고한 것의 아름다움에 접근하게 하며, 희생을 가능하게 하고, 대상을 향한 무한한 축복을 생각하게 한다. 동시에 사랑의 감정이 불러일으키는 기쁨과 환희는 그 감정의 풍요로움에 비례하여 사랑하는 주체로 하여금 자신이 지닌 결핍을 더욱 강하게 느끼게도 한다. 사랑의 대상을 잃어버린 후에 느끼게 되는 상실감과 그리움은 때로는 사랑의 감정 그 자체보다도 더욱 심화되거나 상승된 정서를 이끌어 내기도 한다. 사랑의 기쁨에서 오는 탄성과 같은 노래들을 살펴보자. 또한 사랑을 잃은 뒤의 탄식을 보여 주는 다양한 텍스트들도 함께 읽어 보자.

윌리엄 예이츠의
「하늘의 천 조각을 갖고 싶었네」와
「떠도는 정령의 노래」

Had I the heavens' embroidered cloths,

Enwrought with golden and silver light,

The blue and the dim and the dark cloths

Of night and light and the half light,

I would spread the cloths under your feet:

But I, being poor, have only my dreams;

I have spread my dreams under your feet;

Tread softly because you tread on my dreams.

내게 자수 놓인 하늘의 천 조각이 있었더라면…

금빛 은빛 수놓이고

밤과 빛과 반쪽짜리 빛을 지닌

푸르고 어슴푸레하고 어두운 천 조각이.

그럼 그대 발밑에 깔아 드릴 터인데.

아, 나는 가난하여 꿈 밖에는 가진 게 없어라.

내 꿈을 그대 발아래 펼쳐 놓았네,

사뿐히 밟으소서, 그대 밟으시는 것 내 꿈이오니.

—윌리엄 예이츠,「하늘의 천 조각을 갖고 싶었네」전문, 졸역

윌리엄 예이츠William Yeats의 「하늘의 천 조각을 갖고 싶었네Aedh Wishes for the Cloths of Heaven」는 사랑하는 대상을 향한 지극하고도 순수한 정을 표현하고 있다. 동시에 사랑을 통하여 더욱 겸손하고 소박한 마음을 자각하게 되는 주체의 모습을 보여 준다. 사랑하는 대상에게 달리 줄 것이 없어서 그 발밑에 천 한 조각, 그것도 하늘의 천 한 조각을 깔아 주고 싶다는 마음이 텍스트에 드러나 있다. 상대를 위하는 지극한 사랑의 표현이 재현된 것이다. 이 시의 시적 화자는 사랑하는 대상에게 나누어 줄 만한 게 아무것도 없는 가난한 자이다. 그런 그가 갖고 싶어 하는 것은 하늘의 천 조각 하나에 불과하다. 인공적인 어떤 대상이 아니라 밤하늘의 푸른빛, 그 미묘한 자연의 색채를 품고 있는 천 한 조각만을 갖게 되면 그것으로 그는 족하리라고 노래하고 있다. 그 은은한 색채는 시적 화자의 마음을 필사하듯 드러내게 될 것이므로, 그 천이 양탄자 구실을 하며 사랑하는 임의 가는 길을 편하게 만들어 주었으면 하는 소망을 드러낸다. 그러나 끝내 그 소망조차 실현할 수 없음이 곧 드러난다. 천 한 조각조차 갖지 못하여 임에게 바칠 수 있는 것은 시적 화자의 꿈, 즉 마음밖에 없다는 사실이 드러났기 때문이다. 시적 화자는 자신의 마음을 임이 가시는 길에 깔아 두노라 이른다. 마음의 양탄자를 밟

고 지나가시라는 소망을 드러내면서 사랑의 대상을 향한 간절한 축복과 기원을 드러내는 것이다. 이러한 부분들을 통해 이 시가 순수한 사랑시의 한 전범을 이루는 텍스트임을 알 수 있다.

예이츠의 이 시를 한국의 시, 김소월의 「진달래꽃」과 함께 읽어 보자. 「진달래꽃」에서 전개되는 이미지와 예이츠의 시에 드러난 이미지 사이에 중첩되는 부분이 있음을 확인할 수 있다.

예이츠는 하늘의 천 조각을 가져다가 임의 발길에 깔아 두고 싶다고 노래했고, 소월은 진달래꽃을 한 아름 따다가 임 가시는 길에 뿌려 두어 임으로 하여금 그 꽃잎을 밟고 가도록 하고 싶다고 하였다. 소월의 「진달래꽃」에 등장하는 "사뿐히 즈려밟고 가시옵소서"라는 구절과 이 시의 마지막 행, "사뿐히 밟으소서, 그대 밟으시는 것 내 꿈이오니"에 주목해 보자. 데이비드 매캔David McCann이 「진달래꽃」을 영어로 번역한 적이 있는데 그는 "사뿐히 즈려밟고"란 구절을 "Tread softly"로 번역하고 있다. 그 번역 구는 앞선 예이츠의 시에 드러난 구절과 일치한다. 예이츠의 시구가 그대로 영역 과정에서 드러나는 점을 볼 수 있다. 혹자는 소월이 예이츠의 시를 읽고 그 시에서 영감을 받아 「진달래꽃」을 썼을 수도 있다고 주장한다. 소월시의 "사뿐히 즈려밟고 가시옵소서"와 예이츠 시의 "사뿐히 밟으소서, 그대 밟으시는 것 내 꿈이오니"라는 구절을 동시에 살펴보면 그 견해는 설득력을 지닌 것으로 보인다. 김소월의 스승인 김억이 예이츠의 시를 번역하여 번역시집인 『오뇌懊惱의 무도舞蹈』에 게재한 바는 잘 알려진 사실이다. 소월이 김억의 영향을 많이 받았으므로 김소월이 그 시집을 읽었으리란 점은 의심의 여지가 적다. 그러므로 김소월과 예이츠 사이에 밀접한 영향 관계가 있다고 추론

해 보는 것은 무리가 아니다.[1] 진달래꽃에 영향을 준 텍스트를 동양 고전 「자야가子野歌」로 보는 견해도 있다. 권정우는 동진東晉의 '자야'라는 여인이 지은 「악부시樂府詩」가 김억의 『동심초同心草』에 「차마 못 잊어」라는 제목으로 수록된 바가 있고, 그 「자야가」가 김소월의 시 작품 여러 편에 강한 영향력을 행사하고 있다고 주장한다. 김소월과 김억의 밀접한 상호 관련성을 고려해 볼 때 이는 설득력 있는 주장이다.

권정우가 밝힌 바와 같이 김소월의 시 세계가 형성되는 과정에서 동양 전통의 영향력도 강했음이 분명하다. 그러나 예이츠와의 관련성도 부인하기 어렵다. 사랑하는 이를 향해 갖게 된 소중한 감정이 한편에서는 오묘한 색깔을 지닌 천을 깔아 주는 것으로, 다른 한편에서는 꽃잎을 뿌려 주는 것으로 드러나고 있으며, 그 공통적 요소는 동질성의 상상력에서 발원한다고 볼 수 있다. 김소월의 경우, 천 조각이라는 모티프 대신, 꽃을 깔아 주겠다고 노래하고 있으므로 한결 더 서정성이 강한 시를 빚었다고 평가할 수 있다. 그것도 진달래꽃이라는, 우리 강산에 지천으로 피어 있고 우리 민족에게 매우 친숙한 소재를 선택하였으므로, 소재의 선택에서 탁월한 안목을 보여 준다고 할 수 있다. 한국인에게 친숙한 대상이면서 민족의 사랑을 받는 진달래꽃을 시적 소재로 선택하고, 그 꽃을 통하여 이별의 안타까움을 그려 내고 있으므로 소월의 시는 한국 현대시의 대표작이 되기에 충분하다.

「진달래꽃」은 탁월한 민족 서정시로 기억되고 있다. 소월은 진달래꽃을 텍스트에 도입하면서도 무심한 듯 그냥 진달래꽃을 한 아름 따서 뿌

---

1 이창배, 『W. B. 예이츠 시연구』, 동국대학교출판부, 2013, 479면.

리겠다고 범박하게 서술하지 않는다. 매우 구체적인 지명을 끌어 들여서 텍스트 속의 심상이 구체적이고도 선명하게 부각될 수 있도록 하는 장치로 사용한다. 진달래꽃이라도 그냥 지천에 널려 있는 진달래꽃을 따오는 것이 아니라 '영변'이라는 특정 지역, 그것도 '약산藥山'이라는 이름의 더욱 구체적인 장소에 피어 있는 진달래꽃을 따오겠노라 이른다. 막연히 진달래꽃이라고 언급하는 것과 고유명사를 도입하여 특정한 공간의 진달래꽃이라고 표현하는 것 사이에는 상당한 거리가 놓여 있다. 시 텍스트에 구현된 소재가 구체적이고 정확할 때 시어는 더욱 넓고 강한 공명의 범위를 거느리게 된다.

진달래가 특히 흐드러지게 피는 곳이 있다. 어느 산기슭, 햇빛이 유난히 밝게 잘 드는 곳에 진달래는 무리를 지어 피어난다. 진달래는 바람도 그곳에 이르면 기세가 꺾이어 포근해지는 그런 곳에 한껏 만개하는 것이다. 이후 이영도 시인이 「진달래」에서 "눈이 부시네, 저기 난만히 멧등마다"하고 노래한 바 있듯이 진달래는 멧등, 즉 봉분마다 가장 강렬한 빛깔을 지닌 채 난만히 피어난다. 약산의 진달래꽃도 마찬가지로 그러할 것이다. 눈부시게 흐드러지게 핀 진달래꽃으로 임을 배웅하겠다는 시인의 노래가 독자에게 큰 울림을 주면서 다가오게 되는 이유는 그러한 요소들이 모두 아우러져 이루어 내는 효과 때문이다.

소월은 "영변에 약산 진달래꽃"이라고 구체적으로 언급하면서 북한의 영변이라는 공간을 문학 작품 속에 선명하게 기입하고 보존하였다. 김소월 시의 산실이었던 영변에 북한의 핵 시설이 설치되고 그로 인해 영변이라는 지명이 전 세계적으로 유명해졌다는 사실은 아이러니가 아닐 수 없다. 예이츠의 「떠도는 정령의 노래The Song of Wandering Aengus」는 이 시와 함께 읽으면 그 정서가 더욱 잘 이해되는 텍스트이다.

I went out to the hazel wood,

Because a fire was in my head,

And cut and peeled a hazel wand,

And hooked a berry to a thread;

And when white moths were on the wing,

And moth–like stars were flickering out,

I dropped the berry in a stream

And caught a little silver trout.

When I had laid it on the floor

I went to blow the fire a–flame,

But something rustled on the floor,

And someone called me by my name:

It had become a glimmering girl

With apple blossom in her hair

Who called me by my name and ran

And faded through the brightening air.

Though I am old with wandering

Through hollow lands and hilly lands,

I will find out where she has gone,

And kiss her lips and take her hands;
And walk among long dappled grass,
And pluck till time and times are done
The silver apples of the moon,
The golden apples of the sun.

머릿속에 불이 일어서
헤이즐 나무숲으로 갔네
헤이즐 나뭇가지를 꺾어 껍질을 벗기고
산딸기를 따서 줄에 꿰었네.
하얀 나방이 날개에 붙고
나방 같은 별들이 깜박이며 나올 때,
냇물에 산딸기를 떨어뜨리고
은빛 송어를 낚았네.

송어를 바닥에 놓은 채
불을 붙이러 밖으로 나갔네,
그때 무언가가 바닥에서 움직이더니
누군가가 내 이름을 불렀네.
희미하게 보이는 소녀로 변했는데
사과꽃을 머리에 꽂고 있었지.
그 소녀는 내 이름을 부르고는 달려 나가
밝아 오는 공기 속으로 멀어져 갔네.

비록 나 이제 움푹 꺼진 땅과 가파른 땅을

떠도느라 늙어 버렸지만

그 소녀가 어디로 갔는지 알아내겠어.

그러곤 그 입술에 키스하고 손을 잡은 채

길게 얼룩져 자란 풀숲을 걸어가겠어.

그러곤 세월 다하는 날까지 함께 따겠어.

달님의 은빛 사과와

해님의 금빛 사과를.

—윌리엄 예이츠, 「떠도는 정령의 노래」 전문, 졸역

「떠도는 정령의 노래」는 대중에게도 잘 알려진 시이다. 특히 텍스트의 한 구절, "하얀 나방이 날개에 붙고(When white moths were on the wing)"는 미국의 영화 〈매디슨 카운티의 다리〉(1995)에 삽입되어 일반인에게도 친숙한 시구가 되었다. '떠도는 정령'으로 번역한 '엥거스Aengus'는 아일랜드의 켈틱Celtic 신화에 등장하는 신으로서 사랑과 젊음 그리고 미美의 신으로 불린다. 이창배는 '떠도는 엥거스'로 번역하여 엥거스라는 신의 이름을 그대로 표기하기도 했다. 정령이라고 번역하게 되면 구체적인 신의 이름이 사라지게 되는데, 시의 정조를 보다 분명히 드러내기 위해 엥거스라는 이름을 남기어 정령의 존재를 보다 구체화하고자 한 것이다.

이 텍스트에서는 현실과 상상의 경계가 분명하지 않다. 현실인지 꿈인지 모를 모호한 몽환적인 시적 공간이 텍스트에 전개되고 있다. 시의 소재 또한 구전되어 온 신화 속의 인물에서 취하고 있어, 시적 텍스트의 공간이 그처럼 불명료한 것이 한편으로는 오히려 자연스럽고도 효과적이라고 볼 수 있다.

시 속의 내러티브narrative를 요약하자면 시적 화자는 오래전에 한순간 자신을 스쳐 지나간 소녀, 그것도 사과꽃을 머리에 꽂은 소녀에 대한 추억을 간직한 채 세월을 보낸다. 저녁 늦도록 산딸기를 따고 송어를 낚던 어린 소년 시절에 조우했던 소녀의 기억은 평생 동안 시적 화자에게 남아 있다. 그리고 세월이 흘러 그 소녀에 대한 그리움을 드러낸다. 시적 화자의 추억 속에 남아 있는 것은 에덴동산과 같은 낙원을 배경으로 하는, 걱정과 근심이 없는 시간대이다. 그런 시간과 공간 속에서 그 소녀를 조우하였기에 소녀는 시적 화자에게 있어 잃어버린 낙원을 상징하게 된다. 잠시 동안 나타났다가 곧 사라져 버렸기 때문에 소녀를 향한 그리움은 더욱 간절하고 소중하게 된다. 세월 속에서 소년은 세파에 시달리고 그의 꿈은 색이 바래 버린 상태이다. 그럼에도 불구하고 그 소녀에 대한 기억은 시적 화자의 삶에서 여전히 중요한 것이다. "비록 나 이제 움푹 꺼진 땅과 가파른 땅을/떠도느라 늙어 버렸지만"이란 구절을 보면 시적 화자가 견뎌 온 삶의 신산함이 드러난다. 오랜 세월이 흐른 다음에 시적 화자는 기억 속의 대상을 다시금 떠올린다. 그리고 그 소녀와 재회하고자 하는 바람을 표현하고 있다. 그녀와 재회한다는 것은 소중히 간직해 온 사랑의 기억이 그 가치를 발휘하게 되는 순간을 기대한다는 의미이다. 이제 육체적으로는 노약해졌으나 소년 시절 지녔던 고운 추억은 그대로 남아 있어 그 기억이 그의 삶을 여전히 의미 있게 만들고 있다. 사과꽃을 머리에 꽂은 소녀가 나타났던 그 소년 시절은 바로 시적 화자의 실낙원失樂園에 해당한다. 시인은 사랑이란 그처럼 한 사람의 삶을 평생토록 지탱해 주는 힘을 지닌 소중한 감정이라는 것을 보여 주고 있다.

　시적 화자는 만약 그 소녀와 재회하게 된다면 풀밭 위를 나란히 손잡고 걸어가면서 영원토록 달의 "은빛 사과"와 해의 "금빛 사과"를 따겠노라고 진술한다. "달님의 은빛 사과와/해님의 금빛 사과를(The silver apples of the moon,/The golden apples of the sun)"이라는 구절을 보자. 그 시적 종결은 단순하면서도 선명한 행복의 이미지를 구현한다. 그 구절은 동일한, 혹은 유사한 어휘를 두 번 반복함으로써 경쾌한 음악성을 드러낸다. "달님"과 "해님"을 대비시키면서 "은빛"과 "금빛"을 각각 "달님"과 "해님"에 대응하게 만든다. 여기에서 해와 달이 사과의 이미지를 통하여 재현되고 있다는 점에 주목할 수 있다. 단순히 '은빛 달님'과 '금빛 해님'이라고 표현했다면 시적 은유의 완성도는 덜할 수도 있을 것이다. 사과의 이미지로 "달님"과 "해님"이 다시 표현되고 그 사과를 둘이 함께 따는 이미지가 뒤를 따르고 있어 시적 화자가 느끼게 될 행복의 감정이 배가되어 드러난다. 달빛이 은빛이고 햇빛이 금빛이라고 일컫는다면 은유의 힘이 충분히 강렬하다고 보기 어려울지도 모른다. 달빛이 은빛이고 햇빛이 금빛이라는 사실은 이미 많이 알려지고 친숙한 상상력에 해당하기 때문이다. 그러나 예이츠는 달빛과 햇빛을 "은빛 사과"와 "금빛 사과"로 대치한 것이다.

　또한 사과를 딴다는 구절에서 풍요로움의 정서를 확인할 수 있는데, 사과는 오랫동안 기다리고 가꾸어야 비로소 수확할 수 있기 때문이다. 그러나 동시에 그 사과가 달빛과 햇빛을 생각하게 만든다는 은유를 사용할 때 그 함의는 증폭된다. 달빛과 햇빛은 바로 세월의 은유로 작동하기 때문이다. 낮이면 해의 황금빛을 누리고 밤이면 달의 은빛 속에서 꿈을 꾸게 되리라는 염원과 희구가 그 구절을 통해 드러난다. 사랑이 가져다줄 선물을 매우 풍요롭고도 어여쁜 이미지 속에서 구현한다고 볼 수 있다.

예이츠의 시에서는 특별히 강한 상징을 지닌 농축된 시어를 찾아보기 어렵다. 관념어처럼 난해한 말을 발견하기도 힘들다. 예이츠는 평이하고 일상적인 언어를 통해서 많은 사람이 공유할 수 있는 보편적인 정서를 표현하고 있다. 그러나 그 언어를 배치함에 있어서는 언어의 음악성이 드러날 수 있도록 잘 다듬어 배열한다. 그의 서정시가 많은 독자의 사랑을 받게 되는 이유 중에는, 이처럼 쉽고 친숙한 시어를 동원하면서도 그 언어의 리듬감을 잘 살림으로써, 독자가 애송하기에 적합한 시로 만들었다는 점이 포함되어 있을 것이다.

로버트 프로스트의
「눈 오는 밤, 호숫가에 멈추어 서서」

로버트 프로스트Robert Frost는 미국의 시인 중에서 가장 대중적인 사랑을 많이 받은 시인이라 할 수 있다. 그는 평범한 사람들의 보편적인 감정을 평이하면서도 적확한 시어로 표현한 시인으로 알려져 있다. 그런데 주목할 점은 프로스트가 현대 시인들 중에서는 예외적으로 전통을 매우 존중한 시인이라는 것이다. 20세기 이후 많은 시인들은 형식적 전통을 파괴하고 자유롭게 사상과 감정을 시로 표현하기를 원하게 되었다. 그러나 대부분의 현대 시인들과는 달리 프로스트는 시가 전통적으로 지녀 온 고유한 형식미를 소중하게 여겼다. 시 창작의 전통은 일정한 형식적 제약을 따르기를 요구하는 것이었다. 즉, 각운을 맞춘다거나 음보의 규칙을 지킨다거나 하는 형식적 요건을 갖추면서, 그 형식의 틀 안에서 상상력을 발휘하여 창작해야 한다고 여겨져 온 것이다. 그러나 현대 시인들은 그 제약을 따르지 않고 자유롭게 시를 쓰기를 원하였다. 그처럼 형식이 해체된 시를 '자유시free verse'라 불렀는데 대부분의 현대 시인들은 자유시를 선호하게 되었다. 형식의 구속이 상상력의 자유로운 발현을 제한한다고 본 것이다. 그러나 프로스트는 20세기 시인이면서도 일관되게 자유시에 비판적인 태도를 견지하였다. 그는 "자유시는 네트를 내려 버린 채 테니스를 치는 것과 같다"는 비유를 사용하기도 했다. 아무렇게나 테니스공을 치지 않고 네트 너머로 공을 보내야 하는 것이 테니스의 규칙이다. 그처럼 적당한 형식적 제약을 지닐 때 시가 비로소 시의 속성을 제대로 드러낼 수 있다는 말이다. 자유시는 각운 등의 규칙을 따르는 시어 대신 시인의 의도를 그대로 드러낼 수 있는 말을 자유롭게 사용할 수 있도록 한다. 프로스트는 그런 자유시는 진정한 시가 되기에는 부족하다고 본 것이다. 시가 요구하는 형식은 일차적으로는 제약이자 구속으로 느껴질 수 있다. 그러나 시인은 '언어의 마술사'라고도 불린다. 마술사는 현실에서 불가능해 보이는 것을 가능하게 바꿀 수 있어야 한다. 프로스트는 뛰어난 시인이란 시의 형식적 요소를 구속으로 느끼지 않고 오히려 그 형식 속의 자유를 누릴 수 있어야 한다고 주장하였다. 진정 뛰어난 시인은 형식적 제약을 불편하다고 느끼지 않으며 도리어 즐기고 누리는 시인이어야 한다는 뜻이다. 시인이 언어의 창고에 모아 둔 어휘들이 충분하고, 자신이 구사할 수 있는 언어 변용의 기술이 뛰어나다면 시의 형식적 요구가 불편할 이유가 없다. 프로스트는 형식적 제약을 단지 제약이라고만 느낀다면 그 사람은 진정한 시인이 아니라고 본 것이다.

또한 프로스트는 자신이 견지해 온 그와 같은 시 창작 원칙을 스스로 작품을 통해 증명해 낸 시인이다. 각운의 규칙을 비롯한 다양한 시 형식의 요구를 성실히 따르면서도 가장 보편적인 미국인의 정서를 효과적으로 표현한 시인으로 평가받기 때문이다. 그 결과 프로스트는 세월의 흐름에도 불구하고 미국을 대표하는 시인, 더 나아가 전 인류의 보편적 정서를 대변하는 시인으로 알려지게 되었다.

프로스트가 시의 형식적 기준을 벗어나지 않는 범위에서 자유롭게 시상을 전개한 시인이라면, 이제 구체적으로 그가 어떻게 시의 형식적 요건을 텍스트에 구현하고 있는지 「눈 오는 밤, 호숫가에 멈추어 서서 Stopping by Woods on a Snowy Evening」를 통해 살펴보자.

Whose woods these are I think I know.
His house is in the village though;
He will not see me stopping here
To watch his woods fill up with snow.

My little horse must think it queer
To stop without a farmhouse near
Between the woods and frozen lake
The darkest evening of the year.

He gives his harness bells a shake
To ask if there is some mistake.
The only other sound's the sweep
Of easy wind and downy flake.

The woods are lovely, dark and deep,

But I have promises to keep,

And miles to go before I sleep,

And miles to go before I sleep.

이 숲이 누구의 숲인지 알 것 같아.

비록 그의 집은 마을 안에 있겠지만.

그는 내가 여기 멈추어 선 채

이 숲이 눈에 덮이는 걸 지켜보고 있는 것을

알지 못하리라.

내 작은 말이 이상하다고 여기겠지

농가도 가까이 있지 않은 곳에 멈추어 서는 것을

숲과 얼어붙은 호수 사이,

일 년 중 가장 어두운 저녁에.

말은 목에 찬 방울을 흔들어 본다.

뭔가 잘못된 게 있느냐는 듯이.

그 밖에 들리는 소리라곤

가볍게 부는 바람과 내리는 눈송이뿐이다.

숲은 멋지고 어두우며 깊다.

하지만 나는 지켜야만 할 약속이 있다.

그리고 잠들기 전에 몇 마일을 더 가야만 한다.

잠들기 전에 몇 마일을 더 가야만 한다.

—로버트 프로스트, 「눈 오는 밤, 호숫가에 멈추어 서서」 전문, 졸역

프로스트는 영시英詩의 특징 중 하나인 '라임rhyme', 즉 각운을 충실히 지키고 있다. 그 각운을 파악하기 위해서는 원문의 언어를 충분히 이해할 수 있어야 한다. 영시 원문에서는 그 각운을 파악할 수 있지만 번역본에서는 그렇지 못하다. 번역의 과정에서는 각운을 지키면서 번역한다는 것이 거의 불가능하기 때문이다. 따라서 시의 번역은 어쩔 수 없이 텍스트의 의미를 중심으로 이루어지게 된다. 원어의 의미는 잘 살리면서도 그 언어가 지닌 음성적 특성까지 함께 보여 줄 수 있는 어휘를 번역의 목적어에서 찾기는 매우 어려워서이다.

위에 든 프로스트 시의 번역에 있어서도 마찬가지이다. 원문의 각 행에 드러난 바, "know", "though" "snow" 그리고 "here", "queer", "near", "year" 또는 "shake", "mistake" "flake" 마지막으로 "deep" "keep", "sleep", "sleep" 등의 어휘는 각운을 잘 드러내 주는 시어들이다. 그 어휘들의 음가에 유의하여 읽을 때 텍스트에서 반복된 요소가 독자에게 느끼게 해 주는 규칙성을 확인할 수 있다. 동일한 음가가 규칙적으로 반복되어 언어의 음악성이 텍스트에 구현되고 있는 것이다.

먼저 제1연에 등장하는 "know", "though" "snow" 어휘의 각운을 살펴보자. 각운을 보여 주는 어휘는 밑줄을 그어 표시해 보았다.

Whose woods these are I think I **know.**

His house is in the village **though;**

He will not see me stopping here

To watch his woods fill up with **snow.**

여기에서 "know", "snow"와는 달리 "though"는 철자법에 따른 알파벳의 형성에 있어서는 나머지 둘과 차이가 있다. "know", "snow"가 'now'라는 요소를 공유함에 반하여 "though"는 그렇지 않기 때문이다. 그러나 발음해 보면 "though"가 발음되는 바와 "know", "snow"가 발음되는 바는 동일하다. 처음에 나타난 자음은 달라지지만 뒤따르는 모음에서 동일한 발음을 볼 수 있게 되는 것이다. 4행으로 구성된 1연에서 각 행의 마지막 어휘를 순서대로 'a', 'b', 'c', 'd'로 표기한다면 1연의 'a', 'b', 'd'가 각운을 드러내는 요소이다. 2연도 마찬가지로 각 행의 마지막은 각운을 드러내는 말들로 구성되어 있다. 다시 한번 각운을 보여주는 어휘에 밑줄을 그어 그 점을 살펴보자.

My little horse must think it **queer**

To stop without a farmhouse **near**

Between the woods and frozen lake

The darkest evening of the **year.**

2연에서도 "queer", "near", "year"에서 반복되는 음가를 통해 각운을 확인할 수 있다. 2연에서 각 행의 마지막을 'a', 'b', 'c', 'd'로 표기할 때에도 'a', 'b', 'd'가 각운을 드러내는 요소임을 알 수 있다. 영어에 대해 기본적인 감수성을 갖추고 있는 독자라면 프로스트의 시에서는 반복적인 음가를 지닌 어휘들이 서로 조화를 이루면서 텍스트의 음악성을 구현하고 있음을 눈치챌 것이다. 이처럼 프로스트는 각운이라는 영시의 형식적 전통을 그대로 지키면서도 자유롭게 시적 의도를 형상화해 내는 시인이다.

형식적 기준을 지키면서도 자신이 의도한 바의 사상이나 감정을 있는 그대로 표현해 내기 위해서는 시인의 어휘량이 매우 풍부해야 한다고 전술한 바 있다. 수많은 어휘 중에서 음성적 요소까지 각운의 생성에 적합한 것을 골라내는 일은 제한된 어휘로는 불가능하다. 의도나 느낌을 희생하지 않으면서도 언어의 음악성까지 구현할 수 있는 어휘를 구사할 수 있다면 그 시인은 언어 감각이 뛰어난 시인이라 할 수 있다. 앞 텍스트에서 2연의 경우, 첫 행의 "queer" 어휘의 선택에 특히 주목할 만하다. 그 단어는 각운을 위해 특별히 선택된 어휘라고 볼 수 있다. 첫 행은 시적 화자가 타고 가던 말이 무언가 이상하다고 느끼는 모습을 표현하고 있다. 말은 가까이에 농가도 없는 수풀 옆에 갑자기 자신을 멈춰 세우는 주인의 모습을 이해하지 못한다. '이상하다, 예외적이다, 뜻밖이다' 등의 의미를 구현하는 형용사로는 'strange', 'awkward', 'weird', 'extraordinary', 'odd' 등으로 "queer"와 뜻이 유사한 말들은 무수히 많다. 그중에서도 시인 프로스트는 굳이 "queer"를 선택하였다. 뒤따르는 "near"와 "year"를 염두에 둔 채 균질적인 음가를 지닌 어휘를 배치하고자 하는 의도로 그렇게 한 것이다. 3연도 마찬가지이다.

He gives his harness bells a **shake**

To ask if there is some **mistake.**

The only other sound's the sweep

Of easy wind and downy **flake.**

밑줄 친 어휘들은 각 행을 마감하면서 유사한 음가를 지닌 채 서로 어울리고 있다. 그리하여 텍스트가 통일된 느낌을 줄 수 있도록 하고 있다. 각 어휘의 첫 부분은 자음의 차이를 견지하고 있다. 그러나 나머지 부분들은 'eik' 음가를 공유한다. 각운을 위해 시인이 골라낸 어휘들이 서로 조화를 이루며 언어의 음악성을 보여 주게 되는 것이다. 마지막 4연에서도 동일하게 각운이 사용되고 있음을 볼 수 있다.

The woods are lovely, dark and **deep.**

But I have promises to **keep,**

And miles to go before I **sleep,**

And miles to go before I **sleep.**

선행하는 세 개의 연에서는 모두 'a', 'b', 'd' 구조의 각운을 찾아볼 수 있었다. 그러나 마지막 4연에서는 'a', 'b', 'c', 'd'의 각운을 보게 된다. "deep", "keep", "sleep", "sleep"이 각 행의 끝부분에 등장하게 되면서 처음에 오는 자음을 제외하고는 모두 동일한 음가를 지닌 어휘가 배치됨을 볼 수 있다. 각 연들은 모두 각운에 충실하게 형성되었으며 그러면서도 연과 연 사이에 조금씩의 차이가 개재되어 있다. 프로스트의 대표작 중의 하나로 꼽히는 이 시는 영시의 각운을 이해하는 데에 유용한 텍스트이다. 평이하면서도 선명하게 음악성을 드러내는 어휘들로 구성되어 있다는 점이 프로스트의 시의 특징임을 이 텍스트를 통해 확인할 수 있다.

이상에서 프로스트가 시의 형식적 요소를 존중한 현대 시인임을 상기하면서 그의 시에 드러난 각운을 살펴보았다. 이제 시 텍스트에서 반복적으로 등장하는 요소가 어떤 의미를 지니는지 살펴보기로 하자. 프로스트 시 텍스트는 반복되는 2행으로 마무리된다. 시적 화자는 "그리고 잠들기 전에 몇 마일을 더 가야만 한다./잠들기 전에 몇 마일을 더 가야만 한다.(And miles to go before I sleep,/And miles to go before I sleep.)"라고 스스로 다짐한다. 같은 말을 두 번 반복하고 있는 것이다. 그렇다면 이렇게 같은 말을 반복하는 이유는 무엇이고 그 효과는 또 무엇인가 생각해 보아야 한다.

시적 화자는 숲을 떠나고 싶어 하지 않는다. 그러나 그는 밤이 더 어둡기 전에 목적지를 향하여 나아가야 한다는 사실 또한 분명히 알고 있다. 자신에게 두 번 반복하여 말하는 행동은 곧 자기 자신에게 다짐하는 모습을 보여 준다고 할 수 있다. 머물고 싶은 마음, 내부의 유혹을 이겨 내려고 안간힘을 쓰고 있는 시적 화자의 모습을 그 반복된 구절을 통해 찾아보게 된다. 한 번 말하는 모습을 통해서는 시적 화자가 현실에서의 의무를 인지하고 있음이 드러난다. 그러나 동일한 말을 두 번 반복하게 되면 그것은 강조의 역할을 맡게 된다. 시적 화자가 쉽게 현실의 요구를 수용하고 말을 재촉하여 나아갈 준비가 되어 있다면 굳이 반복하여 언급할 이유가 없을지도 모른다. 그러나 반복하여 말하고 있다는 바로 그 점을 통해 시적 화자의 내면에서는 전혀 상반된 두 가지 욕망이 동시에 작동하고 있음을 알 수 있다. 즉, 가야만 한다는 사실과 머물고 싶어 하는 마음이 공존하고 있는 것이다. 더 머물고 싶어 하는 내적 충동이 없다면 군이 두 번씩 가야만 한다고 자신에게 다짐할 이유가 없다. 그러나 자신에게 거듭 다짐을 하고 있는 점을 보면 머무르고 싶은 욕망이 강렬함을 알 수 있다.

그처럼 이 시에서는 욕망이 지시하는 바와 현실의 의무가 요구하는 바는 선명히 대조된다. "숲은 멋지고 어두우며 깊다.(The woods are lovely, dark and deep,)"는 구절과 "하지만 나는 지켜야만 할 약속이 있다.(But I have promises to keep,)"라는 구절의 대비에 주목해 볼 수 있다. 두 구절을 대조시킴으로써 시인이 말하고자 하는 바는 무엇인가? 전자, 즉 "숲은 멋지고 어두우며 깊다"는 구절은 숲이 대변하는 대상으로부터 오는 유혹이라고 볼 수 있다. 멋지다는 것, 어둡다는 것 그리고 깊다는 것은 모두 유혹에 동원될 만한 표현들이다. 마치 하나의 깊은 늪처럼 빠져들고 싶고 헤어나기 힘든 유혹의 대상이 존재하고 있음을 말해 준다. 그에 반하여 지켜야 할 약속은 욕망의 대척점에 놓여 있는 대상이다. 그것은 현실이 요구하는 의무라 할 수 있다. 대부분의 사람들은 현실에 적응하고 자신에게 주어진 기대와 책무를 저버릴 수 없어서 잠들기 전에 몇 마일을 더 가기 위해 그 장소를 떠나게 된다. 숲은 유혹과 감성 그리고 소망을, 가야 할 길은 자기 통제와 이성 그리고 현실에 대한 책임감을 대변한다고 볼 수 있다. 이 두 구절은 감성과 이성 사이, 욕망과 통제 사이 그리고 꿈과 현실 사이의 거리를 대변하고 있는 것이다.

시인은 가장 어두운 겨울 저녁에 어느 숲가에 가던 길을 멈춘 채 머물러 있다. 그리고 마음속으로는 그곳을 떠나고 싶어 하지 않는다. 너무나 오래 거기 머물러 있고 싶은 까닭에 두 번이나 반복하여 "잠들기 전에 몇 마일을 더 가야만 한다"고 자신에게 다짐하게 되는 것이다. 시인은 텍스트에서 그 숲이 누구의 숲인지, 그 숲과 관련된 사람과 시적 화자는 어떤 사연과 어떤 기억을 나누어 갖고 있는지 알려 주지 않는다. 작은 암시나 상징으로도 보여 주지 않는다. 그러므로 그 숲이 상징하는 바는 모든 이의 모든 그리움과 미련의 대명사가 될 수 있다. 구체성을 전혀 지니지 않은 채 등장하는 막연한 숲인 까닭에 모든 이의 모든 그리움의 대상이 되기도 하는 것이다. 누구에게나 멈추어 선 채 오랫동안 머물고 싶은 추억의 장소가 있다. 이러한 정서를 드러내는 프로스트의 시를 우리 가곡, 〈그 집 앞〉이나 박완서 소설가의 『그 남자네 집』과 관련하여 생각해 볼 수도 있을 것이다.

박기섭의
「너 나의 버들이라: 홍타령 변조」

　　21세기에 한국시의 흐름 속에서 사랑과 그리움이라는 주제가 표현되는 양상을 살펴보자. 한국의 시인들 또한 매우 다양한 소재들을 아주 이색적인 방식으로 다루면서 사랑과 그리움이라는 오래된 주제를 새로이 해석하고 있다. 전통적으로 사랑과 그리움을 표현하는 데 동원되곤 하던 소재들, 이를테면 달, 바람, 낙엽, 달밤, 뻐꾸기, 봄밤 등의 소재가 다시 다루어지는 경우도 많다. 그러나 이러한 경우에도 그 소재들의 상징성은 전통적인 것과는 다른 양상으로 드러난다. 따라서 전통의 새로운 해석을 통하여 현대시의 장이 전개되고 있음을 볼 수 있다.먼저 박기섭 시인은 우리 전통의 남도 소리 〈홍타령〉을 새로이 해석하여 현대적인 방식으로 〈홍타령〉을 부른다. 그렇게 함으로써 자신이 지닌 사랑과 그리움의 감정을 '버들'에 투사하고 있다. 전통에서 소재를 취하면서도 새로운 상상력을 그 소재를 통해 구현하는 셈이다.

너 나의 버들이라
능수야 버들이라
봄 오면 그 봄 따라 뭇꽃들이 피련마는
내게 와 치렁치렁히 감기는 건 너뿐이라

검푸른 머리채를
실비에나 감아 빗고
은하나 작교를 흥, 너 나랑 건널 적에
그래 흥, 제멋에 겨워서 축 늘어질 줄도 알고

너 그렇게 내게로 와
콱 무너나 졌으면,
무너지는 한 생각에 또 한 생각 무너지고
하늬녘 이는 북새에 에루화 흥, 탈 줄도 알고

휘영청 달은 밝아 앞섶이 다 젖었네
휘여능청 버들 빛에 성화가 났구나 흥,
명년 봄 내명년 봄에도
너 없인 나 못살겠네

—박기섭,「너 나의 버들이라: 흥타령 변조」전문

　　먼저 박기섭 시인이 하필이면 버들이라는 소재를 취하고 또한 〈흥타
령〉이라는 민요 형식을 선택하여 사랑 노래를 부르고 있다는 점에 주

의를 기울여야 한다. 버들을 노래하면서, 그것도 타령 형식으로 부르고 있어 우리 시가의 전통을 그대로 이어받는 자세를 보여 준다. 그러나 표면적으로는 전통을 계승하는 듯하면서도 사실상은 그 전통을 비틀어 변용하고 있음을 볼 수 있다. 이를테면 풍자의 방식으로 전통을 재해석하고 있는 것이다. 우리 시가의 전통에서 버들은 대표적인 사랑의 소재였다. 버들가지 속에 노니는 모습은 남녀 간의 사랑을 그려 내기에 적합한 장면이었다. 예를 들어 춘향전에도 버들가지 새순 돋는 단옷날에 그네뛰기를 하는 풍속이 등장하고 있고, 그런 봄날에 춘향과 이도령의 만남이 이루어진다. 그래서 버들이 피는 시기가 사랑의 시작을 알리는 때가 되는 것이다.

전통 속에서 버들이 지순하고 아름다운 사랑의 등가물로 등장하였음에 반하여, 박기섭 시인의 시에 등장하는 버들은 그다지 정숙하고 부끄럼 많은 사랑의 대상이 아니다. 오히려 〈흥타령〉에 기꺼이 자신을 내맡기면서 함께 흥흥거릴 만한 자유롭고 발랄한 대상으로 등장한다. "은하나 작교를 흥, 너 나랑 건널 적에/그래 흥, 제멋에 겨워서 축 늘어질 줄도 알고" 구절을 다시 읽어 보자. 시적 화자는 버들이 스스로 〈흥타령〉의 선율에 맞추어 적절히 늘어지는 모습을 보여 준다고 이른다. 또한 시적 화자 자신도 그 유희에 즐겁게 동참할 준비가 되어 있음을 보여 준다. 그 또한 수동적이며 정숙한 사랑의 대상을 찾아 나서는 것 같지 않다. 자연스럽고도 자유롭게 〈흥타령〉을 함께 부르면서 버들의 유혹에 기꺼이 응하고 유희에 동참하고자 한다. 텍스트 속 버들의 모습은 "제멋에 겨워서 축 늘어질 줄도 알고", "북새에 에루화 흥, 탈 줄도 알고"라는 구절에서 볼 수 있듯 적극적이면서도 자유분방하게 제멋에 취하여 늘어지고, 소란스러울 정도로 마음껏 흥을 발산할 줄 아는 그런 버들이다. "내게 와 치렁치렁히 감기는 건 너뿐이라"는 구절을 통해서는 시인이 기대하는 버들이 수동적으로 접근을 기다리고 있는 그런 버들이 아니라 다가와서 스스로 감길 줄 아는 버들임을 알 수 있다. 〈흥타령〉이 유발하는 흥겨운 어울림의 축제에 시적 화자도 버들도 한마음이 되어 즐겁게 동참할 것이다.

우리 전통 속에서 버드나무의 버들이 우거진 모습은 은하수나 오작교의 설화를 연상케 하는데, 그것은 곧 사랑의 약속이 구현되는 장면에 해당하는 것이었다. 그러나 시인은 그처럼 원경 속의 대상으로 존재하는 버들을 기대하지 않는다. 따라서 이 시에서 버들은 검푸른 머리채를 늘어뜨린 채 사랑의 재회를 완성하는 데 필요한 소품의 구실을 중단하지 않는다. 시적 화자는 부름에 호응하면서 스스로 은하수도 건너고 오작교도 건너다니면서 다시 늘어뜨린 머리채처럼 축 늘어져 볼 줄도 아는 발랄한 버들을 기대하는 것이다. 이를 증명하듯 "너 그렇게 내게로 와/콱 무너나 졌으면" 구절은 다시 한번 버들이 스스로 사랑을 구현하는 구체적이고도 직접적인 매개가 되기를 소망하는 시적 화자의 마음을 보여 주고 있다.

또한 "그래, 흥", "에루화 흥", "성화가 났구나 흥"에서 보이듯 각 구절에 끊임없이 틈입하여 자신의 존재를 증명하는 "흥" 어휘가 매우 흥미롭다. 그 어휘는 '흥타령 변조'라는 부제가 말해 주듯이, 텍스트가 기본적으로는 민요의 〈흥타령〉을 차용한 것임을 부단히 환기시키는 구실을 맡는다. 그리고 타령, 특히 〈흥타령〉을 텍스트의 구성 요소로 도입한다는 점을 통하여 시인이 먼저 의도적으로 전통을 활용하고 있음을 볼 수 있다. 보편적이고도 대중적인 전통 속의 요소를 자신의 시에 적극적으로 끌어들여 부활시키고 있는 것이다. 그 이유는 타령이 특권적 사대부 계층을 위한 노래가 아니라 민중들의 노래였던 까닭이다. 즉, 박기섭 시인은 전통 속에 보존되어 전수되던 시가의 요소들을 의식적으로 차용하여 전혀 다른 방식으로 재해석한 채 새로운 사랑 노래를 부른다고 볼 수 있다. 버들이 발랄하고 자유롭게 자신의 감정을 드러내게 됨으로써 버들을 통해 사랑을 구가하던 전통이 뜻밖의 방식으로 전복됨을 볼 수 있다.

박기섭 시인은 전통적 소재를 취하면서도 전통이 전혀 새로운 상상력의 구속 요소가 되지 않는다는 것을 보여 준다. 전통이 시인의 자유롭고도 현대적인 상상력을 억압하지 않을 수 있음을 드러내는 것이다. 도리어 박기섭 시인은 전통을 풍자하면서 새롭고 기발한 사랑의 소재를 전통 속에서 찾아내고 있다. 이는 프로스트가 각운이라는 미국 시의 전통적 요소를 불편하게 여기지 않고 오히려 즐기며 활용했던 것과 같다. 그가 상상력을 시로 발현하는 데에 있어서 전통이 요구하는 형식적 제약을 오히려 테니스의 규칙을 지키기 위해 필요한 네트처럼 필수적인 요소로 여겼던 점을 상기해 볼 수 있다. 우리 전통 속의 〈버들타령〉과 〈흥타령〉이 현대인의 사랑과 그리움의 감성을 표현하는 데에 기꺼이 적극적으로 동원되고 있다. 그리하여 전통 속에서 오히려 더욱 풍성한 현대적 사랑시가 생산되는 모습을 볼 수 있다.

이정환의
「삼강나루」와 「애월바다」

　　이정환 시인의 두 편의 시 「삼강나루」와 「애월바다」는 강과 바다를 시적 소재로 삼아 마음속에 펼쳐지는 사랑과 그리움의 풍경화를 보여 주는 텍스트이다. 물의 이미지를 통하여 사랑의 정서를 드러내고 있는데, 삼강의 강물과 애월의 바다는 모두 대상과의 분리 그리고 분리된 대상을 향한 그리움의 매개체로 작용하고 있다. 「삼강나루」에서는 차가운 강물이 주체와 대상을 갈라놓고 있을지라도 기어이 그 강을 건너가서 대상과의 합일을 이루겠다는 결연한 사랑의 의지를 볼 수 있다. 또 「애월바다」는 잃어버린 님에 대한 간절한 그리움의 정서를 보여 주는데, 시인은 텍스트의 배경이 되는 시간대로 저물녘과 밤을 선택하고 있다. 햇빛이 찬란한 낮 시간대보다는 저녁과 밤이 사랑과 그리움 그리고 애절함의 시간이 되기에 적합하기 때문이다. 먼저 「삼강나루」를 보자.

나는 나를 거두어 네게로 가겠다

삼강이 별빛처럼

입맞춤하는 그 곳

강 저편

갈대 사이의

네게로 가겠다

이젠 삼단머리 풀어 내리지 않아도

옥색 앞섶자락 풀어 헤치지 않아도

마침내

네게로 가겠다

강물소리 차디찬 밤

―이정환, 「삼강나루」 전문

"삼강"은 주체와 대상 사이의 거리를 드러내는 모티프이다. 주체와 대상 사이에는 단절의 강이 놓여 있으며 그 강을 건너가야만 대상과의 합일이 가능해진다. 강을 건너가면 갈대숲에 다가갈 수 있고 사랑의 대상은 그 갈대 사이에서 주체를 기다리고 있다. 시적 화자는 둘 사이의 거리를 제거하면서 단절을 넘어 그 대상을 찾아가겠다는 결연한 의지를 보여 준다. "마침내" 가겠다고 거듭 다짐하는 화자의 발언은 그 의지를 집약적으로 드러내고 있다. 첫 연의 도입에서 시적 화자는 "나는 나를 거두어 네게로 가겠다"라고 자신의 결심을 드러낸다. 그런 다음 같은 연에서 다시 한번 "강 저편/갈대 사이의/네게로 가겠다"라고 천명함

으로써 그 결심을 확인한다. 즉, 처음의 '나는 가겠다'라는 의지의 표현
이 두 번째 등장할 때에는 '강 저편 갈대 사이의 네게로 가겠다'로 변화
된 모습을 보여 준다. 그러나 달라진 표현에도 불구하고 "네게로 가겠
다"라는 의지에는 변함이 없다. 동일한 요소를 반복하는 것은 의지를
재차 강조하는 효과를 낳게 된다. 그리고 두 번째 연의 마지막에서 "마
침내/네게로 가겠다" 하고 밝히고 있어 '가겠다'라는 의지가 거듭거듭
강조됨을 볼 수 있다.

'삼단머리 풀어내리다'와 '앞섶자락 풀어 헤치다'라는 표현에서는 에
로스적 욕망을 위하여 사회적 금기를 넘어서려는 의도가 제시되어 있
다. 그러나 "않아도"를 두 번 반복함으로써 주체는 홀로 사랑을 적극적
으로 구현하겠다는 의지를 더욱 강하게 드러낸다. 즉, 대상의 상태나
타자의 의지와는 무관하게 시적 화자에게는 실현하고자 하는 결연한
의지가 있음을 강조하게 되는 것이다.

"강물소리 차디찬 밤"이라는 종결에서 그 의지의 강렬함을 다시 한번
확인할 수 있다. 강을 건너가려는 몸짓이 하필이면 강물이 차고 물소리
도 강한 밤에 이루어질 것이므로 그러하다. '강물소리 차디차다'는 표현
은 공감각적 표현이라 할 수 있다. 찬 것은 강물이고 소리는 여리거나
강한 것이다. 그러나 '강물소리 차디차다'라는 표현은 청각과 촉각을 의
도적으로 혼용하고 있다. '강물소리'라는 표현을 제시하여 소리를 묘사
할 것으로 기대하게 만든 채 '차다'라는 촉각을 청각 대신에 제공하고
있다. 그러나 그처럼 청각과 촉각을 섞어 표현했음에도 불구하고 독자
가 시를 이해하는 데에는 큰 어려움이 없다. 시인이 의도한 바를 쉽게
짐작할 수 있기 때문이다. 일반적으로 문법의 정확성을 벗어난 창의적

표현을 '시적 자유poetic license'라 부른다. 「삼강나루」의 이 구절은 시적 자유를 잘 구사한 표현이라 볼 수 있다. 시인이 구사하는 시적 자유에는 일정한 한계가 있게 마련이다. 그 자유의 범위가 지나치게 넓어지면 모호한 표현이 되어 시의 탄력성을 떨어뜨리게 된다. 때로는 시를 요령부득의 과장법이 동원된 난해시로 만들어 버리기도 한다. 그러나 "강물소리 차디찬 밤"에 드러난 바와 같은 작은 일탈은 언어의 영역을 확장하는 데 도움이 된다. 시인이 어휘들을 새로이 조합하고 배치하는 것이야말로 은유가 발생하게 된 기본 원리에 속하는 일이다. 또한 시어를 갱신해 나가는 데에는 이러한 시적 자유가 늘 요구된다고 할 수 있다.

이 텍스트에서 또 하나 주목할 점은 반복이 주는 음악적 요소이다. 이 시의 시상은 단순해 보인다. 그러나 반복적 표현이 등장하게 되면서 텍스트 전체에 통일된 음악성을 부여하고 있다. 그 음악성은 동일한 어휘나 구절이 반복되는 데에서 온다. 즉, 앞서 살펴본 바와 같이 "네게로 가겠다"는 구절이나 '~지 않아도'라는 어미가 반복될 때 독자는 일종의 즐거움을 느끼게 된다. 시 텍스트의 동일한 구성 요소가 반복되면 그 부분은 텍스트에 일종의 언어적 규칙을 부여하여 텍스트는 리듬감을 지니게 된다. 요약하자면 텍스트의 반복적 요소는 시적 화자의 의지를 강조하는 동시에 언어의 음악성을 부여하게 되는 것이다. 그 결과 텍스트는 소박한 심상에서 출발하였음에도 불구하고 단조롭지 않게 된다. 시적 언어의 음악적 요소에 민감하게 반응하면서 그 요소를 텍스트에 활용하는 것은 시인에게 당연히 요구되는 덕목이다. 그럼에도 불구하고 현대시에서는 그런 음악적 요소의 가치가 평가 절하되는 경향이 있다. 이정환 시인의 「삼강나루」는 '반복과 시의 음악성'이라는 주제를 중심으로 살펴볼 때 풍부한 텍스트성을 지녔다고 볼 수 있다.

한편 이정환 시인의 「애월 바다」는 「삼강나루」와는 사뭇 다른 정조를 보여 준다. 사랑의 실현 의지가 사라져 버린 이후, 잃어버린 사랑에 대한 그리움이 텍스트의 주조를 이루고 있다.

사랑을 아는 바다에 노을이 지고 있다

애월, 하고 부르면 명치끝이 저린 저녁

노을은 하고 싶은 말들 다 풀어놓고 있다

누군가에게 문득 긴 편지를 쓰고 싶다

벼랑과 먼 파도와 수평선이 이끌고 온

그 말을 다 받아 담은 편지를 전하고 싶다

애월은 달빛 가장자리, 사랑을 하는 바다

무장 서럽도록 뼈저린 이가 찾아와서

물결을 매만지는 일만 거듭하게 하고 있다

—이정환, 「애월 바다」 전문

이 텍스트에서 시적 화자는 노을 진 제주 애월 바닷가에서 파도를 보면서 그리움을 노래하고 있다. "편지"라는 시어가 두 번 등장하는데 그 편지는 이 텍스트의 주된 모티프라고 볼 수 있다. 먼저 그것은 "긴 편지"로 드러나는데, 이 시어는 편지에 담아야 할 사연이 많다는 사실을 보여 주는 말이다. 그렇다면 시적 화자의 그리움은 무수한 사연을 지닌 것임을 추측해 볼 수 있다. 시적 화자는 나누고 싶은 사연이 많고 그래서 "그 말을 다 받아 담"는 그런 편지를 쓰고 싶다고 말한다. 그러므로 편지는 시적 화자가 지닌 그리움의 정서를 압축적으로 드러내는 매개체라 할 수 있다. "애월은 달빛 가장자리, 사랑을 하는 바다" 구절은 이 텍스트에 구현된 정서를 압축하여 보여 준다. 먼저 여러 바다 중에서도 시인이 그리움을 표현하기 위해 선택한 바다는 제주도의 애월 바다이다. 벼랑 아래에 넓은 모래밭이 놓여 있고, 고요하며 잔잔한 바다가 그 모래밭에 이어 펼쳐져 있는 곳이 애월이다. 그래서인지 애월의 바다는 낙조의 풍광이 특히 수려한 것으로 알려져 있다. 이를 통해 해 지는 바닷가에서 노을을 보면서 시인이 사연이 많은 편지를 상상하는 모습을 그려 볼 수 있다. 또 석양과 바다 빛이 함께 어울리고 있어 시인의 그리움을 위한 훌륭한 공간적 배경을 이루고 있다. 애월 바다와 파도가 시적 화자의 마음을 대변하기에 적절한 대상인 이유는 '애월'이라는 지명 자체가 이미 시적인 이름이기 때문일 수도 있다. 말뜻 그대로 풀어 보자면 애월은 '달빛의 가장자리'를 의미한다. 달빛 가장자리에 펼쳐지는 바다에서라면 누구든 시인의 마음을 가질 수 있을 것이다. 각자 지니고 있는 애절한 사랑과 그리움의 사연을 해 지는 애월 바다가 대변해 줄 수 있으리라 믿어 봄직도 할 것이다. 시인이 애월 바다가 "사랑을 하는 바다"라고 단언하는 이유도 그런 까닭에서일 것이다.

　이정환 시인의 「애월 바다」를 서안나 시인이 노래한 「애월涯月 혹은」
과 나란히 읽어 보면 텍스트가 담고 있는 의미를 보다 효과적으로 이해
할 수 있을 것이다.

　애월에선 취한 밤도 문장이다 팽나무 아래서 당신과 백 년 동안 잔을
기울이고 싶었다 서쪽을 보는 당신의 먼 눈 울음이라는 것 느리게 걸어
보는 것 나는 썩은 귀 당신의 목소리가 들리지 않는다 애월에서 사랑은
비루해진다.

　애월이라 처음 소리 내어 부른 사람, 물가에 달을 끌어와 젖은 달빛 건
져 올리고 소매가 젖었을 것이다 그가 빛나는 이마를 대던 계절은 높고 환
했으리라 달빛과 달빛이 겹쳐지는 어금니같이 아려오는 검은 문장, 애월

　나는 물가에 앉아 짐승처럼 달의 문장을 빠져나가는 중이다

　　　　　　　　　　　　　　　　　　－서안나, 「애월(涯月) 혹은」 전문

　애월에 이르러 생각하는 사랑의 의미, 그 내포항은 서로 다르겠지만
애월이라는 시적인 지명은 사랑의 의미를 떠나서 생각하기 어렵다. 이
정환 시인은 「애월 바다」에서 애월을 "달빛 가장자리"라고 말하며 다시
한번 그 지명의 의미를 텍스트 속에 불러들인 바 있다. 서안나 시인의
텍스트에서도 애월은 "밤", "잔", "달"과 분리될 수 없는 곳이다. "물가",
"달", "달빛"… 그리고 "사랑"이라는 시어가 서안나 시인의 텍스트를 가

득 채우고 있음을 보면 더욱 그러하다. 시적 화자는 비록 애월에서 사랑은 비루해진다고 천명하고 있지만 애월 바다에 이르면, 그 바다의 달빛과 물결을 마주 대하게 되면 사랑을 생각하는 게 지극히 당연해지지 않을까? 날이 저물 때, 어두워지는 애월 바다를 바라보면 이정환 시인과 서안나 시인의 텍스트가 그 바다의 풍경을 배경으로 하여 선명하게 이해될 것이다. 텍스트의 의미가 속속들이 가슴에 배어들 것이다.

문학 이론가 가스통 바슐라르Gaston Bachelard는 인간의 상상력을 구성하는 네 가지 요소를 분석하면서 그 요소들이 지닌 문화적 의미들을 설명한 바 있다. '물', '불', '공기', '흙'이라는 요소들이 다양한 방식으로 전개되는 상상력의 근저에 놓인다고 본 것이다. 인류 문화사는 그처럼 물, 불, 공기, 흙이라는 물질과 깊이 관련되어 있다. 바슐라르가 제시한 네 가지 요소 중에서 이정환 시인의 텍스트는 물의 상상력을 잘 구현한다고 볼 수 있다. 오랜 인류의 문화 속에서 물은 자신을 성찰하는 거울의 기능을 담당하기도 했고, 물에 비친 이미지들은 파괴되었다가 다시 봉합되는 구조를 보여 주기도 했다. 물은 윌리엄 셰익스피어William Shakespeare의 극 속 오필리아Ophelia라는 인물이 몸을 던지게 만드는 암흑의 근원이기도 하였다. 죽음으로 그 인물을 이끄는 유혹의 물질이기도 했던 셈이다. 동시에 물은 추억과 회상의 매개체이기도 하다. 물은 어떤 이미지를 머금고 포함하며 반영한다. 그래서 사랑과 그리움의 감정과 기억 또한 그 물이 함께 머금고 내포하며 또 반영하는 것이다. 이정환 시인은 그와 같은 물의 속성을 파악한 채 물을 매개체로 삼아 상상력을 발현한다. 물이 지닌 다양한 요소들이 텍스트를 구성하면서 호소력이 강한 사랑과 그리움의 시를 탄생하게 만들고 있다.

이별과 상실의 시

삶은 사람들과의 만남과 헤어짐으로 이루어져 있다. 회자정리會者定離라는 말이 있듯이 만남 뒤에는 헤어짐이 있게 마련인데 헤어짐은 아쉬움과 그리움의 감정을 수반한다. 그래서 소중히 여기던 이와 헤어진 다음 느끼게 되는 상실과 회한의 감정은 인류의 보편적인 감정으로서 무수히 많은 시의 소재가 되어 왔다. 흐르는 물소리를 들으며 그것이 자신의 울음소리 같다고 노래한 시인도 있고, 가을 하늘을 나는 철새를 보면서 그 쓸쓸해 보이는 새가 자신의 고독한 심경을 대변한다고 토로한 시인도 있다. 시인들은 현실에서는 불가능해 보이는 재회를 기대하면서, 임을 다시 만나고 싶다는 소망이 꿈속에서 이루어진 모습을 그려 내기도 했다. 그럴 때 시로 표현된 꿈의 공간은 시인이 처해 있는 현실과 그 현실의 삶에서 오는 절망감을 극복하게 해 주는 대안 공간으로 작동하기도 하였다. 현대에 이르러서도 이별과 상실은 여전히 중요한 시적 소재이며 상상력의 근원이다. 상실의 느낌은 개인들 사이의 이별에서 오는 감정이기도 하고 개인이 공동체를 이탈하게 되면서 경험하는 마음이기도 하다. 고향이나 조국을 잃어버리는 실향과 망명의 경험도 이별과 상실의 정서를 야기하기도 한다.

이 장에서는 동서고금의 시를 통하여 기록으로 남은 이별의 정한을 살펴볼 것이다. 또 각 문화권의 시인들이 이별과 상실을 노래할 때 어떤 대상들을 선택하여 비유의 소재로 삼았는지도 알아보도록 하자. 그리고 이별을 경험하면서 시인들이 자연의 물상들을 어떤 식으로 텍스트에 도입하면서 자신들의 고유한 감정을 표현하고 있는지 역시 검토하여 보자.

왕방연과
계랑의 시

　　한국의 옛 시조에서 이별의 정서를 표현한 텍스트를 다
수 찾아볼 수 있다. 그중에서도 대표적으로 왕방연과 계랑의 시조를 들
수 있다. 고시조 중 대표적인 작품들은 영어로 번역된 경우가 많은 편
이며 영역된 시조는 한국 문학을 해외 독자에게 소개할 때에 활용되곤
한다. 먼저 왕방연의 시조를 리처드 러트^{Richard Rutt}의 영어 번역본과 함
께 살펴보자.

Ten thousand li along the road

I bade farewell to my fair young lady.

My heart can find no rest

as I sat beside a stream.

That water is like my soul:

It goes sighing into the night.

천만리 머나먼 길에 고흔 님 여희압고

내 마음 둘 듸 없어 냇가에 안쟛시니

져 물도 내 안과 갓틔여 우러 밤길 예놋다.(왕방연·김천택, 홍문표·강중탁

역주, 『청구영언』, 명지대학교출판부, 1995, 74면.)

우선 왕방연의 텍스트에는 이별의 정한을 표현함에 있어서 물소리가
동원되어 그 효과를 더하고 있다. 반면 이후에 나올 계랑의 텍스트에는
지는 배꽃, 가을바람, 낙엽 등의 소재가 사용되었다. 그 소재들은 시적
화자의 심경을 표현하는 데에 어떻게 사용되고 있는가? 그리고 그 효
과는 어떠한가? 두 편의 시조를 차례로 읽어 보면서 확인하도록 하자.

자연 그 자체는 무심할 뿐이다. 물은 자연의 이치를 따라 흘러가며
소리는 그 물이 흐를 때 만들어지는 데에 불과하다. 봄에 배꽃이 비 오
듯 지는 일이나, 가을이 되어 찬바람이 불고 그 바람에 나뭇잎들이 떨
어져 내리는 현상도 자연의 원리에 따라 그러할 것이다. 그 모습들은
물, 꽃, 바람을 바라보고 있는 시인이 느끼는 바와는 무관한 일인 게 틀
림없다. 그러나 옛 시인들은 자신이 경험하는 이별의 정한을 자연의 대
상에 투사한 채 이를 매개로 삼아 감정을 표현해 왔다는 점을 알 수 있
다. 이처럼 무감각한 대상에 주체가 경험하는 감정을 투사하는 것을
'감정 이입'이라고 부른다.

왕방연의 경우, 물소리가 끊이지 않고 밤새도록 들리고 있다는 사실
에 주목하면서 그 물소리에 자신이 경험한 이별의 감정을 이입하고 있
다. 밤이 되어도 애끊는 슬픔에 잠을 이루지 못하는 자신의 심경을 그
물소리와 동일시하고 있는 것이다. 특히 종장의 "져 물도 내 안과 갓틔

여 우러 밤길 예놋다"라는 표현에 주목해 보자. 내川의 물은 사실 무심한 존재이며, 그저 주어진 물길을 따라 흐르고 있을 뿐이다. 그럼에도 불구하고 시적 화자에게 그 물소리가 울음소리처럼 들리는 까닭은 무엇인가? 그것은 시적 화자가 이별을 경험한 직후인지라 그의 마음이 슬픔에 젖어 있기 때문이다. 만약 그리운 임을 만나러 가는 길에 냇가에 앉았더라면 동일한 그 물소리가 경쾌한 음악 소리로 들릴 수도 있었을 것이다. 그처럼 흘러가는 물, 즉 유동적인 물은 다양한 감정을 불러일으키는 이미지로 활용되곤 한다. 고여 있는 물이 자주 거울의 구실을 대신하면서 반사reflection의 역할을 담당하는 모습과는 대조적이다. 일례로 그리스·로마 신화에 등장하는 나르키소스는 연못에 비친 자기 자신의 모습에 스스로 홀린 인물인데 그 연못의 물, 흐르지 않고 고요히 담겨 있는 잔잔한 물은 곧 거울의 등가물이다. 머물러 있는 물은 금속성의 거울과 같은 구실을 하면서 그 물을 들여다보는 이의 모습을 그대로 반영하게 된다. 그러나 위에 든 왕방연의 시에서 보듯, 흐르는 물은 안정되지 못한 마음을 대변하는 물질로 받아들여진다. 소리를 내면서 움직이고 있어 그 물가에 머물러 있는 이가 느끼는 슬픔의 감정을 대변하는 것이다.

왕방연의 이 시조는 단종을 유배지에 남겨 두고 돌아오게 된 신하의 슬픔을 재현한 텍스트이다. 임금의 지위를 잃고 유배된 어린 단종을 유배지까지 호위한 다음 돌아서야 하는 신하의 복합적인 감정이 텍스트에 반영되어 있다. 이렇듯 조선 시대에 왕방연이 물소리를 통해 자신의 내면에서 솟아나는 울음소리를 들었던 것처럼 흐르는 물, 또 흘러가는 물이 만들어 내는 물소리는 많은 시인들에게 상상력의 원천이 되어 주었다. 이영도 시인의 경우에도 여울물 소리를 두고, "그 자락 학같이 여시고, 이 밤/너울 너울 아지랑이"라는 표현을 쓴 적이 있다. 흐르는 물소리를 바로 시인 자신의 마음을 대신 읊어 주는 소리로 본 것이다. 박재두 시인 또한 1966년 발표작, 「물소리」에서 "어리는 그대 목소리 밤을 젖는 물소리"라고 노래한 바 있다. 흘러가는 냇물이 자연스럽게 생성하는 물소리를 들으면서 그 소리가 그리운 이의 목소리처럼 들린다고 느낀 것이다. 그 밖에도 흐르는 물이 이별의 정서를 그려 내는 소재로 등장하는 시는 쉽게 찾아볼 수 있다.

이제 다음으로 계량의 텍스트를 필자가 번역한 영어 번역본과 함께 살펴보도록 하자.

I bade him farewell,

in the pear blossom shower!

Would he be thinking of me

as leaves fall in autumn winds?

Wandering is my lone dream

over one thousand li.

이화우梨花雨 흩뿌릴제 울며 잡고 이별離別 한 님

추풍낙엽秋風落葉에 저도 날 생각는가

천리에 외로운 꿈만 오락가락 하노매라.(왕방연·김천택, 홍문표·강중탁

역주, 『청구영언』, 명지대학교출판부, 1995, 334면.)

조선 시대 시조 중에는 기생들이 창작한 작품이 많은데, 기생의 시조 중 많은 작품이 우수한 문학성을 인정받고 있다. 기생들은 여성 주체라는 주제를 중심으로 하여 문학 텍스트를 살피고자 할 때, 매우 중요하게 여겨지는 텍스트들을 생산한 예외적 존재들이다. 당대 여성들은 대체로 가정이라는 공간에 머물며 자신을 표현하는 일에서 소외되었지만, 기생들은 가정의 울타리 바깥에서 자신들의 존재를 적극적으로 드러냈다. 또 기생들은 남성 사대부의 풍류 생활을 도와주는 일을 하면서 남성 지식인들의 말벗이 될 수 있을 정도의 문예 훈련을 받았다. 이처럼 기생들이 처한 독특한 환경은 역설적으로 그들로 하여금 문학 창작의 주체가 될 수 있는 기회를 열어 주었다. 기생들이 문학 텍스트로 표현한 정서는 남성 시인들의 텍스트에서 드러나는 것들과는 현격한 차이를 보여 주는 경우가 많다.

기생 계랑의 경우, 봄과 가을이라는 계절의 대비를 배경에 두면서 그 대비를 통해 임과 이별하던 날과 그 이후의 심경을 대조적으로 표현하고 있다. 초장에서는 배꽃이 비처럼 떨어지는 어느 봄날의 이별이 먼저 제시되어 있다. 이별을 초장의 주제로 삼고 있는 것이다. 중장에서는 가을바람에 쓸려 다니는 낙엽이 등장한다. 낙엽을 묘사함으로써 임의 부재를 강조하고, 부재하는 임을 향한 그리움을 효과적으로 재현하고 있다. 그리고 마지막 장에 이르면 시적 화자의 내면세계를 향해 표현의 방향을 전환한다. 자신이 느끼는 바를 드러내고자 하면서 "외로운 꿈"이라는 표현을 사용한다. 그것도 "천리"에 걸쳐 있는 것으로 그 꿈을 구체화한다. 천 리라는 아득한 거리를 둔 채 떠도는 꿈이라는 표현은 임의 부재로 인해 경험하게 되는 시적 화자의 고독을 효과적으로 잘 드러내고 있다. 임이 천 리 밖의 먼 곳에 있는 까닭에 임과의 재회는 불가능하지만, 오히려 그 현격한 거리가 시적 화자의 그리움과 외로움을 강조하게 되는 것이다.

왕방연과 계랑의 시조에서는 천 리 혹은 만 리라는 표현이 등장하면서 임과 주체 사이의 먼 거리를 나타내는 데 활용되고 있음을 볼 수 있다. 왕방연은 "천만 리 머나먼 길", 계랑은 "천리에 외로운 꿈"이라 표현하였다. '리'는 거리를 재는 단위인데 천 리, 더 나아가 천만리 길이란 주체와 대상 간의 거리를 과장되게 표현한 것이다. 그 거리는 이별이라는 주제를 효과적으로 표현하는 데에 기여한다. 이별한 대상이 먼 길을 떠나가 있다는 점 그리고 그 대상이 가까이 있지 않아 다시 만나기가 매우 어려우리란 것을 강조하게 된다. 그리하여 시적 화자가 경험하는 그리움이 더욱 절절하게 텍스트에 전개될 수 있도록 한다.

정지상과
홍서봉의 시

이별과 그리움은 동서양의 시에서 흔하게 찾아볼 수 있는 시적 소재이다. 고려 중기의 문인 정지상은 "대동강수 하시진大同江水何時盡이요 별루년년 첨록파別淚年年 添綠波를" 하고 노래한 바 있다. 『동문선』에 수록된 정지상의 「송인送人」을 살펴보자.

雨歇長堤草色多
送君南浦動悲歌
大同江水何時盡
別淚年年添綠波

비 그친 강둑에는 풀빛 푸른데
남포로 임 보내는 서러운 노래
대동강 물이야 언제 마르리

해마다 이별 눈물 더하는 것을

−정지상,「송인(送人)」전문, 졸역

정지상의 이 시는 너무나 잘 알려져 있고 시상도 단순한 편이어서 다양한 번역본이 있지만 각 번역본이 모두 대동소이하다. 텍스트에 대해 설명하자면 시적 화자는 대동강에서 이별하는 사람들이 많아서 그들이 흘리는 이별의 눈물 때문에 대동강 물이 마를 날이 없으리라고 노래하고 있다. 지나칠 만큼 과장되게 이별의 슬픔을 노래하는 것이다. 이별의 주제를 형상화하면서 과장법을 동원한 경우는 그 밖에도 많이 찾아볼 수 있다. 조선 시대의 홍서봉 또한 과장을 통해 극진한 이별의 슬픔을 드러내었다. 정지상이 대표하는 과장의 시적 전통을 이으며 압록강의 푸른빛과 피눈물을 도입하여 이별의 정회情懷를 그린 것이다.

이별離別 하날 날에 피눈물 난지만지
압록강鴨綠江 나린 물이 푸른 빗 全혀 업다
배우희 백발사공白髮沙工이 쳐음 본다 하더라(왕방연·김천택, 홍문표·강중탁 역주, 『청구영언』, 명지대학교출판부, 1995, 141면.)

홍서봉의 텍스트에 주도적으로 드러나는 정서도 과장된 이별의 슬픔이라 할 수 있다. 그와 같은 과장법은 홍서봉 개인에 한정된 것이 아니라 고려 시대와 조선 시대의 문학적 형상화의 전형적인 방식이었다고 볼 수 있다. 많은 이들이 이별할 때, 그처럼 과장된 감정이 상투적인 방식으로 재현되어 있는 텍스트를 읊조리며, 거기에 자신들의 감정을 이입하였으리라고 짐작해 볼 수 있다. 정지상이 '눈물 때문에 대동강 물이 마를 수가 없겠다'는 과장된 표현을 보였음에 반하여 홍서봉은 거기에서 한 걸음 더 나아간다. 정지상의 '눈물'을 '피눈물'로 바꾸면서 강물의 빛깔조차 이별의 피눈물로 인하여 바뀌어 버렸다고 표현하여 과장의 정도를 더하는 것이다. 강물에 푸른빛이 전혀 없다고 노래한 중장이 그와 같은 무모할 정도의 과장법을 잘 드러내는 구절이다.

이상에서 살펴본 바와 같이 강물, 흐르는 물, 물소리 등이 이별의 소재로 사용된 텍스트를 다수 발견할 수 있다. 또 이별과 상실의 감정을 표현하면서 꽃의 소재를 활용한 경우도 쉽게 찾아볼 수 있다. 이제 멀리 고향을 떠나온 뒤 고향 땅에 두고 온 그리운 이의 안부를 물으면서 꽃의 이미지를 활용하는 텍스트를 보자. 『남훈태평가』에는 매화꽃을 소재로 사용하여 그 매화꽃의 개화 여부를 물음으로써 그리운 이의 소식을 대신 듣고자 하는 시적 화자의 모습이 담긴 텍스트를 찾아볼 수 있다.

군자고향내하니 알니로다 고향사를
오든 날 그챵젼에 한매화 피웟드냐 안 피웟드냐
매화가 퓌기는 피웟드라마는 임자 그려.(박두용, 『남훈태평가』, 한남서림,
1920, 14~15면.)

매화, 그것도 고향 집의 창가에 피는 매화는 시적 화자가 상실한 채 그리워하는 대상을 지칭한다. 시적 화자의 그리움을 매개하는 존재가 바로 매화인 것이다. 시적 화자가 동향 출신의 사람에게 "매화가 피었

더냐?"고 묻자 그 사람은 "피기는 피었더라마는 그대를 그려 야위었습니다"고 답한다. 그러므로 이 텍스트 속의 매화는 중립적이고 객관적으로 존재하는 물상으로서의 매화가 아니라 의인화된 꽃이라는 점을 알 수 있다. 시적 화자가 떠나온 고향을 그리워하고 고향사故鄕事를 궁금하게 여기는 마음이 매화에 투사된 것이다. 그러므로 텍스트 속의 매화도 마치 사람인 양 표현되어 있다. 매화 또한 시적 화자를 그리워하는 까닭에 말라서 초라하게 피어난 모습으로 묘사되는 것이다.

사실 시적 화자가 간직한 그리움의 대상은 매화가 아니라 그 매화가 피어나는 집 안에 살고 있는 사람, 즉 시적 화자가 그리는 임이 분명하다. 그러나 창 앞에 매화가 피었더냐고 물어보는 일, 즉 직접적인 질문이 아니라 객관적 대상을 매개로 삼아 에둘러 물어보는 방식은 시적인 방법인 것이다. 간접적이며 의인화된 질문이 던져진 까닭에 고향에서 온, "군자"로 지칭된 제삼자 또한 매화의 모습을 형상화하여 전달하는 방식으로 그 질문에 답하는 풍경을 볼 수 있다. 그의 반응 역시 시적인 대답에 해당한다. 이 텍스트에서는 매화가 그리운 이의 '객관적 상관물 objective correlative'로 등장하면서 시적 화자의 그리움을 대변하고 있음을 확인할 수 있다.

이 시조 텍스트는 20세기 초반, 조선에 왔던 영국인 선교사 제임스 게일James Gale이 영어로 번역하여 서구 독자에게 소개한 바가 있다. 게일은 이 작품을 예로 들어 서구 독자들에게 조선 사람들이 시를 아는 민족이며 그들이 보편적으로 시심을 지니고 있다고 소개하였다. 더불어 그 시심을 칭송하였다고 알려져 있다. 게일은 이 시의 시적 화자가 그리운 이의 소식을 물으면서 그 사람의 안부를 직접 묻는 게 아니라,

고향의 꽃 안부를 묻는 모습에 강한 인상을 받았던 것으로 보인다. 화자가 고향 마을에 매화가 피었더냐고 넌지시 묻고 있으며 그것으로 그리움의 직접적인 표현을 피해 가고 있으므로, 게일이 보기에 그런 시를 쓸 수 있는 조선 사람들은 시가 무엇인지 아는 민족이었을 것이다.

종장에 드러난 조선인의 시심은 더욱 선명하다. 종장에서는 고향에서 온 군자가 매화 역시 멀리 떠나간 임을 그리워하여 마르고 초라하게 피었더라고 답한다. 매화를 통하여 고향의 안부를 묻고 답하고 있으므로 참으로 재치가 넘치는 표현이라 할 수 있다. 이 부분에서 재치가 빛을 발하는 이유는 초장·중장에 등장한 시적 화자의 그리움과 기대에 군자가 적절히 부응하면서, 군자 역시 시적 화자가 제시한 매화라는 매개체를 공유하고 있어서이다. 맨 앞의 장에서 살펴본 바와 같이 마이클 리파테르Michael Riffaterre는 "시는 무엇인가를 의미하면서 다른 어떤 것을 제시하는 비직접성indirection"이라고 주장한 바 있다. 시는 직접적이고 분명하게 표현하기보다 우회적으로 드러내기를 선호하는 장르라는 말이다. 리파테르의 말을 따르자면 위의 텍스트 또한 우회적 표현을 드러내는 전형적인 시라고 할 수 있다. 시적 화자가 궁극적으로 궁금하게 여기는 바는 그리움의 대상인 어떤 사람의 안부이지만, 우회적으로 매화를 통해 그 의미를 표현하고 있기 때문이다. 이 시에서 매화는 시적 화자가 의미하는 것, 즉 시적 화자가 그리워하는 이를 우회적으로 드러내 주는 대상이며 장치인 셈이다.

김소월의 「가는 길」과 박목월의 「이별가」
그리고 이토록의 「흰 꽃, 몌별秩別」

이별과 상실의 정서는 현대시의 소재로 사용되면서 무수한 수작을 생산해 내었다. 한국의 현대 시사에서 김소월과 박목월의 텍스트는 이별과 상실의 감정을 잘 드러내는 대표적인 작품으로 평가받고 있다.

그립다
말을 할까
하니 그리워

그냥 갈까
그래도
다시 더 한 번…

저 산山에도 가마귀, 들에 가마귀,

서산西山에는 해 진다고

지저귑니다

앞 강江물 뒷 강江물

흐르는 물은

어서 따라 오라고 따라 가자고

흘러도 연달아 흐릅디다려.

—김소월,「가는 길」전문

　먼저 "그립다/말을 할까/하니 그리워//그냥 갈까/그래도/다시 더 한
번…" 등의 표현에 주목해 보자. 그 표현들에서 시적 화자의 망설임과
그리움을 직접 확인할 수 있다. 그런데 "그립다/말을 할까" 구절 다음
에 등장하는 "하니 그리워"라는 표현은 사실 '아니 그리워'가 잘못 인쇄
되어 생긴 표현일 확률이 높다고 주장하는 학자도 있다. 김욱동의 주장
에 따르면 시적 화자가 처해 있는 정황을 고려해 볼 때 '그립다 말을 할
까/아니 그리워'라고 이르는 게 "하니 그리워"라는 표현보다 한결 자연
스럽게 들리기 때문이다.[1] 소월이 활동하던 시절에는 한국의 인쇄 기술
이 매우 초보적인 단계였을 것임을 고려한다면 이는 설득력이 강한 주
장으로 보인다.
　만약 현재 알려진 바와 같이 김소월이 "하니 그리워"로 표현했다면,

1　Wook-Dong, Kim, 「Translation and Textual Criticism: Typographical Mistakes in Modern
　Korean Poets」, *ACTA KOREANA Vol 24. No. 2*, pp.55~74.

그 구절은 '그립다고 말을 할까 하고 생각해 보니' 그리움을 더욱 강하게 느끼게 된다는 의미가 될 것이다. 그러나 김욱동이 주장한 바와 같이 "아니 그리워"로 표현했다면 시적 화자가 겪고 있는 내면적 갈등이 더욱 효과적이며 생동감 있게 드러나게 된다. 그립다고 말을 할까 생각해 보다가 곧바로 자기 자신의 그러한 감정을 스스로 부정하면서 아니 그립다고 다짐하는 듯한 모습을 그려 볼 수 있다. 시적 화자의 내면은 그리움, 미련, 이별의 의지, 자기 부정 등의 다양한 감정이 복합적으로 얽혀 있는 상태임이 분명한데, 그러한 내적 갈등이 후자의 경우처럼 "아니 그리워"라고 진술할 때 더욱 효과적으로 드러나게 된다. 그 점은 2연의 "그냥 갈까/그래도/다시 더 한 번…"이라는 표현을 통해 더욱 분명해진다. 2연에서도 시적 화자는 한편으로는 '그냥 가야지' 하고 결심하는 듯하지만, 다른 한편으로는 '그래도 그냥 가서는 안 되지, 다시 더 한 번 돌아보아야지' 하는 마음을 보여 주고 있다. 즉, 시적 화자가 미련과 그리움을 쉽게 접지 못하고 있다는 점을 알려 주고 있는 셈이다.

이제 텍스트에 등장하는 정경의 묘사를 살펴보자면 시적 화자는 그리운 대상에 대한 미련을 접고 서둘러 갈 길을 가야 하는 상황에 놓여 있음을 알 수 있다. 산과 들의 "가마귀", 즉 오늘날의 표기법상 까마귀는 시적 화자에게 지금 "서산西山"에 해가 진다고 지저귀면서 알려 주고 있고, 강물은 그에게 어서 가자고 재촉하고 있기 때문이다. 이를 통해 이 시에 등장하는 자연의 대상들, 즉 '까마귀', '서산', '해', '강물', '흐르는 물' 등은 매우 효과적이며 유기적으로 서로 얽혀 있으면서 시적 화자의 심경을 잘 드러내고 있음을 알 수 있다.

까마귀는 해가 곧 지게 될 것임을 알리는 존재이면서 시적 화자의 쓸

쓸한 심경을 드러내기에도 적합한 새이다. 앞에서 살펴본 바와 같이 우리 문화 전통에서 까치는 반가운 이의 소식이나 귀한 손님의 등장을 미리 알려 주는 길조의 구실을 담당해 온 반면, 까마귀는 흉조로서 죽음이나 이별의 상황에서 자주 등장해 왔다는 점을 상기해 볼 수 있다. 해라는 소재도 마찬가지이다. 아침, 동녘에서 떠오르는 해가 희망과 생명, 약동의 기운을 독자에게 가져다준다면 저녁에 서녘으로 기우는 해는 상실과 소멸의 정감을 갖게 하는 경향이 있다. 또한 소월의 시에 동원된 "흐르는 물"의 이미지는 왕방연의 시조에서 드러난 바와 같이 이별을 암시하는 시적 소재이다. 따라서 물이 이별을 지시하는 소재로 사용되어 온 시적 전통을 김소월이 계승하고 있다는 사실을 다시금 확인할 수 있다.

해는 서산 너머 지고 있고 까마귀는 불길하게 우는 저녁 시간대, 정다운 임을 두고 차마 떨어지지 않는 발길을 재촉하며 자신 앞에 놓인 길을 가야만 하는 이의 서글픔이 텍스트에 가득 배어 있다. 그립다는 생각조차 떨쳐 버려야 하겠지만 막상 그러한 그리움의 정서는 주체의 의지와는 무관한 것으로서, 고유의 시간대를 거느린 채 생겨나고 또 사라지게 마련이다. 애써 그리움의 감정을 배제하고자 하면 할수록 그리움은 오히려 더 강해지기도 한다. 떠나고 싶지 않지만 떠나야 하는 상황이 충분히 드러나 있는 이 텍스트에서, 종결 부분은 그 상황을 효과적으로 강조하는 데 기여하고 있어 주목할 만하다. 김소월 시인은 흐르는 강물의 이미지를 적절히 변주하여 전개하면서 물이 매개하는 이별의 정서를 강조하고 있다. 더구나 "앞 강물 뒷 강물/흐르는 물은" 구절은 3음절, 3음절, 5음절의 어휘들을 이어 배치하면서 한국어가 지닌 고유의 음악성 또한 구현하고 있다. 마치 노래의 후렴처럼 들릴 수 있는 시적 종결을 준비하는 것이다. 이 구절에 제시된, 그와 같은 3·3·5음절 어휘들의 조화는 마지막의 "흘러도 연달아 흐릅디다려" 구절에서도 반복된다. 서로 다른 어휘들이지만 동일한 음절 수를 지닌 말들이 배치되어 그 언어의 음악성을 배가하는 효과를 낳고 있다.

　소월의 시에 나타난 물의 이미지는 박목월의 시에 계승되고 있다. 박목월의 이별시에서도 강은 핵심적인 소재로 활용됨을 볼 수 있다. 강은 물리적으로 두 주체를 분리하는 대상, 즉 두 주체 사이의 인연에 방해가 되는 장애물로 등장한다. 거기에 더하여 강에 부는 바람 소리 또한 두 주체의 이별을 강조하게 된다. 강의 바람 소리는 그들 사이의 전언을 가로막아 서로 소통 불가능한 방식으로 고별사를 나누게 되는 정경을 연출해 낸다. 그 결과 강과 강바람 소리가 어울리는 곳에서 이루어지고 있는 두 사람의 이별이 더욱 애통하게 느껴지도록 한다.

뭐락카노, 저편 강기슭에서
니 뭐락카노, 바람에 불려서

이승 아니믄 저승으로 떠나는 뱃머리에서
나의 목소리도 바람에 날려서

뭐락카노 뭐락카노
썩어서 동아밧줄은 삭아 내리는데
하직을 말자 하직 말자

인연은 갈밭을 건너는 바람

뭐락카노 뭐락카노 뭐락카노
니 흰 옷자라기만 펄럭거리고…

오냐. 오냐. 오냐.
이승 아니믄 저승에서라도…

이승 아니믄 저승에서라도
인연은 갈밭을 건너는 바람

뭐락카노, 저편 강기슭에서
니 음성은 바람에 불려서

오냐. 오냐. 오냐.
나의 목소리도 바람에 날려서.

—박목월, 「이별가」 전문

　이 시에서 시적 화자와 그리움의 대상은 이미 서로에게서 분리되어
있는 상태이다. 우리가 살펴보았듯 이별과 그리움을 표현하는 데에 자
주 등장하는 강, 그것도 다시 돌아올 수 없는 레테의 강이 양자를 가로
막고 있는 것이다. 그렇게 강이 만들어 내는 일정한 공간의 분리, 그 거
리를 사이에 둔 채 강의 이쪽과 저쪽에 두 주체가 서 있다. 양자의 소통

은 사실상 불가능해진 상태이다. "뭐락카노" 하고 거듭 등장하는 대사가 소통할 수 없는 현실을 선명하게 드러내 준다. 상대의 전언이 들리지 않으므로 경상도 사투리로 "뭐락카노"라는, 같은 말만 되풀이 하는 것이다. 소리가 들리지 않는 이유는 강에 불고 있는 바람 소리가 그 소리를 방해하기 때문이다. 음성이 바람에 불리어 날리기 때문에 '나'의 음성을 '너'는 들을 수 없고, '너'의 음성도 내가 들을 수 없는 것이다. 시인은 "니 음성은 바람에 불려서", "나의 목소리도 바람에 날려서"라고 '니와 나', '불리다', '날리다'로 텍스트의 표현을 조금씩 바꾸어 가고 있다. 그처럼 텍스트상의 어휘에 변화를 주게 되면 동일한 어휘의 단순한 반복이 주는 단조로움을 극복할 수 있게 된다. 그리고 그와 같은 시어의 변화는 다시 한번 분리된 양자의 상태를 강조하는 효과를 불러 오는 것이다.

그러나 여기에서 또 한 가지 유심히 살펴볼 모티프가 있는데 그것은 "오냐. 오냐. 오냐."라는 표현이다. "오냐. 오냐. 오냐./이승 아니믄 저승에서라도…"라는 구절에서 한 번 등장한 "오냐"라는 긍정의 언술이 시의 종결 부분에서 또 다시 등장하는 모습을 볼 수 있는데, "오냐. 오냐. 오냐./나의 목소리도 바람에 날려서" 구절에서 "오냐"가 거듭 등장하고 있다. 상대의 목소리가 들리지 않아서 그 대상이 하고자 하는 말이 무엇인지는 알 길이 없음에도 불구하고, 그 전언의 내용과는 무관하게 주체는 무조건 그의 말을 긍정하고 있다는 사실을 알 수 있다. 대상에게 보내는 절대적인 신뢰 그리고 주체와 대상이 물리적으로는 거리를 두고 분리되어 있으나, 양자의 마음은 하나인 채 분리되지 않았다는 사실을 "오냐"라는 표현이 압축하여 보여 준다. "오냐. 오냐. 오냐." 하고 긍정의 발화를 세 번 반복하는 행동은 이중의 효과를 지닌다. 우선 "오냐. 오냐. 오냐." 구절은 각 행의 글자 수를 균등하게 배치하는 효과를 만들어 낸다. 그리하여 언어의 음악성을 생산하고 동시에 시적 화자는 보다 확실한 긍정의 자세를 드러낼 수 있게 된다.

또한 "이승 아니믄 저승에서라도"라는 구절이 두 번 반복되는 점에도 유의할 수 있다. 저승을 언급하고 있다는 점에서 주체와 객체의 이별은 영구적일 수밖에 없음이 암시되어 있다. 그러나 시적 화자는 그러한 운명을 넘어서는 절대적인 사랑과 신뢰를 보여 주고 있다. 이승에서 이루지 못한 사랑이라면 저승에서라도 다시 재회하기를 바라면서 그것을 굳게 믿고 있는 것이다. "인연은 갈밭을 건너는 바람"이라는 구절도 어찌지 못할 삶의 조건 앞에서 이별을 순순히 받아들일 수밖에 없는 이의 고적한 심경을 잘 드러낸다. 바람은 붙잡을 수 없는 것, 자연의 요소, 무심한 것 등을 표현하는 이미지이다. 자연의 일부인 바람은 인간이 통제할 수 있는 대상이 아니다. 무심히 불어왔다가 때에 따라 사라져 가는 게 바람인데 사람살이에서 빚어지는 인연 또한 그처럼 통제 밖이라는 의미가 그 표현을 통해 드러난다. 시인은 표면적으로는 "갈밭"과 그 "갈밭을 건너는 바람"을 그리고 있다. 그러나 사실상 시인이 말하고자 하는 바는 그처럼 인간으로서는 어찌할 수 없는 것이 사람들 사이의 인연이 아니겠는가 하는 점이다.

인연因緣은 불교적 용어이다. 인연이란 말에는 사람이 살아가는 세상의 일들이 인간의 의지와는 무관하다는 점이 암시되어 있다. 사람과 사람이 만나는 일도 현실을 넘어서는 초월적 시공에서 이루어지는 것임을 알려 주는 말이라고 볼 수 있다. 이렇듯 인연이란 말의 의미는 인간이 통제할 수 없는 운명적 요소가 우리 삶을 지배하고 있음을 깨닫게 만든다.

미국의 소설가 스티븐 크레인Stephen Crane은 자연의 힘 앞에서 무력한 인간의 삶을 사실적으로 표현하는 소설들을 많이 쓴 작가이다. 크레인이 남긴 글 중에 다음과 같은 것이 있다. "하늘이여, 괴롭습니다" 하고 개인이 절규할 때 그 호소에 대한 신의 답은 "그것을 나한테 어쩌란 말이냐?"였다. 통제할 수 없는 현실과 운명 앞에서 무력할 수밖에 없는 존재가 인간이다. 크레인 또한 그 점을 지적하고자 하였다고 볼 수 있다. 박목월의 「이별가」 또한 그와 같은 맥락에서 이해할 수 있다. 어쩔 수 없는 운명의 힘 앞에서 인간이 할 수 있는 행동이란 없다. 이별을 원하지 않는다 할지라도 인간은 때가 되면 운명이 이끄는 대로 서로 이별해야 한다. 그와 같이 통제 불가능한 운명 앞에서 "이승 아니믄 저승"에서라도 만나게 될 것을 소망하고 믿을 뿐이다. 목월의 이 시에는, 원하지 않는 이별을 경험하는 이의 애절한 심경이 잘 드러나 있다. 목월은 적절한 음악성을 지닌 언어로 그 애절함을 표현하고 있어 그의 시는 대부분 암송하기에 적절한 시들이다. 시인이 텍스트에 구사한 언어의 음악성이 보편적인 독자들로 하여금 목월의 시를 쉽게 암송하게 만드는 주요인이라고 볼 수 있다.

다음으로 2000년대 이후 창작 활동을 시작한 이토록 시인의 「흰 꽃, 몌별袂別」을 살펴보자. 이별의 정서가 어느 범위까지 우리 시의 전통을 계승하고 있는지, 또 어떤 수준의 새로움을 생성해 내면서 전통의 계승이 이루어지고 있는지를 잘 보여 주고 있다.

당신은 누구라서

색 없이 몸을 섞나

솔기 터진 소매 끝에 보풀처럼 소복한 꽃

꿈인가

이마를 짚자

미열이 또 일었다

놓칠 수가 없는 생

한 울음 끊어질 듯

훗승이여 괜찮다 타고난 몸 붉다 해도

그 심장 가슴에 묻고

흰 손 저리 흔들거니

꽃 다비 끝난 계절

행여 다시 놓칠세라

동살에 흰 불 이는 상고대 가지 꺾어

이승은

당신 붙드느라

색을 다, 놓친다

—이토록, 「흰 꽃, 몌별(袂別)」 전문

먼저 이 시에 등장하는 시어 중에는 일상어와는 거리가 먼 것이 많다. 그중에서도 특히 "동살"과 제목에 나오는 '몌별'이 그러하다. "동살"

은 '해돋이 전 동이 트면서 동쪽에서 푸르스름하게 비치는 빛줄기'를 뜻한다. 그리고 애틋한 이별을 몌별이라 부른다. 소매를 부여잡고 놓지 못하는 그런 이별이 몌별인 셈이다. 이 텍스트의 시적 화자는 임이 떠나 버리고 혼자 남겨진 세상에서는 목숨조차 부질없는 것이라고 느끼고 있다.

이제 텍스트에 드러난 이미지들을 통하여 이토록 시인이 슬픔의 정조를 표현하는 방식을 살펴보자. 이토록 시인은 이별의 슬픔을 간직한 채로 바다를 바라보니, 바다도 자신의 슬픔에 공응하는지 질리도록 파란빛을 보여 준다고 쓰면서, 바다도 파랗게 질린 물빛이라 이른다. 임을 잃고 입는 상복도 흰빛이려니와 세상에 흰빛이 저리도 만연한 이유는 곳곳에 이별한 임의 자취가 남아서 그런가 보다 여긴다. 소매 끝에 솔기가 터지고 보풀이 다 일은 모습인데, 임을 잃지 않으려는 안타까운 몸부림에 소매가 다 터진 모양이다. 시인은 이미 그 보풀을 소복한 꽃이라 불렀다. 흰빛으로 드러나는 세상의 모든 것은 흰 꽃이며 그것은 색 없이 몸을 섞은 날의 증거이며 자국이다. 심장이 붉어도 그리고 그 심장처럼 온몸이 붉더라도 사랑 없이는 못 살겠노라고 울며불며 매달리는 그 얼굴, 그 목소리로 하얗게 질린 표정만 남아 있다. 저리 흔들어 대는 흰 손만 눈에 들고 그 흰 손만 시적 화자의 눈앞에 남는다. 꽃이 진다고 이제는 변심하고 체념할 일이 아니다. 그예 산 중턱에 때 이르게 찾아온 상고대 가지도 또 한 송이의 꽃, 흰 겨울 꽃이 아닐런가?

오히려 시인은 상고대는 소복한 여인 같은 꽃임을 충분히 암시하는 장치를 마련해 둔 바 있다. "꽃 다비"가 그것이다. 꽃 다비라는 시어가 등장하면서 꽃은 모두 사라지고 없음을 알려 준 바 있다. '다비'는 불에

태운다는 말이고 시체를 화장할 때에 쓰는 표현이다. 그러므로 '꽃 다비'는 꽃의 죽음을 상징하고 있는 것이다. 봄, 여름, 가을 동안 철마다 서로 다른 꽃이 피어나곤 했으나 이제 그 꽃들은 모두 사라지고 없다. 그리고 꽃의 죽음을 애도하느라 하얀 옷을 차려 입은 존재로 "상고대"가 눈앞에 있다. 꽃 다비조차 끝난 계절이다. 꽃이란 꽃은 모두 생명을 잃고 낙화하여 화장火葬되고 말았다. 그러니 이제 더는 피어날 꽃이 없으련만 시적 화자는 꽃의 부재를 인정하지 않는다. 상고대 가지를 꽃가지인 양 받들어 붙들고 놓지 않으려 한다.

또 "당신!"이라고 부르면서 그 이인칭의 대상을 기어이 잃지 않으려 한다. 소매라도 붙들면서 붙잡고자 한다. 시인은 그러한 자신의 감정에 공응하기라도 하듯 이승이 "당신"을 "붙드느라" 모두 하얗게 질려 있다고 표현한다. "색을 다, 놓친다"는 표현에서 볼 수 있듯 온 세상이 하얗게 된 이유를 색을 놓치고 잃어서 그리 되었다고 보는 것이다. 이토록 시인은 그처럼 겨울의 흰빛 속에서 이별의 정조를 찾고 또 그려 낸다. 그리고 세상이 온통 하얗게 빛을 잃어버린 날이고 이승은 흰 꽃으로 둘러싸인 세상이 되었다고 노래한다. 상고대를 또 하나의 꽃, 즉 절절한 이별의 감정을 투사할 수 있는 대상으로 보면서 말이다. 그리하여 상고대는 몌별의 꽃이 된다. 시적 화자는 그 자리에서 한 생애를 다 바친 애절한 그리움에, 그 울음이 천지간을 다 메웠다고 탄식하며, 애달픈 이별가를 부르고 있다.

이토록 시인에게는 2000년대 이후 등단한, 21세기 시인이라고 이름을 붙일 수 있다. 그럼에도 불구하고 그는 이 텍스트에서 오래된 우리 이별시의 전통이 더욱 새로운 시어 속에서 재구성되는 양상을 보여 주고 있다. 오늘날, 즉 당대의 한국 시인이 이별의 한을 이토록 절절하게 그려 내는 모습을 보면 이별과 상실을 노래해 온 한국시의 전통이 예사롭지 않음을 알 수 있다. 각 시대가 시인에게 요구해 온 이별과 한의 정서가 한국시의 전통 속에서 다시금 부활하고 있는 것을 보면서 우리 전통의 깊이를 가늠해 본다. 미당은 「귀촉도」에서 "은장도 푸른 날로 이냥 베어서/부질없는 이 머리털 엮어 드"리겠노라 하였다. 그리고 "제 피에 취한 새가 귀촉도 운다"고 말했다. 미당이 그려 낸 그런 사무치는 이별의 한이 이토록 시인의 「흰 꽃, 메별」의 간절함에서 고스란히 되살아나는 풍경을 볼 수 있다.

이반 볼랜드의
「잃어버린 땅」

I have two daughters.

They are all I ever wanted from the earth.

Or almost all.

I also wanted one piece of ground:

One city trapped by hills. One urban river.
An island in its element.

So I could say *mine. My own.*
And mean it.

Now they are grown up and far away

and memory itself
has become an emigrant,
wandering in a place
where love dissembles itself as landscape:

Where the hills
are the colours of a child's eyes,
where my children are distances, horizons:

At night,
on the edge of sleep,

I can see the shore of Dublin Bay.
Its rocky sweep and its granite pier.

Is this, I say
how they must have seen it,
backing out on the mailboat at twilight,

shadows falling
on everything they had to leave?

And would love forever?
And then

I imagine myself
at the landward rail of that boat
searching for the last sight of a hand.

I see myself
on the underworld side of that water,
the darkness coming in fast, saying
all the names I know for a lost land:

Ireland. Absence. Daughter.

내겐 딸이 둘 있다.
세상에서 내가 원한 건 오직 두 딸뿐이었다.
아마도 그럴 것이다.

땅 한 조각도 갖고 싶긴 했다.
언덕에 둘러싸인 도시, 그 도시의 강 한 줄기.
이를테면 섬 하나를.
그래서 "내 거야, 내 것이라고" 하고 말할 수 있게.
진정으로.

딸들은 이제 자라서 멀리 가 버렸다.
내 기억은 이민자가 되어
헤매어 다닌다.
사랑이 흩어져 풍경이 되는 곳을.

내 아이들의 눈빛, 그 빛을 지닌 언덕과
아이들이 원경이 되고 지평선이 되어 있는 곳을.

밤이면,
잠의 언저리에서
더블린만의 해안을 본다.
깎아지른 바위들과 화강암의 항구를.

나는 묻는다.
"이게 그들이 보았던 것인가요?
해 질 무렵 뒤로 물러나는 우편선에 올라서?"

"버리고 가야 하는 모든 것 위에
저녁 어둠이 드리울 때,
영원히 그리워할 그 모든 것 위에?"
그러곤

누군가의 마지막 손짓을 찾아 헤매는

나를 그려 본다.

육지를 볼 수 있는 배 난간에 서서…

나는 바다의 지하 세계에 있다.

어둠은 급속히 몰려드는데…

내가 아는,

잃어버린 땅의

모든 이름을 부르며…

"*아일랜드, 부재不在, 딸*"

—이반 볼랜드, 「잃어버린 땅」 전문, 졸역

　　이반 볼랜드Eavan Boland는 아일랜드에서 태어나서 자랐으며 외교관인 아버지를 따라 영국에서 교육을 받고 이후 미국과 아일랜드를 오가면서 생활한 시인이다. 그는 2020년에 작고할 때까지 미국의 스탠퍼드Stanford 대학에서 교육과 창작 활동을 하면서도 일 년의 반 정도는 고향인 아일랜드의 더블린에서 보내곤 하였다. 그러므로 볼랜드는 아일랜드인이라는 민족적 정체성을 유지하면서 동시에 미국인으로서의 정체성도 지니고 있었던 시인이다. 그러한 이중적 정체성은 시인으로 하여금 아일랜드계 미국인에 대하여 깊은 관심과 애착을 지니게 만든 원인이 되었음을 짐작할 수 있다. 볼랜드의 이중적 정체성은 한편으로는 그가 어디에서도 충분한 소속감이나 편안함을 느끼지 못하는 외부인 혹은 떠돌이로서의 자의식을 지니게 했다고 볼 수 있다. 그는 성별의 면에서 여성이면서 종족성^{ethnicity}의 면에서 아일랜드인인 까닭에 사회의 중심보다는 주변에 더 자주 머물렀던 시인이며, 그러한 주변인의 경험을 더 예민하게 표현해 온 시인이라 할 수 있다. 특히 모성 체험과 언어에 대한 민감한 감수성은 볼랜드의 시에서 거듭 반복적으로 발견되는 모티프이다. 즉, 볼랜드 자신이 여성으로서 결혼하고 가정을 일구며 두 딸의 어머니가 되었던 경험을 지닌 까닭에 딸을 향한 어머니의 심경을 소재로 삼은 「석류^{The Pomegranate}」, 「밤의 수유^{Night Feed}」 등의 텍스트를 생산하였다. 또한 아일랜드에서 태어나 아일랜드 영어를 구사하다가 영국에서 영국식 영어에 노출되면서 느꼈던 당황스러움을 시로 표현하기도 했고, 아일랜드 출신으로서 갖게 된 외부자의 자의식 등을 재현한 시를 쓰기도 했다. 「아일랜드 시^{Irish Poetry}」에서 보듯 아일랜드의 황량한 자연과 영국의 문명을 대비해 보는 시각을 보여 주면서 아일랜드 문화에 대한 애착을 드러낸 것을 들 수 있다.

「잃어버린 땅^{The Lost Land}」에서도 잃어버린 소중한 것에 대한 시적 화자의 그리움이 발견된다. 이 텍스트에서 확인할 수 있듯이 시적 화자가 지닌 그리움의 대상은 단일하지 않고 복수적이다. 시의 제목인 '잃어버린 땅'은 시적 화자의 그리움을 집약하는 명칭이다. 정들었던 소중한 대상과 이별하는 일은 슬픔과 그리움의 감정을 수반하게 된다. 그 이별의 대상은 사람일 수도 있고 특정한 지역일 수도 있다. 볼랜드는 "잃어버린 땅"이라는 이름으로 그가 그리워하는 모든 대상을 총칭한다. "잃어버린 땅"으로 지시되는 것들의 "모든 이름"은 바로 시인이 되찾고 싶은, 그러나 이미 자신의 곁을 떠나가 버린 대상의 이름이다. 그 대상이 곁에 머물러 있다면, 즉 '존재^{presence}'의 대상이라면 그를 향한 그리움은 생겨나지 않는다. '부재^{absence}'가 그리움의 필수 조건이 된다.

볼랜드는 "잃어버린 땅"이라는 말로써 자신의 개인적 기억과 아일랜드 이민자들의 집단 기억을 함께 재현한다. "잃어버린 땅"을 핵심적인 시어로 도입하면서 볼랜드는 그 "잃어버린 땅"이라는 이름에 포함될 수 있는 대상들을 먼저 구체적으로 드러낸다.

번역시의 2연에서는 땅 한 조각을 갖고 싶었다는 마음과 그 땅은 작은 섬 같은 모습이라는 점 그리고 그 땅이 자신의 애착의 대상이라는 사실을 먼저 제시한다. 시적 화자가 소유하면서 독자적인 소유권을 주장하고자 하는 한 조각의 땅, 즉 하나의 섬은 텍스트 전체에 통합성을 부여하게 된다. 작은 섬으로 등장하고 있기에 영토 다툼 같은 큰 분쟁의 대상이 될 이유가 없다. 그러나 "내 것"이라고 말하며 그 소유권을 주장하고자 한다는 데에서 시적 화자가 그 땅에 투사하고 있는 깊은 애정을 느낄 수 있다.

그러나 그 땅은 처음 시적 화자가 천명한 것과 같이 제한된 공간으로 머물지 않는다. 그 한 조각의 땅은 한편으로는 이민자들의 조국이기도 하고 다른 한편으로는 독립한 딸들이기도 하다. 이민자들은 자신들이 태어나 자란 조국을 떠나 다른 나라에 가서 정착한 사람들이다. 마찬가지로 딸들은 성장하여 어머니 품을 떠나 자신들만의 삶을 영위하고 있다. 그래서 조국과 딸은 동등한 무게를 지닌 채 이 텍스트에서 그리움의 근거로 작동하고 있다. 잃어버린 땅은 "아이들의 눈빛"을 간직하고 있는 것으로 그려진다. 시인은 아이들의 눈빛이야말로 바로 그 땅의 구성 요소라고 보고 있다. 그러므로 땅에서 찾아볼 수 있는 원경, 혹은 지평선 등은 "아이들의 눈빛"이라는 이미지가 확산되어 나타난 이미지들이다. 잃어버린 땅으로 지칭되는 모든 것은 일차적으로 시적 화자에게는 자신의 그리움의 대상인 딸들, 즉 이제는 부재하는 딸들이라 할 수 있다. 그리고 다른 한편으로 "잃어버린 땅"은 이민의 기억을 안고 있는 아일랜드를 지칭한다. "잃어버린 땅"은 그 이민자들의 조국이기도 하기 때문이다. 보다 독립적인 삶을 위해서 어머니의 품을 떠난 딸들과 보다 풍족한 삶을 찾아 조국 아일랜드를 떠나간 이민자들은 공유항을 지니고 있다. 그 공유항을 드러내는 이름이 바로 "잃어버린 땅"인 것이다. 19세기 말 아일랜드 대기근으로 인하여 조국 아일랜드를 떠나 미국으로 이민 간 사람들의 기억과 그들이 지닌 고국에 대한 그리움이 바로 "잃어버린 땅"이 되는 것이다. 대기근 시절에 신대륙으로 떠나간 이민자들과 마찬가지로 시적 화자 자신도 이민자이다. 그 또한 고국인 아일랜드를 떠나 미국 땅에 살고 있으므로 그 땅을 잃어버린 자에 해당하는 것이다. "내 기억은 이민자가 되어/헤매어 다닌다"라는 구절이 시적 화자에게 조국 아일랜드 또한 부재하는 땅임을 말해 준다. 결국 볼랜드는 "잃어버린 땅"이라는 표현을 이중적인 의미에서 사용하면서 그 상실의 감정을 더욱 응축시켜 재현하고 있다. 멀리 떠나간 딸을 향한 개인적 기억과 고국 아일랜드를 떠나간 이민자들의 집단 기억을 함께 재현하면서 양자가 모두 시적 화자에게 무한한 그리움의 원천으로 작동하고 있음을 효과적으로 표현하는 셈이다.

또한 텍스트의 시적 종결은 특히 주목할 만하다. 시적 종결에서 "아일랜드, 부재不在, 딸"이라는 세 명사를 나란히 쉼표와 함께 제시함으로써 자신이 상실한 것과 그리워하는 대상을 보다 선명히 밝혀 시적 효과를 드높이고 있다. 짧고 간결한 세 어휘를 배열하는 방식으로 텍스트를 마감하고 있다는 점에 주목해 보자. 그 세 어휘는 그동안 텍스트에서 전개되어 온 그리움의 정서를 압축하여 드러내게 되는데, 문장 속에 용해된 단어의 모습이 아니라 독립적인 명사의 형태로 텍스트의 종결 부분에 배치되어 있다. '아일랜드Ireland'와 '딸daughter'이라는 구체적인 지시체를 처음과 끝에 둔 채, 추상 명사인 가운데에 '부재Absence'를 매개체처럼 위치시키고 있어, 시상에 일정한 변화를 보여 주면서 더욱 강한 여운을 남기게 된다. 즉, 아일랜드와 딸들이 공유하고 있는 요소가 부재라는 점을 강조한다고 볼 수 있는데, 시어들이 모습을 바꾸어 가면서 한결같이 상실감을 드러내고 있는 것이다. 시인 볼랜드는 마치 선언하는 것처럼, 핵심어라고 할 수 있는 부재의 대상들을 나열한다. 그리고 강조하듯, 부재라는 추상어를 의도적으로 텍스트에 배치하고 있다. 부연하거니와 이 텍스트에서는 상실, 부재, 그리움 등의 정서를 드러내는 소재들과 그 소재들의 특성과 사연을 보여 주는 표현들이 통합성을 유지하면서 텍스트 전체를 구성하고 있다. 그리고 마지막 종결 구절에 이르면 핵심적인 이미지가 다시 등장하면서 주제를 강조하는 역할을 담당한다. 이 시를 더욱 깊이 이해하기 위해서는 다음을 살펴볼 필요가 있다.

(1) "아일랜드"와 "딸"은 어떤 공통점을 지니고 있는가? 그리고 그 공통점은 어떤 방식으로 텍스트의 통합성에 기여하는가?

(2) "이민자emigrant"와 "우편선mailboat"의 관련성은 무엇인가?

(3) 시의 이해에 있어서 아일랜드 대기근과 미국으로의 이민이라는 역사적 배경은 어떤 역할을 하는가?

(4) 영화 《파 앤드 어웨이Far and Away》(1992)와 《브루클린Brooklyn》(2015)
은 시의 콘텍스트를 이해하는 데에 도움이 된다. 어떤 역사적 사
실과 소재를 활용하기 때문인가?

(1) 앞서 설명한 바와 같이 먼저, 아일랜드와 딸은 시적 화자에게 상
실감을 가져다주는 대상이라는 공통점을 지닌다. 아일랜드에 대기근으
로 인해 기아로 사망하는 자들이 속출하게 되었고 그 결과, 많은 아일
랜드인들이 미국으로 이민을 결심하게 되었다. 아일랜드의 이민자들이
시적 화자에게 그리움의 정서를 불러일으키고 동정심을 느끼게 만드는
역사적 대상인 것과 마찬가지로 시적 화자의 두 딸도 그러하다. 시인
자신이 딸들을 낳아 기른 뒤 독립시킨 어머니인 까닭에, 시적 화자에게
는 딸들도 아일랜드 이민자들과 함께 상실의 대상이며 부재와 그리움
의 대명사인 것이다. 그러므로 시적 화자에게 그리움을 불러일으키는
구체적인 근거는 아일랜드와 딸, 양자라고 볼 수 있다.

(2) 두 번째 질문인 이민자와 우편선이 드러내고자 하는 바, 그중에서
도 특히 우편선의 이미지가 재현하는 것은 매우 강렬한 시적 상징성을
지녔다. 아일랜드 이민의 역사에 얽힌 슬픈 서사를 집약적으로 드러내
는 시어가 바로 "우편선"이라고 할 수 있다. 아일랜드 역사는 영국 식
민 지배에의 복속 그리고 아일랜드인 대다수가 경험해야 했던 기아라
는 슬픈 역사적 사실들로 가득하다. 아일랜드는 오랫동안 영국의 식민
지배를 받아 왔던 나라이다. 게다가 19세기 말에는 아일랜드인들이 주
식으로 삼았던 감자의 소출이 줄어들어 그 결과 기아로 인한 사망자가

무수히 생겨나게 되었다. 신대륙 미국으로 향한 이민자들이 폭발적으로 늘어난 이유도 바로 대기근 때문이었다. 이민이란 정든 고향을 버리고 낯선 곳을 향해 가는 일이기에 이민자들은 상실감과 슬픔의 정서를 경험하게 마련이지만, 대기근을 피해 가는 아일랜드인의 경우는 그 감정이 한결 더했을 것임을 쉽게 짐작할 수 있다. 궁핍이 극에 달해 있었기 때문에 아일랜드 이민자들은 자신들을 미국으로 실어 나를 여객선을 기대하기도 어려웠다. 가난과 기아를 면하기 위해 미지의 대륙으로 떠나가면서 변변한 여객선조차 없는 상황인지라 우편선에 편승하여 항구를 떠나게 되었던 것이다. 초라하게 우편선 한편에 실려 정든 조국을 떠나는 이민자들, 해가 질 무렵 우편선을 타고 고국의 더블린 항구를 떠나는 그 모습은 슬프고 처량하다는 느낌을 불러일으킬 수밖에 없다. 시간적으로도 황혼의 시간대에 그들은 항구를 떠나고 있다. 해 뜨는 아침이나 해가 중천에 뜬 한낮보다는 해 질 녘이 우울한 느낌을 더해 주게 마련이다. 더구나 고국에 사랑하는 친지나 친구들을 두고 떠나야 하기에 슬픔의 정서는 더욱 강해진다. 떠나면서도 다시 한번 그리운 이가 흔드는 손을 찾는 행동은 그런 슬픔의 정조를 강조하고 있다. 육지 쪽 난간에 붙어 선 채 마지막으로 한 번 더 그 손을 보려는 모습에서 이민자들이 경험했을 법한 상실과 그리움의 정서를 충분히 느낄 수 있게 된다. "화강암" 절벽이라는 표현도 매우 구체적인 물질성을 지닌 채 시 텍스트의 리얼리즘을 강조하는 구실을 한다. 아일랜드의 지형적 특징이 그 "화강암" 절벽을 통해서 응축적으로 드러나면서 이민자들이 마지막으로 눈에 담고 가는 정든 풍경을 효과적으로 묘사하고 있음을 볼 수 있다.

⑶ 세 번째 질문인 아일랜드 대기근이라는 역사적 사실은 앞에서 설명한 바와 같이 이민자의 슬픔을 더욱 강조하는 구실을 한다. 이민이라 할지라도 보다 나은 삶의 환경을 선택하기 위한 자발적인 이민이라면 비참함이 덜 할 수도 있을 것이다. 그러나 전쟁, 기아, 정치적 핍박 등이 원인이 되어 선택의 여지없이 이민자나 난민의 지위로 내몰리게 될 경우에는 그들이 경험하게 되는 상실감은 증폭될 수밖에 없다.

⑷ 이 텍스트를 보다 효과적으로 이해하기 위해서는 영화 텍스트를 활용하여 배경 지식을 얻을 수 있다. 아일랜드계 미국인의 이주와 정착 과정을 소재와 배경으로 삼고 있는 미국 영화들이 더러 있는데, 그중에서도 《파 앤드 어웨이》와 《브루클린》이 대표적이다. 두 영화는 모두 아일랜드를 떠나 신대륙 미국에서 새 삶을 개척해 가는 인물들을 주인공으로 삼고 있다. 《파 앤드 어웨이》에서 아일랜드는 소박하고 안정된 곳이지만 개인이 자유와 풍요를 누리기에는 적합하지 못한 장소로 드러난다. 반면 미국은 개인에게 기회와 자유를 허용하지만 거칠고 험난한 곳으로 그려진다. 고독 속에서 홀로 도전에 응해야 하는 광활한 영토가 미국 땅으로 나타나는 셈이다. 아일랜드와 미국은 그처럼 전통과 과거가 보장하는 안정 그리고 자유와 기회가 요구하는 모험을 상징적으로 보여 준다. 《브루클린》에서 아일랜드는 양가성을 지닌 공간으로 재현되고 있다. 주인공의 고향 아일랜드는 주인공에게 정서적 안정감을 주기도 하지만 거꾸로 그 공동체적 결속감이 개인의 자유와 사적 영역의 보호를 침해하기도 하는 공간이기도 하다. 반면 미국 사회는 개인의 독립성을 보장하지만 공동체의 보호감은 결핍된 곳으로 그려진다. 미국

사회의 긍정적 특성으로는 물질적 풍요와 개인적 독립을 위한 무한한 가능성이 제시된다. 동시에 한편으로는 새 삶을 가능하게 해 주는 미국의 특성이 개인에게 정서적 안정감이나 공동체로의 소속감을 주기 어렵다는 점도 영화에 재현되어 있다. 계속되는 도전과 독립심을 요구하는 것이 미국적인 삶의 특성임을 보여 주는 셈이다. 영화 텍스트를 통해 아일랜드와 미국에 대한 사회적·역사적 맥락을 이해하고 그를 바탕으로 하여 시를 읽게 되면 그 시에 재현된 시인의 정서를 더 쉽게 파악할 수 있다. 또한 텍스트에 활용된 소재를 깊이 파악하게 되면 텍스트의 정서에 공감하기도 한결 용이해진다.

혈연과 가족의 시

한 사람의 삶에 있어서 타인과의 관계는 매우 중요하다. 성장해 가는 과정과 성인이 된 이후 사회 속에서 만들어 가는 관계도 중요하고, 탄생과 함께 주어지는 인연 역시 소중하다. 부모와 형제자매 그리고 자녀로 구성되는 혈연관계는 개인에게 운명적으로 주어진다고 볼 수 있다. 태어나면서부터 가족의 한 구성원이 되어 태어나는 까닭에 혈연관계는 개인의 선택과는 무관하다. 그리고 그렇게 태어난 존재는 운명처럼 부여된 관계 속에서 성숙해 가며, 독립한 이후에는 자신을 중심으로 한 새로운 가정을 이루어 부모가 되어 보기도 한다.

　가족이라는 이름의 공동체는 이해관계로 맺어지는 기타의 관계와는 그 양상이 매우 다르다. 가족 구성원이 개인에게 제공하는 정서적 안정 감과 소속감은 개인의 삶에서 매우 중요한 역할을 담당하는데, 가장 순수한 형태의 사랑은 가족 간의 사랑이며, 이타적인 희생의 자세 역시 가족 구성원 사이에서 나타날 때가 많기 때문이다. 사회적 · 경제적 이유로 궁지에 몰리게 되는 상황에서조차 개인이 마지막까지 기댈 수 있는 의지처가 바로 가족이다.

이 장에서는 혈연관계의 소중함을 다룬 다양한 시들을 읽어 보면서 혈연, 가족 그리고 개인과 공동체의 관계를 되새겨 볼 것이다. 부모와 자식 간의 애정과 그리움, 형제자매 간의 우애 그리고 사랑하는 대상을 찾아 가족을 이루고자 하는 소망 등을 표현한 시들을 살펴보자.

김상옥의
「딸에게 주는 홀기忽記」

십년十年이면 강산江山 둘레 풀빛도 변한다는데
그 십년十年, 갑절도 넘겨 지고온 애젓턴 짐을
그토록 애젓턴 짐을, 부리고 돌아서는 허전함이여.

빚지지 못해보고 어이해 그 빚을 갚는다느냐
보아라, 저기 수양산首陽山 그늘은 강동팔십리江東八十里
내 도로 너희들 그늘에 묻혀 홀忽이나 불러주마.

−김상옥, 「딸에게 주는 홀기(忽記)」 전문

초정艸丁 김상옥 시인은 정완영 시인과 함께 한국 현대 시조단의 양
대 산맥이라 불린다. 김상옥 시인은 한국인의 보편적 정서를 잘 드러내
는 빼어난 작품들을 발표하여 현대 시조의 위상을 드높이는 데에 기여
해 왔다. 그는 1939년에 가람嘉藍 이병기의 추천으로 『문장』에 「봉선화」

를 발표하면서 등단하였다. 「봉선화」는 여전히 그의 대표작으로 간주되며, 국어 교과서에 수록되기도 하여 일반 대중에게도 잘 알려져 있다. 김상옥은 1973년에 『삼행시: 김상옥 시집三行詩: 金相沃 詩集』을 발간한 바 있는데 위의 「딸에게 주는 홀기忽記」는 그 시집에 수록된 텍스트이다.

그런데 김상옥 시인은 현대의 한국 사회에서는 더 이상 사용하지 않는 우리 전통의 요소들을 텍스트에 배치하고 있다. 그래서 이 텍스트를 이해하기 위해서는 전통에 대한 이해가 필수적이다. '홀' 혹은 '홀기'는 집회나 제례 등의 의식에서 진행 순서를 적어 낭독하는 문서이다. 중국 주대周代부터 사용되었는데, 홀을 든 이가 순서를 불러 주면 의례를 주재하는 이가 그에 따라 의식을 진행한다. 우리나라에서는 조선 시대에 홀에 대한 제도가 제정되었는데 상아나 나무로 그 홀을 만들었다고 알려져 있다. 홀 부는 이의 역할은 제례 주재자의 의식 수행에 도움이 되는데, 홀기에 적힌 것을 불러 주면 의례의 진행이 순조로워지기 때문이다. 그처럼 자식의 그늘에서 홀을 불러 주는 부모도 자식의 무탈한 삶에 이바지하게 된다.

또한 그의 시를 구성하는 형식에 관해 잠깐 짚고 넘어갈 필요가 있다. 시집 제목에서 알 수 있듯 김상옥 시인은 시조라는 이름 대신에 '삼행시'라는 명칭으로 자신의 시조 텍스트를 규정하였다. 그가 삼행시라는 이름을 사용한 이유는 시조의 특징이 형식성에 있지 않다는 점을 강조하기 위하여 보여 준 시도라고 이해할 수 있다. 시조를 자유시와 구별되게 만드는 변별적 특징이 세 행으로 이루어진 짧은 시라는 점에 있다는 사실을 인지하고, 삼행시라는 이름을 사용함으로써 그 부분을 강조하고 있는 것이다.

지금도 사정이 크게 나아졌다고 보기는 어렵지만 김상옥 시인이 창작 활동을 하던 시절, 한국 시단에서는 시조가 크게 주목받지 못하는 상황이었다. 자유시가 한국시의 대표적인 장르가 되었고 시조는 창작자의 수에서도 독자층에 있어서도 자유시에 비하여 그 규모가 상대적으로 작았다. 특히 자유시와 시조를 구별하여 시조는 마치 자유시에 미달하는 장르인 것처럼 여기고, 시의 구성 요소를 구비하지 못해도 형식성을 갖추기만 하면 되는 듯 여기는 경향이 강하였다. 그와 같은 시조를 향한 편견에 저항하기 위해 김상옥 시인은 시조라는 장르 명칭 대신에 삼행시라는 이름을 선택한 것이다. 즉, 시조에 대한 오해를 불식하고자 하는 시도를 이 같은 방식으로 표현했다고 볼 수 있다.

한국의 문학 연구사를 살펴보면, 시조의 형식적 특징에 대하여 3장 6구, 4음보 등의 논의가 전개되어 왔으며, 특히 3음절과 4음절을 위주로 하는 3·4조 음수율을 주장하는 의견이 보편적으로 받아들여져 왔음을 확인할 수 있다. 그러나 김상옥 시인은 그러한 주장이 시조의 특징을 이해하는 데에 도움이 되지 않을뿐더러 오히려 불필요한 걸림돌이 된다고 여긴 것이다. 그는 자신이 시조를 창작할 때에도 3·4음절 어휘 위주로 각 장을 구성해야 한다는 시조의 작시법을 그대로 따르지 않고 적절히 무시하는 경향을 보여 주었다. 김상옥 시인은 시조를 창작하는 데 있어서 보다 중요한 것은 텍스트에 구현되는 주제 의식과 이미지라고 생각했으며 그렇기에 어휘 수를 고정하려는 태도를 보이지 않았다. 그의 시조는 시상의 흐름에 방해가 되지 않는 범위 내에서만 3·4음절 어휘들을 동원하여 언어의 음악성을 실현하고 있을 뿐이다.

위에 든 텍스트에서도 시인은 자수율의 구속적 요구에서부터 충분히 이탈한 채 시상을 전개하고 있음을 볼 수 있다. 예를 들어, 첫째 수 종장의 후반부, "부리고 돌아서는 허전함이여" 구절을 보면 7음절과 5음절 어휘로 구성되어 있음을 볼 수 있다. 흔히 종장은 3·5음절 그리고 4·3음절 어휘를 기준으로 구성되는 게 일반적이나 김상옥 시인은 그런 기준으로부터 상당히 벗어나 있다. 둘째 수의 초장에서도 마찬가지이다. "빚지지 못해보고 어이해 그 빚을 갚는다느냐" 행은 3·4·3·8음절의 어휘로 구성되었다고 보거나 3·4·6·5음절의 어휘로 이루어졌다고 보아야 한다. 전자와 후자 모두 3·5·4·3음절 어휘로 종장을 구성해야 한다는 시조 형식론으로부터 일탈해 있음을 알 수 있다. 결론적으로 김상옥 시인이 시조 창작을 통하여 드러낸 것은 시조가 전통을 계승하는 시 양식이기는 하지만, 그 형식적 기준에 지나치게 얽매일 필요는 없고 자유롭게 시상을 전개하는 행동이 보다 중요하다는 점이다. 시의 형식적 요건보다 시의 본질적인 구성 요소들을 더욱 존중하는 자세를 모범적으로 보여 주었던 셈이다.

이 시에서는 슬하에 기르던 딸이 결혼하여 독립하게 된 시점에 아버지가 경험하는, 일종의 상실감이 잘 드러나고 있다. 그 상실감은 딸의 성장 과정에서 아버지인 시적 화자가 가꾸어 온, 딸에 대한 깊은 애정으로 인하여 생겨나는 것이다. '십 년의 갑절이 넘는 세월이 흘렀다'고 언급하고 있으므로 딸의 출생 이후 이십 년 남짓한 시간이 경과했음을 알 수 있다. 그토록 긴 세월에 걸쳐 가족이라는 공동체를 구성하여 함께 생활해 왔으며, 이제 딸이 그 가족의 테두리를 벗어나게 되었으므로 시적 화자는 지나간 시간들을 되돌아보게 된 것이다. 이 텍스트는 현대 사회에서 가족이라는 이름으로 존재하는 혈연관계의 의미를 깊이 되새기게 만든다. 이 시를 읽고 나서 다음과 같이 몇 가지 질문을 해 볼 수 있다. 질문에 대한 답을 찾아가는 과정을 통하여 텍스트를 보다 잘 이해할 수 있을 것이다.

(1) "그 십년十年, 갑절도 넘겨 지고온 애젓턴 짐", "그토록 애젓턴 짐을, 부리고 돌아서는 허전함"이란 구절에 나타난 바, 이십 년 정도 지고 온 짐을 부리고 돌아서는 일은 구체적으로 어떤 사건을 언급하는 것인가?

(2) 그 사건이 딸의 결혼이면 시적 화자는 왜 '짐을 부리다'라는 비유를 통해 결혼을 표현하고 있는가?

(3) "빚지지 못해보고 어이해 그 빚을 갚는다"는 표현은 무슨 의미인가? 그리고 그 표현에서 드러나는 시적 화자의 정서는 어떠한 것인가?

(4) "수양산首陽山 그늘"에서 왜 시인은 "그늘"이 "강동팔십리江東八十里"에 펼쳐져 있다고 이르는가?

(5) "수양산首陽山 그늘" 아래 홀 부는 아버지의 모습은 어떤 느낌을 주는가? 그 모습은 시적 화자의 어떤 정서 상태를 표현하는 것인가? 또 시인이 의도한 바가 그 구절에서 선명하게 드러나고 있는가?

(1) 먼저 첫 번째 질문에 대해 생각해 보자. 이 텍스트의 첫째 수에서는 "짐"이라는 말이 핵심적인 시어로 등장함을 볼 수 있다. 첫째 수의 중장에 "그 십년十年, 갑절도 넘겨 지고 온 애젓턴 짐을"이라고 표현되어 있어 처음으로 "짐"이 한 번 언급되는 것을 볼 수 있다. 그런 다음

종장에 이르러 다시 한번 "짐"이라는 동일한 어휘가 등장함을 볼 수 있다. "그토록 애젓턴 짐을, 부리고 돌아서는 허전함이여" 하고 한 번 더 "짐"을 언급하고 있는 것이다. 그것도 중장에 드러난 바를 그대로 반복하여 "애젓턴 짐"이라고 표현하고 있다. 그와 같은 반복을 통하여 그 짐이 예사로운 짐이 아니라 '애젓한' 감정을 불러일으키는 예외적인 짐이라는 사실이 다시 한번 확인된다. 이를 통해 그 짐은 시적 화자에게 복합적인 슬픔의 감정을 촉발시키는 대상이라는 것을 알 수 있다.

'애젓하다'라는 우리말은 일상어에서는 쉽게 찾아보기 어려운 말이다. '애젓타' 혹은 애젓하다라는 말의 의미는 '애처롭다'의 뜻에 가장 가깝다고 볼 수 있다. 그러나 그렇다고 해서 이를 애처롭다고 바꾸어 쓴다면 시적인 의미의 미묘함, 즉 뉘앙스nuance가 많이 사라져 버리게 된다. 애처롭다는 말은 '가엾고 불쌍하여 마음이 슬프다'는 의미를 갖는데 애젓하다고 표현된 감정은 단순히 가엾고 불쌍한 것과는 다른 감정이다. 마찬가지로 애젓하다라는 말의 느낌은 단순한 슬픔의 느낌과도 다르다. 그 느낌은 '마음이 슬프다'와 가깝지만 슬픔에만 한정되는 것도 아니다. 애처롭다는 단어가 분명하고도 단정적으로 주체가 대상을 향하여 느끼는 측은한 마음과 슬픔을 드러내는 것과는 달리 애젓하다라는 말은 애처롭다라는 말보다는 정도가 훨씬 약한 감정이라 할 수 있다. 애젓하다는 느낌을 갖게 만드는 대상은 단순히 불쌍하여 측은히 여길 대상은 아니다. 이를테면 불쌍할 게 그다지 없는 대상, 즉 측은지심을 느낄 이유를 찾기 어려운 대상을 향하여, 그럼에도 불구하고 기쁨이나 중립적인 감정을 느끼지 않고 다소 서운한 감정을 느끼게 될 때 애젓하다라는 표현을 쓸 수 있다. 따라서 애젓하게 느껴지는 그 대상을 향하여 주체는 슬픔에 가까운 감정을 느끼기는 하지만, 딱히 슬픔만도 아닌 다소 복합적이고 미묘한 감정을 지니게 되는 것이다. 김상옥 시인은 군이 애젓하다라는 어휘를 골라내어 복합적인 감정을 그 말에 투사함으로써 자신이 지닌 시인의 자질을 증명하고 있다. 시인은 언어를 다루는 기술자이므로 언어가 지닌 미묘한 결을 섬세히 파악할 수 있는 존재여야 한다. 시인을 언어의 연금술사라고 부르기도 하는데, 연금술사란 비유는 일상에서 사용하는 평범한 말들도 시인의 몸을 통과하게 되면 황금처럼 빛나는 존재가 되어 새로이 태어난다는 사실을 말해 준다. 딸의 결혼은 경사임이 분명하지만, 그 결혼에 임하는 아버지는 복합적인 감정을 경험하고 있다는 사실을 이 텍스트를 통해 이해할 수 있다.

다시 한번 시적 화자에게 그 짐이 "애젓턴 짐"인 이유는 무슨 까닭인지 살펴보자. 시적 화자가 딸이라는 짐을 대하는 감정의 복합성은 "애젓턴 짐"이라는 표현에서 집약적으로 드러난다. 아버지가 부양을 의무라고만 생각했다면 아버지는 딸의 결혼을 맞아 그냥 사물인 짐을 부리듯 홀가분할 뿐일 터이다. 그러나 딸을 기르는 일은 아버지로서는 의무만을 다하는 게 아니다. 그 짐에는 양육의 과정에서 경험했던 기쁨, 슬픔, 실망, 보람 등 아버지의 모든 감정이 복합적으로 투사되어 있다. 그러므로 짐을 부리면서도 아버지는 그것을 "애젓턴 짐"이라고 이르는 것이다. 한 번도 아니라 두 번, "애젓턴 짐을/그토록 애젓턴 짐을"이라고 거듭해서 언급할 만큼 말이다.

그처럼 중장과 종장의 "짐"이라는 어휘가 중요한 역할을 맡는 데 비해 첫째 수의 초장, "십년十年이면 강산江山 둘레 풀빛도 변한다는데"는 사실상 중장과 종장에 시적 화자가 담고자 하는 전언을 위한 준비물에 불과하다. 초장은 본격적으로 주제를 드러내기 전에 그 주제의 등장을 준비하는 서언으로 기능한다고 볼 수 있다. 초장에서 "십년十年"이라는 시간이 매우 긴 시간이라는 점을 언급한 이유는, 뒤이어 오는 중장과 종장에서 "십년十年"이 두 번이나 지나는 긴 시간 동안 시적 화자인 아버지가 그 짐을 지고 있었다는 점을 드러내기 위함이다. 우리 속담에 '십 년이면 강산도 변한다'라는 말이 있다. 시인은 그처럼 일반 독자에게 익숙한 바를 살짝 변형한 채 초장에 도입하고 있다. 그리하여 초장으로 하여금 뒤이어 본격적인 시상을 전개하기 위한 기초를 닦는 단계가 되게 만드는 것이다.

(2) 이제 두 번째 질문에 대해 생각해 보자. 딸의 결혼을 시적 소재로 취하면서 시적 화자는 왜 '짐을 부리다'라는 비유를 통해 그 결혼을 표현하였을까? 짐은 일차적으로 부담이나 의무 등의 은유로 쓰인다. 아버지에게는 가족을 부양해야 하는 책임이 있다. 짐을 나르는 짐꾼이 목적지까지 짐을 내려놓지 않은 채 지고 가야 하는 것과 마찬가지이다. 시적 화자인 아버지는 딸을 이십 년이 넘도록 길러 왔다. 그리고 이제 딸이 출가하게 되었으므로 그 짐을 부리게 되었다고 말하는 것이다.

짐을 부리는 행동은 '부담을 덜어 내다, 약속을 이행하고 의무를 다하다, 홀가분하게 자유로워지다…' 등의 의미로 해석될 수 있다. 짐꾼은 짐을 부리면 자신의 등을 누르던 무게를 제거하게 되었으므로 가볍고 자유롭다는 느낌을 받게 된다. 그러나 딸이라는 이름의 짐을 부리는 일은 결코 그처럼 가볍거나 자유로운 느낌을 줄 수만 없다. 따라서 시적 화자는 오히려 허전함을 느낀다고 이르고 있다. 이 텍스트를 시적인 함축성이 풍부한 텍스트로 만드는 핵심적 요인 중의 하나가 바로 시인이 "짐"과 "허전함"을 억지로 결합하고 있다는 점에 있다.

다시 말해 짐은 한편으로는 의무와 부담을 상징하지만, 다른 한편으로는 그 의무와 부담이 예기치 못한 방식으로 짐을 진 자에게 가져다주는 보람과 기쁨 그리고 친숙함을 드러낸다. 그러므로 이 텍스트의 시적 화자에게 짐은 아버지로서의 의무를 다해야 한다는 부담감과 함께 그 의무를 이십 년 넘게 수행해 오면서 경험하였던 무수히 행복한 기억들을 동시에 드러내는 장치인 셈이다. 일반적인 짐꾼은 짐을 지고 나르는 일을 의무로만 여긴다. 짐꾼이 마땅히 해야 할 일은 목적지에 이르러 짐을 부리는 것이다. 그러나 이 텍스트의 시적 화자는 이제 짐을 내려야 할 시간이 임박했다는 사실을 분명히 인식하면서도, 막상 짐을 부리게 되자 애젓한 마음과 허전한 감정을 동시에 느끼고 있다. 김상옥 시인은 그 점을 정확하게 표현해 낼뿐더러 그것을 압축적인 몇 단어들—짐, 애젓타, 허전함—을 통해 가능하게 만든 것이다.

(3) 이제 세 번째 질문에 대한 답을 알아보기 위해 첫째 수에 이어 둘째 수에 전개되는 시상을 살펴보자. 첫 수에서 "짐"이 핵심적인 시어로 등장하면서 애젓함과 허전함의 감정을 이끌고 있음에 반하여, 둘째 수의 초장에서는 "빚"이 핵심어로 제시된 모습을 볼 수 있다. 아버지인 시적 화자는 "빚지지 못해보고 어이해 그 빚을 갚는다느냐" 하고 탄식하듯 이르고 있다. 그렇다면 두 번째 수에서는 왜 "빚"의 이미지를 등장시키면서 딸을 결혼시키는 아버지의 마음을 노래하게 되는 것일까?

짐을 지고 부리는 것과 마찬가지로 사람들은 살아가면서 빚을 지기도 하고 그 빚을 갚기도 한다. 빚을 갚는 행동은 누구에겐가 약속한 대로 자신이 가져다 쓴 것을 돌려주는 일이다. 시적 화자인 아버지는 이제 지나간 세월 동안 자신의 곁에 머물면서 부양의 대상이 되었던 딸을 결혼을 통해 다른 가정으로 보내게 된다. 그러나 문득 자문한다. 자신이 누군가와 무슨 약속을 한 적이 있었는지 생각해 본다. 누군가로부터 빚을 낸 적이 있었다면 언젠가 그 빚을 갚기란 당연한 일일 것이다. 딸을 결혼시켜 떠나보내는 일이 어찌 이리 당연할 수 있는지 시적 화자는 의아해하고 있다. 그 의아한 느낌은 당혹감이라고도 표현할 수 있다. 시적 화자는 갓난아이 때 혹은 어린아이일 때부터 성인이 될 때까지 딸을 기르면서, 언젠가는 그 딸을 떠나보내야 한다는 자각을 가져본 적이 거의 없었을 것이다. 그런데 어느 날 갑자기 그 딸이 아버지의 품을 떠나려 하고 있다는 사실을 깨닫게 된다. 또한 그 일은 마치 오래전에 약속해 두었던 사실이기라도 한 것처럼 모두가 자연스럽고도 당연하게 여기고 있음을 발견한다. 빚을 얻어 쓴 기억이 없는데 누군가는 빚을 갚으라고 하고, 자신은 아무런 이의도 제기하지 못한 채 순순히 그 요구에 응하고 있음을 깨닫게 되는 것이다. 그리하여 시적 화자는 어리둥절함을 느낀다. 어떤 일이 운명처럼 자신에게 찾아올 사실을 미리 알았다 하더라도, 마침내 때맞추어 그 일이 당도했을 때 당혹스러워하지 않고 그 일을 맞는 이는 드물다. 때론 억울하여 부정도 해 보고, 또 때로는 자신을 동정도 해 보다가, 원망도 해 보고, 애도를 바치기도 한다. 그리해야 하는 것을 뻔히 알고, 따라서 마땅히 그리해야 하는 걸 행하면서도, 그 안다는 사실이 도움이 되지 못하는 순간이 있는 셈이다. "빚지지 못해보고 어이해 그 빚을 갚는다느냐"는 하소연 같은 표현은 그와 같은 심경을 적절히 표현한다고 볼 수 있다. 삶이란 그런 것일까? 빚진 적 없는데 갚아야 할 빚을 갚으라고 요구한다. 빚을 지고 또 그 빚을 갚는다는 것은 일종의 계약에 의하여 이루어지는 일이다. 그리고 계약은 문서를 작성하고 그 문서에 도장을 찍음으로써 효력을 지니게 된다. 때로는 손가락에 인주를 묻혀 대신 찍는 일, 즉 지장이나 손도장으로 도장을 대체하기도 한다. 이 시에서 아버지인 시적 화자가 "빚지지 못해 보고 어이해 그 빚을 갚는다느냐"라고 말하는 부분은, 딸이 결혼하여 자신으로부터 떠나갈 것을 승인한다는 계약을 한 적이 없음에도 불구하고, 마치 그런 계약이 있었고 자신이 그 계약에 동의했다는 듯 순순히 받아들이고 있음에 새삼스레 놀라는 모습이다. 빚지지 못해보고 빚을 갚는 일이라는 표현은 시적 화자가 한편으로는 어이없을 만큼 억울한 일을 당하고 있는 듯한 묘한 느낌을 갖게 되었음을 보여 준다. 딸의 결혼이라는 경사를 두고 아버지가 느끼는 복합적인 감정을 이해할 수 있게 해 주는 표현이다.

물론 이 구절에 대한 해석을 위와 같이 한정할 필요는 없다. 뒤따르는 구절들을 통해 보면 빚지지 않고 그 빚을 갚는다는 것은 함축하는 바가 더 많다고도 볼 수 있다. 신세를 져 보아야지만 그 신세를 갚을 마음을 가질 수 있음을 전제로 하여, '아버지인 내가 자식에게 신세를 져 볼까' 하는 마음을 표현한다고도 볼 수 있다. 즉, 시적 화자가 "나 또한 이제 신세 한번 져 볼까"라고 말하고 있다고 해석할 수도 있는 것이다. 그러나 다시 종장에서 아버지인 시적 화자가 홀을 불러 주면서 자식의 앞길에 작은 도움이나마 주고자 한다는 사실을 상기한다면 전자의 해석이 더 적절하다고 보인다. 그러므로 이 수는 전반적으로 아버지의 상실감을 새롭게 표현한 것으로 볼 수 있다. 즉, 아버지가 느끼는 일종의 당혹감이 다양한 시적 소재를 통해 전개되고 있음을 확인할 수 있다. 첫째 수에서는 슬픔에 준하는 감정으로 애젓함과 허전함이 등장한다. 뒤이어 둘째 수에서는 억울함에 가까운 감정을 찾아볼 수 있다. 그리하여 결과적으로 결혼이라는 경사 앞에서 신부의 아버지인 시적 화자가 경험하는 감정의 복합성이 효과적으로 드러난다고 볼 수 있다. 시인은 시적 언어의 미묘함을 잘 활용하면서 그 점을 함축적으로 표현하고 있다.

(4) 이제 네 번째 질문에 대해 생각해 보기로 하자. 둘째 수의 중장에는 "보아라, 저기 수양산首陽山 그늘은 강동팔십리江東八十里"라는 구절이 등장한다. 수양산과 강동이라는 새로운 고유명사가 나타나면서 시상의 흐름에 뚜렷한 전환점을 마련한다. 첫째 수에서 시적 화자는 자신이 느끼는 허전한 감정을 표현하였고 이어서 둘째 수 초장에서 빚진 적 없이 빚 갚는 처지로 자신을 형상화한 바 있다. 이제 그와 같은 감정에 이어 이 구절에서부터는 현재라는 시간성 속에서 시적 화자가 갖게 되는 소망을 표현하는 모습을 볼 수 있다. 둘째 수 종장에서 드러나는 바와 같이 궁극적이고 구체적인 시적 화자의 희망은 자식들의 그늘에서 홀 불러 주는 이가 되고 싶다는 것이다. 그 희망을 표현하기에 앞서서 시인은 중장을 활용하고 있다. 종장에 드러나는 '그늘에서 홀 불기'라는 이미지를 구현하기에 앞서 시인은 미리 중장에서 그 준비 장치를 마련해 두는 셈이다. 종장에 등장하는 그늘이 보다 복합적이면서 함축적인 의미를 지니고 드러날 수 있도록 하기 위해 그늘이 지니는 의미를 미리 제시한다고 볼 수 있다.

중국의 수양산은 아주 높은 산이라서 그 산의 그늘은 강동 지역의 팔십 리에 이르는 영토를 덮을 정도라고 알려져 있다. 산이 높으면 그늘이 넓게 드리우듯, 뛰어난 인물이 존재하면 주변의 많은 사람이 그 덕을 보게 된다. 그러므로 수양산 그늘과 강동 팔십 리라는 비유는 훌륭한 인물의 영향력을 표현하고자 할 때 주로 사용한다. 그러나 김상옥 시인은 그와는 맥락을 달리하여 산그늘의 이미지를 활용하고 있다. 덕을 베푸는 존재가 산이라면 그늘은 그 덕을 입는 존재이다. 이제 아버지인 시적 화자는 자식의 존재를 산에 비유하고, 자신은 그 산의 덕을 입으며 산이 하는 일이 순조롭게 진행될 수 있도록 작은 도움을 주고 싶다고 표현하는 것이다.

일반적으로 아버지는 산과 같은 존재로 또 자식은 그 산그늘 아래, 산의 덕을 누리는 존재로 이해되곤 한다. 이제 시인은 그런 전형적인 아버지와 자식 관계의 구도를 전복시키며 오히려 자식의 그늘에서 자신이 덕을 보는 모습을 꿈꾸어 보노라고 노래하고 있다. 자식에 대한 어버이의 사랑이 새로이 해석되면서 부모와 자식 간의 관계 양상이 변형된 채 전형적이지 않은 방식으로 다시 그려지고 있는 것이다. 부모는 자식을 양육하여 그들이 성인이 되면 새로이 자신의 가정을 이루어 떠나가게 만드는 역할을 한다. 그러므로 부모가 수양산이라면 자식은 강동 팔십 리를 덮는 그늘에 들어 있었던 존재라 할 수 있다. 자식이 다 자라 그 그늘을 벗어났으니 이제 부모는 늙어 가고 부모로서의 역할 역시 줄어들기만 할 것이다. 노화하는 부모가 더 이상 수양산으로 남아 있기도 어렵고 그럴 이유도 없는 셈이다. 그때는 오히려 자식이 수양산처럼 부모에게 그늘을 드리울 때이다. 그러면 아버지는 그 자식의 그늘에 들어 자식에게 도움이 될 일이나 찾아볼 따름이다.

앞에서 홀을 불러주는 일이 어떤 기능을 하게 되는지를 설명하였는데 이 시에서 시적 화자 또한 홀 부는 사람이 되어 자식을 돕고자 하는 소망을 표현하고 있다. 자식이 주체적이고 독립적으로 영위해 가는 삶에 작은 도움을 주고자 하는 마음이 그 구절에서 드러나고 있다. 딸의 결혼은 아버지로 하여금 그동안 유지해 오던 부모 자식 간의 인연이 한번 매듭지어 진다는 점을 깨닫게 해 주는 사건이다. 그러나 자식을 위해 홀이라도 불면서 도움을 주고 인연을 계속 이어 가고자 하는 아버지의 마음을 이 텍스트에서 확인할 수 있다.

(5) 마지막으로 자식들의 그늘에 들어 홀 부는 아버지의 모습에 대해 생각해 보자. 자식을 떠나보내면서 느끼는 허전함과 서운함은 자녀의 결혼을 경험해 본 사람들은 누구나 느낄 수 있는 보편적인 감정이다. 시적 화자는 자식을 양육하는 임무를 다 마치고 이제 자신에게 남겨진 의무가 거의 남아 있지 않다는 사실을 자각하고 있다. 수양산 그늘과 강동이라는, 다소 거대하게 느껴지는 전통 속의 이미지를 도입한 것 그리고 역할을 바꾸어 자식을 산에, 자신을 그 산그늘에 놓인 강동에 비유한 점을 통하여 시적 화자가 느끼는 외로움을 확인할 수 있다. 강동 팔십 리에 펼쳐진 수양산 그늘의 이미지는 외로운 아버지의 심경을 잘 드러내 보여 준다. 딸을 출가시킨 후 홀로 남겨진 시적 화자의 외로움이 높은 산과 산그늘의 이미지를 통해 선명하게 제시되어 있다.

이반 볼랜드의
「사과꽃」

　　이반 볼랜드^{Eavan Boland}의 「The Blossom」 또한 가족의 사랑을 표현하고 있는 시이다. 볼랜드의 「The Blossom」은 딸을 향한 어머니의 추억과 사랑을 사과꽃의 이미지 속에서 재현한 텍스트이다. 제목인 「The Blossom」을 우리말로 옮기면 '꽃송이'이다. 그러나 여기에서는 「사과꽃」으로 번역하기로 한다. 텍스트에서 확인할 수 있는 바와 같이 the blossom으로 표현된 꽃송이는 막연한 꽃송이가 아니라 사과꽃이라고 구체적으로 제시되어 있기 때문이다. 사과꽃 봉오리가 시적 소재로 드러나고 있는데 한국어의 어감을 고려하여 번역할 때 꽃송이는 다소 광범하고 막연한 명사로 여겨진다. 그러므로 사과꽃이라고 번역할 때 텍스트의 의미가 더욱 선명하게 되살아난다고 볼 수 있다.

A May morning.

Light starting in the sky.

I have come here

after a long night.

Its sense of loss.

Its unrelenting memories of happiness.

The blossom on the apple tree is still in shadow,

its petals half—white and filled with water at the core

in which the freshness and secrecy of dawn are stored

even in the dark.

How much longer

will I see girlhood in my daughter?

In other seasons

I knew every leaf on this tree.

Now I stand here

almost without seeing them

and so lost in grief

I hardly notice what is happening

as the light increases and the blossom speaks,

and turns to me

with blond hair and my eyebrows and says —

Imagine if I stayed here,

even for the sake of your love,

What would happen to the summer?

To the fruit?

Then holds out a dawn—soaked hand to me,

whose fingers I counted at birth

years ago.

And touches mine for the last time

And falls to earth.

오월 아침,

하늘에선 빛이 시작되는데.

긴 밤이 지나고

나 여기에 와 섰네.

상실감,

무수한 행복의 기억들.

사과나무 꽃봉오리는 아직 그늘에 묻혀 있는데.

꽃잎은 반쯤 희고 꽃송이 한 가운데에는 물기가 가득하여 그 안엔 새벽의 신선함과 비밀이 여전히 담겨 있네.
어둠 속에서도.

내 딸이 소녀인 날은 얼마나 더 남았을까?
다른 계절에는 이 나무 모든 잎사귀들을 다 알고 있었는데.
지금 나 여기 서 있네
거의 아무것도 보지 않고

슬픔에 푹 잠기어
나는 무슨 일이 일어나는지 제대로 알지 못하네.
빛이 점점 밝아지고 사과꽃이 말을 하며 나를 향해 돌아서는데.
금빛 머리카락과 내 눈썹 닮은 눈썹을 지닌 채 말하기를…

"생각해 보세요. 만약 내가 여기 더 머문다면,
어머니의 사랑 때문에 그런다고 할지라도
그러면 여름은 어떻게 되지요? 열매는 또 어찌 되지요?"

그런 다음 새벽빛에 물든 손을 내게 내미네.
그 손가락은 오래전 내 딸이 탄생할 때 세어 보았던
바로 그 손가락.

그리고 내 손을 마지막으로 만져 보네.

그러곤 땅에 떨어지네.

—이반 볼랜드, 「사과꽃」 전문, 졸역

텍스트 분석에 앞서 다음과 같은 질문을 먼저 제기해 보자.

(1) 이 시에서 가장 핵심적인 역할을 하는 은유는 무엇인가? 텍스트에는 일차적으로 사과꽃을 응시하고 있는 시적 화자의 모습이 드러난다. 그러나 사과꽃은 단지 사과꽃에 그치는 것이 아니라 시적 화자로 하여금 다른 대상을 동시에 연상하게 만든다. 그렇다면 사과꽃은 과연 무엇을 지칭하는 것인가? 이 텍스트에서 사과꽃을 묘사한 부분들과 시적 화자가 딸을 묘사하고 있는 바를 찾아 연결해 보자.

(2) 이 시에서 계절이 맡고 있는 역할은 무엇인가? 계절의 변화는 또 무엇을 나타내는 것인가?

(3) 이 시의 핵심적인 정조는 무엇인가? 사과꽃이 피어 있는 모습을 재현하면서 시적 화자는 자신의 딸이 태어나고 자라던 날들을 함께 회상한다. 그리고 그 꽃이 낙화하는 장면을 보면서 상실감을 드러내게 된다. 시적 화자가 경험하는 상실감의 본질에 대해 좀 더 생각해 보자. 상실감은 상실감에 그치고 있는가 아니면 그것을 넘어서는 또 다른 각성의 가능성을 드러내고 있는가?

(4) 사과꽃이 낙화하는 장면을 바라보고 있는 시적 화자는 곧 이어 열

매의 의미를 생각하게 된다. 사과꽃의 낙화와 사과 사이의 관계에 대해 생각해 보자.

(1) 시의 제목이 '사과꽃'이라는 점에서 알 수 있듯이 사과꽃은 시에서 핵심적인 역할을 담당하는 은유라 할 수 있다. 그렇다면 이 시에서 사과꽃은 과연 무엇을 지칭하는 것일까? 사과꽃을 묘사한 부분들 그리고 시인이 자신의 딸을 묘사하는 부분들을 찾아 서로 연결해 볼 수가 있다. 사과꽃은 당연히 사과나무에서 피어나는 꽃이다. 꽃 피는 계절이 돌아오면 나무에서 꽃이 피어나는데, 텍스트에서는 개화의 시기가 구체적으로 "오월"로 나타나 있다. 시에서 시적 화자는 사과꽃의 이미지를 통해, 이제는 성장하여 어머니를 떠나려고 하는 딸의 모습을 보고 있다. 사과나무에서 사과꽃이 피어나므로 전자인 사과나무는 어머니를, 또 후자인 사과꽃은 딸을 상징하는 것이기도 하다.

이 텍스트에서는 사과꽃이 의인화되어 있다. 꽃잎이 마치 사람이 된 것처럼 직접 시적 화자에게 말하고 있는 셈이다. 더불어 자세히 살펴보면 그 사과꽃의 말이 시적 화자의 딸이 어머니에게 들려주는 말이기도 하다는 점을 알 수 있다. 사과꽃은 낙화가 이루어져야만 사과를 맺는 일이 가능하다고 말하고 있는데, 그 전언은 시적 화자의 딸이 어머니에게 들려주려 하는 것과 같다. 사과꽃이 곧 딸의 목소리를 통해 말하고 있는 셈이다. 즉, 사과꽃은 시적 화자의 눈앞에 피어 있다가 떨어지는 물리적인 대상이면서 동시에 딸의 상징이기도 한 것이다.

텍스트의 도입 부분에서 사과꽃은 순백색의 꽃잎을 지니고 이슬을 머금은 채 피어 있다고 묘사된다. 오월 아침에 시적 화자의 눈길을 사로잡고 있는 사과꽃의 이미지에서 젊고 아름다운 딸의 이미지가 함께 드러난다. 꽃도 봉오리 상태일 때가 가장 탐스럽고 아름답다. 마찬가지로 이제 막 성년에 이르러 어머니의 품을 떠나려 하는 딸도 자기 생애의 아름다운 시간을 누리고 있는 것이다.

더 나아가 시적 화자가 사과꽃을 마주 대하는 시간대도 하루 중에서 아주 이른 아침으로 드러나 있다. 이러한 시간적 배경을 딸과 사과꽃이 지닌 젊음, 아름다움, 생명력을 드러내기에 아주 적합하다. "오월 아침,/하늘에선 빛이 시작되는데"라는 구절에서 보듯 이 시는 꽃 피는 여름날 이른 아침, 빛이 하늘에 퍼지기 시작하는 시점을 텍스트의 배경으로 선택하고 있다. 그런 시간대를 후경으로 삼고 있어 텍스트의 핵심 소재인 사과꽃의 싱그러운 이미지가 더욱 부각되는 것이다. 또한 "사과나무 꽃봉오리는 아직 그늘에 묻혀 있는데"라는 구절을 통하여 꽃봉오리 이미지로 제시되는 딸의 독립적인 인생 여정이 아직 시작되지 않았음을 볼 수 있다. 이는 수많은 가능성과 희망 속에서 딸이 성인으로서 살아가기 시작할 것임을 암시한다. "꽃잎은 반쯤 희고 꽃송이 한 가운데에는 물기가 가득하여/그 안엔 새벽의 신선함과 비밀이 여전히 담겨 있네"라는 구절에서 보듯 "물기", "새벽", "신선함", "비밀" 등의 시어가 동원되면서 아직 시작되지 않은 희망의 삶을 예감할 수 있게 한다. 반면, 어머니의 존재를 형상화한 시어는 그런 딸의 이미지와는 대조적이다. "긴 밤이 지나고/나 여기에 와 섰네"라는 구절에서 알 수 있는 바와 같이 시적 화자인 어머니 자신은 "긴 밤"의 이미지 속에 등장한다. 그러므로 어머니의 삶은 어둠의 이미지와 연결되어 있음을 볼 수 있다.

딸은 시적 화자인 어머니의 마음을 이해하기 어려울 것이다. 그녀는 아직 세상으로 나가 삶의 다양한 경험을 하지 못한 채 순수한 마음만을 지니고 있으리라고 짐작해 볼 수 있다. 반면 어머니의 마음은 복합적인 상태에 놓여 있음을 알 수 있다. 자녀를 잘 양육하여 독립할 수 있을 때까지 보호해 주고, 그 자녀가 자신으로부터 분리될 시기가 오면 기꺼이 그렇게 해야 하는 것이 어머니의 역할이다. 하지만 어머니는 그 사실을 알면서도 동시에 상실감을 감추기 어려운 모습을 보여 준다. 그녀의 복합적인 감정이 사과꽃이라는 적절한 대상을 매개체로 하여 효과적으로 재현되고 있다. 오월 아침, 이른 시간에 만개하고는 이별의 말을 남기고 낙화하는 사과꽃이 한편으로는 꽃이 지고 열매가 맺히는 자연의 이치를, 또 다른 한편으로는 독립적인 성인이 되어 분리되는 혈연에 대해 느끼는 어머니의 마음을 동시에 드러내 주고 있다.

(2) 이제 이 텍스트에 드러난 계절의 의미를 살펴보자. 이 시에서는 계절이 중요한 역할을 맡는 모티프이다. 아일랜드와 영국에서 오월은 사과꽃과 장미 등 온갖 꽃이 만발하는 시기이다. 이 시는 "오월"이라는 어휘를 도입하여 시간의 구체성을 드러내면서 사과꽃이 떨어지고 사과가 맺히는 계절, 즉 변화의 시간대를 텍스트의 시간적 배경으로 취하고 있다. 따라서 계절의 역할은 이 시에서 매우 중요하다고 볼 수 있다. 그렇다면 구체적으로 계절의 변화가 나타내는 것은 무엇일까?

꽃이 지고 그 자리에 열매가 열린다는 사실은 곧 인생에 있어서의 성숙과 변화의 과정에 대한 설명이기도 하다. 나무에 새순이 돋고, 꽃이 피고, 또 지는 것처럼 사람의 삶도 탄생, 성장, 독립, 노화의 과정을 차례로 거쳐 간다고 볼 수 있다. 봄에는 사과꽃이 핀다. 그리고 사과꽃이 떨어지고 나면 꽃이 피었다가 떨어진 그 자리에 열매가 맺히기 시작한다. 열매는 점점 자라나 가을이 되면 무르익게 된다. 그래서 가을이면 빨갛게 잘 익은 사과를 딸 수 있다. 이러한 과정들은 너무나 자연스럽고 당연하여 굳이 설명하지 않아도 좋을 것이다.

사과꽃의 낙화가 결실로 변화하는 과정이 시에서 지니는 의미를 파악하기 위해 시적 화자인 어머니가 서 있는 곳을 살펴보자. 어머니가 놓여 있는 곳의 공간성을 살펴보면서 나무의 변화와 인생의 변화가 지닌 관련성을 더욱 분명히 이해할 수 있다. 어머니가 속해 있는 시간과 공간은 "오월 아침", "사과꽃", "나무" 등의 소재를 통해 드러난다. 시적 화자는 사과나무 앞에 서서 그 나무의 변화 과정을 지켜보는 모습으로 그려져 있다.

다시 한번 언급하자면 이 텍스트는 사과꽃이 지고 사과가 맺히는 변화, 즉 봄에서 여름으로 가는 계절의 변화를 시간적 배경으로 취하고 있다. 따라서 그처럼 계절의 변화가 인생의 변화 과정과 겹친다는 사실을 확인할 수 있다. 그러므로 시적 화자가 사과꽃이 피었다가 지는 일에 주목하면서 감지하는 대상은, 이제 소녀이기를 멈추고 독립적인 성인이 되어서 자신을 떠나는 딸과의 이별을 준비하는 마음 자세와 동일 선상에 놓인 것이다.

(3) 여기에서 가장 중요한 점은 사과꽃이 사과로 바뀌어 가는 과정이라 할 수 있다. 어머니 품에 있던 돌봄의 대상이었던 딸이 이제 자립적인, 완벽한 하나의 인격체가 되는 일은 사과꽃이 떨어지고 그 자리에 사과가 맺히는 현상과 같기 때문이다. "만약 내가 여기 더 머문다면,/어

머니의 사랑 때문에 그런다고 할지라도/그러면 여름은 어떻게 되지요? 열매는 또 어찌 되지요?" 구절을 다시 읽어 보자. 이는 사과꽃이 자신을 지켜보는 시적 화자에게 땅에 떨어지기 전에 마지막으로 남기는 말로, 사과꽃이 져야 할 때에 지지 않고 나뭇가지에 계속 머물러 있으면 결코 열매가 맺힐 수 없다는 점을 설명하고 있다.

사과꽃이 발화하는 것으로 묘사된 그 말은 곧 딸이 어머니에게 들려주는 말이기도 하다. "어머니의 사랑 때문에 그런다고 할지라도(even for the sake of your love)"라는 표현에서도 그 점이 다시 한번 강조되는 점을 볼 수 있다. 딸도 어머니를 많이 사랑하고 어머니도 그 딸을 너무나 사랑하기 때문에 딸을 떠나보내고 싶지 않은 것이 어머니의 마음이고, 또 떠나가고 싶지 않은 게 딸의 마음이다. 하지만 사과꽃이 땅에 떨어지지 않으면, 즉 낙화가 이루어지지 않고 봄이 끝나지 않으면 여름이 찾아올 수가 없다. 봄이 물러날 시기가 되어도 물러나지 않은 채 남아 있어, 꽃이 낙화하지 않고 영원히 그 나무에 머물게 된다면 열매가 맺히는 일도 불가능해진다. 마찬가지로 딸은 이제 어머니의 품을 떠나야 할 시점에 와 있는 것이다.

더 나아가 그러한 시적 화자의 심경을 충분히 이해하기 위해서는 이 시의 어조, 즉 톤tone에 대해 자세히 살펴볼 필요가 있다. 시적 화자가 텍스트 전편에 걸쳐 표현하고 있는 느낌은 단순히 규정하기 어렵고 복합적이다. 텍스트 내부의 가장 중요한 사건은 사과꽃의 낙화라고 볼 수 있는데, 사과꽃이 떨어지는 현상은 우선 상실의 느낌을 불러온다. 하지만 그 상실감은 단순한 상실감에 그친다고 볼 수 없다. 이 시에서는 상실감을 받아들이면서 그 상실감을 넘어 또 다른 각성을 이루어 가는 시적 화자의 모습을 찾아볼 수 있다. 시적 정조는 상실과 애도에서 멈추지 않고 보다 다층적인 양상을 띠고 있다. 상실이 초래하는 슬픔의 감정만이 아니라, 결국 그 변화를 자연스럽게 맞이하는 변화의 감정을 텍스트에서 감지할 수 있다. 텍스트는 자연 속의 변화가 그러하듯이 인생의 변화 과정도 그대로 받아들이는 게 자연스럽고 성숙한 삶의 길이라는 사실을 주제로 삼는다. 시적 화자는 딸이 출생하여 성장하면서 현재 시점에 이르기까지, 그 과거로부터 현재에 이르는 삶의 과정에서 모녀 관계가 자신에게 선사한 풍성한 기억을 되짚어 보며 한껏 그리움을 드러내고 있다. 그러면서도 딸의 독립적인 삶을 위하여 그리움의 감정을 승화시키며 삶에 순응하는 자세가 필요하다는 점을 본인에게 일깨우고 있는 것이다.

또한 시적 화자는 이별을 예감하면서도 그 이별이 슬픔만을 내포하지 않는다는 사실을 충분히 표현하고 있다. "상실감,/무수한 행복의 기억들"이라는 구절에 주목해 보자. 시적 화자는 이별해야 하는 순간을 맞을 때까지 경험했던 수많은 행복의 기억들을 떠올린다. 그런 기억이 있을 때에만 이별은 더욱 충분한 의미를 지닌 채 다가올 수 있는 것이다. "금빛 머리카락과 내 눈썹 닮은 눈썹을 지닌 채 말하기를…"이란 구절에서 알 수 있듯이 어머니와 딸은 육체적으로도 서로 너무 유사하여 거의 동질적이라 부를 수 있을 정도이다. 그렇기에 부모와 자식의 관계를 형용하면서 쓰는 '분신 같은'이라는 표현은 참으로 적절하다. 그리고 어머니는 딸 자신은 인지하지 못하는 시간을 기억 속에 간직한 존재이기도 하다. "그런 다음 새벽빛에 물든 손을 내게 내미네./그 손가락은 오래전 내 딸이 탄생할 때 세어 보았던 바로 그 손가락"이라는 구절에서 그 점을 확인할 수 있다. 탄생의 순간부터 성장의 과정 그리고 충분한 성숙에 이른 현재의 순간까지 그 모든 시간대와 특수성들이 어머니의 기억 속에는 새겨져 있는 것이다. 그처럼 모녀 관계가 시적 화자에게 가져다 준 과거의 시간들은 행복으로 가득 차 있는 셈이다. 이별이 충분히 아쉽고 안타까워지는 이유는 바로 그처럼 소중한 기억 때문이다. 상실감은 행복의 기억들에 비례하여 커진다고 볼 수 있다.

(4) 이 시의 제목이 「사과꽃」이듯 그리고 이 시의 주도적인 이미지가 사과꽃인 것처럼 사과꽃의 생태를 중심으로 텍스트가 전개되는 양상을 확인할 수 있다. 텍스트의 전개 과정을 살펴볼 때 가장 주목할 대목은 마지막 부분이다. 텍스트는 사과꽃이 활짝 피었다가 오월의 새벽, 시적 화자가 지켜보고 있는 사이에 한마디 말을 남기면서 땅에 떨어지고 마는 순간에 절정을 이룬다. 그 사과꽃의 모습을 통하여 이제는 독립할 수 있을 만큼 성숙한 딸이 결국은 어머니를 떠나게 될 때가 왔음을 알 수 있는 것이다. 딸이 어머니에게 들려주는 이별의 말, 즉 별사別辭가 바로 사과꽃의 목소리를 통해 드러나고 있는데, 이 텍스트에는 사과꽃과 딸이 함께 시적 화자인 어머니에게 불러 주는 이별 노래가 중창처럼 두 겹으로 펼쳐지고 있음을 확인할 수 있다.

박기섭의 「뻐꾸기가 쓰는 편지: 먼저 간 아우를 어느 봄 꿈에 보고」

박기섭 시인의 「뻐꾸기가 쓰는 편지: 먼저 간 아우를 어느 봄 꿈에 보고」는 형제간의 정을 재현하는 텍스트이다. 이 시는 시인이 어린 시절에 유명을 달리한 동생에게 보내는 애틋한 그리움의 시이다. 시인은 어린 시절 세상을 떠난 동생의 기억을 되살리며 그의 죽음을 애도하고 있다. 나이 어린 동생이 미처 성숙에 이르기도 전에 세상을 떠났다는 사실은 시인에게는 트라우마가 되었을 것이다. 그리하여 시인 자신이 오랫동안 침묵하면서 그 사건을 망각하기 원했으리라고 짐작해 볼 수 있다. 그처럼 고통스럽고도 슬픈, 기억 속의 죽음에 대해 시인은 이제 많은 세월이 흐른 다음 애도하고 있다. 시인의 시는 봄날, 잠깐 낮잠이 든 사이 꿈에서 잃어버린 동생을 만난 다음 잠에서 깨어난 뒤, 그 허전하고 애틋한 마음을 표현하고 있다.

뻐꾸기 봄 한철을 갈아낸 그 먹물을 내가 받네 내가 받아 한 장 편지

를 쓰네 어디라 머리칼 한 올 잡아볼 길 없는 네게

너 있는 그곳에도 봄 오면 봄이 오고 봄 오면 멍든 봄이 멍이 들고 그
런가 몰라 서럽고 막 그런가 몰라 꽃 피고 또 꽃 진 날에

너 나랑 눈 맞춰 둔 그 하루 그 허기진 날 말로는 다 못하고 끝내는 못
다 하고 꽃이면 꽃이랄 것가 꼭 꽃만도 아닌 것아

너 다녀간 꿈길 끝에 찬비만 오락가락 오락가락 찬비 속에 목이 젖은
먼 뻐꾸기 젖은 목 말리지 못한 채 먹점 찍는 먼 뻐꾸기
　　　　　　　　　　—박기섭,「뻐꾸기가 쓰는 편지: 먼저 간 아우를 어느 봄 꿈에 보고」전문

이 텍스트에서는 삶과 죽음의 경계가 짧은 시간 동안 흐려지는 모습
을 볼 수 있다. 현실에서는 불가능한 소망이나 오래된 기억 등이 꿈에
서는 의식의 통제를 넘어서면서 등장할 수 있다. 이 시에서는 뻐꾸기가
우는 봄날의 꿈이 등장한다. 그리고 현실에서 불가능한 망자와의 만남
이 꿈속에서 이루어진다. 그 꿈길의 끝에서 다시 돌아온 현실에서는 찬
비가 내리고 있다.

꿈에서 깨어난 시인이 "머리칼 한 올 잡아볼 길 없는 네게" 편지 한
장을 쓴다. 그 편지의 대상은 오래전에 이별한 바로 그 동생이다. 시인
은 그곳은 어떠하냐고 망자에게 안부를 묻는다. "봄 오면 봄이 오고 봄
오면 멍든 봄이 멍이 들고 그런가"라고 묻는다. 시인이 과연 만날 수 없
는 아우에게 묻는 건지 아니면 혼잣말을 하는 건지는 알 길이 없다. 또

시인은 명확한 전언을 남기고자 하는 것 같지도 않다. 오히려 울먹이고 있는 듯하다. 머리칼 한 올 못 잡아 본 대상에게는 과연 무어라고 말을 건네어야 하는 것일까? "찬비만 오락가락 오락가락 찬비 속에" 봄 오면 봄이 오는지, 봄 오면 멍든 봄이 멍이 드는지 묻는 질문도 일상적인 대화의 언어라기에는 너무나 낯설다. 그것이 과연 아우를 향한 질문이기는 한지도 알 길이 없다. 어차피 망자의 머리칼 한 올 못 잡아보고 그로부터 한마디 말도 듣지 못할 터이다. 그러니 꿈속에서 망자가 된 아우를 잠시 재회한다는 것은 참으로 기가 막히는 일이지 않은가?

루이즈 글릭Louise Glück은 생사를 가르는 지점을 기차의 이미지로 구현하면서 죽음의 의미에 대해 명상하는 시를 쓴 바 있다. 그는 「빼앗긴 풍경Aboriginal Landscape」에서 끊어진 선로에 잠시 멈추어 선 기차 앞, 망자를 싣고 떠나는 기차 앞에는 언제나 무수히 많은 슬픔과 실망이 달려든다고 표현하였다. 그처럼 혈육의 죽음을 경험하고 살아남은 자의 아픔은 세월이 흘러도 옅어지지 않고 지속될 수밖에 없다. 이 텍스트에서 보듯 찬비가 내리는 봄날, 뻐꾸기가 지치도록 울고 난 다음, 시적 화자가 가슴속 깊이 묻어 두었던 혈육에 대한 그리움이 다시금 고개를 들고 일어선다는 점을 알 수 있다.

닿을 수 없는 먼 나라로 먼저 가 버린 아우를 그리고 있다는 점에서 이 텍스트는 이별과 상실을 노래한 동서고금의 많은 시들과 크게 다를 바 없다. 그러나 박기섭 시인의 이 텍스트는 고유의 특수성을 드러내고 있는데, 왜냐하면 시인이 상실의 정과 그리움을 드러내는 방법이 독특하기 때문이다. 시적 화자는 말을 더듬듯 같은 어휘와 구절을 두 번씩 반복하고 있다. 그렇게 시행을 나열한 시인의 의도를 생각해 보아야 할 것이다. "내가 받네 내가 받아", "봄 오면 봄이 오고", "봄 오면 멍든 봄이 멍이 들고", "그런가 몰라 서럽고 막 그런가 몰라"라는 구절에서 알 수 있듯, 이렇게 한 번 언급한 말의 꼬리를 물고 다음 말을 이어 가면서 한 번 한 말을 하고 또 하는 것이다. 이로써 시인은 이성적으로 조리 정연하게 서술하기가 어려운 자신의 트라우마를 그대로 드러내고 있다.

도리스 라웁Doris Laub을 비롯한 심리학자들의 주장에 따르면 트라우마의 경험은 유사한 트라우마를 함께 경험하지 않은 타인들과는 공유하기 어렵다고 한다. 그리고 트라우마 희생자의 진술은 대체로 부정합적이고 질서 정연하지 않으며 간헐적인 끊김을 동반하는 진술이라고 한다. 박기섭 시인은 같은 말을 반복하는 듯하면서 통사론적으로는 명확하게 이해하기 어려운 진술을 텍스트에 구현한다. 시는 설명할 길 없는 트라우마를 재현하고 있다. 그러나 그 트라우마의 기억이라는 주제를 드러내는 박기섭 시인의 텍스트는 예외적인 방법을 보여 주면서 그 효과를 더하고 있다. 즉, 시의 내용만이 아니라 형식, 즉 텍스트 자체가 그 주제를 스스로 드러내는 방식을 취하는 셈이다. 독자가 텍스트를 읽게 되면 무수한 동어 반복적 구절을 따라 읽을 수밖에 없다. 다시 한번 "내가 받네 내가 받아", "봄 오면 봄이 오고", "봄 오면 멍든 봄이 멍이 들고", "그런가 몰라 서럽고 막 그런가 몰라" 등의 구절을 읽어 보자. 그 낭송 방식은 누군가가 넋두리하는 말처럼 들릴 것이다. 시적 화자의 진술은 전술한 바와 같이 부정합적이고 질서 정연하지 않으며 간헐적인 끊김을 동반하는 진술이어서, 트라우마 희생자의 언술적 특징을 그대로 드러내고 있다. 텍스트를 읽는 독자 또한 그처럼 '부정합적이고 질서 정연하지 않으며 간헐적인 끊김을 동반하는' 언술을 따라 하게 된다. 박기섭 시인의 텍스트상에서 시인의 트라우마 경험이 재연되는 효과가 일어나는 셈이다. 다시 말해 텍스트의 생산자와 소비자, 즉 시인과 독자 사이에서 그 트라우마가 자연스럽게 공유되는 것이다. 트라우마의 경험은 공유하기 어렵다고 알려져 있지만, 시인이 그처럼 공유가 불가능해 보이는 경험을 공유할 수밖에 없게 하는 텍스트를 훌륭히 이루어 내고 있기 때문이다.

박명숙의
「찔레꽃 수제비」

김상옥, 볼랜드, 박기섭 시인은 혈연과 이별하는 사건을 시적 소재로 삼아, 이별이 매개하는 다양한 감정의 파노라마를 재현하였다. 반면 박명숙 시인은 만남을 통한 관계의 형성을 희구하는 텍스트를 보여 준다. 가정을 이루어 새로운 관계를 형성해 가고자 하는 시적 화자의 바람이 "누이" 혹은 "각시"라는 시어에서 집약적으로 드러나고 있다. 그 어휘들에서는 무한한 정과 사랑의 감정을 감지할 수 있다. 관계를 긍정하고 관계 형성이 개인에게 주는 행복감을 강조하고 있는 박명숙 시인의 텍스트를 보자.

1.

수제비를 먹을거나 찔레꽃을 따다가

갓맑은 멸치 국물에 꽃잎을 띄울거나

수제비, 각시가 있어 꽃 같은 각시 있어

2.

거먹구름 아래서 밀반죽을 할거나

장대비 맞으면서 솥물을 잡을거나

수제비, 각시가 있어 누이 같은 각시 있어

한소끔 끓어오르면 당신을 부를거나

쥐도 새도 눈감기고 당신을 먹일거나

수제비, 각시가 있어 엄마 같은 각시 있어

―박명숙,「찔레꽃 수제비」전문

이 시는 시조 형식을 취하면서도 시구의 배열에 있어서는 자유시의 배열 방식을 따르고 있다. 전형적인 시조의 형식대로라면 세 장씩 한 수를 이루게 하여 3수 형식을 갖추게 될 것이나 시인은 첫 수를 독립적인 하나의 단락으로 처리하고 나머지 2수를 하나의 단락으로 만든다. 그 결과 일견 자유시로 읽힐 수도 있게 하면서 시조 특유의 운율, 즉 언어의 음악성은 그대로 유지하고 있다.

이 시에서는 "각시가 있어 꽃 같은 각시 있어", "각시가 있어 누이 같은 각시 있어", "각시가 있어 엄마 같은 각시 있어"라는 표현에 주목할 수 있다. 각 수의 종장에서 "각시가 있어", "각시 있어"라는 동일한 표현이 후렴처럼 반복되고 있다. 시적 화자는 다정한 각시와 함께 수제비를 끓여서 먹고자 하는 바람을 표현하고 있는데, 그 각시가 "꽃" 같고, "누이" 같고, "엄마" 같다고 표현한다. 멸치 국물을 맑게 우려서 수제비를 끓이고 그 수제비에 찔레꽃 꽃잎을 띄워서 예쁘게 만들겠다는 꿈도 그리고 있다. 수제비를 만들기 위해서 밀반죽을 하고 솥물을 잡을 때에는 그 각시는 "누이 같은 각시"가 된다. 또 수제비가 완성되어 그 수제비를 먹을 때에는 "엄마 같은 각시"가 된다. 이러한 표현들을 통해 시인은 꽃같이 어여쁘고 누이처럼 다정하며 엄마처럼 포근한 대상을 각시로 삼아서, 오순도순 수제비를 끓여 먹으면서 재밌게 살고자 하는 염원을 보여 준다. 수제비를 끓여서 나누어 먹는 그런 다정한 마음을 지닌 가족을 일구려고 하는 소박한 소망을 표현하는 것이다. 수제비는 값비싼 음식이 아니라 우리나라의 근대화 과정에서 서민들이 즐겨 먹곤 하던, 단순하고 친숙한 음식이다. 텍스트에는 그 수제비를 매개로 하여 다정한 이와 함께 서로를 돌보며 살아가고자 하는 마음이 구체적으로 드러나 있다.

박명숙 시인의 시를 우리에게 친숙한 김소월의 「엄마야, 누나야」와 함께 읽어 보아도 좋겠다. 소월이 1922년 『개벽』에 발표했다가 시집 『진달래』에 수록한 「엄마야, 누나야」에도 박명숙 시인이 표현한 바와 유사한 정서가 그려져 있다. "엄마야 누나야 강변 살자/뜰에는 반짝이는 금모랫빛/뒷문 밖에는 갈잎의 노래"라는 구절은 노래로 만들어져 널리 애송되는데, 이처럼 소월의 시 역시 엄마와 누나와 함께 모래와 갈잎을 보며 강변에서 곱게 살고 싶다는 마음을 보여 준다.

그러나 박명숙 시인과 김소월 시인의 텍스트는 접근법에서 차이를 보여 주기도 한다. 즉, 「찔레꽃 수제비」는 보다 구체적이고 일상에 밀접한 소재를 취하면서 현대성에 좀 더 접근해 있다고 볼 수 있다. 「엄마야 누나야」가 낭만적 경향을 강하게 보이는 점과는 대비되는 것이다. 소월의 시에서는 금모래와 갈잎이 시각적·청각적 효과와 함께 등장하면서 사랑이 넘치는 따뜻한 가정을 보여 주는 반면, 박명숙 시인의 경우에는 멸치 국물로 끓인 수제비라는 구체적인 대상을 통해 동일한 정서를 드러내고 있다. "거먹구름 아래서 밀반죽을 할거나//장대비 맞으면서 솥물을 잡을거나" 구절 그리고 "한소끔 끓어오르면 당신을 부를거나"라는 구절에서 보듯, 수제비를 준비하는 과정마다 사랑의 대상을 향한 그리움의 정서를 드러내고 있음을 확인할 수 있다. 이를 통해 시인은 사랑이란 사랑하는 대상을 먹이고 입히면서 돌보는 구체적인 행위를 통해 나타난다는 사실을 느끼게 해 준다.

「찔레꽃 수제비」가 흥미로운 다층적 텍스트로 보이는 이유는 크게 두 가지 면에서 설명할 수 있다. 첫째는 위에 언급한 바와 같이 보다 일상적이고 구체적인 물상을 시적 소재로 취하면서 소월 시가 보여 준 낭만성을 극복하고 있다는 점이다. 둘째는 이 텍스트는 한국에서 전래되는 설화인 '우렁각시' 이야기를 배경으로 삼고 있다는 것이다. 전래 설화에서는 우렁이 각시가 혼자 사는 총각을 위하여 밥상을 차려 놓고는 사라지곤 한다. 외로운 주체에게 사랑과 동반의 가능성을 선물한다는 발상에 있어서 우렁각시 이야기와 「찔레꽃 수제비」는 일치한다. 「찔레꽃 수제비」는 마치 우렁각시의 노래를 채록한 것처럼 밀반죽하고 솥물을 잡으며 수제비가 한소끔 끓어오르는 장면들을 그려 내고 있다. 구전 설화와의 상호 텍스트성을 완성하면서 시적 텍스트의 함축성을 드높이고 있는 셈이다.

사람과 사람이 만나 가족을 이루고 가족 구성원을 재생산하면서 혈연관계를 확대해 나가는 일은 인류의 지속과 사회의 유지에 있어서 필수 불가결한 요소이다. 그 혈연관계는 인간 존재의 이유이기도 하고 근원적 고독을 극복해 나가는 힘의 원천이 되기도 한다. 그 관계의 핵심에 사랑이 놓여 있음은 너무나도 당연한 것이다.

물질과 자본주의 그리고 소유와 소외의 시

샤를 보들레르의 시

　　현대 사회는 자본과 교환을 중심으로 하는 자본주의 시장 경제 체제의 출현과 함께 시작되었다. 사람들이 살아가는 데 꼭 필요한 것보다 더 많은 걸 소유하기를 욕망하는 현대 사회에서는 가진 물질을 사고팔아 교환하는 행위가 매우 중요한 요소가 되어 버렸다. 소유를 향한 욕망은 물신 숭배의 문화를 야기하였고 그것은 궁극적으로 물질에 의해 인간이 소외되는 양상을 낳게 되었다. 프랑스의 시인 샤를 보들레르Charles Baudelaire는 그런 시대를 맞아 누구보다도 예민하게 변화를 감지하고 재현한 시인이라 할 수 있다. 그는 모든 것이 사고파는 거래의 대상이 되어 가는 사회 변화의 물결 속에서 『악의 꽃Les Fleurs du mal』을 발표하여 이와 같은 시대상을 반영하였다고 알려져 있다. 그러나 보들레르는 『악의 꽃』을 발표하기 이전에도 변화하는 세태를 반영하는 작품을 창작하였다. 그 작품들은 보들레르가 시대의 변화 속에서 영혼의 순수성이 훼손되는 데에 관해 느끼는 불안을 보여 준다. 1931년, 르

단텍Yves-Gérard Le Dantec이 두 권으로 편집한 보들레르 시 묶음인『작품들
Oeuvres』에 수록된 다음 시를 통해 그 점을 확인할 수 있다. 인용하는 바
는『작품들』1권에 포함된 시의 두 번째 연이다. 이는 발터 벤야민Walter
Benjamin이 자신의 책,『샤를 보들레르: 자본주의 시대의 서정시인Charles
Baudelaire: A Lyric Poet In the Era of High Capitalism』에 수록한 바가 있다. 여기에
서는 벤야민의 책에 수록된 프랑스어 원문 시와 영어 번역본 그리고 필
자의 한국어 번역본을 나란히 두고 살펴보자.

Pour avoir des souliers, elle a vendu son âme;

Mais le bon Dieu rirait si, près de cette inflâme,

Je trenchais du tartufe et singeais la hauteur,

Moi qui vends ma pensée et qui veux être auteur.

In order to have shoes she has sold her soul;

but the Good Lord would laugh if, close to that vile person,

I played the hypocrite and mimicked loftiness,

I who sell my thought and want to be an author.

한 켤레 신발을 사기 위해서 그녀는 영혼을 팔았다네.

그러나 하느님이 웃을 것이네.

그런 악인과 마찬가지로 나 또한 위선자가 되어

고상한 척하고 다닌다는 것을 알게 되면.

나, 내 생각을 팔면서 작가로 불리기를 원하는 자.

현대 사회에서는 많은 것이 값어치로 환산되어 이해되므로 유형의 상품뿐만 아니라 무형의 서비스 모두 사고, 또 팔 수 있는 거래의 대상이 된다. 즉, 모든 게 교환할 수 있을 때에만 가치가 있다고 여겨지는 셈이다. 그처럼 교환을 기반으로 하는 시장 경제 체제가 현대 사회의 모든 영역을 지배하게 되자, 인간도 그 경제 체제 속으로 서서히 빨려 들어가게 되는 모습을 볼 수 있다. 인간의 육체도 일종의 소모품처럼 이해되고 돈으로 교환할 수 있는 물체에 불과하다고 여겨지게 된 것이다. "한 켤레 신발을 사기 위해서 그녀는 영혼을 팔았다네"라는 구절에서 보듯 보들레르의 시대에는 여성의 육체가 성적인 욕망을 충족하기 위한 거래의 대상으로 다루어지는 모습을 쉽게 찾아볼 수 있었다. 보들레르는 인간의 육체조차 교환 대상이 되어 버린 현실을 묘사함으로써 텍스트를 시작하고 있다. 텍스트에 등장하는 "한 켤레 신발"은 당대의 프랑스 도시 공간을 지배하고 있었던 물질 숭배를 상징한다. 보들레르는 교환과 거래의 대상이 되는 것이 단지 사물과 인간의 육체만이 아니라 결국 인간의 영혼조차 포함된다고 부르짖는다. 그는 한편으로는 교환 가치가 현대 사회의 각 분야를 지배하게 된 현상을 개탄하지만, 동시에 아무도 그 시장 경제 체제를 벗어날 수 없음을 인정하고 있다. 또한 보들레르는 문학 생산의 장에 있어서도 그 체제가 작동하는 현상은 마찬가지임을 보여 주면서, 시인이나 작가 역시 자신의 생각을 파는 사람에 불과하다고 탄식하듯 말한다. 모든 것을 사고파는 교환의 경제 체제 속에서 작가인 시적 화자 자신도 결국은 자신이 팔 수 있는 걸 팔고 있을 뿐이기에, 무엇을 팔았는가 하는 것을 문제 삼기 어렵다는 점을 드러낸다. 그리하여 교환과 거래의 대상을 두고 윤리적 판단을 내리는 일이 무의미하다는 사실을 말하고 있다. 이 텍스트는 글을 쓰는 일로 살아가는 자신 또한 거대한 교환 경제 체제 속의 일부가 되고 말았다는 사실에 대한 보들레르의 탄식을 드러내고 있다. 즉, 독자들에게 자신이 생각하는 바를 팔아서 작가라는 이름을 얻는 보들레르 자신과, 삶에 필요한 물질을 대가로 받기 위해 육체를 거래하는 여성 사이에 차이가 없다는 생각을 보여 주는 것이다. 신발 한 켤레를 위해 사랑을 파는 여성의 모습에서 보들레르는 자신의 자화상을 찾는 셈이다.

그처럼 보들레르의 시에는 교환과 거래를 중심으로 하여 사회 전체가 재편되어 가는 양상이 선명하게 드러난다. 보들레르는 20세기에 들어 자본주의 질서가 본격적으로 자리 잡기 시작하면서 생겨나는 변화상을 텍스트에 반영하고 있다. 동시에 이 시의 특징 중 하나는 선과 악이라는 이분법적인 사고방식이 와해되는 현상을 드러내고 있다는 점이다. 육체를 팔아 그 대가로 원하는 물건을 얻는 여성과 영혼을 팔아 삶을 이어 가는 시적 화자 자신의 모습이 크게 다르지 않다고 말하기 때문이다.

언급했듯이 20세기에 이르러 인과응보나 권선징악 등의 주제가 사라지게 되었고 인간이 그다지 이성 중심적인 존재가 아니라는 점에 대한 자각이 이루어지게 되었다. 그런 변화는 19세기부터 서서히 이루어져 왔는데, 인간을 이성 중심적으로 파악하던 18세기의 계몽 사상가들과는 달리 19세기의 사상가들은 인간이 지닌 불합리하고 모순적인 면모에 더욱 주목하였다. 문학에서도 그와 같은 시대정신의 변화를 반영하는 움직임이 본격적으로 등장하게 되었는데, 그러한 변화를 대표하는 작가로 미국의 소설가 에드거 앨런 포Edgar Allen Poe와 프랑스의 시인

보들레르를 들 수 있다. 포와 보들레르의 텍스트에 드러나는 공통점으로 인하여 일부 학자들은 보들레르가 포가 쓴 시의 영향을 받아 창작했다고 주장하기도 한다. 그러나 윌리엄 밴디William Bandy는 두 사람의 영향 관계를 강조하는 논의들은 근거가 약한 주장이라고 본다. 밴디는 그 근거로 1857년에 발간된 보들레르의 시들은 대부분 1850년 이전에 창작되었다는 사실을 밝혔다. 그리하여 보들레르는 포에게서 영향을 받기 전부터 자신의 고유한 문학 세계를 구축하고 있었다는 사실을 증명한 것이다. 그럼에도 불구하고, 즉 보들레르가 포의 영향을 직접 받은 게 아니라는 점에 동의하더라도 포와 보들레르가 텍스트에 재현한 바는 공통된 요소가 많다. 두 작가는 선과 악을 이항 대립적 구도에서 파악하지 않으며 양자 사이의 경계가 분명하지 않다고 말한다. 그러므로 선과 악이란 관점에 따라 다르게 파악될 수 있다는 유연한 시각을 공통적으로 보여 준다. 선과 악의 문제를 포함하여 인간이 지닌 다양한 특성들을 절대적인 윤리적 기준에 따라 파악하는 오랜 관습을 비판적으로 보는 것이다. 그러므로 보들레르와 포는 함께 살펴볼 필요가 있는 시인이며, 그들의 텍스트를 나란히 두고 읽어 보는 작업은 양자의 문학 세계를 효과적으로 이해하는 데에 도움이 될 것이다. 아울러 이는 현대 문명의 특징을 파악하는 데에도 유용하다고 생각한다. 보들레르와 포는 급격한 사회 변화의 시대, 인간의 내면세계의 심오하고도 복합적인 성격을 이해하고 문학 작품 속에서 이를 규명하고자 하였기 때문이다. 자신이 속한 시대와 사회, 그 변화의 물결에 순응하지 않고 비판적 시각을 견지하면서 대안 세계를 꿈꾼 시인과 작가가 그들이기 때문이다.

함민복의
「긍정적인 밥」

보들레르는 글을 써서 생계를 유지하고 있는 작가 자신의 모습을 영혼을 팔아 구두 한 켤레를 사는 동시대 여성에 견주어 표현하였다. 함민복 시인 또한 교환 가치가 지배하는 한국의 현대 사회에서 시인이라는 직업을 가진 자신의 존재에 대해 살펴보는 텍스트를 보여 준다. 함민복 시의 특징 또한 교환 가치의 상징인 화폐를 주요한 시적 소재로 삼는 데에서 찾을 수 있다. 그처럼 교환 가치에 비추어 시인의 존재를 고찰하는 일은 한국시의 전통에서는 다소 찾아보기 어려운, 새로운 시도라 볼 수 있다. 시의 본질과 정의를 말하면서 화폐가 지니는 교환 가치를 그 논의의 제재로 삼는 일은 드물었다. 대신 시가 지니는 무형의 철학적 가치를 논하고 시가 인간의 지성과 감성에 끼치는 영향이 무엇인지를 살피는 것이 전통적인 자세였다고 볼 수 있다. 함민복의 텍스트에서는 그처럼 추상적인 요소를 중심으로 하여 시의 가치를 찾던 이전의 경향과는 사뭇 달라진 태도를 찾아볼 수 있다. 함민복 시인은 자신이 쓴 시 한 편과 시집 한 권을 팔아 무엇을 살 수 있는지를 생각한다. 시와 시집의 교환 가치가 텍스트의 핵심적인 요소로 부상하게 된 것이다.

시詩 한 편에 삼만 원이면
너무 박하다 싶다가도,
쌀이 두 말인데 생각하면
금방 마음이 따뜻한 밥이 되네

시집 한 권에 삼천 원이면
든 공에 비해 헐하다 싶다가도
국밥이 한 그릇인데
내 시집이 국밥 한 그릇만큼
사람들 가슴을 따뜻하게 덥혀 줄 수 있을까
생각하면 아직 멀기만 하네

시집이 한 권 팔리면
내게 삼백 원이 돌아온다
박리다 싶다가도
굵은 소금이 한 됫박인데 생각하면
푸른 바다처럼 상할 마음 하나 없네

―함민복, 「긍정적인 밥」전문

보들레르와 함민복, 두 시인의 어조에는 차이가 분명하다. 보들레르의 경우, 그는 일차적으로는 자조적인 모습을 보이고 동시에 자괴감을 드러낸다고 볼 수 있다. 무엇인가를 팔아야만 삶을 영위할 수 있는 현실을 재현하면서, 영혼을 팔아 살아간다는 점에서 창녀와 자신이 다를 바가 무엇이 있는가 하고 회의하는 모습을 보이는 것이다. 물론 보들레르는 궁극적으로는 타자에 대한 가치 판단을 멈추는 태도를 드러낸다. 그러나 보들레르가 시인이라는 자신의 존재에 대하여 자조적인 자세를 지니고 있으며, 시인의 역할에 대해 그다지 가치를 부여하지 않는다는 점은 명백하다. 교환 가치가 지배하게 된 사회에서는 시인도 예외적인 존재가 될 수 없음을 분명히 밝히는 것이다. 그러므로 현대 시인에게는 기존의 시인들이 누리곤 하던 특권적인 명예나 대접도 기대할 수 없다는 사실을 알 수 있으며, 보들레르 스스로 그 점을 천명하고 있음을 확인할 수 있다. 호메르스 시대의 시인들과 현대 시인의 위치는 사뭇 달라져 있다는 사실을 지적하고 있는 것이다.

그러나 함민복 시인의 텍스트에서는 보다 겸손한 시인의 태도를 발견할 수 있다. 함민복 시인 또한 텍스트의 도입부에서 보들레르와 마찬가지로 시를 쓴다는 일이 시장 경제 체제 속에서 차지하는 위치에 대해 자조적인 태도를 보인다. 그는 자신의 노동이 지닌 가치, 즉 한 편의 시를 쓰기 위해 그가 들인 공이 적절한 보상을 받고 있다고 여기지 않는다. 자신의 가치가 충분히 인정받지 못하고 있다는 느낌을 드러내고 있는 것이다. 그러나 이후 시적 화자는 원고료라는 이름으로 주어진 대가를 다시 물질로 환원해 보면서, 곧 겸손한 마음이 되어 스스로를 달래는 모습을 드러낸다. 쌀 두 말, 국밥 한 그릇, 굵은 소금 한 됫박 등으로 그 교환 가치를 구체화하는데, 추상적인 것으로 파악되던 화폐의 가치를 구체적 물상으로 바꾸어 보는 셈이다. 구체적인 교환의 대상들을 향한 상상력은 곧이어 대상이 직접적으로 소비자에게 제공할 유익함을 그려 보는 일로 확장된다. 쌀 두 말은 따뜻한 밥이 되고, 국밥 한 그릇은 사람들을 덥혀 주는 역할을 하며, 굵은 소금 한 됫박은 푸른 바다로 변환된다는 점을 생각하는 것이다. 그런 사유의 연장선상에서 시인은 자신을 돌아보며 자신의 노동이 지닌 가치를 다시 측량해 본다. 그리하여 "내 시집이 국밥 한 그릇만큼/사람들 가슴을 따뜻하게 덥혀 줄 수 있을까" 하고 자문하게 된다. 그렇게 자신을 반성하고 그 생각으로 위안을 삼는다. 굵은 소금 한 됫박이 불러들이는 푸른 바다의 이미지는 그동안 전개되어 오던 시상을 하나로 아우르며 마무리한다. 소금은 바다에서 온 물질이므로 소금을 통하여 푸른 바다를 떠올리는 일은 자연스럽다. 바다의 이미지는 넓음을 상징하고 또 넓고 큰 것은 너그러움, 즉 포용력을 연상하게 만든다. 그리하여 결국 소금 한 됫박은 시적 화자로 하여금 넓은 바다처럼 너그럽고 큰마음을 갖게 만드는 결과를 낳는다. 일상에서 쉽게 발견되는 이미지를 텍스트에 도입하고, 그 이미지의 자연스러운 연결이 텍스트를 구성하게 하는 것이 함민복 시의 특징이다. 또 함민복 시인은 일반 독자도 친숙하게 여길 만한 쉽고 일상적인 언어로 시 텍스트를 구성하고 있다.

　삶이란 무엇인가를 팔고 사면서 영위하는 것이라고 파악하는 점 그리고 그 시장 경제 체제의 질서 속에서 시인의 창조 행위를 생각해 본다는 점에서 보들레르와 함민복은 공통점을 지니고 있어 함께 살펴볼 만한 시인들이다.

이수명의
「풀 뽑기」

바뤼흐 스피노자Baruch Spinoza를 위시한 많은 철학자들이 욕망의 문제에 대해 고찰한 바 있다. 욕망은 인간의 삶을 추동하는 핵심적인 에너지이다. 인간에게 있어서 태어나면서부터 자연스럽게 갖게 된 다양한 욕망들이 없다면 인간의 생존 자체가 어려울 수도 있다. 사람들은 식욕이 있어서 먹을 것을 찾고, 수면욕이 있어서 잠을 잘 수 있으며, 소유욕이 있어 재산을 형성하고, 성욕과 사랑의 욕구가 있어 타자들과 공생하고 종족을 유지할 수 있다. 그처럼 인간의 욕망이란 개인의 생존과 인류의 번영에 기여하는 주요한 요소이다.

그러나 그 욕망으로 인하여 생겨나는 갈등과 충돌, 투쟁과 정복의 사건들 또한 인류사를 구성해 온 중요한 요소들이라는 사실 또한 부인하기 어렵다. 삶의 양상이 다양하고 복잡하게 변한 현대 사회에서는 인간의 욕망이 이전보다 더욱 복합적이며 이해하기 어렵게 변질되었다고 할 수 있다. 현대인의 욕망, 그 본질은 결코 쉽게 헤아릴 수 있는 대상이 아니기에, 욕망의 정체가 무엇인지에 대해 더 강한 의문을 품을 수 밖에 없게 되었다. 욕망이란 근원적으로 모순적인 요소들로 구성되어 있으며 현대 사회에서는 그 모순적 성격이 더욱 강해졌다. 인간은 자신을 정확히 이해하지 못하며, 따라서 자신의 욕망을 잘 알지 못하는 경우가 많다. 또 타자의 욕망과 자신의 욕망을 구분하지 못하기도 한다.

종종 타자의 욕망을 모방하여, 타자가 욕망의 대상으로 삼는 것을 스스로 욕망하기도 한다. 르네 지라르René Girard의 '모방 욕망mimetic desire' 이론은 그 점을 잘 설명한다. 모방 욕망에 대해서는 김선우 시인의 텍스트를 다루면서 자세히 논의하기로 하고 먼저 개인이 지닌 욕망의 불분명한 정체에 대해 살펴보자.

욕망의 정체, 그 모호하면서도 모순적인 성격을 이수명 시인의 텍스트에서 찾아볼 수 있다. 이수명 시인의 「풀 뽑기」는 개인과 욕망의 관계에 대해 살펴볼 수 있는 대표적인 시 텍스트이다.

풀 뽑기를 했어요 모두 모여 수요일에 풀을 뽑았어요 목요일에 뽑은 적도 있어요 풀이 자라고 계속 자라서 우리도 계속 모이고 모였어요 풀이 으리으리해요 토마토 밭에 들어갔다가 상추밭에 들어갔어요 풀을 뽑다가 토마토도 뽑고 상추도 뽑았어요 이게 무슨 풀이지? 물어도 아무도 몰라요 풀은 빙빙 돌고 풀은 무리 지어 부풀어 오르고 풀은 울음을 터뜨리고 풀은 서로를 뚫고 지나갔어요 풀은 텅 비어 있어요 풀은 반들반들 빛났고 더 이상 반짝거리지 않았어요 풀에 가려 아무것도 보이지 않았어요 풀 속에 숨어 아무도 보이지 않았어요 풀을 뽑다가 풀 아닌 것을 뽑았어요 미나리도 뽑고 미나리아재비도 뽑았어요 풀 한 포기 없었어요

그래도 모두 모여 풀을 뽑았어요 우리는 계속 풀 뽑을 사람을 찾았어요
풀이 으리으리해요

—이수명, 「풀 뽑기」 전문

　「풀 뽑기」는 개인이 자신의 욕망을 정확히 파악하지도 못한 채 지시
받은 바를 실행에 옮기는 모습을 세세히 재현한다. 즉, 자신이 무엇을
원하는지를 알지도 못하면서 마치 원하는 일을 하고 있는 것만큼이나
주어진 일을 열심히 하고 있는 개인들을 보여 주는 것이다. 그들은 "모
두 모여 풀을 뽑"는 일을 기계적으로 하고 있다. 텍스트는 개인들이 개
성을 상실한 채 군중의 일부가 되어 외부로부터 주어지는 신호들을 무
비판적, 무의식적으로 따르는 모습을 보여 준다.

　이제 이 점에 대해 좀 더 구체적으로 살펴보도록 하겠다. 이 텍스트
의 제목에서 볼 수 있는 바와 같이 텍스트에 드러난 소재와 주제는 '풀
뽑기'라는 행동이다. 풀을 뽑는 일은 농사일에서 핵심적이다. 풀을 적
절히 뽑아 주어야 원하는 농작물이 영양을 취하면서 잘 자랄 수 있기
때문이다. 농사를 지어 작물을 가꾸려 하거나 정원을 조성하여 꽃과 나
무를 보면서 즐기고자 할 때 필수적인 작업이 풀을 뽑아내는 일이다.
그러나 앞서 살펴보았듯, 마이클 리파테르Michael Riffaterre가 언급한 바와
같이 '시란 무엇인가를 말하면서 다른 무엇인가를 뜻하는 것'이기에 풀
뽑기 행위는 단순히 풀을 뽑아내는 일만을 의미하지 않는다. 그 함축된
의미를 찾기 위해서는 풀과 풀 아닌 것 사이의 차별점이 무엇인지를 먼
저 찾아보아야만 한다. 구체적으로 그 점에 대해 이야기해 보자.

　풀은 왜 뽑는 것인가? 우리는 농사를 지을 때 작물이 잘 자라도록 풀

을 뽑는다. 풀과 작물은 양립하거나 공생하기 어려운 적대적 관계에 놓여 있다. 풀은 작물에게 해를 끼치는 존재이므로 작물을 위해서는 풀을 제거해야 하는 것이다. 그런데 정작 작물과 풀을 나누는 경계는 무엇일까? 무엇을 기준으로 작물과 풀을 나누는 것일까? 작물은 농사짓는 사람이 의도하고 심은 것이고, 풀은 농부의 뜻과는 무관하게 생겨난 존재이다. 즉, 농사의 주체가 되는 인간의 뜻이 작물과 풀의 경계에 놓여 있다고 볼 수 있다. 작물과 풀의 차이점은 인간이 그 대상을 원하는가, 혹은 그렇지 않은가에 있는 셈이다. 작물은 수확하여 식품으로 이용하거나 팔아서 이윤을 얻을 수 있는 것이고, 풀은 작물이 지닌 이용 가치나 교환 가치를 지니지 못한 대상이다. 그렇다면 작물과 풀 사이에는 엄격한 경계가 자리하고, 두 대상은 이항 대립적 구도 속에 놓여 있다고 볼 수 있다. 이수명 시인은 텍스트에서 작물과 풀 사이의 이러한 구도를 파악하고 의도적으로 그 구도를 전복시킨다.

토마토나 상추는 작물에 해당하고 풀은 작물이라고 보지 않는다. 그렇다면 풀과 토마토 혹은 상추의 차이는 과연 무엇일까? 더 나아가 미나리와 미나리아재비의 차이는 무엇일까? 미나리와 미나리아재비는 서로 많이 닮은 듯하다. 두 식물은 그 이름에서 '미나리'라는 부분을 공유하고 있다. 하지만 미나리는 풀이 아닌 것에 속하고 미나리아재비는 풀에 속한다. 미나리는 식용의 식물, 즉 이용 가치를 지닌 존재이지만 미나리아재비는 식용이 아닌 식물, 다시 말해 가치가 없다고 여겨져 뽑아내야 할 대상인 셈이다. 풀은 버려져야 하는 것, 제거되어야 하는 것, 작물에게 위해가 된다고 여겨지는 것을 총칭한다. 반면 토마토와 상추 등은 풀로부터 위협당하지 말아야 할 것, 보호받아야 할 것을 대변한다. 후자, 즉 토마토나 상추는 이용 가치 혹은 교환 가치를 지니고 있기 때문이다. 농부는 자신이 원하는 이용 가치와 교환 가치를 증대할 필요가 있다. 그러므로 작물에게 주어져야 할 영양분이 풀에게 빼앗기는 일이 없도록 사람들을 시켜 풀을 뽑게 하는 것이다. 작물과 풀은 크게 보아 식물이라는 공통된 항목에 포함되는 존재들이다. 둘 다 햇빛을 통해 광합성을 하고 물관부로 물을 빨아올려 생명을 유지하기 때문이다. 그러나 전자는 보호받아야 하는 존재이고 후자는 뽑혀서 버려져야 하는 대상이다. 이용 가치와 교환 가치의 유무가 양자 사이의 차이로 존재하기 때문이다.

이수명 시인은 단순히 풀 뽑기 행위를 묘사하기만 하는 듯한 태도를 보여 준다. 풀 뽑기를 그려 낸 구절들을 다시 한번 살펴보자.

풀 뽑기를 했어요 모두 모여 수요일에 풀을 뽑았어요 목요일에 뽑은 적도 있어요 풀이 자라고 계속 자라서 우리도 계속 모이고 모였어요 풀이 으리으리해요 토마토 밭에 들어갔다가 상추밭에 들어갔어요 풀을 뽑다가 토마토도 뽑고 상추도 뽑았어요

—이수명, 「풀 뽑기」 부분

이 시에서는 '누가', '언제', '어디서', '어떻게', '왜' 풀 뽑기를 했는지에 대한 정보가 균등한 비율로 들어 있지 않다. '우리가', '수요일이나 목요일에', '밭에서' 풀 뽑기를 했다는 사실은 알 수 있지만 풀 뽑기를 왜 했는지, 어떻게 했는지에 대해서는 알 수가 없다. 특이하게 '언제'에 대한 정보가 필요량보다 많이 주어져 있는데, "수요일에 풀을 뽑았어요 목요

일에 뽑은 적도 있어요" 구절에서 그 점을 확인할 수 있다. 그러나 이수명 시인이 제시하는 '언제'는 해석할 만한 함의를 지니지는 못한 말이다. 그것은 이를테면 '텅 빈 기표empty signifier'라 할 수 있다. 막연히 "수요일"에 풀을 뽑았다고 표기되었기 때문이다. 그때의 수요일은 월요일이나 화요일, 혹은 목요일이나 금요일로 대체되어도 아무런 차이가 없다. 그러므로 유의미한 단어가 아닌 것이다. 시인 또한 그 수요일이 텅 빈 기표에 해당한다는 걸 증명하고자 하는 듯한데, 곧 이어 "목요일에 뽑은 적도 있어요"라고 첨언하고 있기 때문이다. 텍스트상에 드러난 바를 보면 수요일에 풀 뽑기를 한 것은 사실이지만, 목요일에 뽑은 적도 있다고 언급되어 있어서 어느 요일에 풀을 뽑았는가 하는 사실은 분명하지 않다. 언제 풀 뽑기를 했는가 하는 점은 아무런 변별적인 의미를 지닐 수도 없음을 말하는 셈이다.

이수명 시인은 눈에 보이는 현상을 아무런 의도 없이 묘사하는 듯한 자세로 텍스트를 형성하고 있다. 그러나 무의미하고 단순하게 반복되는 풀 뽑기라는 행동을 객관적으로 묘사하고 있다는 사실 자체를 통하여, 역설적으로 자신이 풀 뽑기 행위를 무심하게 보고 있지 않다는 점을 드러낸다. 평범한 어휘들을 사용하여 무심히 묘사하는 듯하지만 그것은 사실 표면에 드러난 시적 장치일 뿐, 시인은 풀 뽑기의 배후에 작동하고 있는 우리 삶의 원리를 나타내는 셈이다. 다시 말해 어떤 대상이든 불필요하다고 판단되면 제거한다는 것, 수많은 사람들이 관습적으로 풀 뽑기 행위에 자의식 없이 동참한다는 점, 또 무심하게 주어진 지시에 따라 그 행위를 지속한다는 것, 그리하여 마침내 풀 뽑기는 하나의 관습이 되어 버린 채 계속하여 반복된다는 사실을 보여 주고 있다. 평이한 단어를 동원하여 풀과 작물 사이의 작위적인arbitrary 경계를 범박하게 묘사함으로써, 이수명 시인은 풀과 작물의 이항 대립적 위치를 비판적인 시각으로 드러내고 있다. 그처럼 한 장소에 함께 자라고 있는 풀과 작물을 구별하는 게 과연 당연하고 마땅하며 자연스러운 건지 의문을 제기하고 있는 것이다. 시인은 풀 뽑기의 문제를 통하여 궁극적으로는 현대 사회에 만연한 인간 삶의 대립, 구분, 부정, 억압을 고발하면서 재고를 촉구한다고 볼 수 있다. 그렇다면 이 시 텍스트는 한 편의 철학적인 시라고 말해도 좋을 것이다.

풀과 작물 사이의 경계를 나누고 필요와 불필요를 판단한 다음, 후자를 제거함으로써 전자의 이용 가치와 교환 가치를 극대화하여 최고의 이윤을 도모하는 행위는 자본주의 사회의 기본적 생리이다. 자본주의의 그런 속성에 대한 비판을 보여 주는 또 하나의 텍스트로 김연미 시인의 「한라봉꽃 솎아내며」를 들 수 있다. 이수명 시인이 풀 뽑기를 소재로 삼은 반면, 김연미 시인은 한라봉을 재배하는 과정을 통해 유사한 주제를 표현하고 있어 이수명 시인의 텍스트와 나란히 읽어 볼 만하다.

> 팔자 걸음 작은 보폭 귤꽃들을 따낸다
> 가지 하나에 꽃 하나 일직선 명제 앞에
> 잉여의 하얀 영혼들 별똥별로 내리고
>
> 상위 일퍼센트 그 꽃들이 우선이야
> 과정도 사연도 없이 태생으로 결정되는
> 이 시대 상품의 가치 절벽처럼 단호해

위치를 파악하라 중산층 꽃눈 속에서
상처 깊을수록 향기 또한 진하리라는
진부한 구절 하나를 기둥처럼 붙잡는 이

능란한 손놀림이 목을 조여오는 시간
완강히 등을 돌린 곁가지 꽃망울 하나
이파리 방어막 뒤에서 눈동자가 커진다.

　　　　　　　　　　－김연미, 「한라봉꽃 솎아내며」 전문

　흔히 한라봉을 재배하는 농부는 가지에 핀 한라봉꽃들 중 하나만을
남기고 나머지는 모두 잘라낸다. 당도가 높고 과즙이 풍부한 과일을 맺
기 위해서는 나뭇가지 하나에 열매가 여럿 달리면 안 되기 때문이다.
"가지 하나에 꽃 하나"는 한라봉 농장에서 상품성 높은 작물을 생산하
기 위해 지켜야 할 농사법, 즉 하나의 규칙을 표현한 것이다. 농부의 선
택은 상위 일 퍼센트를 선정하고, 오직 선택받은 꽃만이 살아남아 열매
를 맺게 된다. 나머지는 모두 잉여가 되어 잘려 나갈 운명에 놓인다. 한
라봉꽃으로서는 농부의 선택을 기다리는 수밖에 없다. 자신의 힘으로
할 수 있는 게 거의 없기에 농부의 선택 앞에서 무력할 수밖에 없는 것
이다. 그런 한라봉꽃의 본질은 "중산층"이라는 말과 "태생으로 결정되
는"이라는 구절을 통해 선명하게 드러난다. 한라봉꽃은 무수히 피어나
지만 그중에서 선택받아 열매를 맺는 데까지 나아갈 수 있는 것은 몇
안 된다. 시인은 중산층으로 태어난 사람들도 현대 자본주의 사회에서
성공의 열매를 맺기는 쉽지 않다는 사실을 말하는 것이다. 선택을 기다

릴 뿐 스스로 자신의 운명을 선택할 수 없다는 점에서도 한라봉꽃은 중산층 태생의 무수한 사람들과 닮아 있다. 마지막 연의 중장, "완강히 등을 돌린 곁가지 꽃망울 하나" 구절을 보자. 자신에게 다가오는 운명을 피해 보려고 한라봉꽃은 등을 돌리고 "이파리 방어막 뒤에" 숨어 본다. 그러나 그 꽃은 결국 잘려 나갈 수밖에 없는 운명을 지녔다. "곁가지"가 상징하듯 태생으로 인하여 선택받기 어려운 위치에 존재해 있는 까닭이다. 그러므로 김연미 시인이 그려 내는, 잘려 나갈 한라봉꽃은 이수명 시인이 묘사한, 뽑히는 풀과 같다. 두 대상은 사용 가치 혹은 교환 가치를 지니지 않아 선택받지 못하고 희생되는 존재를 드러낸다는 점에서 동질성을 지녔다고 할 수 있다.

다시 이수명 시인의 「풀 뽑기」로 돌아가 보자. 이수명 시인은 풀을 뽑아내는 행위가 지니는 철학적 의미를 고찰하고, 풀과 작물에게 작용하는 구별과 차이의 정치학을 비판하고 있다. 작물이 잘 자라도록 풀을 뽑는 행위는 농사의 기본적인 원칙이고 이미 대부분의 사람들에게 받아들여진 익숙한 일이다. 그러나 이수명 시인은 풀 뽑기를 지켜보고 재현하면서 그처럼 무심해 보이는 상식적인 행위에 대해 다시 생각해 보게 만들고 있다. 시인은 자본주의의 질서에 따르는 현대 사회의 작동 원리를 비판하고 있으며 그 비판은 다양한 방식으로 이루어지고 있다. 먼저 시인은 우리에게 익숙한 갈래짓기의 틀을 무시하거나 해체하고 새로운 갈래짓기를 시도한다고 볼 수 있다. 즉, 개념과 개념 사이의 상식적인 분류와 결합을 파괴하고 그 파괴된 요소들을 모아 새로이 분류하면서 비상식적인 방식으로 새로운 결합을 시도하는 셈이다. 그런 신선한 시도는 텍스트를 매우 새롭고 낯설게 만든다. 전통적으로는 시의 언어로 간주되기 어려웠던 일상어들을 시어로 도입하면서, 흔하지 않은 방식으로 그 말들이 서로 어울리게 만든다. 또 텍스트의 의미 전체를 희화화하는 듯한 방식을 취하면서 기존의 상식적 사유 방식을 전복시키는 시도를 보여 준다. 텍스트에 구현된 시어와 표현들의 새로움에 대하여 구체적으로 살펴보자.

먼저 시인이 사용하는 명사와 형용사에 유의할 필요가 있다. 시인은 "풀이 으리으리해요"라고 표현하고 있다. "으리으리해요"에서 '으리으리하다'는 크고 화려하며, 권위 있고 멋진 대상을 묘사하는 데에 주로 쓰이는 형용사이다. 그 형용사는 긍정과 부정이라는 이항 대립적 구도 속에서는 긍정의 영역에 놓인 말들을 수식하는 데에 동원되기 마련이다. 이를테면 '궁궐이 으리으리하다'라는 표현은 상식적으로 정확한 표현이 된다. 궁궐은 크고 화려하며 멋지기에 그 궁궐을 보는 이가 경탄하는 모습은 자연스럽기 때문이다. 그런데 이수명 시인은 풀을 묘사함에 있어서 으리으리하다라는 형용사를 사용하고 있다. 앞서 언급했듯이 농사일에 있어서는 작물이 긍정적인 대상, 풀이 부정적인 대상이다. 그런데 으리으리하다라는 표현을 작물, 즉 긍정적인 대상에게 부여하는 게 아니라 제거해야만 할 부정적인 대상에게 붙여 주는 것이다. 그런 표현은 상식적인 언어 사용의 기준에서는 적절하지 못해 보인다. 그러므로 그 표현은 기괴한 표현이고 그 구절은 우스꽝스럽다는 느낌을 주게 된다. 작물이 잘 자랄 수 있도록 제거되어야 하는, 뽑혀서 버려져야 할 부정적인 대상인 풀에게 적절하지 못한 형용사를 결합시키고 있는 형국이다. 이수명 시인은 그처럼 조화를 이루기 어려운 것들을 폭력적으로 결합하면서 양자가 억지로 어울려 함께 시구를 이루도록 하고 있다. 시인은 그런 방식으로 우리 사회가 지닌 기존의 견고한 질서를 교란하여 전복하고 있는 것이다. 풀이 지닌 부정적 이미지와는 어울리지 않는, 매우 긍정적인 형용사를 도입하면서 우리의 상식에 내재해 있는 긍정과 부정의 경계를 뒤흔든다고 볼 수 있다. 즉, 의도적으로 상식 속의 긍정적 요소들을 부정적 요소들과 결합함으로써 독자들이 지닌 상식, 다시 말해 익숙한 생각의 질서를 새롭게 들여다보게 만드는 셈이다.

으리으리하다라는 형용사의 사용과 함께 또 다른 구절, "풀을 뽑다가 풀 아닌 것을 뽑았어요"에도 유의할 필요가 있다. 또 "수요일에 풀을 뽑았어요 목요일에 뽑은 적도 있어요"라는 문장을 시인이 굳이 언술하는 점도 유심히 살펴볼 필요가 있다. 풀을 뽑는다는 행위는 당연하게도 풀에 초점을 맞춘 작업이다. 하지만 풀 뽑기를 해 나가는 과정에서 정작 풀을 제거하는 일이 아니라 무엇인가를 뽑아내는 행위, 그 자체가 중요하게 되는 점을 볼 수 있다. "풀 한 포기 없었어요 그래도 모두 모여 풀을 뽑았어요"라는 구절에서 풀을 뽑는 데에서 시작된 행동이 결국에는 풀 아닌 것을 뽑게 되는 결과를 낳아도 상관이 없어져 버리고, 풀 뽑는 일은 막상 뽑을 대상인 풀이 사라져 버리고 없는 상태에서도 계속되는 현상을 볼 수 있다. 그것은 바로 현대 사회의 모습을 보여 주는 풍경이기도 하다. 무심하게 반복하는 행위가 질서와 상식을 이루게 된다. "풀 한 포기 없었어요 그래도 모두 모여 풀을 뽑았어요"라는 구절은 대부분의 사람들이 상식이라고 믿는 것의 실체가 무엇인지 확연히 드러내고 있다. 즉, 풀이 없지만 모두 풀을 뽑는 모습을 통해 실체가 없을지라도 군중은 그 실체의 존재 유무를 확인하려 들지 않고, 하던 작업을 습관적으로 반복한다는 사실을 보여 주는 것이다. 실체가 있다고 믿거나 그렇게 믿는 듯한 행동을 함께 계속한다면, 존재하지 않았던 실체도 결국은 존재하는 것으로 변해 버리기 마련이다. 풀이 있건 없건 이제 중요한 것은 풀을 제거한다는 목적 자체가 아니라 풀 뽑기라는 습관적 행동을 중단 없이 계속한다는 점이 되어 버렸다. 텍스트에서는 풀 한 포기없다는 진술에 이어 다시 "풀이 으리으리해요"라는 표현이 등장한다. 풀이 없음에도 불구하고 풀이 으리으리하다고 언급하는 그 모습은 동화 「벌거벗은 임금님」의 모티프를 생각나게 한다. 「벌거벗은 임금님」에서 임금님은 옷을 입고 있지 않은데 모두 임금님의 옷이 으리으리하다고 말한다. 그처럼 존재하지 않는 풀을 대상으로 삼은 채 "풀이 으리으리하다"는 진술은 중단 없이 계속되는 셈이다.

또한 "이게 무슨 풀이지? 물어도 아무도 몰라요"라는 구절에서 보듯막상 풀 뽑기 행위에 참가하는 주체들은 자신의 행동이 지니는 의미를분명히 인지하지 못하고 있음을 알 수 있다. 시인은 막연히 명령과 지시에 따라 습관적으로 하던 행동을 반복하는 게 현대인의 모습이라는점을 보여 준다. 현대인들은 노동을 하면서도 그 노동의 진정한 목적이무엇인지는 망각해 버린 채, 또 자신의 행동이 지닌 의미가 무엇인지는 파악하지도 못한 채 동일한 행동을 반복하고 있다. 단지 노동의 문제에서만 그런 것이 아니다. 물질의 생산과 교환 그리고 소비의 구조를살펴볼 때에도 마찬가지이다. 대상에 대한 정확한 인식이 없고 반복적인 행위의 의미에 대한 고찰도 없이 동일한 행위를 지시받은 대로 되풀이하는 게 현대인이 사는 삶의 모습이다. 아니 어쩌면 시대와 무관하게인류가 거쳐 온 삶의 방식이 언제나 그러했을 수도 있다. 누군가가 무엇인가를 시작하게 된 후, 많은 이들이 그것을 따라 하게 되면 그 행위는 관습이 되고 또 그 자체로 목적이 되어 버리는 모순 속에 사람들은 살아왔다고 해도 과언이 아닐 것이다.

  욕망의 문제는 소유를 향한 욕망의 문제에 이르러 더욱 복합적으로 변모한다. 물질의 소유를 향한 현대인의 욕망은 그 기원도, 정체도 분명하지 않은 채 반복해서 재생산되는 성격을 지닌다. 이제 이수명 시인의 「풀 뽑기」에 이어 현대인의 욕망 문제를 재현한 김선우 시인의 「일반화된 순응의 체제 3: 아무렇지 않은 아무의 반성들」을 다음 단락에서 읽어 보자.

김선우의 「일반화된 순응의 체제 3: 아무렇지 않은 아무의 반성들」

현실의 식탁과 보이는 식탁과 보여지고 싶은 식탁 사이

품위 있게 드러내기의 기술 등급에 관하여

관음과 노출 사이 수많은 가면을 가진 신체에 관하여

곁에 있는 것 같지만 등을 내줄 수 없는 곁에 관하여

비교가 천형인 네트에서 우울에 빠지지 않기 위해 지불해야 하는 노

력에 관하여

외로워서 SNS가 필요한 것인지

그로 인해 더욱 외로워지는 것인지

네, 간단치 않은 문제로군요 좀더 생각해봅니다

음모의 발명과 음지의 발굴, 심판의 욕망에 관해서도

손쉽게 전시되고 빠르게 철거되는 고통의 회전율에 관해서도

공유하고 분노한 뒤 달아오른 속도만큼 간단히 잊는 비참의 소비
방식에 관해서도
　늘 새로운 이슈가 필요한 삶의 소란스러움과 궁핍에 관해서도
　가벼워지는 눈물의 무게, 그만큼 식어가는 녹슨 피의 온도에 관해서도

　네, 정말 간단치 않네요
　몸 없이 몸을 이해하는 일처럼
　아니, 그보다 몸 없이 몸을 그리워하는 일처럼
　　　　　　－김선우, 「일반화된 순응의 체제 3: 아무렇지 않은 아무의 반성들」 전문

　김선우 시인의 텍스트를 이해하는 데에는 모방 욕망의 개념을 파악
하는 게 도움이 된다. 전술한 바와 같이 현대인의 삶을 특징짓는 요소
중 하나로 지라르가 언급한 모방 욕망을 들 수 있다. 지라르는 인간의
욕망은 가치 중립적이며 객관적인 대상도 아니고, 자연스럽게 발생하
는 심리적 현상도 아니며, 타자의 욕망을 모방하면서 생겨나는 것이라
고 파악한다.

　지라르의 모방 욕망을 잘 드러내는 문학 작품으로는 1884년에 기 드
모파상Guy de Maupassant이 발표한 단편 소설, 「목걸이La Parure」를 들 수 있
다. 목걸이의 줄거리를 먼저 간단히 살펴보자. 주인공 '마틸드'는 가난
하여 화려한 옷차림새를 갖출 수 없는 처지에 놓여 있었다. 어느 날 그
는 파티에 가기 위해 다른 사람의 고급 목걸이를 빌려 착용하게 되었고
파티에서 그 목걸이를 잃어버리게 되었다. 목걸이 값을 치르기 위해 마
틸드는 오랜 세월 동안 고생하면서 인생의 대부분을 보내게 되는데, 알

고 보니 그 목걸이는 값싼 가짜 목걸이에 불과하였다. 목걸이가 가짜였다는 사실이 소설의 마지막 부분에서 밝혀진 것이다. 마틸드는 그 목걸이를 진짜로 알고 있었던 탓에 평생 동안 그 대가를 치르느라 불필요한 고생을 하고 만 것이다.

이 소설에 드러난 바처럼, 멋진 목걸이에 대한 마틸드의 욕망은 자기보다 높은 위상을 가진 것으로 보이는 타자를 모방하고자 하는 욕망에 해당한다고 볼 수 있다. 자신의 현실을 인정하고 분수에 맞게 행동하고자 하는 심리 상태에서는 그런 욕망은 생겨나기 어렵다. 자신의 부족한 것을 있는 그대로 인정하고 싶지 않다는 마음과 동시에, 자신의 현실보다 더 나아 보이는 상태에 속하고 싶다는 주인공의 심리가 결합하여, 남의 물건을 빌려서라도 남들처럼 화려하게 보이고 싶다는 욕망을 낳게 된 것이다. 그러므로 모방 욕망은 결핍과 상승의 의지가 뒤섞인 결과로 형성된다고 할 수 있다. 또한 모방 욕망은 결국 타자에게서 인정받고자 하는 욕망이라 할 수 있다. 주인공은 가난한 자신의 현실을 스스로 인정하고 싶지 않다는 마음을 지녔다. 자신의 모습이 타인들에게 있는 그대로 보이는 것을 원하지 않는 현상은, 자신의 결핍을 인정하기 싫다는 심리 상태의 표현인 셈이다. 그리고 주인공이 자신의 실체보다 더 나은 모습으로 타인에게 보이고자 하는 욕망을 갖게 되는 이유는 그가 지닌 상승에의 의지 때문이라고 볼 수 있다.[1] 결핍을 인정하지 않은 채 상승하고자 하는 의지를 가지면 어떤 대상에게 지나치게 큰 가치를 부여하면서 그 대상을 향한 욕망을 키워 나가게 된다. 지라르가 언급한

---

1 김모세·서종석, 「목걸이와 모방 욕망: 르네 지라르의 이론을 중심으로」, 《세계문학비교연구》 2020년 봄호, 27면.

바와 같이 실제 가치를 훨씬 초월하여 거의 신화적인 가치를 대상에게 부여하게 되는 것이다.

「목걸이」에 나타난 모방 욕망의 문제를 좀 더 자세히 살펴보자. 「목걸이」는 주인공의 욕망이 이뤄 낸 가짜의 세계, 환상의 세계가 진실의 세계를 압도하는 상황의 상징물이다. 자신의 욕망이 만들어 낸 가짜의 세계를 위해 진짜의 삶을 송두리째 헌신하는 모습은 「목걸이」의 주인공 마틸드만의 문제가 아니다. 파리의 사교계를 욕망하며 새로운 사랑을 갈급해 하는 풍경은 귀스타브 플로베르Gustave Flaubert의 소설, 『보바리 부인Madame Bovary』의 '보바리'나 스탕달Stendhal의 작품 속 주인공들이 보여 주는 '허영심la vanité'의 표현이다. 또한 그것은 마르셀 프루스트Marcel Proust 작품에 등장하는 '속물들les snobs'의 모습이며 오늘날 세계 곳곳의 명품 가게 앞을 서성거리는 우리의 모습이기도 하다.[2]

이상에서 살펴본 바와 같이 모방 욕망의 문제는 현대인의 욕망에서 매우 큰 비중을 차지한다. 모파상만이 아니라 유사한 주제를 다룬 소설가들을 많이 찾아볼 수 있는데, 인간이 지닌 모방 욕망의 문제에 그토록 많은 소설가가 주목한 이유는, 현대 사회의 복잡다단한 양상들은 그 사회를 구성하는 개인들이 모방 욕망에 강하게 사로잡혀 있기 때문이다. 무인도의 '로빈슨 크루소'처럼 개인이 사회 혹은 타인들과 단절된 채 자신만을 돌보게 된다면 생겨나기 어려운 현상이다. 이처럼 현대 사회는 모방 욕망이 야기하는 다양한 현상들로 넘쳐나고 있음을 쉽게 확인할 수 있다.

---

2 앞의 글, 29면.

욕망과 모방 그리고 소외라는 말에 유의할 때 김선우 시인의 「일반화된 순응의 체제 3: 아무렇지 않은 아무의 반성들」은 시사하는 바가 많다. 2019년 《문학사상》에 발표하였던 이 시의 원제목이 「SNS」인 점을 염두에 둔다면, 이 시는 우리 시대에 개인들이 타인들과의 관계 속에서 삶을 형성해 나가는 양상을 재현한 것임이 명백하다. 'SNS', 즉 'Social Network Service'는 말 그대로 개인을 다른 개인들과 연결해 주는 사회적 연결망이다. 과학 기술의 발전 덕분에 현대인들은 물리적인 접촉 없이도 다른 사람들과 연락을 주고받으며 의견을 교환할 수 있게 되었다. SNS는 그런 시대를 가능하게 만든 첨단의 기제라 할 수 있다. 그러나 물리적 접촉을 생략하고도 타인들과 연결할 수 있다는 그 장점이 오히려 사람들 간의 직접적 연결을 방해하는 역설적인 결과를 낳기도 했다. 또한 자신이 원하든 원하지 않든 타인이 보내오는 정보에 쉽게 노출되어 현대인은 다른 이의 삶에 대해 필요 이상으로 많이 알게 되어 버렸다. 그 결과 자연스럽게 타인의 삶과 자신의 삶을 비교하기가 쉬워지고, 그러한 비교 행위를 통하여 자신의 삶이 상대적으로 초라하다고 느끼게 되면서 우울한 감정을 갖게 되기도 한다. "비교가 천형인 네트에서 우울에 빠지지 않기 위해 지불해야 하는 노력"이라는 구절에서 드러나듯이 SNS의 발명이 개인들로 하여금 서로의 삶을 더욱 비교하기 쉽게 만든 것이다. 그리고 그 비교는 자신이 비교 우위를 차지하지 못한다고 판단하는 개인에게는 심적 고통을 가져다주게 된다. SNS로 말미암아 우울을 경험하기 더욱 쉽게 되었고 우울해지지 않으려면 더 많은 노력을 기울여야만 하게 된 것이다.

문명은 동전의 양면처럼 이점과 단점을 함께 지닌 채 현대인에게 다가왔다. 문명의 이로움 이면에 숨겨진 단점이 바로 그와 같은 비교 행위, 또 그 비교에서 오는 우울감이라 할 수 있다. 김선우 시인은 노력을 '지불한다'고 표현한다. 지불이란 화폐를 교환의 매개체로 사용하여 소유하게 되는 것의 가치를 치르는 일이다. 우리의 현실에서는 비교를 통해 가치가 결정되고 있으므로 삶의 모든 부분에서 값을 치를 대상이 늘어난다고 볼 수 있다. 시간도 노력도 지급해야 할 무엇인가가 되어 버렸다. 화폐를 내듯 노력을 지불하는 게 우리의 현실인 셈이다.

"현실의 식탁과 보이는 식탁과 보여지고 싶은 식탁 사이"라는 구절 또한 현실과 욕망 그리고 타인의 시선에 대한 시인의 자의식을 드러낸다. "현실의 식탁"은 객관적 현실을, "보이는 식탁"은 타자의 시선을 의식할 때의 현실을 나타내며, "보여지고 싶은 식탁"은 타자의 시선을 의식한 결과로 결핍을 억누르고 상승하고자 하는 의지가 복합적으로 드러난 현실을 지칭한다. "관음과 노출 사이"라는 표현에서도 현대인의 삶에서 타자의 시선이 얼마나 중요한 역할을 담당하는지를 알 수 있다. '관음증voyeurism'은 몰래 엿보기, 그러니까 은밀한 대상을 부적절하게 들여다보는 행위를 의미한다. 현대인에게서 광범하게 나타나는 정신적 일탈의 한 현상이 바로 관음증이라 할 수 있다. 또 '노출증'은 관음증과 동전의 양면을 형성하는 관계에 놓인다. 누군가는 부적절하게 자신을 드러내면서 과시하고자 하고 누군가는 부적절하게 들여다보고 염탐한다. 그러나 서로 다른 그 두 증세의 근원에 놓인 욕망은 동일하다. 실제와는 다른 대상에 대한, 현실에서는 불가능해 보이는 현상들에 관한 기형적인 욕망이 내면 깊숙이 자리 잡고 있을 때 욕망은 그런 증세들로 드러나게 된다. 누군가는 타인을 향하여 드러내는 행태로, 또 다른 누군가는 타인의 허락 없이 타인이 드러내고자 하지 않는 바를 들여다보는 형태로 변형된 욕망이 발현하는 것이다.

이 텍스트에서 "식탁"이라는 이름으로 드러난 대상은 욕망과 소유, 과시와 관음 그리고 비교 등의 의미를 모두 내포하고 있다. 그리고 현대인에게 있어서 소유와 그 소유의 욕망은 교환과 분리하여 생각하기 어렵다. 다시 교환은 교환 가치와 연결되게 되면서 다시금 욕망의 정체를 생각하게 만든다. 김선우 시인 또한 교환의 근저에 놓여 있는 구매자의 욕망을 인식한 상태에서 텍스트를 형성하고 있다. 이수명 시인이 그 욕망이 맹목적이며 학습받은 내용을 반복하는 것이라고 보았듯이 김선우 시인 또한 욕망의 정체에 대해 질문하고 있다. 두 시인이 동시에 주목하는 주제는 '타자와의 관계 속에서의 주체의 존재 양상'이라 할 수 있다. 현대의 개인은 결코 단독자로 머물지 않는다. 타인 혹은 대중을 마주한 채 그들과의 관계 속에서만 파악할 수 있는 것이 개인의 모습이다. 이수명 시인의 시에서는 그 개인은 대중 속에서 사라진 듯 개성을 대부분 망각해 버린 모습으로 드러난다. 즉, 대중에 묻혀 보이지 않는 상태인 것이다. 반면 김선우 시인의 시에서 개인은 헤어날 수 없는 사회적 관계망 속에서 자신의 정체성을 찾아 분투하면서 지쳐 있는 모습을 보여 준다.

이제 욕망과 소유의 문제에 대한 논의를 연장하여 소외 개념에 연결해 보자. 「영혼과 육체 그리고 시」 장에서 밝혔듯, 소외는 마르크시즘을 구성하는 주요 개념 중의 하나이다. 노동자들이 자신의 노동으로 생산한 상품들을 막상 자신은 소비하지 못하게 되는 현상을 소외라고 명명한 것이다. 오늘날 소외는 흔히 특정 무리 혹은 집단에 속하지 못하는 현상, 즉 사회로부터의 배제를 설명하는 데에 사용된다. 사전적인 의미로 소외는 '어떤 무리에서 기피하여 따돌리거나 멀리함' 혹은 '인간이 자기의 본질을 상실하여 비인간적인 상태에 놓이는 것'을 의미한다.

자신이 원하는 것, 즉 자신의 욕망을 파악하지 못하고 그런 까닭에 자기 자신을 진정으로 만족시키는 데에 이르지 못하는 게 현대인의 특징이라 할 수 있다. 쉽게 만족하지 못하는 까닭에 느끼게 되는 결핍감은 더 큰 욕망을 낳게 된다. 그렇다면 그런 현대인의 삶은 '자기 소외'의 삶이라고 부를 수 있다. 개인이 가장 중요하게 돌보아야 할 것은 바로 그 개인의 내면세계라고 할 수 있다. 그러나 현대 사회에서는 개인이 자신의 고유성을 망각 혹은 상실한 채 살고 있는 경우가 대부분이다. 또한 그 점을 인지조차 못한 경우도 많다. 개인은 자신이 욕망하는 바를 실현하면서 성취감과 만족감을 경험할 수 있을 터인데, 자신을 잘 이해하지도 못한 채 타인이 소유한 것을 욕망의 대상으로 삼곤 한다. 혹은 타인이 욕망의 대상으로 삼는 대상 그 자체를 자신이 욕망하는 대상으로 착각하기도 한다. 모방 욕망과 자신의 욕망이 구별되지 못한 채 혼재되어 있어 그러한 것이다. 외부로부터 주어지는 자극에 반응하고 외부의 명령에 순응하면서 그것을 자기 욕망의 발현으로 혹은 자신이 욕망하는 바를 실천하고 있다고 오해하기 때문이다.

이수명 시인의 텍스트를 통해서 개성을 잃고 군중의 행태를 따라 하는 현대인의 모습을 살펴볼 수 있었다. 마찬가지로 김선우 시인의 텍스트에는 자신의 욕망, 그 정체의 불명료성이 드러나 있다. 자신의 욕망과 타자의 욕망 사이의 불분명한 경계나 양자의 혼재 혹은 호환 양상을 보여 주는 것이다.

이제 김선우 시인의 텍스트로 돌아가 시인이 표현한 바를 짚어 가며 현대인의 욕망 문제를 다시 살펴볼 것이다. "손쉽게 전시되고 빠르게 철거되는 고통의 회전율에 관해서도/공유하고 분노한 뒤 달아오른 속도만큼 간단히 잊히는 비참의 소비 방식에 관해서도"라는 구절에 특히 주목해 보자. 있는 그대로의 현실보다 더 잘 보이고 싶은 욕망에 의해 추동되는 것, 또한 보이는 현실이 있는 그대로의 현실보다 더 큰 비중을 차지하게 된 게 현대인의 삶이라 할 수 있다. 김선우 시인은 "식탁"을 상징으로 삼아 그 점을 드러내었다. 그런 시대에는 사람들의 삶도 그만큼 진정성을 결핍하게 된다. 그 결과 고통과 분노 그리고 비참함이라는 감정도 모두 쉽게 생성되었다가 바로 소멸할 수밖에 없다. 정체가 분명하지 않기에 지속하기 어려운 게 현대인이 지닌 욕망의 문제라면, 그 욕망은 물질적 대상의 소유 문제에 한정되지 않는다. 즉, 소유를 넘어 감정의 문제에서도 동일한 양상을 발견하게 되는 것이다.

그래서 김선우 시인은 인간이 느끼는 고통을 "회전율"이라는 비서정적 어휘에 연결하여 표현하고, "비참"이라는 감정 또한 "소비"라는 비서정적 단어와 결합되게 한다. 회전 혹은 회전율은 물품의 생산과 소비 과정에서 사용되는 경영, 즉 마케팅 영역의 단어이다. 생산된 상품이 빠른 시간 내에 소비되어 새로운 상품의 생산이 필요해지면 상품의 회전이 순조롭게 된다. 그만큼 회전율이 높아지는 것이다. 회전과 비율이라는 수학적이며 기계적인 어휘는 현대인이 속한 자본주의 사회에서는 매우 친숙해진 말이다. 전시되고 철거되는 것은 상품에 한정되어야 하지만 김선우 시인은 "손쉽게 전시되고 빠르게 철거되는 고통의 회전율에 관해서도"라고 표현한다. 이러한 표현은 고통의 감정 또한 그처럼 쉽게 전시되듯 드러나고 또 빠르게 사라질 뿐이라는 점을 보여 준다. 감정도 일종의 상품처럼 취급되고 있음을 지적한 것이다. "공유하고 분노한 뒤 달아오른 속도만큼 간단히 잊히는 비참의 소비 방식에 관해서도" 구절 또한 마찬가지이다. 삶의 비참함을 느낀다는 것, 그것은 감정의 영역에서 발생하는 일이다. 그러나 김선우 시인은 현대 사회에서는 그런 감정도 상품이 다루어지는 방식과 같게 처리되고 있음을 지적한다. 현대인들은 단지 하나의 상품처럼 쉽고 간단하게 비참이라는 감정을 다루고 있음을 보여 주는 것이다.

비참함의 감정을 불러올 커다란 사건이 SNS 덕분에 빠르고 쉽게 공유할 수 있는 대상이 되었다. 그리고 사건을 알게 된 군중은 분노 또한 편하게 공유할 수 있다. 그러나 이러한 공유가 쉽게 이루어지기 때문에 그에 비례하여 그 사건을 잊어버리기도 쉽고 또 비참이라는 감정도 함께 폐기하기 쉬워진다. "달아오른 속도만큼 간단히 잊히는"이라는 구절은 그 점을 선명하게 보여 준다. 그리하여 "비참의 소비방식"이라는 표현이 어색하지 않고 자연스러워진다. 전통적으로는 감정을 소비하는 것, 즉 감정이라는 개인의 정서적 영역 그리고 생산과 소비라는 자본주의의 속성 사이에는 연결점이 없다고 보여 왔다. 그러나 이제 양자 사이의 거리가 매우 가까워졌음을 알 수 있다. 자본주의 체제의 특징이 사회의 각 영역에 깊이 침투해 있는 현실 속에서, 개인이 느끼고 행동하는 양상 또한 자본주의 용어들을 통해 표현하게 된 것이다. 자본주의 체제와 개인의 내면적 욕망, 그 양자가 밀착되어 있는 풍경이 현실임을 부정하기는 어려워 보인다.

현대 사회의 또 다른 특징으로 다양한 사건들이 연속적으로 발생하고 또 발생하면 즉시 보도된다는 점을 들 수 있다. 사건과 사고가 꼬리에 꼬리를 물고 발생하는 상황에서는 새로운 사건이 등장하면 앞의 이슈는 쉽게 사라지고 잊힌다. 이러한 현상은 김선우 시인의 텍스트에서 "늘 새로운 이슈가 필요한 삶의 소란스러움과 궁핍에 관해서도"로 표현된다. 자본주의 사회에서 살아가는 현대인들은 보다 새롭고, 더욱 규모가 크고, 한층 더 현란한 것을 지향하게 되었다. 현대인들이 상품을 소비하는 양상이 그러하듯이 우리 시대에는 지속되지는 못하지만, 감각적이며 충격적인 것들이 더욱 각광을 받게 되었다. 사회 현상의 이슈들에 대해서도 마찬가지이다. 다양한 충돌과 궁핍, 독점과 소외의 양상들 앞에서 현대인들은 언제나 놀랍고 충격적인 사건의 소식에 노출된다. 그럼에도 불구하고 더욱 "새로운 이슈"를 추구한다. "삶의 소란스러움이나 궁핍에 관"한 보도도 마찬가지이다. 현대인들은 이미 알려져 익숙해진 사연에는 관심을 보이지 않는다. 더욱 새로운 것을 기대하기 때문이다. 쉽고 편리하며 소비와 폐기에도 용이한 상품들을 찾는 현대인들의 성향이 전 지구적 기업인 이케아IKEA의 융성을 불러왔다. 오래 지속되고 전통적인 가치를 지닌 물건들을 밀어내고 그 자리를 이케아의 일회용 상품들이 차지하게 된 것이다. 구매하는 데에 비용이 별로 들지 않고 폐기해도 아까울 것이 없는 상품들이 각광받는 모습이 현대 사회임을 단적으로 보여 주는 현상이다. 이는 전 지구적 이동성이라는 현대인의 특성과 그 성향이 결합된 결과라고도 볼 수 있다. 상품의 이케아화와 평행을 이루는 게 바로 SNS 시대를 사는 현대인의 삶이라고 해도 과언이 아니다. 물질의 소비에서만 국한되지 않고, 현대인은 감정조차 쉽게 생성하고 소비하며 살아가는 셈이다.

더 나아가 김선우 시인은 SNS가 가능하게 만든 새로운 시대의 문제를 몸의 문제와도 연결한다. 몸 덕분에 생명이 유지될 수 있으며 개인이 존재할 수 있기에 몸은 삶의 근원이다. 현대인의 삶에 있어서는 인간의 감정이 생성되고 사라지는 과정마저 자본주의 체제에 반응하며 변형된다. 그런 현실 속에서 몸만이 중립적이고 객관적으로 존재한다고 보기는 어려울 것이다. 결국 김선우 시인은 몸의 이미지를 통해 현실을 새롭게 응시하고 재현한다. 현실은 몸으로, SNS가 만들어 내는 또 하나의 현실은 몸 없는 몸으로 이해할 수 있다고 표현하는 것이다. "몸 없이 몸을 이해하는 일처럼/아니, 그보다 몸 없이 몸을 그리워하는 일처럼"이란 구절을 보자. SNS의 시대에는 무엇이 실재적 현실이고 어디까지가 가상 공간에서 일어나는 현실인지 의문을 품을 수밖에 없다. 실체는 무엇이고 재현은 무엇인지 분별하기 어려운 시대이다. 김선우 시인은 그런 시대에 살면서 변화한 우리 삶을 그처럼 그려 내고 있는 것이다.

"몸 없이 몸을 이해하는 일처럼" 구절을 먼저 살펴보자. 몸 없이 몸을 이해한다는 건 몸을 매개로 하여 주체와 타자의 관계를 파악하고자 하는 것이다. 전자의 몸은 주체의 몸이고 후자의 몸은 타자의 몸일 것이다. 앞서 살펴본 바와 같이 자본주의 체제 속에서 개인은 몰개성화되고, 개인의 욕망조차 모방 욕망에 지배받으며 주체의 욕망과 타자의 욕망을 구별하기가 어려워졌다. 그렇다면 주체는 과연 주체로서 존재하기는 하는 것일까? 더구나 실체적인 접촉 없이 이루어지는 무수한 연락과 소통의 공간 속에서 몸을 발견한다는 일이 가능한 것일까? 가상 공간에서의 접촉도 실제 공간에서 몸과 몸을 통해 이루어지는 바와 유사하지 않을까? 김선우 시인이 몸 없이 몸을 이해한다고 표현함으로써 분명히 드러나는 사실은 주체도 진정한 주체라고 볼 수 없고, 타자 또한 진정한 타자의 속성을 드러낸다고 볼 수 없다는 점이다. 몸 없이 그 모든 것이 이루어지기 때문이다. '삭제' 단추를 누르기만 하면 일시에 사라져 버릴 운명에 놓인 무수한 소통의 흔적들은 몸이 없다고 부를 수밖에 없다. 그 구절에서 현실에 기초를 두지 못한 채 떠돌아다니는 듯한 현대인의 삶을 발견할 수 있다. 신기루같이 허황하거나 고정할 수 없게 부유하는 것들로 이루어진 공간 속에, 하나의 입자처럼 떠돌며 살아가는 현대인의 모습이 선명하게 나타나고 있기 때문이다.

　현대인의 삶에서 대상 혹은 타자를 이해한다는 게 그처럼 불명료하고 의심스럽다면 그리움이라고 그와 크게 다를 바 없을 것이다. "아니, 그보다 몸 없이 몸을 그리워하는 일처럼"이란 구절을 통하여 김선우 시인은 앞 구절에서 제기한 문제를 일견 부정하는 듯하면서 그 사유의 깊이와 폭을 심화하고 확대한다. 시인은 타자에 대한 이해가 가능한가 하고 먼저 의문을 제기한 데에 이어 그리움의 가능성에 대해서도 묻고 있다. 그리워하는 것조차 몸 없이 이루어질 수 있다고 믿는 현실을 비판하는 것이다. 이는 현대란 그리움도 몸 없이 가능하다고 믿게 만든 시대라는 점을 드러낸다. 그렇다면 결국 몸은 SNS의 공간이 지닌 허구성 혹은 허위성의 실체를 드러내기 위해 시인이 동원한 효과적인 장치라고 볼 수 있다. 시인의 통찰력을 통하여 몸을 잃어버린 채, 몸 없이 누군가를 이해하고 또 누군가를 그리워하는 현대인들의 모습이 정확하게 드러나고 있다. 그러므로 "몸 없는 몸"은 매우 복합적이고 중층적인 의미를 지닌 표현이라고 볼 수 있다. 이해와 그리움은 인간관계가 형성되고 전개되어 가는 과정에서 가장 중요한 요소이다. 김선우 시인은 몸 없이 많은 게 가능해진 것처럼 보이는 현대인의 삶 속에서 그 이해와 그리움조차 변형되고 있다는 점을 살피는 셈이다.

지금까지의 논의를 종합해 보자. SNS는 사회적 네트워크, 즉 개인과 개인들의 연락과 소통을 위해 고안된 기술이다. 그러나 결과적으로는 기술이 발달하여 사람과 사람 사이의 관계는 더욱 멀어지게 되었다. 서로 연결되기 쉬운 시대가 도래하자 오히려 타자와 직접 연결할 필요가 없어지게 되었고, 사회적 연결망이 발달하면 할수록 개인이 경험하는 소외감은 더욱 깊어지게 된 것이다. 김선우 시인은 "외로워서 SNS가 필요한 것인지/그로 인해 더욱 외로워지는 것인지" 알 수 없다고 지적한다. 타인에게서 연락이 올 수 없는 상황에서는 연락을 기대할 수 없다. 기대가 없으면 실망도 적을 것이다. 우리 시의 전통에서 계랑이 노래했듯, "천리에 외로운 꿈만 오락가락 하노매라" 하고 고독을 읊었을 터이다. 그러나 손가락 하나로 천 리 밖으로 멀리 떨어져 있는 친구나 연인에게도 바로 연락할 수 있는 시대가 열렸다. 우리 현대인들은 그런 시대에 살고 있다. 그러므로 외롭기 어려워야만 하는 게 우리의 현실이다. 그런데 김선우 시인이 지적하듯 바로 그러한 문명의 발달 때문에 개인이 느끼는 외로움은 기술 부재의 시대보다 한결 더할 수밖에 없게 되었다. SNS를 통한 연락이 언제나 어디서나 가능함을 알고 있기에, 타자의 연락이 없게 되었을 때 개인이 느끼는 고독감은 배가되는 것이다. 영국의 낭만주의 시인 새뮤얼 콜리지Samuel Coleridge는 「늙은 수부의 노래 The Rime of the Ancient Mariner」에서 "물, 물, 물, 사방에 물인데 마실 물이 없다(Water, water everywhere, nor any drop to drink)"고 노래한 바가 있다. 사통팔달로 이어진 연결망 속에서 막상 마음을 열고 연결할 대상을 찾지 못할 때 개인이 느끼는 외로움은 극심해진다. 달리 견줄 대상이 없을 정도다.

우리 시대 그 누구도 이와 같은 고독과 소외의 문제에 대한 답을 갖고 있지 않다. 그래서 모두 "네, 간단치 않은 문제로군요 좀더 생각해봅니다" 같은 말을 반복한다. 의견을 제시할 수 없고 해결책은 더욱 찾기 어려우니 유보하는 것밖에는 방법이 없는 것이다. 현대에는 그처럼 아직 정확히 대응할 방법을 찾기 어려운 일이 더욱 흔해진다. 결론이나 해결 방안이 없을 때 우리는 "네, 간단치 않은 문제로군요 좀더 생각해봅니다"라고 말한다. 현대인들이 유행어처럼 반복하는 그 말을 김선우 시인은 그대로 포착하여 텍스트 내부에 부린 것이다. 그리하여 풍자의 기술을 발휘하고 있다. 그 풍자 기법을 통해 진부하고 상투적인 표현이 역설적으로 강조되는 모습을 볼 수 있다. 너무나 자주 사용하여 전혀 새로울 게 없는 표현이 갑자기 새롭게 부각되는 것이다. "네, 간단치 않은 문제로군요 좀더 생각해봅니다"라는 표현은 어떤 유의미한 결론도 도출하지 못하는, 텅 빈 기표로 작동하고 있다. 좀 더 생각해 본다고 하여 달라질 것이 별로 없다는 사실을 우리는 모두 알고 있다. 그러면서도 우리는 다시금 같은 말을 반복하게 될 것이다. 좀 더 생각해 보자고.

이우걸의
「휴대폰」

기술 문명의 발달로 인하여 현대인의 삶은 더욱 편리하고 풍요로워졌다. 그러나 다른 한편으로 그 기술 문명의 산물들은 인간을 기계에 의존하게 해서, 기계가 없이 독자적인 삶을 영위하는 것을 어렵게 만들었다. 문명의 발전이 오히려 삶을 힘겹게 했다고 볼 수 있다. 직접적이고 물리적인 만남 없이도 연락과 정보 교환이 가능하게 된 이후 가상 공간을 통하여 인간의 모방 욕망이 더욱 강화되었다. 마찬가지로 다양한 기계의 발명이 인간 소외 현상을 가속화하게 되었다. 타자라는 존재와 직접 만나 마음을 나누는 것은 인간에게 정서적 위안을 가져다주는 반면, 기계에 의존하면서 간접적으로 이루어지는 만남은 그러한 정서적 기능을 가지기 어렵다. 휴대폰은 인간 소외를 불러오는 문명의 이기들 중에서도 대표적인 사물이라 할 수 있다. 휴대폰이 등장하면서 지구상의 무수한 개인들이 그 기계를 지니고 다니게 되었다. 연락과 소통이 이전에 비해 매우 용이한 시대가 시작된 셈이다. 그러나 그 휴대폰 때문에 오히려 사람들은 정서적으로 더 궁핍해진 형국이다. 만나야 할 사람을 덜 만나게 되고 연락을 기대할 때 연락해 주지 않는 타자에 대해 사람들은 실망감을 갖게 되었다. 휴대폰은 그 밖에도 개인들로 하여금 보다 복합적인 여러 가지 감정을 경험하게 하는데, 결국 그 감정의 복합체는 개인을 불안하게 만들고 있다. 그 불안감은 정체를 분명히 알 수 없는 막연한 불안감이다. 왜 불안하게 느끼는지 그리고 어떻게 안정감을 회복할 수 있을지 알기 어렵기 때문이다. 한국시에서 휴대폰의 발명이 재촉한, 삶의 불안을 그린 텍스트를 찾아보자면 이우걸 시인과 오세영 시인의 작품들을 들 수 있다. 먼저 이우걸 시인의 「휴대폰」을 보자.

쉽게 열리지만 쉽게 열 수 없고
쉽게 닫히지만 쉽게 닫을 수 없는
금속성 음성을 가진
휴대폰은 오늘의 표정.

돌아보면 황량한 이 세상 모퉁이에서
어쩌다 손잡고 가는 마음 못 둔 길동무처럼
닫아도 또 열어봐도
먼저 닿는 불안이여.

—이우걸, 「휴대폰」 전문

이우걸 시인은 휴대폰의 등장이 초래한 세상의 변화상을 표현하고 있다. "휴대폰은 오늘의 표정"이라는 구절을 통해 볼 수 있듯이 휴대폰이 지닌 속성들은 현대인이 살아가는 양상을 다양한 각도에서 조명하고 있다. 시인은 그 음성을 "금속성"이라고 표현하였다. 나무나 물과 같은 자연의 물상들이 사람들에게 안정감을 주는 것과는 달리, 휴대폰을 구성하는 물질인 플라스틱과 금속은 정서적 안정감을 주는 물질이라고 보기 어렵다. 휴대폰은 타자의 음성을 전달하는 기계인데, 그 기계를 통과하여 전달되는 타자의 음성 역시 금속성일 수밖에 없다. 정서적 친밀감을 그런 음성에서 기대하기는 어려울 것이다.

"쉽게 열리지만 쉽게 열 수 없고/쉽게 닫히지만 쉽게 닫을 수 없는"이란 구절은 휴대폰이 매개하는 금속성 음성과 적절한 짝을 이루는 표현이다. 이우걸 시인이 시적 소재로 삼은 휴대폰은 1990년대에 사용되던 초기 형태의 것임을 짐작할 수 있다. 열고 닫으며 사용하는 폴더folder 형태의 휴대폰인 것이다. 그런 휴대폰을 열기란 쉽고 그것을 닫는 일도 결코 어렵지는 않다.

그러나 이 구절에서 '열다'의 의미는 중의적이다. 한편으로는 휴대폰을 연다는 의미를 지니고 있고 다른 한편으로는 그 휴대폰으로 인해 연결되는 대상, 즉 타자의 마음을 연다는 것을 의미한다. 전자, 즉 휴대폰을 여는 행동은 쉽지만 그 휴대폰을 사용하는 이의 마음을 열기란 쉽지 않다. '닫다'의 경우에 있어서도 마찬가지이다. 전달되어야 할 내용이 전달된 다음 휴대폰을 닫으면 그 통신은 종결된다. 그러나 휴대폰을 닫은 이후에도 그 행동과 함께 타자를 향해 열었던 마음조차 바로 닫히는 것은 아니다. 그러므로 현대 사회에서 사람과 사람이 소통하는 일이 한편으로는 너무 쉽고 한편으로는 너무 복잡하고 어려워졌다고 할 수 있다. 어쩌면 현대에는 휴대폰으로 인하여 연락의 기회를 열고 닫는 것이 너무 쉬워졌기에, 오히려 그 용이성에 비례하여 마음을 주고받기 어려워진 시대라고 볼 수 있다. "어쩌다 손잡고 가는 마음 못 둔 길동무처럼"이라는 구절은 그러한 단절과 모순의 인간관계를 선명하게 보여 준다. 길동무는 마음과 마음을 함께 나누어 가진 동무여야 한다. 겉으로 보기에 손을 잡고 가고 있으므로 그 두 사람은 마음도 함께 나누고 있음이 자연스러울 것이다. 그러나 사실은 마음은 나누지 못한 채 다정한 길동무가 취할 법한 자세만 따라 하기도 한다. 현대 사회에서는 사람과 사람 사이의 관계를 맺는 일이 이전에 비하여 더욱 어려워졌기 때문이다. 오히려 혼자 길을 갈 때에나 서로 거리를 둔 채 떨어져 갈 때 느낄 만한 고독감보다도, 손만 잡고 마음은 닫은 그런 상태에서 개인이 경험하는 고독감이 한결 더할 것이다. 홀로 길을 가는 자에게 고독은 당연한 것이다. 타자와 거리를 둔 상태에서도 고립감을 기대하기는 어렵지 않다. 그러나 텍스트에는 그런 고독감을 기대하기 어려운 상황이 전개되어 있다. 손잡고 가는 친구가 있는 것으로 그려져 있기 때문이다. 그럼에도 불구하고, 시적 화자는 손잡고 가는 길동무로부터 마음이 오가는 것을 느끼지 못하고 있을 때의 고독감을 노래하고 있다. 현대인의 고독과 소외는 바로 그와 같이 모순적인, 표리부동의 인간관계에 근원을 두고 있음을 지적하는 셈이다.

　휴대폰의 등장으로 인하여 현대인이 경험하게 되는 다양한 심리적 현상들은 결국은 불안으로 귀결된다. 쉽게 열었는데 쉽게 열리지 않고, 쉽게 닫았는데 쉽게 닫히지 않는다면 그리고 손잡고 가면서도 마음을 못 준 동무를 발견한다면 그런 대상 앞에서 주체가 불안감을 느끼는 것은 당연하다. 열어도 불안하고 닫아도 불안하다. 결국 시인은 휴대폰이 현대인에게 선물한 것은 증폭된 불안에 불과하다고 단언한다. "먼저 닿는 불안"은 휴대폰을 연 상태에서도, 닫은 상태에서도 마찬가지로 작동하고 있는 것이다. 휴대폰이 불러온 인간 소외의 문제를 재현하고 있는 이 텍스트 또한 자본주의 체제의 등장이라는 현대 사회가 지닌 특징을 재현하는 시라고 볼 수 있다. 자본주의의 생리는 생산과 소비를 부단히 요구한다. 과학과 기술의 발달은 더욱 새로운 상품을 생산하도록 하고 개인들은 더 빠른 속도로 그 상품들을 소비한다. 이우걸 시인의 텍스트는 그처럼 문명의 이기가 초래한 인간 소외와 불안 의식을 표현하고 있다.

오세영의
「휴대폰」 연작

휴대폰을 소재로 삼은 오세영 시인의 시 두 편을 살펴보자.

창조는 자유에서 오고,

자유는 고독에서 오고,

고독은 비밀에서 오는 것.

사랑하고, 글을 쓰고, 생각하는 일은

모두 숨어 하는 일인데

어디에도 비밀이 쉴 곳은 없다.

이제 거대한 아우슈비츠 수용소가 되었구나.

각기 주어진 번호표를 가슴에 달고

부르면 즉시

알몸으로 서야 하는 삶.

혹시 가스실에 실려가지 않을까.
혹시 재판에 회부되지 않을까.
혹시 인터넷에 띄워지지 않을까.
네가 너의 비밀을 지키고 싶은 것처럼
아, 나도 보석 같은 나의 비밀 하나를
갖고 싶다.

사랑하다가도, 글을 쓰다가도,
벨이 울리면
지체없이 달려가야 할 나의 수용소 번호는
016—909—3562.

—오세영, 「휴대폰 2—수용소」 전문

〈영원〉이라는 말은 이제
사라져 버리고 없는 것일까.
가령 시라든가 신화 혹은 로망스 같은 것,
결코 지워서는 안될…

그때 너와 나의 운명을 엮어준 그 약속을
우리는 양피지 위에다 진한 핏방울로
꾹꾹 눌러썼다.
그러나 지금은 모두 어디 갔을까.
한 줄의 노래, 한 통의 연서, 한 권의

자서전은…

그리고 문득 나는 오늘 너에게
간단히 문자 메시지를 보낸다.
"사랑해"
그러나 또 다음의 메시지를 보내기 위하여
지울 수밖에 없는 그 "사랑해".

그래서 나는 시가 사라진 시대의 시인
양피지 대신
휴대폰의 모니터에
시를 쓴다. 지운다.

―오세영, 「휴대폰 3―인스턴트 시(詩)」 전문

　　먼저 「휴대폰 2―수용소」는 휴대폰의 등장으로 인하여 개인이 그동안 유지해 오던 자유와 고독과 비밀이 위협받게 된 현실을 재현하고 있다. "어디에도 비밀이 쉴 곳은 없다"는 구절에서 보듯 개인의 사적인 영역이 더 이상 개인에게만 속하지 못하고 공개될 수밖에 없는 경우가 많아졌다. 사적 영역의 축소는 현대 사회의 특징에 속한다. 휴대폰을 이용하여 누군가가 연락을 보내오게 되고 또 스스로 누군가에게 말을 걸 수 있게 되면서 개인의 모든 언행이 감시의 대상으로 변해 버렸다고 볼 수 있다. 전화번호를 "아우슈비츠 수용소"에 갇힌 유대인들이 가슴에 달고 다니던 번호표와 같다고 파악한 것은 그러한 이유에서이다. "이제 거대한 아우슈비츠 수용소가 되었구나./각기 주어진 번호표를 가슴에 달고"라는 구절을 보자. 시인은 휴대폰에 의해 개인이 더 이상 독립성을 유지하면서 자유롭게 살 수 없는 세상을 하나의 거대한 수용소로 보고 있는 것이다. 개인의 비밀이나 공유하고 싶지 않은 정보들까지 공유하게 되는 경우가 많아지는 원인도 결국 휴대폰에 있다고 볼 수 있다. 오세영 시인은 결국 자기 자신도 한 명의 수용소 구성원에 불과하다고 밝히며, "벨이 울리면/지체없이 달려가야 할 나의 수용소 번호는/016-909-3562"라고 노래한다. 이처럼 시인은 자신의 휴대폰 번호가 곧 수용소 번호라고 그리고 있다. 개인의 고유한 휴대폰 번호를 곧 아우슈비츠 수용소에서 부여받은 번호표와 동일시하는 까닭에서이다. 문명의 발전이 생산해 낸 기계를 갖게 되면서 인간은 오히려 사물에 의해 자유를 억압당하게 되었다. 오세영 시인은 하나의 이용 도구이며 대상에 불과해야 할 사물에 오히려 인간이 지배당하게 된 현실을 비판적으로 그리고 있다. 자신이 발명한 기계에 의해 지배당하는 주체의 모습은 메리 셸리Mary Shelley가 『프랑켄슈타인Frankenstein』을 통해 상상하였던 주제이다. 그처럼 상상 속에 존재하던 것들이 현대인의 삶에서는 실재하는 현실이 되고 있는 셈이다.

「휴대폰 3—인스턴트 시詩」는 휴대폰이라는 물체, 즉 과학 문명의 산물이 인간의 삶에서 영원이나 고유성처럼 소중한 가치들을 밀어내고 대신 들어서게 된 현실을 그린다. 휴대폰의 등장으로 인해 사랑이나 운명 등 인간이 전통적으로 소중히 여겨 오던 것들이 일시에 사라져 버린 모습을 볼 수 있다. 영원한 것에 대한 기대와 그 영원함을 지키기 위한 행동들은 고유한 가치를 지니고 있다. 손으로 쓴 사랑의 편지가 그러하고 양피지에 기록으로 남긴 사랑의 맹세가 그러하다. 그러나 휴대폰으로 일상을 영위하게 된 현대인들은 그처럼 고유한 것들을 생성해 나가거나 추억거리로 간직할 기회 자체를 박탈당하게 되었다. 보다 오래 보존할 수 있는 것들은 사라져 버리고 일회성의 대상만 남게 된 셈이다. 또 삶에 있어서도 영원한 것은 기대하기 어렵고 순간적이며 즉물적인 감정과 표현만 남게 되었음을 볼 수 있다.

더 나아가 오세영 시인은 여전히 오래된 습관처럼 시 쓰기를 계속하는 자신의 모습 자체를 회의적으로 바라본다. "시가 사라진 시대의 시인"이라고 자신을 지칭하는 것은 그런 이유에서이다. 시를 쓴다는 일이 지닌 고유성이 훼손되었고 영원성을 기대할 수 없게 된 게 오늘날의 현실이다. 텍스트는 오세영 시인이 강한 자의식을 지닌 채 그 현실을 객관적으로 바라보고 있음을 보여 준다. 그래서 텍스트의 종결은 매우 함축적인 구절이 되는데, 이는 강한 상징성을 지니고 있는 구절이다. "시를 쓴다. 지운다"라는 구절을 다시 보자. 시가 사라진 시대에 시를 쓴다는 일이 가능한 것인가? 이제 시를 쓴다는 행위가 무슨 의미를 지니는가? 시적 화자는 시를 쓰면서도, 쓰고 나서 지울 준비가 되어 있다고 천명한다. 그러므로 독자는 시인이 시를 쓰면서 바로 그 시를 지울 것이고, 또 지운 뒤에도 다시 시를 쓰리란 사실을 알 수 있다. 여기서 '시를 쓰다'가 '시를 지우다'와 결합된 채로 등장한다는 점에 주목할 필요가 있다. 시인은 현대라는 시대의 특징이 바로 쓰는 행위와 지우는 행위, 그 양자의 경계가 흐리다는 데에 있음을 말해 주고 있다. 휴대폰이 바로 그 행위, 즉 쓰고 지우기, 혹은 쓰면서 지우기, 또는 지우기를 위해 쓰기를 모두 가능하게 만든다. 더 나아가 휴대폰은 쓰기, 지우기, 쓰기를 동시적이며 반복적으로 할 수 있게도 해 준다. 현대 시인들은 그처럼 '쓰면서 지워가는 글쓰기'라는 새로운 창작의 모습을 보여 주는 셈이다. 그와 같은 창작 양상의 변화, 어쩌면 그것이야말로 우리 시대의 가장 진실한 면모를 드러내는 게 아닌지 생각해 볼 일이다. 진정성보다는 가변성이, 확정성보다는 유동성이 오늘날 현대인의 모습에 더 잘 어울리는 말이라 할 수 있다. 그처럼 시인들도 고정하기 어려운 텍스트를 구현하면서 그러한 방식으로 이 시대를 증언하는 것인지도 모를 일이다.

여성 주체와 시

여성이라는 명사는 동서양의 시가 지닌 공통된 주제이면서 또 주체이다. 즉, 여성을 주제로 삼은 시적 텍스트는 무수히 많이 찾아볼 수 있으며 또 여성이 시적 주체가 되어 생산한 텍스트도 다양하게 존재한다. 현대에 이르러 여성 주체와 시라는 주제에 대한 담론의 범위는 이전보다 더욱 확대되었다. 여성이 보다 확고한 자아 정체성을 갖게 되면서 여성 고유의 감정, 인식 그리고 경험을 재현한 문학 작품 또한 많이 늘어나게 되었다. 그러나 인류 문명은 여전히 많은 영역에 있어서 남성 주체들을 중심으로 이루어지고 있다.

남성과 여성은 모두 인간이라는 범주에 속해 있지만 성별, 즉 젠더 gender의 관점에서 보자면 양자 사이에는 현격한 차이가 존재한다. 그럼에도 불구하고 남성들이 정치, 경제, 사회, 문화 등의 영역에서 대부분의 권력을 차지하는 까닭에 남성 주체가 사유하고 감각하는 것들이 마치 인류의 보편적인 경험인 양 받아들여지고 있는 게 현실이다. 남성 고유의 생각과 경험이 종종 인간의 생각과 경험을 대체할 수 있는 것으로 이해되는 셈이다. 남성 주체에 의해 형성된 사유와 그 결과물로 드러난 담론들이 여성을 포함한 인류 전체에 해당한다고는 볼 수는 없다. 여성들은 남성의 경험이나 사고와는 확연히 다르거나 더러 반대되는 것들을 무수히 경험한다. 신체 구조의 차이와 생리학적 차이만으로도 남성과 여성의 감정이나 경험은 달라질 수밖에 없다. 여성들이 경험하는 임신과 출산 그리고 모유 수유 등의 경험은 남성들로서는 거의 접근이 불가능한, 여성 고유의 것이라 할 수 있다. 그런 경험에서 파생되는 복합적인 감정들의 경우에도 마찬가지이다. 이 장에서는 여성이라는 주제 혹은 주체를 중심으로 재현된 문학 텍스트들을 살펴볼 것이다.

여성들의 감정, 사상, 경험이 말과 글의 형태로 표현되어 담론을 형성하게 될 때 인간에 대한 이해의 폭 그리고 깊이가 확대되고 심화된다. 미국의 여성 운동가이면서 작가인 벨 훅스Bell Hooks는 여성이 자신을 더 활발하게 표현해야 한다고 강하게 주장해 왔다. 그는 『황홀한 기억: 글 쓰는 작가Remembered Rapture: The Writer at Work』에서 "여성의 글쓰기는 늘 부족하다. 여성이 충분히 글을 쓴 적은 한 번도 없었다(Indeed, no woman writer can write 'too much.' No woman has ever written enough)"고 천명한 바 있다. 인류 문화사에서 여성이 글 쓰는 주체가 되었던 적이 매우 드물었다는 사실을 지적한 말이다. 훅스는 인류 역사를 살펴보면 인류의 절반이 여성으로 구성되어 있음에도 불구하고, 남성이 여성의 독자적인 주체성의 공간조차 전유해 왔다고 개탄한다. 그녀는 여성이 스스로 펜을 잡고 자신의 고유한 경험, 사상, 감정 등을 더 많이 표현하면서 결락한 부분들을 메꾸어 가야한다고 주장한다. 글을 쓰면서 자신을 표현하는 여성이 더욱 늘어나야 한다고 강조하는 셈이다.

여성이 독립적인 삶의 주체로 인식된 역사는 매우 짧은데, 기껏 백 년이 넘지 않는다고 볼 수 있다. 서구에서 여성이 참정권을 얻은 시기가 20세기 초반임을 고려하면 여성의 법적 권리가 인정받은 지 이제 겨우 백 년 정도의 시간이 지났다. 여성이 자신들의 권리를 요구하며 사회를 향한 저항의 물결을 일으킨 시점도 1960년대였다. 그렇다면 여성이 주체로서 인류 역사의 전개에 동참해 온 시기는 불과 오십 년 정도에 지나지 않는다고 볼 수 있다. 여성이 자신을 독립적인 인격체이며 주체라고 여기게 되어, 자신의 인생을 문학적으로 형상화하기 시작한 역사 또한 남성의 경우에 비해 매우 짧다. 그러나 여성 주체가 문학 텍스트를 만들어 낸 역사가 길지 않다는 사실에 비추어 여성 문학의 폭과 깊이를 평가할 수는 없다. 문학의 장에서 여성 주체가 재현되는 양상은 상대적으로 다양하고 풍부하게 나타난다.

훅스가 주장한 바와 같이 여성 주체가 내면적으로 변화하는 과정을 문학적으로 재현하는 작업은 더욱 활발하게 이루어질 필요가 있다. 사람은 누구나 세월의 흐름과 함께 다양한 경험 속에서 변화하고 성숙해 간다. 여성들이 주체성을 형성해 나가고 성숙에 이르는 과정에서 겪게 되는 다양한 경험들 중에는 남성들의 경험과는 상이한 것들이 많다. 그 경험들이 아무리 소중하다고 할지라도 기술되지 않는다면, 즉 여성들이 글을 통해 자신들이 경험하고 기억한 바를 기록으로 남겨 두지 않으면 그것은 모두 잊혀 사라질 수밖에 없다. 여성들이 자신들의 경험을 기록하고 자신들의 생각을 글로 남길 때, 그 텍스트들이 담고 있는 여성의 고유한 경험과 기억들은 다음 세대의 여성들 앞에 놓인 삶의 도정을 밝혀줄 수 있을 것이다. 여성들이 독립적이고도 당당하며 보람찬 삶을 살아가는 일은 우리 시대가 요구하는 덕목이다. 그렇기에 동서양의 시를 살펴보면 여성들의 고유한 경험이 잘 드러나는 텍스트들을 많이 찾아볼 수 있다.

텍스트에 재현된 여성의 삶을 자아 정체성, 사랑, 우정 등의 주제를 중심으로 분류해 볼 수 있다. 그 주제들에 대해 여성들이 명상하고 깨달은 것 그리고 여성들의 자의식도 텍스트에 반영되어 있다. 또한 인생이 전개되는 과정에 따른 사유의 변화를 나타낸 텍스트 역시 찾아볼 수 있다. 생장하고 성숙하며 노화하여 죽음에 이르기까지가 인생 여로라 할 수 있다. 성년에 이른 이후, 즉 나이가 들어 가면서 맞게 되는 변화는 성별과 무관하게 인간 모두에게 당혹감을 먼저 가져다준다. 그러나 성숙과 노화의 문제는 여성 주체에게는 더욱 예민하게 감지되는 주제라 볼 수 있다. 현대 사회가 여전히 남성을 위주로 구성되어 있기에, 지금까지는 남성의 입장에서 바라본 인생의 여정을 재현한 텍스트가 우월적인 위치에 놓이는 경우가 많았다. 여성을 성적으로 대상화하는 담론 그리고 여성이라는 성별에 대한 차별적 담론이 넘쳐나는 현상과, 현실과, 그러한 현실을 반영하는 문학 텍스트의 상관관계를 고려한다면, 그와 같은 불균형성은 수정되어야만 한다. 그러므로 여성 주체가 생산하는 텍스트는 더욱 중요한 의미를 지니게 된다. 여성 시인이 자신만의 언어로 자신의 경험을 재현하는 경우가 늘어나면서 남성 위주의 시각을 수정하고 균형을 회복할 수 있기 때문이다. 자신에 대해 충분히 성찰하며, 성숙하고 균형 잡힌 시각으로 세상을 바라보는 여성 시인의 존재는 매우 중요하다. 또한 그들이 문학적 언어로 재현해 낸 여성의 삶은 매우 소중한 가치를 지닌 채 후속 세대의 여성들에게 영향력을 끼치게 된다.

언급했듯이 성숙과 노화라는 주제는 여성 주체에게 더욱 깊은 함의를 지니는데, 그것은 여성을 성적으로 대상화하는 사회적인 경향 때문만은 아니다. 주된 이유는 여성이 인류의 재생산에서 맡는 역할 때문이라고 볼 수 있다. 남성과 여성이 모두 재생산에 기여하지만 출산과 육아는 전통적으로 여성의 고유한 영역으로 간주되어 왔다. 그리고 출산과 육아에서 여성의 육체는 매우 중요한 역할을 담당한다는 점을 고려할 수 있다. 여성 주체들은 성숙과 노화의 주제를 다양한 시각에서 고찰하고 그 함의를 규명하고자 해 왔다. 여성에게 있어서 노화는 한편으로는 줄어드는 생명력과 육체적 매력의 감소를 의미할 수도 있다. 그러나 많은 여성 시인들의 텍스트에서 볼 수 있듯, 여성의 삶에서 노화는 여성으로 하여금 삶의 의미를 비로소 충분하고도 만족스럽게 이해하게 되는 기회를 부여하기도 한다. 즉, 노화가 자기완성에 이르는 계기가 되는 셈이다. 미국의 여성 시인 앤 섹스턴Ann Saxton은 이렇게 말한 적이 있다. "그때 나는 아름다웠지. 하지만 지금은 나는 내가 누구인지 안다(I was beautiful before, but I know who I am now)." 그처럼 나이가 들어 가면서 자신의 내면에 축적된 삶의 활기를 긍정하는 여성 시인의 목소리를 다양한 텍스트를 통해 발견할 수 있다. 긍정적인 시각을 담고 있는 여성 시인들의 다양한 텍스트를 살펴보기로 하자.

에밀리 디킨슨의
「광폭한 밤이여」

Wild nights – Wild nights!

Were I with thee

Wild nights should be

Our luxury!

Futile – the winds –

To a Heart in port –

Done with the Compass –

Done with the Chart!

Rowing in Eden –

Ah – the Sea!

Might I but moor – tonight –

In thee!

광폭한 밤이여, 광폭한 밤이여!
내가 그대와 함께라면
광폭한 밤이 화려할 터인데

쓸데없어라, 바람은
항구에 든 가슴에게는.
컴퍼스도
항해 지도도 이젠 다 필요 없어라.

에덴에서 노 저어 가노니
아, 바다여!
이 밤, 나는 오직 그대 안에 정박하려느니!

—에밀리 디킨슨, 「광폭한 밤이여」 전문, 졸역

에밀리 디킨슨Emily Dickinson은 은둔의 시인이었다. 창작한 시들을 외부 세계에 발표한 적이 거의 없어서, 생전 열 편 남짓한 시를 출판했을 뿐이라고 알려져 있다. 그러나 그가 세상을 떠난 후 그의 서랍 속에서 천팔백여 편에 달하는 미발표 원고가 발견되었다. 그 작품들이 시집으로 묶여 나오면서 세상에 알려진 이후 디킨슨은 이제 미국을 대표하는 시인으로 평가받고 있다. 디킨슨이 창작 활동을 하던 시기는 '도금주의 gilded age'라고 불리던 시대였다. 당시의 미국 사회는 자본주의의 성장으로 인하여 경제적으로는 풍족해졌으나 문화적으로는 궁핍한, 혼란의 시기를 보내고 있었다. 도금주의라는 말에서 '도금'은 금이 아닌 금속의 표면에 금을 입혀 금처럼 보이게 하는 것을 뜻한다. 그 도금이라는 말이 의미하듯이 미국 사회는 안과 밖이 서로 다른 상태에 놓여 있었다고 볼 수 있다. 외부적으로는 화려하고 풍요롭게 발전해 나가는 듯 보였으나 문화적으로는 오히려 쇠퇴하는 양상을 보인 것이다. 미국 사회를 구성하는 개인들은 정신적인 깊이가 부족한 채 내면적으로는 빈곤해진 상태에 놓여 있었다. 독립과 개척의 시대를 거치면서 미국 사회가 그동안 지녀 오던 긍정적이고 적극적이던 기상이 약화되면서 정신적으로 피폐해지게 된 것이었다. 그러한 상황에서 디킨슨이 쓴 서정시가 출간과 동시에 독자들의 사랑을 받게 되었다는 사실은 매우 중요한 역사적 의미를 지닌다. 디킨슨의 시가 미국 사회의 내부에 불러일으킨 반향을 고려할 때, 디킨슨의 서정시는 당대 미국의 정신문화를 지키는 데에 크게 기여했다고 볼 수 있다.

전술한 바와 같이 디킨슨 시의 대부분은 사후에 발견된 유고들이다. 디킨슨 자신이 시에 제목을 붙이지 않았던 까닭에 텍스트의 제목은 첫 행에서 따오는 경우가 대부분이었고, 편집하는 과정에서 고유한 번호를 부여받았다. 「광폭한 밤이여」 혹은 269번 째 시의 경우도 마찬가지이다. 269번은 작품의 고유 번호를 뜻한다. 이제 구체적으로 텍스트를 살펴보자.

이 시의 시적 화자는 거친 현실 속에서 영혼의 평화를 찾고 있다. 시적 화자가 추구하는 평화는 항구에 정박한 배의 이미지를 통해 나타난다. 또한 험난한 현실을 지시하는 것은 광폭한 밤이라는 이미지이다.

텍스트의 도입 부분에 나타나는 "광폭한 밤이여, 광폭한 밤이여!"라는 구절에서 시적 화자가 외부 세계, 즉 거칠고 험난한 세상을 인식하고 있다는 점을 발견할 수 있다. 시적 화자는 바람이 거칠게 부는 바다에서 한 척의 배를 저어 가야 하는 사람으로 자신을 파악한다. 거친 세상의 파도 속에서 삶을 유지하면서 자신의 주체성을 확립해야 하는 상황에 놓여 있는 것이다. 그러나 자신이 혼자 있지 않고 동반자가 있다면 광폭한 그 밤이 오히려 "화려^{our luxury}"하게 되리라고 이른다. 그처럼 광폭한 밤이 화려함으로 변하게 되는 이유는 다음 연에서 밝혀진다. 자신의 동반자가 되어 줄 대상 혹은 타자가 있다면 바다는 더 이상 항해하는 배에게 위협이 되지 못한다. 마찬가지로 동반자와 함께 한다면, 시적 화자는 자신이 마치 항구에 안전하게 정박한 배처럼 광폭한 밤의 거친 파도에 아랑곳하지 않을 수 있다고 보는 것이다. 그럴 때 항해는 평화롭고 안전할 수밖에 없다. 보다 구체적으로 그 세상은 성경에 등장하는 에덴동산처럼 평화로우리라고 노래한다. 배가 마침내 항구에 들고 난 이후에는 "컴퍼스"도 "항해 지도"도 더 이상 필요하지 않다. 컴퍼스나 항해 지도는 거칠고 막막한 바다에서 목적지를 찾아 갈 때에 필요한 도구일 뿐, 항구에 들고 난 다음에는 쓸모없는 것이기 때문이다. 그리하여 그 항구에서 마침내 시적 화자는 평온을 누리게 될 것임을 알 수 있다. "그대", 즉 "thee"로 지칭된 대상은 그처럼 외롭고 험난한 인생 여정에서 위안과 평온함의 근원이 되어 주는 대상이다.

디킨슨의 이 텍스트를 보다 효과적으로 이해하기 위해서는 미국의 역사 속에서 여성 주체가 처했던 현실이 변화해 온 과정을 살펴볼 필요가 있다. 역사적 맥락 속에서 여성 주체가 놓였던 상황을 고려하면 시적 화자의 근심과 희구가 더욱 분명히 드러난다. 미국 사회는 다른 지역 사회에 비하여 자유와 평등권의 보장이 상대적으로 빨리 이루어졌으나 그런 미국에서조차 여성의 지위는 불안한 것이었다. 미국의 역사에서도 19세기 말 또는 20세기 초반은 여성이 독자적으로 생활해 나가기에 적합한 시대가 아니었다. 미국에서 여성에게 참정권이 주어진 시기는 겨우 20세기 초반에 이르러서였다. 1920년 미국 수정 헌법 제19조가 통과되면서 여성들이 비로소 참정권을 얻게 된 것이다. 그런 시대, 디킨슨은 대부분의 당대 여성들이 결혼을 통해 가정을 이룬 것과는 달리 독신으로 일생을 보냈다. 명문가에서 태어나 자란 까닭에 경제적인 어려움은 그다지 겪지 않았으나 혼자 자신의 인생을 개척하면서 스스로의 삶과 꿈을 문학 텍스트에 남긴 것이다. 디킨슨은 삶과 영혼 그리고 죽음의 문제에 대해 명상하는 시를 무수히 창작하였다.

이 텍스트에서는 타자와의 관계 맺음을 지향하면서 그 타자를 통하여 영혼의 안식처를 얻고자 하는 시인의 소망을 발견할 수 있다. 전술한 바와 같이 디킨슨 자신은 평생 독신으로 살았고 분주한 사회 활동과는 거리를 둔 채 고립된 삶을 살았다. 그러므로 이 텍스트에 드러난 타자가 구체적인 특정인이라고 보기는 어렵다. 시인의 내면에 자리 잡은 영혼의 동반자가 "그대"로 표현되었다고 보아야 적합할 것이다. 디킨슨은 한편으로는 현실 너머의 초월적인 삶을 추구하는 영성의 시를 선보인 시인이며 삶과 죽음의 관계에 대해 깊이 명상해 온 시인이다. 그러나 다른 한편으로 타자와의 관계를 향한 지향성을 강하게 보여 주었음을 알 수 있다. 그렇기에 이 텍스트에서 보듯 자신이 추구하는 바를 이해하고 영혼의 동반자가 되어 줄 수 있는 대상을 무한히 갈망하는 시적 화자의 모습을 발견할 수 있는 것이다. 20세기가 도래하면서 미국 사회는 더욱 급격한 변화를 경험하게 되지만, 변화의 물결은 이미 19세기 중반 이후부터 거세어졌다고 볼 수 있다. 물질적 풍요와 정신적 빈곤의 시대, 그 혼란 속에서 자기 삶의 좌표를 스스로 설정해 보려고 노력한 대표적인 여성 시인으로 디킨슨을 기억할 수 있을 것이다. 후대에 이르러 미국에서 마이아 앤절로Maya Angelou, 오드리 로드Audre Lorde 등의 여성 시인들이 등장하면서 문학 텍스트의 여성 주체는 큰 변화를 보이게 된다. 보다 독립적이며 적극적인 모습으로 삶을 개척해 가는 여성상을 그들의 작품에서 발견할 수 있다. 디킨슨은 그 여성 시인들의 선구자로서 자신이 살았던 시대를 고유한 시각으로 텍스트에 재현하였다. 세기의 전환기, 즉 19세기 말에서 20세기 초에 이르는 시기에 존재했던 여성의 꿈과 현실을 디킨슨의 시를 통해 가늠해 볼 수 있다.

한분순의
「손톱에 달이 뜬다」

　한국의 여성 시인들이 쓴 텍스트에서 여성 주체를 재현하는 양상은 매우 다양하게 나타난다. 때로는 사랑을 갈구하는 마음을 혹은 독립적이고 자유로운 주체성의 구현을 또는 여성들 간의 돌봄과 연대의 필요성을 보여 주는 텍스트를 발견할 수 있다. 여성은 생명을 잉태하고, 출산하며, 양육하는 역할을 하기에 여성 주체는 모성이라는 주제와도 깊은 관련이 있다. 그처럼 모성성의 중요성을 강조하고 모성성의 발현을 찬양하는 텍스트들 역시 늘어나고 있다. 여성 주체의 문제를 살필 때는 이 모든 주제들을 한결같이 중요하게 다루어야 한다.

　먼저 한분순 시인의 시, 「손톱에 달이 뜬다」를 통해 여성이 주체가 되어 노래하는 사랑의 감정을 살펴보자. 한분순 시인의 텍스트에는 여성 주체가 재현의 대상이 아니라 스스로 자신을 표현하는 재현의 주체가 되어 등장한다. 한분순 시인은 여성에게 있어서 손톱에 꽃물을 들이는 일은 어떠한 의미를 지니는가 하고 묻고 있다. 바로 그 점에서 한분순 시인이 그리는 사랑의 의미가 가진 독창성을 발견할 수 있다.

그믐달,
선지피 닿은
서늘한 입김 있어

짓이긴
핏물 머금고
첫사랑 기다린다

불그레 두근거리는
손톱 위의
봉숭아물

－한분순,「손톱에 달이 뜬다」전문

　여기에서는 '봉숭아 꽃물 들이기'라는 시적 소재에 특별히 주목할 필
요가 있다. 봉숭아 꽃잎을 짓이겨서 손톱에 얹어 두면 손톱에 꽃물이
들곤 한다. 손톱에 꽃물을 들이는 일은 우리 문화의 일부였다. 현대인
들은 손톱에 바르는 광택제로 그 전통을 대체해 버렸으나 과거 한국의
여성들은 봉숭아꽃이 피는 여름철에 손톱에 꽃물을 들이는 일이 많았
다. 이 텍스트는 그처럼 꽃물을 들이는 행동에 대해 여성 주체가 느끼
는 감정을 표현한다. 몸을 단장한다는 것은 자신을 가꾸는 자세의 표현
이다. 또한 그것은 사랑에 대한 기대를 보여 주는 일이기도 하다. 누군

가에게 곱게 보이고자 하는 욕망이 있어 손톱에 꽃물을 들이는 일이 생겨났고, 많은 사람들이 그것을 따라 하게 되면서 전통을 이루게 된 것이다. "짓이긴/핏물 머금고/첫사랑 기다린다"는 구절에는 손톱에 물이 발갛게 들 무렵이면 첫사랑이 찾아와 줄 것이라는 기대가 표현되어 있다. "두근거리"게 되는 이유는 그러한 사랑의 기대가 있기 때문이다. 시인은 꽃을 짓이길 때 생겨나는 꽃물을 꽃의 "핏물"로 표현하였다. "불그레" 붉어지는 건 여성 주체의 뺨일 텐데 단지 사랑의 설렘을 경험하는 이의 뺨만 그러한 것이 아니다. '불그레하다'는 표현의 범위가 확장되어 사랑을 기대하는 이의 손톱에 꽃물이 붉게 드는 현상도 그 연장선상에서 이해하게 만든다.

시인은 함축적인 언어를 사용하여 텍스트상에서 사건의 전개를 암시하고 있다. 그리하여 시간이 변하면서 그런 사랑의 기대가 사연도 맥락도 없이 이루어진 것은 아님을 알 수 있다. 그믐달의 시간대에 사랑의 기원이 놓여 있다고 초장에서 암시하고 있기 때문이다. 그믐달이 뜨는 때는 어둠의 시간이고 그래서 그때의 사랑이란 미지의 세계에 속해 있는 것임을 보여 준다. 그럼에도 불구하고 그 그믐달의 시간에 서늘한 입김을 감지한 까닭에 지금 시적 화자인 여성 주체는 사랑을 그려 보게 되는 것이다. 화자는 꽃물이 다 들게 되면 그 사랑이 찾아오게 되리라고 믿고 있다. 그처럼 손톱에 꽃물을 들이는 일은 사랑의 희구를 표현하는 게 되고, 손톱이 붉게 물드는 시간대는 그믐달 아닌 밝은 달이 뜨는 때가 될 것이다. 한분순 시인은 손톱에 꽃물 들이는 일을 소재로 삼으면서 그 텍스트에 「손톱에 달이 뜬다」는 제목을 붙인다. 그리하여 여성의 몸단장을 달이 순환하는 주기에 결부시키고 있다. 봉숭아와 달이라는 소재를 동시에 불러들임으로써 양자가 함께 어울려 여성 주체의 마음을 받아쓰는 장치가 되게 만드는 것이다.

한분순 시인의 「손톱에 달이 뜬다」는 김상옥 시인의 「봉숭아」라는 텍스트를 받아쓰기 혹은 '다시 쓰기^{writing back}'한 시도로 이해할 수 있다.

비오자 장독간에 봉선화 반만 벌어
해마다 피는 꽃을 나만 두고 볼 것인가
세세한 사연으르 적어 누님께로 보내자.

누님이 편지 보며 하마 울까 웃으실까
눈앞에 삼삼이는 고향집을 그리시고
손톱에 꽃물들던 그 날 생각하시리.

양지에 마주 앉아 실로 찬찬 매어주던
하얀 손 가락 가락이 연붉은 그 손톱을
지금은 꿈 속에 본 듯 힘줄만이 서누나.

—김상옥, 「봉숭아」 전문

한분순 시인의 봉숭아와 김상옥 시인의 봉숭아를 이해하기 위해서는 먼저 다시 쓰기가 지니는 의미를 살펴볼 필요가 있다. 다시 쓰기라는 주제는 영미 소설의 영역을 확장하고 주제의 깊이를 심화시키는 데에 크게 기여해 왔다. 하나의 문학 텍스트에는 그 저자가 지닌 고유한 세계관이 담겨 있는데 그것이 모든 독서 주체에게 동일하게 수용될 수는 없다. 세계 문학의 고전으로 간주되는 위대한 문학 작품이라 할지라도, 그 작품의 주제나 소재 혹은 작품에 반영된 바가 모든 인류에게 보편타당성을 지니는 것은 아니다. 특정한 사람들에게는 자연스럽고도 감명 깊게 받아들여지는 바가 또 다른 독자들에게는 불편하거나 혐오스러운 진실로 다가올 수도 있다. 문학 작품이란 그 작품을 창조한 작가가 지닌 세계관과 분리될 수 없는 성격을 지니기 때문이다.

하나의 텍스트를 창조한 작가가 특정한 인종이나 성별 또는 계층에 속해 있는 한, 그 작가는 자신의 삶에서 자연스럽게 받아들여져 온 것들을 그대로 작품에 반영하게 마련이다. 따라서 작가가 편향된 인종적·성별적·계층적 경향성을 텍스트에 노정하게 되면, 그 문학 작품에 감동받는 독자들도 있겠지만 동시에 저항하는 독자들도 생겨날 수밖에 없다. 특히 텍스트의 주인공이 아닌, 그 주인공과 적대적 위치에 놓이는 인물들은 왜곡되게 표현되는 경향이 강하다. 즉, 부차적인 인물들이나 주인공의 타자에 해당하는 존재들은 대체로 부정적으로 재현된 경우가 많았다고 볼 수 있다. 작품 속의 타자들은 주인공의 영웅성이나 독립성 혹은 순수성 등을 강조하기 위하여 설정되는 까닭에, 주인공과는 정반대되는 모습을 종종 지녀 온 것이다. 그들은 영웅적 주인공의 영웅성을 증명해 줄 구실을 맡는 악당이라거나 주인공의 독립성을 강조하기 위해 지나치게 의존적인 인물 혹은 주인공의 순수성과 선명한 대조를 이루는 오염된 인물로 텍스트에 등장하고는 했다.

인종적 타자성을 지닌 독자 혹은 성별적 소수자인 여성 독자들 중 고전적 텍스트에 대한 저항적 글쓰기를 직접 실현한 작가들이 있다. 혹은 인종적·성별적 소수자가 아님에도 불구하고 고전 텍스트의 소재를 재해석한 텍스트를 생산한 경우도 있다. 그들이 쓴 작품들은 고전의 다시 쓰기 작품들이라 부를 수 있다. 샬럿 브론테Charlotte Bronte의 『제인 에어 Jane Eyre』를 다시 쓴 진 리스Jean Rhys의 『드넓은 사르가소 바다Wide Sargasso Sea』, 대니얼 디포Daniel Defoe의 『로빈슨 크루소Robinson Crusoe』를 다시 쓴, 미셸 투르니에Michel Tournier의 『방드르디, 야생의 삶Vendredi où la vie sauvage』 등이 그 예에 해당한다.

『제인 에어』와 『드넓은 사르가소 바다』를 먼저 살펴보자. 『제인 에어』 에 등장하는 '버사'라는 유색 인종 여성은 카리브해 출신으로서 '로체스 터'의 아내가 되어 영국에 온 인물이다. 『제인 에어』는 주인공인 '제인' 을 중심에 둔 서사이다. 그러므로 『제인 에어』에서 버사는 로체스터의 삶에 해악을 가져오는, 다락방의 미친 여자에 불과하게 묘사되었다. 주 인공 에어의 시각에서 버사는 완벽한 타자에 불과하다. 『제인 에어』에 서 주인공이 독립적으로 사유하고 판단할 수 있는 인격체이지만 버사 는 평면적이고 단순화되어 재현된다. 그러나 『드넓은 사르가소 바다』 는 에어가 아니라 버사가 주인공이 된 텍스트이다. 버사가 스스로 서사 의 주인공이 되어 자신의 경험과 기억을 기술한다. 후자에서 버사는 더 이상 에어의 타자로서 에어가 이해한 바대로 형상화되지 않고, 자신의 고유한 입장에서 보고 느낀 바를 진술하게 된다. 그래서 버사의 발언을 따르면 버사야말로 로체스터의 이기심에 희생당한 인물이었다는 새로 운 사실을 알게 된다. 그러므로 『드넓은 사르가소 바다』는 『제인 에어』 서사에 저항 담론을 제공하는 텍스트라고 볼 수 있다. 『제인 에어』의 대 척점에 『드넓은 사르가소 바다』가 놓여 있는 것이다.

『로빈슨 크루소』에서도 마찬가지이다. 『로빈슨 크루소』에도 주인공

'크루소'와 그의 타자라 할 수 있는 '프라이데이', 즉 '방드르디'가 등장한다. 방드르디는 주인공인 크루소가 무인도라고 생각했던 섬에서 우연히 만나게 된 원주민이다. 방드르디는 크루소의 눈으로 보자면 야만인에 불과한 인물이다. 주인공이 문명을 전파하여 그 야만성을 극복하게 도와주어야 할 대상인 것이다. 그러나 방드르디를 서사에 중심에 둔 채 크루소와 방드르디의 만남에 대해 다시 쓸 때, 크루소의 무인도 경험은 전혀 다른 모습으로 재현될 수밖에 없다. 방드르디는 자신만의 고유한 삶의 방식을 지니고 있는 독립적인 인격체로 드러난다. 더 나아가 그는 오히려 크루소로 하여금 그동안 자신의 삶에 결핍되었던 것이 무엇이었던지 깨달을 수 있게 하는 존재이기도 하다.

위의 두 예에서 살펴본 것처럼 하나의 사건은 서로 다른 시각과 진술 방식을 통해서 드러나게 될 때 매우 다른 양상을 보여줄 수 있다. 서술 주체의 입장과 시각에서는 전혀 다르게 서술될 수 있는 것이다. 문학 텍스트에 재현된 진실도 마찬가지이다. 상이한 시각을 지닌 주체가 다시 쓰기를 시도할 때, 그처럼 새롭게 서술된 사건은 기존의 텍스트와 짝을 이루며 그 사건이 총체성을 구성할 수 있도록 돕는 역할을 한다. 하나의 텍스트와 다시 쓰기의 텍스트가 병존하게 될 때 독자들은 시각을 확대하여 보다 총체적 진실에 접근할 수 있는 셈이다.

한국시의 영역으로 돌아와 다시 쓰기의 문제를 살펴보자. 김상옥 시인과 한분순 시인이 공통되게 시적 소재로 취한 봉숭아는 두 시인의 텍스트에서 사뭇 다른 모습을 보여 준다. 먼저 김상옥 시인의 「봉숭아」는 현대 시조의 한 전범에 해당한다고 할 수 있다. 그 텍스트에서 "누님"으로 재현되는 여성은 시적 화자의 기억을 통해 대상화되고 객체화되어 있는데, 순결하고 정이 많은 존재로 그려져 있다. 그리하여 남성인 시적 화자가 지닌 그리움의 대상으로 존재한다. 그러나 막상 텍스트에는 누님 자신의 목소리는 담겨 있지 않다. 독자들은 누님이 손톱에 봉숭아 꽃물을 들이면서 가졌을 법한 자신의 복합적인 감정에 대해서는 이해할 길이 없는 것이다.

한분순 시인은 남성 중심적 시각에서 벗어나 여성 주체를 중심으로 한 텍스트 다시 쓰기를 보여 준다. 봉숭아 꽃물 들이기라는 동일한 행위, 동일한 장면을 여성 화자의 목소리로 또 여성의 입장에서 다시 쓰고 있는 것이다. 한분순의 텍스트에서는 여성이 묘사와 재현의 대상이기를 거부하면서 스스로 발화의 주체가 되어 자신의 목소리를 낸다. 주체적으로 자신이 느낀 바를 재현하는 것이다. 그리하여 봉숭아 꽃물을 들인다는 사건은 전혀 다른 의미를 지닌 채 독자에게 다가오게 된다. 한분순 시인이 여성 주체를 재현의 중심에 두었을 때, 비로소 꽃물을 들이는 행동이 여성에게 의미하는 바가 드러나게 된다. 즉, 꽃물을 들이는 일이 여성 주체가 지닌 사랑의 기대를 상징하는 것임을 깨닫게 되는 셈이다. 독자는 남성 주체가 간직한 그리움의 대상으로 존재하던 누이, 그 누이가 자신의 손톱에 꽃물을 들이는 행동이 어떤 감정에 의해 추동된 것인지를 비로소 이해할 수 있게 된다. 김상옥 시인의 텍스트에서 봉숭아가 그리움을 환기하는 객관적 상관물이었다면 한분순 시인의 텍스트에서는 첫사랑의 예감과 기대를 대변하는 대상인 것이다.

"선지피"와 "서늘한 입김" 등의 시어를 통하여, 여성 주체가 경험하는 첫사랑이 결코 순탄하거나 달콤하지만은 않음을 알 수 있다. 핏물을 머금고도 이루어야 하는 사랑, 봉숭아 꽃잎을 짓이겨서 그 물이 신체에 배게 하는 행동이 그저 곱고 낭만적일 수만 있겠는가? 텍스트의 시적 화자가 깊은 사랑을 예감하면서 그리고 그 사랑이 가져다줄 고통조차 미리 감지하면서 첫사랑을 기다린다는 점을 알 수 있다. 한분순 시인의 텍스트를 통하여 여성이 시적 화자가 되어 들려주는 봉숭아의 사연을 이해할 수 있게 되는 것이다. 이상에서 살펴본 바와 같이 동일한 시적 소재를 공유항으로 삼은 채 전개되는 두 텍스트를 나란히 읽음으로써 독자는 성별의 차이에 따른 감수성의 간극을 이해할 수 있게 된다.

정수자의 시:
「사막풀」, 「언송偃松—세한도 시편」,
「금강송」, 「수작酬酌」

오늘날 우리의 여성 시인들은 더욱 호방하고 단호한 어휘와 심상을 채용하며 자신의 삶을 그려 나간다. 먼저 정수자 시인의 시를 읽어 보자.

둥글게 몸을 말며 결전에 든 건기의 풀들

칼바람 칠 때마다 날을 물고 구른다

필생의 맞장을 뜨듯 위리圍籬로 먹을 갈듯

멀리서도 살을 찢는 잉걸불의 혓바닥들

오라, 같이 울 만한 사막의 권속이여

가시도 오래 씹으면 비백飛白으로 솟을지니

-정수자, 「사막풀」전문

    아직도 여성에게 호의적인 사회는 없는 듯하다. 성별에 따라 차별하지 말아야 한다는 점이 교육으로 강조되고 있지만 남녀평등이 적절히 이루어졌다고 보이는 사회는 찾기 어려운 것 같다. 여성들이 만족스러울 만큼 자신들의 재능을 발휘하고 또한 충분히 인정받는다고 믿는 사회는 드물다. 그러나 여성 시인들의 텍스트를 살펴보면 여성 주체들은 외부의 호의를 기대하지 않고 자신들의 독립적인 기상을 당당히 노래하고 있음을 알 수 있다.

    여성 시인의 상상력에는 경계가 없다. 그들은 텍스트에 거침없이 자유로운 상상력을 부린다. 여성 주체들은 텍스트 내부에서 기성의 질서에 굴복하기보다는 차라리 외롭게 홀로 서서 내면의 자유를 누리는 삶을 선택하는 모습을 자주 드러낸다. 삶이 만만해 보여서 그럴 수 있는 건 결코 아닐 것이다. 감당해야 할 삶의 무게가 엄청나서 힘들다고 느낄 때에도 오히려 그럴수록 더욱 단호한 모습을 보이기 때문이다. 여성 주체들은 겉으로는 강인한 듯 말이 없는 모습으로, 꼿꼿이 선 채로 굴하지 않고 기개를 지켜가면서, 언제나 단정하고 결연한 모습을 보여 준다. 그러나 안으로는 매일 내적 출혈을 견뎌가고 있다고 볼 수 있다.

    정수자 시인이 「사막풀」에서 보여 준 "오라, 같이 울 만한 사막의 권속이여!"라는 외침은 그녀들이 혼자 울음을 삼키는 날 역시 많다는 점을 시사한다. 시적 화자이며 여성 주체인 자신이 이미 울고 있다고 밝히면서 아픔과 슬픔을 공유하는 다른 여성 주체들을 향하여 소리치고

여성 주체와 시

477

있는 것이다. 이러한 외침은 여성 주체들이 함께 연대하여 감정을 공유하는 작은 공동체를 이루어 보자고 권유하는 행동이다.

역사의 모든 시기마다 여성들은 서로 다른 방식의 고통을 경험하면서 그 고통을 인내하기도 하고 억압에 저항하면서 독립성을 추구하기도 했다. 그러므로 독립을 꿈꾸는 여성 주체가 자신을 사막에서 자라나는 풀에 비유하는 일은 자연스럽다. 시인이 묘사한 바를 읽으면서 많은 여성 독자들은 공감할 수 있는데 인고의 날들을 공유하기 때문이다. 결코 한 사람에게만 사막과도 같이 힘겨운 삶의 자리가 주어지는 건 아닐 것이다. 모두가 제 몫의 아픔과 슬픔을 지니고 살아간다. 그렇기에 정수자 시인은 "오라, 같이 울 만한 사막의 권속이여!"라고 말하며 삶이 버겁다고 느껴지는 날, 나직이 읊어 볼 만 한 구절을 제시하고 있는 것이다. 이 부분은 많은 여성 독자들에게 고통과 인내의 날들을 공유하면서 서로 격려하고 의지하자고 부추기는 구절로 볼 수 있다.

「사막풀」을 읽으며 정수자 시인이 쓴 「언송偃松─세한도 시편」의 한 구절을 함께 떠올릴 수 있다. 두 텍스트에서 정수자 시인은 식물의 이미지를 통하여 여성이 취해야 할 삶의 자세를 보여 주고 있다. 전자는 사막풀의 이미지 속에서 보다 구체적이고 직접적으로 힘과 용기를 가져야 한다는 전언을 구현하는 텍스트라 할 수 있다. 사막에서 자라는 풀이란 자신의 독립성을 찾아 힘들게 나아가는 여성의 이미지에 매우 근접해 있기 때문이다. 반면 후자의 언송 이미지에서는 인고의 철학을 찾아볼 수 있다.

언 소나무 아니란다

노옹老翁이지
꽃을 아는

삭풍 장히 칠수록
흰 눈썹 펄펄 치솟는

밤이다

깊이 눕거라

언 하늘쯤

쩡!

긋게

—정수자, 「언송(偃松)—세한도 시편」 전문

이 텍스트의 시적 화자는 "노옹老翁"의 이미지에서 드러나듯 남성, 그
것도 인생의 경험이 충분한 남성 노인으로 제시되어 있다. 그러나 여성
시인인 정수자 시인이 텍스트에 구현하는 철학은 독자의 성별과는 무
관하게 수용될 수 있다. 텍스트의 주제는 충분히 연륜이 쌓여 내적으로
성숙한 존재가 들려주는 겸손과 양보의 미덕에 놓이기 때문이다.

"삭풍 장히 칠수록/흰 눈썹 펄펄 치솟는"이란 구절은 충분히 나이가

든 인간 존재, 즉 노옹의 모습을 연상하게 한다. 흰 눈썹은 노옹의 상징임이 분명하다. 겨울, 흰 눈이 천지를 덮어 버린 세상에서 찬바람이 거칠게 부는 날을 시간적 배경으로 삼아 언송은 자신의 존재를 시인 앞에 드러내고 있다. 외부 환경이 그처럼 거칠고 험한데 오히려 "펄펄 치솟는" "흰 눈썹"을 통해 당당함을 과시하는 존재가 있다. 옆으로 누운 소나무에서 시인은 그런 노옹의 이미지를 읽어 낸다. 젊은이도 움츠릴 만한 날씨 속에서 노옹은 전혀 위축된 모습을 보이지 않는다. 오히려 언덕에 비스듬히 드러누운 채 세상을 호령하고 있다. 그 언송偃松은 넘치는 자신감을 드러내는 존재를 대변한다. 오히려 그처럼 자신감이 충분하기 때문에 더 겸손한 자세를 보이고 있는 것이다.

「언송偃松—세한도 시편」은 시인의 또 다른 시 「금강송」과 나란히 읽을 때에 그 의미가 더욱 분명히 드러난다. 정수자 시인은 「언송偃松—세한도 시편」 이전에 「금강송」을 발표한 바 있다. 언송은 누워서 자라는 소나무를, 금강송은 꼿꼿이 선 소나무의 한 수종樹種을 지칭하므로 두 텍스트는 모두 소나무를 통하여 인생을 그려 내고자 한 작품이라고 볼 수 있다. 「금강송」 전문을 함께 살펴보자.

군말이나 수사 따위 버린 지 오래인 듯

뼛속까지 곧게 섰는 서슬 푸른 직립들

하늘의 깊이를 잴 뿐 곁을 두지 않는다

꽃다발 같은 것은 너럭바위나 받는 것

눈꽃 그 가벼움의 무거움을 안 뒤부터

설봉의 흰 이마들과 오직 깊게 마주설 뿐

조락 이후 충천하는 개골^{皆骨}의 결기 같은

팔을 다 잘라낸 후 건져 올린 골법^{骨法} 같은

붉은 저! 금강 직필들! 허공이 움찔 솟는다

―정수자, 「금강송」 전문

    「금강송」은 자존감을 강하게 지닌 채 세상의 타락한 상식과 쉽게 타협하려 들지 않는 선비의 모습을 그려 내는 텍스트이다. 그러나 시인은 오히려 꼿꼿이 선 금강송보다도 언송에서 지혜롭고 성숙한 삶을 발견한다. 언송이 보여 주는 것은 성숙한 삶을 이루어 내면이 풍요로운 이의 모습이다. 금강송처럼 높이 솟구치려 하지 않고, 반대로 옆으로 드러누울 수 있는 삶의 여유를 언송에게서 발견할 수 있는 것이다. 언송을 통해 강인하면서도 겸손하고 자유로운 모습으로 현실을 대할 수 있는 존재의 이미지가 구현되어 있다고 볼 수 있다.

    시인은 「사막풀」에서 「언송^{偃松}―세한도 시편」 텍스트에 담았던 전언을 확대하여 전달하고자 한다. 언송에 구현된 그런 의연한 삶의 자세가

여성에게 필요하다고 가르치고 있는데, 가시를 피하지 말고 오히려 가시를 오래 씹어 그 가시에서 상승과 초월의 힘을 얻자고 권유한다. 가시가 비백¹으로 솟을 때까지 인고의 세월을 맞고 보내자 한다. 그러나 시인은 그런 삶이 홀로 감당해야 하는 외로운 모습이거나 고통스럽기만 한 양상은 아니기를 바라며, 여성 주체들이 서로에게 다가가 경험의 공동체를 이룰 수 있으리라는 전망과 염원을 드러낸다. 그리하여 시인은 "사막의 권속"은 다 오라고 한다. 와서 같이 울자고 청한다. 함께 울 만한 권속眷屬이 있다는 것, 그것이야말로 고통 속에서도 삶을 견디고 지탱해 나갈 수 있는 힘이 될 수 있음을 주장하는 셈이다. 나아가 함께 고통을 나누는 대상이 존재한다는 사실을 인지한다면 그것이 바로 어두운 세상의 등대 구실을 한다고 웅변한다. 그 등대가 보내는 빛이 여성 주체들로 하여금 낙담하지 않고 앞으로 나아갈 수 있게 해 주리라고 믿는 것이다. 이처럼 정수자 시인의 텍스트에서는 기존의 여성 시인들과는 사뭇 달라진 시적 화자의 목소리를 발견할 수 있다. 위에 든 세 편의 시 외에도 정수자 시인이 쓴 대부분의 텍스트들은 여성 특유의 경험과 감정을 다양하게 재현해 왔다.

동시에 정수자 시인은 남성 고유의 영역에 속한다고 여겨지던 것들을 여성의 영역으로 새로이 불러들이는 모습을 적극적으로 보여 주고 있다. 전통적으로 남성과 여성이 성별의 차이에 따라 상이한 영역에 배속되고, 그 결과 남성의 사유와 행동 그리고 경험에는 여성들에게 생소한 것들이 존재해 왔다고 볼 수 있다. 그러나 정수자 시인은 텍스트 내

---

1 비백(飛白): 획을 나는 듯이 그어 그림처럼 쓰는 서체. 후한 때 채옹이 만든 서체이다.

부에서 여성 주체로 하여금 남성들의 전유물로 여겨지던 것들을 경험하게 만들고 있다. 그러한 창작 방법은 전통을 전복하는 효과를 지니게 된다. 그처럼 정수자 시인이 마치 남성 주체가 시적 화자로 등장하여 발화하는 듯한 시적 텍스트를 보여 주고 있다는 점은 크게 주목할 만한 일이다. 남성적 영역에 소속되었던 사물들, 행동들, 발화의 양식들이 여성 시인의 텍스트에 도입되어 생소하고도 이질적인 시를 이루어 내게 된 것이다. 정수자 시인은 남성적 언어들을 의도적으로 사용하면서 전복성의 텍스트를 구현한다. 그리고 여성 주체와 시라는 주제를 검토하는 자리에서 정수자 시인은 텍스트를 통해 성별에 따른 고정적인 역할을 전복하는 모습을 보여 준다. 이러한 점에 유의하면서 전복적 텍스트 중 대표적인 작품인 「수작酬酌」을 읽어 보자.

> 너를 안고 한 번쯤은 시를 먹여보리
> 끓다 넘다 식혀진 광 속의 밀주 같은
>
> 내 생의 내출혈들을
> 오래오래 먹이리
>
> 부푼 시편으로 발긋발긋 상기된 밤
> 수상한 수유 따라 산수유 더욱 붉어
>
> 뒷산도 언 섶을 열고
> 골바람을 누이리니

벌건 시 수작에 우수절祭 다 젖어도

늦은 눈 푹푹 쌓여 밤은 하냥 희리니

창밖엔 이른 수선화가

하마 벌곤 하리라

—정수자, 「수작(酬酌)」 전문

이 시의 새로움은 현대의 여성 시인이 시조라는 전통적 양식을 사용하면서 이제 진부해질 만치 반복된 시적 모티프들을 해체하고 재구성해 낸다는 데에 있다. 시에 드러나는 풍경을 그림으로 나타낸다면 그 그림에는 화창한 봄날, 술과 더불어 꽃을 완상玩賞하는 양반의 모습이 나타날 것이다. 그처럼 산수유가 피는 봄날, 기생에게 술을 먹이며 시를 나누는 양반 남성의 모습이 등장하는 정경은 우리의 전통 문학이나 미술에서 매우 흔하게 찾아볼 수 있다. 꽃과 술 그리고 시는 우리 시의 전통에서 가장 흔히 발견되는 모티프들에 속한다. 계절의 변화를 상징하는 객관적 상관물로 꽃을 배경에 둔 채 양반 남성들은 술을 마시고 시를 써서 서로 공유하고는 했다. 정수자 시인은 텍스트의 시작과 종결에서 그와 같은 양반 남성 화자의 목소리를 그대로 흉내 내고 있다. 텍스트는 "너를 안고 한 번쯤은 시를 먹여보리"라는 구절로 시작되어, "창밖엔 이른 수선화가/하마 벌곤 하리라" 구절로 종결에 이른다. 누군가를 품에 안은 채 술을 먹이듯, 시를 먹여 보겠다고 발언하는 모습은 전형적인 양반 남성의 모습이다. 그리고 시상의 전개를 마무리하기 위해 시선을 밖으로 돌려 꽃이 피어나는 형상을 그려 내는 것 또한 진부해 보일 만큼 익숙한 시적 장치에 해당한다. 꽃의 묘사도 양반 남성의 시에서 자주 발견되던 모티프인 것이다. 그처럼 텍스트의 처음과 끝에 남성 화자, 그것도 양반 남성 화자의 목소리를 배치하면서 정수자 시인은 오래된 우리 시의 전통 모티프를 차용한다. 삶을 영위하고자 바쁘게 노동하는 계층의 남성이 아니라 시서화詩書畵를 향유할 만한 지위에 있는 남성들이 즐겨 사용하던 창작 방식을 의도적으로 흉내 내고 있는 것이다. 그러나 현대의 여성 시인이 그처럼 고풍스럽게 보이는 텍스트를 빚고 있다는 바로 그 점으로 인하여, 시인의 시는 일반적이고 진부한 것이기를 멈추면서, 전혀 새로운 의미를 독자에게 전달하게 된다.

다시 언급하지만 현대의 여성 시인이 지난 시절, 아마도 조선 시대의 인물일 듯한 양반 남성의 목소리를 그대로 따라 하면서 텍스트를 빚고 있다는 점은 주목할 만하다. 흉내 내기, 즉 어떤 언행을 모방하는 경우는 특정 대상을 조롱하고자 할 때가 많다. 정수자 시인 또한 우리 시의 전통에서 흔하고도 흔한 모티프 하나를 발견하여 차용하면서 일종의 풍자를 의도하고 있는 것으로 보인다. "창밖엔 이른 수선화가/하마 벌곤 하리라"로 드러난 종장은 일견 고시조의 상투적 종장처럼 보인다. 그러나 시인은 그 종장을 통하여 고시조의 전통을 혁신하면서 동시에 남성 고유의 영역에 틈입하여 남성들이 독점한 풍류의 구조를 교란하고 있다. 남성 주체의 목소리로 그들의 화법을 훔쳐 오듯 모방하면서 남성 주체들이 흔히 발화하던 언어를 반복해서 말하는 것이다. 이를 통해 그들에게 그 전언을 되돌려준다고도 볼 수 있다. 남성 시인들에게는 너무나 익숙했던 발화의 방식들, 지나치게 많이 사용되어 진부해진 표현이나 언술들을 일시에 낯설게 하는 셈이다.

러시아 형식주의자들은 동일한 언어의 구성 요소들을 새로이 배치하는 데에서 문학의 특징을 발견할 수 있다고 말하며, 배치의 방식을 달리함으로써 익숙한 것을 새롭게 만드는 게 문학의 특성이라고 지적했다. 그러나 정수자 시인의 텍스트에 이르면 그러한 주장을 수정해야 한다는 사실을 알 수 있다. 정수자 시인은 시적 언어를 새로이 배치하지 않았고 더욱이 새로운 시어를 발견하거나 창조하지도 않았다. 오히려 전통 속에서 가장 익숙하게 여겨져 온 어휘들과 표현들 그리고 발화의 양식까지 그대로 가져와 반복하고 있다. 그런데 그 텍스트는 매우 이질적이며 새롭게 느껴진다. 텍스트의 특징과 창의성이 '발화의 주체가 누구인가?', '그 발화의 대상은 누구인가?', '즉, 누가 말하는가?' 그리고 '누가 누구를 타자화하고 있는가?' 같은 질문을 제기하기 때문이다. 정수자 시인의 텍스트를 새롭게 보이도록 만드는 요소는 이러한 질문을 향한 답 속에 내재되어 있다. '누가 말하는가?', '즉, 발화자의 성별은 무엇이며 그 시적 화자는 왜 그처럼 발화하는가?' 하는 문제는 그 의미가 예사롭지 않다. 누가 어떤 위치에서 어떤 대상을 향하여 말하는가 하는 문제, 그것은 단순하지 않고 복합적인 성격을 지니고 있는 철학적 질문이다. 현대에 이르러서는 성별에 따른 차별의 문제가 많이 극복되는 중이라고 알려져 있다. 그러나 정수자 시인의 텍스트는 현대 사회에도 여전히 엄격한 시각과 가치관의 차이가 그 내부에 존재해 있음을 느끼게 만든다. 시인은 텍스트에서 새로울 것이 없는 소재와 주제를 반복했을 뿐인데, 어떤 이유로 인하여 그 텍스트는 새로워지는 것인가? 그런 새로움의 효과가 발생하는 이유는 무엇인가? 성별의 차이가 충분히 중화된 미래의 시공간에서도 그러한 효과가 동일하게 생겨날 수 있을까?

아마도 그럴 것 같지는 않은데 그 이유는 성별의 전형성 혹은 규범성, 즉 스테레오타입stereo type이 사라진 곳에서 정수자 시인의 텍스트는 별 특징이 없는 평범한 텍스트로 간주될 확률이 높기 때문이다. 「수작」의 어휘와 표현들이 그토록 낯설게 느껴지는 이유는 우리 사회에 여전히 성별에 의한 차별이 엄격히 존재하고 있기 때문일 것이다. 즉, 「수작」이 풍자의 텍스트로 읽히는 사회는 성별의 차이가 충분히 선명한 그런 사회라고 볼 수밖에 없다.

류미야의
「호접胡蝶」

      사랑과 자유를 노래하는 새로운 방식을 찾아 나선 여성 시인들의 목소리는 나날이 더욱 낭랑해지고 있다. 2000년대 이후 문단에 데뷔한 여성 시인들은 이전 세대 시인들보다 더욱 강인한 의지를 지닌 채 자신의 주체성을 드러낸다. 또한 그들은 사유와 감각에 있어서도 사회적 억압이나 윤리적 구속으로부터 일층 자유로움을 보여 준다. 그리하여 여성 주체들은 주체적이고 의욕에 넘치는 자신의 모습을 텍스트에 표현한다. 류미야 시인의 「호접」을 보자.

> 강철 돛을 매달라 누군가 말했지만
> 무엇과도 못 바꿀 이것이
> 나의 생시
> 날개는 쉬 찢겼어도
> 다디단 꿈 맛보았지

나는 슬프지도 나약하지도 않아

대낮의 조롱鳥籠은 날 가둘 수 없네

바람의 궁륭을 타고

죄의 눈썹

떨구며

가벼이 허물 벗고 죽도록

살다가는

사랑 속에 죽겠네, 이것은 나의 방식

그림자 죄 다 지우고

꿈속이듯 아니듯

—류미야, 「호접(胡蝶)」 전문

　류미야 시인은 자유롭게 꿈꾸고 살아가는 영혼을 텍스트에 그리며, 한량없는 존재의 가벼움을 노래한다. 그 가벼움을 강조하기 위해 "강철 돛"과 "대낮의 조롱鳥籠"이 배경에 등장한다. '찢긴 날개', "죄의 눈썹", "허물" 같은 어휘들이 사회적 제약의 틀을 벗어나는 과정의 몸부림들을 담보하고 있다. "떨구"고, "지우고", "바람의 궁륭을 타고"… 등의 표현들에서는 자유의 이미지가 선명하게 떠오른다. "이것이/나의 생시" 구절과 짝을 이루며 "이것은 나의 방식"이 등장하기도 한다. "이것이"가 "이것은"이 될 때까지, "나의 생시"가 "나의 방식"이 될 때까지, 그 변화의 궤적이 호접胡蝶 즉, 호랑나비의 여로라 할 수 있다. 그리고 나비의 여로는 바로 여성 주체의 삶 그 자체를 보여 준다. 나비의 여로를 따라가노라면 우리 시대 여성이 살아 온 삶의 방식을 찾게 된다. 나비의 날개에서 경계를 지우고, 강철의 무게를 조롱嘲弄하고, 조롱鳥籠의 한계를 비웃으며 자신만의 방식으로 자유와 사랑을 찾아가는 여성 주체의 모습을 발견할 수 있다. 시인은 텍스트를 통해 자신에게 주어진 목숨을 소중히 여기고 그 일회성의 삶을 값지게 누리고자 하는 갸륵한 의지를 보여 주고 있는 것이다.

동양 문화권에서 나비는 장자의 꿈을 먼저 연상시킨다. 잠깐 『장자莊子』의 「제물론齊物論」에 나오는 이야기를 해 보도록 하자. 꿈에서 나비가 된 장자는 자신이 장자라는 사실을 잊어버린다. 그러다 깨어나 보니 다시 자신은 나비가 아니라 장자라는 사실을 알게 되었다. 장자는 자신이 나비가 된 꿈을 꾼 것인지, 나비가 장자가 된 꿈을 꾼 것인지를 묻는다. 인생의 덧없음을 말할 때 사람들은 흔히 장자가 꾼 꿈, 즉 호접몽胡蝶夢을 인용하곤 한다.

그처럼 시인의 상상력 속에서 나비는 꿈과 현실 사이의 경계가 흐려지게 만들면서 두 세계를 연결해 주는 매개체로 등장하곤 한다. 류미야 시인도 마찬가지로 호접몽을 재해석하면서 표현하고 있는 듯하다. 왜냐하면 텍스트 마지막에 등장하는 "꿈속이듯 아니듯"이란 표현 또한 그 나비 꿈의 전통을 이어 가고 있다고 볼 수 있기 때문이다. 그러나 류미야 시인은 단순히 꿈과 현실 사이의 넘나듦을 언급하기 위하여 호접몽이라는 소재를 도입하는 것이 아니다. 시인은 전통을 답습하는 방식이 아니라 새롭게 해석하여 자신의 의도를 드러내는 방법으로 호접몽의 모티프를 활용한다. 나비가 상징하는 꿈과 그 꿈에서 깨어난 상태의 현실을 나란히 배치하면서 그 오래된 은유를 통하여 여성 주체의 꿈과 의지를 드러내는 것이다.

문학 이론가 테오도어 아도르노Theodor Adorno는 예술에 있어서의 창의성이란 '유사 창의성pseudo creativity'이라고 언급한 바 있다. 태양 아래에 완전히 새로운 건 있을 수 없고, 예술이 성공적으로 창의성을 구현하기 위해서는 전통에 의지할 때에만 가능하다고 본 것이다. 즉, 창의성이 전통으로부터 너무 많이 이탈한 상태에서 이루어지면 받아들여지기 어렵다는 의미이다. 다시 말해, 아도르노는 창의적인 듯하면서도 완전히 창의적이지는 않은 유사 창의성만이 창의성으로서 살아남는다고 이른다. 기존에 존재해 오던 것을 조금씩 새롭게 바꾸어 가면서 창의성이 발현된다고 본 셈이다. 물론 그 발언은 아도르노가 음악 장르를 염두에 둔 채 음악의 창의성에 대해 언급한 것이다. 그러나 음악만이 아니라 모든 예술의 장르에도 유사 창의성 개념은 동등하게 적용될 수 있다. 전통을 보존하면서 전통의 힘을 이용하여 새로움을 만들어 가는 온고지신의 미덕이 시인들에게도 필요한 것이다.

다시 류미야 시인의 텍스트로 돌아가서 "가벼이 허물 벗고 죽도록/살다가는/사랑 속에 죽겠네, 이것은 나의 방식"이란 구절에 주목해 보자. 그 구절에서는 '죽다', '살다', '죽다'라는 동사가 거듭 등장한다. 삶과 죽음은 서로 분리된 개념이 아니라 긴밀히 연결되어 있으며, 삶이란 죽을 때까지 지속되며 그 삶의 끝에 죽음이 오는 것이다. 류미야 시인의 텍스트에서는 자유를 구사하면서 사랑을 추구하겠다는 시적 화자의 의지가 자못 결연해 보인다. "날개는 쉬 찢겼어도/다디단 꿈 맛보았지"라는 구절은 어려움이 닥친다고 해도 소중한 꿈은 결코 포기할 수 없음을 보여 준다. 날개가 찢기면서도 다디단 꿈을 이미 맛본 나비는 자신이 꿈꾸어오던 것을 포기하지 않는다. 외부의 폭력이 그 꿈을 실현시켜 줄 날개를 찢는다고 해도 날갯짓을 멈추지 않는 것이다. 이는 현실의 난관을 극복해 나가는 의연한 자세를 드러내 보여 준다. 이러한 몸가짐은 진정 자신이 원하는 것을 찾아 현실의 어려움에 굴복하지 않는 여성 주체를 상징한다고 볼 수 있다.

결국 마지막 수에서 드러나는, "사랑 속에 죽겠네, 이것은 나의 방식" 구절은 시적 화자의 삶의 전개 과정이 종결에 이를 때의 모습을 노래한 것이다. 사랑을 지고의 가치로 여기면서 자신이 믿는 바를 위해 삶 전체를 바치려는 자세가 자못 의연하다. 그러나 텍스트의 종결, 즉 "꿈속이듯 아니듯"이란 구절은 다시 한번 텍스트 전체의 핵심적 이미지를 환기하면서 텍스트의 처음과 끝을 맞물리게 한다. 그리하여 텍스트의 일관성과 통합성을 형성하는 데에 기여한다. 앞서 전개된 호접몽을 다시 환기하는 효과를 지니면서 주제를 더욱 선명하게 드러내는 것이다. 꿈속에서인 듯 현실에서인 듯 경계가 분명하지 않은 것, 나비의 꿈은 바로 그 점으로 인하여 더욱 시의 복합성과 중의성을 증폭시키게 된다. 또한 그 이미지는 제목과도 서로 일치하는 것이어서 텍스트의 통합성을 더욱 돋보이게 한다.

여성적 경험, 임신과 출산의 시:

손영희, 한분옥, 김선화의 시

현대의 여성 시인들은 여성이 지닌 고유한 경험에 주목하면서 그 가치를 재발견하고자 하는 시도를 보여 준다. 또 여성의 육체를 재현하기도 하고 그 육체에 주어지는 사회적 의미와 여성 자신의 감각을 탐구하기도 한다. 나아가 여성의 임신과 출산 등을 소재로 취하면서, 육체를 매개로 하는 여성 고유의 경험이 지니는 의미를 고찰하기도 한다.

새로운 생명을 잉태하고 출산하는 일은 여성의 고유한 역할이다. 즉, 여성적 경험을 말하는 시들은 여성 고유의 영역에 주목하면서, 궁극적으로는 생명을 찬양하고 또 생명을 잉태한 여성의 육체를 함께 예찬하는 셈이다. 시적 형상화에 이른 여성의 육체를 분석해 보면 육체의 재현을 통하여 여성 주체를 재인식할 수 있다. 손영희 시인이 그려 내는 '여성 육체의 찬양', 한분옥 시인의 '입덧 경험의 재현' 그리고 김선화 시인이 텍스트에 구현한 '임산부를 통한 생명의 찬양' 등을 살펴보자.

저기
산을 품고 오는
여자가 있다

두 봉오리
발그레
홍조를
띤

거무룩
더욱 짙어진
산도産道가 아름다운

2.

네 둥근 자궁을 안아보자, 여자여

다산을 꿈꾸는

내 집은
적막하니

누대의

가계家系로부터

핏줄로

이어졌으니

—손영희, 「목욕탕에서」 전문

　손영희 시인은 목욕탕에서 우연히 마주치게 된 여성의 몸을 그리고
있다. 여성들만의 고유한 공간인 여탕에서는 여성들이 알몸과 맨살로
서로 만난다. 여성 주체가 또 다른 여성 주체와 육체를 통하여 조우하
는 공간이 공중목욕탕인 것이다. 공중목욕탕이라는 예외적인 공간에서
는 여성 주체가 자유롭게 타자의 육체를 응시할 수 있게 된다. 공중목
욕탕은 아프리카 출신의 프랑스 디자이너 아제딘 알라이아Azzedine Alaïa
에게 감각의 근원이 되는 공간이기도 하다. 알라이아가 패션계의 건축
가라는 명예로운 이름을 얻을 수 있었던 이유는 어린 시절부터 목욕탕
에서 여성의 육체를 자유롭게 바라봄으로써 여성 육체의 특성을 가장
잘 이해한 디자이너가 될 수 있었기 때문이다. 그처럼 공중목욕탕이라
는 공간은 서구에서는 발견하기 어려운 새로운 문화적 상상력의 원천이
되기도 한다.
　손영희 시인의 텍스트에서도 가장 솔직하고 긍정적으로 여성 육체를
찬양하는 언사를 발견할 수 있다. 시적 화자는 동성인 여성의 몸, 그중에
서도 임신한 여성의 육체를 낯선 듯이 바라보고 있다. 시적 화자의 눈길
을 끈 것은 타자로서의 여성이 지닌 몸이며 특히 또 하나의 어린 육체를

내부에 품어 기르고 있는 임산부의 몸이다. 시인은 생명을 잉태한 몸에서 풍겨 나오는 긍정의 에너지를 예찬한다. 또 아이에게 모유를 제공하게 될 젖가슴은 "두 봉오리"로 묘사하여 마치 꽃잎처럼 아름답다고 보고 있다.

"발그레/홍조를/띤"이라는 구절도 마찬가지로 생명 예찬을 보여 주는 대목이다. 홍조, 즉 붉은빛은 생명의 빛깔이라 볼 수 있다. 붉은 기운은 더운 피가 순조롭게 흐르는 몸에서 볼 수 있기 때문이다. 나아가 시인인 이를 "발그레"하다고 표현하여 한참 신선하고 싱그러운 생명의 기운을 지니고 있음을 보여 준다. 하체에 눈길을 주면서 "거무룩"이라는 빛깔을 부여하면서 "산도産道"가 "더욱 깊어진" 것을 아울러 찬양한다. 발그레한 홍조로 드러난 생명의 기운이 보다 깊어진 산도로 이어지게 되면서 건강한 생명력을 예찬하고 있음을 볼 수 있다. 그 생명력 넘치는 빛깔과 기운은 모두 함께 어울려 순조롭게 출산을 하도록 만들 것이다. 생명을 품은 여성의 육체를 찬양함에 있어서 시인은 단호하고 확신에 찬 태도를 보여 준다. 생명을 품은 육체이기에 그 여성의 육체를 "산을 품"은 몸이라고 부르는데, 시인은 "저기/산을 품고 오는/여자가 있다"라는 구절로 텍스트를 열면서 그런 확신을 더욱 강조하고 있다. 이는 시조의 종장에 등장함직한 결어를 먼저 제시하는 방법이다. 생명을 향한 그리고 그 생명체를 탄생할 수 있게 하는 여성의 육체에 대한 시적 화자의 강한 긍정의 자세를 확인할 수 있다.

두 번째 수에서는 생명력으로 충만한 여성 육체와 대조되는 적막한 육체를 보여 준다. "다산을 꿈꾸는//내 집은/적막하니"라고 하여 다산을 바라지만 그 꿈을 이룰 수 없는 육체를 '적막한 집'으로 그리고 있다. 그 적막한 집은 이제 생명을 잉태하기에 적합하지 못한 육체를 형상화한 표현이다. 첫째 수에서 자세히 그려 낸 생명력 넘치는 육체와는 대조적인 모습이다. 그리하여 양자가 드러내는 차이는 "산을 품"은, 풍요로운 타자의 육체를 안아 보고 싶은 시적 화자의 태도를 더욱 강조하게 된다. 이렇듯 손영희 시인의 텍스트는 여성 주체에 대한 직접적이고 확고한 긍정의 자세를 보여 주는 여러 텍스트들 중의 하나로 기억할 만하다. 나아가 여성의 육체, 임신, 출산이라는 중요한 주제를 다루고 있기에 더욱 두드러진다.

위에서 본 것처럼 임신과 출산의 과정은 여성이 지닌 생명력이 발현되는 장으로 그려지면서 여성의 존재 의미를 되새겨 보게 한다. 임신에서 출산에 이르기까지의 날들은 여성의 육체와 주체성에 큰 변화를 초래하는 과정이기도 하다. 한분옥 시인의 텍스트는 여성 주체만이 고유하게 경험하는 그 변화를 섬세하게 재현하고 있다. 「입덧의 시간은 가고」를 보자.

애 터진 무슨 곡절 이리도 생목 죄나

뉘도 눈치 못 챈 느닷없는 풋정인 걸

입소문 번질까 몰라 꽃은 고대 지고 만다

처방도 없는 입덧 가당찮게 잦추더니

객쩍게 앓아눕는 지극한 봄날이다

한사코 핏물 자으며 오장을 다 토한다.

-한분옥, 「입덧의 시간은 가고」 전문

　한분옥 시인은 하나의 생명을 잉태하면서 경험하게 되는 입덧의 경험을 시적 텍스트로 형상화하고 있는데, 구체적이면서도 핍진성 있게 입덧의 속성을 드러낸다. 입덧은 여성, 그것도 임신한 여성만이 배타적으로 경험하는 일이다. 여성 육체의 변화에 대한 문학적 담론이 충분히 존재하지 않는 문화적 현실 속에서, 입덧이라는 사건에 주목하면서 여성 고유의 경험을 재현하고자 하는 시도는 소중하다. 그렇기에 입덧을 경험해 본 여성들만이 충분히 이해하고 공감할 수 있는 소재를 통해 여성성을 탐구하는 이 텍스트는 소재 자체만으로도 중요성이 높은 셈이다.

　한분옥 시인의 텍스트는 이중적 의미를 지녔는데, 한편으로는 꽃 피는 봄날을 그리고 있고 다른 한편으로는 여성 육체의 변화를 재현한다. 여성 육체의 변화와 꽃의 개화, 시인은 무관한 듯 보이는 양자의 속성에서 공유항을 찾아낸다. 때 이른 봄꽃의 부적절한 개화와 여성의 입덧 사이에 존재하는 그 동일성 혹은 유사성을 포착해 텍스트로 재현한 것이다. 즉, 계절에 앞서 피면서 봄이 도래하고 있음을 알리는 봄꽃과 임신 사실을 미리 알려 주는 입덧이 그처럼 서로 닮은 꼴이라는 사실을 일깨우는 셈이다. 임신 사실을 확인하기 전에 임신이 이루어졌음을 자각하게 만드는 신체적 변화가 바로 입덧이다. 그 입덧은 본격적으로 봄이 도래하기 전에 일어나는 작은 변화들로 형상화되어 드러나고 있다. "뉘도 눈치 못 챈" 채 이루어지는 일이기에 시인은 "느닷없는 풋정"이라고 이른다. "입소문 번질까 몰라"라는 구절을 통해서는 사회의 윤리 규범

498

이 불러오는 감시에 대한 경계심이 드러나 있다. "지극한 봄날"에 이르러 봄꽃이 만발하기 전에 한두 송이 피어났다가 "고대 지고" 마는 꽃의 생리는 과연 입덧이 진행되는 과정과 많이 닮았다고 볼 수 있다. 입덧은 별안간 급습하듯 여성을 찾아왔다가 그처럼 갑자기 사라진다. 그러면서 여성으로 하여금 임신을 자각하게 만든다.

텍스트는 봄이 오는 과정과 입덧에서 임신으로 이행하는 과정 사이의 동일성을 찾아 양자 사이의 경계를 의도적으로 흐리고 지우면서 전개된다. 봄기운이 완연해지는 "지극한 봄날"에 이르기까지의 과정은 여성이 경험하는 입덧이라는 사건의 은유를 통해 드러나고, 또 입덧과 임신은 봄꽃이 피어나는 과정을 통해 재현되고 있는 것이다.

임신한 여성을 예찬하고 그 육체를 무한히 긍정적인 자세로 묘사하는 또 하나의 텍스트를 찾는다면 김선화 시인의 「쉿!」을 들 수 있다.

둥근 배 감싸 안고
민낯 여인 버스에 탄다

지금은 뜨거운 사랑
살뜰히 영그는 중

환하다
우주를 품은
그녀가 달린다

―김선화, 「쉿!」 전문

이 텍스트에는 밝고 따뜻한 빛과 열기를 재현하는 시어가 사용되고 있음을 볼 수 있다. "뜨거운 사랑"과 "환하다"에 특히 주목할 수 있는데, 그 시어들은 텍스트에 충분하고도 무한한 긍정성을 부여한다. 버스에 오르는 여성의 육체 중 "둥근 배"가 초장에서 등장하고 종장에서는 그 여성의 육체는 "우주를 품은" 것으로 그려진다. 그리고 "둥근 배"를 감싸 안은 여인으로 인하여 시인은 종결 부분에서 "환하다"라고 외칠 수 있게 된다. 우주를 품은 육체가 있으니 세계는 환할 수밖에 없다. 초장의 객관적 묘사가 종장에 이르러서는 감탄을 자아내는 찬양으로 변화한다. 그리고 묘사에서 감탄으로 이행하는 그 과정은 중장에 나타난 적절한 설명을 통해 자연스럽게 완성된다. 시적 화자는 "지금은 뜨거운 사랑/살뜰히 영그는 중"이라고 말하여 사랑이 텍스트의 여성 주인공으로 하여금 새로운 우주를 품게 만든 원인임을 확인하게 한다. 그 결과, 임신한 여성의 육체를 통하여 뜨거운 사랑이 영글면서 하나의 우주를 이루어 간다는 시인의 전언이 텍스트 전반에 매끄럽고도 부드럽게 스미게 된다. 제목이 단순히 「쉿!」인 이유도 예사롭지 않고 의미심장하다. 그 제목은 하나의 우주를 품은 이가 달리고 있으니 모두가 숨죽이고 그를 지켜보며 돌보아야 한다는 전언을 웅변하고 있다. 즉, 시인이 텍스트에 구현한 주제를 제목만으로도 파악하도록 만드는 효과를 불러일으키는 셈이다.

인류 문명의 발달은 페미니즘의 부상을 불러오기도 했지만 여성 혐오의 담론도 함께 늘어나게 만들었다. 따라서 여성 주체와 여성의 육체라는 주제에 대해서도 다양한 담론이 존재하여 상호 충돌하는 양상을 보이기도 한다. 그러나 여성이 지닌 재생산 기능은 어떤 맥락에서도 긍정되어야 하고 또 예찬되어야 한다. 그리고 여성 시인들만이 여성 육체가 담보한 생명력을 찬양하는 시적 텍스트를 생산하지는 않는데, 건강한 여성의 육체를 재현한 시들 중에는 남성 시인의 텍스트도 포함되어 있다. 이를테면 장순하 시인의 「유방의 장」에는 생명력 넘치는 여성 육체가 찬미의 대상으로 재현되어 있다.

> 난 몰라,
> 모시 앞섶 풀이 세어 그렇지
>
> 백련 꽃봉오리
> 산딸기도 하나 둘씩
>
> 상그레 웃음 벙그는
> 소리 없는 개가凱歌
>
> 불길을 딛고 서서
> 옥으로 견딘 순결
>
> 모진 가뭄에도
> 촉촉이 이슬 맺어
>
> 요요耀耀히 시내 흐르는
> 내일에의 동산아!
>
> —장순하, 「유방의 장」 전문

장순하 시인은 육체를 묘사함에 있어서 시냇물과 복숭아와 계곡 등의 이미지를 구사한다. 물과 과일이 지닌 생명성의 본질을 통하여 육체의 미학을 찬양하는 것이다. 그리고 그처럼 매혹적인 육체가 분출하는 강한 생명력을 칭송한다. 장순하 시인은 생명체를 생산하고 양육하는 몸의 부분들을 꽃이나 과일의 이미지로 그리고 있다. 또한 시내가 흐르는 동산을 그 육체의 등가물로 제시함으로써 여성의 몸이 풍요로운 생명의 공간으로 드러나게 한다. 특히 그 동산을 "내일에의 동산"이라고 이름 붙이고 있는데, 그 구절에서 여성의 모성성과 생명력에 대한 강한 예찬을 확인할 수 있다. 이 텍스트는 남성 시인의 관점에서 여성의 몸을 시적 표현의 대상으로 삼고 있다는 점에 주목하여 김상옥 시인의 「봉숭아」와 견주어 읽어 볼 수도 있다. 또한 여성이 스스로 인지하고 재현한 몸과 남성 시인이 바라본 여성 육체는 어떤 부분을 공유하는지 살펴볼 만하다. 여성의 육체를 통해 재현되는 여성 주체성, 여성의 욕망, 생명의 예찬 등은 앞으로도 더욱 깊이 탐구해 보아야 할 주제이다.

* 정수자 시인에 대한 논의의 일부는 졸저 『세이렌의 항해』(문학수첩, 2020)와 웹진 《공정한 시인의 사회》 (2022년 10월)에 게재된 바를 수정·보완한 것이다.
* 류미야 시인에 대한 논의의 일부는 웹진 《공정한 시인의 사회》(2021년 9월)에 게재된 바를 수정·보완한 것이다.
* 김선화, 손영희 시인에 대한 논의의 일부는 《정형시학》(2017년 여름)에 게재한 바를 수정·보완한 것이다.

자연과 고향
그리고 평화의 시

자연은 많은 시인들이 작품에서 다룬 가장 보편적인 시
적 주제 중의 하나이다. 시대와 지역을 막론하고 자연을 예찬하고 자연
에 깃들어 사는 삶을 재현하는 시를 쉽게 발견할 수 있다. 독일의 시인
프리드리히 실러Friedrich Schiller는 시인은 자연과 분리될 수 없다고 말했
다. 또한 시인과 자연 사이의 관계에 따라 시인의 존재 양상을 설명하
면서 시인을 두 종류로 나누어 분류했다.[1] 실러의 견해에 따르면 시인
은 자연으로서 존재하든가 혹은 상실한 자연을 추구하는 자이다. 그는
전자를 '소박한 시인'이라 불렀고 후자를 '감상적 시인'이라고 하였다.
자연과 분리되지 않은 채 자연으로서 존재하는 소박한 시인에 대해 좀
더 자세히 살펴보자.

---

1 Friedrich Schiller, *Uber Naive und Sentimentale Dichtung*(1795), p.151(김준오, 『시론』 도서출판 문
   장, 1984, 27면에서 재인용).

시인이 순수한 자연으로서 있는 동안에는 순전한 감성적인 통일체로서 또는 전체가 조화된 존재로서 행동하며 감성과 이성, 사물을 받아들이는 능력과 자율적인 행동 능력이 서로 분리되지 않고 대립되지 않는 상태에서 활동한다.(김준오, 『시론』, 도서출판 문장, 1984, 27면.)

실러는 시인이 자연에 동화되어 있는 상태에서는 시인의 내면세계가 평화스럽고 조화롭다고 보았다. 현대인의 삶은 이전의 시대에 비하여 자연과 분리되기 쉬워 내면의 평화를 유지하기 어렵다고 볼 수 있다. 그러나 스스로 자연과 일치하는 마음의 상태를 유지하면서 자연의 평화로움을 시적 텍스트로 선사하는 시인들은 언제나 존재해 왔다.

자연을 노래한 텍스트들은 문명 속에서 자연이 주는 긍정적인 평화의 요소들을 잃어 가는 현대인들에게 삶에 대한 용기와 위로를 제공한다. 이 장에서는 실러가 명명한 바의, 소박한 시인의 작품들을 다루기로 한다. 즉, 시인들이 자연을 사랑하면서 그 아름다움을 재현한 시, 전통적이고 이상적인 시골 환경을 사실적으로 그려 낸 작품, 또 자연에 깃들어 살아가는 사람들의 순박한 삶을 그린 텍스트들을 살펴볼 것이다.

실러가 언급한 대로 그러한 텍스트에서는 "시인이 순수한 자연"으로 존재한다. 그러므로 텍스트는 감성적으로 통일되고 전체적으로 조화되는 모습을 보여 준다. 또 텍스트에 그려져 있는 자연은 조화와 풍요로움 그 자체를 드러낸다. 그런 이상적인 시골 환경은 그리스·로마 시대에도 문학을 비롯한 예술 작품에 등장하곤 했는데 '아카디아arcadia'라는 이름으로 불렸다.[2] 그러므로 자연의 아름다움과 순수함을 그린 시를

'아카디아의 시'라고 부를 수 있다. 또 다양한 문화권에서 아카디아를 작품 속에 구현한 시인들, 실러가 명명한 대로 자연으로서 존재하는 시인들을 찾아볼 수 있다.

이 장에서 살펴볼 아카디아의 삶 혹은 목가적 삶은 현대인들에게는 다소 낯설게 느껴질 수 있다. 현대인의 시각에서는 텍스트 속의 아카디아는 잃어버린 시간과 공간 속에 존재한다고만 보일 수 있다. 지나치게 낭만적이거나 비현실적으로 이상화된 곳으로 생각할 수 있는 것이다. 특히 도시로의 인구 집중이 가속화되는 현대 사회에서는 더욱 그러하다. 도시인으로 살아가는 독자들은 자연보다는 문명의 요소들이 더욱 익숙하게 느껴지기 때문이다. 그런 독자들에게 언어로 재현해 낸 풍요로운 자연은 이제는 일종의 실낙원으로 받아들여질 수도 있다. 개인들이 서로에게 지나치도록 밀접하게 연결된 상태가 현대 사회의 모습이다. 인터넷을 위시한 통신 기술의 발달과 빠른 속도를 과시하는 수단들이 야기한 교통의 발달로, 현대인들의 삶은 아카디아로부터 점점 더 멀어져 가는 형국이다. 그러므로 현대인이 놓여 있는 삶의 공간은 이번 장의 시들이 구현하는 아카디아 공간의 대척점에 놓였다고 볼 수도 있다. 그러나 한편으로는 바로 그 점 때문에 아카디아의 시가 지닌 의미는 더욱 부각된다. 현대인들은 아카디아, 즉 이상적인 전원으로부터 멀리 떨어진 존재라서 아카디아를 구현하는 시들이 그들에게 더욱 필요하고 소중하다. 그 시들이 구현하는 목가적인 삶이야말로 현대인들이

---

2 아카디아란 그리스·로마의 전원시나 르네상스 문학에 등장하는 전통적이며 이상적인 시골 환경(the traditional idealized rural setting of Greek and Roman bucolic poetry and later in the literature of Renaissance)을 일컫는 말이다.

대체로 결핍하고 있는 것이기 때문이다. 부연하건대 현대는 역사상의 그 어느 시기보다 더욱 아카디아를 향한 상상력이 필요한 시대라고 볼 수 있다. 현대인들이 현실에서 겪는 다양한 갈등을 경험하고 내적 고민과 심적 부담감에 시달릴수록, 현대인들은 아카디아의 시를 읽으면서 삶의 자세를 가다듬을 수 있을 것이다. 또 자연과의 조화 속에서 이루어지는 소박한 삶의 의미를 긍정하면서 인간의 삶에서 과연 무엇이 가장 소중한 건지 다시 생각해 볼 수 있을 것이다.

프랑시스 잠의
「위대한 것은 인간의 일들이니」

　　프랑스의 시인 프랑시스 잠Francis Jammes은 1868년 12월 2일, 투르네Tournai에서 태어나 1938년 11월 1일, 아스파랑Hasparren에서 사망하였다. 그는 극작가이며 비평가로서도 활약한 바 있다. 잠은 생애의 대부분을 베아른Béarn과 스페인 북부의 바스코Vasco 지방에서 보냈다고 알려져 있는데, 그 지역의 자연이 잠의 삶에 지대한 영향을 미쳤고 그의 문학적 영감의 원천으로 작용했다고 볼 수 있다. 그의 작품이 지닌 중요한 소재이자 주제는 바로 자연과 그 자연의 섭리에 순응하는 인간의 삶이라고 할 수 있다.

　　잠의 문학 세계에 대해 먼저 살펴보자. 잠의 작품에서 가장 중요한 요소는 자연의 풍요로움과 자연 속에 깃들어 소박하고 평화롭게 살아가는 인간의 삶에 대한 묘사 그리고 재현이라 할 수 있다. 자연을 대하는 그의 자세에서는 종교인의 태도를 엿볼 수 있을 정도이다. 그래서 잠은 자연의 풍물을 종교적 애정을 가지고 노래한 시인이라는 평가를 받는다. 문예 사조의 맥락에서 살펴보자면 잠은 프랑스 상징파의 후기를 장식한 신고전파 시인으로 분류되고 있다. 잠이 창작 활동을 하던 시기에는 상징주의 문예 사조가 문화 예술계를 주도하고 있었다. 잠은 그런 상징주의 경향에 맞서면서 자신만의 독자적인 경지를 열었다고 알려져 있다. 잠에게는 자연이 예술적 영감의 원천이었던 까닭에, 그는 자연의 작은 생명체나 사물들을 애정 어린 눈길로 바라보면서 그들의 특징을 파악하고 재현하였다. 또 자연을 구성하는 작은 생명체들을 관찰하고 찬양하면서 그런 자연 속에서 함께 조화를 이루는 소박하고 단순한 인간의 삶을 그려 내었다. 잠의 시에서 자연은 인간이 정복하고 지배해야 할 대상이 아니라 존중하고 보호해야 할 대상으로 등장한다. 자연을 훼손하지 않고 오히려 자연에 순화되고, 자연을 닮아가는 삶을 이상으로 그린 셈이다. 그리하여 텍스트 전체를 통하여 조화로우며 영적으로 풍요로운 세상이 재현되고 있음을 확인할 수 있다.

Ce sont les travaux de l'homme qui sont grands :
celui qui met le lait dans les vases de bois,
celui qui cueille les épis de blé piquants et droits,
celui qui garde les vaches près des aulnes frais,
celui qui fait saigner les bouleaux des forêts,
celui qui tord, près des ruisseaux vifs, les osiers,
celui qui raccommode les vieux souliers
près d'un foyer obscur, d'un vieux chat galeux,
d'un merle qui dort et des enfants heureux ;

celui qui tisse et fait un bruit retombant,

lorsque à minuit les grillons chantent aigrement ;

celui qui fait le pain, celui qui fait le vin,

celui qui sème l'ail et les choux au jardin,

celui qui recueille les oeufs tièdes.

위대한 것은 인간의 일들이니

나무 병에

우유를 담는 일,

꼿꼿하고 살갗을 찌르는

밀 이삭들을 따는 일,

암소들을 신선한 오리나무들 옆에서

떠나지 않게 하는 일,

숲의 자작나무들을

베는 일,

경쾌하게 흘러가는 시내 옆에서

버들가지를 꼬는 일,

어두운 벽난로와, 옴 오른

늙은 고양이와, 잠든 티티새와,

즐겁게 노는 아이들 옆에서

낡은 구두를 수선하는 일,

한밤중 귀뚜라미들이 날카롭게

울 때 처지는 소리를 내며

베를 짜는 일,

빵을 만들고

포도주를 만드는 일,

정원에 양배추와 마늘의

씨앗을 뿌리는 일,

그리고 따뜻한 달걀들을

거두어들이는 일.

―프랑시스 잠,「위대한 것은 인간의 일들이니」전문

이 시의 주제는 텍스트의 도입 부분에 해당하는 첫 행, 즉 "위대한 것
은 인간의 일들이니" 구절에 담겨 있다. 잠의 「위대한 것은 인간의 일들
이니Ce sont les travaux de l'homme qui sont grands」를 곽광수의 번역본과 함께 살
펴보면서 자세히 알아보자. 그는 "위대한 것"이라는 핵심 어휘를 텍스
트의 시작 단계에서 보여 주면서 자신의 주제 의식을 전개해 나간다.
즉, "위대한 것"이라고 명명한 주제어의 속성을 처음부터 제시하는 셈
이다. 잠은 사물들을 묘사하면서 점진적으로 "위대한 것은 인간의 일
들"이라는 결론에 이르는 것이 아니라, 역으로 결론에 해당하는 바를
텍스트의 시작에 배치한 다음, 구체적인 사항들로 옮겨 가는 텍스트의
구조를 보여 준다. 그러한 구조는 "위대한 것"이 일반적으로 알려진 대
단한 일이 아니라 매우 사소한 것들임을 보여 주고자 하는 의도를 효과
적으로 드러낸다.

"위대한 것"이라는 어휘를 대하면서 독자들은 흔히 영웅적인 사상이
나 행위 등을 먼저 떠올리게 된다. 또 희생이나 정의 등의 추상어를 "위

대한 것"과 결부하기 쉽다. 시인은 그와 같은 일반적이고 상식적인 연상 작용에 제동을 건다. 그리고 흔히 "위대한 것"과 반대되는 의미로 받아들이기 쉬운, 사소한 인간의 일들을 술어부에 배치한다. 사소한 인간의 일들이야말로 진정 소중하다는 점을 일깨우기 위해서이다. 텍스트의 도입에 텍스트의 주제를 바로 배치함으로써 강조의 효과를 거두고 있는 셈이다.

텍스트의 나머지 부분들은 사소해 보이는 인간의 일들을 하나하나 구체적으로 짚어 가며 예시하는 데에 바쳐지고 있다. 우유 짜기, 밀 이삭줍기, 암소 돌보기 그리고 자작나무 베기 등 자연 속에서 의식주의 질료를 얻는 농부의 일상이 구체적이면서도 생생하게 그려진다. 그 밖에도 베를 짜고 포도주와 빵을 만드는 모습도 재현되어 있으며, 후반부에는 곡식을 파종하고 수확하는 모습을 보여 준다.

우유, 밀, 포도주, 빵 등은 인간의 삶에 필수적인 식생활의 소재들이다. 또 베를 짜고 구두를 수선하는 것은 의생활을 의미한다. 그리고 자작나무 베기는 주생활을 보여 주는 소재이다. 텍스트에 동원된 모든 시적 소재들을 통하여 인간 삶의 모든 것이 자연으로부터 충족되고 있음을 볼 수 있다. 그리고 더 나아가 그처럼 자연이 주는 넉넉함은 한 개인의 삶을 구성하는 데에서만 그치지 않고, 그 개인이 다른 생명체들과 함께 어울려 살아갈 수 있게 한다는 점을 보여 준다. 텍스트에는 고양이나 암소와 같은 동물들도 인간과 조화를 이루며 공생하는 모습이 드러나 있다.

보다 구체적으로 텍스트에 드러난 바, 즉 시인이 찬양하는 자연 속의 삶을 살펴보자. 먼저 시적 화자가 노래하는 평화롭고 행복한 삶은 물질적인 풍요를 통해 구현되는 게 아니라 매우 소박한 마음에서 오는 것임을 알 수 있다. 구두를 묘사한 부분에서 새 구두가 아닌 "낡은 구두"가 등장하고 있음을 통해 그 점을 확인할 수 있다. "낡은 구두"를 수선하는 농부의 모습은 소박한 삶을 강조하기 위해 시인이 선택한 소재라고 볼 수 있다. "낡은 구두", 그것도 해진 부분을 꿰매어 신어야 하는 구두가 소박한 농부의 삶을 보여 주기에 적합하기 때문이다.

또한 텍스트의 후반부에서 파종하는 일과 수확하는 일을 그려 내는 점도 시의 주제를 효과적으로 드러낸다. "씨앗"을 뿌려야만 곡식을 수확할 수 있음은 자명한 사실이다. "양배추"와 "마늘"의 씨앗으로 구체화 된 바와 같이 파종을 하는 농부의 모습은 앞날에 대한 희망을 품고 내일을 준비하는 자세를 보여 준다. 시인은 자신이 깃들어 사는 자연 속에서 자연의 이치를 거스르지 않으면서 살아가는 농부의 모습을 강조하고 있는 것이다. 그리고 텍스트의 시적 종결에 해당하는 부분에서 "따뜻한 달걀"의 이미지를 구현하고 있는 점은 특히 주목할 만하다. 이 부분에서 "달걀"이라는 소재는 삶이 계속된다는 사실을 강조하기 위하여 시인이 동원한 것이라고 볼 수 있다. 닭이 알을 낳고 그 알은 부화해서 또 닭이 되므로 달걀은 생명의 상징이라 할 수 있다. 또 달걀은 농부의 삶에 있어서 영양을 제공하는 원천이기도 하다. 시인은 그 달걀이 따뜻하다고 묘사하고 있으므로 그것은 닭이 알을 낳은 지 얼마 지나지 않았다는 사실을 말해 준다. 직접적이고도 구체적으로 생명의 기쁨을 느낄 수 있게 하는 셈이다. 또한 "따뜻한 달걀"은 그동안 텍스트에 구현되어 온 목가적 삶의 온화한 기운을 종합하고 완결시키는 이미지라고도 볼 수 있다. 그러므로 "따뜻한 달걀" 구절에 이르러 시인이 구현하는 평화로운 목가적 삶이 완성되게 된다.

잠이 삶의 대부분을 보낸, 19세기 말에서 20세기 초반의 시대는 도시화와 산업화가 진행되면서 사회적 유동성이 폭증하던 시기였다. 앞에서 살펴보았던 것처럼 도시화와 산업화는 교환 경제를 기본으로 삼은 자본주의 체제를 동반하게 되었고, 물질문명의 지나친 발달 속에서 인간 소외의 문제가 본격적으로 대두하게 되었다. 그럼에도 불구하고 자연은 인간의 삶에서 분리될 수 없는 것이어서 잠의 시에서 발견되는 전원적 삶의 평온함은 당대 독자에게도 많은 감동을 주었다. 잠은 목가적 삶을 그린 세계의 많은 시인들을 대표한다. 그래서인지 평화롭고도 소박한 전원 속의 삶을 구현하는 시를 찾으라고 하면 제일 먼저 그를 떠올리게 된다.

로버트 프로스트의
「목장」

앞에서 살펴본 바와 같이 로버트 프로스트Robert Frost는 보편적인 미국인의 정서를 가장 잘 대변하는 시인으로 평가받고 있다. 프로스트의 시 세계는 매우 광범한 편인데 이 장에서는 「목장The Pasture」을 읽어 보면서 미국 시인의 텍스트에 드러난 아카디아적 요소를 살펴보자. 자연과 조화를 이루면서 자연이 주는 평화를 누리는 미국인의 삶을 엿볼 수 있다.

I'm going out to clean the pasture spring;

I'll only stop to rake the leaves away

(And wait to watch the water clear, I may):

I sha'n't be gone long.—You come too.

I'm going out to fetch the little calf

That's standing by the mother. It's so young,

It totters when she licks it with her tongue.

I sha'n't be gone long.—You come too.

목장의 옹달샘을 청소하러 갈 거야.

그냥 갈퀴로 나뭇잎만 긁어내려 해.

(그런 다음 물이 맑아지는 걸 좀 지켜볼지도 모르지)

오래 걸리진 않을 거야. 너도 같이 가자꾸나.

어린 송아지를 데리러 나갈 거야.

어미 소 옆에 서 있는 송아지. 송아지는 참 어려.

어미 소가 핥아 주면 살짝 비틀거리지.

오래 걸리진 않을 거야. 너도 같이 가자꾸나.

—로버트 프로스트, 「목장」 전문, 졸역

　1연에서 시인은 목장의 "옹달샘"에 떨어진 나뭇잎을 치우러 나가는 농부의 마음을 노래하고 있다. "옹달샘", 즉 샘물은 맑은 물이기 때문에 샘물이라는 어휘 앞에서 독자는 '맑다'는 느낌을 먼저 갖게 된다. 텍스트에 등장한 샘물은 목장에 있는 샘물이므로 다른 샘물보다 더욱 맑을 수밖에 없다. 이 텍스트의 시적 화자는 목장에 살면서 가축을 돌보는 사람이다. 그는 샘물을 맑게 유지할 목적으로 잠시 그 샘에 다녀오려고 한다. 대단한 일을 하려는 것이 아니고 나뭇잎을 건져 주는 단순한 일을 할 계획이다. 그리고 물이 맑아지기를 기다리겠다고 한다. 맑은 샘물에 "나뭇잎"이 떨어져 내리는 일, 그 "나뭇잎"을 갈퀴로 걷어 내는 작업, 또 그런 다음 잠시 기다리며 샘물이 다시 맑아지는 모습을 지켜보는 것 등이 시적 화자가 하는 일이다. 그 일들은 한결같이 평화롭다는 느낌을 주는 소박한 일들이다. 그러므로 이 시의 시적 화자는 자연 속에서 그 자연에 스며들 듯 조화롭게 살아가는 소박한 삶의 대변자가 되고 있다.

2연에서는 어미 소 곁에 서 있는 "송아지"가 핵심적인 모티프로 등장하는데, 1연에서 "옹달샘"과 "나뭇잎"이 주된 소재였던 것과 대조를 이룬다. 1연에서는 정적인 자연이 주로 묘사된 것에 반하여 2연에서는 1연의 정적인 이미지가 동적으로 변화되는 모습을 볼 수 있다. 목장의 송아지는 새로 태어난 어린 생명이기에 송아지가 지닌 생명의 이미지는 전원적인 삶의 소박한 기쁨을 그려 내기에 충분하다. "어미 소가 핥아 주면 살짝 비틀거리지" 하고 시인은 송아지의 모습을 현실감 있게 묘사한다. 어미 소가 송아지를 핥아 주는 그 모습은 텍스트에 구현된 목가적 풍경의 핵심에 해당한다. 송아지는 어미 소의 사랑에 그대로 노출된 채 자연스럽게 어미 소의 사랑과 돌봄을 받고 있다. 핥아 주는 행위는 동물의 본능적인 사랑 표현인데, 그럴 때 살짝 비틀거리는 송아지의 모습 또한 독자들에게 매우 익숙한 것이다. 일반인이 쉽게 수긍할 수 있는 자연스럽고 친숙한 장면을 그림으로써 삶에 대한 무한한 긍정의 기운을 느낄 수 있게 해 주는 텍스트이다.

그리고 두 연의 마지막 행에서 시적 화자는 동일하게, "오래 걸리진 않을거야(I sha'n't be gone long)"라고 언급한다. "잠깐 나가서 아주 간단한 일을 하고 돌아올게"라고 말하고 있는 것이다. 샘을 청소하고 어미 소와 송아지를 돌보는 농부의 일들이란 일상적이고 반복적이다. 이러한 시적 화자의 말은 전원 속에서 생명을 돌보면서 삶을 가꾸어 나가는 일, 오래 걸리지 않지만 지나칠 수도 없는 일이 농부의 일이라는 사실을 확인하게 한다. 더 나아가 "너도 같이 가자꾸나(You come too)" 구절에 주목해 보자. 누군가에게 같이 가자고 권유하는 말이 두 연에서 반복적으로 나타나고 있다. 시적 화자는 같이 가지고 청하면서 누군가를 자신의 삶 속으로 불러들이는 모습을 보여 준다. 평화로운 목가적 삶에 타자를 초대하는 모습이라 할 수 있다. 그 타자와 함께 작은 공동체를 이룰 수 있다면 목장의 평화로움이 한결 더해질 것이다. 목장은 이미 지극히 평화롭게 묘사되고 있다. 샘물도, 낙엽도, 어미 소와 송아지도 한결같이 평화롭고 조용하게 그려져 있다. 그러나 그처럼 타자에게 삶의 한순간을 함께 나누어 갖자고 청하는 모습에서 알 수 있듯 그 목가적 삶은 혼자만 누리는 게 아니라 다른 사람과 함께 하는 삶이다. 타자와 공생할 때에 그 아카디아의 공간이 보다 더 조화롭고 평화로워질 것임을 암시하는 셈이다.

박재삼의
「봄바다에서」

박재삼 시인은 1933년 일본에서 태어나 1997년 서울에서 타계하였다. 그는 1962년에 첫 시집 『춘향이 마음』을 간행하고 『햇빛 속에서』, 『천년의 바람』, 『어린 것들 옆에서』, 『추억에서』, 『아득하면 되리라』 등 다수의 시집을 발간하면서 활발한 시작 활동을 보여 주었다. 어린 시절 경상남도 삼천포 지역에서 성장한 까닭에 바다는 박재삼 시인이 지닌 시적 영감의 원천으로 작용하였다. 시인의 고향인 삼천포는 남해안의 작은 도시로서 한려수도의 수려한 풍광이 연상되는 곳이기 때문이다.

1.
화안한 꽃밭 같네 참.

눈이 부시어, 저것은 꽃핀 것가 꽃진 것가 여겼더니 피는 것 지는 것을

같이한 그러한 꽃밭의 저것은 저승살이가 아닌것가 참. 실로 언짢달것
가, 기쁘달것가.

거기 정신없이 앉았는 섬을 보고 있으면,

우리가 살았닥해도 그 많은 때는 죽은 사람과 산사람이 숨소리를 나
누고 있는 반짝이는 봄바다와도 같은 저승 어디 쯤에 호젓이 밀린 섬이
되어 있는 것이 아닌 것가.

2.

우리가 소시小時적에, 우리까지를 사랑한 남평 문씨 부인南平文氏夫人은,
그러나 사랑하는 아무도 없어 한낮의 꽃밭 속에 치마를 쓰고 찬란한 목
숨을 풀어 헤쳤더란다.

확실確實히 그때로부터였던가, 그 둘러썼던 비단치마를 새로 풀며 우
리에게까지도 설레는 물결이라면

우리는 치마 안자락으로 코 훔쳐 주던 때의 머언 향내 속으로 살달아
마음달아 젖는단 것가.

돛단배 두엇, 해동갑하여 그 참 흰나비 같네.

—박재삼, 「봄바다에서」 전문

이 텍스트를 이해하기 위해서는 먼저 텍스트에 등장하는 다소 생소
한 표현에 대해 살펴볼 필요가 있다. 마지막 부분에 "해동갑하여"라는
표현이 등장하는데, 그 표현은 해가 질 무렵이라는 뜻으로서 석양을 일
컫는 단어이다. 그러므로 텍스트의 시간대는 환한 낮부터 석양이 나타

나는 저녁나절까지라고 볼 수 있다. 시인은 눈이 부신 낮의 바다에서부터 해가 질 무렵까지의 바다를 바라보면서 연상되는 것들을 텍스트에 구성하고 있다. 이 시에서 박재삼 시인은 한 폭의 수채화를 보는 듯 생생하게 바다의 아름다움을 묘사하고 있는데 바다, 그것도 봄 바다를 그리면서 꽃밭의 이미지를 바다에 부여한다. 또 텍스트의 배경이 되는 계절을 살피자면 사계 중에서도 봄을 그리고 있기에, 봄이라는 시간성이 텍스트에 나타난 봄 바다 이미지와 꽃의 이미지를 부드럽게 연결할 수 있다. 즉, 봄 바다의 풍경에서 봄꽃이 화려하게 피어난 꽃밭의 이미지를 떠올리는 게 자연스럽게 되는 것이다. 텍스트는 햇살을 듬뿍 받고 있는 꽃밭도 눈이 부시게 아름다울 터이지만, 반짝이는 봄 바다도 눈이 부시다는 점을 그리면서 전개되기 시작한다. 도입에서 "눈이 부시어" 하고 밝힘으로써 바다의 아름다움을 드러내고, 그 아름다움은 꽃밭의 이미지를 추동하게 된다. 봄 바다가 반짝이는 이유는 햇살을 받아 반짝이는 윤슬 덕분이겠지만, 그 반짝임은 곧 화려함과 아름다움을 뜻하게 된다. 그리고 아름다움은 다시 꽃의 이미지로 변화하므로 봄 바다에서 꽃밭을 연상할 수 있게 되는 것이다.

시의 말미에 등장하는 "흰나비"도 바다에서 꽃밭으로 연결되는 이미지의 변주에 중요하고도 효과적인 역할을 맡고 있다. 먼저 제시된 꽃밭의 이미지가 뒤이어 등장하는 흰나비의 이미지로 인해 완성된다고 볼 수 있다. 돛단배 두 척 정도가 바다에 떠 있는데, 바다가 이미 꽃밭 같은 것이므로 돛단배가 나비로 보이는 일 또한 매우 자연스럽다. 시인이 돛단배를 보면서 흰나비의 이미지를 돛단배에서 떠올리므로 돛단배의 돛은 흰색이라고 짐작해 볼 수 있다. 하얀 돛을 달았으니, 그 모습이 마치 흰나비와 같은 것이다. 자연스럽고도 유기적인 이미지의 연결 덕분에 상상력이 무리 없이 전개되는 점을 볼 수 있다. 즉, 바다의 이미지에서 나비의 이미지를 떠올리는 게 자연스럽고도 당연해지는 셈이다.

이제 텍스트에 재현된 풍경을 배경으로 삼아 시적 화자가 드러내고자 하는 정서를 살펴보자. 시적 화자는 바다와 섬을 바라보면서 이승과 저승, 삶과 죽음을 생각하고 있다. 우리 문화에서 동떨어진 섬은 죽음의 이미지로 자주 등장하곤 한다. 예를 들어 제주 설화 속의 '이어도 離於島'를 생각해 볼 수 있다. 이어도는 제주 지역 사람들에게는 매우 친숙한, 상상 속의 섬이다. 과거에 제주 사람들은 그 섬이 바다 저 멀리에 존재하며, 그 섬에 한 번 이르면 다시는 돌아올 수 없다고 믿었으며 지금도 그렇게 믿고 있다. 그러므로 이어도는 존재를 증명할 수 없는 곳이다. 실재하는 섬이건 상상 속의 섬이건 제주 설화 속의 이어도는 제주 사람들의 집단 기억 속에 선명하게 남아 있으며, 이어도 설화는 바다가 불러일으키는 죽음에 대한 경외감을 암시하는 이야기라고 볼 수 있다. 바다는 아름다운 자연의 일부이지만 동시에 그 심연에는 죽음의 위험이 드리워져 있다는 이중적 속성을 지니고 있다. 그러므로 바다와 섬을 바라보면서 한편으로는 그 아름다움에 도취되고 다른 한편으로는 자연스럽게 삶과 죽음의 경계를 생각하게 된다고 볼 수 있다.

이 시에서 박재삼 시인이 시적 소재로 삼은 섬과 바다는 제주의 섬과 바다가 아니라 남해안·삼천포 바다일 것이지만 바다와 섬의 상상력에는 제주와 남해안의 구별이 없다. 어찌 됐든 시인은 봄의 꽃밭처럼 아름다운 바다를 바라보면서도 동시에 어쩔 수 없이 죽음을 생각하게 된다. 아름다움은 종종 슬픔을 추동하고 죽음 또한 슬픔을 수반하게 마련이다. 시인이 바다를 바라보며 떠올리는 죽음의 이미지는 이제 "남평 문씨 부인"의 죽음으로 자연스럽게 연결된다. 윤슬로 반짝이는 바다의 모습은 마치 빛을 받아 반짝이는 비단과도 같다. 그러므로 시인은 반짝이는 바다를 바라보면서 기억 속의 "문씨 부인"을 생각하게 된다. 삶의 고달픔을 이기지 못하여 비단 치마를 둘러쓰고 바다에 뛰어들었다는 한 여성에 대한 설화를 자연스럽게 떠올리는 것이다. 비단 치마를 펼치면 바다처럼 넓고 또 빛이 나기에, 반짝이는 봄 바다가 비단 치마의 이미지로 바뀌어 가는 것 또한 매우 자연스럽다.

눈이 부시게 아름다운 바다를 바라보는 시인의 상상력은 "봄바다", "꽃밭", "비단치마", "남평 문씨 부인"이라는 소재를 통하여 펼쳐지고 있다. 시인은 먼저 바다를 꽃밭의 이미지로 바꾸었다. 봄 바다의 풍경에서 꽃밭을 연상한 것이다. 그러나 시인은 단지 풍경을 묘사하는 데 그치지 않는다. 풍경 속에 사연을 삽입하면서 그 사연의 주인공이 지녔던 슬픈 생애를 기억 속에서 불러온다. 고향인 삼천포 지역에서 구전되어 지역민들에게 잘 알려져 있는 "남평 문씨" 이야기와 풍경을 서로 결합하는 것이다. 그리하여 자연의 아름다움 앞에서 시인이 경험하는 슬픔의 정서를 독자로 하여금 공유하게 한다. "남평 문씨 부인"의 죽음을 생각나게 만드는 남해안의 봄 바다는 슬픈 설화의 바다이기 때문이다.

박재삼 시의 대부분은 강한 슬픔의 정조를 지녔다고 알려져 있다. 그는 슬픔의 정조 속에서 가난했던 1960년대 한국인의 삶을 재현한다. 그러나 텍스트의 전체적인 정조에서 슬픔을 느낄 수는 있지만 그 슬픔은 단순한 슬픔과는 결이 다른 것이라 할 수 있다. 따뜻한 봄날의 바다를 그려 낸 앞의 텍스트에서 보듯 그 슬픔은 아름다움을 동시에 느끼게 하는 슬픔이기 때문이다. 즉, 낭만적이고 다정한 느낌을 동반하는 슬픔인 셈이다.

　이 텍스트에 구현된 바와 같이 박재삼 시인이 그리는 바다의 모습은 농경 사회에서 농촌의 모습만큼이나 평화로움과 다정함을 드러내고 있다. 현실 속 바다가 지니는 거칠고 위험한 성격은 텍스트에 나타나지 않는다. 현실에 있어서, 바다는 거친 파도와 싸워야 하는 어부들에게는 치열한 삶의 현장이다. 그러나 박재삼 시인이 그리는 바다에서는 그런 현실적 요소는 제거되어 있다. 오직 한 여인의 슬픈 삶을 흰나비처럼 품고 있는 꽃밭 같은 공간으로 바다를 그려 내고 있는 것이다. 박재삼 시인에게 남녘 바다는 향수의 근원이 되는 장소이다. 왜냐하면 시인이 지닌 유년 시절의 추억을 품고 있어 까닭 모를 슬픔의 정서를 환기하는 바다이기 때문이다. 그러므로 그 바다는 삶의 현장이기 이전에 그리움의 대상으로 시인에게 다가온다. 그것은 농촌 출신의 시인에게 산과 들 그리고 초가집과 황소가 목가적 삶을 대변하면서 향수를 불러일으키는 것과 마찬가지이다.

정지용의
「향수」

박재삼 시인이 남녘 바다의 풍경에서 서정성을 찾고 있음에 반하여 정지용 시인의 텍스트에서는 농촌의 고향 마을에 대한 향수를 발견할 수 있다.

넓은 벌 동쪽 끝으로
옛이야기 지줄대는 실개천이 휘돌아 나가고
얼룩빼기 황소가
해설피 금빛 게으른 울음을 우는 곳
—그곳이 차마 꿈엔들 잊힐 리야

질화로에 재가 식어지면
비인 밭에 밤바람 소리 말을 달리고
엷은 졸음에 겨운 늙으신 아버지가

짚베개를 돋아 고이 쉬는 곳
—그곳이 차마 꿈엔들 잊힐 리야

흙에서 자란 내 마음
파란 하늘빛이 그리워
함부로 쏜 화살을 찾으러
풀섶 이슬에 함추름 휘적시던 곳
—그곳이 차마 꿈엔들 잊힐 리야

전설 바다에 춤추는 밤물결 같은
검은 귀밑머리 날리는 어린 누이와
아무렇지도 않고 예쁠 것도 없는
사철 발 벗은 아내가
따뜻한 햇살을 등에 지고 이삭 줍던 곳
—그곳이 차마 꿈엔들 잊힐 리야

—정지용, 「향수」 전문

이 시를 구성하는 네 개의 연은 모두 시적 화자의 고향을 그리고 있다. 시적 화자는 기억 속에 남아 있는 시골 마을의 풍경과 그 풍경 속에 전개되는 소박한 삶의 모습들을 보여 준다. 그처럼 고향의 풍경을 기억 속에서 재구성하면서 그 고향에 돌아가고 싶은 마음을 드러내고 있는데 고향을 그리는 그 마음, 즉 향수가 이 텍스트 전체를 지배하고 있다고 볼 수 있다. 시인은 1연에서는 "넓은 벌", "실개천" 그리고 "황소"를 등장시킨다. 그리하여 고향 마을의 총체적인 정경을 상상 속에 떠오르게 만든다. 2연에서는 장소가 집 안, 즉 실내로 이동하고 있어 그 마을에 있는 고향 집 또한 상상 속에 떠오르게 되는 점을 볼 수 있다. 구체적으로 시적 화자의 아버지가 계신 방 안에는 "질화로"가 놓여 있는데, 텍스트의 배경은 시간적으로는 겨울밤이라는 사실을 알 수 있다. "질화로"에 이어 "짚베개"와 "아버지"가 등장하면서 그 방 안의 풍경을 완성한다. "질화로에 재가 식어지면" 구절은 밤이 깊어졌음을 보여 준다. 그런 겨울밤, 들판에 부는 바람 소리는 매우 거칠게 들릴 터인데, 시인은 그 바람을 묘사하면서 "비인 밭에 밤바람 소리 말을 달"린다고 표현하고 있다. "비인 밭", 즉 빈 밭이므로 바람은 거칠 것이 없어 세차게 불 텐데, 시인은 말이 달려가는 모양을 그 바람 소리에 중첩시키고 있다. 그리하여 세찬 겨울바람의 이미지가 광야를 내달리는 말의 이미지를 통하여 재미있고도 생생하게 드러나게 된다.

3연 나아가 4연에 이르면 마침내 시상은 시적 화자에게로 이동한다. 시인은 3연의 도입 부분에서 "흙에서 자란 내 마음"이라고 자신의 내면을 먼저 제시했는데, 이는 자신의 마음을 그려 낼 것임을 분명히 알리는 것이다. 이를 통해 화살을 찾아 들판을 헤매던 어린 시절의 기억이 이 시의 핵심임을 알 수 있다. 또한 그 기억을 위하여 1연과 2연의 풍경들이 먼저 전개되었던 것임을 확인할 수 있다. 즉, 1연에 나타난 고향의 정경, 2연에 그려진 고향 집의 정경이 모두 3연과 4연에 드러나는 시인의 기억을 나타내기 위한 장치인 셈이다. 다시 말해 1연과 2연은 모두 3연과 4연의 주제가 등장할 수 있게 만드는 배경의 역할을 맡고 있음을 알 수 있다.

마지막으로 각 연의 마지막에 등장하는 "그곳이 차마 꿈엔들 잊힐 리야" 구절을 살펴보자. 텍스트의 모든 연에서 그 구절이 후렴구처럼 반복되고 있는데, 동일한 구절이 세 번 반복되어 '잊을 수 없다'는 시적 화자의 마음을 강조하게 된다. 동시에 그와 같은 반복은 텍스트에 일종의 구심력을 부여한다고 볼 수 있다. 시인은 각 연에서 고향 혹은 고향 생각이라는 동질성의 주제를 전개하면서도, 소재의 면에서는 이질적인 요소들로 그 주제를 변주하는 기술을 보여 주었다. 그러나 각 연의 마지막 부분에서는 동일하게 "그곳이 차마 꿈엔들 잊힐 리야"라는 구절이 등장하여 그처럼 상이하게 전개되는 요소들을 연결하고 있다. 각 연의 차이를 유지하면서도 그 연들이 완전히 별개의 것이 되지 않고, 통일성을 지닌 채 유기적으로 연결되게 만드는 셈이다. 그처럼 시 텍스트의 반복적 요소는 텍스트의 응집력을 유지하는 데에 기여한다.

오승철의
「셔?」

　　정지용 시인과 박재삼 시인에 이어, 오늘날에 이르러서도 이상화된 전원을 재현하는 시들을 찾아볼 수 있다. 우리 현대시 중에도 목가적인 삶을 그린 시들이 많다. 전원 속에서 누리는 평화와 자연이 주는 소박한 행복을 주제와 소재로 삼고 있는 시 그리고 자연과 어울려 사는 따뜻한 마음들을 그린 텍스트들을 찾아볼 수 있는 것이다.

　그중에서도 제주 지역의 독특한 문화를 시적 소재로 삼아 제주의 풍경과 제주 사람들의 정서를 그려 낸 시들을 살펴보기로 하자. 오승철 시인과 김영순 시인은 각각 제주 고유의 시적 소재를 취하면서 목가적인 삶을 재현한다. 오승철 시인은 제주의 고유한 언어 표현이 지닌 특징을 포착하여 그 말을 통해 정겨운 사람살이의 모습을 그려 낸다. 김영순 시인은 제주 '갑마장^{甲馬場}'의 말을 시적 소재로 취하여 목장이라는 공간에서 전개되는 삶의 정서를 보여 준다. 두 시인의 텍스트에 드러난 바와 같이 목가적 삶이 주는 안정감과 평화는 산업화 시대의 도시 공간에서 개인들이 경험하는 분리와 단절, 소외의 대척점에 놓여 있다고 볼 수 있다. 먼저 오승철 시인의 「셔」를 살펴보자.

솥뚜껑 손잡이 같네
오름 위에 돋은 무덤
노루귀 너도바람꽃 얼음새꽃 까치무릇

솥뚜껑
여닫는 사이
쇳물 끓는 봄이 오네

그런 봄 그런 오후
바람 안 나면 사람이랴
장다리꽃 담 넘어 수작하는 어느 올레
지나다 바람결에도 슬쩍 한 번
묻는 말
"셔?"

그러네, 제주에선 소리보다 바람이 빨라
"안에 계셔?" 그 말조차 다 흘리고 지워져
마지막 겨우 당도한
고백 같은
그 말

"셔?"

— 오승철, 「셔?」 전문

　이 시를 통하여 독자는 제주도의 봄날이라는 시간과 공간을 재구성할 수 있다. 상상력을 통하여 텍스트상에 전개된 제주의 경치를 고스란히 옮겨와 다시 그려 볼 수 있는 것이다. 제주의 '올레길'이 관광 상품화되면서 제주는 요즘 들어 더욱 많은 사람들의 관심을 받게 되었다. '올레'는 원래 제주 지역에서 사람들이 걸어서 오가는 동네의 작은 길을 뜻하는 말이었다. 그러므로 올레는 제주인의 일상적인 삶을 상징한다고 볼 수 있다. 제주의 마을에서는 누구나 올레길을 지나다닌다. 일터로 가고 집으로 돌아올 때 좁은 올레길을 오가면서 이웃집을 지나가기도 하고, 이웃 사람과 마주치기도 하는 것이다. 텍스트 속의 올레길은 봄이라는 시간을 배경으로 취하고 있어 올레길에 닿아 있는 어느 집 담장 너머로는 "장다리꽃"이 때맞추어 피어 있다. "장다리꽃 담 넘어 수작하는 어느 올레" 구절에서 보듯, 시인은 그런 봄날에는 모든 존재가 마음이 설레게 되어 누군가를 향한 그리움을 품게 된다고 그린다. 시적 화자는 제주의 봄날이 노란 장다리꽃조차 담장 너머 존재하는 어느 대상에게 "수작하는" 것으로 보일 만큼 화창하고 정겹다고 노래한다.

　제주 사람들은 말을 간단히 줄여서 사용하는 경향이 있다. 제주의 언어에서는 많은 부분이 생략된 채 일부 요긴한 음절들만 남은 짧은 말을 쉽게 발견할 수 있다. 제주에는 바람이 많으며 바람 소리도 강한데다 삶도 바빠 가능한 한 짧은 말을 골라서 사용한다고 한다. 바람 소리 때문에 길게 말하면 말소리가 바람결에 묻혀 버리기 때문에 그런 경향이 생겨났다고 볼 수 있다. "셔?"라는 말은 "안에 계셔?"라는 말을 줄인 말이다. 그리고 이 텍스트에서 "셔?"는 "그분이 안에 계셔?"라는 말을 대체하는 말이다. 즉, 화자가 의도하는 바는 "그분이 안에 계셔?"라고 물어보고자 하는 것이다. 그러나 제주 사람들은 그 말을 줄이고 줄여서 "셔?"만 남긴 채 사용한다. 우리말에서 주어는 종종 생략되기 때문에 "그분이" 부분이 생략되는 것은 자연스럽다. 주어부를 생략하면 "안에 계셔?"가 될 텐데 그 말조차 더욱 생략되어 "셔?"라는 한 음절만 남은 것이다. 결국 주어도 생략되고 술어부의 대부분도 생략되어 "셔?"만 남은 셈이다. 시인은 제주에서는 "소리보다 바람이 빨라"서 "안에 계셔"라는 말이 바람결에 다 전달되지 못하고 유실된다고 말한다. 그래서 마지막 음절인 "셔?"만 겨우 청자에게 당도한다고 노래하고 있다. 바람은 재빨리 불어 가서 수신자인 상대에게 미리 도착해 있는데, 발화자의 "안에 계셔?"라는 의문사는 앞에 든 바와 같은 여러 가지 이유로 부분적으로 삭제된 채 한 음절 어휘만으로 전달된 것이다.

  "안에 계셔?"라고 했을 때 그 말은 누군가가 안에 계시냐고 묻는 말이다. 그런 인사를 건네는 행동은 타자의 안부를 묻고 관심을 표현하는 일이다. 대상에 대해 관심이 있을 때에만 그 대상의 존재 여부가 궁금하기 때문이다. 그러므로 누군가가 집 안에 있는지를 물어보는 일은 바로 마음속의 그리움을 고백하는 것에 비근한 일이라고 할 수 있다. 그 점을 드러내기 위하여 시인은 "고백 같은/그 말"이라는 표현을 사용한다. 그 표현으로 인하여 시적 화자가 의도한 바가 특정 대상에 대한 관심의 표명이라는 점이 분명히 드러나게 된다. 그 고백이라는 추상어의 의미가 독자에게 충분히 전달되도록 만들고자 시인은 사실상 두 가지 장치를 텍스트에 준비해 두고 있다. 다시 말해 "셔?"가 고백일 수밖에 없음을 미리 알려 주는 암시의 장치를 텍스트 속에 미리 마련해 둔 것이다. 첫 번째 암시는 "그런 봄 그런 오후/바람 안 나면 사람이랴?" 구절에 들어 있다. 시인은 텍스트의 도입에서 먼저 "쉿물" 넘치듯 봄이 갑자기 찾아와 온천지에 봄꽃이 만발했다는 점을 보여 준다. 그리고 "그런 봄", 그것도 햇살이 모두를 나른하게 만드는 봄날 오후에 사랑의 감정으로 마음이 설레지 않는다면, 그런 사람에게 삶이 무슨 의미가 있겠느냐고 묻고 있다. "바람 안 나면 사람이랴"라는 표현에서 그 점을 확인할 수 있다. 그런 설렘, 즉 흔히 봄바람이라고 부르곤 하는 설렘은 당연하다는 뜻이다. 물론 화창한 봄날, 사람의 마음속에 일어나는 자연스러운 설렘과 막연한 그리움을 형상화하는 수려한 표현들은 수없이 다양할 것이다. 그러나 평범할뿐더러 다소 고상하지 못하다는 느낌조차 줄 수 있는 일상어 '바람나다'가 많은 사람들이 공통적으로 느끼는 봄날의 정서를 표현하기에 더욱 적합해 보인다. 왜 그런 것일까? 여기서 시인이 노래하는 설렘이란 숭고한 사랑이라거나 지고지순의 운명적 사랑이라 부를 만한 대단한 감정과는 사뭇 다르기에 그렇다. 막연하고 자연스러운 설렘의 감정을 표현하기 위하여 오승철 시인은 '봄꽃이 만개한 그런 날에는 누구나 바람나는 것이 당연하다'는 전언을 담은 구절을 동원한 것이다.

두 번째의 암시는 "장다리꽃 담 넘어 수작하는 어느 올레"라는 구절에서 찾을 수 있다. 장다리꽃도 노랗게 피어 담장을 넘겨다보며 누군가와 수작을 하고 있다고 묘사한 부분에 주목해 보자. 시인은 봄날의 제주 올레길 풍경을 묘사하면서 장다리조차 사람처럼 설렌다고 그리고 있다. 장다리꽃조차 그러하다면 사람들도 올레길에 접어들어 "담 안에 그 분이 계시냐?" 하고 물어보는 것이 지극히 당연해진다. 이 텍스트에서처럼 "셔?" 하고 묻는 게 참으로 자연스러운 셈이다. 텍스트의 말미에서 "마지막 겨우 당도한/고백 같은/그 말/"셔?""는 텍스트의 핵심에 해당하는 구절이다. 주제가 그 표현에 집약되어 있는 것이다. 그러나 위에서 살펴본 바와 같이 그 주제가 효과적으로 드러나는 이유는 시인이 텍스트에 미리 여러 시적 장치를 준비해 둔 데에 있다. 즉, 차근차근 단계를 밟아 나가듯 전언이 설득력 있게 받아들여지게 만드는 장치를 곳곳에 마련했기 때문이다.

이 시에서 우리가 또 하나 주목할 소재는 장다리꽃과 더불어 제주 지역을 대표하는 꽃들이다. "노루귀", "너도바람꽃", "얼음새꽃", "까치무릇"… 시인은 이와 같은 꽃들이 마구 피어나는 제주의 봄날을 그려 내고 있다. 꽃을 가꾸는 농부의 온실에서 피는 꽃이 아니라 지천에 널려 있는 야생화들을 하나씩 호명하고 있는 것이다. "노루귀"나 "너도바람꽃"이나, 시인이 호명하는 모든 꽃들은 제주의 봄을 알리는 전령사들이다. 그 이름들이 함께 어울려 제주의 봄이라는 시공간을 확정하면서 텍스트의 배경을 형성해 준다.

오름, 올레 그리고 "셔!"… 오승철 시인은 제주 고유의 풍경, 제주 고유의 언어, 즉 제주의 지역적 특수성을 시적 소재로 삼으면서도 인류 보편의 정서인 그리움, 타자에 대한 관심 그리고 사랑을 그리고 있다. 그러므로 이 시를 보편성과 특수성을 잘 결합한 시적 텍스트라고 부를 수 있다. 오승철 시인의 시는 제주의 자연 속에 깃든, 사람살이의 소박한 그리움을 그리고 있다. 그리하여 독자로 하여금 텍스트에 등장하는

자연 속의 봄꽃과 돌담길 그리고 바람을 상상하고 목가적 삶을 함께 꿈
꾸게 만든다. 그러므로 「셔?」는 한국 아카디아 시의 대표적인 작품으로
보아도 좋을 것이다.

김영순의
「가장 안쪽」

　　　　　　오승철 시인의 텍스트와 더불어 제주도의 자연이 함유한
아카디아적 삶을 보여 주는 또 한 편의 시를 살펴보자. 다음은 과수원,
그러니까 제주도에서 흔히 발견되는 감귤 밭을 시적 소재로 삼아, 노을
의 이미지 속에서 삶의 외로움과 살아가는 일의 아득하고 막막한 느낌
을 그려 내고 있는 시이다. 감귤 향기, 뻐꾸기 울음 그리고 압도적인 위
세로 하늘을 물들이는 노을을 배경으로 삼고 있는데 그 노을 속에 선
시적 화자의 모습을 찾아볼 수 있다.

　　잠시 잠깐 뻐꾸기 울음을 멈춘 사이
　　삼백 평 과수원에 삼천 평 노을이 왔다
　　넘치는 감귤꽃 향기 더는 감당 못하겠다

　　　　　　　　　　　　　　　　　　　　　－김영순, 「가장 안쪽」 부분

김영순 시인은 제주도 감귤 밭의 한 장면을 묘사하고 있다. 시간적 배경은 뻐꾸기가 울고 "감귤꽃"이 피어 그 향기가 가득 퍼지는 봄철이다. 또한 하루 중 노을이 찾아온 시간이므로 어느 봄날 저녁의 풍경을 그린 것임을 짐작할 수 있다. 시인이 가지고 있는 감귤 밭은 "삼백 평"에 불과한데 하늘을 가득 채운 "노을"은 "삼천 평"이라고 묘사된다. 노을이 넓게 펼쳐진 모습을 "삼천 평" 규모라고 그린 것이다. 감당하기 어려울 정도로 압도적이고 대단한 노을이 시인의 눈에 들었나 보다. 그 노을은 한편으로는 자연의 거대한 힘을 상징한다고 볼 수 있다. 그러나 "삼천 평" 노을은 "삼백 평" 감귤 밭과 짝을 이루면서 등장하는 까닭에 다른 한편으로 시인이 일상의 삶에서 느끼는 한계를 재현한다고도 볼 수 있다. 다시 말해 자신 앞에 놓여 있는 버거운 삶을 그리기 위해 시인이 미리 전경처럼 텍스트에 준비한 장치라고 여길 수도 있는 셈이다. 시인이 살아가는 삶의 터전이 감귤 밭이라는 점을 고려하면 "삼백 평" 감귤 밭을 찾아오는 노을은 '삼백 평' 규모가 되는 게 적절할 것이다. 그러나 노을은 그 열 배인 "삼천 평"의 규모로 시적 화자에게 다가와 있다. 감당하기 어려운 비중으로 몰려와 시적 화자로 하여금 외롭고도 암담한 느낌을 갖게 하는 것이다. 그것도 뻐꾸기 울음이 "잠시 잠깐" 멈춘 사이에 습격하듯 감귤 밭의 시인을 찾아왔다. 그러므로 "삼백 평 과수원에 삼천 평 노을"이라는 표현은 우리 앞에 놓인 버거운 삶을 효과적으로 그려 내는 구절이라 할 수 있다.

노을도, 꽃향기도 세상살이에 지친 사람들을 슬프게 할 때가 많다. 삶은 이리도 막막한데 어쩌자고 노을은 저리 붉게 하늘을 물들이고, 그럴 때 "감귤꽃"은 일시에 향을 터뜨린다는 말인가? 노을과 꽃향기가 세상을 넘어서는 아름다움을 상징한다면 "더는 감당 못하겠다"는 발화는 그 아름다움 앞에서 더욱 무력감을 느끼게 되는 시인 자신의 모습을 보여 준다. 스스로를 이기지 못하는 시적 화자의 삶에 놓인 질곡이 그 아름다움으로 인하여 더욱 부각되고 강조되는 것이다.

노을의 빛깔과 감귤꽃 향기와 맞서는 삶의 사연들은 다음 수에서 구체적으로 드러난다. 첫째 수가 아카디아의 낭만적이며 평화로운 삶을 충분히 드러내 주고 있기에, 둘째 수에 재현되는 삶은 첫째 수의 정경과 극명한 대조를 이룬다. 텍스트 인용은 생략하겠지만 둘째 수에는 "시시콜콜", "장례비", "유언", "치매"와 같은 현실의 질곡을 그려 낸 시어들이 등장한다. 그 시어들은 피해갈 수 없는 우리 시대 삶의 서글픈 현실을 묘사하는 데에 바쳐진다.

이처럼 「가장 안쪽」의 첫째 수는 "과수원", "노을" 그리고 "감귤꽃 향기"로 표현되는 목가적인 삶 속에서 자연의 아름다움과 시인 자신의 현실을 함께 노래하는 텍스트라고 할 수 있다. "감귤꽃"과 "노을"의 시각적 이미지와 "뻐꾸기 울음"이 지닌 청각적 이미지를 통하여, 제주의 자연이 제공하는 아카디아적 삶이 풍부한 서정성을 지닌 채 드러나 있다. 텍스트 전편을 살펴볼 때는 이 시가 아카디아적 삶을 노래했다고 보기 어렵다. 전술한 바와 같이 둘째 수에서는 더 이상 평화롭기도, 아름답게 여기기도 어려운 현실이 등장하기 때문이다. 그러나 둘째 수의 주제 또한 인용한 부분에 드러난 자연의 아름다움이 강할수록 그에 비례하여 강렬하게 나타난다. 자연의 아름다움을 강조하는 첫 수와 현실의 난감함을 보여 주는 둘째 수가 결합된 텍스트라서 첫 수의 아카디아적 요소 또한 오히려 더욱 강조된다고도 볼 수 있다.

기
발
한　상
상
력
의　시

은유에는 직유simile와 은유metaphor가 있다. 그 밖에도 영어로 'conceit', 즉 '컨시트'라고 표현하는 은유가 있다. '기발한 은유'라고 번역하면 그 의미가 적절할 것이다. 즉, 어렵고 색다르며 따라서 도전적이고 창의적이라고 볼 수 있는 은유를 기발한 은유conceit라고 하는데 이는 극도로 이질적인 것들 사이의 유사성을 드러내려는 시도라고 이해할 수 있다. 영시의 전통에서는 17세기의 형이상파 시인들이 기발한 은유를 구사한 것으로 평가받고 있다. 영국의 시인 존 던John Donne이 쓴 대표작, 「별사: 애도 금지Valediction: Forbidding Mourning」는 기발한 은유를 보여 주는 대표적인 텍스트로 알려져 있다.

존 던의
「별사: 애도 금지」

Our two souls therefore, which are one,

  Though I must go, endure not yet

A breach, but an expansion,

  Like gold to airy thinness beat.

If they be two, they are two so

  As stiff twin compasses are two;

Thy soul the fixt foot, makes no show

  To move, but doth, if the other do.

And though in the center sit,

  Yet when the other far doth roam,

It leans and hearkens after it,

And grows erect, as that comes home.

Such wilt thou be to me who must,
　Like th' other foot, obliquely run;
Thy firmness makes my circle just,
　And makes me end where I begun.

그러므로 우리의 두 영혼은, 사실은 하나인데
　내가 떠나야 할지라도 그건 이별이 아닌 연장이 될 것이다.
아주 얇게 펼친 금박처럼.

우리 영혼이 둘이라고 한다면
　컴퍼스의 두 다리처럼 견고한 것일 텐데
그대 영혼은 고정된 컴퍼스 다리, 움직이는 모습을 보이지 않지만
　다른 다리가 움직이면 그를 따르지.

중심에 머물러 있다가도 다른 한 다리가 멀리 움직이면
　몸을 기울여 그 뒤를 따르지.
다른 한 다리가 제자리로 돌아오면
　다시 똑바로 서지.

나도 컴퍼스의 다리처럼 기울여 움직이니
　그대 내게 그런 존재가 되어 주오.

그대의 견고함으로 나는 똑바른 원을 그릴 수 있고

처음 출발했던 곳으로 돌아올 수 있으리니.

―존 던,「별사: 애도 금지」부분, 졸역

이 시에서 시인은 사랑하는 이와 자신과의 관계를 컴퍼스의 두 다리에 비유하였다. 시인이 활동하던 시대, 문학적 상상력의 범위를 고려해 볼 때 던은 매우 앞서가는 시인이었다고 볼 수 있다. 획기적으로 새로운 상상력을 동원하여 사랑의 정체를 표현하고자 했기 때문이다. 과학의 발달로 인하여 컴퍼스라는 기구가 발명되어 사용되기 시작하자, 그 컴퍼스의 구조를 관찰하여 시 텍스트의 소재로 도입한 것이다. 사랑의 감정을 문학적으로 표현함에 있어서 과학적 상상력의 결과물을 이용하고 있다는 점에서 매우 새로운 발상을 보여 준 시인이라고 볼 수 있다. 구체적으로 텍스트에서 획기적인 상상력, 즉 기발한 은유의 발현을 살펴보자.

이 시에서 시적 화자는 자신과 자신이 사랑하는 대상이 이루는 관계에 대해 명상하면서 본인이 꿈꾸는 바를 그리고 있다. 또한 스스로가 생각하는 바를 컴퍼스라는 구체적인 사물을 통해 구체적이고 정확하게 재현한다. 시적 화자는 사랑하는 사람에게 두 사람의 관계에서 견고하게 중심을 지켜 주는 컴퍼스의 다리가 되어달라고 부탁한다. 즉, 한 다리가 움직이더라도 함께 그 움직임을 따라가지 말고, 버티어 선 채 원래의 위치를 지켜 주기를 바라는 것이다. 상대가 그렇게 중심을 지켜 줄 때에 그 결과로 시적 화자 자신은 기울어진 채 돌면서 원을 그릴 수 있다고 말한다. 자유롭게 움직이는 또 하나의 컴퍼스 다리인 자신은 원을 완성한 후 원위치로 돌아올 될 터인데, 상대가 중심을 잘 지켜서 그렇게 될 수 있기를 바란다. 그리고 자신이 다시 돌아오면 컴퍼스의 나머지 한 다리와 다시 하나로 뭉쳐질 수 있기를 희망한다.

컴퍼스의 두 다리가 때로는 벌어지고 또 때로는 하나로 합쳐지는 양태는 사람 사이의 이별과 결합의 양상을 보여 주는 것이다. 그러므로 원을 그리게 될 때에는 잠시 멀리 갔던 컴퍼스의 다리가 결국 원점으로 돌아오는 것처럼, 시적 화자는 잠시 이별하더라도 그 이별은 영원한 게 아니고 결국은 재결합을 위한 일시적인 이별이라고 믿는다. 이별할 때에는 떠나가는 대상에게 애도를 보내기 마련이다. 시인은 '애도 금지'라는 표현을 제목에서 제시하면서, 자신은 떠나가더라도 반드시 돌아올 것이므로 애도를 보낼 필요가 없다고 이른다. 멀어지고 다시 만나는 것, 즉 이별과 재결합의 구조가 컴퍼스의 두 다리를 통해 선명하게 드러나는 점을 볼 수 있다.

"그러므로 우리의 두 영혼은, 사실은 하나인데/내가 떠나야 할지라도 그건 이별이 아닌 연장이 될 것이다"라는 첫 구절을 살펴보자. 시적 화자는 서로 사랑하는 두 사람이 결국 하나라는 점을 먼저 밝힌다. 그리고 둘이 하나인 까닭에 설사 자신이 잠시 떠나가 있더라도 반드시 돌아와 그 대상과 다시 결합하리라고 부연해서 설명한다. "이별이 아닌 연장"이라는 표현은 그 점을 요약해 보여 주는 구절이다. 이별은 분리되는 것을 지칭하는 말이다. 그리고 연장은 일시적으로 두 존재 사이의 거리가 멀어지고, 둘 사이에 놓인 공간이 확대된다는 점을 이르는 말이다. 시적 화자는 "이별이 아닌 연장"이라는 구절을 통하여 두 주체가 하나라는 사실, 즉 본질적 성격에는 차이가 없고 단지 그 드러난 양상만이 달라진다는 점을 확인하는 것이다. 그처럼 이 텍스트는 주체와 대상의 관계를 새롭게 조명하고 있다. 즉, 원래 하나였다가 그중 일부가 잠시 멀어지고 연장되어, 겉으로는 분리되는 듯 보일 수도 있지만 사실은 여전히 하나라는 것을 보이고 있다. 이 시의 주제는 사랑하는 사람들 사이에서의 만남과 이별이다. 그 주제를 시각적으로 선명하게 제시하기 위하여 시인이 많은 물상 중에서 선택한 대상이 컴퍼스라는 것, 바로 그 점에 던의 창의성이 놓여 있다.

던 이전의 시인들은 사랑을 노래함에 있어서 컴퍼스와 같은 비낭만적 소재를 취한 적이 거의 없다. 대부분의 시인들은 자연의 물상들, 즉 꽃이나 별, 강물과 안개 등의 소재를 떠올리며 그것을 통하여 사랑하는 대상과의 낭만적인 사랑의 관계를 그려 내곤 했다. 시의 은유가 지녀 온 전통을 깨뜨리며 처음으로 컴퍼스라는 비낭만적 물상을 상상력의 도구로 도입했다는 점에서 던을 기발한 상상력의 시인이라 부를 수 있다.

박성민의
「청사과 깎는 여자」와
「시인의 말」

한국시의 전통에서 기발한 상상력이 드러난 바를 살펴보자. 우리 시에서 박성민 시인은 사과 깎기를 지구의 자전과 연결하는 새로운 상상력을 보여 준다.

그녀는 칼날로 북극 먼저 도려낸다
지구의 기울기인 23.5도로 사과를 눕혀
돌리며 깎아나간다
북반구가 하얘진다

푸른 지구 속살에서 흘러나온 과즙 향기
끊길 듯 이어지며 남극까지 깎이는
청사과 엷은 껍질에
매달린 빌딩들

사과를 기울여 한 바퀴 돌릴 때마다

그녀의 눈동자에 낮과 밤이 지나가고

사랑의 기울기 끝에

빙하가 다 녹는다

—박성민, 「청사과 깎는 여자」 전문

박성민 시인의 「청사과 깎는 여자」는 김숨 소설가의 소설 『떠도는 땅』
의 한 장면과 나란히 읽으면 의미하는 바가 더욱 선명해진다.

"지구가 돌고 있으니까요. 우리는 그 지구 안에서 살고 있고요. 우리
모두 다 어머니 뱃속에서부터 돌고 있었어요. 걸으면서도, 잠을 자면서
도 쉼 없이 돌고 있지요." (중략)

"지구가 돌고 있다는 소리는 나도 들었어요. 내 아들이 알려주더군요.
태양을 중심으로 1년에 한 바퀴를 돈다면서요."

"겨우 한 바퀴요?"

"온갖 걸 품고 돌려니 힘이 드는가보지요."(김숨, 『떠도는 땅』, 은행나무,
2020, 239면.)

문학은 늘 새롭게 꿈꾸고 낯선 발화의 방식으로 그 꿈을 드러내는 예
술 장치이다. 그러므로 기발한 상상력에 크게 의존할 수밖에 없는 장르
이다. 사과 한 알을 깎는 일이 사랑의 표현이 되는 것이야 크게 새롭지
않을 수 있다. 박인로의 「조홍시가」에서도 홍시 한 알을 부모께 드리고
픈 마음이 이미 나타난 적이 있다.

반중盤中 조홍_{早紅}감이 고아도 보이나다

유자_{柚子} 안이라도 품엄즉도 하다마는

품어가 반기리 업슬새 글노 설워 하나이다.

   그러나 사과 한 알과 지구 사이의 유사성을 찾아보는 시도는 낯설고 도 새롭다. 사과도, 지구도 둥글다. 둥글다는 속성만이 지구와 사과와 의 공통적 요소이다. 양자 사이에 존재하는 희박한 공통성, 그 가느다 란 관계의 실 끄트머리를 찾아 묶인 상상력의 실타래를 풀어 가는 데에 서 박성민 시인이 지닌 상상력의 힘을 볼 수 있다. 참신한 상상력은 시 적 언어의 새로움을 만들어 내는 힘이다. 상상력의 힘을 통하여 서로 결합되기 전에는 무관하게 존재하던 것들이 서로 연결되면서 시적 공 간을 확장하게 되는 것이다.

   시인의 기발한 상상력에 공응함으로써 독자로 하여금 쾌감을 갖게 하는 시 텍스트들을 더 살펴보자. 기발한 상상력의 시, 즉 새로운 상상 력으로 이전 시인들이 도입하지 않았던 소재들을 취하여 주제를 드러 내는 데 활용하는 시 중 박성민 시인의 또 다른 시, 「시인의 말」을 보자. 「시인의 말」은 매우 도전적인 은유를 제시한다. 박성민 시인이 착안 한 바는 우리말 중 동일하게 표기되면서도, 발음 방식에서는 달라지고 의미하는 바도 서로 다른 한 음절 어휘, '말'이다. 박성민 시인은 우리말 이 지닌 그러한 특성을 유심히 관찰하여 그 결과를 시적 상상력의 도구 로 삼고 있다. 시인은 규모가 작은 친밀성의 공동체를 상정하고 있다. 설명하자면 「시인의 말」은 한국어를 사용하는 사람들의 공동체 안에서 만 이해가 가능한 텍스트이다. 굳이 번역을 하거나 설명을 곁들이자면

전혀 이해할 수 없는 것은 아니겠으나 그랬을 때 시가 지닌 고유의 매력은 대체로 훼손되고 상실될 수밖에 없다. 즉, 한국어 사용자들로 구성된 언어 공동체 내에서도 한국어의 특색에 대해 충분히 이해하고, 동일하게 보이는 음절이 지닌 미묘한 발음과 의미의 차이에 민감하게 반응할 수 있는 사람들만이 이 시의 독자가 되는 것이다. 다시 말해 그 소수의 독자들만이 진정한 의미의 친밀성의 공동체를 이루게 되는 셈이다.

밤마다 입속에서 말발굽이 울리면
내달리는 말들이 술잔 속을 건너다가
취하면 말꼬리 잡고
거꾸로도 달렸다

말의 피로 제사 지내던 머나먼 옛적부터
갑골문자 이전에도 말 타고 달린 부족
말 입에 재갈을 물린
시인들은 죽었다

말 위에서 잠든 나를 눈뜬 말이 데려왔나
천관녀의 집 앞에서 말문을 닫은 말
칼 들어 내 말을 친다
말머리가 뒹군다

―박성민, 「시인의 말」 전문

우선 독자는 시인이 '말'이라는 어휘를 통하여 지시하는 것이 말^{mot,} ^{word}인지 말^{horse}인지 분명하게 구분하기 힘들다. 말$^{mot, word}$과 말^{horse} 사이의 긴장과 대결이 첨예한데, 위의 시를 이해하기 위해서는 독자는 한국어의 말이라는 동위소^{isoptrophy} 명사를 분명히 파악하고 있어야 한다. 우리말의 말이 지니는 두 가지 의미를 분명히 알아야 하는 것이다. 시인은 두 말의 경계가 불분명함을 분명히 자각한 상태에서 텍스트를 흐릿하게 제시함으로써 풍부한 여러 겹의 은유를 탄생시켰다. 훈련된 독자, 즉 세련된 언어 구사자이면서 동시에 한국어의 다양한 스펙트럼을 충분히 인지할뿐더러 한국 문화의 특수성이라는 텍스트 외부의 맥락까지 풍부하게 거느린 독자만이 그 해석에 다다를 수 있다. 필자는 텍스트를 다음과 같이 읽는다. 시인이 의도한 텍스트와 다를 수도 있다.

밤마다 입속에서 말[馬]발굽이 울리면/내달리는 말[言, 馬]들이 술잔 속을 건너다가/취하면 말[言, 馬]꼬리 잡고/거꾸로도 달렸다//말[馬]의 피로 제사 지내던 머나먼 옛적부터/갑골문자 이전에도 말[馬] 타고 달린 부족/말[言, 馬] 입에 재갈을 물린/시인들은 죽었다//말[言, 馬] 위에서 잠든 나를 눈뜬 말[言, 馬]이 데려왔나/천관녀의 집 앞에서 말[言]문을 닫은 말[馬]/칼 들어 내 말[言, 馬]을 친다/말[馬, 言] 머리가 뒹군다

이처럼 기발한 상상력으로 가득 찬 시적 텍스트를 이해하려면 독자는 고도로 훈련된 언어 감수성을 지녀야만 한다. 이 텍스트에서는 시어가 지시하는 바가 단순하지도 않고 복합적이어서 의미하는 대상이 이것일 수도 있고 저것일 수도 있다. 게다가 때로는 지칭하는 바가 복

수로 존재하기도 한다. 하나의 시어가 두 대상을 각각 지칭하다가 둘 다를 함께 호명하기도 한다. 그리고 텍스트에 동일한 명사, 즉 말로 도입된 두 대상인 말mot, word과 말horse 사이의 경계도 선명하지 않아서 양자는 유동적인 상태로 남겨져 있다. 그러므로 이 텍스트를 앞에 두고는 정확한 독법을 파악하지 못하여 난감해 하는 독자를 상상할 수 있다. 은유적으로 설명하자면 미끄러운 암벽과 낭떠러지로 이루어진 고난도 등산객의 모습인 독자를 상정해 볼 수 있다. 불확실한 곳에 정을 박아 꽂으며 어렵사리 정상에 도달할 때 독자의 쾌락은 비근한 예를 찾기 어려울 정도일 것이다.

박기섭의
「대장간의 추억」

    박기섭 시인의 「대장간의 추억」에서도 기발한 상상력의 발현을 발견할 수 있다. 「대장간의 추억」은 한편으로는 대장간의 모습을 묘사하는 시이다. 그러나 다른 한편으로는 시가 탄생하는 과정을 은유를 통해 표현한 텍스트로 읽을 수 있다.

    불쑥 내밀었다
    시뻘건 쇳덩이를

    모루에 눕자마자
    메질이 시작됐다

    달군 몸 식을 때까지
    살이 살을 문다

불의 딸이면서
메의 아들인 것

날이 없는 몸에
비로소 날이 섰다

불지짐 풀무 끝에서
뼈 하나가 휜다

—박기섭, 「대장간의 추억」 전문

　이 텍스트는 자유시의 행 배열 방식과 유사한 형식으로 서술되어 있으나 시조의 형식적 요소를 모두 갖추고 있다. 박기섭 시인이 풀무질의 풍경을 재현한 바를 구체적으로 살펴보자면, 먼저 첫 수에 나타난 바는 한국 서정시의 역사에서 찾아보기 어려운 소재이다. "불쑥 내밀었다/ 시뻘건 쇳덩이를"이란 구절에서 보듯 쇠, 그것도 "쇳덩이"로 표현된 무디고 거친 대상을 소재로 삼은 것이다. 박기섭 시인은 뜨거운 불에서 달구어져 시뻘겋게 된 쇳덩이를 통해 시상을 전개해 나간다. 첫 수에서는 단순하고 무딘 "쇳덩이" 하나가 대장간의 불길 속에서 달구어지고 "메질"을 당하는 모습이 자세히 묘사되어 있다. 쇳덩이는 덩어리이므로 날이 서 있지 않고 둔탁하다. 그러나 "불지짐"을 거치면서 그 쇳덩이라는, 날이 없는 몸은 모습을 바꾼다. 비로소 날이 서게 되는 것이다. 쇳덩이가 날 선 연장으로 변화되는 과정은 달리 말해 단단한 뼈 하나를 휘어서 구부러지게 만드는 변용의 과정이기도 하다.

그런데 「대장간의 추억」은 언어가 풀무질을 거쳐 시어로 탄생하는 과정을 그려 낸 것으로도 읽힌다. 이 시의 쇳덩이와 대장간 이미지는 모국어를 연마하고 제련하여 시어로 탄생하게 만드는 시업詩業의 은유로도 읽을 수 있기 때문이다. 일상어의 일부이기도 한 언어라는 소재 또한 시인의 창작 과정 속에서 달구어지고 메질을 받는다. 그리하여 마침내 휘어진 뼈처럼 모습이 달라지는데, 그런 변모의 과정을 통하여 하나의 시 텍스트가 탄생한다고 볼 수 있다. "불의 딸이면서/메의 아들인 것"이라고 지칭하는 이유는 대장간의 풀무질은 불과 메질이 결합된 것이기 때문이다. 불이나 메질, 둘 중의 하나만으로는 쇳덩이를 연장으로 바뀌게 할 수 없다. 마찬가지로 관찰과 실험을 전제로 하여 일상어 중 일부를 골라내고 그를 조탁彫琢해 나가는 작업을 통할 때에만 한 편의 시가 태어나는 것이다. 이 텍스트에서 날것, 혹은 "시뻘건" 쇳덩이로 재현된 바는 시의 소재가 되는 언어라고 볼 수 있다. 이처럼 박기섭 시인은 시적 소재의 낯섦과 새로움을 충분히 구현하고 있다. 그리고 그 소재를 통하여 규명하고자 하는 언어의 본질이라는 주제에서도 기발한 상상력과 그 발현을 찾아볼 수 있다.

문무학의 시:

「바람」,
「종장을 쓰지 못한 시조, 반도는」,
「홀」

문무학 시인의 시 또한 기발한 상상력을 잘 드러내 보여준다. 많은 시인들이 이미 사용한 은유는 상투적인 표현을 남기며 독자에게 흥미를 느끼게 하기 어렵다. 그는 상투적 상상력의 대척점에 서 있는 시인인데, 언론과의 인터뷰에서 자신의 예술관을 다음과 같이 드러낸 바 있다. "예술은 아름다움을 좇아가는 것이고 새로운 것을 좇는 것이다. 새로움이 곧 예술이라 할 수 있다. 예술의 개념이 변화하는 시점인 만큼 옛날 방식 그대로 고수하면 독자에게 다가설 수 없다. 변화무쌍한 시대에 새로운 것을 시도하고 추구하는 것은 바람직한 것이다."

자신의 주장을 텍스트를 통하여 증명하기라도 하듯 문무학 시인은 새로움을 추구하며 익숙한 은유를 전복시키는 데에 앞장선다. 먼저「바람」을 살펴보자.

내 어느날 그대 향한 바람이고 싶어라

울 넘어 물 넘어 뫼라도 불어 넘어

그 가슴 들이받고는 뼈 부러질 그런 바람

—문무학, 「바람」 전문

「바람」은 사랑을 노래한 시이다. 사랑이라 하면 독자들은 낭만적인 소재들, 이를테면 꽃, 이슬, 파도, 윤슬 등의 이미지를 주로 연상하기 마련이다. 그러나 문무학 시인은 바람을 소재로 취하면서도 서정적인 대상으로 바람을 그리지 않는다. 상대의 가슴을 들이받는 뿔 돋친 짐승 같은 거친 이미지를 구현한다. 그것도 들이받은 다음에는 뼈가 부러질 것이라고 말하여 사랑을 생각할 때 독자가 갖게 되는 기대를 배반한다. 그런 사랑의 노래는 늘 내용과 형식에서 새로움을 추구해 온 시인이 문무학 시인이기에 가능할 것이다. 이제 「중장을 쓰지 못한 시조, 반도는」을 살펴보자.

내쳐서 삼천리를 다 못 가고 마는 땅

`    `   `    `   `    `   `    `   `    `   `    `   `    `   `

가다가 뚝 끊어진 길 끝에 이념만이 선명한.

※ 「중장을 쓰지 못한 시조, 반도는」은 허리 잘린 반도처럼 허리 없는 시조다. 통일이 되면 반도의 허리도 내 시조의 허리도 온전해질 것이다.

—문무학, 「중장을 쓰지 못한 시조, 반도는」 전문

이 텍스트는 남북으로 분단된 한반도의 현실을 시의 형식을 통하여 보여 준다. 시조는 초장·중장·종장 등 세 장으로 구성되어야 하는데 중장을 말줄임표로 처리하면서 공란으로 두고 있다. 가운데가 끊어져

나가 있으므로 이 텍스트는 시조의 형식에 이르지 못하고 있다. 중장이라고 불리는 한 행에 의미 있는 언어들을 도입하여 채워 넣을 때에만 시조는 형식을 갖추게 된다. 중장이 생략되고 말줄임표가 그 자리에 들어선 채 텍스트가 이루어져 있으므로 이 텍스트는 형식적 완결성을 거부하고 있다. 그 결과 초장과 종장이 서로 적절히 조응하지 못하게 된다. 가운데 행의 말줄임표는 이 시가 형식적으로 완결된 시를 이루지 못하게 되었다는 사실을 시각적으로 확인하게 한다. 더 나아가 문무학 시인은 중장의 말줄임표로 보이는 게 사실은 말줄임표가 아니고 삼팔선을 형용하는 것이라고 밝힌다.

시에서 보이는 바와 같이 중장은 말줄임표가 아니라 한반도의 허리를 잘라 내는 구실을 하는 삼팔선의 형태를 나타내는데, 지리상의 위도를 시 텍스트상에 잘라 붙인 것으로 보인다. 그렇다면 시인은 이 텍스트의 텍스트성을 이중으로 활용하고 있는 셈이다. 삼팔선을 모방하면서 하나의 끊어진 선으로 드러난 중장은 언어를 몰아내면서 언어의 위치를 대신 점령하고 있다. 그리하여 초장과 종장이 제 구실을 할 수 없도록 만들고 동시에 독자에게는 의아한 느낌을 갖게 한다. 즉, '이 텍스트는 완결된 시인가?', '중간의 점선은 어떻게 읽고 이해해야 하는 것인가?' 등의 의문을 독자에게 던져 주는 것이다. 결국 이 텍스트는 시의 주제인 분단 조국의 현실을 내용, 즉 시어가 전달하는 의미를 통해 드러내는 것이 아니라 시조라는 시의 형식, 그 자체가 주제를 직접 웅변하게 된다. 시 창작에 있어서 내용만이 아니라 형식도 시인이 지닌 기발한 상상력의 표현 매체가 될 수 있음을 잘 보여 주는 셈이다.

문무학 시인은 그처럼 기발한 상상력을 추구해서 자신의 시 세계의 독창적 성격을 규정해 왔다. 그는 시집 『홑』을 통해 시조의 종장만으로 구성된 한 줄짜리 시들을 선보인 바 있다. 「홑」, 「삶」, 「손」, 「턱」이라는 한 음절 글자를 제목으로 삼아 그 말의 의미를 한 줄의 시로 밝히는 새로운 시도들을 살펴보자.

하나가
아닌 것들은

모두가 다
가짜다

— 문무학, 「홑」 전문

사람이
살아가는 걸

한 글자로
묶었다

— 문무학, 「삶」 전문

아무리
움켜쥐어도

너의 것은

손금뿐

— 문무학, 「손」 전문

턱 괴고

앉아 있거라

깊어진다

인생이

— 문무학, 「턱」 전문

이 시들은 각기 다른 네 편의 시가 3·5·4·3음절로 구성된 한 줄의 시구로 이루어진다. 그 한 줄짜리 시들은 모두 하나의 고유한 시조 장으로 볼 수 있다. 그중에서도 장의 전반부에 3·5음절로 이루어진 시어가 배열되어 음절 수가 늘어나는 모습을 보이고, 후반부에서는 4·3음절을 갖춘 시어가 등장하여 음절 수가 감소하는 모습을 보인다. 그러므로 시행들은 종장의 형식을 취한 것이라고 볼 수 있다. 이처럼 종장만으로 한 편의 시조를 쓰는 문무학 시인은 새로운 시도를 보여 주는 시인으로 기발한 상상력의 시인이라고 부를 수 있다.[1]

---

1 『홉』(학이사, 2016)에 수록된 「한국 정형시 실험 역사와 새로운 정형시 모색 양상」이란 글에서 문무학 시인은 다음과 같이 밝힌 바 있다. "예술의 세계에서 실험은 생명이라 할 만큼 중요하다. 새롭지 않은 것이 살아남을 수 없고 새롭지 않은 것은 예술의 이름을 얻기가 어렵기 때문이다. 그 무엇을 창조한다는 것은 실험이라는 과정을 거치지 않을 수 없다."

류미야의
「괄목 혹은 괄호」

류미야 시인은 시조의 초장과 중장 그리고 종장의 형식적 특징을 통해 자신의 인생을 재현하는 시도를 보여 준다.

한 줄은 허망하게 이렇게 써버렸고

외줄로 휘청이는 삶을 붙잡는 데만 버티며 버성기며 한 생을 써버렸네 말에도 채 못 담은 마음이 많았으니 하루는 너무 길고 영원은 너무 머네 어제는 봄꿈 같아 해종일을 울다가 제 허물 들쓰고 생사 잣는 누에처럼 사각사각 사각사각 글자를 파먹었네 무성하고 쓰디쓴 잎들을 삼키면서 그늘 속 일들에만 부릅뜨는 나의 능사,

마지막 이 한 줄 속에 못다 한 말 남기네

—류미야, 「괄목 혹은 괄호」 전문

시인은 시조의 형식을 살펴 그 특징을 파악한 다음 시조의 형식 자체를 시적 소재로 삼고 있다. 즉, 시조 형식에 비추어 자신의 인생을 노래하는 것이다. 「팔목 혹은 괄호」의 소재는 초장·중장·종장을 갖춘 시조이고 주제는 인생이라 할 수 있다. "한 줄", "마지막 이 한 줄"이라는 초장과 종장의 표현은 특히 주목을 요한다. 초장과 종장에는 의미, 즉 진술을 통해 표현하고자 하는 시인의 의도가 포함되어 있는지, 그 여부가 불분명하다. 텍스트의 초장에서 시인은 한 줄은 "허망하게" 써 버렸다고, 그러니까 의미를 충분히 구현하지 못한 채 벌써 놓쳐 버렸다고 선언한다. 마지막 한 줄에서도 "못다 한 말 남기네"라는 전언을 넣었으나 그 "못다 한 말"이 무엇인지는 알 수가 없다. 그것은 독자가 해석할 몫이 된 채 남겨져 있는 것이다. "못다 한 말"이 무엇인지 시적 화자는 직접 언급하지 않는다. 그러므로 결국 의미는 중장에서 찾을 수밖에 없다. 허나 중장에서도 "말에도 채 못 담은 마음"이 많다는 언급에서 볼 수 있듯, 시인은 궁극적으로 의미의 전달 불가능성을 천명하고 있다. 오히려 무의미를 추구하고 있는 것으로도 해석된다. 중장은 시적 화자의 애쓴 흔적들을 담고 있다.

시적 화자는 무엇인가에 이르고자 하는 모습을 보여 준다. 그 노력은 "마음"을 고스란히 담아 전달할 "말"을 찾으려는 시도이다. 뒤따르는 "생사 잣는 누에" 이미지를 통하여 잎을 갉아 먹으면서 "휘청이는 삶"을 유지하는 시적 화자의 모습을 볼 수 있다. 그러나 결국 "못다 한 말"은 하지 못한 채 남겨져 있다. 제목에 드러난 괄호의 이미지는 '표현을 제대로 찾지 못한 시인의 의도, 즉 말에 이르지 못한 마음을 상징한다고 볼 수 있다. 그렇다면 시적 화자는 괄호라는 기호, 즉 본문의 지위를 얻지 못한 채 텅 비어 있는 기호에서 자신의 인생을 찾고자 하는 것일 수도 있다. 다시 말해 시인의 의도를 괄호라는 기호가 상징한다고 해석할 수 있는 셈이다. 문무학 시인이 그러했던 것처럼 류미야 시인 또한 시조라는 시적 형식을 새로운 시 텍스트의 소재로 삼는다는 특징을 보여 준다. 두 시인은 시에 있어서의 형식과 내용이 선명하게 구분되는 이항 대립적 요소가 아니라 상호 의존적임을 보여 준다. 즉, 각자의 존재를 서로에게 의존하는 긴밀한 관계를 유지하고 있는 것이 시의 내용과 형식임을 증명하는 것이다. 형식은 내용을, 내용은 형식을 서로 이용하면서 둘 다 각자의 방식으로 양자 사이의 경계를 흐리게 할 수 있다는 점이 류미야 시인의 텍스트를 통해 드러나고 있다.

김태경의
「몬데그린」

김태경 시인은 고독이라는 심각한 주제를 '몬데그린 mondegreen'이라는 가벼운 소재를 통해 드러내는 새로운 방법을 보여 주는, 기발한 상상력의 시인이다. 이 단락에서는 김태경 시인의 상상력이 어떻게 기발한지 살펴보자. 살펴보았듯 고독, 단절, 소외는 현대인이 영위하는 삶의 특징이라 할 수 있다. 타자와의 대화와 소통이 어렵다는 사실은 현대인이 경험하는 단절감과 고독감의 근본적인 원인이다. 김태경 시인은 몬데그린을 소재로 삼아 그 점을 시로 재현한다.

수사자는 무엇 때문에 포효하고 있을까요
카나리아는 새장에서 하늘 향해 울고 있는데

이해는 오해를 낳아
비밀만 늘어나죠

문밖은 평등하다, 그렇게 믿는 힘은
문고리를 잡도록 돕는 지침서 같았지만

누군가 내미는 손길,
법칙처럼 어긋나요

All by myself~ 그 처연한 외침을
오빠 만세~ 응원으로 듣고 이해하네요

떠도는 낯선 문장들을
아는 언어로 읽으며

여러 표정이 뒤섞인 그의 결을 만져 보면
천국과 지옥은 내가 있는 방이 돼요

서로가 유리문 틈에
녹슨 귀 기울이며

—김태경, 「몬데그린」 전문

　김태경 시인은 소통의 불가능성을 재미있게 그려 내는데, 외국어와
모국어 사이에는 근원적인 차이가 존재한다. 그러나 그 차이와는 무관
하게 발생하는 발음상의 유사성이 몬데그린이라는 현상을 불러일으킨
다. 두 이질적인 언어가 발화될 때 보여 주는 음가의 유사성으로 인해

몬데그린이 발생하는 것이다. 그런데 그처럼 이해를 꿈꾸지만 오해로 실현되는 것이 곧 우리 삶의 현실이기도 하다. 현대인의 삶에서 전개되는 사람 사이의 관계가 몬데그린이라는 소재에서 드러난다고 볼 수 있다. 어쩌면 우리 삶의 불가피한 운명적 요소가 바로 오해라 할 수 있는데, 몬데그린은 그중에서도 가장 특이하고 기발한 오해의 장면에 해당할 것이다. 발화자의 의도와는 전혀 무관한 전언을 수신자가 수용하게 되는 것이다. 그러므로 "떠도는 낯선 문장들을/아는 언어로 읽으며"라는 구절이 이 텍스트의 가장 중요한 전언이 될 것이다.

결국 김태경의 텍스트는 진정으로 타자를 이해한다는 게 과연 가능하기는 한 것인가 하는 질문을 던지고 있다고 볼 수 있다. '나'는 '나'의 언어 체계라는 틀 속에서 이해되는 것만 이해할 수 있을 뿐이다. 그 체계가 타자의 체계와 다를 때에는 이해란 근원적으로 불가능하다. '나'의 발화는 '너'에게 '나'의 의도를 제대로 전달할 수 있는 힘을 지니지 못한다. 전달되자마자 미끄러져 버리는 운명을 지닌 것, 그토록 불완전하고 불안한 것이 언어라 할 수 있다. 그렇다면 '나'와 '너', 서로 다른 두 세계가 만나 서로를 이해하고 더러 사랑하게 된다는 일이 진정 가능한 일인가 하고 의심할 수밖에 없다.

그러나 그러면서도 그 누구도 서로 이해하고, 또 이해받고자 하는 몸부림을 중단할 수가 없다. 숨죽이며 지켜볼 일이다. 이 단절의 시대, 기계와는 익숙하게 공존하면서도 타인과는 연결되기 어려운 이 시대에 우리 시인들은 무엇을 어떤 방식으로 노래하게 될 것인지…. 절망 속에서도 기대를, 기대와 함께 우려를 지닌 채, 우리 삶은 계속되어야 한다. 환경이 아무리 변화해도 그 변화에 반응하면서 적응해 나갈 길을 찾아

보아야 한다. 오늘날 우리 시인들은 남달리 예민한 감각으로 우리의 값진 삶을 위해 이 시대를 탐색하고, 또 기발한 상상력을 발휘하고 있다.

모든 예술이 그러하듯이 문학도 언제나 새로움을 추구한다. 그 새로움은 문학이 시대를 반영하면서 동시대인들의 삶에 영향을 끼칠 수 있게 하는 근거가 된다. 내용의 새로움, 형식의 새로움 그리고 시적 언어의 새로움을 찾아 시인들은 늘 새로운 시를 쓴다. 처음 등장했을 때에는 산뜻하게 새로웠던 시어들 혹은 이미지들도 다른 사람들이 흉내 내고 반복하게 되면 결국은 진부해진다. 진부해진 언어, 진부해진 표현을 우리는 상투어 혹은 상투적 표현이라고 한다. 또 영어로는 클리셰라고 부른다. 서론에서 언급했었던 기발한 은유 혹은 영어로 컨시트의 대척점에 놓이는 것이 클리셰이다. 어쩌면 시적 언어의 생명은 컨시트에서 출발하여 클리셰가 되기까지에 한정된 것인지도 모른다. 시인들은 언제나 클리셰를 경계하고 컨시트를 추구한다. 새롭고 기발한 상상력만이 독자에게 신선한 놀라움을 선사하고 또 새로운 인식의 계기를 제공하기 때문이다. 시인들은 늘 새로운 상상력으로 새로운 시어를 찾아왔다. 그 덕분에 시는 여전히 현재성을 지닌 채 우리 주변에 남아 있다.

---

* 존 던의 「별사: 애도 금지」와 박성민의 「청사과 깎는 여자」에 대한 부분은 웹진 《공정한 시인의 사회 》(2021년 2월)에 게재된 바를 수정한 것이다. 박성민의 「시인의 말」에 대한 부분은 졸저 『두겹의 언어』(고요아침, 2018)에 수록된 글을 수정하여 재수록한 것이다.

시란 무엇인가?

- Basho, Matsuo., Reichhold, Jane trans., *Basho: The Complete Haiku*, Kodansha International, 2013.
- Cohen, Ted, 「Metaphor and the Cultivation of Intimacy」, Sheldon Sacks ed., *On Metaphor(A Critical Inquiry Book)*, University of Chicago Press, 1979.
- De Man, Paul, 「Hypogram and Inscription: Michael Riffaterre's Poetics of Reading」, *Diacritics Vol. 11 No.4*, Johns Hopkins University Press, 1981.
- Hartman, Charles O., *Verse: An Introduction to Prosody*, Wiley-Blackwell, 2015.
- Riffaterre, Michael, *Semiotics of Poetry*, Indiana University Press, 1984.
- Vendler, Helen, 「About Poets and Poetry」, *Poems, Poets, Poetry: An Introduction and Anthology*, Bedford/St. Martin's, 2010.
- Wordsworth, William, *Poems by William Wordsworth: Including Lyrical Ballads, and the Miscellaneous Pieces of the Author. Volume 2,*

Paternoster-Row, 1815.

- 김준오, 『시론』, 도서출판 문장, 1984년.
- 알랭 드 보통, 정영목 역, 『공항에서 일주일을: 히드로 다이어리』, 청미래, 2009.
- 오세영, 『진실과 사실 사이』, 푸른사상, 2020년.
- 캐시 박 홍, 노시내 역, 『마이너 필링스』, 도서출판 마티, 2021년.

시의 이해와 감상

- Graham, Jorie, *Erosion*, Princeton University Press, 1983.

실존과 고독의 시

- Baudelaire, Charles, *Les Fleurs du mal*, Basil Blackwell, 1953.
- Eliot. T.S., *T.S. Eliot: The Complete Poems and Plays, 1909-1950*, Hartcourt Brace Jovanovich, 1971.
- Johnson, Thomas H. ed., *The Complete Poems of Emily Dickinson*, Little Brown, 1960.
- 김동규, 「하이데거 철학의 멜랑콜리: 『존재와 시간』에 등장하는 실존론적 유아론의 멜랑콜리」, 『하이데거 연구』 제19집, 83~122면.
- 김수영, 이영준 편, 『김수영 전집 1』, 민음사, 2018.
- 박명숙, 『그늘의 문장』, 동학사, 2018.
- 정수자, 「어느 새」, 『문학청춘』 2022 봄호.
- 한국현대소설학회, 『2014년 올해의 문제소설』, 푸른사상, 2014.

영혼과 육체 그리고 시

- Boland, Eavan, *New Collected Poems,* W.W. Norton, 2009.
- Louise, Glück, *A Village Life: Poems,* Farrar, Straus and Giroux, 2010.
- 권여선, 「봄밤」, 『2014년 올해의 문제소설』, 푸른사상, 2014, 34면.
- 델핀 드 비강, 권지현 역, 『내 어머니의 모든 것』, 문예중앙, 2013년.

개인과 공동체 그리고 관계의 시

- Hopkins, Gerard Manley, *Poems and Prose*, Penguin Classics, 1985.
- Glück, Louise, *Poems 1962-2012*, FSG Adult, 2013, p.75
- 김보람, 『모든 날의 이튿날』, 고요아침, 2017, 14~15면.
- 유치환, 『생명의 서: 한국대표시인 100인선집 016』, 미래사, 2002.
- 이수명, 『물류창고』, 문학과지성사, 2018.
- 정병기, 「무우, 무」, 《월간문학》 제612호, 2020년.

죽음과 시

- Dickinson, Emily, Franklin, R.W. ed, *The Poems of Emily Dickinson,* Harvard University Press, 1999.
- Dickinson, Emily., Johnson, Thomas ed., *The Complete Poems of Emily Dickinson*, Little, Brown and Company, 1960, p.262.
- Didion, Joan, *The Year of Magical Thinking,* Random House, 2007. p.75.
- 서정주, 『귀촉도』, 은행나무, 2019.
- 이달균, 『늙은 사자』, 책만드는집, 2016.

• 황훈성, 『서양문학에 나타난 죽음』, 서울대학교출판문화원, 2013.

종교와 시

• Ali, Muhammad, Taha., Cole, Peter et al trans., *So What: New and Selected Poems, 1971-2005(Arabic Edition)*, Copper Canyon Press, 2008. 아울러 무함마드 알리의 시 「복수(Revenge)」의 번역은 피터 콜(Peter Cole), 야히아 히자지(Yahya Hijazi), 가브리엘 러빈(Gabriel Levin)의 아랍어 및 영어 번역본, 『So What: New and Selected Poems, 1971-2005』(Copper Canyon Press, 2008)에 수록된 바를 우리말로 번역했음을 밝힘.
• 김남조, 『김남조 시전집』, 서문당, 1989.
• 김재홍, 「김종철 초기시의 가톨릭 세계관에 대한 일고찰: 『죽음의 둔주곡』과 『떠도는 섬』을 중심으로」, 한양대학교동아시아문화연구소, 『동아시아문화연구』86호, 2021, 59~84면.
• 김종철, 『못에 관한 명상』, 문학수첩, 2001.
• 김현승, 『가을의 기도』, 미래사, 1991.
• 박재두, 『꽃 그 달변의 유혹』, 고요아침, 2018.
• 허혜정, 「김종철의 시세계와 '등신불'의 상징」, 《불교문예연구》 12호, 2019, 15~41면.
• 여성신문, 「김남조 시인 "정말 좋은 신앙시를 쓰고 싶습니다"」(2019.07.06.), https://www.womennews.co.kr/news/articleView.html?idxno=191453.

사랑과 그리움의 시

• Dickinson, Emily., Franklin, R.W. ed., *The Poems of Emily Dickinson*, Harvard University Press, 1999.
• Gluck, Louise, *Averno,* Farrar, Straus and Giroux, 2007, p.25.

- Robert Frost, *The Poetry of Robert Frost: The Collected Poems*, Henry Holt & Company, 1979.
- 권정우, 「김소월 초기시에 나타나는 『자야가』의 영향」, 《구보학보》 18집, 145~173면.
- 박기섭, 『각북』, 만인사, 2015.
- 서안나, 『립스틱 발달사』, 천년의시작, 2013.
- 이정환, 『별안간』, 고요아침, 2012.
- 이정환, 『분홍 물갈퀴』, 만인사, 2009.
- 이창배, 『W.B. 예이츠 시연구』, 동국대학교출판부, 2013.
- Yeats, William, 「The Song of Wandering Aengus」, "POETRY FOUNDATION", https://www.poetryfoundation.org/poems/55687/the-song-of-wandering-aengus.
- "Poets.org", https://poets.org/poem/aedh-wishes-cloths-heaven.

이별과 상실의 시

- Boland, Eavan, *The Lost Land*, W. Norton and Company Inc, 1998.
- Rutt, Richard ed., *The Bamboo Grove: An Introduction to Sijo*, Michigan University Press, 1988.
- Wook-Dong, Kim, 「Translation and Textual Criticism: Typographical Mistakes in Modern Korean Poets」, *ACTA KOREANA Vol 24. No. 2*, p.55~74.
- 김소월, 『김소월 시집 진달래꽃』, 알에이치코리아, 2020.
- 박두용, 『남훈태평가』, 한남서림, 1920.
- 박목월, 『박목월 시전집 1』, 민음사, 2003.
- 박재두, 『박재두 시전집: 꽃 그 달변의 유혹』, 고요아침, 2018.
- 왕방연 · 김천택, 홍문표 · 강중탁 역, 『청구영언』, 명지대학교출판부, 1995.
- 이토록, 『흰 꽃, 메별』, 작가, 2020.

혈연과 가족의 시

- Boland, Eavan, *New Collected Poems*, W.W. Norton, 2009
- 김상옥, 『三行詩: 金相沃 詩集』, 아자방, 1975.
- 박기섭, 『서녘의, 책』, 발견, 2019.
- 박명숙, 『그늘의 문장』, 동학사, 2018.
- "POETRY FOUNDATION", https://www.poetryfoundation.org/poetryma gazine/poems/56626/aboriginal-landscape.

물질과 자본주의 그리고 소유와 소외의 시

- Bandy, William Thomas, *Baudelaire judged by his contemporaries*, Columbia UP, 1933.
- Baudelaire, Charles., Dantec, Le, Yves-Gerard ed., *Oeuvres*, Bibliotheque de la Pléiade, 1931, p.209.
- Benjamin, Walter, *Charles Baudelaire: A Lyric Poet In The Era of High Capitalism*, Verso, 1976, p.34.
- 김모세·서종석, 「목걸이와 모방 욕망: 르네 지라르의 이론을 중심으로」, 《세계문학비교연구》 2020년 봄호, 27~52면.
- 김선우, 『내 따스한 유령들』, 창비, 2021.
- 오세영, 『봄은 전쟁처럼』, 세계사, 2004.
- 이수명, 『물류창고』, 문학과지성사, 2018.
- 이우걸, 『이우걸 시조 전집』, 태학사, 2013년.
- 함민복, 『모든 경계에는 꽃이 핀다』, 창비, 1996.

여성 주체와 시

- Angelou, Maya, *The Complete Poetry*, Random House, 2015.
- Hooks, Bell, *Remembered Rapture: The Writer at Work*, Holt Paperbacks, 1999.
- Johnson, Thomas H. ed., *The Complete Poems of Emily Dickinson*, Little Brown, 1960, p.114.
- Lorde, Audre, *Sister Outsider*, Crossing Press, 2007.
- Ramazani, Jahan, *The Norton Anthology of Modern and Contemporary Poetry: Vol.1, Modern Poetry*, W.W. Norton and Company, 2003, pp.200~201.
- 김상옥, 『김상옥 시전집』, 창비, 2005.
- 김선화, 『네가 꽃이라면』, 고요아침, 2016.
- 김정탁, 『장자 제물론: '대붕의 꿈'에서 '나비의 꿈'으로』, 성균관대학교출판부, 2012.
- 류미야, 『아름다운 것들은 왜 늦게 도착하는지』, 서울셀렉션, 2021.
- 손영희, 『지독한 안부』, 고요아침, 2016.
- 정수자, 『그을린 입술』, 발견, 2019.
- 정수자, 『탐하다』, 서정시학, 2013.
- 정수자, 『허공우물』, 천년의시작, 2009.
- 한분순, 『손톱에 달이 뜬다』, 목언예원, 2012.

자연과 고향 그리고 평화의 시

- 김영순, 『꽃과 장물아비』, 고요아침, 2017.
- 김준오, 『시론』, 도서출판 문장, 1987.
- 박재삼, 『박재삼 시집』, 범우사, 2001.
- 오승철, 『터무니 있다』, 푸른사상, 2015.

- 정지용, 「향수」, 《조선지광》 65호.
- 프랑시스 잠, 곽광수 역, 『새벽의 삼종에서 밤의 삼종까지』, 민음사, 1995.

기발한 상상력의 시

- John Donne, *The Complete English Poems*, Penguin Classics, 1977.
- 김남규, 「새로고침」, 《다층》 2021년 봄호.
- 김숨, 『떠도는 땅』, 은행나무, 2020.
- 김태경, 『액체 괴물의 탄생』, 시인동네, 2022.
- 류미야, 「괄목 혹은 괄호」, 《정형시학》 2021년 봄호.
- 문무학, 『달과 늪』, 한국문학도서관, 1999.
- 문무학, 『벙어리뻐꾸기』, 태학사, 2001.
- 문무학, 『홀』, 학이사, 2016.
- 박기섭, 『서녘의, 책』, 발견, 2019.
- 박성민, 『어쩌자고 그대는 먼 곳에 떠 있는가』, 시인동네, 2020.

시로부터의 초대: 박진임 평론집

초판 1쇄 인쇄 2023년 10월 18일
초판 1쇄 발행 2023년 10월 30일

지은이 | 박진임
발행인 | 강봉자, 김은경

펴낸곳 | (주)문학수첩
주소 | 경기도 파주시 회동길 503-1(문발동 633-4) 출판문화단지
전화 | 031-955-9088(마케팅부) 031-955-9536(편집부)
팩스 | 031-955-9066
등록 | 1991년 11월 27일 제16-482호

홈페이지 | www.moonhak.co.kr
블로그 | blog.naver.com/moonhak91
이메일 | moonhak@moonhak.co.kr

ISBN 979-11-92776-88-0 04810
      978-89-8392-156-7 (세트)

* 파본은 구매처에서 바꾸어 드립니다.